O DESAPARECIMENTO

J. F. Freedman

O DESAPARECIMENTO

TRADUÇÃO:
Luiz A. Oliveira de Araújo

2002

EDITORA BEST SELLER

Título original: *The Disappearance*
Copyright © J. F. Freedman, 1998
Licença editorial para a Editora Nova Cultural Ltda.
Todos os direitos reservados

Coordenação editorial
Janice Flórido

Editora de Arte
Ana Suely S. Dobón

Arte de capa
Murilo Martins

Edição
Roberto Pellegrino

Revisão
Ana Maria Dilgueriano

Editoração eletrônica
Dany Editora Ltda.

EDITORA NOVA CULTURAL LTDA.
Direitos exclusivos da edição em língua portuguesa no Brasil
adquiridos por Editora Nova Cultural Ltda.,
que se reserva a propriedade desta tradução.

EDITORA BEST SELLER
uma divisão da Editora Nova Cultural Ltda.
Rua Paes Leme, 524 - 10º andar - CEP 05424-010
Caixa Postal 9442 - São Paulo, SP

2002

Impressão e Acabamento
R.R. Donnelley América Latina

J. F. FREEDMAN é o autor de *Key Witness, Against the Wind, House of Smoke* e *The Obstacle Course,* que figuram entre os *bestsellers* do *New York Times*. Mora em Santa Barbara, Califórnia.

a Al Silverman

AGRADECIMENTOS

Vou esperar até meia-noite
Que é quando chega bordejando o meu amor
Até meia-noite eu vou esperar
Que é quando ninguém mais há por aqui...

        Wilson Pickett/Steve Cropper
        "Meia-noite"

Fazia dois meses que o tempo era rude e miserável praticamente todo santo dia: o pior inverno em duas décadas, bem pior que o de 1995 ou o de 1982, uma chuva contínua e implacável, trazida por El Niño, que, tendo começado pouco depois do Natal, atravessou janeiro e fevereiro em torrentes de agulhas frias e penetrantes, despejando-se durante dias seguidos sem cessar, saturando o solo, ensopando tudo e todos. O cheiro de cachorro molhado impregnava as residências, os gatos urinavam e defecavam atrás dos sofás porque não queriam sair, todos os cômodos fediam a mofo e a jornal podre. Em toda parte havia porões e andares baixos inundados: nessas casas e apartamentos, os que não se embarricaram atrás dos devidos sacos de areia, quase sempre gente humilde que não podia arcar com nenhuma despesa, viram alguns de seus pertences mais preciosos — fotografias e lembranças de família, objetos de estimação — arruinados pela água e a lama ou simplesmente arrastados pela enxurrada. Turvos vazamentos escorriam pelas rachaduras e, juntando-se às contaminadas correntes escapadas dos canos furados e das cisternas quebradas, iam engrossar o caudal do furioso rio urbano que descia em cascatas as ruas desprovidas de bons drenos e bueiros. Os incautos que se aventuravam nessas vias alagadas em meio a um dos pesados aguaceiros viam a água passar impetuosamente pela janela do carro. Jogados fora da pista, muitos colidiam com os que estavam estacionados ou iam parar na calçada, onde ficavam abandonados.

Carvalhos e eucaliptos arrancados, muitos deles grandes e velhos, as raízes expostas, jaziam atravessados no meio das avenidas principais. Volumosas copas de palmeira se acumulavam nas ruas, fechando literalmente algumas delas. A falta de energia era comum: uma vasta parcela do setor comercial mais movimentado do centro da cidade ficou sem luz às nove e meia da noite da véspera do Ano-Novo. A maior parte dos restaurantes foi obrigada a fechar mais cedo; as pessoas pelejavam para voltar para casa e acompanhavam a confusão (as que não tinham sido atingidas pelo corte de energia) pelos noticiários da televisão.

Houve menos acidentes por embriaguez, um dos únicos consolos.

Por fim, a chuva cessou. Todo mundo começou imediatamente a ficar ao ar livre o máximo possível.

O chão continuava encharcado. Levaria ainda um mês para secar, mas o pior tinha passado.

UM

MU

PRIMEIRO DIA

Cheia há dois dias, a lua flutua baixa e proibitivamente fria, dura como o diamante, no céu de fim de inverno. Um vento de 50 km/h, soprando com a força do Santa Ana no verão, fez a temperatura despencar até o ponto de congelamento, coisa rara na segunda quinzena de março, as pessoas não estão preparadas para isso, embora devessem, dado o inverno terrível que o novo ano trouxe consigo.

É tarde, madrugada já. Nenhum movimento nas ruas. Todas as casas às escuras.

A menina que dorme no colchonete ouve um barulho, um baque surdo feito um corpo colidindo com alguma coisa. O ruído apenas a traz à periferia da consciência, fazendo-a virar a cabeça sonolenta e, sem tirá-la do travesseiro, olhar para cima.

Há três garotas de catorze anos no quarto, todas da oitava série, todas passando a noite na casa de uma delas. Estiveram juntas a maior parte do dia, desde o começo da tarde. A mãe de Emma as deixou no centro da cidade horas antes do anoitecer.

Elas percorreram o *shopping* Paseo Nuevo, compraram blusas e shorts na Nordstrom e na The Gap, jantaram no California Pizza Kitchen e acabaram indo ao cinema da mesma rua, o Metro 4 (um filme com Johnny Deep, proibido para menores; bastou fazer um pouco de pose para entrar, a bilheteira não pede documentos, contanto que a gente não faça cara de sexta série). Foi Emma quem comprou os ingressos. Tem catorze anos, cabeça de vinte, aparência madura para a idade e transpira uma sensualidade inocente.

Faz pouco tempo que os pais as deixam sair sozinhas à noite, desde que não voltem muito tarde. Elas estão crescendo depressa. Entre o jantar e a incursão ao cinema, flertaram com uns rapazes mais velhos que estudavam no mesmo colégio antes de passar para o ensino médio — na Bolt, na Thatcher ou numa escola pública —, mas logo se foram rindo e cochichando. Gostaram da paquera, se bem que ainda não namoram. A não ser Emma, e seus namoros são um segredo que só as amigas mais íntimas conhecem.

Os pais lhes deram bastante dinheiro, além da mesada (essas mães e pais, que englobam diversas combinações de adultos casados, separados e divorciados, têm agendas próprias das quais as filhas estão excluídas; à sua maneira, estão todos absortos em si, contentes porque as meninas já são capazes de se cuidar à noite), de modo que elas voltaram para casa de táxi e assistiram ao "Mad TV", depois ao "Night Stand", um programa de humor imbecil que arremeda os de entrevistas. O pseudo-entrevistador mora em Montecito como elas. As meninas o viram no Starbucks, debruçado sobre o *Newspress*, diante de uma xícara de café-com-leite. Devia estar examinando a opinião da crítica. Ele é uma celebridade menor, não chega a suscitar furor, mesmo porque ali não falta gente famosa de verdade, John Cleese na praia, Michael Douglas almoçando no Pane e Vino, Jodie Foster comprando vinho e *brie* no Von's.

Ficaram acordadas até tarde, até mais de meia-noite. Cansadas da televisão, saíram para fumar. A casa de Emma tem um quintal enorme, mais de 4 mil metros quadrados de relva bem cuidada, árvores meticulosamente podadas e voluptuosos canteiros dentro dos quais é fácil se perder, sobretudo à noite. O cigarro é novidade para elas — conhecem garotos que começaram a fumar aos dez ou onze anos ou até antes disso, mas são na maioria *chicanos** de escola pública. Porém aos catorze, estando na oitava ou nona série, muita gente fuma, é coisa corriqueira.

Corriqueira ou não, elas não querem que os pais descubram. Não querem a chateação de um bate-boca sobre uma besteira dessas.

Glenna, a mãe de Emma, sabe que ela fuma. Não chegou a pilhá-la com a prova acesa na boca, mas vê os sinais. Embora não goste disso, prefere não fustigar a filha como fazem as outras

---

* É como nos EUA são chamados os americanos de origem mexicana. (N. do E.)

mães, fato que explica por que as meninas passam a maior parte do tempo na casa de Emma. Glenna vê as coisas de modo diferente das mães comuns: receber rapazes na casa quando não há nenhum adulto por perto, assistir aos vídeos e programas de televisão que bem entendem, mesmo os mais obscenos e impróprios. Glenna é uma mulher dos anos 1990 e quer que a filha também seja, por isso lhe dá rédeas soltas.

A casa — que merece ser chamada de mansão, Montecito está repleta de residências assim — é térrea, os dormitórios ficam em duas alas separadas do resto do imóvel. O quarto de Emma tem uma porta-balcão que dá para um pátio calçado de pedra, que é ligado por um caminho ao vasto quintal gramado, à piscina e ao vestiário. Quando voltaram para o quarto, as meninas tiraram os sapatos e os deixaram do lado de fora.

Uma das portas-balcão está aberta. A lua cheia banha a entrada e parte do quarto com uma pálida luz amarelada.

Há um movimento lá dentro? Uma pessoa andando?

Seja quem for, está lá fora, fechando a porta atrás de si, atravessando o pátio.

A menina sente que só pode estar sonhando, um sonho dentro de outro, o tipo de sonho que parece incrivelmente real, o tipo de sonho que, quando a gente consegue recordar, é sempre um pesadelo na lembrança.

Ela, a terceira garota dormindo ali, não está acostumada a fumar nem a ficar acordada até tarde como Emma e Hillary. As duas são bem mais precoces — ela ficou bastante lisonjeada e surpresa quando, no começo do ano letivo, Emma resolveu inexplicavelmente admiti-la em seu círculo de amizades.

Mesmo assim, é a terceira no quarto. Motivo pelo qual está dormindo no chão, ao passo que as outras ficaram com as camas gêmeas. Não que isso a incomode. Estar ali já é mais que suficiente, pouco importa o lugar em que lhe cabe dormir. O colchonete é divertido, é como acampar.

Em seu sonho, a porta-balcão agora está fechada; o quarto, em silêncio, vazio. A lua brilha no carpete, uma pequena poça tremulante. O vulto desapareceu.

O nada. A menina vira o corpo, no sono, e sua mente inconsciente se apaga.

Hillary e Lisa só acordam depois das dez, típicas adolescentes num fim de semana. Emma não está, sua cama desfeita é uma grande confusão, elas imaginam que se levantou mais cedo e saiu.

Demoram-se algum tempo no quarto, sem saber o que fazer — saem para procurar Emma na casa ou para aguardar que volte de onde foi. Assistem um pouco à televisão, vestem-se, esperam. Enfim, entediadas e famintas, vão para a cozinha. Glenna — a sra. Lancaster para elas — está sentada à bancada, tomando café preto, lendo a revista *New York Sunday Times*. Sem maquiagem no rosto angular e marcante, traz os cabelos pretos bem esticados num rabo-de-cavalo; os pés longos e finos estão descalços. Mulher alta e atlética, acordou cedo e passou duas horas jogando tênis, em sua quadra particular, com o treinador e amigo.

— Emma ainda não acordou? — pergunta distraidamente, quase sem tirar os olhos da revista. — Afinal, a que horas vocês saem da cama?

As garotas se entreolham.

— Ela já se levantou, sra. Lancaster — diz Hillary. — Pensamos que estava aqui.

Glenna sacode a cabeça.

— Eu ainda não a vi hoje. — Consulta o relógio na parede. Quase 10:30. — Deve estar tomando banho. — Vira uma página. A moda da primavera vai ser fantástica este ano. Ela precisa fazer uma viagem a Nova York em breve.

— Nós usamos o banheiro, sra. Lancaster — conta Lisa. — Ela não está lá.

Glenna inclina a cabeça um momento, pensando.

— Bem, deve estar por aí. — Deixa a revista de lado e lhes endereça um sorriso complacente. — Que anfitriã, hein? Largar vocês duas sozinhas. Querem comer alguma coisa? — Levanta-se do banco, vai até a geladeira. — Há suco de laranja fresco, rosca, *croissant*. Seus pais as deixam tomar café? — Sem esperar a resposta, serve dois copos pequenos de suco. — Há *müsli* se quiserem. Naquele armário — aponta para o outro lado da cozinha.

Lisa vacila antes de falar.

— Eu tive um sonho esquisito esta noite. Pior que um pesadelo.

Glenna sorri.

— Quem mandou ficar acordada até tarde? Isso perturba o relógio biológico.

Incerta, Lisa faz que sim.

— Eu acordava no quarto de Emma, estava tudo como quando nós fomos dormir. E a porta de fora estava aberta, e havia uma pessoa lá.

Glenna a encara, está mais séria.
— Tem certeza de que foi um sonho?
— Acho que sim.
— Conte o que você acha que sonhou. Ou viu — pede ela, já nervosa. — Que horas eram? No seu sonho.
— Eu não sei. Era muito tarde. Já devia estar quase amanhecendo.
Glenna se aproxima dela.
— Você viu alguma coisa, Lisa? — Está com os olhos fitos na menina. — Olhe para mim, Lisa. O que foi que você viu?

É o começo da tarde. Glenna e as meninas vasculharam a propriedade à procura de Emma. Como não a encontraram, Glenna chamou a polícia, que transferiu a ligação para o xerife distrital. Ela relutou em tomar essa providência, mas nenhuma lhe parecia acertada, de modo que achou preferível errar por excesso de cautela.
— Diga exatamente o que você viu, Lisa.
Estão no escritório da casa dos pais de Emma: Lisa, Hillary, a mãe de Emma e o investigador do departamento do xerife, um grandalhão de bigode cerdoso. Foi ele quem fez a pergunta. É ele quem faz todas as perguntas. Noventa e nove por cento das vezes, a criança desaparecida acaba aparecendo de uma hora para outra, muito sossegada, querendo saber a causa de tanta comoção, mesmo assim é preciso executar todo o ritual de praxe.
Lisa se acha encolhida no canto do sofá. Se pudesse entrar nele, atravessá-lo, não hesitaria. Está assustada. Tem a impressão de que todos estão zangados com ela. Como se fosse culpada pelo sumiço de Emma.
Glenna Lancaster atravessa a sala e se senta a seu lado, toma-lhe a mão trêmula.
— Tudo bem, Lisa — diz com brandura na voz. — Do que você consegue se lembrar?
A menina encolhe os ombros, é quase um estremecimento.
— Eu... é que estava muito escuro. Eu achei que havia alguém andando no quarto. Quer dizer, pensei que tinha visto alguma coisa. Mas estava muito escuro mesmo — diz com voz sumida.

* * *

Uma hora depois, Doug Lancaster chega em casa feito um furacão, o guinchar dos pneus do Bentley turbo, nas lajotas da entrada circular de automóveis, anuncia a sua chegada. Descabelado, ainda trajando a roupa de golfe, entra com passos apressados.
— O que aconteceu? — pergunta a Glenna que, levantando-se de um salto, corre para a porta e o intercepta no corredor da frente. A entrada da casa tem cinco metros e meio de altura; a maciça porta da rua, de acácia do Havaí, foi feita sob encomenda; há uma janela do chão até o teto a cada lado do batente, projetando as cores do arco-íris no piso de mármore.
Os Lancaster construíram a mansão há uma década. Foram de uma meticulosidade extrema para que tudo ficasse exatamente como desejavam. Um exemplo: Glenna e o arquiteto fizeram duas viagens à Itália para encontrar a pedreira que tivesse o mármore adequado para o piso do hall de entrada. Ela passou um ano e meio supervisionando cada detalhe da obra, pressionando diária e implacavelmente o arquiteto e a miríade de operários. Contratou os três melhores empreiteiros da cidade até terminar; mas construiu a casa do jeito que queria, aliás, o único que ela concebe para fazer o que quer que seja.
— Ela sumiu — diz ao marido. — Emma...
— Isso você já me contou no telefone — atalha ele com impaciência. — Qual é a situação. Quer dizer, como você sabe... Quer dizer, o que... — A língua não dá conta de sua ansiedade.
— Acalme-se — pede Glenna, irritada. — Venha, vamos conversar.
Leva-o ao escritório, onde o investigador, um sujeito chamado Reuben Garcia, está esperando há mais de duas horas. Não foi nada fácil entrar em contato com Doug em Santa Monica: não se encontrava no quarto de hotel e demoraram uma eternidade para localizá-lo no campo do Bel Air Country Club, onde ele fora jogar golfe com uns figurões da NBC.
Hillary acaba de ir embora. Seus pais chegaram e a levaram para casa. Lisa, a causa de tanto alarme, continua ali: Garcia não a deixou sair enquanto Doug Lancaster não chegasse e ouvisse pessoalmente a história, por fragmentária que seja. Garcia não quer ter problemas depois, não quer saber de nenhum pai in-

fluente e poderoso enfurecido com ele porque não ouviu a história diretamente da boca dessa menina incrivelmente aterrorizada. Susan Jaffe está presente. Lisa é a sua filha única. As duas moram sozinhas numa casinha modesta da região da baixa Riviera, em Santa Barbara. Faz tempo que Susan se divorciou do pai de Lisa. Criou-a sozinha enquanto cursava o período noturno da Faculdade de Direito de Santa Barbara. Há seis anos que trabalha na prefeitura; seu salário é bom, permite-lhe educar a filha no Elgin, o melhor colégio particular da região, onde Lisa conheceu Emma.

Mesmo assim, Susan ganha menos por ano do que o salário mensal de Doug Lancaster. E o salário deste é simbólico: ele é dono de quatro estações de televisão, inclusive a retransmissora local da NBC, a sua nau capitânia. Tem muito poder e não hesita em usá-lo, em geral com bons motivos: Doug não é truculento. Mas o poder existe, e quem sabe do que se passa na cidade não ignora isso, até mesmo Susan Jaffe, uma funcionária pública municipal, e Reuben Garcia, um investigador distrital.

— Este é meu marido, Doug Lancaster — diz Glenna a Susan e a Garcia. — Susan é a mãe de Lisa. Você a conhece, não? — pergunta ao marido, cujo pulso começa a se normalizar um pouco agora que terminou a frenética viagem pelo litoral e está em casa.

— Acho que não. Prazer — diz ele oferecendo a mão.

— Nós nos conhecemos no Colégio Elgin — corrige-o Susan Jaffe. — Na última apresentação das meninas. Sua filha e a minha participaram da peça.

— Claro — confirma ele rápida e diplomaticamente. — Desculpe, por favor. Eu estou um pouco atordoado, não entendo o que aconteceu. — Não tem a mais vaga recordação da mulher. Até que é bonita, bem parecida com a filha encolhida a seu lado no sofá. — Sua filha estava ótima na peça, eu me lembro.

— Teve um papel pequeno, mas representou muito bem, eu concordo.

— Mas o que aconteceu, afinal? — pergunta Doug, encerrando a sessão de amenidades. — Tem certeza de que Emma não saiu mais cedo com uma amiguinha ou sei lá? Vai ver que ela telefonou e, na agitação, ninguém atendeu.

Mordendo o lábio, Glenna sacode a cabeça com impaciência.

— Ela não telefonou. Eu tenho certeza.

Garcia responde a outra pergunta:

— Nós telefonamos para todo mundo que achamos que conhece sua filha, sr. Lancaster. Estamos preocupados.
Doug ergue um pouco os calcanhares do chão.
— Como assim? — pergunta lentamente, aturdido com as próprias palavras que lhe saem da boca.
Garcia faz um gesto na direção da mãe e da filha sentadas no sofá.
— Parece que Lisa viu alguma coisa.
Doug olha para a menina.
— Viu o quê?
— Sente-se — pede-lhe Glenna. Leva-o a uma poltrona em frente ao sofá.
Lancaster se senta com os olhos fitos na garota a dois metros dele, que se encolhe ainda mais ante o seu olhar.
— Conte ao sr. Lancaster o que você viu — ordena Garcia a Lisa. — O que você acha que talvez tenha visto — retifica. Não vai se comprometer com nada. Por enquanto.

O baque tirou Lisa do sono profundo, daquele que ocorre cerca de duas horas depois da perda da consciência, quando os sensores primitivos em funcionamento nos fazem sentir como se estivéssemos no mar, a trinta metros de profundidade, com tudo enevoado e indefinido.

Demorou alguns segundos para compreender onde se encontrava. Então se lembrou, estava no quarto de Emma Lancaster, dormindo num colchonete.

Meio tonta, sentiu a boca seca. Arrependeu-se de não haver levado um copo de água para o quarto, mas era apenas a segunda vez que dormia lá, não saberia ir até a cozinha no escuro, provavelmente dispararia o alarme e assustaria todo mundo.

Podia ir para o banheiro de Emma e beber da torneira. Colocou-se de lado, começou a empurrar a coberta.

Havia alguém no quarto.

A porta que dava para fora estava aberta. Havia uma pessoa lá, perto das camas gêmeas. Uma luz entrava pela porta, era o luar. Como um foco a brilhar.

O homem parado no centro do quarto tinha um volume nos braços. Um volume grande, feito uma pessoa enrolada num cobertor.

Ele era alto. Pelo menos pareceu-lhe alto, estando ela no chão, olhando para cima. Não sabia dizer que roupa usava, talvez um blusão de náilon, um casaco escuro que lhe chegava até as coxas.

Ela ficou bem quieta, imóvel.
O homem com o volume nos braços foi na direção da porta aberta. Lá chegando, virou-se um momento e tornou a olhar para o quarto, mas não se virou completamente, não chegou a mostrar o rosto. Ela só distinguiu um contorno.
O vulto tornou a se voltar e saiu pela porta. Fechou-a e se foi.
De repente ela se sentiu exausta, os membros como cimentados, e estava com medo também, medo daquele desconhecido, fosse quem fosse. Tinha sono demais para se mexer e, apesar da boca seca e quente, não se levantou, mesmo quando já não havia ninguém no quarto.
Tornou a rolar no colchonete e adormeceu quase no instante.
Horas depois, ao despertar, lembrou-se vagamente do ocorrido, mas achou que havia sido um sonho.

Garcia a interroga.
— Como era o desconhecido? — Já ouviu a resposta, tudo que ela sabe ou consegue lembrar, mas prefere que Doug Lancaster a ouça diretamente da testemunha. Quer proteger a pele do que quer que venha a suceder.
— Alto.
— Certo. Alto. Que mais?
— Ele era...
— Era um homem? Tem certeza disso? — interrompe-a Doug Lancaster. Está sentado na beira da poltrona, inquieto, balançando os joelhos involuntariamente.
— Tenho, sim, tenho certeza. Quer dizer, quase. — O pai de Emma lhe dá medo. Olha para ela como se pudesse penetrá-la com os olhos.
— Vamos acabar com isso — Glenna adverte o marido, pousando a mão em seu ombro. — Foi terrível para Lisa. Foi medonho.
Ele faz que sim e respira fundo para se acalmar.
— Desculpe, Lisa. Continue, por favor.
— Você consegue se lembrar de mais alguma coisa da roupa dele? — Garcia interroga de novo a garota.
— Um boné desses de beisebol — responde ela.
— Deu para ver a cara dele? — pergunta o investigador, começando a se entusiasmar.
— Não, não deu. Só vi uma parte dos cabelos dele saindo por baixo do boné, na nuca.

O entusiasmo diminui.
— Escuros ou claros?
Ela se mexe no sofá. A mãe põe o braço protetor em seus ombros.
— Não sei dizer. Estava escuro.
— Um homem provavelmente alto, provavelmente carregando um volume que podia ser uma pessoa enrolada num cobertor. Cabelos compridos saindo pela parte de trás do boné. Mais alguma coisa? — Garcia continua tentando. — Você é capaz de dizer que idade tinha esse sujeito? Era adolescente? Ou mais velho, mais ou menos da idade do sr. Lancaster?
Lisa olha de um para outro.
— Não, acho que adolescente não era.
— Pode ser mais específica? Vinte anos, trinta, quarenta, quantos?
Ela sacode a cabeça, os olhos no chão.
— Eu não cheguei a vê-lo. Ficou de costas para mim. No escuro. E eu estava meio dormindo, estava zonza, sabe? — As palavras lhe saem com pressa, com medo. — Eu não... Eu queria ter... — gagueja e então se cala.
— E a coisa enrolada no cobertor era uma pessoa? — prossegue Garcia. — Estava se debatendo? Dava a impressão de estar se mexendo ou lutando?
Lisa sacode a cabeça.
— Estava parada. Não estava lutando. Ela... — acrescenta, mas logo se corrige. — Quer dizer...
Doug Lancaster se levanta.
— Acho que já basta — diz, aproximando-se e pousando a mão no ombro de Lisa. — Você não se lembra de mais nada, lembra? — diz com ternura, um pai que tem uma filha daquela idade.
— Eu queria fazer só mais uma pergunta — diz Garcia, quase pedindo desculpas, agora que Doug Lancaster relaxou um pouco com a menina. Um gesto e tanto considerando que a filha do cara sumiu e pode ter sido seqüestrada.
Lisa se volta para ele, o pavor estampado no rosto.
— A pessoa que ele estava carregando, que parecia enrolada num cobertor... — Não quer fazer esta pergunta, mas precisa. — Você acha que podia ser Emma?
— Podia ser — responde ela. — Eu não pensei nisso na hora. Só depois — acrescenta, olhando para o sr. e a sra. Lancaster, que

parecem ter levado uma dura bordoada na cabeça. — Mas era bem grande, e pelo modo como ele a colocou no ombro. Podia ser, sim. — Torna a virar o rosto, um pouco para o lado da mãe, um pouco para o chão. — Era grande, podia ser uma menina.

A roupa que Emma usou na noite passada está espalhada no chão, coisa de adolescente, a bolsa ficou na escrivaninha.
— Reparou se está faltando alguma coisa de sua filha? — pergunta o investigador Garcia.
— As chaves — responde Glenna. — Ela sempre as guarda na bolsa. Sumiram.
— A senhora já procurou?
Glenna faz que sim.
— Pensei que fosse um assalto — diz. — Mas a carteira dela continua no mesmo lugar. Com o dinheiro. Só dei pela falta das chaves. — Olha para o nada. — O chaveiro é uma cruz-de-malta em miniatura. Nós o compramos na Grécia, onde passamos as férias no ano passado.

É fim de tarde. A escuridão se acerca, o sol se põe rapidamente. A casa dos Lancaster, no alto das colinas da Estrada de Santa Ynez, tem vista da cidade e do oceano, um vasto panorama que se estende desde Port Hueneme, 80 km a sudeste, até além da praia Goleta, 50 km litoral acima.

Meia dúzia de subordinados do xerife, todos especialistas nesse tipo de serviço, convergiram à propriedade. Bob Williams, o xerife, chegou há uma hora, quando o investigador Garcia comunicou que havia uma grande probabilidade de Emma Lancaster ter sido levada à força por um desconhecido.

Williams dirigirá pessoalmente a investigação. Montecito não tem polícia própria; esse tipo de investigação é da jurisdição do xerife distrital. Ele contará com a colaboração de outra força policial local, mas se encarregou de coordenar o espetáculo. É conhecido dos Lancaster, não socialmente, claro, mas profissionalmente. O distrito é pequeno, de modo que todas as pessoas importantes se conhecem entre si. E Doug Lancaster não é simplesmente um ricaço ou figurão a mais, é o principal peso-pesado da mídia da região. Todos os políticos do Estado, do governador ao vereador, querem estar — *precisam* estar — na sua graça. A alternativa pode ser um rápido retorno ao setor privado.

Se se tratar deveras de um seqüestro, não de coisa como, por exemplo, um ato de rebeldia juvenil, será um caso dos mais graves: a filha de uma família riquíssima e de enorme prestígio.

Os auxiliares do xerife, uns fardados, outros à paisana, estão aglomerados em pequenos grupos no quintal. Há um gazebo a um canto da propriedade, com uma lagoa de patos na outra extremidade. A piscina e seu complexo, que conta com sauna, hidromassagem, sala de musculação e churrasqueira, ficam mais afastados, no lado leste do terreno. Embora já faça semanas que não chove, o solo continua saturado da água que absorveu. Devido à umidade, há pegadas lamacentas atravessando os pátios dos fundos, até mesmo o do quarto de Emma, assim como nos diversos caminhos de pedra entre as árvores, sob as quais há bancos dispostos com muito bom gosto.

Desde que chegou, uma equipe de técnicos forenses examina os vários agrupamentos de pegadas. Eles sabem, por experiência, que quase todas serão levadas em consideração; já trabalharam em incontáveis lugares como esse. Algumas são de botas de trabalho com biqueira de ferro, outras, de galochas, mas também há marcas de tênis. Foram deixadas pelos jardineiros, pelos que cuidam da piscina e pelos outros empregados. Nenhuma delas tem características particulares capazes de distinguir a que pode ser do calçado usado pelo seqüestrador que invadiu o quarto de Emma na calada da noite. Se é que ela foi seqüestrada.

— Estas aqui são mais frescas. — Um dos técnicos mostra a um investigador, seu parceiro, pegadas que vão do gramado ao pátio do quarto de Emma. Os sapatos que as meninas usaram ao sair estão espalhados perto da porta.

— Três grupos — observa o outro tira rapidamente.

— Três garotas, três pares de sapatos, três grupos de pegadas — concorda o policial-chefe. — Nada mais lógico.

Seguem as pegadas no amplo relvado, elas terminam na escada do gazebo, o ponto mais distante da casa.

— As três meninas ainda — observa o policial mais velho. É um bom rastreador, faz parte da equipe de busca e resgate. Rastreou e encontrou crianças e andarilhos perdidos em todo o Bosque Nacional de Los Padres, ao norte. Em comparação com esse tipo de diligência, isto aqui é um brinquedo.

— Vamos ver o que elas foram fazer — diz. — Seja o que for, não queriam que mamãe nem papai soubessem — acrescenta com perspicácia. Começa a subir a escada, o parceiro o segue.

O assoalho do gazebo está cheio de pontas de cigarro. Uma pilha de garrafas e latas de refrigerante acumula-se desajeitadamente a um canto. Entre elas, há também algumas de cerveja.

— Nem no dormitório da minha faculdade a bagunça era tanta — comenta o chefe.

O outro pega uma garrafa de cerveja vazia.

— Sierra Nevada. Até que as garotas têm bom gosto. E dinheiro também.

— É a que os pais delas bebem — diz seu parceiro. Aproxima-se do parapeito do gazebo e fica olhando para os fundos da enorme casa, onde os grupos de investigadores procuram pistas.

— Um lugar destes deve ter três ou quatro geladeiras das grandes. Você pode tirar um caminhão de cerveja daqui sem que ninguém sinta falta.

O parceiro olha para uma coisa numa fresta do assoalho.

— O que é isto? — pergunta em voz alta, curvando-se para fisgar o objeto com a ponta de uma chave. — Veja só. — Ergue a ponta do baseado até a altura do rosto do outro tira.

O chefe olha bem para o objeto encontrado.

— Pelo jeito, não é um bombom.

— Dê um pulo até a escola Santa Barbara na hora do recreio — diz o técnico forense. — Isso é o mínimo que eles toleram lá. Em todo caso, quem garante que é de uma das meninas? Ou mesmo as latas de bebida? Podem ser de um dos empregados, do jardineiro, sei lá. Aqui deve trabalhar muita gente.

O outro guarda o baseado num saco plástico.

— Melhor checar.

Enquanto isso se passa do lado de fora, o xerife Williams está na casa interrogando Doug e Glenna num escritório particular, longe dos policiais em atividade.

— Quando foi que os senhores viram sua filha pela última vez? — pergunta para começar.

— Quando ela voltou para casa ontem à noite — Glenna responde de pronto.

— A que horas?

Ela pensa um momento.

— Um pouco antes das onze, acho. Não consultei o relógio. Eu estava com visita. O toque de recolher de Emma é às onze, e ela sempre chega no horário.

— A senhora sabe como ela voltou para casa? Alguém lhe deu carona, um amigo, a mãe de uma colega?

Glenna sacode a cabeça.

— Ela veio de táxi. Elas vieram. As meninas.

— Tem certeza? Talvez ela tenha dito isso porque estava com um rapaz. Ou com alguns rapazes. Com os quais os senhores não queriam que saísse. Ou, mesmo que os senhores não ligassem para isso, elas podiam não querer que as mães soubessem.

— Emma ainda está na oitava série. Não tem namorado. — Glenna toma um gole de vinho. É o segundo copo. Precisa disso para manter os nervos sob controle, para não sair por aí aos berros. — Além disso, ela me fez pagar a corrida. Vinte e dois dólares.

Williams anota no caderno.

— Sabe de que frota era o táxi?

— Não, eu não saí para pagar. Dei o dinheiro a ela.

— Sua filha viaja de táxi com freqüência?

— Não. — Glenna olha de relance para Doug. — Geralmente, uma das pessoas que trabalham aqui vai buscá-la... quando nós não podemos — apressa-se a acrescentar, não querendo parecer uma ricaça indiferente à filha.

— Mas ontem à noite não?

— Eles estavam ocupados com outras coisas — diz ela, sentindo-se culpada e não gostando disso.

— Quantas pessoas trabalham aqui? — quer saber o xerife.

— Que moram na casa.

— Temos quatro empregados morando conosco. Dois deles a levam de carro. Ambos estavam de folga ontem à noite. Emma ficou de tomar um táxi se não conseguisse carona com um amigo.

— Você não incluiu os jardineiros — intervém Doug Lancaster.

— Os jardineiros não moram aqui — retruca a mulher. Sente-se defensiva a respeito das pessoas que trabalham para eles, embora saiba que não deve; todos são bem pagos e adoram trabalhar na casa. Todos ganham gratificação de Natal, mesmo quando a renda das estações de TV cai.

— Quantos jardineiros trabalham aqui permanentemente?

— Dois.

— Quantas vezes por semana?
— Todos os dias úteis — responde Glenna, começando a se sentir incomodada. — Não trabalham nos fins de semana, a menos que seja uma ocasião especial, uma festa de caridade ou algo assim.
Mais uma anotação no caderno.
— Depois vou precisar dos nomes deles. A senhora pode me contar o que estava fazendo?
— Ontem foi a reunião mensal do meu grupo de consciência feminina.
Williams aguarda que ela prossiga.
— Umas dez mulheres, mais ou menos. Todo mês nós escolhemos um tema e discutimos a nossa experiência a respeito. Assunto pessoal... sentimentos, emoções, coisas do nosso interesse. Geralmente é nas noites de quinta-feira, mas este mês foi melhor no sábado.
— As outras mulheres do grupo estavam aqui quando as meninas voltaram da cidade?
— Sim, estavam aqui.
As mulheres se foram por volta de meia-noite e meia. Glenna deu boa-noite a Emma e às suas colegas que tagarelavam sem parar no quarto, a porta fechada. Glenna não costuma entrar no quarto da filha. Acha importante que ela tenha um espaço próprio e confie que a mãe não vai espioná-la.
Glenna se preparou para ir se deitar e adormeceu mais ou menos à uma hora.
— E depois não ouviu nada? — indaga Williams. — Nenhum barulho incomum?
— Não. Dormi até as sete e meia. Eu tenho o sono leve. Estou certa de que teria ouvido um barulho mais alto. Meu quarto fica do lado oposto da casa com relação aos outros quartos.
Williams faz menção de dizer uma coisa, mas muda de idéia.
— A senhora pode me dar os nomes das mulheres? — pede.
— Pode ser útil.
Glenna concorda com um gesto.
— Eu farei a lista por escrito.
— Fico agradecido. — Ele se volta para Doug, que está imóvel no lugar, estalando os dedos, mostrando-se impaciente. Tudo bem, pensa Williams, ele que sue um pouco. — E o senhor, sr. Lancaster?

— Quando vi Emma pela última vez? — Doug não está tomando nada. Vontade não falta, vontade de tomar um bom destilado, mas prefere não beber na presença da polícia.
— Sim, senhor.
Doug pensa um instante.
— Ontem de manhã? Será que eu a vi? Sabe, eu não consigo me lembrar. Acho que sim, mas talvez não, talvez não a tenha visto.
— Quando foi a última vez que o senhor tem certeza de que a viu?
— Sexta-feira à noite — responde Glenna por ele. — Há dois dias. Nós jantamos juntos, os três.
— Acho que é isso mesmo — concorda Doug.
Williams torna a escrever no caderno. Erguendo a vista, pergunta:
— E onde o senhor estava na noite passada, sr. Lancaster?
— Em Los Angeles. Em Beverly Hills, para ser exato. Até bem tarde. Depois fui para o hotel, em Santa Monica.
— Los Angeles?
— Tive uma reunião — explica Doug. — Alguns sócios meus, na rede, vieram de Nova York e de Atlanta. Passamos o sábado trabalhando, à noite jantamos e, esta manhã, fomos jogar golfe. — Faz uma pausa. — Foi onde minha mulher finalmente me localizou, no campo de golfe.
— Certo — responde Williams sem demonstrar interesse. — Pode me dar os nomes?
— Eu não costumo levar o telefone celular ao campo de golfe — acrescenta Doug como a se desculpar. A seguir, fornece os nomes dos homens e mulheres com que jantou na noite passada, o nome do hotel em que se hospedou e os dos companheiros de golfe.
Williams os anota todos.
— É tudo por ora. Vamos passar mais algum tempo examinando a casa. Se encontrarmos alguma coisa, nós lhes diremos.
Quando o xerife faz menção de sair, Doug se põe à porta, impedindo-lhe a passagem.
— Foi um verdadeiro interrogatório — diz sem ocultar a contrariedade. — Suas perguntas quase nos deram a impressão de que somos suspeitos de alguma coisa, pela maneira como nos testou. — A intensidade de sua voz obriga Williams a encará-lo.

— Eu entendo que vocês precisam descobrir o que aconteceu, mas para que isso? Ou será que eu o interpretei mal?
A resposta do xerife é direta:
— Não, o senhor me interpretou muito bem.
Glenna respira fundo, ruidosamente. Num gesto protetor, o marido põe o braço em seus ombros.
— Nós temos de proceder assim — explica Williams. — Sempre que um membro da família desaparece, sobretudo sendo uma criança, todos os outros são os primeiros a ser... — procura a palavra certa — suspeitos. Como no caso da família Ramsey, no Colorado. Espero que o senhor compreenda.
— Talvez eu compreenda — responde Doug, apertando o abraço na esposa ao sentir a tensão em seu corpo. — Mas pode ter certeza de que não estou gostando nada disso.
— Sim, eu entendo. Mas nós temos de proceder assim — repete Williams com desconfortável firmeza. — É assim que procedem todos os departamentos de polícia do país.
— Neste caso... — Doug não faz nenhuma concessão.
— É para o seu próprio bem... senhor.
— Para o *nosso* bem? Como assim? — Agora ele está zangado. Sua filha desapareceu e os tiras se põem a interrogá-lo e a Glenna. Será que não têm coisa melhor para fazer, como investigar quem cometeu o crime? Se é que ela foi mesmo seqüestrada, coisa em que agora ele é obrigado a acreditar. Não há nenhuma outra opção plausível.
Williams não se deixa perturbar. A reação de Doug é normal.
— Num seqüestro sem testemunhas, os membros da família são os primeiros suspeitos — explica com paciência. — *Principalmente* numa situação sem nenhuma testemunha.
— Mas há uma testemunha — protesta Glenna. — Lisa viu tudo. O investigador Garcia já a interrogou. O senhor sabe disso.
— Ela não viu nada — contesta Williams com desdém. — Um homem branco e alto. Sem cara, sem nada. Pode ter sido o pai da menina — conclui olhando para Doug.
— Ei!
— Eu não disse que foi o senhor, sr. Lancaster — recua o xerife —, mas temos de levar em conta também essa possibilidade. É assim que somos treinados, e com bons motivos. Também pode ter sido um dos seus empregados ou alguém que trabalhou aqui e conhece bem o terreno.

— Não foi nenhum empregado nosso — interfere Glenna com firmeza. — Disso eu tenho certeza.
— Não tenha certeza de nada — aconselha Williams. — Para o seu próprio bem. Os senhores são uma família abastada, aparecem na mídia, pode ser que tenham prejudicado alguém.
Doug se sente impelido a negar, mas se contém.
— Nisso o senhor tem razão — concorda. — Qualquer um que controle parte da mídia acaba arranjando inimigos — diz em favor tanto da esposa quanto da polícia. — Tenho certeza de que os arranjei. — Faz uma pausa. — Eu sei que tenho inimigos.
Num gesto consolador, Williams pousa a mão no antebraço de Glenna. Sente quanto a pele da mulher está fria. Pode se encontrar em estado de choque. Talvez valha a pena chamar um médico.
— Nós os estamos protegendo, compreende? — diz para os dois. — Se sua filha tiver sido seqüestrada, os senhores vão enfrentar um período muito difícil. É melhor que estejam bem de saúde e preparados para...
— Para o pior — completa Doug Lancaster.
Williams faz que sim.
— É para o *seu* bem... acreditem em mim.
Glenna balança lentamente a cabeça. Respira com dificuldade.
— Eu estou ouvindo.
— Ótimo. — Ele vai chamar o médico imediatamente. Durante o interrogatório, colheu o nome do clínico da família. — Eu sei que os senhores nada têm a ver com o que aconteceu. Assim, todos ficamos protegidos, os senhores e nós.
— Eu entendo.
Está prestes a sair, mas se detém.
— Havia mais uma coisa que eu queria lhes perguntar, mas esqueci.
— O quê?
— Os senhores têm alarme aqui, não têm?
— Claro que sim.
— Se abrissem a porta externa do quarto de sua filha, o alarme não dispararia?
Doug faz que sim. Volta-se para a mulher.
— O alarme estava ligado? Você se lembra de tê-lo acionado?
Ela pensa, pressionando a ponta dos dedos na testa.

— Acho que sim. Quando Audrey foi embora... ela foi a última a sair. — Pensa um pouco mais. — Tenho certeza de que o liguei. Eu sempre o ligo.
— Será que não esqueceu dessa vez? — insiste Williams.
— É possível que sim, mas eu costumo prestar atenção nisso.
— Quem foi o primeiro a acordar esta manhã, sra. Lancaster? Quem foi o primeiro a sair?
— De... deve ter sido eu mesma. Se bem que um dos empregados pode ter se levantado mais cedo. Fui eu que saí para pegar o jornal.
— O alarme estava ligado quando a senhora saiu?
— Eu... — Ela sacode a cabeça. — Sinceramente, eu não me lembro. Faço isso automaticamente. Só que... não me lembro — diz, sentindo-se fraca, tola e culpada.
— Não é tão grave assim. — Sensível ao estado emocional da mulher, Williams encerra o interrogatório. Entrega a Doug um cartão de visita. — O telefone da minha casa é este aqui. — Aponta para o número. — Se lhe ocorrer alguma coisa, ligue para mim. A qualquer hora. A qualquer hora mesmo. — Cala-se um instante. Agora é a pior parte. — Principalmente se alguém entrar em contato com os senhores.
Os dois pais se encolhem ao mesmo tempo.
— Oh, meu Deus! — Glenna mergulha o rosto nas mãos.
— É isso... que o senhor espera que aconteça? — pergunta Doug com dificuldade para falar. — Que devemos esperar?
O xerife não abranda as palavras. É inútil.
— Se for um seqüestro, vão pedir um resgate, sem dúvida.
— Mas quando é que... — Doug se interrompe, não consegue terminar a pergunta.
Williams sacode a cabeça com resignação.
— Não há como saber. Pode ser hoje à noite, amanhã de manhã, daqui a alguns dias. Ou... — cala-se.
Doug pronuncia o impronunciável:
— Ou nunca.
— Isso é muito raro.
Glenna prorrompe a chorar, soluços altos e sentidos. Seu marido a abraça com força.
— Tenha calma, meu bem — sussurra com meiguice. — Vai dar tudo certo. Nós ainda nem sabemos o que está acontecendo.
— O cartão do xerife parece lhe queimar a palma da mão. Ele o

guarda no bolso. — Eu lhe agradeço antecipadamente o que está fazendo — diz a Williams. — Sei que não estamos lidando com a situação como deveríamos.

— Não precisa me agradecer, Doug — diz o xerife, chamando o homem pelo prenome pela primeira vez desde que chegou: uma tentativa de consolá-lo. — E muito menos me pedir desculpas. Ninguém precisa se desculpar pelas coisas que diz ou faz nessas circunstâncias. Eu vou trabalhar como se fosse a minha própria filha.

Ainda não há nenhum registro oficial de seqüestro. Emma desapareceu há cerca de nove horas apenas (há catorze ou quinze se se der crédito à história de Lisa sobre o intruso). Mais importante: não pediram resgate, não há indício de violência. Em todo caso, a polícia está se mexendo; não quer bancar a palhaça, não quer que a bomba estoure em suas mãos se, como se teme cada vez mais, a coisa for mesmo para valer.

Williams está num semicírculo com os investigadores.

— Alguma coisa especial?

Os homens que seguiram as pegadas das meninas até o gazebo informam-no do que encontraram: as latas de cerveja, as bitucas. Todos os itens lá encontrados serão recolhidos e passarão pelo pente-fino.

— Elas estavam dando uma festinha. Vamos examinar as latas. Tomara que encontremos algumas impressões digitais... que não sejam das meninas nem de quem tinha motivo para estar presente.

O outro mostra o baseado no saco plástico.

Tal como o parceiro desse, Williams reage com indiferença.

— Não quer dizer nada. Mesmo que elas estivessem fumando essa porcaria, e daí? Não tem nada a ver com o que aconteceu.

— Faz um gesto que abarca todo espaço ao seu redor. — E como vocês vão colher as impressões digitais de uma garota que não está aqui? Como ela é muito novinha para ter licença de motorista, provavelmente nunca tiraram suas impressões.

Williams já anda apreensivo. O caso não está progredindo como ele quer. Não que esperasse muito, mas queria alguma coisa, qualquer uma que pudesse apresentar à família e a toda a comunidade quando a descobrissem.

— Aqui.
Ele se volta para o lugar de onde veio a voz. Uma investigadora chamada Jeri Bryan se encontra a cerca de cinco metros do pátio do quarto da suposta vítima de seqüestro.
— Quase deixamos escapar — diz Jeri. — Cuidado, é a única que eu achei... até agora. Não pisem!
O xerife se aproxima com excessiva cautela.
— Olhe. — Ela se agacha e aponta para a borda de um caminho de pedrisco que começa onde o pátio termina e, contornando a casa, leva a um portão na cerca que rodeia a propriedade. O xerife Williams se acocora a seu lado. Ela aponta a lanterna para o chão.
Uma pegada parcial do pé esquerdo. Sapato de homem, bastante grande. Alguém caminhando no pedrisco, onde não deixaria nenhum vestígio. Mas errou o passo uma vez.
— Está vendo? — Ela aponta para uma marca no padrão do solado, bem no centro da pegada.
Williams se põe de quatro na grama úmida, inclinando-se de modo que seu rosto fique a centímetros do vestígio. Jeri indica a marca com a ponta de um lápis. É um sulco bem fundo, de pouco mais de um centímetro, que atravessa de ponta a ponta a sola do sapato.
— O cara deve ter pisado num objeto cortante — arrisca. — Numa faca, na borda de um rastelo, ou talvez estivesse cavando e, quando empurrou a pá com o pé, ela penetrou a sola do sapato. — Ergue os olhos e dá com o olhar do técnico forense que seguiu as pegadas das meninas até o gazebo.— Dê uma olhada, Frank.
O especialista se agacha ao lado dela e do xerife. Olha para a marca no chão e se levanta.
— Esta está boa. É bem fresca.
Williams também se levanta.
— Vamos tirar o molde, não?
— Sem dúvida alguma.
— Bom trabalho, Jeri — Williams elogia a investigadora Bryan.
— Cedo ou tarde, alguém acabaria encontrando-a — responde ela com modéstia.
— Caso um de nós não pisasse aí antes e apagasse a pegada. — Ele se vira para a equipe. — Pode ser que tenhamos encontrado uma pista, pessoal. Vamos nos concentrar nela.

Os investigadores intensificam a busca de pegadas semelhantes. Agora que sabem o que estão procurando, não tardam a encontrar mais duas: uma perto do gazebo, quase escondida pela relva alta, outra perto do portão.

Enquanto tiram cuidadosamente o molde dos rastos, feito paleontólogos atrás de ossos de dinossauro, outro investigador sai da casa e cochicha alguma coisa no ouvido do xerife. Este ergue a vista. Depois segue o policial, entra e vai para o quarto de Emma.

Doug e Glenna Lancaster estão ali. Parecem abalados.

— Acho que já sabemos o que aconteceu com o alarme — diz Doug com voz embargada. — Venham.

Ele os conduz ao corredor. O painel do alarme fica na parede perto da porta.

— Aqui é o painel desta ala da casa — explica. Aponta para as luzes verdes acesas. — Desligaram o alarme.

Muito sério, Williams olha para o aparelho. Foi a menina. Ela desligou o alarme ao sair com as amigas para fazer a sua farrinha. Depois, quando voltou para dentro, esqueceu de ligá-lo. De que se lembraria uma adolescente entupida de maconha, cigarros e cerveja?

— Vai ver que foi o seqüestrador que o desligou — murmura Glenna com ojeriza à palavra: "seqüestrador".

— Pode ser — concede o xerife. — Mas, nesse caso, ele devia saber onde ficava o painel e conhecia o código. O que nos leva a pensar, uma vez mais, que foi obra de alguém da casa, se é que a seqüestraram mesmo, coisa de que ainda não devemos ter absoluta certeza.

Só mais tarde, quando o pessoal tiver ido embora, é que ele vai lhes falar da pegada parcial e dos rastos das meninas até o gazebo. Por ora, os dois precisam respirar um pouco.

Postado atrás da esposa, Doug Lancaster começa a sacudir a cabeça.

— Sim? — pergunta Williams.

— Ninguém desligou o alarme. Só pode ter sido Emma. — Olha para o xerife. — Ela saiu, não saiu? Ela e as amigas... depois de dar boa-noite à mãe. Elas foram lá para fora, não foram?

Williams o encara. É inútil ser indireto agora.

— Sim, sr. Lancaster. Tudo indica que elas saíram.

* * *

O fotógrafo da polícia tira fotos infravermelhas do piso do quarto de Emma para ver se a pegada que encontraram no quintal deixou alguma marca apenas detectável para a fotografia *hightech*. Lá fora, os policiais começam a embalar os moldes dos rastos potencialmente decisivos para a solução do caso. A seguir, colocam tudo nos automóveis e peruas e se vão.

O xerife instala um aparelho de escuta no telefone, conectando-o diretamente com a sede regional do FBI, em Los Angeles. Se alguém telefonar a propósito do desaparecimento de Emma — o seqüestrador exigindo resgate, um informante anônimo ou qualquer outra pessoa —, todos estarão prontos para entrar em ação. Doug e Glenna são instruídos para lidar com a situação: reter o interlocutor na linha o máximo possível e não fazer nada que o leve a desligar prematuramente ou, o que seria pior, a fugir de onde está. Se houver exigência de resgate, os auxiliares do xerife, com a ajuda do FBI e da polícia estadual, retornarão e instalarão uma equipe na própria casa. Mas por ora não é necessário nem recomendável. Se (uma vez mais *se*) se tratar de seqüestro, o autor deve estar vigiando a casa ou mandou alguém vigiá-la. A polícia não quer assustá-lo.

O seqüestro (seqüestro *potencial*, todos esperam) está sendo mantido em sigilo por enquanto, mas isso vai mudar, talvez amanhã cedo. Um repórter do *Santa Barbara News-Press*, o jornal local, soube do incidente pelas linhas abertas da polícia e se postou em frente à mansão, no começo da noite, na esperança de obter um furo de reportagem. Doug se recusou a sair e lhe dar informações; o xerife mostrou-se igualmente reservado. "Nada a declarar" foi a sua única declaração quando entrou no carro e partiu.

Na casa opressivamente silenciosa, Doug Lancaster pensa em como administrar a situação. Tem de fazer alguma coisa: a notícia não pode ficar encoberta, ele não conseguirá mantê-la em segredo por mais de um dia. O mero fato de ter acontecido com a sua família já torna o caso interessantíssimo para a mídia. Ele será obrigado a lidar com isso, ainda que seja a última coisa que quer fazer.

Por teleconferência, Doug entra em contato com Jane Bluestine, a diretora da estação, com Wes Cobb, o chefe da produção do setor de jornalismo, e com Joe Allison, o âncora principal. Decidem divulgar uma nota breve e inócua, no noticiário das 23 horas: houve um incidente na residência de um importante habitante de Montecito, envolvendo o possível desaparecimento de uma adolescente. Só isso. Durante a noite, polirão a notícia, oxalá com mais detalhes: um telefonema ou uma comunicação do seqüestrador, quem sabe a identificação do criminoso a partir dos indícios (por precários que sejam) encontrados no local, talvez um perfil montado pelo psicólogo da polícia, que, tendo se informado dos fatos, descobriu o tipo de pessoa responsável pelo delito. A polícia já acionou todos os computadores em busca de maníacos sexuais conhecidos que acaso se encontrem na região, alguém que tenha sido posto em liberdade recentemente num Estado do Oeste ou que esteja em liberdade condicional, qualquer um que possa ser o seqüestrador. Talvez amanhã cedo, às seis horas, quando o primeiro noticiário local for ao ar, já tenham alguma coisa, mais do que têm agora.

Vão trabalhar com o que tiverem, seja lá o que for. E a partir de então, Doug sabe perfeitamente, ele e sua família estarão morando numa casa de vidro.

Glenna e Doug estão embarricados no menor dos dois escritórios da casa. Agora ele se serviu de um drinque, uma boa dose de Laphroig. Glenna ataca o quarto *chardonnay*. Os dois se entreolham, miram o telefone, mas não trocam uma palavra.

Doug liga para Fred Hampshire, seu advogado. Este fica chocado com a notícia. Dispõe-se a interromper o jantar que está oferecendo e ir ter com ele imediatamente, porém Doug dispensa a amabilidade. Fred não pode fazer nada. Ninguém pode fazer nada agora, a não ser ter esperança e rezar. Encontrar-se-ão amanhã, quando a polícia, tendo analisado o material que colheu, elaborar um plano de ação.

De vez em quando o telefone toca como de costume. Nenhuma chamada é a propósito de Emma; fora as pessoas diretamente afetadas, ninguém sabe do ocorrido. A polícia discutiu a situação com Lisa e a mãe e com Hillary e os pais. É um assunto delicadíssimo; se a notícia vazar prematura ou erroneamente, as conseqüências podem ser desastrosas.

Entre as poucas pessoas que sabem do desaparecimento de Emma, figuram os empregados domésticos. Pouco depois da chegada da polícia, Doug telefonou para a casa de Maria Gonzalez, a governanta, pedindo-lhe que voltasse imediatamente. Quando ela chegou, contaram-lhe o que tudo indicava que havia acontecido.

Ato seguido, ela tratou de localizar os demais empregados. Agora estão todos aqui, mesmo os que tinham folga no fim de semana. Percorrem silenciosamente a mansão, calados feito fantasmas. Conversaram entre si, asseverando que o acontecimento é um mistério para eles. Todos sabem que Emma é precoce e voluntariosa, mas nunca se meteu em encrencas: nenhum atrito com a lei, nem mesmo por coisas à-toa, nunca se ouviu dizer que consumisse drogas. O rumor de que acharam maconha no gazebo não passa de um pequeno deslize, só isso, e não significa que Emma ou suas amigas a tivessem usado.

Se alguém andou fumando por lá, pensa a maioria dos empregados, há de ter sido Glenna. Sabem que ela se droga com os amigos da colônia cada vez maior de artistas de cinema e televisão que aqui se fixou na última década.

Maria bate de leve na porta do escritório, abre uma fresta e enfia a cabeça.

— Não querem comer nada? — pergunta com solicitude. Trabalha aqui há mais de dez anos; em sua vida, eles são quase tão importantes quanto sua família, Emma é tão filha dela quanto os seus próprios filhos.

Imóvel no sofá, Glenna sacode a cabeça. Doug se levanta e vai até a porta.

— Obrigado, Maria, nós estamos sem fome. — Cala-se um instante. — Não deixe ninguém usar as duas primeiras linhas telefônicas, certo? — lembra-a pela enésima vez.

Não precisa dizer por quê. Todos sabem que devem ficar longe dos telefones.

— Claro, sr. Lancaster. Se quiserem alguma coisa, avisem.

Ela sai e fecha a porta.

Doug retorna e se senta ao lado da esposa.

— Pode ser que não seja nada disso que estamos pensando. — A mentira fica presa em sua garganta antes mesmo que ele acabe de falar.

Glenna fita nele os olhos injetados.

— Como? — pergunta roucamente. — Ela nunca fez nada nem de longe parecido com isso. — Toma o que resta no copo de vinho. — Ora, Lisa viu tudo! Será que você esqueceu? Ela viu Emma sendo levada para fora do quarto!

Doug faz que sim. É irrefutável, por mais que a polícia queira torcer o fato. Ela estava semidesperta e não chegou a ver Emma enrolada no cobertor, a única informação de que dispõem até agora.

Todos os indícios apontam para isso e só para isso: uma menina desaparecida, uma testemunha sonolenta, embora lúcida, e a perturbadora pegada no caminho que leva a um dos portões — que mais há de ter acontecido?

Nada mais. Emma se foi. Alguém a levou embora.

SEGUNDO DIA

Nenhum dos dois consegue dormir à noite. Até as onze horas, o telefone toca intermitentemente, chamadas sociais corriqueiras dos amigos. Nada da ligação que eles aguardam, esperam, temem. Doug se encarrega de atender; a esposa não tem condições de conversar com ninguém. Ele dá a mesma resposta a todos os interlocutores: "Glenna já foi dormir e eu estou à espera de um interurbano importante, de negócios, preciso ficar com as linhas livres".

Por fim, às quatro horas, dá um sonífero a Glenna e a leva para a cama. Ela adormece antes que o marido acabe de cobri-la. Então ele faz a barba, toma um banho, põe um bom terno, camisa social, gravata (costuma ir trabalhar de calça cáqui e camisa de golfe, cultivando um estilo bastante relaxado) e percorre as ruas desertas a caminho da emissora de televisão.

Vai pelo bulevar Cabrillo, ao longo da praia. Ainda está escuro, mas o luar ilumina as palmeiras que o bordejam, oscilantes sentinelas projetadas no céu noturno. A praia fica a cem metros da ciclovia paralela ao bulevar e ao oceano. A água está sem ondas, o marulho afaga a areia. Mais além, 30 km mar adentro, as Ilhas Channel pairam na escuridão.

Ele se afasta da praia e sobe as colinas onde se situa a emissora. A KNSB, o Canal 8 da região de Thousand Oaks até Monterey, é uma das estações regionais mais lucrativas do país. Ela e as outras estações que Doug possui o tornaram um multimilionário, um "magnata da mídia" (expressão que ele despreza). Sua riqueza ultrapassa qualquer necessidade, vontade ou desejo humanos: motivo plausível e convincente para que sua filha, sua única filha, tenha desaparecido. Não lhe falta dinheiro para comprar a liberdade da menina, se é que se trata disso.

Doug nunca aderiu às sofisticações da segurança: aos guarda-costas eternamente vigilantes, às empresas de segurança a lhe patrulharem a residência 24 horas por dia, aos complicados aparelhos de vídeo e outros equipamentos, dos quais alguns de seus abastados conhecidos não abrem mão. Sempre pensou que essas coisas só aconteciam com os outros, com gente famosa como os políticos, os astros do cinema, os jogadores de futebol. Agora está prestes a tornar-se uma dessas pessoas: ele, Glenna e (santo Deus!) Emma. Daqui por diante, qualquer que seja o desfecho desse caso, suas vidas já não serão inconscientemente livres e despreocupadas como sempre foram. Os três passarão a ser, senão celebridades, figuras notórias. Com o retrato estampado nas páginas do *National Enquirer*, esse tipo de coisa.

O caso está começando a atingir a família com todo o peso que pode ter.

Normalmente, a esta hora da madrugada, a emissora opera com uma equipe enxutíssima, o mínimo necessário para transmitir o noticiário e a programação locais. O dia começa de verdade a partir das oito horas e se prolonga até as onze e meia da noite, quando o noticiário noturno vai ao ar.

Hoje, no entanto, as pessoas principais — Jane, Wes, Joe — já estão lá quando ele chega. Assim que passa pela porta, Doug sente a tensão. Nota que todo mundo no estúdio — os *cameramen*, o pessoal da administração, todos os presentes — o observam com desconforto. É normal; ele é o dono. Mas hoje a coisa é diferente. Uma coisa que tem vida própria. Como um gás invisível: a gente pensa que pode contê-lo, mas ele acha todas as frestas e aberturas e escapa por elas, espalhando-se no mundo.

Doug está acostumado a *divulgar* notícias, não em *ser* notícia. É melhor habituar-se, percebe com uma pontada. Glenna vai sofrer: jornalistas em toda parte, à porta da casa, aguardando que ela saia para tirar fotografias, para fazer perguntas. As câmeras de televisão em seu rosto — algumas de propriedade dele.

Doug e os diretores se trancam na sala de reuniões. Falta meia hora para o início do noticiário das seis. Todos oferecem condolências. Jane Bluestine o abraça. E ele se surpreende retribuindo com um abraço mais apertado do que teria imaginado. Todos se mostram solícitos, porém cautelosos: estão pisando em ovos.

Wes Cobb lhe entrega o *News-Press* da manhã.

— A seção local — diz laconicamente.

Doug abre o jornal no segundo caderno. A reportagem está na primeira página, no canto inferior direito. Ele percorre rapidamente as colunas. Saltam-lhe à vista os trechos "menina desaparecida" e "possível seqüestro". O coração lhe bate com força no peito. O repórter conseguiu arrancar alguma coisa de alguém. Doug sente um surto de raiva mesclado com uma sensação de impotência por não ter previsto isso; devia ter sido mais agressivo com o cara, se bem que isso seria contraproducente.

Mas é o Doug pai que está irritado agora, não o Doug jornalista. O sujeito apenas escreveu uma matéria: é o seu trabalho.

Pelo menos, não há fotografias e não se menciona, especificamente, o nome da família, conquanto "a filha de uma importante família da indústria das comunicações de Montecito", na chamada, restrinja bastante as possibilidades. Por sorte, como estamos em Santa Barbara, a maior parte dos leitores há de imaginar que aconteceu com a família de algum artista ou apresentador.

Inicialmente, ninguém sabe o que dizer, portanto Doug toma a palavra.

— É uma notícia, está aí, nós temos de fazer a cobertura — diz. — A questão é como lidar com ela.

— Como estão as coisas, Doug? — quer saber Jane. — Com a polícia, quero dizer, não pessoalmente.

— A polícia ainda não sabe nada, mas tem plena certeza — Deus, como é difícil pronunciar a palavra — de que se trata de *seqüestro.* — Faz uma pausa. — Confesso que eu também tenho.

Informa-os a respeito do que Lisa Jaffe presenciou e da coleta de material que poderá servir como prova, mas que também pode não dar em nada.

Wes, o produtor, um obstinado pragmático, fala claramente:

— Enquanto os indícios não disserem o contrário, temos de tratar do caso como ele merece. Não podemos lhe dar nem mais nem menos importância pelo fato de ter acontecido com você, Doug.

Este balança a cabeça.

— Eu concordo.

Wes já está com a pauta do noticiário matinal na mão. Examina-a.

— Ontem à noite houve um homicídio relacionado com uma gangue na Zona Oeste — diz, lendo a seqüência de itens. — Hoje, às sete da manhã, começa a reforma anti-sísmica da Rodovia 154, na altura da ponte da Estrada de Paradise. Haverá congestionamento desde o vale até Santa Ynez. É importante, as pessoas vão querer saber quanto tempo vai demorar e se elas devem desviar para a 101. Tina já está lá, vamos colocá-la no ar ao vivo.

— Nós começamos por aí — propõe Doug —, e voltamos a essa notícia pelo menos mais uma vez na primeira meia hora e, depois, duas vezes entre as seis e meia e as sete. Eu acho — acrescenta diplomaticamente. Ele não dirige o setor de jornalismo. Tem liberdade de dar opinião, mas é para isso que contrata profissionais.

Wes e Jane concordam. Não precisam informar o patrão de que seu palpite é desnecessário, sobretudo hoje.

— Vamos começar pelo assassinato.

Joe Allison, que está de pé a um lado, até agora limitou-se a ouvir. É o principal âncora da emissora, uma estrela em ascensão. Há dois anos, fazia o noticiário local de Cheyenne, em Wyoming; daqui a dois anos, ou talvez menos, será o âncora do noticiário das seis da manhã, em Los Angeles, Nova York ou Chicago, ou até mesmo estará trabalhando nacionalmente, substituindo Tom Brokaw, participando do programa "Today", encarregando-se dos noticiários de fim de semana. Com apenas trinta anos, é fotogênico, autoritário, agressivo e inteligente. Oriundo do programa de mestrado da Faculdade de Jornalismo da Northwestern, escreve bem e sabe fazer uma boa reportagem.

— Depois o seu caso, depois a Rodovia 154 — diz a Doug.

Todos concordam prontamente. Não era preciso ser um gênio para sair com essa, mas alguém tinha de fazê-lo. Joe se incumbiu.

— Quer que eu apresente a peça? — pergunta. — Eu estou aqui mesmo. Devia fazer alguma coisa.

A âncora matinal regular é Wendy Gross, uma moça competente, ainda que inexperiente. Embora trabalhe bem e corretamente, não faz parte do núcleo central e não precisa conhecer as particularidades do caso. Vão lhe pedir que leve em consideração o inabitual envolvimento de Joe no último minuto.

— Sessenta segundos? — pergunta Wes, referindo-se à duração.

— Ou mais do que isso se necessário — responde Jane. Hesita. — Vamos usar as imagens?

Ontem à noite a emissora enviou uma equipe à casa de Doug. Tina Jones, que esta manhã estaria na cobertura da Rodovia 154, fez uma tomada breve que, entretanto, não foi utilizada no noticiário das onze. O material é inócuo, garante Jane: uma casa às escuras com algumas radiopatrulhas na frente. Mesmo quem conhece a residência não será capaz de identificá-la.

Todos olham para ele.

— Acho que sim — responde Doug com má vontade, sentindo-se numa armadilha. Não tem outra saída, a notícia já é pública, o *News-Press* a divulgou. — Mas sem imagens minhas nem da minha esposa, e nenhuma fotografia da minha filha. Nem o nome dela — acrescenta com veemência.

— Tem certeza? — Wes pergunta. *Querendo dizer: tem certeza de que não é melhor sermos mais específicos?*

Doug respira fundo.

— Então, que se foda! Divulguem os nossos nomes. Mas sem exagerar nos detalhes.

É preciso ser profissional, mesmo sendo a vítima. Ele tem o súbito *insight* de como as pessoas devem se sentir quando são objeto do escrutínio público. Não admira que detestem a mídia pelo seu gosto de explorar feridas abertas.

— Você pode dar uma olhada antes — oferece Joe. — Se houver alguma coisa prejudicial, nós cortamos.

— Escreva como se fosse sobre qualquer um — Doug lhe diz.

— Não podemos distorcer a coisa conforme as nossas necessidades. — Força um sorriso. — Muito bem, pessoal, vamos trabalhar.

Aqui em cima, no escritório, ele folheia alguns papéis, tentando, durante alguns momentos, assimilar o que lhe está acontecendo. O escritório é um espaço pequeno para um homem da sua estatura. Os únicos toques de vaidade são algumas fotografias, nas paredes, dele com diversas celebridades: o governador Wilson, o senador Feinstein, o vice-presidente Gore. A melhor coisa do escritório é a vista, que abarca boa parte da cidade, o porto, o mar. Nos dias claros, vê-se o horizonte. Agora ainda está escuro para se enxergar muita coisa.

Ele não consegue enfocar a vista. Está nervoso demais. Meu Deus, pensa, aconteceu mesmo. Sua filha desapareceu, levaram-na embora. O pior pesadelo de qualquer pai.

* * *

Doug telefona para o xerife Williams.

— Eu li a notícia no *News-Press* — conta este. — Os caras não perdem tempo mesmo.

Doug fala na matéria que a estação local está preparando para esta manhã.

— Tomara que já tenhamos alguma coisa até a noite.

Isso é tudo que Williams tem a dizer? Doug fica fulo de raiva.

— Ninguém telefonou em casa. — Aqui no escritório, há uma extensão do telefone de lá, assim como há uma do escritório na casa: sua vida pública é inseparável da privada.

— Eu o avisarei imediatamente se descobrirmos alguma coisa — assegura Williams. — Vou colocar uma radiopatrulha na frente da sua casa para afastar os curiosos e intrometidos.

— Obrigado. Eu fico agradecido.

Ele entra em contato com Hampshire, seu advogado, depois liga para casa e fala com Maria. Glenna continua dormindo; vai passar horas assim com o comprimido que tomou. Precisa dormir; é inútil estressá-la mais do que já está estressada. Logo ficará sabendo do que se passou durante a noite.

— Telefone para mim quando ela acordar. E não a deixe conversar com ninguém antes de falar comigo — enfatiza.

A notícia vai ao ar. Dura dois minutos. Assim que termina, Doug desce ao andar inferior para agradecer à equipe. Conversa rapidamente com Joe Allison. Dada a situação, tudo saiu bem. Sem histrionice, sem nenhuma previsão de juízo final. Uma garota desaparecida; aflitos e preocupados, seus pais esperam que quem a tirou deles a devolva intacta.

O desaparecimento de Emma Lancaster é a primeira notícia após o intervalo comercial do "Nightly News", na NBC, a dona da rede da qual faz parte a emissora de Doug. São sete horas da noite em Nova York, quatro da tarde em Santa Barbara. Joe Allison transmite ao vivo da frente da casa dos Lancaster. Entrevista rapidamente o xerife Williams: por enquanto não há pistas e ninguém entrou em contato com a família.

Na casa, Doug e Glenna assistem à transmissão via satélite. Ela está abatidíssima. Dormiu até uma hora da tarde, quando Doug já tinha feito o que podia fazer na estação de televisão e voltara para casa a fim de lhe fazer companhia. Sabia que ela iria precisar da sua presença física tanto quanto possível.

Fred Hampshire está com eles. Precisa conversar com Doug sobre o caso, formular uma estratégia. Doug não pode ficar sentado passivamente, à espera de que os acontecimentos se desdobrem; quanto a isso, ambos estão de acordo. É necessário tomar uma providência, forçar um desfecho.

Outras redes solicitaram entrevista, a CNN, a Turner Broadcasting, a Fox, assim como os jornais *New York Times*, *Los Angeles Times*, *Washington Post* e a indefectível imprensa marrom. Hampshire fez uma única declaração a todos: "Nada de entrevistas, nada de intromissões na família". Até já contratou uma empresa de segurança para manter todo mundo a distância.

Está escurecendo. O marido, a mulher e o advogado encontram-se no escritório.

— O que vocês pretendem fazer? — pergunta Hampshire.

— O que *podemos* fazer enquanto ninguém telefonar dizendo o que quer? — lamenta Glenna.

Hampshire ergue o dedo.

— E se quem a levou não telefonar?

— Como não vai telefonar? — ela arregala os olhos. — Não é isso que ele quer? O nosso dinheiro?

— Pode ser que o seqüestrador não queira dinheiro — diz o advogado em tom taciturno.

As ramificações dessa frase caem sobre Glenna feito uma laje de concreto que tivesse despencado do vigésimo andar.

— Oh, não! — geme ela. — Não pode ser!

— Você precisa encarar a possibilidade de o criminoso não ter feito isso por dinheiro, Glenna. Há um montão de malucos por aí. O cara pode simplesmente ter entrado na casa, visto Emma e a levado embora.

Ela começa a chorar incontrolavelmente. Doug a atrai para si e a aperta nos braços.

— É só uma hipótese, meu bem — diz, tentando acalmá-la, ao mesmo tempo que endereça um olhar homicida a Hampshire —, mas não foi isso que aconteceu. É claro que o bandido quer dinheiro. Sabe quem nós somos e que podemos pagar a quantia que for.

— Como você sabe disso? — questiona ela roucamente. — Nós não sabemos quem foi, como você pode saber que diabo ele quer?

Ele procura não perder a compostura: não pode perdê-la, não conseguirá administrar uma filha seqüestrada e uma esposa descontrolada se também estiver fora de controle.

— É uma intuição, querida — responde com o máximo de delicadeza de que é capaz. — Eu tenho de confiar na minha intuição, não posso fazer mais nada no momento. Nem você.

— Pois bem, a minha intuição diz que uma coisa horrível aconteceu com Emma — grita Glenna. — Que ela está num lugar qualquer, por aí, sofrendo, esperando que vamos buscá-la. *E nós não estamos fazendo merda nenhuma para salvá-la!*

TERCEIRO DIA

— B oa noite. Meu nome é Doug Lancaster. Eu sou o proprietário da KNSB.
Sentado à escrivaninha do âncora, ele olha fixamente para a câmera; no alto, o *TelePrompTer* vai rolando. Veste um terno escuro e está maquiado, coisa que nunca fez na vida, mesmo nas raras ocasiões em que se dirigiu aos telespectadores, porém mais uma noite em claro, em sua maior parte passada com a mulher histérica nos braços, criou-lhe um par de olheiras monstruosas e deu-lhe uma palidez doentia. Preferindo apresentar-se com aparência saudável e controlada, submeteu-se ao *pancake*.

— Eu hoje me dirijo a vocês por um motivo muito especial.

Passou o dia inteiro redigindo o texto. Joe Allison e Jane Bluestine o ajudaram, sendo que Fred Hampshire se encarregou de censurá-lo para evitar que Doug dissesse alguma coisa que posteriormente viesse a ter conseqüências jurídicas desagradáveis. Ensaiou várias vezes a leitura do discurso, pelo *TelePrompTer*, a fim de assegurar a naturalidade.

— Há dois dias, minha filha, Emma Lancaster, foi tirada de seu quarto, lá em casa. Muitos de vocês já devem ter ouvido falar nisso, nesta emissora e em outras, assim como leram a notícia nos jornais. Diversas pessoas telefonaram para a estação ou enviaram cartas, fax e *e-mails*, exprimindo sua solidariedade. Minha esposa e eu estamos profundamente agradecidos pelo apoio. No entanto, até este momento, não recebemos nenhuma comunicação da pessoa ou das pessoas que a levaram. Embora a polícia, o departamento do xerife, a polícia estadual e o FBI estejam

trabalhando incessantemente para localizá-la, eles não têm nenhuma pista.
Endireita o corpo na cadeira: agora vem a frase decisiva.

— Hoje, aqui e agora, eu estou tomando a atitude especial de me servir deste foro público para oferecer uma recompensa de 250 mil dólares para que Emma retorne sã e salva. Pagarei a recompensa a qualquer um que nos apresentar qualquer indício que nos permita encontrá-la viva e intacta. Se alguém que estiver me ouvindo souber de alguma coisa sobre Emma e não quiser revelar sua identidade, podemos providenciar um modo de lhe entregar o dinheiro sem que ninguém fique sabendo. Já discuti o assunto com a polícia e recebi garantias de que ela não vai interferir de modo algum.

Aparece no monitor uma fotografia de Emma, tirada na casa de campo de Telluride durante os feriados de fim de ano. Doug olha para ela com o canto dos olhos antes de prosseguir.

— Esta é Emma. Tem catorze anos, um metro e sessenta, pesa cinqüenta quilos, tem cabelos castanho-claros, que lhe chegam até os ombros, e olhos castanhos.

O retrato faz com que as palavras que rolam no *TelePrompTer* lhe pareçam embaciadas. Ele se esforça para se concentrar, para chegar ao fim.

— O mais importante: se você é a pessoa que levou minha filha, eu lhe peço que a devolva ilesa. Só isso. Dou-lhe a minha palavra de que nada farei para persegui-lo. De forma alguma. Eu faço o que você mandar. Pago quanto você quiser. Posso até mesmo transferir o dinheiro para um banco estrangeiro impossível de rastrear, caso isso faça com que você se sinta mais seguro.

Está perdendo o controle, precisa chegar até o fim.

— Por favor — diz sem se importar com o tom de súplica em sua voz —, se você souber do paradeiro de Emma, minha filha, ligue para este número, não será cobrada tarifa. — Torna a olhar rapidamente para o monitor enquanto o número iniciado com 0800 aparece na tela, e o lê em voz alta. — Se você for o homem que a levou e não sabe como sair da situação, telefone. Não estamos monitorando a linha. Eu repito: a polícia não está monitorando a linha telefônica. Seu telefonema não será rastreado. Ligue sem medo, por favor. Nós faremos o que você quiser. Seja o que for.

Termina a sua fala. Sente a voz começando a falhar, mas não se importa. Já não pode conter as emoções.

— Emma, meu bem — diz ainda —, se você estiver me vendo, não desanime. Mamãe, eu e todo mundo que nós conhecemos estamos fazendo o possível e o impossível para encontrá-la. — Seus olhos se enchem de lágrimas. Ele precisa parar. — E vamos encontrá-la.

QUARTO DIA

Desencadeia-se uma gigantesca caçada humana em toda a costa do Pacífico. Dezenas de suspeitos são detidos, não só da Califórnia, mas de todo o Oeste: Oregon, Washington, Arizona, Nevada. Todo homem com histórico de desvio sexual, violência ou rapto é levado para a delegacia e submetido a intenso interrogatório. A polícia conversa com os rapazes nos colégios locais, que Emma possivelmente conhece, com os homens que tiveram algum tipo de contato com ela, até mesmo o regente do coro da Igreja Episcopal de St. Martim, onde a garota canta aos domingos.

Distribuem-se dezenas de milhares de panfletos. Os membros da comunidade, todo tipo de gente, pessoas que os Lancaster nunca viram na vida, oferecem parte de seu tempo para ajudar a procurar Emma. Só em Goleta, pelo menos cem pessoas apresentaram-se na sede do comando de busca a fim de colaborar. Esquadrinham-se as colinas, as praias, cada rachadura em cada calçada de Los Angeles a Monterey.

Enquanto isso, o laboratório da polícia conclui a análise do material colhido no gazebo, da pegada encontrada perto do quarto de Emma, das fotografias tiradas no quarto e em suas imediações.

— Não obtivemos nenhuma impressão digital que sirva de alguma coisa — o xerife conta a Doug no dia seguinte ao do apelo televisionado. Foi até a casa dos Lancaster para dar a má notícia. — Se o golpe foi premeditado, o mais provável é que ele estivesse de luvas.

— Se foi premeditado — retruca Doug —, por que ninguém entrou em contato conosco até agora?

— Para confundir a sua cabeça — responde sucintamente o xerife. — De modo que, quando finalmente entrarem em contato, o senhor não pense em nenhuma represália.

— Pois está dando certo. Minha esposa toma calmante 24 horas por dia, e eu estou acabado.

— Agüente firme, sr. Lancaster. O senhor precisa conservar a cabeça fria.

— Por quê? Por que eu preciso conservar a cabeça fria? Por que devo fazer isso? — À merda essa história de mostrar cara calma para o mundo. Trata-se da filha dele.

— Por que é possível que o bandido o esteja observando. Ou tenha mandado alguém observá-lo.

Puxa! Essa é boa. Ele não tinha pensado nisso.

— Se o sujeito tiver levado a sua filha por conta de uma mágoa passada, real ou ilusória, é possível que esteja fazendo todo tipo de jogada com o senhor.

Doug mergulha a cabeça nas mãos.

— Mas isso é loucura! Quem conseguiria ser tão filho da puta assim? Eu não posso imaginar. Vou enlouquecer tentando imaginar quem seria capaz de fazer uma coisa dessas comigo.

— Não desista — pede o xerife. — E *comece* a pensar assim. Porque, por enquanto, não temos absolutamente nada. Nenhuma pista. Acredite, nós todos estamos subindo pelas paredes.

Doug faz um esforço para se acalmar.

— Tudo bem — concorda. — Vou fazer uma lista dos meus inimigos.

A perícia dos indícios resultou num detalhe interessante.

— Achamos camisinhas no lixo que tiramos do gazebo — Williams lhe conta. — Andaram usando o lugar para encontros amorosos.

Doug reage com incredulidade.

— É mesmo?

Williams faz que sim.

— São todas da mesma marca. O laboratório está analisando o sêmen. Eu aposto que, em todas, é da mesma pessoa. — Olha inquisitivamente para Doug. — Alguma idéia de quem pode ser?

— Não, mas isso me deixa furioso. Se fosse só uma camisinha, acho que podia ter sido de alguém que esteve numa festa aqui, ou algo assim, e tomou um porre, mas várias significa que é de uma pessoa que está aqui em caráter permanente. — Raciocina um momento. — Não convêm colher amostras de sêmen de todos os meus empregados?

— Pode ser que convenha — diz Williams —, mas é ilegal. E, afinal, que ligação isso teria com o desaparecimento de Emma? Nós precisamos nos concentrar no que interessa.

Frustrado, Doug sacode a cabeça.

— Aonde é que isso tudo vai nos levar?

— Tomara que a uma solução — é tudo que o xerife tem a dizer.

QUINTO E SEXTO DIAS

Transcorre mais um dia. Nenhuma novidade. A notícia é divulgada pela mídia do país inteiro. Com muita paciência, Doug dá entrevistas — tem horror à notoriedade, mas está disposto a fazer o que for para ajudar. Talvez alguém tenha visto Emma, mas não assistiu à televisão nem leu os jornais, nos primeiros dias, ou, quem sabe, a viu, mas, por um motivo qualquer, reluta em se apresentar. Um pouco mais de pressão da mídia pode lhe dar um empurrãozinho.

Ir para o trabalho não deixa de ser um alívio. Impede-o de mergulhar na autocomiseração. Existe um mundo lá fora, e ele faz parte desse mundo, independentemente de tudo. E, ao sair de casa, vê quanta simpatia o caso despertou por ele e sua família. Às vezes, ao voltar para casa à noite, quando está escuro, vê grupos na calçada segurando velas acesas, numa silenciosa vigília. Não conhece essas pessoas, nunca viu nenhuma delas. No entanto, lá estão, oferecendo um apoio mudo à sua família pelo pronto retorno de sua filha, sã e salva, do inferno que está vivendo agora.

E há as fitas também. Fitas amarelas, milhares delas amarradas nas árvores de toda a cidade. Cada palmeira do bulevar Cabrillo, a rua à beira da praia, tem uma fita amarela. Ele se sente incrivelmente grato a todos os que fizeram esse trabalho. E aos que saem diariamente, em grupos de busca, à procura de Emma.

QUINTO E SEXTO DIAS

OITAVO DIA

Oito dias depois do seqüestro de Emma Lancaster na calada da noite, em seu próprio quarto de Montecito, um casal de estudantes da Universidade da Califórnia de Santa Barbara, ambos intrépidos andarilhos, estão subindo o caminho de Hot Spring Canyon. É uma subida íngreme; a trilha continua lamacenta devido às chuvas do inverno, e o Serviço Florestal não cuida dela desde o outono. Mas fazia um mês que eles queriam dar o passeio e, sendo experientes, não hesitam em aventurar-se, abrindo caminho se necessário. Moose, o labrador preto, vai correndo ora adiante, ora atrás, e logo outra vez à frente deles.

Os dois se conservam à margem da torrente, que está volumoso desde o Natal, volumoso e rápido demais para se atravessar. As pedras nas quais eles normalmente pisam estão ou submersas, ou muito escorregadias. Uma queda, e acabariam molhados, tiritando de frio e provavelmente machucados.

A trilha é sinuosa e, como não tem mais de meio metro de largura, apenas o suficiente para a passagem de uma pessoa, eles vão subindo em fila indiana. O cachorro, adiantando-se, se põe a latir muito, correndo em círculos perto de um lugar em que uma parte do caminho cedeu à pressão da água. Antigas raízes afloram no solo escavado, e parte da torrente desviou-se para abrir um novo curso paralelo.

— Como vamos passar por aqui? — pergunta a moça. É evidente que gosta da vida sadia ao ar livre, mesmo no inverno tem o rosto sardento.

— Acho que vadeando — responde o rapaz. — Parece que não é muito fundo. — Olha para baixo. — Vá na frente. Só chega à altura dos joelhos.
— Vá *você* na frente. Não quero ficar ensopada se for muito fundo. — Examina a água escura, lamacenta. — Acho que é mais fundo. Pelo menos até as minhas coxas. — Enfia uma perna na água. Fica imediatamente molhada até o fundilho do shorts. — É muito fundo — declara.
— Droga. Eu queria chegar ao topo.
— Hoje não dá — ela o consola. — A gente volta na semana que vem. — Vira a cabeça para o caminho, fazendo-se a um lado para evitar o cachorro, que continua correndo em círculos, latindo para alguma coisa à margem da trilha, um pouco mais acima. — Moose! — grita. — Deixe os coelhos em paz. Ou o bicho que for. Se for um gambá, você volta para casa na carroceria. Vamos, ande logo!
O animal continua latindo, nervoso.
— Que foi?! — ela exclama, um tanto irritada. Também queria chegar ao cume. Agora precisam voltar, e esse cachorro idiota não pára de latir e não quer voltar com eles.
— Vamos, droga — diz, estendendo o braço para agarrar a coleira de Moose e puxá-lo; nesse momento, escorrega na lama, que cede aos seus pés. Instintivamente, abre os braços para aparar a queda. Sua mão bate numa coisa dura como a raiz de uma árvore ou uma pedra, se bem que coberta por uma camada macia como o musgo. Mas não é. O musgo, ela conhece pelo tato.
Olha por sob a vegetação rasteira. A coisa em que pôs a mão é comprida e...
Ela grita.

As viaturas do xerife, o furgão do legista, os caminhões dos paramédicos, todos convergem para o local assim que chega a notícia de que encontraram um corpo de menina. A polícia isola o local, mantendo todo mundo a distância, até mesmo a imprensa.
O xerife Williams não precisa ver o corpo. Ele sabe.
Emma morreu há vários dias, coisa que o legista constata de imediato. Provavelmente nas 24 horas seguintes ao seqüestro. Devido ao tempo, o corpo já se encontra em adiantado estado de decomposição.

O local do crime ficou contaminado por causa da muita gente que acudiu. Mesmo assim, há pegadas mais antigas que chamam a atenção logo que são descobertas por um dos homens de Williams.

A marca do sapato esquerdo com o sulco no solado. A mesma encontrada perto do quarto de Emma Lancaster.

Seu seqüestrador. Seu assassino.

Williams vai para a casa da família avisar Doug e Glenna, temendo o que há de vir. Não lhes pode dar a notícia por telefone. Mal desce do carro, e os dois vêm correndo ao seu encontro.

— Ela está... — Glenna começa a perguntar, mas vê a expressão de pesar do policial.

— Nós encontramos o corpo de Emma — diz Williams imediatamente, sem lhes dar tempo para ter esperança. Sabe, graças às duras experiências, que é melhor não deixar nascer esperança nem por um milésimo de segundo.

— Aaaaahhhh! — Glenna começa a gritar, um gemido grave e animal, as pupilas desaparecendo dos olhos, o corpo se agitando e então derrubando-se em partes, numa lenta queda livre. Doug avança rápido, segurando-a antes que chegue ao chão. Ergue-a nos braços. Seu corpo agora treme incontrolavelmente.

Ele a leva para a casa e a deita no sofá, na escura sala de estar. (A casa foi ficando cada dia mais escura à medida que Glenna fechava as cortinas para a vida exterior.) Cobre com uma manta seu corpo inerte. Ela vai dormir um pouco, pensa, uma defesa contra uma realidade insuportável.

NONO DIA

A notícia do achado do corpo de Emma espalha-se como fogo no cerrado. Em uma hora, a casa fica cercada de equipes de televisão e repórteres. Doug telefonou para a emissora, contando tudo. Agora está em frente à sua casa, diante de uma barreira de jornalistas. Olha para os fortes holofotes das câmeras; há um pelotão de microfones apontados para ele, ávidos por suas palavras.

— Eu tenho uma breve declaração a fazer, mas não vou responder a nenhuma pergunta. — Endireita os ombros para resistir à avalanche de emoções. — Como vocês já devem saber, nossa filha Emma, nossa única filha, foi encontrada morta. A polícia presume que foi assassinada. A autópsia determinará a causa da morte. — Faz uma pausa para se recompor. — Minha esposa e eu estamos chocados. Não sou capaz de descrever quanto nos sentimos feridos, profundamente feridos. Por mais dolorosa que tenha sido a nossa vida a partir da noite em que Emma foi tirada de casa, não é nada em comparação com o que estamos sentindo, pois, até agora, tínhamos esperança de que ela estivesse viva e nos fosse devolvida. Essa esperança morreu.

Pára uma vez mais de falar, tentando compor-se da melhor maneira que lhe é possível.

— Tenho pouca coisa a dizer. A polícia me garantiu que a caçada ao assassino de Emma não vai perder o ímpeto. Ao contrário, vão se intensificar os esforços para descobrir o culpado e entregá-lo à Justiça. Quanto a isso, eu vou dobrar a recompensa que ofereci na semana passada. Agora me disponho a dar meio milhão de dólares pela informação que leve à prisão e à condenação do bastardo desumano que tirou a vida da nossa filha, dela e de nós.

Um rumor percorre a pequena multidão de repórteres e cinegrafistas: que notícia! Vai empolgar todo tipo de maluco e excêntrico que quiser enriquecer à custa do luto de uma família. E talvez até ajude a encontrar o seqüestrador: meio milhão de dólares leva muita gente a revelar segredos que deviam permanecer ocultos. A maioria das pessoas é capaz de entregar a própria mãe por semelhante importância.

— A outra coisa que quero dizer, agora que a incerteza acabou, é que minha esposa e eu queremos que nos deixem em paz. Sei que somos figuras semipúblicas e que nós mesmos fazemos parte da mídia, que somos e, infelizmente, continuamos sendo notícia. Mas, por favor, gente, estamos passando por um momento terrível. Pedimos que tenham a decência de nos dar um pouco de espaço para tentar reorganizar a vida.

Alheios ao apelo, alguns jornalistas começam a lhe endereçar perguntas aos gritos. Mas Doug lhes dá as costas e entra.

Os repórteres da televisão, até mesmo alguns da estação dele, começam a transmitir a matéria, tendo a fachada da casa como pano de fundo. Depois, todos recolhem os equipamentos e vão embora, deixando a mansão a sós na escuridão.

O laudo *post mortem* chega dois dias depois.

Glenna e Doug estão em casa. De pé diante deles, Williams se sente incrivelmente constrangido. Uma hora antes, quando leu o laudo da autópsia, não pôde acreditar, mas o dr. Limones, o médico-legista distrital, assegurou que não havia a menor dúvida quanto à exatidão do que se apurou.

Williams abre o documento. Lê em voz alta:

— "A *causa mortis* foi uma pancada na cabeça com um objeto contundente."

— Ela foi estuprada? — Glenna pergunta roucamente.

Está acordada desde ontem, quando despertou, primeiro, do choque que foi a notícia, depois, do sedativo que o médico lhe ministrou. Decidiu que não podia continuar assim: negando o que acontecera e optando por ficar à margem da vida. Agora está sentada no sofá com Doug, preparando-se para ouvir o pior. A morte de Emma, seja como for, é coisa do passado.

— Ela teve... — Williams se interrompe. — Há indícios de atividade sexual.
Glenna deixa escapar um gemido.
Williams se mostra acabrunhado.
— Mas não foi necessariamente à força — apressa-se a dizer.
Ela o encara.
— Como assim?
— Houve... penetração — gagueja ele. Receia o que vai dizer.
— A conclusão do legista é de que a relação sexual pode ter sido consentida.
Glenna se enfurece.
— Você está louco? — grita. — Emma tinha catorze anos! Foi arrancada do seu próprio quarto! Só faz um ano que ficou menstruada pela primeira vez, santo Deus! Deixe-me ver isso. — Tenta lhe arrebatar o laudo das mãos.
Doug a contém.
— Não, Glenna. — Olha para Williams. — É verdade? — pergunta com incredulidade.
— Sim, senhor.
— Puxa vida! — Doug esfrega os olhos com a palma das mãos. — Isso vai alterar completamente o rumo da busca do assassino, não?
Williams responde com franqueza:
— Eu não sei.
— Isso não significa que quem a seqüestrou talvez a conhecesse?
— Pode ser. Sem dúvida, é uma possibilidade que temos de levar em consideração.
— Meu Deus, mas é... — Doug não sabe o que dizer sobre a dolorosíssima informação.
— Ela era sexualmente ativa. — A áspera voz de Glenna o sacode. — As camisinhas no gazebo. Alguém as usou nela. Com ela — retifica.
— Seja como for, eu não acho que o fato de ela ser ativa tenha alguma coisa a ver com o que aconteceu — atalha Williams.
— Mas o senhor acaba de dizer...
— Que isso pode influenciar a investigação? Que a pessoa que a levou talvez a conhecesse? Teoricamente é possível, mas a minha intuição de policial diz o contrário. Eu acho que foi ou um rapto cometido por um maníaco sexual, ou uma tentativa de extorsão, mediante seqüestro, que não deu certo.

Doug se põe a andar de um lado para outro.
— Isso tudo vai ser divulgado?
— Depende do promotor. Ele pode lacrar o inquérito e classificá-lo de confidencial. Mas se achar que é de interesse público... — Williams faz questão de acrescentar.
Ray Logan é o promotor distrital. Doug o conhece bem: a emissora o apoiou na eleição especial convocada quando o muito conhecido titular anunciou que iria renunciar, saiu do gabinete e sumiu da face da Terra. Ray lhe deve um favor.
— Que mais? — ele pergunta ao xerife. — E se o Instituto de Medicina Legal deixar vazar alguma coisa? Ou a polícia.
— Eu sou o único no meu departamento que viu o laudo — diz Williams com voz tensa. — E o IML costuma manter a boca fechada.
— Ótimo. Porque de nada serve emporcalhar a memória da minha filha. Ela foi seqüestrada e assassinada. É disso que se trata, não?
— Sim, sr. Lancaster. É disso que se trata.

Doug e Ray Logan conversam por telefone. Este lhe dá os sinceros pêsames. Espera em Deus que a polícia prenda logo o filho da puta que cometeu esse crime bárbaro.
O laudo da autópsia de Emma Lancaster é mantido em sigilo a bem do interesse público.

Decorridas as primeiras semanas sem que se ache um único suspeito do que passou a se chamar seqüestro seguido de homicídio, o interesse da mídia começa a decrescer. Doug volta a trabalhar, Glenna vai retomando pouco a pouco o contato com o mundo, ambos tentam colar os cacos de suas vidas partidas.
Passam-se alguns meses. Apesar da atraente recompensa oferecida, não surgem pistas seguras.
A tensão permanente começa a pesar no casamento. A idéia de que Emma era sexualmente ativa não dá trégua a Glenna. Ela não pára de atormentar Doug com isso. Diz que não saber de um aspecto tão importante da vida da menina, uma vez que julgava as duas tão próximas, com um tão forte vínculo mãe-filha, dilacera-a por dentro. E reitera a sua convicção de que o fato de Emma ser sexualmente ativa está de algum modo ligado

ao seqüestro. Em suas desvairadas fantasias, conta ao marido que imagina a filha participando voluntariamente de seu próprio desaparecimento, imagina que, afinal de contas, não houve seqüestro nenhum.

Doug não suporta ouvir isso. É justamente o que ele quer negar. Ninguém sai de casa às escondidas para transar, sobretudo quando duas amigas estão dormindo no seu quarto, e acaba sendo encontrada morta a 8 km de distância, enterrada às pressas numa trilha quase inacessível. Foi um seqüestro puro e simples.

E os dois vão seguindo rumos cada vez mais divergentes.

O xerife Williams aparece no sábado depois do almoço. Faltam poucos dias para o início do verão. Primorosamente cuidados, os canteiros da mansão estão repletos de cores: a única coisa colorida em suas vidas agora.

Os três conversam à beira da piscina.

— Até agora, não conseguimos encontrar nenhuma pista, nada que tivesse utilidade — confessa Williams com ar sombrio.

O desânimo e o desespero se estampam no semblante do casal.

— Quer dizer que vocês não vão encontrar o assassino. Nunca — diz Glenna, atordoada. Perdeu oito quilos desde que o martírio começou. Seu rosto, embora ainda bonito, é todo ossos e ângulos.

— Nunca se deve dizer nunca — murmura Williams. — Pode ser que o encontremos. Mais tarde.

— Só se for por acaso. Por sorte.

Ele sacode lentamente a cabeça.

— Não se pode fabricar uma coisa que não existe.

Doug o fita nos olhos.

— Obrigado pela ajuda.

— Eu lamento ainda não termos conseguido nada. Lamento muito.

— Vocês fizeram o possível. E, como o senhor mesmo disse, pode ser que de repente apareça alguma coisa. Minha recompensa continua valendo. Não deixe ninguém esquecer disso.

Os dois homens se despedem com um aperto de mão.

— Boa sorte, sr. Lancaster — deseja Williams.

A sorte não tem nada a ver com isso, pensa Doug. Mas prefere guardar o pensamento para si.

* * *

    Glenna entra com pedido de divórcio na última semana de abril e se muda para um condomínio na Praia da Borboleta, perto do Biltmore Hotel. Eles põem a casa à venda. Doug decide ficar morando lá até que seja vendida. Fecha negócio uma semana antes do Natal.

    Passa-se um ano. Quem raptou e matou Emma continua em liberdade. Não se encontrou nenhuma pista, nenhum criminoso foi preso.

UM ANO DEPOIS

Pilotando seu Porsche turbo na Rodovia Coast Village, depois da meia-noite, Joe Allison é todo charme, dos pés à cabeça. Pouco antes, jantou com Nicole Rogers, uma mulher estonteante, namorada digna de um astro da televisão, que está concluindo o último semestre da Faculdade de Direito da Pepperdine e mora litoral acima, em Malibu. Agora, com um Cohiba *doble corona* na mão, o fantástico aparelho de som de doze alto-falantes a detonar o UB40, Joe sente medo.

O jantar foi uma comemoração. Há um mês, seu agente negociou um contrato para que ele seja o âncora das cinco da tarde da KNBC, a rede de Los Angeles. A transmissão de hoje, às seis horas, foi a sua despedida na KNSB.

Doug Lancaster jantou com Joe e Nicole. Estava chateado com a saída do jornalista, mas a ascensão de Joe era inevitável desde o dia em que começou a trabalhar na emissora. O rapaz estava subindo na vida, e Doug se alegrou por haver participado dessa carreira brilhante.

O salário anual de Joe vai começar com seis dígitos, fora a gratificação de 125 mil dólares. E lhe prometeram um bom espaço, dentro de um ano ou coisa assim, num dos programas mais prestigiados da rede: o "Weekend News"; e será substituto no "Today Show", além de transmitir matérias ao vivo no "Evening News". Tom Brokaw telefonou pessoalmente para ele, durante as negociações, para felicitá-lo pelo salto na sua carreira, até gracejando que é bom ele começar a escolher com quem anda.

Joe e Nicole não vão passar a noite juntos como de costume. É a única desvantagem do novo emprego: ela não vai morar com ele. A vida de Nicole é aqui, e ela não está disposta a largar tudo de uma hora para outra. Tampouco ele se sente inclinado a esse tipo de compromisso. Primeiro a carreira: a vida pessoal vem a reboque.

Joe não sabe há quanto tempo as luzes vermelhas estão piscando no espelho retrovisor. Embora não tenha exagerado na bebida, não sabe se passará no teste dos 0,08% de álcool no sangue. Não é preciso muito no organismo para que o teste dê positivo: ele já fez mais de uma reportagem a respeito.

— Quero ver a sua carteira de motorista e os documentos do carro, senhor — diz o policial, apontando a lanterna acesa para a janela. Olha-o mais de perto. — O senhor é Joe Allison, não? Do Canal 8.

Joe sorri para o guarda. A lagoa pode ser pequena, mas ele é um peixe graúdo.

— Em pessoa — diz alegremente. Vá com calma, rapaz, pensa. Assim você acaba se entregando. — Eu não estava correndo muito, estava? — pergunta com o máximo de naturalidade de que é capaz. — Normalmente fico no limite. — Depois de pegar a carteira e tirar a licença de motorista, vasculha o porta-luvas repleto em busca do documento do automóvel. A luz não é muito boa. — A que velocidade eu estava?

— O senhor não estava correndo, mas transpôs várias vezes a linha amarela dupla. Vou lhe pedir que desça do carro e venha até a calçada, para que eu verifique se está alcoolizado. Quando achar o documento. O carro é seu, não?

— É meu, sim. — Ele procura mais intensamente no porta-luvas escuro. É patético; precisa jogar fora três quartos da porcaria que está aí dentro. Agora com a cabeça meio mergulhada no painel, continua conversando, fala devagar, pronuncia as palavras com cautela. — Eu reconheço, seu guarda, que tomei umas e outras. — Esta é a estratégia inteligente: admitir o pequeno deslize para evitar piores conseqüências. O que ele quer evitar, de fato, é que seu nome apareça no jornal ou num boletim de ocorrência. Não seria a melhor maneira de impressionar os novos patrões em Los Angeles.

— Depois do teste, senhor. — O policial está com a mão levemente apoiada na cintura, pouco acima da arma. Já se mostra impaciente. — Precisa de ajuda? — Começa a iluminar o carro com a lanterna.

— Achei. — Droga! Chegou a ficar um minuto em pânico. Como se não bastasse não dirigir em linha reta, só faltava ter perdido o documento. No fundo, sente que estava guiando perfeitamente bem; talvez tenha ziguezagueado um pouco... mas só uma vez. Distraiu-se por um momento.

Entrega os documentos ao policial, que os examina.

— Muito bem. Agora saia do carro, sr. Allison.

Joe obedece lenta e cuidadosamente. Quando ele abre a porta, a luz da lanterna do guarda reflete-se numa coisa no chão, atrás do banco.

— Com licença, senhor — diz o policial com firmeza. — Que é isso?

— Isso o quê? — Allison se volta e olha para trás.

É uma garrafa de *bourbon* Marker's Mark. Está pela metade.

— Vire-se, senhor — ordena o guarda com aspereza. — Suba na calçada e ponha as duas mãos na nuca. — Sem tirar os olhos de Joe, curva-se e pega a garrafa. — É proibido transportar garrafa de destilado aberta num veículo, sr. Allison.

Joe se surpreende.

— Ei, eu não sei como essa coisa veio parar aqui — protesta. — Eu nem bebo *bourbon*.

— Faça o que eu disse.

Joe recua. Como aquela droga foi parar no carro?

— A garrafa não é minha, juro por Deus. Só se o manobrista a largou aí.

O policial bate em seu ombro.

— Faça o favor de se sentar no chão, senhor, com as mãos na nuca.

Abre a porta do lado direito, ilumina o assoalho, procura debaixo dos bancos.

— Essa garrafa não é minha!

O guarda não lhe dá atenção. Começa a vasculhar o porta-luvas ainda aberto, tirando os itens e colocando-os no assento.

— Não há nada aí.

A calçada está molhada; ele sente a umidade penetrar-lhe a calça, nas nádegas, e sua muito nas axilas.

O policial está quase terminando de revistar a pilha de contas e comprovantes antigos, guardanapos usados e outras coisas inúteis. Bem no fundo, quase escondida numa fenda do forro, repara numa coisa parecida com uma chave. Empurrando parte do lixo para o lado, ilumina o compartimento a fim de enxergar melhor.

Algumas chaves de casa presas num pequeno aro com uma cruz esquisita. Um chaveiro caro, pensa, colocando-o na palma da mão. Por que lhe parece tão familiar?

Então ele se lembra.

Joe é levado à delegacia. Não tem advogado na cidade; nunca precisou de advogado. Tenta ligar para o seu agente em Los Angeles, mas Scott está no vôo noturno para Nova York.

Pelo menos o colocaram numa cela isolada, sem nenhum outro preso.

O chaveiro pertencia a Emma Lancaster. Sua mãe o comprou na Grécia, onde passou as férias no verão retrasado. No verão anterior à morte da filha.

Passa da uma hora da madrugada. Bert Sterling e Terry Jackson, os detetives que chefiaram a investigação do caso de seqüestro, são chamados em casa. Vestem-se às pressas e vão para a delegacia. O xerife Williams também é convocado.

Ainda na rua, os policiais leram os direitos de Joe, coisa que, ele imaginou, fosse por dirigir alcoolizado e transportar uma garrafa aberta. O guarda que o prendeu não entrou em detalhes. O xerife e os investigadores discutem o que fazer. Williams é cautelosamente otimista: que sorte!

— Nós precisamos ter muito cuidado. Não podemos meter os pés pelas mãos. — Pensa no que fazer. Liga para o promotor distrital, Ray Logan.

Este ouve com atenção as informações que Williams lhe transmite pelo telefone. Os dois concordam que há bons motivos para considerar Joe Allison o suspeito número um. Obviamente, o chaveiro é um indício fortíssimo. Allison conhecia bem a casa e o terreno de Lancaster; esteve lá dezenas de vezes. Talvez conhecesse até os códigos do sistema de alarme. E, por sórdido que isso seja, podia muito bem ser o cara que estava comendo Emma: é bonitão, carismático, exatamente o tipo de homem que atrai uma adolescente que está aprendendo a se apaixonar.

Logan chega à delegacia em menos de vinte minutos.
— O que você acha?
— Acho que pode ter sido ele — responde o xerife. — O chaveiro...
— Um indício importante, sem dúvida. — O promotor avalia as opções antes de prosseguir. — Vamos conversar com o cara. — Pensa um pouco mais. — E é bom mandar um dos seus homens à casa dele. Vou requerer um mandado de busca e apreensão.

Um carcereiro abre a porta da cela em que Joe está preso. Este desperta do seu leve atordoamento.
— O que aconteceu? — pergunta.
O homem não lhe dá explicações.
— Venha.
Leva-o do xadrez ao setor de interrogatório e o deixa numa saleta sem janelas. No centro há uma mesa e três cadeiras de metal em péssimo estado. Também há uma câmera de vídeo escondida num canto do teto, da qual Joe não se dá conta.
— Sente-se. Não vai demorar.
O âncora da televisão examina o cinzento ambiente que o rodeia. Que diabo está acontecendo?, pensa.
Terry Jackson entra na sala e fecha a porta. Está de agasalho de moletom com o emblema do principal time de basquete da UCSB no peito, a roupa que lhe pareceu mais fácil de vestir quando o tiraram da cama. É um negro muito alto e magro, beirando os quarenta anos; jogou basquete na universidade e é conhecido pelo riso explosivo e o cáustico humor.
— Sr. Allison. Terry Jackson. Sou investigador aqui no departamento. Conheço-o da televisão.
Joe faz uma careta.
— Eu estou zonzo.
— É, eu entendo. Não devia dirigir alcoolizado, rapaz.
— Eu não bebi tanto assim — protesta Joe, mas sem veemência. Sabe que esses tiras ouvem isso um milhão de vezes por dia. É melhor ficar frio.
Jackson senta-se diante dele, virando a cadeira ao contrário. Cruza os braços no encardido respaldo e se inclina confortavelmente para a frente.
— O senhor não devia estar aqui — diz.

— Claro que não. — É bom ouvir isso da boca de um tira. — É o que eu também acho.

— Por isso, o que eu quero é o seguinte: fazer-lhe umas perguntas e mandá-lo para casa. Se o senhor concordar.

Joe deixa escapar um ruidoso suspiro de alívio.

— Tudo bem.

— Ótimo. — Jackson se debruça ainda mais no encosto da cadeira. — O policial que o deteve leu os seus direitos, não?

Joe o encara, intrigado.

— Do que você está falando?

— Lá na rua, quando o trouxeram para cá. — Jackson abre um sorriso. — Eu não posso falar com o senhor se não tiverem lido os seus direitos — explica. — É a lei.

— Bem... — Joe hesita. É a primeira vez que entra numa delegacia. Não entende bem, está muito nervoso.

Jackson se levanta e vai para a porta.

— Ouça, se o senhor está preocupado com isso, pode deixar.

— Espere aí. Vocês vão me soltar agora?

Jackson pára junto à porta.

— Não vai ser possível. Mas não é tão grave assim, o senhor vai ser solto depois, de manhã cedo.

De jeito nenhum. Joe quer sair já dali. Pode ser que, de manhã, apareça algum repórter que o conheça e, então sim, ele estará ferrado.

— Tudo bem — diz antes que o investigador saia. — O guarda leu os meus direitos.

Jackson se vira para ele.

— E o senhor concorda?

— Claro que eu concordo. — Joe sorri. — Não tenho nada a esconder.

O policial volta a se sentar.

— Isso é muito bom, sr. Allison. Um pouco de cooperação da sua parte, algumas informações, e nós podemos dar isso por encerrado. — Tira do bolso o chaveiro, que está num saco plástico, e o coloca na mesa, entre eles.

— Isto é seu, não? — pergunta, tirando o chaveiro do saco e passando-o por cima da mesa.

Joe estende a mão, pega-o e o examina. Não tinha visto o guarda tirá-lo do carro.

— Não, não é meu.
Jackson se mostra surpreso.
— Não?
— Não. Eu não o conheço.
O policial endireita o corpo, os braços cruzados no peito.
— Esquisito.
— Por quê?
— Porque nós o encontramos no seu carro.
— Pois não é meu. Alguém deve tê-lo deixado lá. *Primeiro a garrafa, agora isto? O que está acontecendo afinal?*
— Quem, por exemplo?
— Sei lá — Joe responde com franqueza. — Milhares de pessoas viajam no meu carro. Qualquer um pode ter largado este chaveiro lá.

Na sala contígua, Logan e Williams acompanham o interrogatório pelo monitor de vídeo.
— Ele está indo bem — comenta o xerife sem esconder o nervosismo. — Se é que é o nosso homem. — A dúvida começa a crescer dentro dele.
— O cara é uma personalidade da televisão — lembra Logan. — Está treinado para se mostrar calmo sob pressão. — Cala-se um instante. — E para mentir quando for conveniente.

Na sala de interrogatório, Jackson pressiona:
— Cara, você deixa todo mundo que anda no seu carro fazer aquela bagunça no porta-luvas? — pergunta com um sorriso de incredulidade. — Eu não deixo ninguém mexer no meu, nem minha mãe. Guardo lá o telefone do carro, os cartões de crédito de gasolina, todo tipo de coisa pessoal. Vamos, rapaz — graceja —, um cara como você? — Pisca para ele. — Você não deixa ninguém mexer nas suas coisas pessoais, disso eu tenho certeza.

Joe dá de ombros.
— Eu não guardo minhas coisas pessoais no porta-luvas. Mas o que significa isso afinal?

Jackson muda de assunto.
— Ouvi dizer que hoje foi o seu canto do cisne na emissora.
— É. Vou me mudar para Los Angeles.
— Ooooh! — faz o policial. — Bela cidade. Grande demais para um garoto do interior. Mas quem quiser subir na vida tem de ir para lá, certo?
— Certo.

— Aposto que o seu patrão ficou chateado com a sua partida.
O sr. Lancaster.
— Ele sabe que é um bom salto na minha carreira. É assim que funciona no nosso ramo.
O investigador sacode a cabeça com tristeza.
— Que coisa terrível aconteceu com essa família! E, até hoje, não descobriram quem foi. Para nós, aqui, passou a ser um problema pessoal — acrescenta, como tomando a defesa de todo o departamento.
— Tem razão — concorda Joe. Sabe que foi uma tragédia terrível. Sabe mesmo: já conversou muito com Glenna a respeito. Depois que o casamento fracassou, os dois têm se encontrado com muita freqüência. Ela precisa de alguém com quem conversar, e ele é um ouvinte solidário.
— Você se dava muito bem com eles.
— Ainda me dou. Falei com o sr. Lancaster sobre isso. O fato de eu morar a 140 quilômetros daqui não vai afetar a nossa amizade.
— Isso é bom, isso é bom. — Jackson o encara com firmeza.
— A garota, a filha deles. Ouvi dizer que era uma ótima menina.
— Uma criança maravilhosa.
— Mas um pouco desmiolada, não? Nós ouvimos dizer que ela costumava sair escondida e se encontrar com rapazes embaixo do nariz dos pais.
— Disso eu não sei — responde Joe com voz tensa. Não se sente bem falando coisas assim da menina morta, sobretudo com uma pessoa que ele nunca viu mais gorda.
— Não sabe mesmo?
— Não.
— Mas você era amigo deles. Não só dos pais, como também da garota.
— Claro que era — Joe reconhece prontamente. — Emma e eu éramos amigos, apesar da diferença de idades. Ela era uma garota muito precoce.
O policial inclina o corpo para trás.
— Eu estou quase terminando. Só mais umas perguntas e pronto. Não sobre o seu incidente. Não vamos incomodá-lo mais com isso. Não queremos que você comece a trabalhar em Los Angeles com um peso na consciência.
Joe relaxa, aliviado. Era o que ele queria, o que esperava ouvir.

— Obrigado — diz. Mudou de opinião sobre o investigador: não é má pessoa, apenas tem um trabalho a fazer.

— O seqüestro ainda me incomoda. — Jackson torna a se inclinar para a frente. — Eu fui um dos investigadores que trabalharam no caso, e não termos conseguido solucioná-lo... Isso me machuca, me dói bem aqui. — Aponta para o pomo-de-adão.

— Eu entendo perfeitamente.

— Você freqüentava a casa, não? — pergunta o policial bruscamente, como para encerrar a conversa.

— Bastante.

— Vai ver que esteve lá no dia em que pegaram a menina.

— Não, no mesmo dia, não. Pelo que me lembro, fazia uma semana que eu não ia lá. Com toda aquela chuva, ninguém saía de casa para visitar os amigos.

Jackson registra isso no computador mental.

— Nós não o interrogamos?

— Interrogaram, sim.

— Sobre onde você estava etc.?

— É. — A polícia não o pressionou na época: obviamente, ele não era suspeito.

— O policial que o interrogou perguntou quem você achava que era o autor do crime?

— Claro que sim.

— E o que você respondeu?

— Que devia ter sido um tarado, um doente mental.

— Isso foi antes ou depois de acharem o corpo?

Joe pensa um momento. Já faz mais de um ano e, na época, tudo era uma tremenda loucura, ninguém conseguia pensar direito; ele com certeza não conseguia.

— Acho que foi antes. Se bem que pode ter sido depois — responde, confuso.

— Isso, a gente vai verificar — diz o tira. — Não que seja necessário — apressa-se a acrescentar. — Agora que tudo passou e você teve um ano inteiro para pensar, quem acha que matou a garota? Não digo a pessoa específica — esclarece —, você não tem como saber. Eu digo o tipo de gente. Um louco ou um cara normal? Um desconhecido... ou alguém que ela conhecia? — Fita-o nos olhos, pupilas contra pupilas, ao fazer a pergunta.

— Não sei. — Joe reprime um bocejo. Caramba, que cansaço! Está sem o relógio, tiraram-no com tudo o mais, porém ele imagina que devem ser três ou quatro da madrugada. — Olhe, eu respondi a todas as suas perguntas, como disse que responderia. Agora quero que você me solte, como prometeu fazer. — Levanta-se. — Trato é trato. Eu fiz a minha parte, agora você faz a sua.

Acompanhando a cena pelo circuito fechado, Williams e Logan se entreolham.

— Ele tem razão — diz o promotor distrital. — Legalmente, não podemos retê-lo mais aqui.

— Acho melhor tirar o meu homem da casa de Allison — concorda Williams. — Não quero que ainda esteja lá quando ele chegar. — Pega o telefone a fim de discar para o *pager* do investigador Sterling.

Antes que termine, este entra apressado.

Batem na porta da sala de interrogatório. Jackson abre. Sterling está do lado de fora. Diz alguma coisa no ouvido do colega.

Jackson sai da sala sem uma palavra de explicação para Joe e fecha a porta com firmeza. Allison ouve o clique da fechadura; aos seus ouvidos, é um verdadeiro estampido. Está começando a se apavorar. Que diabo esses caras querem dele? Por que o deixaram sozinho?

Jackson vai ter com os outros na sala de observação. Vê o saco de papel na mesa do canto. O xerife Williams se aproxima e o esvazia: um par de tênis. Pega o pé esquerdo.

— Cheque isto.

O calçado traz a marca de um corte na sola, como se tivesse sido cortado com uma faca ou com a borda de uma pá: uma sólida coincidência com o sulco detectado na pegada deixada nas proximidades do quarto de Emma e na trilha onde encontraram seu cadáver.

Qual um jogador de vôlei, Jackson bate a palma da mão na de Sterling.

— Ótimo trabalho!

Também acharam algumas camisinhas do mesmo tipo das encontradas no gazebo dos Lancaster na primeira noite em que o revistaram. Williams, que sabe uma coisa importante que todos ignoram, prefere ter cautela.

— É uma marca muito conhecida — diz. — Por si só, elas não significam nada.

— A menos que... — Sterling não conclui a frase.

— Não ponha o carro na frente dos bois — recomenda seriamente o xerife, encerrando a discussão. — Estamos com tudo de que precisamos sem ter de entrar em conjeturas desvairadas.

Vai telefonar para Doug Lancaster. E também para Glenna. Finalmente essa tragédia horrível e absurda vai ter o seu desfecho.

DOIS

Depois de viajar algumas horas para o norte de San Francisco, pela Rodovia 101, a gente chega ao acesso da Califórnia 20, à esquerda, a uns 30 km de Ukiah. É uma velha estrada cheia de curvas, que atravessa uma mata densa, a maior parte da qual faz parte da Floresta Estadual de Jackson. Quinze quilômetros antes de Bartstown, no litoral, há uma saída à direita, que torna a rumar para o norte, agora pela Distrital 97, uma via de duas pistas, orlada em ambos os lados por exuberante vegetação: bosques de pinheiros, cedros e gigantescas sequóias, flores silvestres e mato cerrado, tudo salpicado de cores nessa época do ano, o começo da primavera, quando as intensas chuvas do inverno deixaram o solo borbulhando de vida.

O caminho se bifurca, e, se você tomar a esquerda, vai parar na Estrada de Parris, praticamente só usada por quem mora por ali, ou seja, quase ninguém. Ela avança tortuosamente, contornando montes baixos e muito verdes, sempre subindo e ziguezagueando em curvas cada vez mais fechadas. Mal conservada, a pista é toda esburacada; o motorista precisa tomar cuidado para não afundar numa cratera de meio metro ou até mais. Mesmo os poucos habitantes locais, que viajam por ela regularmente, dirigem com cautela. No entanto, todo ano ocorrem fatalidades, um ou outro plantador de maconha que, ao transportar seu produto, acaba derrapando numa curva nas noites sem luar.

Se você sobreviver a essa estrada e virar à direita, vai enveredar por um caminho ainda mais estreito, que não passa de uma mistura de asfalto e cascalho muito mal espalhada na terra endurecida. No inverno ele chega ficar semanas intransitável. Cinco quilômetros mais adiante, acha-se a nona entrada à esquerda.

— Ah! — diz o velho para si mesmo. — Ele mora no cu do mundo.

Se soubesse como seria a maldita viagem de Oakland, onde alugou o Dodge Stratus, é claro que não teria se aventurado. Era de se esperar que o homem que ele veio visitar o avisasse, sabendo a sua idade. Podia ter ido buscá-lo em Ukiah. Bastava um mínimo de civilidade.

Na entrada há uma grossa corrente enferrujada entre dois postes de ferro plantados a cada lado do caminho estreito. Vê-se uma estaca de madeira com uma placa de lata maltratada pelo tempo, na qual um aviso escrito a mão, com tinta branca, diz em grandes letras de fôrma: PROPRIEDADE PARTICULAR. NÃO ENTRE. É COM VOCÊ MESMO — EU NÃO ESTOU BRINCANDO. Abaixo, outra mão escreveu com *spray*: "Ele não está brincando mesmo!". Na placa, há muitas perfurações de bala.

A corrente está no chão, frouxamente atravessada no caminho.

O velho telefonou dois dias antes, avisando o dono dessa propriedade hostil que iria chegar. Do contrário, é bem provável que a corrente estivesse firme no lugar, impedindo o acesso de qualquer um que se sentisse tentado a ultrapassá-la.

O juiz Ferdinand De La Guerra, agora aposentado, fica alguns minutos no carro parado, olhando para o caminho de terra e cascalho que leva à casa. Foi uma boa idéia? Quando ele decidiu vir, pareceu-lhe uma idéia excelente; é claro que o fato de praticamente não ter outra opção — pelo menos não lhe ocorreu nenhuma — tornou a decisão questionável, muito questionável.

O juiz aposentado é um filho de Santa Barbara de sexta geração, descendente direto de uma das famílias mais ilustres do lugar. Em todo o distrito existem prédios e ruas com o nome de um De La Guerra. Até há algumas décadas, homens como ele dirigiam o espetáculo. Decidiam quantos novos negócios seriam autorizados a se estabelecer na cidade, quem se candidatava a prefeito e a vereador, como cortar o bolo. Já não é assim; a democratização triunfou, com o seu estilo descuidado e anárquico, o que não deixa de ser bom; a democracia precisa ser democrática, ele sabe e acredita nisso, mesmo que ela não realize tanto e mesmo que o realizado custe um preço exorbitante.

O problema é que democracia não quer dizer maior participação no controle. Significa apenas que outros passaram a controlar: os que se dispõem a dedicar tempo a isso, a trabalhar nos comitês, a assumir os cargos menores e assim por diante. Hoje em dia, ser político é uma ocupação de tempo integral.

Os outros, os que atualmente estão no poder junto com a nova safra de políticos, sejam de esquerda, sejam de direita, são os que têm dinheiro, boa parte dos quais não mora em Santa Barbara há muito tempo. Doug Lancaster é um deles. Além de podre de rico, tem o poder da mídia, pois é dono de boa parte dela. E ele e a ex-esposa dedicam muito tempo a isso, indiscutivelmente. Estão envolvidos com a orquestra sinfônica, com o Conservatório Musical, com o museu de arte e o histórico, com o que você quiser. Gente boa fazendo coisas boas que rendem muito poder. Motivo pelo qual o velho fugiu e veio parar aqui.

De La Guerra consulta o relógio. Quase cinco e meia. Avança pelo caminho estreito, muito usado, tortuoso, abundante em vida silvestre. Por fim, em cerca de cinco minutos, chega à clareira na qual a casa de Luke se ergue, toda cercada de mato nativo e flores selvagens. Feita de sequóia e cercada de uma generosa quantidade de vidro, a construção baixa mais se espalha, envolvendo a propriedade, que impõe uma vontade. Até certo ponto, lembra ao velho juiz as casas de alvenaria do Sudoeste, que mais pareciam brotadas da terra que arbitrariamente erigidas.

Os cães — é claro que tinha de haver cães, são três — vêm correndo ao ouvir o barulho do veículo que se aproxima. Não parecem particularmente bravos, mas nunca se sabe. Por aqui, as pessoas montam sofisticadas linhas de defesa, sendo os cachorros os primeiros soldados a aparecer. Depois vêm as cercas eletrificadas, a elaborada camuflagem e, finalmente, as armas.

Luke sabe que o juiz vai chegar. De modo que esses não devem ser cães de ataque. Mesmo assim, o velho fica no carro à espera do dono dos animais.

Em vez do homem que ele viajou tanto para ver, aparece uma mulher. De altura mediana, esbelta, de boa constituição. Traços marcantes, cabelos longos e escuros presos numa grossa trança às costas. Veste um jeans folgado e uma camiseta da corrida Bridges To Babylon 1997-98, calça sandálias. Olha na direção do automóvel e lhe dá as boas-vindas com um leve aceno.

— O senhor deve ser o juiz De La Guerra. — Sua voz é grave, melodiosa, com um ligeiro sotaque sulista.

— Sou — grita ele.

Levando dois dedos à boca, ela assobia alto entre os dentes, e os cachorros se sentam imediatamente, as línguas vermelhas de fora.
— Eles não mordem — diz. — Só servem para assustar.
O velho sai do carro, espreguiça-se. Seu corpo já não tolera viagens como essa; fica tenso facilmente. Estende a mão quando a mulher se aproxima.
— Riva Montoya — ela se apresenta.
— Ferdinand De La Guerra.
— Qual é o seu apelido?
Ela sorri: é direta. Ele gosta disso.
— Fred. Juiz. Gralha Velha.
— Seja bem-vindo, Fred. Entre. — Ela se dirige à casa.
O juiz se apressa a apanhar a sacola de lona e a pasta de documentos no banco traseiro e a acompanhá-la. É uma visão deliciosa de seguir, pensa. O filho da puta sempre soube escolher. Sobretudo Polly, mas ela foi embora.
— Quer uma cerveja, vinho ou uma bebida mais forte? — pergunta Riva.
— Acho melhor comer alguma coisa antes de beber. Ainda não almocei. Vim diretamente para cá, queria chegar antes do anoitecer. Fiquei com medo de me perder.
— Pois chegou ao lugar certo — diz ela com um sorriso cálido, conduzindo-o à cozinha pela porta do fundo. Várias panelas e frigideiras borbulham no fogão, exalando uma mescla de adoráveis aromas. — Ele não vai demorar. Fique à vontade, você está em casa. Luke foi só resolver um probleminha, volta já.
A casa é de estilo cabana de caça modificada: um salão bem comprido, com a cozinha numa extremidade, depois o espaço que serve de sala de jantar, a sala de estar e um nicho relativamente separado na outra extremidade. Um corredor leva da área social aos dormitórios.
As paredes internas são rebocadas. Nelas estão expostos mais de dez quadros, em sua maioria paisagens da Califórnia, e há estantes em toda parte, repletas de livros, alguns caídos no chão, velhos livros de cantos dobrados, todos com marcadores. Há um enorme aparelho de som com vários alto-falantes espalhados no alto das paredes da sala cavernosa. No nicho, vê-se um televisor de tela grande.
— Nós temos uma boa antena parabólica — grita Riva da cozinha, vendo-o parado no centro da sala, olhando à sua volta

—, de modo que, se você não quiser perder o noticiário da CNN ou o "World News Tonight", é só ligar a televisão.
— Obrigado — responde ele, distraído. Que lugar! A mais retirada das casas retiradas.
Riva se aproxima trazendo duas enormes tigelas de madeira com *guacamole* e molho e um cesto de *tacos* feitos em casa.
— Pode atacar — graceja. — E, quando quiser beber alguma coisa, avise. Eu faço a melhor *margarita* do mundo, você vai ver.
— Aproxima-se da porta da frente, equilibrando a comida nos braços e nas mãos. — Mas sabe de uma coisa? — diz, levando-o para fora —, fica ainda mais gostosa aqui na varanda.
Tem razão. A vista é simplesmente maravilhosa. Dali, De La Guerra avista milhares de hectares de floresta virgem, predominantemente sequóias e altíssimos pinheiros a cobrirem os flancos das montanhas baixas até a cidadezinha de Bartstown, que se ergue diante do Pacífico, a uns 25 quilômetros de distância. O oceano, uma variedade quase infinita de verdes, águas-marinhas, azuis e brancos, estende-se por 180 graus de sul a norte, alargando-se num horizonte de 150 quilômetros de profundidade. A essa hora do dia, a luz suave do poente, em parte muito clara, em parte apenas refletida no manto de nuvens, vai mudando de cor à medida que a noite cai, passando do amarelo-claro ao alaranjado sanguíneo, projetando na água tons cambiantes de luz e sombra. Mesmo do lugar onde está, ele consegue ver as ondas altas desfazendo-se em espuma na praia rochosa.
Sentado numa velha cadeira de balanço, De La Guerra serve-se de *taco* e de uma generosa quantidade do *guacamole* de Riva, mergulha-os no molho e os devora. Rapaz, que coisa ardida! Mas que delícia.
— Uau!
Sua língua começa a dançar na boca. Ele não tinha percebido quanto estava faminto. Mais cuidadoso com o molho após o primeiro bocado, serve-se de outros *tacos* carregados de massa de abacate, o corpo curvado sobre a tigela para não derramar nenhuma gota na calça.
Já com o apetite quase saciado, a tigela de *guacamole* no colo, espreguiça-se e contempla a extraordinária paisagem. O que levaria uma pessoa a sair daqui?, pensa. Não é uma idéia reconfortante, ele não quer voltar para casa de mãos vazias.
— O que você veio fazer aqui? — ela pergunta de repente.

— Isso mesmo — diz um grunhido masculino que vem não se sabe de onde. — Veio passar algumas semanas conosco?

Sobressaltado, De La Guerra quase deixa cair a tigela. Luke Garrison acaba de se materializar na varanda; de onde surgiu, o juiz não tem a menor idéia. Semicerrando as pálpebras, olha para o homem a seu lado; o sol, batendo em suas costas, faz dele uma silhueta.

— Onde já se viu assustar um velho que sofre do coração!

— Ora essa, Freddie, você vai sobreviver a todos nós — resmunga Luke, olhando para o seu ex-professor. — Está com ótima aparência para o trapo velho que é. Muito em forma.

— Não posso me queixar — concorda o juiz, satisfeito agora que aplacou a fome e seu anfitrião apareceu.

Luke Garrison. Faz quase três anos que De La Guerra não o vê, desde que ele se foi de Santa Barbara. Se não soubesse quem é o homem à sua frente, não o reconheceria na rua. Outrora sempre escanhoado, agora ostenta um cavanhaque de vilão. Os cabelos muito lisos e desgrenhados chegam-lhe quase até os ombros, e, escandalizado, o juiz repara no brinco de rubi espetado em sua orelha. Veste, sobre a camiseta, um suéter preto de algodão, puído nos punhos, e um jeans encardido, e calça um par de esfoladíssimas botas. Até sua voz mudou: grave, lenta, gutural, um John Wayne de ressaca.

— Escute — diz De La Guerra —, você é Luke Garrison mesmo? Não se parece nada com o Luke Garrison que eu conheço.

— A gente muda quando começa vida nova. Tanto por fora quanto por dentro.

Riva chega trazendo uma bandeja com uma jarra de *margarita* e três copos com sal na borda.

— Já está na hora do coquetel? — pergunta retoricamente, colocando a bandeja numa mesinha ao lado da cadeira de De La Guerra.

— Oficialmente — sorri Luke. — E eu bem que estou precisando de um trago. — Enche os três copos até a boca, entrega um a ela e outro ao recém-chegado. — À saúde do meu mestre, orientador e colega de farra — brinda, erguendo o copo. — É bom tornar a ver este velho. Acho. — Toca o copo no do juiz e bebe a metade do seu num longo trago.

O hóspede beberica. Está gostoso: um De La Guerra de Santa Barbara sabe perfeitamente como deve ser uma *margarita*, e esta não tem o que tirar nem pôr.

— Também acho bom revê-lo, mesmo que você se tenha reinventado.
— O jantar sai daqui a meia hora — anuncia Riva. — Espero que você não seja um desses não-me-toques que se recusam a comer o meu guisado de coelho.
— Com todo o prazer. — Ele lhe sorri. Que moça adorável. Perfeita para Luke Garrison, para quem a beleza nunca foi mais que o papel de embrulho.
— Você sempre escolhe a hora certa, doçura — Luke diz a Riva, referindo-se ao pôr-do-sol iminente. Senta-se numa cadeira igual à do visitante.
— Eu tento. — Depois de encher o seu copo, ela entra, deixando os dois a sós na varanda.
De La Guerra contempla aquele homem forte e extremamente relaxado. Não sabia que Luke podia ser tão sereno. Que mais, pergunta a si mesmo, além da aparência e da personalidade tranqüila, torna-o tão diferente do sujeito que ele conhecia, três anos antes, em Santa Barbara, o menino-prodígio que tinha o mundo aos seus pés?
Luke sabe o que o velho juiz está pensando. E também se põe a pensar no passado.

Quando menino, ele queria ser policial. E também futebolista profissional, é claro, todo garoto sonha com isso. Na adolescência, quando passou a ler livros de aventuras, imaginava-se arquiteto ou arqueólogo, viajando a lugares remotos e vivendo grandes experiências. Mas a idéia de ser policial não o abandonava.

O lugar em que morava lhe moldava os desejos. A extremidade leste do vale de San Fernando, em Los Angeles, região operária anglo-latina. A mãe e duas irmãs: o pai fazia muito tempo que se ausentara, paradeiro para sempre desconhecido. Muitos dos seus amigos de infância se meteram em encrencas, mas ele permaneceu limpo, sobretudo graças ao esporte; era um bom atleta quando menino, praticava as modalidades habituais em cada temporada, sendo que se destacava no futebol. Em toda parte, topava com as drogas e o crime, porém não se misturava. Queria ajudar a acabar com aquilo, se pudesse. Era isso que faziam os tiras, o que tornava natural a idéia de entrar na polícia. E ele era inteligente, estudioso, queria vencer na vida.

O esforço lhe valeu uma bolsa de estudos na Universidade da Califórnia de Santa Barbara. Sempre entre os mais aplicados, era um dos melhores em pólo aquático, um ídolo no campus. *Adorava Santa Barbara, o próprio paraíso terrestre.* Adiós *vale de San Fernando, adiós para sempre.*

Com o diploma universitário na mão, suas aspirações tornaram-se mais ambiciosas. O sonho de ser policial restringia muito; ninguém estuda tanto para passar vinte anos patrulhando as ruas. Matriculou-se na Faculdade de Direito da Stanford, diplomou-se entre os melhores da turma, especializou-se. Continuava acreditando na ordem e, tendo estudado numa faculdade que formara tantos grandes juristas, passou a amar e reverenciar a lei.

Foi estagiário de um juiz federal em San Francisco, um bom emprego. Depois retornou à sua cidade adotiva, Santa Barbara, e entrou no Ministério Público Distrital.

Foi promotor assistente durante seis anos, ascendendo rapidamente a procurador número um. No caminho, choveram convites de grandes escritórios de advocacia, todos os quais ele recusou.

Gostava do trabalho que fazia. Gostava de estar no turbilhão. Acima de tudo, gostava de pôr bandido na cadeia. Queria ser importante. Sentia que era.

O procurador-geral se aposentou, Luke se candidatou ao cargo, venceu. Foi fácil: toda a comunidade o apoiou, a esquerda, a direita, o centro. Ele tinha 31 anos.

Na década seguinte, embora morasse num distrito com uma população de menos de 320 mil habitantes (bem diferente do de Los Angeles, por exemplo, com mais de 9 milhões), adquiriu reputação em todo o Estado. Era o promotor que quase sempre ganhava as grandes causas: os homicídios, o tráfico de drogas, os ruidosos processos que faziam as manchetes dos jornais, envolvendo as maiores celebridades e suas variadíssimas perversões. Ele atraía os melhores advogados jovens: sua equipe de quarenta promotores assistentes era a melhor do Estado. O pessoal que se formava entre os mais destacados das grandes faculdades de direito de todo o Oeste — Stanford, USC, UCLA, Whittier — recusava as ofertas dos mais importantes escritórios de advocacia para ir trabalhar no Ministério Público de Santa Barbara, na costa central da Califórnia.

Aos quarenta anos de idade, Luke era uma lenda local, sendo que seu nome e seu prestígio, no Estado, ultrapassava todas as expectativas. O poder via nele um possível procurador da República, um congressista ou até mesmo o governador um dia. Earl Warren seguira esse caminho, por que não Luke Garrison? Não lhe faltava nada: boa aparência, carisma, inteligência e competência.

E era casado com uma mulher encantadora, que ele conhecia desde os primeiros anos de faculdade. Polly McBride era bonita, charmosa e inteligentíssima. Pediatra de uma das maiores clínicas (havia estudado na Faculdade de Medicina da Stanford para que pudessem ficar juntos), tinha carreira própria, independente da dele. Os dois formavam um casal perfeito. Todos os supunham dedicados um ao outro.

Não tinham filhos. Planejavam tê-los, mas não já: por ora, não havia espaço para crianças em suas atarefadas carreiras. Mas teriam filhos, indiscutivelmente.

Como tantos casais em que ambos têm carreira bem-sucedida, a verdade é que a eles não sobrava muito tempo para a privacidade e a intimidade. Luke era um chefe exigente; esperava muito de sua equipe e dava ainda mais em troca. A semana de trabalho de 72 horas era a norma em sua repartição. Passavam-se quinzenas inteiras em que ele e Polly só conversavam durante o apressado café-da-manhã ou na cama, à noite, exaustos, caindo de sono, juntos fisicamente, mas emocionalmente separados.

Ela completou quarenta anos três meses depois dele. O tiquetaque de seu relógio biológico ganhou estridência aos seus ouvidos. Era agora ou nunca, estava na hora de engravidar. Porém Luke não estava disposto, o que significava que seria tarde demais para ela, já não poderia ter filhos.

Luke passou uma semana num congresso em Sacramento. Quando retornou, ela se havia mudado e pedira o divórcio. Fazia um ano que se relacionava com outro homem. Um homem que tinha tempo para ela.

Luke foi pego de surpresa.

Logo depois desse golpe avassalador, veio outro. Um sujeito que esperava julgamento, acusado de homicídio e formação de quadrilha, confessou outro assassinato cometido mais de uma década antes.

Luke conhecia bem o antigo caso de homicídio. Vários anos antes, quando era chefe da promotoria, havia obtido a condenação de um tal Ralph Tucker por assassinato. Tinha sido um crime cruel, com circunstâncias agravantes, ou seja, um crime capital.

Para Luke, o caso já estava encerrado. Pouco importava que o advogado de defesa insistisse firmemente na inocência de seu cliente — todos faziam isso. O advogado recorreu em todas as instâncias, até na Suprema Corte. Depois de passar quase uma década no corredor da morte, na penitenciária de San Quentin, Tucker foi executado, um dos únicos quatro, na Califórnia, desde que se restabeleceu a pena de morte.

No começo, Luke teve certeza de que a confissão era falsa. Só podia ser. Com folha corrida de diversas páginas e sem a menor chance de voltar a ser posto em liberdade, o criminoso confesso nada tinha a perder e, decerto, estava à procura de uma espécie de perversa notoriedade. Seria fácil desmascará-lo.

Ocorre que a confissão se revelou autêntica. Luke havia entregado um inocente à condenação e à morte. Ninguém o culpou, mas ele, sim. O remorso levou-o a passar noites e noites em claro.

Santa Barbara era uma cidade pequena. Ninguém fugia do passado. Sua esposa o havia abandonado, sua reputação estava maculada. Ele se sentiu numa armadilha. Precisava dar o fora, começar vida nova.

Exonerou-se no auge da carreira. Todos tentaram dissuadi-lo, mas Luke não deu ouvidos a ninguém. Vendeu sua bela casa perto de Mission e se mudou para o norte da Califórnia, onde não tardou a se isolar. Para ele, seus dias de advogado estavam encerrados.

Mas isso não durou muito tempo, pois ele não sabia fazer outra coisa. Tentou cultivar o pedaço de terra que comprou, porém não deu certo. Embora gostasse de trabalhar com agricultura, não era capaz de viver dela, sobretudo numa região em que o principal e único produto viável era a maconha.

Com muita relutância, voltou a advogar, mas de modo muito diferente do de Santa Barbara. Sozinho no escritório, dispensa toda e qualquer ajuda. Atrai clientes que os advogados convencionais rejeitam porque são difíceis de defender: criminosos óbvios e sem um único elemento atenuante, traficantes, gângsteres, pervertidos das mais variadas estirpes. Em geral, é contratado pelo distrito, assumindo o excedente dos defensores públicos ou dando consultoria nos casos que exigem a aptidão de um bom jurista. Ganha o suficiente para viver bem. O dinheiro e o status já não têm importância para ele.

Os velhos amigos e colegas de profissão que ficam sabendo de sua atual atividade não conseguem imaginá-lo nesse papel. Ele não só jogou fora uma carreira brilhante, como se colocou do lado errado. É claro que todo acusado merece uma boa defesa — do contrário, o sistema entraria em colapso. Mas Luke era feito sob medida para promotor público, o homem ideal para proteger a sociedade contra a bandidagem. Agora trabalha para tirar os piores delinquentes da cadeia.

O jantar é fabuloso. Além do guisado de coelho, há torradas caseiras e salada com os produtos da horta. Luke vai buscar, na adega, uma garrafa da reserva de *cabernet* de Napa.

— Bom *vino*, hein? — pergunta ao juiz.
— Delicioso. Eu não sabia que você era um *connoisseur*.

— Eu gosto do que é bom, mas não comprei este aqui. Fazia parte da propriedade — explica Luke enigmaticamente.
Arrematam a refeição com torta de morango fresco.
— Você está de parabéns — o velho elogia Riva. — Muito obrigado.
— Luke gosta de comer bem. Eu procuro agradá-lo.
— E agrada mesmo — diz Luke, ao mesmo tempo em que começa a tirar a mesa.
— Vou visitar Mabel — anuncia Riva. Sabe que os homens querem conversar em particular. — Não demoro. Fique à vontade — sorri para De La Guerra. — Já arrumei o quarto de hóspedes.
— Uma vez mais, muito obrigado.
— *Hasta mañana.* — Beija Luke no rosto e sai. Pouco depois, ouve-se o motor de uma caminhonete que se afasta pelo caminho.
— Que mulher encantadora — comenta De La Guerra, acompanhando o anfitrião até a comprida sala de estar. O fogo crepita na maciça lareira de pedra, muito embora não esteja fazendo frio lá fora. — Como você a conheceu?
— Eu defendi a cara-metade dela num processo por homicídio. — O juiz se mostra intrigado. — Guerra de traficantes. Um eliminando o outro pelo território. Consegui baixar para segundo grau. — Entrega ao velho um cálice de vinho do Porto, senta-se numa poltrona de couro segurando o seu. — Ele pegou de oito a doze em Soledad. Com o prontuário que tem, devia ter sido perpétua sem condicional, de modo que ficou muito agradecido. — Abrange a enorme sala com um gesto. — Era um cara da pesada. E esperto também. Antes de ir em cana, passou tudo para o nome de Riva, a fim de driblar a Justiça e o Imposto de Renda e para que os bens estivessem à sua espera quando ele saísse da cadeia. Em todo caso, já era tudo dela em espírito, ela que montou a casa, que comprou os quadros e os livros, as coisas de bom gosto. Pode-se dizer que Riva é uma espécie de intelectual da roça. — Toma um trago do Taylor 1985 que serviu. — Com certeza, sabia que o cara não era nenhuma flor que se cheirasse, mas não imaginou que fosse o monte de merda que era. Ele dizia que estava no negócio de importação e exportação de jóias, ela preferiu acreditar, a vida era boa, por que não engolir a história? Não estou querendo dizer que Riva é a inocência em pessoa ou coisa que o valha, mas não estava envolvida com a coisa. Disso, eu tenho certeza — diz num tom algo defensivo. E prossegue: — Já

fazia algum tempo que os dois estavam separados quando ele "despachou" o outro cara. Ela e eu ficamos nos conhecendo durante o processo. Não vou mentir para você, foi tesão à primeira vista, mas ficou nisso, eu não acho bonito tomar a mulher de um cara que está em cana. Também não é ético, ele era meu cliente. Mas a gente se encontrava, ia tomar café, eu tinha pena dela.

— Então como foi que... — o juiz indica o lugar onde estão.

— Como eu disse, ele era da pesada, não brincava em serviço. Tinha ferrado muitos outros bandidos quando estava solto: ossos do ofício. Um deles se aproveitou da sua situação vulnerável e mandou eliminá-lo na cadeia. Gilete na jugular, trabalho mais limpo que o de um açougueiro *kosher**. Ninguém sabe quem foi, que pena. Sei lá se investigaram mesmo o assassinato. Um preso morto é sempre menos despesa para o Estado. — Espreguiça-se na macia poltrona de couro. — De modo que, agora, Riva é uma viúva rica, por assim dizer, e isto aqui é legalmente dela, e então aconteceu o inevitável: nós nos juntamos. Pode não ser o caso amoroso mais puro do mundo, mas eu não fiz nada de que tenha de me envergonhar. Se ele ainda estivesse vivo, eu continuaria morando lá embaixo, na planície, e nós estaríamos jantando no Taco Bell. Enfim, é por isso que estou aqui agora.

Serve-se de mais um pouco de vinho do Porto, reclina-se na poltrona e contempla De La Guerra por cima das lentes dos óculos.

— Você mudou, Luke.

— É mesmo, Fred. Eu mudei. — Toma mais um trago, rolando na boca o líquido sensual. — Mas me conte. Você não fez toda essa viagem só para comer guisado de coelho e tomar vinho comigo.

— Eu estou precisando de um advogado.

Luke o encara, depois dá uma boa gargalhada.

— Ora, essa é boa. Você conhece milhares de advogados. Precisava viajar oitocentos quilômetros para me dizer isso?

De La Guerra se inclina para a frente.

— Você sabe do caso de seqüestro e homicídio que houve em Santa Barbara no ano passado?

— O da filha dos Lancaster? — Luke recebe, como resposta, um gesto afirmativo do juiz. — Pouca coisa. Não acompanhei o

---

* Em iídiche: que se comporta de acordo com a lei judaica. (N. do E.)

caso de perto. Não assisto muito à televisão e não leio jornal. Minha vida, aqui, é diferente da de antigamente. — Toma o vinho do Porto. — O assassino acabou sendo preso por acaso, não? Se não me engano, era um amigo da família.

— É. Chama-se Joe Allison. Para eles, já é caso encerrado.

Luke ri sem alegria.

— A esse filme nós já assistimos, Freddie. Por que você acha que eu me enfurnei aqui? — Faz uma pausa. — Sem falar em Polly.

O velho se sente agudamente incomodado ao ouvi-lo mencionar o nome da ex-esposa.

— Eu sei, Luke. — Agora é ele que faz um longo e desconfortável silêncio.

Luke lhe serve mais uma bebida.

— Mas o que você quer de mim?

De La Guerra afunda na poltrona.

— Vim lhe pedir que pegue o caso de Joe Allison.

Luke se desvencilha do copo, aproxima-se do ex-orientador e pousa a mão em seu ombro.

— Você sabe que eu nunca mais vou voltar para lá, muito menos para cuidar de um caso patético como esse. Ora, Freddie, você sabe que não há a menor chance.

— É o que todo mundo acha. Mas eu queria saber a sua opinião.

Luke olha fixamente para o idoso juiz.

— Eu devo estar ficando caduco. Por que você resolveu me procurar? Há ótimos criminalistas em Santa Barbara. Eu estou fora de circulação — lembra-o.

— Nenhum bom advogado quer comprar essa briga.

— Porque é um caso perdido e nenhum advogado que se preze, em Santa Barbara, vai dar a cara para bater. Ninguém quer ficar com o nome associado a um causa que fede tanto quanto essa parece feder.

De La Guerra sacode a cabeça.

— O motivo não é esse. Doug Lancaster pediu a todos os advogados da região que não aceitem defender Allison.

— Qualquer pai faria isso. Ainda mais um pai cheio da grana.

— Isso mesmo.

— E por que você me escolheu? — repete Luke, sentindo um calafrio. É terrível, a última coisa que ele queria ouvir na vida. Atravessa a sala e abre a porta-balcão que dá para a varanda. Já escureceu. Muito ao longe, vêem-se as luzes do povoado de Bartstown. O céu está salpicado de estrelas. — Porque eu saí de circulação, não é? Porque eu não conto e, portanto, posso ser comprado. É isso que você acha, Fred?

De La Guerra sai à varanda e se põe ao lado do homem mais jovem, apoiando o quadril artrítico no parapeito de madeira. Não poderia morar ali: o ar é muito frio, muito úmido. Ele se congelaria feito um motor sem óleo.

— Você me entendeu mal. Ninguém acredita que Allison seja inocente. Mas *ele* insiste que é, não arreda pé disso.

— E daí? — Luke começa a se irritar; estão querendo laçá-lo e arrastá-lo de volta à fogueira. Faz só três anos, ele ainda está se recuperando. — Todos se dizem inocentes — fala com desprezo na voz. Agora está do outro lado, mas isso não torna os criminosos menos culpados, sobretudo os que ele tem defendido.

— Se Allison for a julgamento com um advogado comum e for condenado, sempre haverá uma dúvida — explica De La Guerra. — Os recursos se arrastarão indefinidamente. Se ele for condenado...

— Como assim "se"?

— ...a sentença pode ser anulada devido a uma tecnicidade qualquer. E sempre haverá os que dirão que ele foi atropelado, julgado às pressas. — Põe a mão no antebraço de Luke como um pai faria com o filho. — Nós não podemos deixar que isso aconteça. Seria um novo Ralph Tucker.

Ferdinand De La Guerra foi o juiz no caso. Também saiu chamuscado.

Luke afasta o braço.

— Nós? Os grandes e onipotentes "nós"? — O velho sabe que Luke precisa desabafar; fica em silêncio. — E por que eu me meteria nisso? — *Seu grande filho da puta, como você tem coragem de fazer isso comigo?* — Qualquer um que pegar o caso vai ser linchado.

— Porque você é o único advogado que eu conheço que não dá a mínima para o seu *status* na comunidade. E porque você sabe o que pode acontecer. E porque é melhor que os outros. São motivos suficientes? — Não há resposta. — Dinheiro não falta. Você não precisa de dinheiro?

— Eu dou a impressão de estar precisando?

De La Guerra sabe que o irritou, mas tem de dizer tudo o que pensa.

— O Luke Garrison que mora com a namorada de um traficante de drogas condenado por homicídio? Esse não é você. Por mais que a vida o tenha mudado, Luke, você não é assim.

— Agora sou.

— Não. Eu duvido. Para mim, esse Luke Garrison não passa de uma fachada. O verdadeiro Luke Garrison ama a justiça. Atenuar uma acusação de homicídio contra um traficante... — Ele deixa o resto da frase no ar.

Luke se apóia no parapeito e olha para as estrelas. Adora as tantas estrelas que se vêem aqui. Às vezes passa horas com o telescópio apontado para o céu.

— Só por curiosidade — pergunta. — Não que eu pretenda me envolver com essa merda. — Olha para De La Guerra — Quem vai se encarregar da acusação?

— Ray Logan. Pessoalmente.

Luke faz uma careta.

— Não vai perder a oportunidade.

De La Guerra concorda com um gesto.

— É claro. — Luke morde um pedaço da cutícula do polegar. — Quem vai pagar a defesa? Um caso de pena de morte custa muito.

— Allison tem 125 mil dólares e pode conseguir mais se precisar. Não tem direito a um defensor público e não aceitaria se tivesse. Quer um advogado qualificado, que conheça bem os meandros do tribunal.

Luke envolve os ombros do ex-professor com o braço.

— Que bom que você veio me visitar, Freddie — diz com ternura. — Eu estava com saudade. — Conduz o velho de volta para dentro. — Mas não a ponto de me jogar na minha própria espada diante de Ray Logan e do resto do mundo.

Acordado na cama, os olhos pregados no teto, onde o luar, entrando pela alta janela sem cortina, forma rios de luz que correm ritmicamente de um canto a outro, Luke tem consciência da presença de Riva, também desperta e também nua, de costas para ele. Não tem liberdade, na relação, para se sentir bem intrometendo-se no que lhe passa pela cabeça. Há meses que moram juntos, mas não são tão íntimos assim.

— Você também está acordada.

— Estou — diz ela, agradecida pela abertura.

— Sabe por que o velho veio aqui?

— Deve estar querendo que você volte para Santa Barbara, sei lá por quê.

— Quer que eu pegue um caso.

É o bastante para que ela se vire e o encare.

— Para quê? — Riva olha para o seu perfil, tentando imaginar o que se passa com ele. Quer penetrá-lo. Luke ainda não permitiu; dão-se bem até aonde conseguiram chegar, mas não chegaram aonde ela gostaria.

Riva está apaixonada por ele e não quer perdê-lo.

— Há muito dinheiro em jogo.

— É mesmo? Você acha que eu vou acreditar nisso? — Ela é direta, não escolhe as palavras.

Luke também se volta, os dois ficam de frente.

— O motivo é o meu ego — reconhece. — Eu poderia dar um belo pé na bunda de alguns caras. — Torna a desviar o olhar. — Mostrar que aqueles bastardos não me expulsaram da cidade — confessa para as oscilações no teto. — Eu saí de lá porque quis, e, se voltar agora, vai ser porque quero.

— Seria muito bom, Luke, se não fosse mentira.

Ele continua conversando com o teto.

— Sim, mas, se eu repetir isso sem cessar, talvez acabe acreditando. Coisa que vou precisar fazer — acrescenta — uma vez na vida.

— Para que se machucar sem necessidade? Você não é feliz aqui? Razoavelmente feliz? — Riva não quer dizer isso, não quer encurralá-lo, mas não consegue evitar.

Luke volta a encará-la.

— Sou, sim.

— Mas um homem tem de fazer o que é preciso.

— É impossível viver fora da gente mesmo indefinidamente, Riva. Eu sempre me senti culpado com isso.

— Você vive comigo numa casa que eu tenho a felicidade de possuir e que teria sido confiscada se você não me defendesse como defendeu — diz ela, exasperada: quantas vezes já não tiveram essa conversa idiota? Senta-se na cama. Tem seios pequenos e bem-feitos; mamilos longos e finos como dedos, túmidos em virtude do súbito contato com o ar frio. — Pare de se atormentar. E a mim. E pare de usar essa desculpa para ficar com pena de si mesmo. Você não precisa disso, Luke. Sua mulher o abandonou. Não é o fim do mundo. — Toca-lhe a têmpora com a ponta dos dedos. — Olhe para o futuro, Luke, você tem muito futuro. Santa Barbara acabou, é coisa do passado.

Ele suspira.

— Acho que eu estou muito preso à minha auto-imagem. Vim embora com o rabo entre as pernas.

— Há outras maneiras de resolver o problema, e você sabe.

— Oh, sim, eu sei. Não sei se vou voltar. Eu saí de lá fracassado e, quando voltar, será para sair coberto de glória. É um trato que fiz comigo mesmo.

— Então é melhor não voltar ainda. E eu o digo mesmo sem saber o que o seu amigo está querendo de você.

Basta. Esta conversa não vai servir senão para lhes dar dor de cabeça e abrir um rombo em algo que ainda não é forte o suficiente para resistir.

Riva se aproxima, roçando o peito no dele, beijando-o na boca. Sente-o ficar excitado: quase apesar dele mesmo, pensa.

Encarrega-se de fazer todo o trabalho. Luke não opõe resistência, é o máximo que consegue em meio ao conflito que disputa espaço em sua mente. E em seu coração.

O café-da-manhã é leve — café, pão e frutas — e bem cedo. Riva dispõe os ingredientes na mesa da cozinha. Veste uma saia elegante, blusa de seda de gola alta, meia-calça, sapatos baixos. De batom e maquiada, podia ser capa da *Vogue*.

— Eu tenho hora marcada às cinco, portanto não volto antes das sete.

— Talvez eu passe por lá para jantarmos juntos.

— Se for passar, avise. — Ela aperta a mão de De La Guerra. — Foi um prazer conhecê-lo. Espero que você não tente convencer Luke a fazer uma coisa da qual depois ele vai se arrepender — diz sem sorrir.

— Eu também espero — responde o velho com franqueza. Não sabia que Luke estava com uma mulher. Com uma mulher excelente. Se soubesse, talvez não tivesse vindo.

O escapamento aberto da caminhonete anuncia a partida de Riva. Luke serve café a De La Guerra.

— Ela é avalista de fiança na cidade — explica. — Era auxiliar de advogado, mas a história do homicídio estragou tudo. Uma sobrevivente, isso é o que ela é.
— Eu gostei muito dessa moça, Luke.
— E ela de você, mas não ficou contente com a sua visita. Pela proposta sacana que você me fez.
— Isso, eu já entendi. Também não sei se gostei depois de ter visto como você está.
Luke corta um pedaço de melão.
— Sei lá como eu estou, Freddie. Seja como for, falta alguma coisa — acrescenta com candura. — Eu me conheço muito bem para saber disso. — Mordisca um pedaço espetado no garfo. — E, se o que tenho aqui for realmente o melhor para mim, continuará à minha espera mesmo que eu vá para Santa Barbara.
O velho tira da pasta um grosso maço de papéis e o coloca na mesa.
— Este é o indiciamento e todo o material corolário. Caso você resolva dar uma olhada.
— Eu vou pensar, Freddie. Não prometo nada.

De La Guerra liga o motor do carro alugado. Luke lhe agarra o ombro pela janela aberta.
— Agora que você conhece o caminho, apareça.
— Você também. — Sente lágrimas no canto dos olhos. À medida que a velhice avança, parece que lhe brotam mais facilmente, decerto uma intimação da mortalidade. Então diz o que queria dizer desde o primeiro momento em que viu Luke na noite passada, em que viu quanto ele mudou. — Você não pode viver eternamente a sua dor. Cedo ou tarde vai ter de enfrentar os seus demônios e vencê-los.
Primeiro ela ontem, pensa Luke, agora ele. Lados opostos da mesma moeda.
— Por quê?
Pelo fato de você ser quem é, pensa o velho. Mas não o diz.
— A gente se vê, espero.
— Até mais.
O juiz desce o longo caminho. Pelo espelho retrovisor, vê Luke observá-lo. Volta-se um momento para a pista a fim de não cair num buraco.
Quando torna a olhar para o espelho, Luke desapareceu.

* * *

Riva está chorando; não pode evitá-lo.
— Você é um filho da puta.
Ele sabe disso.
— Eu vou até lá só para dar uma olhada — diz, contrariado com a evasiva, mesmo que a ouça saindo de sua própria boca. — Faz tanto tempo que não vou a Santa Barbara. Quero rever os velhos amigos.
— Certo. Como se você estivesse morrendo para rever todos os seus velhos amigos. Como eles se chamam mesmo? Eu não me lembro de tê-lo ouvido falar num só deles.

De La Guerra se foi, e Luke passou o dia lendo o material com um interesse cada vez maior. Como no velho cavalo do corpo de bombeiros, que ergue as orelhas ao ouvir o alarme de incêndio, os humores combativos começaram a fluir dentro dele.

É um caso perfeito para a acusação: ele faria miséria com uma mão amarrada às costas. O chaveiro e os tênis são provas terríveis, esmagadoras. E Allison conhecia a menina, conhecia a casa. Que mais um promotor pode querer?

É verdade que há alguns furos. Em qualquer caso há. Neste, são furos técnicos, nada de substancial no núcleo, apenas o suficiente para que um bom advogado comece a montar as defesas em torno ao acusado. Defesas fracas; é preciso mais que furos técnicos para erigir uma muralha inexpugnável.

Mas ele tem de retroceder e olhar para a realidade. *Você está brincando?*, pergunta a si mesmo. A situação da acusação só seria melhor se Allison tivesse sido apanhado em flagrante, no próprio ato de matar a menina.

Luke deixa o material de lado. Achar que o cara tem alguma chance é enganar-se. Ele é culpado.

Seja verdadeiro consigo mesmo: não é o caso que o atrai. É o passado que está falando com você, cara, cochichando-lhe no ouvido. A voz do túmulo de Ralph Tucker, o bandido que você acusou, mandou para a morte e que, afinal, era inocente.

Não consegue imaginar que um dia chegará a superar tal coisa. Tampouco o consegue seu antigo professor, o juiz De La Guerra, por isso veio visitá-lo. E também é por isso que Luke vai para lá, conversar com Joe Allison, o infeliz acusado.

Isso pode magoar Riva, a mulher que o ama e que muito se arriscou por esse amor. O problema é que ele não a ama, não o bastante. Não como ela, não com tanta profundidade. Mesmo depois de três anos, Luke não superou a separação de Polly a ponto de amar assim outra mulher.

Enfrente seus demônios, disse o velho. É o que ele quer fazer. Riva não vai aceitar essa desculpa nenhum segundo.

— Você quer fugir — disse-lhe quando ele falou dos planos que tinha. — Só ficou sabendo disso quando o velho chegou e lhe deu uma desculpa para fazê-lo, mas é isso que você quer.

Ele não sabe se é verdade ou não, mas algo o dilacera e é preciso ir verificar.

— Eu volto numa semana.

— É por isso que está fazendo as malas para um ano?

— Pode ser que eu precise ficar mais de uma semana. — Ouvir essas palavras falsas de sua própria boca o envergonha. Pelo menos não minta para Riva. Ela não merece. — Eu telefono à noite.

— Não espere que eu atenda.

Luke vai para Santa Barbara na caminhonete de escapamento aberto, um Dodge 1965 com um V-8 ridiculamente gigantesco que faz três quilômetros com um litro de combustível. Leva, na carroceria, uma velha motocicleta Triumph Bonneville, comprada quando ele se mudou para o norte e mudou de vida, e uma prancha de surfe. Se não tiver coisa melhor para fazer, vai surfar um pouco.

De La Guerra reservou uma suíte para ele no Biltmore: já que tudo corre por conta de Joe Allison, por que não se hospedar num hotel de primeira classe? Allison também preencheu um cheque de 5 mil dólares para cobrir outras despesas a curto prazo e comprar algumas horas do tempo de Luke. Na hipótese improvável de que ele assuma o caso, seus honorários serão de 300 dólares por hora, mais as despesas de manutenção e outras necessidades, como um detetive particular. Trezentos por hora é muito dinheiro em Santa Barbara. Luke avisou De La Guerra que, se voltar, há de ser em grande estilo, em primeiríssima classe. Segundo o juiz, Allison ficou satisfeito em pagar tudo.

— Ele não tem escolha — admitiu sinceramente o velho quando Luke telefonou dizendo que iria dar uma olhada: sem promessas, sem compromisso, só para verificar. — Que bom que você vem, Luke, e, se concluir que não há esperança ou que o caso não lhe interessa, eu compreenderei.

Luke decide evitar o Biltmore. Por ora, prefere permanecer incógnito. Sua presença na cidade será conhecida em breve, mas, enquanto for possível, é melhor ficar na sombra.

Hospeda-se num dos motéis de beira de estrada da Upper State e entra em contato com De La Guerra. Encontrar-se-ão dentro de uma hora e, na amanhã do dia seguinte, ele irá conversar com Allison na cadeia. Serve-se de uma vodca do frigobar, senta-se na beira da cama e pede um interurbano.

Atende a secretária eletrônica. A voz calma e eficaz de Riva. "Ao ouvir o sinal, deixe o nome, o número do telefone e o horário em que ligou. Nós retornamos assim que possível." Segue-se mais uma frase recentemente acrescentada: "Se for você, Luke, vá se foder".

Ele resolve não deixar mensagem.

Luke senta-se em frente ao suspeito, à mesa da sala de interrogatório do presídio distrital. Allison veste o macacão verde de presidiário e calça chinelos. Seus cabelos, outrora impecavelmente penteados, estão sujos, engordurados; sua tez ganhou um tom acinzentado de pão bolorento. Ninguém o tomaria por um astro dos noticiários da televisão, pensa Luke examinando-o criticamente.

Allison também o examina. Esse cara já foi promotor distrital? Mais parece um dos presidiários brancos daqui: os truculentos.

— Eu ouvi falar em você — diz com voz trêmula. — Obrigado por assumir o caso.

Esse pobre coitado não vai agüentar a prisão, pensa Luke. De jeito nenhum.

— Ainda não sei se vou assumir o caso, sr. Allison. Preciso saber mais do que sei para decidir.

O acusado fica visivelmente abalado.

— Mas o juiz De La Guerra me disse que...

— Não sei o que Freddie lhe disse — atalha Luke —, mas ele não fala por mim. Eu me propus a estudar o material, conversar com você e pensar. Só isso. Calculei que ele tivesse esclarecido isso.

Allison balança lentamente a cabeça.

— Sim, ele esclareceu. Mas eu achei...
— É o que você espera, não?
Mais um vagaroso movimento da cabeça.
— Acho que sim.
— Preciso lhe dizer umas coisas. Primeiro, não exagere nas esperanças. No meu envolvimento ou não neste caso, no resultado que terá com ou sem a minha participação, no que eu ou qualquer outro advogado podemos fazer por você. Segundo, não minta para mim. Nunca. Hoje e nos próximos dias, eu vou lhe fazer um bocado de perguntas. Diga a verdade, por mais brutal que seja, por mais que ela possa prejudicá-lo. Tudo o que me disser é confidencial e não poderá ser usado contra você, mesmo que eu não venha a ser o seu advogado. Certo?

Allison parece sem fôlego.
— Certo.
— A sua aparência não está nada boa. Tomava algum remédio lá fora?
— Não.

Tendo aberto caminho, Luke sai momentaneamente por uma importante tangente:
— Usa alguma droga que não seja remédio? Por prazer?

Allison começa a negar, mas desiste.
— Às vezes eu fumo um baseado. — Olha à sua volta.
— Aqui não há escuta — tranqüiliza-o Luke. — Que mais?

O acusado hesita.
— Quando aparece coca numa festa, pode ser que eu cheire um pouco. Mas não compro. Só muito raramente — apressa-se a acrescentar.
— As pessoas do seu relacionamento sabem que você usa drogas?
— Um momento — defende-se Allison —, eu não uso drogas. É o que acabo de dizer. Só uma vez ou outra, mais nada. Não sou um cara drogado, certo? — adita com firmeza.

Luke se conserva alheio à irritação do homem, autêntica ou simulada.
— Há quem possa se apresentar e testemunhar contra você quanto a isso?

O presidiário respira fundo, faz que sim.
— Glenna Lancaster talvez. Nós já nos drogamos juntos, em festas.

— Na casa dela?
— Algumas vezes. Alguns saíam de fininho e iam para o fundo do quintal. Doug não sabia de nada — acrescenta com inocência.
— Glenna Lancaster... — reflete Luke. — Duvido que ela queira o seu bem.
— O que os Lancaster querem é a minha caveira.
— Como não haveriam de querer? Perderam a filha, e você é acusado de tê-la assassinado. Eu sentiria a mesma coisa se estivesse no lugar deles, você também.
Tom de desafio:
— Mas acontece que eu não a matei.
— Guarde isso para si mesmo. — Luke está admirado com a firmeza do sujeito, mas ainda é cedo, ele não tem alternativa. — Mais uma coisa muito importante: nunca diga nada sem que lhe tenham perguntado. A absolutamente ninguém, a não ser a mim ou a quem venha a ser o seu advogado.
Outro torturado gesto afirmativo. A cabeça de Allison parece pesada feito uma bola de boliche, e esse advogado de cara esquisita não o anima. E o interrogatório sobre as drogas... para que isso? A paranóia do suspeito não dá trégua. Luke Garrison era o promotor distrital de Santa Barbara. Um dos mais terríveis acusadores, pelo que ele ouviu falar. Talvez a polícia o tenha plantado aqui para arrancar uma confissão sob o disfarce de advogado de defesa. Não, eles não teriam peito de fazer uma coisa dessas. E foi o juiz De La Guerra que o indicou. Está tudo bem. Tem de estar.
Luke abre uma pasta cheia de anotações.
— Vamos colher as informações básicas. Onde você estava na noite em que Emma foi raptada? Lembra-se?
— Você leu o depoimento que prestei na polícia? — pergunta Allison. — Há um ano, eu disse a mesma coisa que disse há algumas semanas.
— Eu o li, sim, mas isso não tem a menor importância, porque o que você diz à polícia pode ser diferente do que conta ao seu advogado. Lembra-se? — repete sem ocultar a irritação.
Quase como se estivesse lendo um *script*, o presidiário recita:
— Eu fui jantar com alguns amigos. Ficamos juntos até as onze horas. Deixei minha namorada em casa, voltei para a minha e fui para a cama.

— Não ficou com a sua namorada? — pergunta Luke, quase obrigando Allison a responder que sim. Se os dois tivessem passado a noite juntos, o caso seria muito diferente.

— Às vezes nós passamos a noite juntos, mas nem sempre. Daquela vez não.

— Quantas noites por semana vocês passavam juntos? Você e... — Luke folheia as anotações.

— Nicole Rogers — diz Allison, abreviando-lhe a busca. — Quatro ou cinco.

— Quer dizer que aquela foi uma das duas noites, por semana, que vocês não passavam juntos?

— É.

— Algum motivo para não terem ficado juntos justamente naquela noite?

Allison dá de ombros.

— Deve ter havido. Em certas ocasiões, nós queríamos ter mais espaço, em outras, um dos dois tinha o que fazer mais tarde.

É uma observação perigosa: qualquer promotor se aproveitaria dela. Sobretudo porque eles passavam a maioria das noites juntos. Uma inferência plausível é que ele tinha planos para aquela noite e precisava estar sozinho. Planos que incluíam Emma Lancaster.

Allison interfere de repente nesse processo de pensamento:

— Acabo de me lembrar. Nicole tinha um grupo de estudo na faculdade de direito. Ou ia acordar cedo, ou precisava de tempo para se preparar à noite. Das duas, uma. Talvez ela se lembre.

Luke anota a informação. Pode ser útil: pelo menos dá a Allison um motivo decente para não ter passado a noite com a namorada, quando seu padrão habitual era o contrário.

Ele deixa a pasta de lado. Fodam-se os detalhes, precisa entrar no núcleo do caso.

— Há três provas graves contra você. Os tênis, as camisinhas e o chaveiro.

Um gesto de cansaço.

— Eu sei.

— Como vamos explicá-las? São três revólveres fumegantes, Joe. Em geral basta um só. Eles têm três.

Allison baixa a cabeça, passando os dedos nos cabelos engordurados.

— Sei lá.

Luke lhe endereça um olhar incisivo.

— Os tênis são seus?

— Não sei. Eu já tive um par de New Balance, mas sumiu antes do seqüestro.

É um desastre.

— Sumiu? Pelo amor de Deus, será que você não tem uma história melhor para contar?

— Não. — Allison está cansado, confuso. Com a cabeça caída no peito, move o pescoço como se estivesse desarticulado. É um pobre coitado que sofreu uma catástrofe de proporções monumentais e não sabe por quê. O período que passou na prisão o afetou tremendamente. Luke viu e ouviu outros homens como Joe Allison na mesma situação. Estão de tal modo despreparados para algo assim que quase estrebucham e morrem na sua frente. Só espera que Allison tenha forças para se defender. Sobretudo se ele, Luke, resolver *não* assumir o caso.

— A polícia achou os tênis no seu armário.

O outro balança a cabeça.

— E você alega que entraram na sua edícula, sem que ninguém visse, e puseram no armário os tênis que você tinha perdido?

O mesmo gesto afirmativo.

— O que mais poderia ser?

Que você matou a garota, seu bundão. Um par de tênis ligado ao rapto foi encontrado no armário de Allison; porém um ano antes havia *desaparecido*, antes do rapto? Que diabo eu estou fazendo aqui?, pensa Luke.

— Quantas pessoas têm a chave da edícula?

— Sei lá. Dei a chave a meia dúzia, como Nicole e a minha faxineira. Fora quem morou lá antes de mim. Eu não troquei a fechadura. — Olha para Luke com um sorriso triste. — Aliás, eu nem tranco a porta. A edícula em que eu moro fica no quintal da casa dos proprietários. A segurança é boa.

— Não a ponto de impedir que entrassem lá, plantassem os tênis no seu armário e saíssem sem ninguém ver.

Allison o fuzila com os olhos.

— Esta minha observação cética passaria pela cabeça de qualquer pessoa sensata — explica Luke. — É o tipo de coisa que você vai ouvir no júri. E o chaveiro no seu porta-luvas? Também foi plantado?

— Qualquer manobrista pode ter entrado no carro. O do hotel, o do bar, o do restaurante. Além disso, eu também o deixo estacionado na emissora, onde há gente entrando e saindo a toda hora. Nada mais fácil do que ter acesso a ele.
— Como você é confiado!
— *Era* — retruca Allison com amargura. — Você não acredita quando eu digo que plantaram todas essas coisas, acredita?
Luke se encosta na cadeira e pensa na resposta.
— É meio forçado, não acha? Se você não matou a menina, tudo bem, alguém deve ter fabricado as provas para incriminá-lo. Mas, para ser franco, não vai ser nada fácil convencer o júri de uma coisa dessas.
Allison balança a cabeça, compreendendo, mas logo diz:
— Se eu a tivesse matado, por que iria guardar os tênis e o chaveiro? Por que iria conservar os únicos indícios que podiam me vincular ao crime? Não tem sentido.
Sentido *lógico* não tem, é verdade, pensa Luke. Mas o seqüestrador podia não saber que os tênis eram um indício. A polícia não divulgou essa informação. Quanto ao chaveiro, não faltam motivos para que o culpado o guardasse de lembrança de um relacionamento passado ou num arrogante desafio às autoridades: vocês nunca me pegarão, seus panacas.
Ele não diz o que está pensando.
— Motivos, sempre há. Também pode ter sido por descuido.
— Ou uma armação — acrescenta Allison com obstinação.
— Sim, se você for inocente, é bem possível.
— E a garrafa de *bourbon* que o guarda que me parou achou no chão do meu carro, atrás do banco? — pergunta o presidiário, pressionando-lhe o processo de pensamento.
— Que tem isso?
Antes de mais nada, a garrafa aberta foi o motivo da revista. Se ela não se encontrasse no automóvel de Allison, os dois não estariam aqui, nesta cadeia imunda, um deles depois de viajar centenas de quilômetros a contragosto, o outro prestes a ser julgado e quase sem nenhuma chance de escapar à pena de morte.
— Eu não bebo *bourbon*. Não provo uma gota desde os tempos de faculdade. Qualquer um que me conhece sabe disso. Portanto a garrafa não podia ser minha. E, se ela não era minha, o que dizer das outras coisas?
Boa pergunta.

— Pode ser que a tenham colocado lá — concede Luke. — Mas há uma longa distância entre uma garrafa no chão e um chaveiro escondido no fundo do porta-luvas e um par de tênis guardado no seu armário. — Levanta-se. — Por hoje chega, Joe. A não ser que você tenha mais alguma coisa a me contar... que ainda não contou nem a mim nem a ninguém.

— O quê, por exemplo?

— Por exemplo: você foi totalmente sincero comigo? — Antes que Allison chegue a formular a resposta, ele lhe dá a mão. — Vou ver se volto amanhã. Se você se lembrar de quem tem a chave da sua casa, pode ser útil.

O acusado também se levanta.

— Quer dizer que vai pegar o meu caso? — pergunta com ansiedade.

— Vamos com calma, Joe. Eu disse que quero checar tudo primeiro, conversar com você. Ainda preciso trabalhar um pouco antes de decidir. Hoje nós demos um passo, mas faltam outros.

Allison se deixa cair na cadeira.

— Quando vai decidir? Eu tenho o direito de saber.

— Tem mesmo. — Luke pensa na pergunta. — Hoje é terça-feira. No fim da semana, na sexta. Ou sim, ou não.

Ele conversa com De La Guerra pelo telefone, informa-o de suas dúvidas, diz que vai discutir o resto depois que tiver examinado uma vez mais o inquérito policial.

— A coisa não é muito promissora — avisa. — Ele não tem álibi no horário em que a menina foi raptada e teima em dizer que tudo foi plantado, o que me parece muito forçado, Freddie. Sobretudo os tênis. Seria preciso um plano elaboradíssimo para colocarem os tênis no armário dele, depois de providenciarem para que houvesse uma pegada no local do seqüestro e outra no lugar em que encontraram o cadáver. E para que eles fossem descobertos um ano depois. Por conta de uma detenção casual. Como é possível relacionar tudo isso? Negando tão frouxamente a propriedade, ele está se encurralando, e eu duvido que consiga livrá-lo. Nenhum advogado consegue. — Faz uma pausa. — Uma coisa eu sou obrigado a reconhecer: o cara tem muito peito de insistir na história dos tênis.

Na outra ponta da linha, De La Guerra resmunga qualquer coisa ininteligível. Não se compromete, não vai ser um participante ativo nessa história; seu vínculo é emocional. Se Luke ficar com o caso, seu trabalho está encerrado. Do contrário, ele põe o pé na estrada outra vez, perspectiva em que prefere não pensar.

— Isso acontece, a gente sabe — diz em tom persuasivo. — A polícia já devia estar com os tênis e, quando achou o chaveiro no carro, resolveu dar um empurrãozinho para ajudar.

— Não! — protesta Luke com veemência. — Eu trabalhei muito tempo na promotoria. Nunca vi esse tipo de corrupção, você também não, Freddie. Os tiras daqui aceitam uma bola, é claro, todos aceitam, mas violar a lei dessa maneira, não. Eu precisaria de uma prova incontestável para acreditar.

— Você tem toda a razão — concorda o juiz.

Conversam mais um pouco sobre como Luke está se sentindo em Santa Barbara depois do exílio voluntário e sobre outras coisas. Luke vai trabalhar um pouco amanhã e manterá De La Guerra a par de tudo quanto descobrir e pensar.

Luke faz a barba, toma banho e separa uma muda de roupa limpa. Põe uma camisa branca de algodão, sem colarinho, uma calça de cotelê e um paletó esporte de linho. Vai de táxi ao Meritage, um restaurante cujos donos ele conhece. Pode ficar sozinho ao pequeno balcão do salão dos fundos, comer sossegado, tomar uns bons copos de vinho. Não o perturbarão: pouca gente sabe da sua presença na cidade e ninguém o identificaria à primeira vista. Ele mudou muito e não só na aparência. Com as botas de couro de cobra bem engraxadas e os cabelos presos num rabo-de-cavalo, embarca na noite.

Um Ketel One *on the rocks*, uma refeição leve: salada Caesar pequena, risoto de camarão, um cálice de Foxen *pinot noir*. Amanhã, pela terceira ou quarta vez, vai estudar as provas contra Allison: o inquérito policial, como trataram os indícios, tudo o que encontrar. Pode ser que tenha deixado escapar alguma coisa. Precisa trabalhar com empenho — precisa mesmo, do contrário não vai dar certo.

Três quartos do restaurante estão cheios. Casais e pequenos grupos sentados às mesas cobertas com toalhas de linho irlandês; além da vela no castiçal de latão, um fino vaso de vidro, com uma rosa adornada com cravos-de-amor, alegra cada mesa. O fogo está aceso na lareira do salão principal, a luz é branda e aconchegante. Tomando um *cappuccino* descafeinado e um cálice de vinho do Porto, ele sente o álcool espalhar conforto e calor em seu corpo. Está com sono, dormirá bem hoje.

Do outro lado do salão, um grupo de oito pessoas termina o jantar: seis homens e duas mulheres, a julgar pela aparência, profissionais que vieram diretamente do escritório. Estavam falando e rindo alto, esbanjando bom humor, trocando insultos e opiniões maliciosas. De costas para eles, Luke não lhes havia dado muita atenção até agora.

Depois de uma breve discussão sobre a conta, jogam alguns cartões de crédito na mesa. Então uma voz se destaca das outras, uma voz familiar demais para que passe despercebida.

A gente pode fugir, mas não pode se esconder. Luke toma o último trago do Porto, levanta-se e atravessa o salão rumo à mesa do grupo.

Faz três anos. Ray Logan engordou bem uns dez quilos, coisa que lhe arredondou ainda mais a cara de meninão. Já um tanto calvo, rosado a ponto de ter orelhas quase transparentes, é o próprio estereótipo do advogado bem nutrido.

— Oi, Ray. Como vai?

O grupo se volta e olha para ele, a princípio sem reconhecê-lo — quem é esse? —, depois boquiaberto de incredulidade.

— Luke? — É Ray Logan quem recupera a voz.

— E aí, Ray?

Todos o olham como se estivessem diante de um extraterrestre. Promotores assistentes, quase todos foram recrutados por ele, trabalhavam para ele, obedeciam cega e devotadamente às suas ordens.

Alguns murmuram "olá" e "Luke". Então a voz alta de Logan se destaca:

— Não é possível!

Luke sorri.

— Algum problema?

— Você está parecendo...

— O quê? — Seu sorriso se alarga.

— Um motoqueiro.

— Motoqueiro? É, eu tenho uma moto. Como Jay Leno. E daí?

— Daí que você está parecendo um canastrão, não um advogado profissional.

O sorriso desaparece. Luke olhe para Ray, depois para os outros. Conhece-os a todos, exceto uma mulher e um homem, os mais jovens do grupo. Contratados depois da sua partida. Mas os dois sabem quem ele é. Sabem perfeitamente.

— Como vão vocês — pergunta, olhando para o grupo.

Todos o encaram. Uma mistura de respeito, medo e ansiedade. Logan se recompõe.

— Eu ouvi dizer que você voltou — diz. — Que está pensando em defender Joe Allison.

— Ouviu atrás da porta? — Luke pergunta calmamente. — Bem, é claro que eu voltei. E estou cheio de vida.

— Se anda mesmo pensando em advogar a causa de Joe Allison, deve estar cheio é de outra coisa, não de vida.

— Eu pensei que ele ainda não tivesse sido julgado — retruca Luke sem alterar a voz.

Logan sacode a cabeça com desdém.

— Só tecnicamente. — Examina-o uma vez mais. — O que está fazendo aqui? Como se meteu nisso?

— O juiz De La Guerra me pediu para examinar a situação — resmunga Luke. Sua voz e tudo nele afetam muito Logan, coisa que lhe dá imenso prazer.

— Ele faria bem se não metesse o bedelho nisso.

— Pois me deu a impressão de ser um emissário do *establishment*. De gente como você, Ray.

— Impressão falsa, Luke.

Luke torna a olhar para o grupo. Todos lhe eram tão leais quanto as tropas de Aníbal*. Agora o encaram como a um inimigo.

Ele é o inimigo.

Ray Logan pousa a mão rechonchuda e macia em seu ombro. É quase um gesto de ternura.

— Não se envolva nisso, Luke. É um caso absolutamente perdido. Nunca vi outro igual. — Fita-o nos olhos. — Você vai ver as provas que eu tenho. Claro que vai, sabe procurá-las melhor que qualquer um de nós.

---

* Referência a Aníbal, general e político cartaginês (247-183 a.C.) que desencadeou a segunda guerra púnica contra Roma. (N. do E.)

Luke sorri.

— Obrigado pelo voto de confiança, amigão. Se eu pegar esse caso — diz sem tirar os olhos dos dele —, não vou esquecer que você ajudou a me convencer.

Logan fica tenso.

— Eu ouvi dizer que você mudou, Luke. Quem não muda? Mas nunca imaginei que fosse parar no outro extremo. — Cala-se um instante. — Já esteve com Polly depois que chegou?

A pergunta o colhe de surpresa. Sua expressão revela tudo o que Logan queria saber. O ex-assistente de Luke dispara a farpa:

— Quando o vir, Polly vai se convencer de que tomou a decisão certa.

E sai do restaurante acompanhado de seu séquito, deixando Luke pregado no chão, trêmulo de raiva e dor.

Antes do amanhecer, Luke desperta de um sono inquieto. A calça recém-passada e a camisa tão bem lavada estão jogadas na cadeira do canto do pequeno quarto de motel. A cueca e as meias acham-se amontoadas noutro canto, rapidamente despidas e arremessadas.

Cobertas com uma crosta de suor, suas axilas fedem: ele não abriu a janela nem ligou o ar-condicionado, de modo que a atmosfera do quarto está quente e rançosa, como água estagnada num tanque. Pegou no sono por cima das cobertas, nu, sem escovar os dentes.

Ontem à noite, ao sair do restaurante, os nervos abalados demais para voltar e trabalhar, foi a pé até o centro da cidade e perambulou no *shopping* Paseo Nuevo, misturando-se à esparsa multidão noturna do meio da semana. Entrou nas duas grandes livrarias, a Borders e a Barnes & Noble, uma quase em frente à outra na rua State, folheou revistas e livros de bolso, mas nada comprou; depois andou mais um quarteirão até a Anacapa e desceu rumo à Paradise.

Ficou enfurnado num bar da Paradise das dez até meia-noite, hora de fechar. A televisão estava sintonizada na ESPN, apresentando compactos das competições esportivas do dia e um resumo do torneio de golfe do fim de semana. Sentado ao balcão, com os olhos presos na telinha, detonou cinco *margaritas*.

Ficou meio alto, mas não chegou a se embriagar. Isso nunca acontece, ele conhece o seu limite. Durante a viagem de táxi para o motel, mandou o motorista parar na Albertson's da Upper State, onde comprou uma garrafa de conhaque Fundador e uma caixa grande de chocolate Famous Amos.

De volta ao motel, assistiu ao fim do programa de Leno e parte do de Conan O'Brian, comeu o chocolate e bebeu o conhaque. Não se lembra bem de quando se despiu e foi para a cama. A hora não tinha nenhuma importância.

Agora bebe meia garrafa de água mineral de uma vez, urina muito e escova os dentes, enxaguando o gosto ruim da bebedeira de ontem. Precisa de água pura, de um jato frio no rosto.

Parado na praia de Rincon Point, 25 km ao sul da cidade, em Carpinteria, vê o sol nascer no leste, já uma forte e suave explosão rosada. A rubra alvorada nada significa aqui: as tempestades raramente atingem esta parte do Pacífico e, quando a atingem, não passam de prolongamentos tropicais do sul ou do Havaí.

As ondas miúdas de hoje não são as que fizeram desta praia um famosíssimo ponto de surfe, mas estão boas para um banho. Vestindo o velho neoprene, vai remando na prancha até além da rebentação e segue para o ponto em que se formam as ondas do mar alto.

Passa duas horas surfando, nenhuma vaga com mais de um metro. Há uns poucos surfistas por perto. A previsão de ondas baixas manteve a maior parte dos freqüentadores na cama.

Ele não veio com a expectativa de grandes aventuras nem precisava disso. Veio porque tinha necessidade de sentir a água do mar no corpo. Lá no norte, faz isso uma ou duas vezes por semana. As ondas são altas, chegam a cinco ou seis metros. Com essas, prefere tomar cuidado, em geral se esquiva delas. É o surfista básico, mediano, não o fanático doentio. Mas adora esse esporte, adora comungar com a vastidão aquática. Mesmo quando era um promotor distrital devotadíssimo ao trabalho, saía de manhã bem cedo, sobretudo nos fins de semana, entrava na água e pegava algumas ondas.

Quando Luke está guardando a prancha na carroceria da caminhonete e tirando o neoprene, um reflexo do sol ofusca-o momentaneamente. Olhando para o alto dos morros, avista uma sombra saindo de seu campo visual. Parece trazer um binóculo pendurado no pescoço.

Alguém o está observando. Ele não sabe por que acredita nisso, uma vez que há outras pessoas por perto, mas sabe que é verdade. Está sendo espionado.

Alguém do gabinete de Ray Logan? Não. Seria um despropósito. Já sabem que está na cidade, por que haveriam de vigiá-lo? Ele não é perigoso. Pelo que lhe consta, fora Logan e os promotores com que se encontrou ontem à noite, Joe Allison e Ferdinand De La Guerra, ninguém mais tem conhecimento da sua presença na cidade. É claro que, antes do fim da manhã, Logan terá proclamado aos quatro ventos o seu retorno; peçonhento como é, falará nele com ironia e desprezo; mesmo ocupando um importante cargo eletivo, para Luke, que foi seu chefe, ele continua sendo e sempre será uma besta, uma nulidade.

Será que Ray Logan telefonou para os Lancaster? Se é verdade, como disse o juiz, que Doug Lancaster andou espantando os possíveis advogados de defesa, decerto não há de querer o envolvimento de Luke, um antigo ícone local.

Mas a idéia não tarda a lhe parecer absurda. Doug Lancaster não o espionaria. Tem muita classe para se rebaixar a tanto.

Em todo caso, alguém estava lá em cima, observando-o. Quanto a isso não há dúvida. Não é uma idéia agradável. Será porque ele talvez assuma a defesa de um homem acusado de um crime? De um crime terrível, é verdade, mas será possível que as paixões contra Joe Allison estejam exacerbadas a ponto de tornar o seu advogado um pária e um alvo?

Caramba, ele mal retornou à cidade. Tudo está acontecendo depressa demais.

Luke não pediu esse trabalho. E é claro que não pretende se arriscar por ele.

Fim da manhã na prisão, depois de voltar da praia, banhar-se e tomar o café no Carrow's, do outro lado da rua. A conversa com Joe Allison é aleatória.

— Como você se dava com Emma Lancaster?

— Como eu me dava com ela? — O suspeito dá de ombros.
— Muito bem. Já disse que Emma era precoce, muito madura para a idade. Conversava como com uma mulher adulta.
— Onde vocês ficavam conversando?
Outro dar de ombros.
— Quase sempre na casa. Às vezes o pai a levava até a emissora. Ela se interessava pela televisão. Acho que Doug a imaginava no seu lugar um dia.
— Sempre havia gente por perto quando vocês ficavam juntos?
Allison enruga a testa.
— Andam dizendo que havia algum tipo de relacionamento entre mim e ela?
— Não que eu saiba — responde Luke. — Mas, se havia, eu preciso saber. Não quero acabar sendo surpreendido com uma informação que você tenha omitido.
O presidiário não dissimula a esperança.
— Quer dizer que você vai se envolver?
— Eu já lhe disse para não exagerar nas expectativas. Ainda não sei. Não sei como defendê-lo e, sem saber isso, não posso pegar o caso.
Allison ri com nervosismo.
— Foi uma armação. Está na cara que foi.
— Para você, talvez, mas não para o resto do mundo.
— E para você? — o acusado o desafia a responder.
Luke não desvia o olhar.
— Não sei. Não o conheço o suficiente para saber. Mas o que eu sei é que essa história de armação é uma defesa chocha. Fede a desespero. Eu não me sentiria nada bem se tivesse só isso para apresentar no tribunal. — Levanta-se. — Preciso estudar mais. Dou-lhe uma resposta depois de amanhã, certo?
— E eu tenho alguma outra escolha?
— Não.

De volta ao motel no começo da tarde, repassa uma vez mais o material.
Os tênis e o chaveiro. Como plantar as duas coisas? Uma, vá lá, mas as duas! Se, como afirma Allison, as duas provas foram forja-

das, quem fez isso devia ter acesso íntimo à sua vida pessoal e precisava ser incrivelmente inteligente e extraordinariamente sortudo. A prova fica um ano inteiro ignorada e, então, é descoberta por acaso? Uma semana mais, e Allison já não estaria morando em Santa Barbara. Mesmo que o material fosse encontrado, seria em outra jurisdição, onde as autoridades desconheceriam o seu significado.

Sentado na única cadeira decente do quarto, a porta aberta para que o ar fresco lhe ventile o espírito, Luke examina algumas das últimas fotografias de Emma Lancaster. Se lhe dissessem que a garota tinha dezessete anos, ele acreditaria.

Faz uma pergunta básica enquanto estuda o material. O que Joe Allison tem a seu favor? Sobre que base se pode erigir uma defesa razoável? Não uma defesa meramente *plausível*, mas uma coisa clara e lógica; muitas das melhores defesas baseiam-se em premissas absurdas. Mas são razoáveis no sentido de levar o júri a acreditar nelas ou, pelo menos, na sua possibilidade e, assim, criar uma dúvida razoável.

Comecemos pelo chaveiro no porta-luvas. Pertencia a Emma Lancaster, quanto a isso não há dúvida. É, indiscutivelmente, a prova mais importante do caso, pois vincula concretamente Emma a Joe Allison. A não ser que tenha sido plantado, como afirma o acusado — coisa que nenhum júri do mundo vai engolir, não como entidade isolada. Ou ele ou a falecida o puseram no carro. E, se houver uma ligação entre os dois, além da de filha do patrão com o empregado, as implicações só podem ser negativas. O que estava fazendo uma garota de catorze anos na companhia de um homem de trinta? Talvez Allison tenha lhe dado carona uma vez, ela deixou cair o chaveiro por acaso, ele o achou, guardou-o no porta-luvas e depois esqueceu...

Seria dificílimo vender essa idéia, mas abriria certo espaço de manobra. Allison foi notificado de seus direitos, mas não como suspeito de seqüestro seguido de morte. Há uma enorme diferença entre ser pego dirigindo alcoolizado e ser acusado de homicídio premeditado. A polícia devia ter sido clara quanto a isso. Eis um argumento que talvez tenha algum mérito.

E os tênis? Negando toda e qualquer possibilidade de haver deixado a pegada numa circunstância razoável e verossímil, Allison prejudicou a si mesmo.

Se Luke decidir pegar o caso (o que ainda é altamente improvável), há outros caminhos que precisa explorar, a começar pelo laudo da autópsia. *Por que foi lacrado? Havia nele alguma coisa que refletia mal sobre a vítima?* Informações mais específicas a respeito de como ela foi morta? Uma pancada na têmpora com um objeto contundente, é o que se declarou oficialmente. O laudo lacrado deve ter dados mais precisos. O assassino era destro ou canhoto? Dezenas de aspectos específicos podem ajudar a inocentar Joe Allison. Ou a incriminá-lo; Luke tem certeza de que Ray Logan vai tratar de estar com toda essa merda muito bem posicionada a favor da acusação.

Ele interrompe a leitura. É tarde, quase oito horas. Cansou-se de se bater com o material. Nada há de positivo nele. Algumas coisas negativas são menos ruins que as outras, só isso.

Está com fome. Seria gostoso jantar à beira-mar. Vai verificar se não há ninguém no restaurante que ele conhece: não vale a pena arranjar mais estresse ainda. Depois, é voltar diretamente para o quarto, assistir um pouco à televisão e ir para a cama. Sóbrio.

Luke a conhece, por trás, melhor do que o dorso de sua própria mão. Quantas vezes olhou para aquela nuca! Vão caminhando à sua frente, no bulevar Cabrillo, perto da piscina Los Baños: um homem, uma mulher e uma criança pequena num carrinho. Ele estacionou a motocicleta junto à calçada do lado da praia e espera que o trânsito diminua para atravessar a avenida e entrar no Emilio's, onde o aguarda o seu jantar solitário.

Sente um calafrio. Não olhe para trás, roga. Siga o seu caminho afastando-se de mim.

Intuitiva, a mulher sente-lhe a vibração qual uma onda de choque. Volta-se e olha por cima do ombro, o movimento deixa seu corpo de perfil.

Está grávida. O ventre dilatado como se ocultasse meia melancia.

Seus olhares se encontram a trinta metros de distância. Apesar da mudança de Luke, o reconhecimento é imediato: Polly o identifica instantaneamente. Leva a mão à boca.

Ele fica paralisado, mudo. A vê baixar a mão e mover os lábios: "Luke". É impossível saber se ela diz o seu nome e o vento lhe abafa a voz, tornando-a inaudível, ou se o pronuncia em silêncio. Pouco importa. Pois Luke volta a sentir as pernas, instável feito um marinheiro em terra firme, vira-se e se afasta, na direção oposta, o mais depressa que pode.

Cinqüenta metros intermináveis e ele enfeixa coragem para deter-se, virar-se e olhar. Ela e o homem, o novo marido, estão se afastando, as cabeças muito juntas, conversando. O homem olha rapidamente para trás e Luke se volta para o mar, examinando a areia e a tépida montante. Sua garganta é um copo de bile. Ele se sente sufocado, com vontade de vomitar. Quando, enfim, consegue olhar de novo, já os perdeu de vista. Passa vários minutos ali plantado, esperando que o ritmo de seu coração se desacelere. Então retorna, monta na velha motocicleta e vai diretamente para o hotel. Perdeu o apetite.

Não vai dar certo. Foi uma grande besteira ter vindo para cá e checar. Seu ex-orientador lhe jogou uma isca, e ele a mordeu qual uma truta faminta. E o pior é que o caso de seu possível cliente (nos sonhos dele) é absolutamente perdido: mesmo que juntassem Clarence Darrow, Johnnie Cochran e Gerry Spence, seria impossível salvar a pele de Joe Allison. Desolador, porém, foi dar com Polly. Ele achava que, depois de três anos, conseguiria lidar com isso.

Pois bem, não conseguiu, não consegue. Se tivessem disparado uma calibre 12 em sua barriga, a dor não seria pior que a que sentiu ontem à noite, ao vê-la com o novo marido, o bebê e o segundo filho a caminho.

Ele tinha bons motivos quando se foi de Santa Barbara. Chegou a hora de partir novamente.

Está tomando o café-da-manhã com De La Guerra. Enquanto come a fritada de batata e toma o café, explica detalhadamente por que não tem condições de ser o advogado de Joe Allison.

— Ele diz que é inocente. Tudo bem. — Espalha geléia de morango na torrada. — Infelizmente, todas as evidências dizem o contrário. É um caso perdido, Freddie. Vai ser um massacre. Se eu estiver perto dele, ficarei todo respingado de sangue. — Mistura o ovo e a batata com a salsicha e come uma garfada.

— Você viu Polly ontem. — A refeição do velho é frugal: salada de frutas e torradas.

A garfada seguinte fica suspensa entre o prato e a boca de Luke.

— Como você sabe disso? — ele pergunta lentamente. Com os diabos, esta cidade é infinitesimal!

— Ela me telefonou ontem.

— Para você?

— Imaginou corretamente que, se você está aqui e em contato com alguém, só pode ser comigo. — Toma um gole do café. — Eu não lhe contei por que você está aqui.

— Ótimo. — Não: péssimo. Luke vai perder o apetite outra vez.

— Se cruzar com sua ex-esposa o deixa nesse estado — prossegue De La Rua —, acho que você nunca poderá voltar para cá.

— É... — Luke hesita, mas tem de admitir: é verdade. — Eu fiquei magoado, certo? Essas coisas levam tempo.

— Três anos já é um bom tempo.

— Eu topei com ela por acaso. — Está racionalizando como um sapateador que escorregou no palco. — Foi uma coisa inesperada, pegou-me de surpresa. É claro que eu consigo lidar com isso, mas preciso estar um pouco preparado — acrescenta, sem jeito.

— Agora que você já a viu, da próxima vez será mais fácil — diz o juiz com brandura. Mas a intensidade do seu olhar, por cima da xícara, o denuncia.

Você está me tapeando, seu bastardo, pensa Luke. Como se já não bastasse o problema dessa merda de cliente que você me arranjou.

Fez tudo quanto Freddie lhe pediu que fizesse: conversou com Joe Allison e viu Polly. Pode ir embora de Santa Barbara com a consciência limpa.

— É possível — responde. — Mas, como eu não vou pegar o caso, não tem a menor importância. — Encosta-se na cadeira, mordiscando um pedaço de torrada e tomando o café.

— É o caso? — pergunta De La Guerra ainda sem querer capitular. — Ou é Polly?

— São os dois. E nenhum dos dois isoladamente. — Luke ergue a xícara quando a garçonete passa com um bule cheio, e ela torna a servi-lo. Põe açúcar na bebida, mexe-a com a colher. — Se eu achasse que tinha uma chance com Allison, ficaria aqui. Adoraria me bater com Ray Logan. Se cagou todo, eu vi nos olhos dele, quando nos encontramos, mesmo depois de três anos. Se o caso tivesse um mínimo de chance, eu seria capaz de apertá-lo até que ele se estourasse. Tenho certeza disso. Por outro lado, se eu estivesse tranqüilo quanto a Polly e a mim, poderia ficar de qualquer jeito; como você disse, a grana é boa e eu não sou obrigado a ganhar a causa. — Volta a se debruçar na mesa: sente-se melhor agora que tomou a decisão. Ainda não se deu conta da pressão que vem fazendo sobre si mesmo desde o momento em que entrou na cidade. É como se o torniquete de aço que lhe estava apertando a cabeça tivesse se soltado de repente. — Eu tenho uma vida para viver, e ela está ficando cada vez melhor. Você mesmo viu. — Inclina-se para a frente. — Estou tentando ter um pouco de paz. O que há de mal nisso?

O velho juiz arruma cuidadosamente os talheres junto ao prato.

— Nada. — Vacila um pouco. — E se fosse mais dinheiro, digamos, mais 100 mil?

Luke ri.

— O dinheiro não pode me comprar. Nem transformar este perdedor num vencedor.

— Fim de história então?

— Fim de história, Freddie.

De La Guerra pede a conta com um gesto.

— Bem, tem de fazer o que é melhor para você.

— Obrigado por finalmente entender isso.

Tirando algumas notas da carteira, o velho torna a olhar para Luke.

— Eu acho que você poderia fazer um bom trabalho defendendo Joe Allison. Melhor que qualquer um que ele vai acabar arranjando. Mas a escolha é sua, e eu a respeito — diz com sinceridade. — Você fez o que eu pedi, não posso querer mais.

Luke se deixa afetar pela humildade da observação.

— Eu lamento, Freddie. Mas não dá.

— Tudo bem. Como eu disse: você tentou. Os outros a quem pedi... — Ele olha para Luke. — É bom que você saiba que eu pedi a outros advogados que assumissem o caso.

— Eu imaginei. — Quer dizer que ele não era o primeiro da lista. Pelo menos estava na lista. Considerando a sua história nos últimos três anos, não foi tão ruim assim. Mas continua sentindo uma pontada.

A garçonete entrega a conta a De La Guerra. Ele lhe dá uma nota de vinte.

— Guarde o troco. — Olha para Luke. — Você mesmo fala com ele ou prefere que eu faça isso?

— Eu falo. Ele me pagou, sou eu que devo lhe contar.

— Você ainda tem classe — diz o juiz secamente.

— Não muita — sorri Luke. — Mas eu tento.

De La Guerra faz menção de se levantar, porém muda de idéia.

— Não é isso que me incomoda: você pegar ou largar o caso. — Fixa os olhos reumáticos no rosto de Luke, um rosto que passou por fortes mudanças, e não só cosméticas. — É o seu medo de Polly, de encontrá-la. — Inclina-se para a frente, apoiando-se nos cotovelos. — Você precisa dar um jeito nisso. Tem de enfrentar isso.

Com o corpo subitamente tenso, Luke se afasta do juiz.

— Por quê, Freddie?

— Porque você não vai ser livre enquanto não o fizer.

— Que besteira! — Luke explode; mas não eleva o tom de voz. Não quer fazer um escândalo. Veio incógnito a Santa Barbara; isso acabou agora, mas prefere ir embora com um mínimo de privacidade. — Eu não preciso de nada, entendeu? Não tenho de enfrentar porra nenhuma. Posso evitar isso... posso evitá-la. Como fiz, com muito êxito, nos últimos três anos. — Levanta-se sem tirar os olhos do velho. — Eu faço o que está ao meu alcance. Pode não ser perfeito, mas já está muito bom para o meu gasto. Aceitei esta imperfeição em mim, certo? E, se eu posso viver com isso, é bom que você, Polly e toda esta merda de cidade também vivam.

— Sou eu. Não desligue, por favor.

Está sentado na beira da cama do quarto de motel de beira de estrada. É a terceira vez que telefona para Riva. Nas duas primeiras, a secretária eletrônica atendeu; ele não deixou recado porque sabia que ela não o escutaria.

— Eu vou voltar para casa.

Silêncio no outro lado. Por fim:

— Quando?

— Amanhã. — Pretendia viajar hoje, só que ainda não foi ao presídio dar a má notícia a Allison. Um pequeno adiamento, mas quem é perfeito? Fará as malas à noite, conversará com o presidiário amanhã bem cedo e pegará a estrada.

— O que aconteceu? — Luke percebe o cuidado na voz dela, o tom defensivo.

— Não deu certo. — Ele respira fundo. — E eu estou com saudade.

É mentira. Sentiu falta dela, mas não a ponto de recusar o caso se tivesse uma chance ou se não houvesse ficado no estado em que ficou ao rever a ex-esposa.

Mas é uma mentira benigna, positiva, faz com que ela se sinta melhor.

Ele consegue sentir o tom abrandar-se na outra extremidade da linha telefônica, a 800 km de distância.

— Eu também estou com saudade.

— Até amanhã então.

— Fico esperando.

Hoje ele vai ter um jantar principesco com o dinheiro de Joe Allison e sem recriminações antes, durante nem depois. Telefona para o Citronelle e reserva uma mesa perto da janela, com vista para o mar e o porto. Sente-se bem; a calma se espalha dentro dele. Tomou a decisão certa.

O jantar é agradável: a comida, deliciosa; o serviço, absolutamente impecável. Copos de bons vinhos complementam cada prato. O panorama é lindíssimo; na noite clara, ele consegue enxergar, pelas janelas do salão do terceiro andar, até mesmo Santa Cruz, nas ilhas Channel, a mais de 30 km de distância. Até as luzes dos petroleiros, em alto-mar, poluentes há três décadas, tremulam qual alegres enfeites de árvore de Natal, oferecendo um sereno prazer.

Luke come confortavelmente a sós. Ao entrar, esquadrinhou o lugar para ter certeza de que não conhecia nenhum dos presentes. Queria encerrar sua breve permanência ali com um jantar tranqüilo; os últimos dias foram bastante estressantes.

Não teve tanta sorte. Pelo andar da carruagem, ele devia saber. Mas, pelo menos, chegou ao fim do jantar antes que a calma fosse interrompida.

— Eu estava querendo conversar com você.

Luke, que acaba de assinar a fatura do cartão de crédito, ergue o olhar. Doug Lancaster está parado junto à mesa, sua postura é quase suplicante.

Por que ele não se surpreende? Tudo o que lhe aconteceu desde que chegou levava inevitavelmente a isso; por que a última noite seria diferente? Por que Luke chegou a querer que fosse?

— Olá, Doug.

— Olá, Luke. Há quanto tempo!

Ocorre-lhe dizer: "No que me diz respeito, podia ter passado mais tempo ainda". Mas esse homem é diferente, Luke se lembra.

— Não tive oportunidade de lhe dizer que lamento muito o que aconteceu — diz. Puxa vida, o cara perdeu a única filha. E, antigamente, era seu amigo.

— Obrigado.

— Não vi que você estava aqui, senão teria ido cumprimentá-lo — Luke mente, ao mesmo tempo que se levanta.

— Eu não jantei aqui. Vim falar com você. — Doug faz uma pausa. — Fiquei esperando que terminasse de comer — conta, informando-o de que teve essa delicadeza.

— Muito obrigado. — Podia ter esperado mais um dia, pensa Luke; então não teria a menor chance de conversar comigo.

— Ouvi dizer que você vai assumir a defesa de Joe Allison.

Luke o encara.

— É um assunto impróprio, coisa que eu tenho certeza de que você sabe — diz com voz uniforme.

— É, eu sei. Mesmo assim, quero falar com você.
— Não.
Doug prossegue:
— Nós éramos amigos, e agora minha filha está morta e o meu casamento acabou. Por favor, vamos conversar um minuto: como dois amigos. Em *off*.

Tomam um drinque no bar vazio, contíguo ao salão.
— Vou diretamente ao que interessa. Eu não quero que você pegue esse caso.
— Eu não sou o primeiro advogado a quem você diz isso, sou? — indaga Luke, sabendo a resposta, mas querendo ouvir o que Lancaster tem a dizer.
— Na verdade, é. — Doug abre um sorriso tenso. — Com os outros... foram três antes de você, eu entrei em contato por intermédio de emissários. Mas senti que devia falar com você pessoalmente.
— Imagino que eu devia me sentir lisonjeado, mas não me sinto. — É ruim dizer tal coisa assim diretamente. O cara tem *cojones*, é preciso reconhecer. — Como estamos conversando em *off*, devo avisar que isso é obstrução da Justiça. É melhor tomar cuidado.
— Mas, já que estamos conversando em *off*, não está havendo obstrução nenhuma, certo?
— É bom revê-lo, Doug. Queria que tivéssemos nos encontrado em outras circunstâncias. Bem, eu preciso ir. — Volta-se para a porta.
Lancaster o detém.
— Quanto Allison vai lhe pagar?
Ele não sabe, percebe Luke. Não sabe que eu não vou ficar com o caso.
— Ouvi dizer que é entre 100 e 200 mil dólares — continua Doug.
— Não é da sua conta, e você sabe disso.
— Assegurar que o assassino da minha filha vá para a cadeia é muito da minha conta, Luke. — É um homem acostumado a tratar assim das coisas. — Por favor, não diga que não.

— Vamos parar por aqui, Doug.
Lancaster olha fixamente para ele.
— Pense bem. Nós somos amigos. Joe Allison matou minha filha, não há a menor dúvida quanto a isso. Por favor, não pegue esse caso.
Luke não responde. Toma o elevador e desce ao saguão.
— Com licença. Seu nome é Garrison?
Ele se volta. Uma moça, obviamente funcionária do hotel, sai de trás do balcão da recepção e se aproxima.
— É.
— Um senhor me pediu que lhe desse isto — diz ela com um sorriso treinado e estéril. E lhe entrega um envelope.
— Como ele era? — Luke tenta perguntar, mas a garota já voltou ao seu posto.
Ele pesa o envelope. É leve. Procurando um canto mais tranqüilo, atravessa o saguão, senta-se numa poltrona e o abre. O cheque administrativo, assinado pelo funcionário do banco que o emitiu, é nominal a Luke Garrison e tem o valor de 200 mil dólares. Nada o vincula diretamente a Doug Lancaster.

Com os sapatos na mão, ele passeia na orla de East Beach, sentindo nos pés a areia fria e úmida. Leva o cheque no bolso. Seu primeiro impulso foi de rasgá-lo e jogá-lo no lixo, mas depois se acalmou.
Duzentas mil verdinhas. Uma pequena fortuna, se bem que Doug Lancaster pode dispor disso facilmente: ofereceu uma quantia maior a quem encontrasse sua filha, quando ainda havia esperança de que estivesse viva. Dado o meu estilo de vida atual, dava para eu me aposentar com esta grana: e sem pagar um tostão de imposto. Morar lá no Norte com Riva, advogar um pouco, dedicar-me a novos e empolgantes passatempos e faturar os dividendos da aplicação deste tutu clandestino.
Ele rumina as opções.
Pode pegar o dinheiro e fugir. Já tinha decidido ir embora mesmo; por que não ir com os 200 mil dólares no bolso? Eles são impossíveis de rastrear. Seria a mais cínica das escolhas, mas e daí? A advocacia é quase sempre um trabalho sórdido. Nada mais justo que renda uns trocados de vez em quando.

Pode devolver o dinheiro e voltar para casa como planejou. Seria uma atitude honrada. Recebeu pela breve estada aqui; não está melhor nem pior do que estava há uma semana.

O problema é que isso não é verdade. Ele está pior do que antes de chegar, muito pior. Ficando ou não com o dinheiro imundo de Lancaster, está é bem fodido. Vão rir às suas costas. O antigo rei da montanha, agora deposto, que se borra de medo de encarar um caso difícil, uma causa que não sabe se vai ganhar. É a ária de Ray Logan, e ele a cantará para as multidões.

A reação a Doug Lancaster parece mais complexa. Se ficar com o dinheiro, Luke será um lacaio, um homem que qualquer ricaço pode comprar. Pior ainda: será um renegado em sua profissão, um advogado capaz de abandonar um cliente em troca de dinheiro.

Se, por outro lado, não aceitar o suborno e simplesmente for embora, será apenas mais um panaca, um idiota que não consegue se esconder da chuva.

E há Polly. Os dois se amaram durante muito tempo; uma parte de Luke ainda a ama. Ele será eternamente incapaz de ficar no lugar em que ela está?

Há uma hora, isso era muito claro.

Chega a Stearn's Wharf. As pranchas de madeira, úmidas de sereno, estão escorregadias, viscosas. Ele torna a calçar as meias e os sapatos, continua andando até chegar à extremidade do píer, onde se senta num frio banco de madeira e fica observando uns garotos *chicanos* pescarem percas.

Quanto mais pensa no que Doug Lancaster acaba de fazer, mais irritado fica. Como o filho da puta se atreveu a tentar comprá-lo? Como teve o desplante de achar que pode comprá-lo? Sim, Luke estava prestes a partir, mas não por dinheiro. Agora uma nuvem paira sobre a sua cabeça e não vai se dissipar.

Até há pouco, ele tinha opções. Agora, graças à necessidade implacável de Doug Lancaster de obliterar o assassino de sua filha, não tem mais. E ninguém, a não ser ele, há de saber por quê.

* * *

— Não vai dar para eu voltar amanhã.

Um longo silêncio na linha. Então:

— Por quê? — Ela está atordoada por ter sido acordada, ele ouve o nevoeiro em sua voz.

— Fiquei preso aqui, Riva. Não posso viajar ainda. É impossível explicar.

— Me dê uma idéia de quando você vem.

— Não posso.

— Quer dizer que vai ficar aí. Que vai pegar o caso desse palhaço.

— Não me resta outra saída.

Ela tem o impulso de dizer "vá se foder" e bater o telefone de uma vez por todas, mas não faz nem uma coisa nem outra.

— Amanhã a gente conversa sobre isso — diz.

É uma grande mulher. Muito melhor do que ele merece.

— Eu telefono. — Luke se pergunta quanto sangue ela perdeu mordendo a língua.

A batida na porta primeiro é suave, depois mais forte. Ele ergue o corpo na cama, consulta o relógio de cabeceira. Quinze para as seis. Quem há de ser?

— Um momento — grita. Veste rapidamente o jeans e vai com passos trôpegos abrir a porta.

É Riva. Luke fica boquiaberto.

— Não vai me convidar para entrar? — ela pergunta. — Ou você está acompanhado?

— Oh, sim, claro. — Ele fica de lado para lhe dar passagem.

Riva pára no centro do quarto e olha à sua volta.

— É como a nossa casa — diz secamente.

— Nem tanto. O que você está fazendo aqui? — *Puxa, como essa mulher é bonita! Foi uma longa viagem, deve ter saído de lá assim que desligou o telefone.*

Ela o encara.

— Se não dá para vencer o inimigo, alie-se a ele. Se você estiver de acordo.

Eu não mereço uma atitude dessas, Luke pensa. *Mas vou aceitá-la.*

Despem-se: ele tira, o jeans; ela, tudo o que está vestindo. A seguir, estão na cama, um abraçado no outro, e não é o sexo que importa, é o amor que fazem.

Horas depois. Luke vai comprar café e pão na Starbucks. Comem e bebem na cama, nus. Ele explica o que o levou a mudar de idéia; conta tudo, até os incidentes com Logan e Polly. Riva escuta calada.

— Você precisa de ajuda — diz quando ele termina o seu relato.
— Eu sei. Haverá uma tonelada de investigações, de pesquisas... Ela sacode a cabeça.
— Aqui. — Bate em sua têmpora.
— É. — Luke se inclina e lhe beija a nuca. Ela se encolhe. É muito sensível nesse lugar. — Eu preciso.

Riva vai ficar até o fim.
— Mandei Hershell cuidar do sítio até a nossa volta. Não é a primeira vez. Os animais gostam dele.

Hershell é um vizinho, um velho que passou trinta anos metido com drogas, mas agora leva o trabalho a sério.

Ela vai ficar afastada do trabalho de avalista de fiança, fará o que der para fazer por fax e interurbanos; se for necessário, irá ocasionalmente para lá. Com sua experiência, pode se encarregar das investigações básicas para Luke. Se tropeçar com alguma coisa mais complexa, que envolva tecnologia especial, contratarão um perito.

Ele ainda não sabe como vai defender Allison, pois (a) até agora não imaginou uma defesa eficaz e (b) nem tentou, porque não ia pegar o caso.

— Vai lhe ocorrer alguma coisa — diz Riva.
— Tomara.
— É o seu trabalho. Lidar com toda essa gente traiçoeira daqui, mais os seus próprios demônios, vai ser um trabalho e tanto. Se você resolver essas coisas, a defesa de Allison deslanchará por si só.

Luke não tem tanta certeza de que consegue lidar com tudo. Mas pelo menos já não está sozinho.

É bom ela estar aqui. Muito melhor do que ele imaginava.

O encontro com o novo cliente é quase um anticlímax: para Luke, não para Allison, cuja gratidão chega a ser constrangedora.

— Nem sei como dizer quanto estou agradecido — diz com entusiasmo.

— Vamos ver o que você estará sentindo por mim daqui a seis meses — contrapõe Luke bruscamente, trazendo o acusado de volta à realidade. — Vamos começar pelo mais básico. Quanto dinheiro você tem? — Trouxe uma procuração para ele assinar. Estão na sala de entrevistas com o advogado. Empurra o documento na mesa.

Embora surpreso com a pergunta agressiva, Allison não perde o bom humor.

— Um pouco menos que 125 mil, é a minha gratificação na NBC. Eles a queriam de volta, mas eu já descontei o cheque. Adiantei 5 mil para você e tinha gastado um pouco antes de ser preso.

— Nenhuma propriedade, ações, investimentos?

— Uns 15 mil no mercado financeiro.

— Resgate-os. E o seu carro, quanto vale?

Allison engole em seco.

— Cerca de 40 mil, mas ainda estou devendo 25.

— Passe-o para o meu nome. Eu o vendo. O que sobrar vai para a caixinha.

Allison empalidece.

— Não vai sobrar nada — choraminga.

Luke apóia os cotovelos na mesa.

— Se você for condenado, o que é muito provável, não faz diferença nenhuma, faz? Para ter a melhor defesa que eu posso oferecer, você vai gastar bem mais do que tem. Portanto, tudo que tiver agora é meu. Para gastar com você.

— E se sobrar alguma coisa no fim?

Luke explode numa gargalhada.

— Não vai sobrar nada, não se preocupe.

Não fala nos 200 mil que Doug Lancaster lhe deu. Ainda está tentando imaginar o que fazer. Quer ficar com eles, o bastardo bem que merece. Riva não tem tanta certeza assim. Não que lidar com dinheiro de origem duvidosa a assuste, afinal já morou com um traficante. Mas Luke não é esse tipo de homem, e ela não quer que ele se suje.

Luke riu ao falar nisso:

— De destemido promotor a advogado de traficantes de drogas e a vigarista embolsando quase meio milhão. É o próprio sonho americano.

— Esse não é você — disse ela. — Ainda não. Tomara que nunca seja. Eu não troquei um larápio por outro, Luke. Você não sabe disso?

Mesmo assim, 200 mil dólares não declarados e impossíveis de rastrear não deixam de ser uma tentação. Ela sabe lavar dinheiro, caso acabem decidindo embolsá-lo. Mas isso fica para depois.

— Eu vou passar alguns dias estudando a transcrição do seu interrogatório na polícia — Luke diz a Allison. — Na semana que vem, você será oficialmente indiciado. Estavam esperando que arranjasse um advogado. Então vai começar. — Levanta-se e lhe estende a mão. — Não minta para mim — torna a advertir o novo cliente. — Faça exatamente o que eu mandar, sempre. E, seja na situação que for, nunca duvide de mim.

Allison lhe aperta a mão. Pega a caneta esferográfica que ele lhe oferece e assina a procuração sem lê-la.

— O que você mandar. Minha vida está em suas mãos.

É a última coisa que Luke quer ouvir.

TRÊS

— O réu se declara culpado ou inocente?
— Inocente, Meritíssimo.
Como previa Luke, a sala de audiência está lotada. Há um grande contingente da mídia, até mesmo correspondentes e repórteres dos jornais e redes nacionais, cujos caminhões se encontram estacionados na rua Anacapa, onde os jornalistas da televisão terão a fotogênica fachada do tribunal como pano de fundo para as transmissões. Doug e Glenna Lancaster estão presentes, é claro, ele sentado na primeira fila do auditório, bem perto da mesa do promotor, a ex-esposa um pouco mais atrás. São duas entidades separadas com um propósito comum, não propriamente uma equipe.

Doug Lancaster endereça a Luke um olhar peçonhento. Este não o culpa: está defendendo o homem acusado de raptar e assassinar sua única filha e, ainda por cima, ficou com os 200 mil dólares de Doug, dinheiro com o qual se esperava que sumisse da cidade.

Tanto pior. Ele está aqui para trabalhar.

Toda de preto e sem maquiagem, Glenna Lancaster também olha para ele, se bem que seu olhar parece mais cauteloso e desconfiado do que carregado de ódio ou raiva. Ela o desloca para Joe Allison, trinta centímetros à esquerda. Luke repara que Glenna está com os cabelos mais curtos que antigamente. Coisa que o lembra de quanto é bonita e alta: ele tem mais de um metro e oitenta, e ela é quase da sua altura. A julgar pela fotografia, Emma se parecia muito com a mãe.

O resto do público é constituído por pessoas puramente movidas pelo voyeurismo. Muitos são advogados conhecidos de Luke, alguns dos melhores da cidade. Têm curiosidade sobre seu exílio voluntário e querem verificar se lhe restou alguma coisa depois de cair em desgraça. A confraria dos criminalistas é muito unida, mas nenhum desses homens e mulheres está do lado dele. Mesmo de cabelos compridos e barba (veio sem brinco), nessa cidade Luke Garrison sempre será o promotor público.

Riva está no fundo da sala, avaliando as coisas. Veste uma saia de lã cinzenta até a altura das panturrilhas, com uma abertura lateral que deixa à mostra boa parte de suas belas e longas coxas quando cruza as pernas.

O único outro aliado de Luke, o juiz De La Guerra, não compareceu. Não quer que a situação fique mais inflamada do que já está e sabe que é justamente isso que a sua presença provocaria. Ray Logan e Doug Lancaster, entre outros, estão putos com ele por haver recrutado Luke.

Nicole Rogers não se encontra na sala. Luke acha isso curioso, muito embora ainda não a conheça.

Tendo se declarado inocente, Joe se senta. Está com um bom terno. Cortou os cabelos e ostenta a aparência que possuía quando era âncora do Canal 8: um homem decente e inteligente, não um seqüestrador assassino. Mas Luke sabe que isso não tem a menor importância. No coração e na mente de todos os presentes, com exceção dele, de Riva e talvez de alguns teimosos do contra, Allison já foi julgado, condenado e sentenciado ao fogo do inferno.

O caso será julgado pelo juiz Prescott Ewing, desembargador do Tribunal de Justiça. Como todos os demais, está admirado por ver o antigo astro do Ministério Público Distrital — um homem cujo gabinete trouxe pilhas de casos a este tribunal — sentado à mesa do outro lado da sala de audiência.

Ontem, quando Luke se apresentou em seu gabinete para o encontro preliminar com Ray Logan, Ewing não conseguiu dissimular a curiosidade e o espanto.

— Isso tem qualquer coisa de sobrenatural — observou. — Tem certeza de que quer mesmo fazer esse papel?

— Absoluta — respondeu Luke.

Ewing passa os olhos pela acusação à sua frente.

— De quanto tempo o senhor vai precisar para preparar a defesa? — pergunta.

Luke responde sem hesitar:

— De seis meses, Meritíssimo.

À mesa da acusação, Ray Logan se levanta de um salto.
— Seis meses? — Fuzila-o com o olhar. — Isso é ridículo, Meritíssimo. O Povo está pronto para ir a julgamento imediatamente!

Ewing endereça um olhar cético a Luke.
— Precisa de tanto tempo assim?
— Eu acabo de assumir a defesa, Meritíssimo. Ainda não sei. É um caso capital e a pena de morte está no horizonte. — Pondo a mão no ombro do réu, olha firmemente para o magistrado. — Um caso de tal gravidade não pode ser julgado às pressas.

Todos recordam, sobretudo na comunidade jurídica, a condenação de um homem mandado equivocadamente para a câmara de gás. Mas isso foi quando Luke era representante do Ministério Público. Agora tudo é diferente. Sem um momento de hesitação, o juiz bate o martelo.

— Quatro meses — diz abruptamente. Olha para o oficial. — Agende o caso número B-1649, *O Povo* versus *Joseph B. Allison*.

Fora da sala de audiência, nos corredores com piso de linóleo e no jardim do tribunal, os boatos e as fofocas correm à solta. Faz três anos que a maioria das pessoas não vê Luke Garrison, e sua mudança radical, tanto na aparência quanto na atitude, é desconcertante. Alguns dos que estão saindo se acercam, quando ele se detém à porta principal, e o cumprimentam um tanto sem jeito.

— Como vai? — diz ele a um e a todos, transferindo o peso do corpo de uma perna para outra. — Há quanto tempo!

Rotineiras saudações proferidas automaticamente. Ele não entra em verdadeiro contato visual com ninguém; não há de quem tenha vontade de se aproximar. Já enxotou os diversos jornalistas: disse-lhes que mais tarde dará uma breve entrevista coletiva. Até lá, nada a declarar.

Depois de haver parado no toalete feminino, Riva desce a escada correndo.

— Pronto? — pergunta.
Ele faz que sim.
— Vamos.

Fora do paraíso familiar e seguro do tribunal, Luke fica intranqüilo, ansioso por ir embora: sabe perfeitamente que é objeto da curiosidade e da crítica de centenas de pares de olhos. E não só ele, também a desconhecida de aparência exótica que o acompanha: a amante?, a estagiária?, a sócia?

Eles que especulem. Quem tiver de saber saberá. Tomando Riva pelo braço, abre caminho na multidão. É quando um rumor baixo e concentrado lhe chama a atenção. Luke olha para trás, para a porta principal.

Doug Lancaster acaba de sair do tribunal. Vem cercado de um grupo de amigos e aliados, até Fred Hampshire, seu advogado. Vê-se imediatamente assediado pela horda de repórteres. Alvo de câmeras e microfones, é crivado de perguntas.

Hampshire ergue a mão pedindo silêncio.

— O sr. Lancaster não tem nenhuma declaração a fazer agora — diz com voz tensa. — Falará com vocês depois.

Olhando na direção da rua, Doug vê que Luke e Riva o observam. Seu rosto se contrai um momento, mas ele não tarda a recobrar o equilíbrio.

— O senhor está satisfeito porque o caso finalmente vai ser julgado? — Quem pergunta é uma das jornalistas da sua própria emissora, uma moça razoavelmente bonita.

O sorriso aparece. O sorriso sério que ele costuma mostrar ao mundo quando fala no assunto.

— Estou, sim, Doris. Todos estamos. Chegou a hora de fazer justiça e pôr um ponto final neste episódio doloroso.

Atrás dele, Glenna Lancaster acaba de sair e se afasta acompanhada de seu próprio séquito. Quando alguns repórteres tentam entrevistá-la, dois grandalhões de cabelos muito curtos e óculos escuros, policiais de folga especialmente contratados como guarda-costas, impedem-lhes o acesso. Ela passa rapidamente por Luke e Riva. Sem olhar para trás, entra numa limusine Lincoln de janelas muito escuras.

— Mulher interessante — comenta Riva, observando o carro de Glenna mergulhar no trânsito da Anacapa.

— É — responde Luke distraidamente. Continua concentrado em Doug, ainda parado no alto da escada.

— Nós precisamos bater um papo.

Ele se vira. Fred Hampshire colocou-se sorrateiramente às suas costas. Fala baixo, em tom uniforme; nem mesmo Riva, que está ao seu lado, consegue ouvi-lo.

— Sobre o quê? — pergunta Luke, desviando o olhar, tornando a observar Doug Lancaster.
— Grana.
— Grana? Como assim?
Riva se afasta discretamente. Não quer participar disso.
— Nós queremos que você a devolva.
Um sorriso minúsculo brinca nos lábios de Luke. Sem fitar os olhos em Hampshire, diz:
— Não sei do que você está falando.
O advogado sussurra ameaçadoramente:
— Nem pense em ficar com esse dinheiro.
— Eu já disse, Fred, não tenho a menor idéia do que você está falando.
Fred Hampshire fica vermelho.
— Escute aqui, seu filho da...
— Escute aqui *você!* — atalha Luke. E conserva o tom baixo e calmo. — Eu tenho muita pena de Doug e Glenna. Perder a filha, sobretudo nas circunstâncias em que a perderam, deve ser a pior coisa que pode acontecer a uma pessoa. E entendo que queiram levar o assassino à Justiça: aliás, é por isso que ele está sendo julgado. Você é advogado, sabe disso. E também sabe que o sistema deve funcionar legitimamente, sem nenhuma perversão, sem nenhuma coerção. — Começa a se exaltar: no fundo é um show para intimidar o outro. — Por exemplo, se o seu cliente tentar subornar um advogado para que não defenda um réu (estamos falando em termos hipotéticos, caso você esteja com um gravador, o que seria ilegal, mas não incomum), ele estará cometendo um crime grave e pode passar uma boa temporada na cadeia. Um bom advogado como você deve aconselhá-lo a nunca pensar em fazer tamanha besteira. Além disso, eu já disse que não sei do que você está falando. E, se ouvir mais uma palavra, seja de quem for, sobre essa mentira estúpida, vou entrar com uma queixa que deixará todos vocês numa situação mais do que constrangedora, coisa que não vai ajudar a ninguém.

Largando Hampshire furioso na calçada, segura o braço de Riva e se afasta com ela. Precedidos de microfones sem fio e câmeras portáteis, alguns jornalistas da televisão tentam lhe arrancar uma palavra que seja quando os dois embarcam na velha caminhonete, porém ele os dispensa com um educado "nada a declarar".

* * *

Alugam uma casinha na Mountain Drive, um dos pontos mais altos da cidade. O contrato é renovável mês a mês, assim como o do aluguel dos móveis da Bekins. A companhia telefônica instala duas linhas, e eles ficam acomodados. Embora o imóvel não passe de uma caixa de sapato, a vista é magnífica: toda a cidade, o porto, as ilhas Channel e o mar que se estende até o mais remoto horizonte. Eles se sentem como na da casa que têm no Norte: um aconchegante útero onde se recolher no fim de um dia exaustivo, coisa que não lhes faltará.

Demora um pouco mais para encontrar espaço adequado a um bom escritório. A maior parte dos advogados particulares da cidade, especializados em direito penal, ou não gostam dele, ou têm medo, ou as duas coisas. Luke era o seu inimigo, a sua Nêmesis*, o homem que os derrotava e lhes destruía o prestígio. Na sala de audiência, não há mais de um metro entre a mesa da acusação e a da defesa, porém a distância psicológica é vastíssima, quase imensurável.

E não se deve esquecer o fator intimidação Doug Lancaster. Ele já se encarregou de conversar, encurralar, convencer e assustar os bons advogados para que não se envolvessem. Não que fosse necessário gastar muita saliva para persuadi-los: a sensação generalizada é de que esse julgamento é uma fria. Nenhum advogado militante da região há de querer associar-se a Luke, nem mesmo de um modo tão inócuo e indireto como alugar-lhe uma sala do escritório. Doug Lancaster é um gorila de quatrocentos quilos. Para que enfurecê-lo se ele só está tentando fazer a coisa certa pela memória da filha e a redenção da comunidade?

O velho juiz entra no circuito. A Faculdade de Direito de Anacapa é uma fábrica de diplomas noturna e de fim de semana para os que têm pouco tempo para estudar. Recentemente ampliada, está com um conjunto vago. Conta com uma biblioteca jurídica adequada, terminais de computador e estudantes ansiosos por participar de uma pesquisa se Luke precisar de ajuda. O ex-magistrado faz parte da diretoria, de modo que foi fácil ficar com o espaço.

---

* Na mitologia grega, deusa da vingança e da justiça distributiva; por extensão, rival ou adversário temível e geralmente vitorioso. (N. do E.)

Quatro dias depois, Luke se apresenta pela primeira vez no tribunal com seu cliente Joe Allison. Está pronto para trabalhar.

Ele e Riva levantam-se com o sol. É difícil dormir bem nas primeiras noites em um lugar novo, e o quarto deles dá para o sudeste, de modo que o sol do novo dia, brilhando, amarelo, no litoral de frente para o sul, bate diretamente nas janelas. Eles podiam fechar as amplas venezianas de madeira com a pintura descascada, mas tanto um quanto o outro gostam da sensação de espaço aberto.

Separam-se: só voltam a se ver no fim do dia; pelo telefone celular, combinam o encontro num lugar qualquer para tomar um drinque, repassar os acontecimentos do dia, depois talvez jantar ou ir buscar alguma coisa e levá-la para casa ou para o escritório.

Ele vai para a cidade, estaciona no novo escritório e percorre a pé as três quadras que o separam do tribunal, onde solicita acesso ao laudo da autópsia de Emma Lancaster. Sabe muito bem que o método empregado para matá-la foi corriqueiro, mas pode ser que haja algum detalhe esquisito indicando um rumo útil.

A funcionária atrás do balcão manda-o voltar no fim do dia ou talvez no dia seguinte. Os documentos lacrados, sejam laudos de autópsia, sejam quaisquer outros, não estão disponíveis pelo computador.

— É para protegê-los contra o acesso não autorizado — explica.

— Ótima idéia — diz Luke secamente. Conhece essa política. Foi ele que a instituiu no tempo em que dirigia o espetáculo.

Vai para a rua Figueroa, onde fica a chefatura da polícia. É levado, por um labirinto de corredores e passagens, até a saleta onde vai se entrevistar com o policial que prendeu Joe Allison por dirigir alcoolizado. Tendo se identificado na recepção, avista rostos conhecidos quando o estão conduzindo pelos corredores. Cumprimenta-os com um gesto e recebe a mesma saudação em troca. Ninguém faz o menor esforço para lhe dar as boas-vindas. Luke era o seu ídolo, o seu herói: eles se encarregavam de prender os bandidos; ele, de deixá-los muito tempo fora de circulação. Agora, como quase todo mundo na cidade, preferiam que não tivesse retornado.

Elton Caramba, o policial que deteve Joe Allison e desencadeou tudo, está sentado à pequena escrivaninha de madeira, diante de Luke. Acaba de sair do plantão, mas continua alerta, abotoado até o pescoço, a farda ainda impecável depois de rodar oito horas numa radiopatrulha.

Inicialmente, Luke pediu a Caramba, um ex-fuzileiro baixinho, truculento e visivelmente brigão, que fosse falar com ele no escritório da faculdade de direito, mas o tira preferiu o seu próprio território. Luke concordou: interrogar a testemunha do adversário é sempre uma situação delicada. Não vale a pena discutir o lugar da entrevista.

— Bom dia, policial Caramba. Obrigado pela oportunidade de conversar com o senhor.

Caramba dá de ombros. Sabe o que vai dizer. Ensaiou bem a sua fala.

Luke, por sua vez, sabe que o policial está com raiva. A lei diz que ele não tem obrigação de se submeter a interrogatório num caso penal, mas o regulamento interno da corporação diz o contrário. Em princípio, a polícia trabalha para todos, tanto para a acusação quanto para a defesa, portanto a ordem é colaborar. Mas isso não significa que ele precise se abaixar até o chão.

Luke abre a pasta com o boletim de ocorrência. Erguendo a vista, pergunta:

— Onde o senhor estava quando viu o carro do meu cliente na noite em que o deteve?

— Quando eu o detectei?

Luke faz que sim.

— Exatamente.

— Eu estava na minha radiopatrulha, na avenida Coast Village.

— Estacionado ou em movimento?

— Em movimento.

— No mesmo sentido que ele ou em sentido contrário?

— No mesmo sentido.

— Quer dizer que o senhor veio por trás dele. — Consulta uma vez mais seus papéis. As anotações do advogado são invioláveis, contam com a proteção do sigilo, ele não precisa mostrá-las a ninguém. Mas Luke prefere evitar anotações copiosas quando está interrogando; isso interrompe o fluxo e tende a deixar tensa a pessoa interrogada, pois esta sabe que cada palavra sua ficará registrada e que, no caso de uma testemunha hostil como esta, pode vir a ser utilizada contra ela.

Mais tarde, logo depois da entrevista, ele anotará o que for importante.

— É — responde o policial.
— E o senhor o seguiu durante algum tempo?
— Pouco tempo.
— O que quer dizer "pouco tempo"?
— Dez, vinte segundos.

Luke enruga a testa.

— Pouco mesmo.
— Para mim, foi o suficiente — diz Caramba sem hesitar.
— Ele ia em alta velocidade? — Já sabe a resposta: quer descobrir, o mais depressa possível, se esse policial desfigura as coisas, seja por reflexo, seja por nervosismo, seja por mera atitude. Não vai pressioná-lo com o que descobrir agora: a informação ficará armazenada em seu arquivo mental para ser usada quando necessário.

Caramba começa a explicar alguma coisa, muda de idéia e diz:
— Não.
— Então por que o mandou parar?
— Ele estava indo em ziguezague.
— Pode me descrever esse "ziguezague"? Como o senhor o define pessoalmente quando está na rua?
— Não dirigir em linha reta. Ultrapassar a faixa dupla. A gente usa o bom senso. E a experiência.
— Certo. Quer dizer que o sr. Allison ia e voltava por cima da faixa dupla? Foi esse o principal motivo que o levou a pensar que ele estava alterado?

Mais uma breve hesitação:
— Foi.

Luke espera um momento antes de fazer outra pergunta:
— Se o senhor o seguiu somente por dez ou quinze segundos, quantas vezes o viu passando por cima da faixa dupla?

O policial endireita o corpo na cadeira.
— Duas.
— Duas? — repete Luke, intrigado. — Em dez ou quinze segundos?
— Uma só já seria suficiente. É o meu ganha-pão... *doutor*. Eu fui treinado para detectar esse tipo de coisa. É melhor parar um

motorista alcoolizado cedo demais do que tarde demais. Se eu estiver errado, peço desculpas e sigo o meu caminho. A maioria dos motoristas agradece essa minha atitude, mesmo os que ultrapassaram o limite.

Luke muda de assunto. Sabe que vai chamar o meganha a depor e, por ora, tem informações suficientes sobre essa parte da história.

— O senhor o mandou parar?

Sem que lhe peçam, Caramba oferece uma descrição breve e concisa do que se passou: mandou parar o carro, o motorista estava vermelho, alterado, falando alto, os sintomas habituais. Então ele (Caramba) viu uma garrafa aberta de uísque no assoalho do carro, o que o levou a revistá-lo (legalmente) em busca de outras possíveis transgressões.

Luke ouve sem muita atenção: sabe, quase palavra por palavra, o que o cara vai dizer. É um papagaio falando.

— E foi então que eu achei o chaveiro no fundo do porta-luvas — diz o policial, concluindo essa parte do relato. — Lembrei-me dele porque nos deram a descrição quando estávamos procurando a menina. Como o chaveiro era um dos poucos itens pessoais que faltavam... — acrescenta, mas logo se arrepende: quer apenas dar os fatos, sem editá-los nem dourá-los.

— Hum. Quando foi que o senhor leu os direitos para o meu cliente? — Luke pergunta fortuitamente, mudando de rumo. — Antes ou depois de achar o chaveiro que, como se constatou, pertencia a Emma Lancaster?

O policial pisca.

— Depois.

— E foi antes ou depois de o senhor verificar se ele estava alcoolizado?

Agora Caramba pisca várias vezes, rapidamente, como se isso pudesse lhe dar a resposta certa.

— Antes. Quer dizer... — Percebe que errou. Pára de falar.

— Hum. — Luke se levanta e se espreguiça. O policial olha calmamente para ele. Volta a sentar-se. — Normalmente, o senhor não lê os direitos das pessoas só *depois* de ter constatado que elas ultrapassaram o limite? Se não os ultrapassaram, não há por que detê-las, portanto não é preciso ler direito nenhum, certo?

Pela primeira vez na entrevista o policial se mexe na cadeira; não passa de um pequeno movimento, mas basta para que Luke perceba que o sujeito está se sentindo incomodado.

— É, normalmente é assim.

— Neste caso, o senhor leu os direitos dele porque havia encontrado o chaveiro, não porque ele estava alcoolizado ao volante.

Ainda que com relutância, o tira diz:

— É verdade.

— Porque o senhor percebeu a seriedade da situação. A seriedade potencial da situação.

Ainda relutante:

— É.

Luke folheia a pasta distraidamente.

— Acho que é só isso, policial Caramba. — Levanta-se e estende a mão. Levantando-se também, o guarda a aperta com hesitação. — Ah, só mais uma coisa. Quando foi que o senhor fez o teste no meu cliente para averiguar se ele havia ultrapassado o limite? Foi ali mesmo, na rua, ou depois de chegar à delegacia?

— Na rua não foi. — O policial, um reles praça que jamais subirá na hierarquia, fala no tom mais neutro de que é capaz. Porém, diante da oportunidade de se vangloriar um pouco, deixa escapar uma tolice. — No momento, eu tinha problemas maiores para resolver.

Muito bem, então o meganha mentiu. O fato de ter sido mais por omissão do que por ação suaviza o pecado, mas, no preto-e-branco do senso de moralidade, continua sendo uma mentira, pois não foi a verdade cabal. O policial não informou Allison, ao ler seus direitos, de que ele era suspeito de um homicídio não esclarecido.

A primeira fissura no casco. Apenas uma tecnicidade que nenhum juiz há de levar em conta, muito menos um com jurisdição nesse distrito. Mas não deixa de ser um começo, algo em que se apoiar talvez.

O gabinete do xerife não quer entregar o videoteipe do interrogatório de Allison. Mas é obrigado, de modo que Luke põe as mãos nele e o vê em casa, com Riva.

É noite. Os dois estão estendidos no chão da sala de estar escassamente mobiliada, assistindo à fita no aparelho de vídeo e comendo comida chinesa entregue em domicílio.

— Eles não deram bola para o regulamento, Riva. Não lhe contaram que ele era suspeito de ter assassinado Emma Lancaster.

Allison pensou que estava levando uma prensa por dirigir alcoolizado, o que não passa de uma contravenção. Em geral, ninguém é processado por isso, a menos que esteja bêbado de cair, o que, evidentemente, não era o caso dele.

— Dá para você usar isso?

— Provavelmente, não, mas vou levantar o problema. — Desliga a aparelho com o controle remoto. — Está tudo muito nebuloso, e a polícia leu os direitos dele. É o procedimento-padrão dos tiras. Só daria para eu usar isso se detectasse outra irregularidade além dessa, mas duvido que tenha havido.

Riva pega um bocado de macarrão com os palitos.

— Você também fazia coisas assim, não? Quando comandava o show.

Luke balança a cabeça.

— Como eu disse, é o procedimento-padrão. Para obter uma confissão, a gente não pode assustar a presa. Atualmente, ainda é mais fácil que antes. Os tribunais dão uma margem muito mais ampla à acusação para interpretar essa matéria.

— E como é? — Riva lhe serve um pouco mais de *chardonnay*. Veste shorts e uma camiseta dele. Deitado de costas no chão e olhando para cima, para as suas belas pernas, Luke sente uma onda de excitação.

— Estar do outro lado? — Sorve um bom gole do vinho. — Meio cruel, mas não tanto. Cedo ou tarde, a gente tem de chegar à culpa ou à inocência, e acaba desprezando o material "secundário". Toda essa história de manipular e anular o júri, que se lê por aí, raramente acontece. E não vai acontecer neste caso — prevê —, porque não há nenhuma circunstância especial. Nenhum problema racial, nenhum dinheiro em jogo.

— Mas é muito inflamável. Tudo isso alimenta o fogo, não?

— Claro que sim. Faz parte.

Ele a acompanha à cozinha. Riva lava a louça na pia. Entregando-lhe um pano de prato, fita-o nos olhos.

— Você acha... que Allison é culpado?

— Os indícios dizem que sim.

— Mas o que você acha?

Luke guarda os pratos enxutos no armário.

— Ele é meu cliente. O mínimo que eu posso fazer, a essa altura dos acontecimentos, é estar aberto para a possibilidade da sua inocência.

— Dá a impressão de que você acha que ele é culpado — insiste Riva, tentando comprometê-lo.

Saem à varanda com os copos de vinho. A noite está agradável, eles se sentam confortavelmente ao ar livre. Na distância, as luzes da cidade e do porto brilham e tremulam.

— Aqui parece que estamos no nosso canto. Sobretudo quando escurece.

— Aqui é o meu canto — Luke lembra.

— Era — lembra Riva.

— Sim, era — concorda ele. E se volta para a outra linha de pensamento que ela suscitou. — Se foi seqüestro, por que não havia sinais de luta? Eu não consigo parar de pensar nisso.

— Talvez a menina ainda estivesse dormindo.

— Sim. É lógico, mas não convence. Eu preciso pesquisar mais.

Riva diz o que pensa, o que ele pensa.

— Ou vai ver que ela já o conhecia.

— Isso me parece mais plausível.

— Ela conhecia Joe Allison, não?

— Oh, sim, conhecia. — É justamente isso que mais o perturba. — Mas, se tiver sido Allison, que diabo de relação eles tinham? — Luke fica passando o dedo na borda do copo. — Deus me livre, se havia alguma coisa entre os dois, será que se pode falar em seqüestro? Por outro lado, se havia alguma coisa entre os dois, por que ele haveria de matá-la?

Ainda com a roupa com que foi à escola — um macacão largo que lhe chega até os joelhos, camiseta Wet Seal e tênis All-Star pretos, sem meias — Lisa Jaffe se encolhe junto à mãe, no sofá com forro de lona da pequena sala de estar, segurando-lhe a mão com toda força. Luke e Riva estão sentados diante delas; uma mesinha de centro da Pier One separa os dois grupos. Luke consegue sentir o nervosismo da menina. Sabe que ela está fazendo psicoterapia desde o assassinato, mas tem a impressão de que o tratamento ainda não surtiu efeito.

A casa não impressiona, tampouco a rua em que fica. Uma casinha de madeira, já pedindo pintura, num bairro de imóveis parecidos. Os moradores do lugar são de classe média, bem diferentes dos ricaços de Montecito, como os Lancaster.

Luke trouxe Riva para abrandar o impacto. Observando a mãe da testemunha ao lado da ansiosa filha, a boca da mulher reduzida a uma linha tensa, ele compreende que fez bem em trazê-la.

Tira o depoimento de Lisa da pasta de documentos e o abre na mesinha à sua frente.

— Não vai demorar — diz para tranqüilizar mãe e filha. — Muito obrigado por nos receberem.

Susan responde com um rígido gesto afirmativo. Lisa fica olhando para a pasta de arquivo, na mesa, como se os papéis pudessem criar vida e atacá-la.

— Nós só queremos esclarecer alguns detalhes — explica Riva à guisa de introdução. Luke a apresentou como sua "colega", sem entrar em maiores especificações. Já a instruiu sobre o que espera descobrir. O fato de ela fazer as perguntas tornará mais fácil para a garota falar livremente.

— Lisa tem ensaio de balé daqui a meia hora — informa Susan. O que quer dizer: sejam breves.

— Está bem — diz Riva com voz doce e calma. Pega o depoimento da menina. — No começo, você não sabia bem se tinha acontecido mesmo ou se era apenas um sonho? Está certo?

Lisa olha para a mãe, que faz que sim.

— É — diz com voz sumida. — Mas não foi um sonho. Eu disse isso porque estava com muito sono. Tinha levantado cedo aquele dia e fui acordada no meio da noite; no primeiro minuto, nem sabia onde estava, pois não era a minha casa — prossegue ela, tropeçando nas palavras devido ao nervosismo. Parece mais perto dos doze ou treze anos que dos quinze, pensa Luke, observando-a. Será que já ficou menstruada? Decerto qualquer coisa relacionada com o sexo seria estranho e assustador para ela, ainda mais há um ano.

— Então você tem certeza de que o que viu era real, não um sonho? — insiste Riva.

— Sim, era real.

— E o homem... era mesmo um homem?

— Era. Acho que era.

— Estava com ela no colo.

— Estava.

— Aliás, você contou à polícia que uma pessoa, que devia ser um homem, estava carregando uma coisa que devia ser Emma. Foi assim?

Estremecendo feito um coelhinho assustado, Lisa consulta a mãe com o olhar.

— Continue — ordena Susan Jaffe, ostentando sem dissimular a contrariedade com essa intromissão em suas vidas.

Observando a interação, Luke se convence de que a mulher não permitirá que voltem a interrogar sua filha; não terão outra oportunidade de falar com ela, a não ser quando for depor no tribunal. Pouco importa. Agora só lhe interessa esclarecer um importante detalhe.

— Foi. Foi assim — responde timidamente a menina.

— Mas na hora em que presenciou o fato, lá pelas três ou quatro da madrugada, quando foi bruscamente acordada de um sono profundo, você não sabia que era Emma que estava enrolada no cobertor, sabia? — pergunta Riva em voz ainda mais baixa.

— Não — admite a garota.

— Você chegou a ver o rosto de Emma?

— Não.

— E o do homem que a levou embora?

Lisa respira fundo.

— Não. Eu não o vi.

— Ele estava com um chapéu que lhe cobria a maior parte do rosto — Riva lê o depoimento. — Você se lembra de ter dito isso à polícia, Lisa?

— Sim — responde a garota com voz sumida.

— Vamos ver se há mais alguma coisa. — Riva olha de relance para Luke. Ele faz um movimento circular com a mão. — Ah, sim. Vocês foram de táxi da cidade para a casa de Emma, certo?

— Certo.

— Quem abriu a porta para vocês? A sra. Lancaster ou outra pessoa? Ou a porta não estava trancada?

A garota pisca. Pensando, enruga a testa e une as sobrancelhas. Depois diz:

— Eu não me... Acho que foi Emma que a abriu. Ninguém nos recebeu — completa com mais segurança.

— Neste caso, ou a porta estava destrancada, ou ela usou a sua chave.

— Acho que sim.

Riva olha para Luke. Ele faz que sim.

— Acho que é só isso que precisamos saber por ora — diz, fechando a pasta de arquivo. Aproxima o rosto do da menina. — Não foi tão ruim assim, foi?

— Não — admite Lisa —, não foi. — Está mais relaxada agora que o interrogatório terminou.

— Posso fazer uma pergunta? — pede Luke. Já está de pé, guardando o documento na pasta repleta.

— O quê?

— O homem que estava carregando o volume enrolado no cobertor. Ele tinha mais alguma coisa nas mãos, alguma roupa, um sapato, uma bolsa. Qualquer coisa assim?

Lisa reflete um momento, fechando os olhos e franzindo a testa novamente.

— Não — responde, tornando a abrir os olhos e fitando-o. — Eu não me lembro de nada disso.

Na velha caminhonete, ainda em frente à casa das Jaffe, Luke reflete sobre o que Lisa acaba de contar.

— Se Emma Lancaster abriu a porta aquela noite, significa que estava com a chave. Depois foi seqüestrada. Ora, como o chaveiro saiu da casa e, um ano depois, foi parar no carro de Joe Allison?

— Só se a porta estava destrancada e ela não chegou a usar a chave — arrisca Riva.

— Tudo bem, é uma possibilidade, embora Glenna Lancaster tenha dito com muita insistência à polícia que eles se preocupavam seriamente com a segurança. — Luke continua pensando. — Há outra possibilidade: Emma tinha uma segunda cópia da chave. Não é impossível. E, como ela conhecia Allison, pode ser que, antes, tenha deixado o chaveiro cair no carro dele; depois contou à mãe que o havia perdido e que não se lembrava de onde, e mandou fazer uma nova cópia da chave.

— Acontece que, em seu depoimento, a mãe dela fez questão de dizer que *aquele* chaveiro tinha desaparecido — lembra Riva.

— Exatamente aquele. Era o único item que ela garantia com toda certeza que estava faltando, devido ao seu valor sentimental.

— Bem, a menos que estivesse dormindo quando o seqüestrador a levou, Emma saiu sem opor resistência — Luke recapitula. — E pode ser que o chaveiro desaparecido não estivesse desaparecido quando imaginaram que estava.

— O que nos remete uma vez mais ao fato de ela conhecer quem a raptou — reitera Riva. — E de ter ido com ele voluntariamente.

— Droga, eu só espero que não me apareça nenhuma evidência de que Joe Allison tinha uma relação secreta com a menina — diz Luke com apreensão. Sua sensível antena de advogado começa a vibrar, a perceber um vazamento no canto do éter em que a Justiça às vezes se serve, às vezes é subvertida, mas no qual sempre se apóia. *Por que você inventou de pegar esta merda de caso? Voltou para cá atrás de uma coisa segura, não de uma chance em mil.*

— Seria o último prego no meu caixão.

Riva o encara.

— O profissional aqui é você. Mas, se eu estivesse no seu lugar e isso estivesse me incomodando tanto assim, perguntaria para ele.

O envelope lacrado traz uma advertência na face: *A pessoa não autorizada que abrir, ler, examinar ou fizer qualquer uso deste documento está sujeita a processo penal.*

Luke está autorizado, Riva não; mesmo assim, ele vai lhe revelar o seu conteúdo — a ela e a qualquer outra pessoa que precise saber, caso nele haja uma informação importante para a sua causa. Sentado à escrivaninha, abre o envelope. Ao terminar de ler o primeiro parágrafo, já está tremendo.

Riva o nota.

— Qual é o problema?

— Emma Lancaster estava grávida.

— Oh, não! — Ela fica tão chocada quanto ele.

É incrível, pensa Luke com os olhos pregados no laudo. Essa revelação lançará as suas investigações e a sua posição, a qual, aliás, nem chegou a ser formulada, no mais descabelado caos. Uma garota de catorze anos consente (agora ele tem quase certeza disso) em ser levada de seu quarto. É óbvio que só pode ter sido o homem com quem tinha relações sexuais, o cara que a engravidou.

Agora o caso vai percorrer um caminho mais largo. Luke terá de investigar a vida de Emma Lancaster bem mais detalhada e profundamente do que havia planejado. Com quem ela saía, aonde ia, quem mais tinha conhecimento da sua gravidez? Por exemplo: seus pais sabiam? Acaso, ao receber a notícia do desastre, o pai da criança entrou em pânico e a matou? Fundamentalmente, já não se trata apenas de defender Joe Allison; trata-se da breve existência de Emma Lancaster, de como ela vivia, de por que morreu.

Mais um problema para você resolver, meu caro Luke, ele pensa calado. Se Joe Allison, o seu cliente, andava comendo Emma Lancaster, uma garota de catorze anos, é bem provável que também a tenha matado. O que significa, para você, defender um homem que trepava com uma menina tão nova? Onde está a sua bússola moral? Se é que você tem isso. E, se tiver, e se ele for o assassino, o que fazer agora que você é o seu advogado até que a morte — ou o fim do processo — os separe?

A noite está quente, a brisa do mar traz uma umidade fora do comum. Ao preparar o primeiro jantar na nova morada, Riva acaba de escancarar as janelas, e a brisa sopra na pequena casa, conservando-a fresca e confortável.

O juiz De La Guerra é o convidado de honra. Viúvo que toma a maior parte das refeições no Birnan Wook, seu clube de golfe, aceitou com satisfação. Instalado na única poltrona alugada, beberica a famosa *margarita* de Riva.

Estendido no sofá, a generosa dose de tequila na mão, Luke joga o último petardo no colo de seu ex-orientador.

— Você acha que Ray Logan é idiota a ponto de pensar que o laudo da autópsia iria ficar eternamente lacrado? — pergunta.

Sem hesitação:

— Não. Claro que não.

— Então ele deve imaginar que foi Allison quem a engravidou — Luke pensa em voz alta. — Logan podia ter me entregado o laudo ou, pelo menos, me alertado sobre ele. Ainda existe uma coisa chamada cortesia profissional. Temos de descobrir se o laboratório fez teste de DNA na menina e, se o fez, a acusação vai solicitar que o tribunal mande fazer o teste em Allison. Cabelo, pele, partículas, o que for.

— Isso simplificaria as coisas — observa o juiz aposentado.

— Nem no inferno eu deixo fazerem o teste nele. Essa luta eu levo até a Suprema Corte. — E prossegue no raciocínio. — Aliás, desconfio que eles tinham de fazer isso agora, ou pelo menos já deviam ter levantado a questão. Se quem trepou com ela, no último dia, tiver usado uma camisinha como a que encontraram no gazebo, não haverá esperma para o teste de DNA.

Riva põe a mesa na minúscula sala de jantar que se prolonga numa *bay window*. Lá fora, a cidade e o mar brilham com o luar e a luz das estrelas e de mil casas. Eles enchem os pratos de *rellenos*, arroz, feijão, *tortillas*, salada.

O magistrado sorri para ela.

— Que delícia!

— Obrigada, é bondade sua. — Um sorriso amplo lhe ilumina o rosto.

— Portanto, agora a minha estratégia de defesa consiste em descobrir quem é que transava com Emma Lancaster — diz Luke sem participar da troca de elogios. — Supondo que não era Allison.

— Essa suposição, você tem de esclarecê-la com o seu cliente — intervém Riva. — E se ela transava só com um homem.

— É verdade. Meu Deus, vai ser uma brutalidade se se constatar que a garota andava dando por aí feito uma galinha. — Cala-se um momento. — Mas não deixa de ser bom para nós — reconhece.

— Sim, ajudaria muito a sua defesa — concorda De La Guerra. — Uma garota da oitava série, de boa família, com esse histórico nas costas? Um ótimo motivo para suscitar dúvidas.

— É, vai ajudar. Mas sabe de uma coisa? Eu acho detestável obter a absolvição com esse tipo de defesa.

— Você tem obrigação de tirar o seu cliente da cadeia, não de julgá-lo nem de julgar o método que pode ser usado — contrapõe De La Guerra.

Luke sacode a cabeça.

— Não. — Joga o guardanapo na mesa. Não quer comer mais nada, seu estômago já não agüenta essa conversa. — É assim que o *establishment* funciona, é isso que ensinam nas faculdades de direito. Mas acontece que eu não voltei para cá, depois de tanto tempo, para me expor ao ridículo e colocar em dúvida a moralidade dos outros a fim de ganhar uma causa a qualquer preço. — Toma um gole do vinho que serviu com o jantar. — Voltei para fazer o que é certo. Ou, então, prefiro não fazer nada!

De La Guerra ergue o copo de vinho num brinde.

— Bravo, bravo!

— Você está me gozando? — Olha para Riva, que cobre o sorriso com o dorso da mão. — Você também? Os dois estão rindo de mim?

— Nós o adoramos, Luke. Mesmo quando você fica sonhando maluquices.

— Quer dizer que agora eu sou Dom Quixote? Investindo contra moinhos de vento?

— Não — diz o velho juiz. — Você é apenas um homem que tem religião e não sabe o que fazer com ela. Mas está aprendendo depressa. — Pega a garrafa de vinho. — Com licença?

— Claro.

Serve-se. Antes de beber, observa o líquido escuro contra a luz e diz:

— Eu acho que você deve seguir o conselho de Riva. Pergunte diretamente a Allison se ele teve relações sexuais com Emma.

Luke concorda com um gesto.

— Eu vou perguntar, mas sei que ele vai negar de pés juntos, seja verdade ou não. Só se fosse louco admitiria uma coisa dessas.

— À primeira vista talvez, mas não necessariamente. Se ele era mesmo o amante da garota, por que a mataria?

— Porque ela descobriu que estava grávida e ia contar que ele era o pai — responde Luke. — Adeus carreira: agora é passar o resto da vida mofando em Soledad.

— Sim — concorda De La Guerra. — É um motivo plausível. Mas, se ele disser que não era amante de Emma, se jurar que não, você não lhe dará o benefício da dúvida até descobrir a verdade? O resto da população deste distrito já julgou e condenou Joe Allison por homicídio. O mínimo que você pode fazer é *não* condená-lo por uma coisa de que ele nem foi acusado.

No parlatório, Joe Allison, com a barba de três dias, vestindo o macacão de presidiário, reage como se o seu advogado tivesse enlouquecido.

— Dormir com uma menina de catorze anos? — pergunta com incredulidade. — Você acha que eu sou tarado?

— Acontece milhares de vezes por dia — diz Luke calmamente. Encosta-se na cadeira, tentando avaliar a autenticidade da reação de Allison. — A gente ouve falar nisso o tempo todo. Professores com alunas, pais com filhas. As adolescentes de hoje em dia são muito mais sofisticadas sexualmente do que antes.

Fica esperando que o cliente negue isso, mas será que percebe uma ponta de culpa, um milésimo de segundo de descuido, antes que Allison consiga se recuperar e estender o manto do engano sobre a verdade?

Ele não pensa assim. Essa reação parece genuína e espontânea.

— Eu não dormi com Emma — diz com firmeza. Então assimila as ramificações da pergunta. — Está dizendo que dormiram com ela? Que Emma tinha vida sexual ativa?

— Não só tinha vida sexual ativa como estava grávida de três meses.

Allison afunda na cadeira de plástico.

— Mas isso é...

— Sem dúvida — concorda Luke.

— Nesse caso, eu imagino que você vá tentar descobrir quem dormiu com ela.

— Vou.

— Pode ser o mesmo cara que a matou, certo?

— Há uma grande possibilidade. A única que me ocorre.

O acusado se inquieta.

— Eu vou ser franco com você. Ela me cantou. Sem nenhum rodeio. Puxa vida, aquela garota parecia ter dezesseis anos e se comportava como se fosse mais velha ainda.

— O que foi que você *fez* com ela, Joe?

— Eu... — Allison se mexe na cadeira. — Eu a beijei e abracei algumas vezes. Você sabe, como faria um tio.

Luke sacode a cabeça.

— Como um tio? Vamos, cara, você já não se comprometeu a não mentir para mim, a só dizer a verdade?

O preso desvia o olhar.

— Tudo bem. Nós demos uns amassos algumas vezes. Mas só isso. Eu não dormi com ela. Não a engravidei. E nem cheguei perto da sua casa naquela noite. — Fala com voz chorosa. — Foi ela que começou.

— E você não resistiu. Parece que essa menina era uma sedutora e tanto — diz Luke com sarcasmo.

Allison sacode a cabeça.

— Ela estava na plenitude da adolescência, mas, no fundo, não passava de uma criança inocente, apesar de tudo. — Reflete um pouco. — Se estava grávida, quer dizer que deve ter começado mais cedo, lá pelos treze anos.

Luke concorda com um gesto. E desafia o cliente mais uma vez:

— Mas não com você. Mesmo que as camisinhas que acharam na sua casa sejam iguais às encontradas do gazebo dos Lancaster.

— Isso foi armação! É tão óbvio que chega a ser patético. Pergunte a Nicole, a minha namorada. Ela vai lhe contar que eu nunca usei camisinha dessa marca.

Luke se levanta. Já ouviu o bastante de Joe Allison.

— É o que eu vou fazer.

Helena Buchinsky, a amante de Doug Lancaster, é casada com o diretor da Mason/Dixon Productions, uma das maiores produtoras cinematográficas independentes do país. Morena, dona de uma voluptuosidade rubenesca* — tem ancestrais armênios, turcos, gregos e tchecos —, está estendida no deque de sua casa de praia, em Trancas, vestindo apenas uma cueca samba-canção de homem, a pele úmida da sua própria transpiração, do óleo bronzeador, do suor de Doug. Seu corpo exala sexualidade: não um mero odor, mas uma força vital.

Fizeram amor — assim que Doug chegou de Santa Barbara a bordo do seu Jaguar conversível — no quarto de hóspedes, onde sempre têm relações sexuais quando estão nessa casa, seu ponto de encontro preferido, pois aqui os Buchinsky não têm empregados em tempo integral. Helena nunca o leva para a cama que divide com o marido (regra também vigente em sua casa principal, em Brentwood, onde raramente se encontra com Doug por ser muito perigoso), não por razões morais nem para poupar o marido de alguma pequena indignidade, ainda que por ele ignorada, mas porque não quer correr o risco de deixar algum vestígio que possa vir a ser usado contra ela. O acordo pré-nupcial que firmou com Ted, há nove anos, especifica uns poucos motivos que podem excluí-la do patrimônio comum e da pensão em caso de divórcio. O sexo extraconjugal é o principal deles e, mesmo sendo amante de Doug há muitos anos, desde bem antes de sua separação de Glenna, ela continua vigilante. Presume que o marido manda vigiá-la de vez em quando; é possível até que tenha fotografias dela nua com Doug. Mas o ato de conjunção carnal, propriamente, Helena trata de ocultá-lo do mundo.

---

* Que lembra Rubens, famoso pintor flamengo (1577-1640) cuja linguagem pictórica irradia uma quente e intensa sensualidade. (N. do E.)

Sabe que Doug anda preocupado com a prisão do assassino da sua filha e com o julgamento, que se divisa no horizonte longínquo. Sabe tudo o que ele sabe: Doug confia nela muito mais do que confiava em Glenna. *É sempre melhor conversar com o amante do que com o cônjuge, Helena pensa. É a mesma coisa com ela e Ted, os dois nunca conversam sobre nada.* Sabe da fracassada tentativa de suborno. Sabe que Emma não era virgem, que o assassino podia ser o seu amante. Sabe da raiva e da preocupação de Doug com isso, tanto porque aconteceu quanto porque, agora que ela morreu, a coisa pode vir a público, o que é muito pior. E sabe que o amante teme Luke Garrison como adversário, um homem que nada tem a perder e que, nos últimos três anos, levou uma vida digna da década de 1960: totalmente marginalizada.

— Como você está? — ela pergunta. Tem um forte sotaque nova-iorquino, igual ao da atriz Cathy Moriarty. Adora os filmes ambientados em Nova York, nos bairros da sua infância. Cathy é uma amiga de lá.

— Agora eu estou bem — responde Doug, correndo a ponta do dedo na parte interna da coxa dela.

— Que bom. — Helena reage segurando-lhe a mão e interrompendo a estimulante viagem em sua perna. Já deram a trepada do dia, foi gostoso, ela não quer se excitar novamente. Pois mesmo que o seu trecho de praia seja particular e inacessível, mesmo que o deque esteja protegido por escuras paredes de vidro que permitem ver de dentro para fora, mas não de fora para dentro, mesmo que a própria casa fique num nicho retirado e mais elevado que a praia, prefere tomar cuidado quando estão ao ar livre. — Eu quero saber de modo geral, não nos últimos trinta minutos. — Coça a nádega, onde o suor lhe dá comichões.

— Você pega um refrigerante para mim? — Aponta vagamente para o interior da casa, separado do deque pelas portas-balcões abertas.

Vestindo calção de banho, Doug se levanta, entra com passos lentos e, pouco depois, retorna com um litro de Coca-Cola gelada, uma garrafa aberta de Absolut e um par de copos com gelo. Conhece bem a casa, faz muito tempo que a freqüenta. Deitando-se ao lado dela, entrega-lhe o refrigerante e um copo, serve um dedo de vodca em cada um e bebe do seu.

— Em geral... — diz.
— Você acha que ele vai investigar.

Doug a fita. Ela está com a sua propensão para adivinha, coisa que geralmente dá certo quando se trata de dinheiro.

— *Você* — diz a ele. — Esse advogado. Ele vai tentar descobrir o que todo mundo estava fazendo aquela noite, todo mundo que tinha acesso à propriedade. É assim que vai trabalhar para o cliente, certo? Verificar se alguém pode ter matado Emma. Se essa pessoa não tem como explicar o que estava fazendo na hora do crime.

Nada de errado com o cérebro dela, pensa Doug. É um de seus atrativos, com todas as contradições da sua personalidade. Até a áspera franqueza.

— É — concorda —, deve ser essa a estratégia que qualquer bom advogado adotaria.

Helena bebe um pouco da Coca-Cola, mastigando um pedaço de gelo.

— Calor hoje, não? — Sorri. — Você pode explicar tudo o que fez naquela noite?

Doug a encara.

— Posso — responde lentamente —, posso explicar tudo. — Faz uma pausa. O não dito paira entre eles feito uma rede no mar, um ominoso véu. — Claro que sim.

— Tudo bem quanto àquilo? Vai guardar segredo?

— Eu posso explicar tudo o que fiz — ele repete com firmeza.

— Então só precisa se preocupar em fazer com que Joe Allison seja condenado.

— Não chega a ser tudo com o que preciso me preocupar, mas resolve a maior parte dos meus problemas — ele concorda. — E protege a memória de Emma — acrescenta com genuína tristeza.

Helena o atrai para si; Doug aninha a cabeça em seu peito, roça a boca em seus mamilos salgados, o que provoca nela um estremecimento involuntário.

— Isso mesmo — diz Helena com toda segurança em seu pesado patoá do Bronx. — A memória da sua filha ficará protegida. A de Emma.

Na sala de estar, com as janelas abertas para a brisa do fim do dia, Luke e Riva assistem ao videoteipe do interrogatório de Joe Allison pelo investigador Terry Jackson, da polícia de Santa Barbara. Luke toma nota, pára a fita quando quer transcrever um ponto importante.

— Quer dizer que ele admite a existência de uma atração mútua, mas jura que não houve sexo — diz ela. Luke a informou da conversa com Allison. — Tomara que seja verdade.
— É, tomara. Tomara mesmo.
— Bem, isso faz dele um canalha, mas não um assassino.
Luke faz que sim.
— Allison não está sendo julgado por ser canalha.
— Mas você preferia que ele fosse um poço de virtudes.
— Claro. Defender um cara desses não me deixa particularmente feliz. Mas alguém tem de defendê-lo. — Tendo assistido duas vezes a toda a gravação, desliga o aparelho de vídeo. — É um interrogatório bem sem-vergonha — observa. Riva olha para ele à espera de uma explicação. — Em nenhum momento lhe disseram que suspeitavam de qualquer outra coisa, fora dirigir alcoolizado.
— Mas não era isso que importava? A polícia desconfiou de que Allison estava envolvido com o seqüestro porque achou o chaveiro no carro dele, não?
— Exatamente. — Luke fica um momento pensando. — Eu preciso descobrir se o policial, na rua, lhe explicou a situação quando leu os seus direitos. Aposto que não.
— Que importância tem isso?
— Significa que o enganaram. Aliás, mentiram para ele. A polícia tem obrigação de avisar a pessoa assim que suspeita de que ela cometeu um crime. Pelo que estou vendo — ele ergue as anotações e aponta para a tela apagada do televisor —, não o avisaram. Violaram um direito fundamental.
— Será que não o avisaram antes de levá-lo para a sala de interrogatório?
Luke sacode a cabeça.
— Você viu a gravação. Allison não sabia de nada. — Agita as transcrições no ar. — Não tinha a menor idéia de que o estavam vinculando ao assassinato de Emma Lancaster. Nem lhe contaram que o chaveiro era dela. — Levanta-se e vai até a geladeira. — Quer uma cerveja? — Riva faz que não. Ele destapa a garrafa, lambe-lhe a borda e se põe a caminhar de um lado para outro. — É um absurdo. Ray Logan estava presente. Em que diabo estava pensando? — Sacode a cabeça. — Eu sei exatamente no que ele estava pensando. Queria arrancar uma confissão de Allison e achou melhor não estragar tudo com um aviso. Temia que Joe ficasse de boca fechada se eles perdessem aquela oportunidade.

— O que você vai fazer?

— Tenho de conversar com o juiz sobre isso. Tenho de interrogar o tira, o tal Jackson, e também o xerife Williams, mas não há explicação aceitável para o que eles fizeram. Deviam ter informado o suspeito dos seus direitos, isso é elementar.

— E se concluírem que desrespeitaram os direitos dele, o que acontece? — Riva pergunta. Percebe a agitação e o entusiasmo de Luke. Anima-a vê-lo nesse estado, o profissional em plena atividade.

— Não sei bem — diz ele. Senta-se na beira do sofá, tomando a cerveja. — Tecnicamente, a justificação por tê-lo prendido está comprometida. Não podem usar nenhuma prova que obtiveram dele. — Riva arregala os olhos. — O processo *devia* ser anulado — prossegue Luke com veemência. — Mas eu não consigo imaginar nenhum juiz local fazendo isso, você consegue? Ewin vai se agarrar à menor insignificância que encontrar. — Ri com ironia. — Imagine o escândalo se o processo fosse anulado por uma tecnicidade! Seria uma bomba dez vezes maior que a de Hiroshima.

— O que você vai fazer então?

— Checar. Dar a entender que não vou tolerar isso. E, no momento certo, pedir a anulação se for preciso. — Torna a se levantar e a andar: pensa melhor quando está de pé. — Eu preciso adverti-los de que não podem fazer isso. — Pára e toma mais um gole da Sierra Nevada. — Não quero entrar na paranóia de Allison, mas essa história está muito mal contada. É possível acusar qualquer um de qualquer coisa: basta distorcer os fatos. Eu preciso cavar mais fundo, descobrir até por que foi, afinal, que resolveram parar o carro de Allison. — Termina a cerveja e, distraído, enfia o dedo mínimo no gargalo. A garrafa fica pendurada feito um inchado prolongamento. — Não se monta uma acusação assim, às pressas. A coisa tem de se apoiar em seus próprios méritos, tem de ser pura, limpa e cristalina. Do contrário, todo o sistema vem abaixo. — Percebendo que está com o dedo no gargalo, retira-o. — E eu estou cada vez com mais vontade de jogar uma banana de dinamite na festa deles.

A entrevista com Jackson é frustrante. Por baixo do verniz (um fino verniz) de civilidade, fica evidente que o investigador tem ódio e desprezo pelo promotor vira-casaca. Não é simplesmente porque agora resolveu trabalhar do outro lado da sala de audiência; isso ocorre com bastante freqüência em ambas as direções e não causa animosidade nem desdém, embora seja raro uma estrela do Ministério Público trocar de lado. Trata-se, muito mais, da pessoa que ele passou a ser aos olhos desse e de todos os policiais que o conheceram na pele do dr. Luke Garrison, o promotor distrital. Trata-se do ar de hostilidade que irradia inconscientemente, da atitude que, para as antenas de Jackson, precedeu a sua entrada na sala; trata-se do fato de todo mundo que constituía o seu mundo profissional — e até social — viver de ferrar as pessoas, trata-se do fato de ser essa a sua agenda secreta, e de só ele e uns poucos outros escolhidos, que conhecem a verdade da profissão, que sabem da corrupção e da podridão inatas ao sistema jurídico, terem condições de expô-las e corrigi-las. E do fato de não lhe faltar coragem para tanto.

Luke sente a atmosfera. Não é a primeira vez que a enfrenta: uma coisa ridícula, exagerada, sumamente simplista, e embora não concorde com tudo, reconhece que não é outra a sua maquiagem atual. Por mais que se irrite sendo assim estereotipado, ele sabe que isso tem lá a sua utilidade. Deixa as pessoas na defensiva, desequilibra-as. *Esse cara é louco, a gente não sabe o que é capaz de fazer.* A imprevisibilidade pode ser uma arma perigosa.

— Você informou o sr. Allison dos seus direitos? — Luke pergunta, indo diretamente ao que interessa. — De permanecer calado, de ter advogado. Contou-lhe que tudo o que dissesse podia ser usado contra ele? Informou-o da situação?

— Já tinham lido os direitos dele — responde Jackson com matreirice. — O policial que o prendeu se encarregou disso. Está no boletim de ocorrência.

— Eu sei. Mas você lhe contou que o motivo pelo qual o trouxeram para cá era ele ser suspeito de um homicídio não solucionado? O meu cliente pensou que estava aqui por ter dirigido alcoolizado.

O tira dá de ombros.

— Eu não leio o pensamento das pessoas, doutor. Não sei o que ele pensou.

— Muito bem. Mas achou que ele talvez tivesse envolvimento com o seqüestro e o assassinato de Emma Lancaster.

O outro sacode a cabeça.

— No começo, não.

Luke o fita nos olhos. Mas que cara-de-pau!

— Os policiais acharam o chaveiro dela no carro do meu cliente, trouxeram-no para cá, vocês o interrogaram durante mais de meia hora, mas não o consideravam suspeito? Difícil de acreditar, não acha, investigador?

Outro dar de ombros.

— Eu disse que no começo, não.

— Então, o que você pensou?

— Que ele podia ter alguma informação útil para nós.

— Que tipo de informação seria essa?

— Podia ser que lhe tivessem entregado o chaveiro, podia ser que ele se lembrasse dessa pessoa; podia ser que a tal pessoa fosse o assassino ou conhecesse o assassino. Foi essa a minha reação inicial.

Luke refreia sua incredulidade diante da resposta e diante da audácia do homem.

— Não que Joe Allison estivesse envolvido, mas talvez ele conhecesse alguém envolvido — diz, repetindo a afirmação de Jackson para ter certeza de que ouviu bem.

— Correto.

— Então por que você não lhe contou isso?

— Não contei o quê?

— Que o chaveiro pertencia a Emma Lancaster — explica Luke com paciência —, que você esperava que ele se lembrasse de como esse chaveiro foi parar no seu carro, para que a polícia descobrisse quem a matou. Não seria lógico?

Aguarda a resposta, uma reação reflexa, involuntária. Não a recebe.

— A não ser que ele fosse suspeito e você não quisesse abrir o jogo.

— É assim que eu interrogo as pessoas — diz o investigador.

— Talvez o senhor prefira outro método. Esse é o meu jeito de trabalhar.

Isso não vai levar a nada, Luke percebe claramente. O cara não pretende alterar uma vírgula em sua história.

— Quando foi que a situação de Allison passou da de uma pessoa inocente que talvez soubesse de alguma coisa que pudesse ajudar a polícia para a do principal suspeito do crime?

— Quando nós achamos uma prova adicional contra ele.

— Então, sim, ele passou a ser suspeito. Por acaso você o informou disso e leu os seus direitos?
— Sem dúvida — responde Jackson. — Assim que começamos a suspeitar dele, nós o informamos e lemos os direitos que a lei lhe garante.
Luke balança a cabeça.
— Sendo assim, faça o favor de me explicar uma coisa, policial.
— Investigador — corrige Jackson.
— Desculpe. *Investigador*. Explique-me, investigador, por que o xerife mandou revistar a casa do sr. Allison se ele *não era* suspeito de nada? Como vocês obtiveram o mandado de busca e apreensão se não havia suspeita nenhuma? O que foi que disseram ao juiz que o concedeu: "Nós prendemos um cara que não é suspeito de homicídio, mas, mesmo assim, queremos revistar a casa dele para ver se achamos alguma prova de que é"? Esquisito, não acha?
Ele sabe o que dizia o mandado de busca: leu-o. Era uma verdadeira obra-prima de ambigüidade e duplo sentido: só o mínimo de informação factual para levar o juiz a concedê-lo, mas não o suficiente para ser questionado posteriormente, como agora. Os caras são profissionais, Luke sabe. Não violam a lei, mas a contornam tanto quanto possível. Hoje em dia, não se condena ninguém se não for assim. Pelo menos é o que a polícia pensa: fodam-se as liberdades civis, bandido tem de ir para a cadeia. Um bom tira arranja um jeito de trancafiá-lo.
Um novo dar de ombros. O cara deve ensaiar esse gesto diante do espelho, pensa Luke.
— Foi uma precaução — alega Jackson. — Para ter certeza. O juiz concordou conosco.
Uma ova!
— Sabe o que é interessante?
— O quê?
— O policial Caramba, que prendeu Allison, *achava* que ele era suspeito.
Jackson reage pela primeira vez, mudando de posição na cadeira. Coisa que não escapa a Luke.
— Quem disse isso?
— Ele mesmo.
— Ele? — o investigador se mostra genuinamente surpreso. — Quando?

— Quando eu perguntei.
Jackson pensa numa resposta.
— Acho que o senhor o entendeu mal — é a que lhe ocorre.
— Não, eu o entendi muito bem.
— Um policial, na rua, não faz esse tipo de julgamento.
— Foi o que ele me contou.
— Só pode ter sido engano.
— Engano em seu julgamento? Como é possível?
— Engano em... — O investigador se interrompe. Qualquer resposta que der estará errada. O certo é não responder. — O que o policial Caramba pensou não interessa — prossegue, mudando de rumo. — Cabe aos investigadores tomar essa decisão. E aos seus superiores. — Inclina-se para a frente e o encara duramente. — Para nós, Joe Allison *não* era suspeito de nada quando começamos a interrogá-lo. Ponto final.

Luke se encosta na cadeira. É o máximo a que pode chegar hoje.

— Mais uma coisa — diz já em tom de despedida. — Qual foi o resultado do exame de sangue de Allison? Eu não consegui descobrir.

Jackson pisca.
— Não sei ao certo — responde com cuidado.
— Você não disse que ele foi detido por dirigir alcoolizado?
— Disse.
— O que significa que a polícia o submeteu a um exame de sangue, não? E, já que ficou preso, devia estar acima de zero vírgula zero oito, correto?
— Eu não tenho certeza.

Luke enruga a testa.
— Espere aí. Você interrogou um homem sobre um homicídio não solucionado que mobilizou a cidade inteira no ano passado, e não sabe me dizer se ele estava bêbado ou sóbrio?
— Eu...
— Se ele estava sóbrio, se o teste deu negativo, vocês não tinham motivo para mantê-lo detido, correto?

O tira não responde.
— Legalmente, a polícia não tinha por que prender o sr. Allison, está certo, investigador Jackson? — Luke torna a perguntar, dessa vez com raiva.
— Legalmente... — Uma vez mais, o dar de ombros.

— Mas como vocês o retiveram aqui, ele só podia estar bêbado, não é mesmo? Você lhe disse que só podia soltá-lo na manhã seguinte, para que ele se apresentasse ao magistrado. Está na gravação do interrogatório, *in-ves-ti-ga-dor* — pronuncia a palavra com sarcasmo.
— E daí?
— Daí, ele estava bêbado ou sóbrio?
Jackson permanece calado.
— Você não sabe, não é mesmo? — Luke se levanta e guarda seus papéis na pasta de documentos. — Não sabe porque ninguém o submeteu a exame algum.

Em linha reta, a distância entre a antiga casa dos Lancaster, na qual Emma foi raptada, e a rua Puerto Salle, na Zona Oeste, é de menos de oito quilômetros; contudo a diferença financeira, social e de nível de vida é imensa, vastíssima: são quase dois países na mesma cidade. A rua Puerto Salle, onde a ex-empregada María González vive com o marido e os três filhos, é cem por cento *latina*; a renda familiar média não chega a 25 mil dólares por ano, sendo que algumas famílias recebem ajuda do Estado e comem graças aos cupons de alimentação. A maioria dos moradores da rua Puerto Salle tem emprego e dá duro. Suas casas são modestas estruturas de madeira e estuque, a não mais de dez metros uma da outra; em certos casos, bem menos; quem quiser privacidade que feche as janelas e fale baixo. Nesse bairro, em que todo mundo conhece todo mundo, isso é incomum. As moradias são bem-cuidadas, acham-se em bom estado de conservação: nada de pintura descascando nas paredes externas, os pequenos jardins são tratados; os limites, bem delineados; os caminhos, cobertos de pedrisco ou ladrilhados ou pavimentados. A maior parte das casas é cercada de flores, com relvados adornados de bebedouros de passarinho ou estatuetas. Há uma abundância de cactos, jacarandás em flor e primaveras vermelhas ou alaranjadas subindo pelas cercas. É uma comunidade de famílias; nos dias em que a escola está fechada, sempre se vêem bandos de crianças correndo na rua ou passeando de bicicleta, de *skate*, de patins, jogando bola ou disco.
Luke e Riva estacionam em frente à casa de María. Quando ele telefonou para marcar o encontro e anotar o endereço, o in-

glês da mulher lhe pareceu muito bom, quase sem sotaque. Mesmo assim, o castelhano de Riva pode vir a ser útil. Ademais, Luke sempre achou boa política contar com a presença de uma mulher ao interrogar outra. Cria uma atmosfera mais confortável e evita acusações de assédio depois.

Os dois afundam nas poltronas excessivamente estofadas da pequena e abarrotada sala de estar. A dona da casa lhes oferece limonada; eles aceitam. Então senta-se no sofá em frente, une as mãos no colo e aguarda.

— Obrigado por nos receber — sorri Luke. — Eu sei que deve ter sido difícil para a senhora. O que aconteceu no ano passado. — Ela é jovem ainda, uns trinta e poucos anos, e bem mais bonita do que ele esperava. Veste-se na moda, mas sem exageros. Foi governanta numa mansão multimilionária. Deve ter aprendido a ter bom gosto.

— Muito difícil. — María concorda com um gesto. — Eu gostava de Emma como de meus filhos.

— Nós entendemos — Riva participa da conversa. Não vai falar castelhano com essa mulher, seria arrogante. E desnecessário. — Quanto tempo a senhora trabalhou com os Lancaster?

— Dez anos.

— Desde que Emma tinha... quatro?

Ela faz que sim.

— Eu a criei desde pequena — diz com orgulho.

— E atualmente não está trabalhando para nenhum dos Lancaster, está?

María sacode a cabeça.

— Eles se divorciaram, e... — hesita.

— Sim? — insiste Riva.

— Achei melhor não. Dona Glenna me pediu que fosse trabalhar na sua nova casa, mas eu não quis.

— Por causa de Emma e das circunstâncias?

A resposta demora um pouco:

— É que as coisas mudaram.

— A senhora e Glenna já não se dão tão bem depois do que aconteceu — arrisca Luke.

María acena afirmativamente.

— Dona Glenna mudou muito depois da morte de Emma.

— É natural. Passou por uma grande tragédia.

— É. — A moça se cala um momento. — Ela era muito boa para mim. Quando comecei a trabalhar lá, eu estava em situação irregular no país. Dona Glenna me ajudou a trazer meu marido para cá, ajudou-nos a obter o visto de permanência. Eu lhe devo a vida.

Esse tipo de lealdade pode cegar, ocultar a verdade. Ele precisa ficar alerta. Tira da pasta uma folha de papel com algumas perguntas anotadas.

— Como era a situação, na casa dos Lancaster, na época em que Emma foi seqüestrada? Eles eram felizes? Davam-se bem?

— Uma situação normal — diz María. — Para esse tipo de família — acrescenta.

— Para esse tipo de família? — Ele olha de relance para Riva, que está atenta. — Como assim? — Bebe um pouco da limonada. Está gostosa, é de limão mesmo, não um suco artificial.

— Uma família rica, envolvida com muita coisa, sempre ocupada. Emma passava mais tempo comigo do que com os pais.

Isso é comum, pensa Luke.

— Quantas vezes por semana eles jantavam em família?

— Uma ou duas. Emma geralmente jantava comigo, seus pais chegavam bem mais tarde. Os dois tinham uma vida muito movimentada.

— A senhora morava lá, certo? Mas também tem família?

María faz que sim.

— Tenho três filhos. Também foi por isso que parei de trabalhar para dona Glenna. Mesmo já não tendo criança para cuidar, ela queria uma pessoa que dormisse lá. Acontece que agora eu quero cuidar dos meus filhos. — E prossegue, respondendo à primeira parte da pergunta. — Mais ou menos. Às vezes eu dormia lá, às vezes voltava para cá, quando o sr. Doug ou dona Glenna estavam em casa, e às vezes simplesmente vinha embora. Havia muita gente para ficar com Emma. Ela já estava crescidinha, não precisava de tanto cuidado assim.

Precisou naquela noite, pensa Luke. Mas sabendo o que agora sabe ou acredita saber, teria servido de alguma coisa?

— Quando a senhora disse "esse tipo de família" — provoca Riva —, estava se referindo a alguma outra coisa, além da vida atarefada e do dinheiro que eles têm?

— Eu não entendi a pergunta — diz María em tom evasivo.

Com certo esforço, Riva se levanta da poltrona e vai se sentar ao lado dela.
— Eles eram felizes? Davam-se bem? — Fita-a diretamente nos olhos. — Ou brigavam?
A mulher respira fundo e suspira ruidosamente.
— Brigar, eles brigavam... não se davam tão bem assim. Nem sempre.
— Brigavam por quê? — insiste Riva com delicadeza.
María não dissimula o desconforto.
— Por vários motivos.
Riva se acerca um pouco mais. Seus joelhos quase se tocam.
— Brigavam por causa de... digamos, por causa de algum relacionamento que um deles tinha com outra pessoa? Por causa de um ou uma amante?
A moça confirma com um gesto. Riva olha rapidamente para Luke, que intervém:
— Eles brigavam num tom normal ou gritavam ou...
— O sr. Doug nunca gritava.
— E chegavam a partir para a violência?
— Ela chegou a bater e jogar coisas nele. Mas isso aconteceu poucas vezes. — María o fita. — Que diferença faz? O que isso tem a ver com o assassino de Emma, que está na cadeia?
— Se ele for *mesmo* o assassino — ele corrige. — Ainda não foi condenado.
— A polícia diz que foi ele — contesta a mulher com veemência. — Tem provas disso.
Luke não se anima a discutir. Sabe que a tragédia a abalou tanto quanto aos próprios pais de Emma Lancaster.
— Eles brigavam por algum outro motivo? — pergunta, retornando à linha anterior de indagação.
María enruga a testa.
— Às vezes Emma brigava com a mãe. Toda adolescente briga com a mãe — apressa-se a acrescentar, como se estivesse contrariada consigo mesma por deixar o gênio mau escapar da garrafa.
Luke não dá trégua.
— Por que brigavam?
Ela desvia o olhar e permanece calada.
— Por causa de homens? Homens ou rapazes com quem Emma saía e que sua mãe não aprovava?

María faz um lento gesto afirmativo.
— É. Às vezes.
— Emma saía com rapazes que sua mãe não aprovava? *Ou homens?*
— Dona Glenna a achava muito nova para namorar.
— Mas Emma namorava. Escondida da mãe — ele continua sondando.
A mulher torna a fazer que sim.
— É.
— E, quando ficava sabendo, a sra. Lancaster gritava com ela?
— Uma gritava com a outra. Emma era muito teimosa. Fazia o que bem entendia. Não obedecia a ninguém.

No dia do seqüestro, Glenna garantiu à polícia que Emma não namorava. Agora essa mulher, que a conhecia tão bem ou melhor do que sua mãe, diz o contrário. E que Glenna sabia que Emma saía com rapazes (e homens?) e havia brigas por causa disso.

María não lhe dará mais nenhuma informação, já está irritada consigo mesma por ter revelado tanto.

— A senhora dormiu lá na noite em que Emma foi raptada? — ele pergunta, mudando de assunto para não perder terreno.

Ela sacode a cabeça.

— Não. Fiquei até tarde porque dona Glenna estava recebendo as amigas, e Emma só chegou depois das onze, mas eu não dormi lá.

Então ela não estava no local quando ocorreram o seqüestro e o homicídio. Não, o homicídio não — este aconteceu em outro lugar, no caminho lamacento em que o corpo de Emma foi encontrada ou perto dele.

Luke está prestes a terminar, faltam poucas perguntas.

— O sr. Allison freqüentava muito a casa dos Lancaster?
— Freqüentava. — María balança a cabeça. — Estava sempre lá.
— Para visitar os Lancaster?
— Sim. Ele era amigo dos dois.
— E de Emma? Era amigo dela também?

A moça umedece os lábios.

— Eu acho... eu acho que Emma tinha uma queda por ele.
— Alguma vez ele... alguma vez a senhora o viu...
— Alguma vez Joe Allison deu em cima Emma? — atalha Riva. Uma mulher perguntando para a outra, é melhor.

María sorri, recordando.
— Os dois viviam flertando. — O sorriso desaparece. — Emma só tinha catorze anos. E ele trabalhava para o pai dela. — Faz uma pausa. — Havia muitas mulheres adultas interessadas no sr. Joe, ele não precisava dar em cima de uma menina de catorze anos.
— Quer dizer que Allison estava envolvido com outras mulheres, além da sua namorada? A senhora sabe disso?
— Eu não sei de nada — responde ela com voz tensa. — Por que o senhor não pergunta a ele?
Obrigado, pensa Luke, mas eu já perguntei.

Nicole Rogers tem um corpo esguio, flexível, e um rosto em forma de coração capaz de conquistar qualquer coração. Seus cabelos louros, com mechas um pouco mais claras, descem suavemente até os ombros. Allison transava com ela, pensa Luke. Certos caras têm muita sorte mesmo, até demais.
Mas não é verdade. Longe disso. Ele também tem uma mulher fantástica, portanto não precisa invejar ninguém, isso foi apenas um eflúvio de testosterona. E Joe Allison está em cana, esperando julgamento por homicídio.
Ninguém tem sorte demais. Ninguém.
Ela o convidou a ir encontrá-la em seu pequeno cubículo. Trabalha no Meyers & Harcourt, um dos maiores escritórios de advocacia da cidade, que quase só atende empresas, até mesmo algumas grandes companhias de petróleo. Está aqui há seis meses, desde que prestou o exame da Ordem.
Veste-se como advogada. Costume azul-marinho. Blusa marfim abotoada até o pescoço. Sapatos bem altos, meias opacas. Uma mulher que não alardeia a sua beleza, procura mantê-la sob controle — pelo menos no escritório. Recebe-o no vestíbulo e o conduz ao seu cubículo, nos fundos, passando por vários escritórios maiores no caminho. Sentam-se frente a frente, a escrivaninha entre eles.
— Em que ramo do direito você está trabalhando? — Luke pergunta para iniciar a conversa.
— No que for necessário. Em geral eu pesquiso para os sócios, a fim de adquirir prática em tudo o que fazemos. Mas quero me especializar em direito ambiental.

— É um campo muito rico — ele comenta. — A favor ou contra? — Sabe da inclinação do escritório, mas o pessoal, aqui, trabalha para os dois lados.

— O dinheiro grosso está com as grandes empresas. E eu não trabalho para me cobrir de glória.

Prático. Luke não vai precisar de muitos rodeios com ela.

— O que você me conta de Joe Allison? — pergunta, iniciando a entrevista formal.

— Pode ser mais específico?

— Claro. Vamos começar pelo fim e retornar ao começo. Você acha que ele pode ter feito o que dizem que fez?

— Se ele *pode* ter feito? — repete Nicole num tom que indica que ela já se fez essa pergunta. — Acho que sim... teoricamente.

— Você não pode lhe servir de álibi naquela noite. — Allison já lhe contou que não, mas talvez a moça tenha outra opinião. Em todo caso precisa fazer a pergunta, pois, se ela for depor como testemunha, o Ministério Público a fará.

Nicole sacode a cabeça.

— Nós nos encontramos para jantar, mas não passamos a noite juntos, portanto não, eu não posso.

— E acha que ele cometeu esse crime?

Ela repete o gesto negativo.

— Não.

— Por que não? Você parece ter muita certeza.

— Joe não é violento. Nunca esboçou um gesto ameaçador contra mim no ano e meio que passamos juntos. Nem contra ninguém. Não é da natureza dele. — Reflete um momento antes de prosseguir. — Eu não consigo imaginá-lo fazendo uma coisa dessas.

— Matando uma pessoa?

— Seqüestrando-a.

— E se não tiver sido um seqüestro?

Nicole olha intrigada para Luke.

— E se tiver sido consensual? — insiste ele.

— Como assim... Se Emma tiver ido com ele voluntariamente?

— Sim.

Ela enrijece o corpo.

— Por que lhe ocorre uma coisa dessas?

— Porque é possível, aliás provável, que Emma Lancaster conhecesse quem a tirou do quarto aquela noite.

Um longo suspiro.

— Eu não sabia disso.

— É a explicação mais plausível. A garota que presenciou o fato disse à polícia que Emma não opôs resistência. E repetiu a mesma coisa para mim. Portanto, não podemos excluir essa possibilidade.

Ela fica um instante pensativa.

— Então teria sido... — Interrompe-se, como sem saber se deve manter essa linha de raciocínio, e daí prossegue. — Você está se referindo a sexo? Em envolvimento sexual?

— É possível.

Nicole relaxa.

— Eu já pensei nessa hipótese. Mas não com Joe, isso nunca me passou pela cabeça. Porém acho que é verdade. Ninguém quer cogitar nem falar nisso, mas me ocorreu, e tenho certeza de que ocorreu a mais de uma pessoa.

— Você tem visto Joe atualmente? Esteve na prisão?

— Não. — Ela sacode a cabeça. — Não fui visitá-lo.

— Pretende ir? Quer ir?

— Não, eu não pretendo ir. Também não quero... e não vou.

— Algum motivo particular?

— Nós terminamos. A noite em que ele foi preso foi o nosso canto do cisne.

— Por que razão? Ou razões?

Nicole não responde imediatamente.

— Nós estávamos seguindo rumos diferentes — diz enfim.

— Em termos de carreira?

Ela confirma com um movimento de cabeça.

— É.

— Algum outro motivo?

A moça desvia o olhar.

Luke se dá conta: a explicação mais simples geralmente é a melhor.

— Joe estava saindo com alguém? Foi por isso que você terminou com ele?

Nicole o encara uma vez mais, ergue o queixo.

— Sim.

— Tem certeza?

Ela volta a sacudir a cabeça.

— Não, certeza eu não tenho. Não tenho nenhuma prova material. Nunca o vi com outra mulher. — Procura se recompor. — Mas sei que é verdade.
— Faz muito tempo?
— Não sei.
— Pouco tempo?
— Acho que sim. Pode ser.
— Você acha que ele estava de caso com uma mulher ou andava com muitas?
— Com uma só.
— Mas nunca o viu com ela. Seja quem for. Ou fosse quem fosse.
Num gesto nervoso, Nicole penteia os cabelos com os dedos.
— Não, nunca.
— Nem ficou desconfiada? Ou com ciúmes? — Puxa vida, com uma mulher dessas, e o cara fica galinhando por aí! — Nunca o seguiu nem tentou descobrir se era verdade?
— Eu não queria descobrir.
É a explicação mais humana que se pode dar.
— Eu lamento. Não sei mais o que dizer.
A janela do minúsculo escritório não se abre; está fazendo calor. Normalmente ela deixaria a porta aberta, pensa Luke.
— Eu também lamento. — Nicole brinca com o grampeador. — É por isso que não vou visitá-lo.
— Será que Joe sabe que você pensa isso?
Ela dá de ombros.
— Sei lá. É provável. A gente não se sente meio culpada quando está enganando os outros? Com medo de ser descoberta? Não éramos casados, mas... eu achava que havia fidelidade entre nós.
Luke espera um pouco antes de fazer a pergunta seguinte.
— Quem você acha que é a outra mulher? Desconfia de alguém?
— Ninguém cujo nome eu queira mencionar.
É melhor deixar isso para depois. Haverá outras entrevistas e, se ele topar com algum nome e lhe disser, ela acabará respondendo. Parece ser uma pessoa decente. Mas os dois eram amantes, de modo que deve haver alguma coisa por trás. Sempre há.
Um detalhe de uma de suas conversas com Allison não lhe sai da memória.

— Sabe que mais eu quero lhe perguntar? Acabo de lembrar. Duvido que você possa me ajudar, mas está sabendo dos tênis que a polícia achou no armário de Joe? Que correspondiam à pegada encontrada na casa dos Lancaster no dia em que Emma foi seqüestrada?

— Estou.

— Joe afirma que os perdeu antes daquela noite. Que não podia tê-los calçado porque já não estavam com ele. Por acaso chegou a tocar no assunto com você?

— Sim, é verdade, ele falou nisso.

— Falou?

A moça confirma com um gesto.

— Mais ou menos uma semana antes, nós fomos correr e eu reparei que Joe estava com um par de tênis novos. Isso me deixou curiosa, porque eu sabia que ele gostava dos velhos, achava-os confortáveis, e, quando perguntei, Joe disse que não conseguia encontrá-los, que devia tê-los esquecido na academia de ginástica ou em algum outro lugar. — Pensa um momento. — Eu imaginei que os tivesse perdido e depois achado.

— Talvez não os tivesse perdido — diz Luke. Já é alguma coisa.

— É, talvez não — murmura Nicole. Seu tom de voz deixa claro que ela não acredita que Joe tenha perdido os tênis. Mas pelo menos está registrado que ele contou a outra pessoa que os havia perdido antes do seqüestro.

Luke já não tem o que perguntar.

— Só mais uma coisa. É uma pergunta delicada, mas eu tenho de fazê-la.

Ela lhe sorri. É linda mesmo, não há como negar.

— Eu ouvi dizer que você é corajoso — graceja.

— Tomara que sim. — Luke se levanta. — As camisinhas encontradas na casa de Joe. Eram mesmo da marca que ele usava?

O sorriso desaparece bruscamente.

— Eu sempre usei diafragma. Ele não precisava dessas coisas.

— Mas, se você achava que ele estava tendo um caso, não ficou preocupada com...

— O HIV? Não. Nós paramos de fazer amor nessa época. Eu menti que tinha desenvolvido uma alergia ao diafragma e não podia transar. Ele acreditou.

— Quer dizer que vocês pararam de ter relações sexuais antes de se separar?

— Foi só no último mês, quando eu finalmente criei coragem de enfrentar as minhas suspeitas e agir. — Nicole ri involuntariamente, é um riso nervoso, desprovido de alegria. — Camisinhas cor-de-rosa? Onde será que se compra isso? Na Mary Kay Cosmetics? Se Joe pusesse uma coisa assim ridícula, eu morreria de rir, e nós não conseguiríamos fazer amor. — Controla-se. — Se eram dele, Joe só podia as estar usando com outra mulher.

— Ele garante que foi armação.

A moça o encara.

— Que significado pode ter a marca de um preservativo? — pergunta.

Queira ou não queira, vai acabar sendo divulgado, de modo que é melhor contar-lhe de uma vez. Que bom se ela fosse uma aliada. Ele, quer dizer, seu cliente, vai precisar de amigos.

— É a mesma marca daquelas encontradas na propriedade dos Lancaster. No gazebo, no fundo do quintal. — Luke toma coragem. — Usadas. Parece que andaram usando o gazebo para... — quase lhe escapa "foder" — transar.

Ela empalidece.

— Oh, isso é ruim.

— Muito ruim. Por isso que a minha pergunta é importante.

— Eu sinto muito por Joe — diz Nicole. Agora está tomada pela emoção, sua voz começa a falhar. — Isso já não faz parte da minha vida, mas o fato de haverem encontrado camisinhas da mesma marca no quarto dele e na casa dos Lancaster não significa que Joe tenha matado uma pessoa.

Luke prefere a motocicleta na cidade. Fica mais fácil arranjar vaga para estacionar do que com o trambolho da caminhonete, e ele gosta de andar de moto. Deixou-a estacionada numa ruela a uma quadra do escritório de Nicole.

Ao virar a esquina do prédio, pára estarrecido. Depois começa a correr.

A Triumph clássica está em ruínas. Quem a destruiu trabalhou com fúria, com brutalidade. Os pneus foram rasgados; o assento, arrancado; o painel, quebrado; centenas de cacos de vidro cobrem o asfalto. Os fios, repuxados e cortados, transformaram-se numa macarronada de plástico e cobre retorcidos. E algo pesado como uma marreta se encarregou do bloco, arrebentando o cabeçote e transformando os êmbolos e os cilindros numa massa de metal.

Ele cai de joelhos diante do estrago.

— Seus filhos da puta! — grita para os autores desconhecidos.

Então avista o recado. Em letras de forma grandes, toscas, escritas com creiom infantil em papel de embrulho: DÊ O FORA DA CIDADE ENQUANTO PODE! NÃO QUEREMOS NENHUM ADVOGADO *HIPPIE*, DROGADO, ASSASSINO DE CRIANÇAS! Seguem-se outras frases igualmente sofisticadas, que ele não se dá ao trabalho de ler.

O herói que se encarregou desse ato nobre preferiu ficar anônimo.

Encolerizado, Luke começa a juntar tudo para jogar fora, mas a polícia terá de ver a destruição. Levanta-se de um salto e olha de uma extremidade à outra da viela. Tudo deserto: só ele e o que resta da moto.

— Você fez boletim de ocorrência? — quer saber Riva.

— Para quê? — Ele ainda está tremendo de raiva por dentro. — A polícia só faltou rir na minha cara. Aposto que o bilhete já foi para o lixo.

— Quem terá sido?

— Acho que alguém que não gosta muito de mim.

Passeiam na Praia Butterfly, perto da de Biltmore, contemplando o pôr-do-sol. A moto, suas centenas de peças, está jogada num caixote da Oficina Precision Motorcycle, na rua Salsipuedes. O proprietário, Gentle Ben Loomis, antigo membro de uma gangue de motoqueiros fora-da-lei, agora semi-regenerado, não manifestou muita esperança na sobrevivência da Triumph.

— Ela foi reconstruída de ponta a ponta, e a merda é que não fabricam mais peças desse modelo. Cara, isso aí é um dinossauro. Vou procurar no país inteiro, pela Internet, mas não sei que peças vou encontrar. Acho melhor ir tirando o cavalo da chuva. — Olha com carinho para os pedaços jogados no caixote. — Eu adoro essas motos antigas, meu. Isso é uma obra de arte. Uma escultura, palavra. Mesmo que não tenha nascido nos Estados Unidos. — E trata de preparar Luke para o pior. — No seu lugar, eu começaria a procurar uma Harley. É macia, macia. Nada a ver com essa mula velha que você cavalgava.

Seguem caminhando à beira-mar, molhando os pés na espuma.

— Você pensou mais um pouco? Será que valeu a pena pegar esse caso? — Riva pergunta.

— Sim, eu andei pensando nisso.

— Está preocupado? — Riva se curva para apanhar um pedaço de vidro, o fundo de uma velha garrafa, de azul leitoso feito um olho com catarata, as bordas alisadas pela demorada carícia da água. Guarda-o no bolso.

— Eu estou é puto da vida. Que caras covardes! Quem fez isso me atingiu onde dói, não posso negar. — Abaixa-se, pega uma concha e a atira na água; ela quica três vezes antes de afundar.

— Eu estou preocupada.

Luke pára e a encara.

— Que estejam atrás de mim?

— É.

Ele rejeita a idéia com um gesto.

— Ninguém está atrás de mim, esses caras são uns merdas. Uns pés-de-chinelo. Quero que eles se fodam!

— Tomara que você tenha razão. — Ela coça uma picada de mosquito na barriga da perna. — Será que Doug Lancaster não está envolvido?

Luke se surpreende.

— Doug Lancaster? Você acha que ele estaria por trás de um golpe ordinário como esse?

— Você é o advogado do homem que ele está convencido de que matou a sua filha. Já tentou suborná-lo, e você não devolveu o dinheiro.

— Não. — Ele não aceita a idéia. — Doug Lancaster não seria tão sorrateiro. Viria falar cara a cara comigo. Coisa que acho que vai fazer, cedo ou tarde, mas não seria capaz de uma coisa dessas. Se quiser que eu saiba que ele está na minha cola, não lhe interessa ficar anônimo. Foi o ato de um covarde. — De mãos dadas, os dois continuam caminhando lentamente rumo ao poente. — Atacar-me prejudicaria o caso contra Joe Allison. Nem um *pit bull* como Ray Logan teria estômago para isso.

Eles se detêm e observam os últimos raios dourados mergulharem no oceano.

— Como o mundo é lindo! — comenta Riva. E lhe aperta a mão.
— É mesmo. E eu quero curtir esta beleza com você. Durante muito tempo.

Luke retribui o carinho do mesmo modo. É a única coisa que pode fazer.

Ela dorme e ele, acordado, está na varanda com um conhaque que ainda não tocou; a brisa noturna, subindo do mar, eriça-lhe os pêlos das pernas e dos braços nus. Luke pensa na vida, no momento atual, em como veio parar nesse lugar e no sentido de tudo isso. Se é que tem sentido.

Pensa em sua idade, mais de quarenta; em seu estado civil, divorciado; nos filhos que tem, nenhum. Continua insistindo em nadar contra a corrente — seu medo é de que seja o rumo equivocado. De uma carreira sólida e ascendente a quase nenhuma carreira; de um suposto casamento por amor a casamento nenhum; de defensor da lei e da ordem a... quê? Ao contrário disso?

Não, não é bem assim, ele não está contra a lei nem a ordem. Está contra a corrupção, e a vê em toda parte, coisa que o torna cada vez mais obsessivo. Obsessivo, ultrajado, consumido. E esse, decerto é o caminho da loucura. E da paralisia.

Há diferentes modos de lutar sem capitular, e há diferentes batalhas. A que enfrenta agora tem fortes matizes quixotescos. De certo modo, ele é masoquista, e receia estar começando a gostar da dor e, o que é pior, a acreditar que a merece. Que deve levar toda uma vida de penitência devido a um engano acidental, a um erro de cálculo — um equívoco honesto que ninguém, neste mundo, teria cometido. Aliás, ninguém o cometeu, só ele. E foi por causa do seu ego, da sua incapacidade de admitir ou até mesmo de saber que as idéias e as opiniões dos outros podiam ter mérito e valor, e porque ele devia ter examinado melhor as suas.

Mas foi um acidente. Luke não fabricou nem suprimiu provas contra Ralph Tucker. Fez tudo corretamente, tudo às claras, tudo com franqueza.

No fim deu errado. É o que acontece nos acidentes. Sobretudo quando a gente está sinceramente convencido de que é o dono da verdade inalterável.

* * *

Outrora, sua equipe de detetives se incumbiria de toda a investigação: quem estava com quem, onde e quando. Mas como o caso (a menos que surja algo inesperado) está fadado a basear-se na teoria da armação, ele tem de conversar com todos os envolvidos. Precisa ver-lhes a expressão do rosto, ao responder perguntas duras e incômodas, para ter uma idéia do quadro geral.

Aproxima-se do sr. e da sra. Wilson, os proprietários da casa cuja edícula Joe Allison alugava. Idosos, antigos moradores da cidade, eles militam em diversos movimentos ecológicos da região: exploração de petróleo, loteamentos, expansão urbana.

Luke telefonou antes, estão à sua espera. Saem para recebê-lo assim que ele estaciona na entrada de automóveis, um casal animado, cheio de energia. A mulher, de cabelos prateados bem curtos e aparência vagamente escandinava, é meia cabeça mais alta que o homem, que tem qualquer coisa de mediterrâneo e é calvo.

— Como vai indo Joe? — a sra. Wilson se apressa a perguntar com muita solicitude.

— Deve ser tão difícil para ele — acrescenta imediatamente o sr. Wilson.

— Pois é — responde Luke em tom neutro. Os velhos parecem gostar de Allison. Isso é bom.

— Nós não acreditamos que Joe tenha feito isso — diz a sra. Wilson com veemência. Estão atravessando o jardim. O caminho até a casa é orlado de flores agrupadas no agradável e desordenado estilo rural inglês. — Todo mundo acredita — prossegue com agressiva alegria —, já o sentenciaram até, mas nós conhecemos Joe. Sabemos que não pode ter cometido o crime de que o acusam.

— Por que não? — pergunta Luke, intrigado. Será que esses dois têm um álibi para Allison do qual ele nada sabe?

— Porque Joe não é desse tipo de gente — responde o marido, trazendo-o de volta à realidade. — É incapaz de uma violência.

Qualquer um é capaz nas circunstâncias certas, ele já viu muita violência para saber disso. Em todo caso, é bom que Allison tenha algumas pessoas do seu lado.

A sala de estar é mobiliada como a idealização hollywoodiana de um chalé suíço. Um tanto exagerada para o gosto de Luke, mas charmosa como o próprio casal Wilson.

— Só vou fazer algumas perguntas, coisa rápida — ele avisa.
— Em primeiro lugar, acho que os senhores não podem informar sobre o paradeiro de Joe na noite do seqüestro de Emma Lancaster.

Ambos sacodem a cabeça em uníssono. Depois de várias décadas de convivência, gesticulam e pensam do mesmo modo.

— Nós nos deitamos cedo — explica a sra. Wilson. — Em geral já estávamos dormindo quando Joe chegava.

— Famoso como era, ele saía quase toda noite — acrescenta o homem.

— Eu não sabia — diz Luke. — Mas quero fazer uma pergunta e espero que possam me ajudar. Os senhores conhecem Nicole Rogers, não? A ex-namorada de Joe?

Um sorriso ilumina o rosto da sra. Wilson.

— Muitíssimo. É uma moça adorável. Sempre cuidava das minhas plantas.

— E vinha muito aqui?

— Vinha, sim. Nós sempre esperávamos a sua visita.

— E às vezes passava a noite aqui. Com Joe.

O casal troca um olhar.

— É — diz o marido. — Sabe, nós não nos metemos com a vida alheia, nem mesmo com a dos nossos inquilinos. Eles são adultos, têm direito à privacidade.

— Claro. — Os velhos não compreenderam a sua intenção. — Mas ela não veio aqui naquela noite, certo?

— Acho que não — informa a sra. Wilson. — Se tivesse vindo, Joe não estaria na cadeia agora, não é mesmo?

— Não. Não estaria.

— Ela, que passava tantas noites aqui, não veio justo naquela... — comenta o sr. Wilson.

— Eu sei. É uma pena. Mas não veio — Luke prossegue bruscamente —, portanto nós temos de defendê-lo de outra maneira. Deixem-me perguntar uma coisa: Joe trazia outras mulheres para cá? Regularmente?

A sra. Wilson faz que sim.

— Oh, trazia. — Olha para o marido.

— Trazia? — Luke procura conter o entusiasmo. — A senhora sabe quem?

— Só uma mulher vinha aqui regularmente — responde ela, enfatizando a palavra "mulher".

— Por acaso a senhora sabe quem era?

O marido intervém:

— A esposa do patrão dele, a sra. Lancaster. Vinha muito aqui, até o seqüestro de Emma. Depois disso, não voltamos a vê-la. — Ele hesita. — Era a única outra mulher feita.

A informação provoca uma verdadeira cãibra no cérebro de Luke. Será possível que Joe Allison tivesse um caso com Glenna Lancaster?

— Ela visitava Joe tanto de noite quanto de dia? — pergunta timidamente. Ao mesmo tempo, pensa: por que a expressão "mulher feita"? Linguagem da geração do sr. Wilson, obviamente.

— Às vezes — diz o sr. Wilson. — Não que a gente espione os inquilinos — apressa-se a acrescentar.

— A sra. Lancaster também aparecia quando Nicole Rogers estava aqui? As duas se encontravam?

O sr. Wilson consulta a esposa com o olhar.

— Eu geralmente passo o dia fora, de modo que não saberia responder — explica.

A mulher sacode a cabeça.

— Eu não me lembro de ter visto as duas ao mesmo tempo — diz pensativa. — Esquisito, não? — pergunta a Luke.

— Deve ter sido coincidência.

De volta ao presídio. No mesmo parlatório. Luke está começando a detestar esse lugar, as sujas paredes caiadas, a mesa e as cadeiras descascadas, a lâmpada fluorescente no teto que faz todas as caras ficarem esverdeadas. A sala foi assim projetada com um objetivo: desestimular a intimidade e promover a depressão. Ele sabe porque conhecia bem o projeto quando era o *jefe*. Dá certo, pensa, olhando para o cliente sentado à sua frente.

— Uma pergunta inesperada — diz. Aguarda um minuto para fazê-la, enquanto Allison olha desorientado para ele. — Você tinha um caso com Glenna Lancaster?

O acusado faz menção de se levantar.

— Do que está falando?

Luke lhe aponta o dedo ameaçador.

— Sim ou não? Você dormia com a mãe da menina que o acusam de ter seqüestrado e matado?

Allison vacila antes de responder. Escolhe judiciosamente as palavras.

— Eu não chamaria isso de caso, mas nós tivemos relações sexuais — reconhece. — Algumas vezes.

Luke se enfurece.

— Você dormia com Glenna Lancaster e não me contou? Quanto tempo isso durou?

— Era uma coisa esporádica. Poucas vezes.

— Quanto tempo depois que você começou a trabalhar na emissora?

O rapaz fica um momento completamente imóvel. Então responde num sussurro:

— Alguns meses.

— Alguns meses? Cara, quer dizer que você passou uns... dois anos comendo essa mulher? Não era um caso, era um relacionamento!

— Nem uma coisa nem outra — contesta o presidiário, irritado. — Nós éramos amigos, mas não havia nenhum romance. Jogávamos tênis juntos, fazíamos *jogging* juntos. Esporte em geral. Era isso que nós fazíamos, não ficávamos trepando o tempo todo. Olhe — continua —, fazia anos que Doug Lancaster pulava a cerca por aí, ela sabia disso, mas não queria saber, entende o que eu digo? Um puta estilo de vida, um puta casamento no papel, uma puta influência na comunidade: durante nove anos inteiros. E Glenna engolia o sapo. Era uma situação sem saída. Até que eu apareci, e ela passou a ter uma pessoa com quem conversar. Foi isso que aconteceu. O sexo era casual.

Conte isso para o júri, pensa Luke.

— Quer dizer que, em vez de fazer alguma coisa para salvar o casamento, ela preferiu seduzir você?

Allison dá de ombros.

— É uma mulher bonita. E muito sozinha. A resistência da gente tem limite.

— Muito estreito no seu caso. E você é um mentiroso. Mente para mim desde o dia em que nos conhecemos. O que foi que eu lhe disse para nunca fazer? — Luke faz uma pausa. — Glenna sabia? De você e Emma? Dos tais amassos. Ou era mais do que isso? Agora eu não sei no que acreditar quando você diz alguma coisa.

— Não havia nada além do que eu já lhe contei — declara Allison. — Não, Glenna não sabia do que havia entre mim e Emma. Eu cuidei para que não soubesse, como você pode imaginar. — E continua. — Aliás, pouco antes da morte de Emma, ela estava a ponto de pôr um fim no casamento, independentemente das conseqüências. Nós conversamos sobre isso. Ela chegou a consultar um advogado. — Inclina-se para a frente. — Eu a aconselhei a falar francamente com Doug e resolver o problema de uma vez.

— E também a lhe contar sobre você e ela? — zomba Luke. — Doug Lancaster não só o teria demitido, como o expulsaria da televisão para sempre. Com muita sorte, você acabaria fazendo a previsão do tempo em Nome, no Alasca.

— Eu sei.

— Você continua mentindo para mim. Não tentou convencê-la a falar abertamente com o marido. Convenceu-a a não fazer isso, não é?

O silêncio de Allison conta tudo quanto Luke precisa saber.

— Nicole sabia?

O presidiário sacode a cabeça.

— Não era o fato de eu talvez dormir com Glenna de vez em quando que a preocupava. O problema não era esse.

— Ela estava farta, a ponto de terminar o namoro quando você decidiu ir para o Sul e deixá-la aqui, não estava?

Um aceno triste.

— Era a nossa amizade íntima que a incomodava. O tempo que isso roubava dela. Esta é a verdade.

Luke respira fundo. É uma história absurda.

— Como Glenna encarou a sua partida? — pergunta. — Perder o seu confidente favorito, talvez o único?

— Ficou brava.

— Brava? Ela não ficou furiosa? Não achou que você a tinha enrolado? Não alimentava nenhuma fantasia romântica?

Allison sacode a cabeça com veemência.

— Fazia um tempão que a gente não transava... desde a morte de Emma. Além disso, ela sabia como funciona uma carreira como a minha.

— Pode ser que soubesse com a cabeça, mas isso não significa que achasse tudo ótimo, significa?

O outro faz que não.

— Tudo bem... ela não gostou.

— Pretendia ir visitá-lo quando você estivesse instalado em Los Angeles?

O acusado sacode a cabeça.

— Eu lhe disse que a gente tinha de terminar... a nossa amizade. Começar vida nova, os dois.

— Quanta frieza. Você é um verdadeiro príncipe, Joe.

— Não — diz Allison com secura. — O meu comportamento com Glenna podia ter de tudo, menos frieza. Ela não tinha ninguém a quem recorrer. Durante muito tempo, eu fui o seu salva-vidas, acredite.

Luke se levanta e se põe a caminhar.

— Eu não sei mais no que acreditar. Você nos colocou numa situação terrível, Joe, tenho certeza de que me entende.

— Porque eu menti.

— É. — Luke volta a se sentar. — Eu preciso pensar nisso tudo. Talvez não consiga trabalhar com você como trabalhei até agora.

Allison empalidece.

— Como foi essa história de divórcio? Ela chegou mesmo a consultar um advogado? Você sabe?

— Verifique se não acreditar em mim — responde o presidiário. — O advogado era Walt Turcotte. Foi o que cuidou da parte dela quando os dois finalmente se divorciaram. Vá perguntar a ele. — Faz uma pausa. — É terrível dizer isso, mas a morte de Emma foi uma libertação para Glenna. Uma maneira horrível de acontecer, porém ela acabou conquistando a liberdade para sair do casamento.

Luke desvia o olhar. Quanto custa libertar-se de um casamento ruim hoje em dia? O preço que Glenna pagou foi muito superior a tudo o que ela recebeu em troca.

Walt Turcotte, doutor em leis, graduado com louvor pela Faculdade de Direito da Stanford, é, há vinte anos, o mais preeminente especialista em divórcio da cidade. Sentado à sua enorme escrivaninha de pau-rosa, sorri com cautela para Luke Garrison, um amigo e companheiro nos velhos tempos.

— Atualmente você é a segunda pessoa mais detestada na cidade — observa depois de se cumprimentarem e sentarem-se. E prossegue. — Puxa, quanto tempo, Luke! Eu imaginei que você fosse reaparecer um dia, mas não assim. De amigo para amigo: por que diabo se meteu nisso?

Luke lhe apresenta uma versão resumida. O outro não se deixa impressionar muito pela validez dos motivos, mas aceita-os sem discussão.

— Mais ou menos no segundo ano da faculdade, eu tomei a decisão de não moralizar o meu trabalho — diz. — Todo mundo via o direito como uma espécie de instrumento político, mas, para mim, era o alicerce que mantinha o prédio de pé, sólido e inabalável. Eu não julgo, tento controlar as minhas inclinações. — E toca numa ferida que outros prefeririam evitar. — Ralph Tucker foi vítima de um sistema falível que é melhor do que qualquer outro sistema falível que já experimentamos, portanto eu poderia dormir muito bem com o que aconteceu.

— Eu também achei que podia — responde Luke —, mas descobri que não.

O outro se acomoda na cadeira.

— Você queria conversar comigo sobre Glenna Lancaster?
— Queria.

Turcotte bate o dedo numa pasta no canto da escrivaninha.

— Isto é sigiloso, é claro.
— É claro.
— Eu falei com Glenna hoje de manhã, depois que você telefonou. Ela me autorizou a lhe contar que me consultou, pensando em divorciar-se de Doug, antes do assassinato de Emma. Coisa que me surpreendeu, já que você é o advogado de Joe Allison, mas foi a decisão dela.

Luke percebe logo que ele não sabe. Não sabe que Glenna e Allison eram amantes. Precisa ser cauteloso, não é o momento de contar nada ao colega. Ele o expulsaria do escritório se ficasse sabendo do *affaire*.

— Talvez Glenna não acredite que Allison seja culpado — diz Luke com cuidado. — Segundo ele, os dois eram bons amigos. É claro que ela quer vingar a morte da filha, mas não no homem errado.

O outro fica muito sério.

— Duvido. Mas ela me autorizou a informá-lo sobre parte da história. Portanto diga: o que quer saber?

— Glenna Lancaster discutiu o divórcio com você antes da morte de Emma? — O *affaire* continuará oculto, pelo menos por enquanto.

Turcotte faz que sim.

— Discutiu.
— A sério ou só para se informar?
— Foi a sério. Na verdade, ela queria crucificá-lo. Dada a situação financeira deles, teria conseguido perfeitamente. Aliás, conseguiu quando por fim se separaram.
— E tinha um motivo específico? Ou motivos?
O outro hesita um pouco antes de responder:
— Adultério.
— Doug estava envolvido com outra mulher?
— Com outras. No plural.
— Algum nome que você possa me dar?
O advogado de Glenna reflete sobre o pedido.
— Nós estamos indo longe demais, Luke — diz, sacudindo a cabeça. — Não entendo que relação isso pode ter com a sua estratégia de defesa.
Luke quer a informação, por isso toma uma decisão.
— Se eu lhe contar um segredo grave, obscuro, escabroso, você me conta outro?
— Depende da qualidade da informação.
— Fica só entre nós, Walt. É rigorosamente confidencial.
Turcotte vacila.
— Tudo bem.
— Doug Lancaster me fez uma oferta substancial para desistir da defesa de Joe Allison.
O advogado fica boquiaberto.
— Não diga!
— Digo, sim. No interesse da Justiça, é claro. — Tendo jogado a sua grande cartada, Luke se encosta na cadeira. — E agora? O que você me dá em troca?
— O que você quer? — pergunta Turcotte cautelosamente.
— Glenna pôs um detetive particular no encalço do *affaire* de Doug?
Ele faz que sim.
— Vários.
— Descobriram alguma coisa? — Luke aproxima o rosto do de Turcotte. — Vou lhe contar por que eu estou perguntando. Se Doug Lancaster andava galinhando por aí, quem há de saber a que tipo de gente se ligou? Digamos que está comendo uma putinha qualquer que sabe que ele é podre de rico, e ela tem um namorado da pesada que acha que o papai vai pagar uma fortu-

na pela filhinha; então o tal namorado seqüestra Emma, a coisa dá em merda sei lá por que e Joe Allison acaba pagando o pato. — Torna a se reclinar na cadeira. — Aconteceram coisas esquisitas. Eu vou levantar cada pedra da Califórnia se achar que há alguma coisa escondida embaixo.

O outro suspira, impressionado com a paixão do raciocínio de Luke.

— Certo — concorda. — Eu posso ajudar. Não que vá ajudá-lo no caso propriamente, mas tenho informações a lhe dar.

— Obrigado. A propósito — diz Luke, lembrando-se da outra parte de sua expedição —, Glenna Lancaster alguma vez lhe contou que ela estava saindo com alguém? Já que não recebia tanta atenção do marido quanto queria? Algum interesse amoroso secreto que ela andava cultivando? — Ele precisa saber se o colega sabe de Glenna e Joe, o casal clandestino favorito dos Estados Unidos.

Turcotte confirma com um gesto lento.

— Havia uma pessoa.

— Você sabe quem?

— Ela não quis me contar. Por quê? Você acha que esse cara, fosse quem fosse, podia ter outros contatos? Algo semelhante à teoria sobre Doug Lancaster?

— Não — mente Luke. — Eu só estava pensando. — Quando Turcotte ficar sabendo, será o fim da amizade, uma das poucas que lhe restam.

Turcotte pega a pasta de documentos.

— É a cópia dos relatórios dos detetives de Glenna Lancaster. Eu a quero de volta e ninguém pode saber que está com você. Não pretendo manchar a minha reputação, mesmo com a autorização da minha cliente. — Tamborila os dedos nos relatórios. — A maior parte não foi confirmada... Doug não era bobo, sabia encobrir seus rastros. — Entrega a cópia dos relatórios por cima da escrivaninha.

Luke os guarda na pasta de documentos.

— Ninguém vai saber de nada.

Turcotte o acompanha até a porta.

— Como eu disse, foi bom revê-lo. Cuide-se. E não se martirize pela causa. Ela não vale o sacrifício.

* * *

Os relatórios dos detetives de Glenna Lancaster são bons. Mostram, num período de anos, o comportamento adúltero regular e constante de Doug Lancaster. Mas são relativamente antigos — os mais recentes têm mais de um ano — e, para os olhos experientes de Luke, estão longe de representar uma pista fresca. No entanto, uma coisa que acionam em sua mente é a constatação de que trair a esposa foi o *modus operandi* do marido durante muito tempo. Conforme os relatórios, praticamente toda vez que viajava, Doug Lancaster se encontrava com uma amante, paralelamente ao negócio legítimo de que estava cuidando. De modo que é lógico que, também na noite em que Emma foi seqüestrada, quando seu pai estava viajando a negócios, ele deve ter se encontrado com uma mulher.

Uma coisa é certa, Luke quer saber onde Doug Lancaster esteve naquela noite. Custa-lhe conceber um homem envolvido com o seqüestro e o assassinato da própria filha, mas não seria a primeira vez. Todavia, se Doug estava nos braços de outra, tem um álibi para a ocasião. Por feio e sórdido que seja, por mais que ele venha a perder pontos na simpatia geral, será melhor que a alternativa.

Luke também tem outro motivo para verificar isso, um motivo pessoal em eterna fermentação: a tentativa grosseira e insultante de suborná-lo. Quanto mais pensa nisso, mais se convence de que essa atitude foi simplesmente desprezível: o gesto de um superior para um inferior, do patrão para o empregado. De rei para servo é a melhor analogia, para ser brutalmente franco.

Sem dúvida, o homem perdeu o que tinha de mais precioso na vida, sua existência ficou definitivamente prejudicada. Luke teria pena de qualquer um nessa situação, amigo ou inimigo. Mas a idéia de que ele ou qualquer advogado se disporia a abandonar um caso em troca de um cheque é ultrajante. E o que a torna particularmente ultrajante é o fato de Doug Lancaster ter pensado — mais do que isso, ter acreditado — que ele aceitaria. Ou seja, o fato de que Luke Garrison passou a ser um tremendo canalha aos olhos da comunidade.

A auto-estrada da Costa do Pacífico, sobretudo o trecho entre Oxnard e Malibu, é um dos melhores passeios de motocicleta da Califórnia. Viajando entre o oceano e as montanhas de Santa Monica, o motociclista passa por diversas praias que são a glória dos surfistas, dos campistas, dos caminhantes, dos voleibolistas; o sol é um manto dourado a brilhar na superfície da água; o ar fresco, limpo e envolvente, cheira a sal e a vida marinha; e os corpos femininos e masculinos causam admiração: são os adoradores do sol da Califórnia, todos bronzeados e esguios, pisando a areia, nela estendidos ou entregues ao mar. As praias douradas da gente dourada do Estado Dourado.

A bordo de uma Triumph de colecionador, o viajante se sente parte integrante da vida que o rodeia, parte de um todo. Luke sabe disso: quantas vezes fez o trajeto ao longo dos anos? Este, juntamente com o percurso da Autopista 1 rumo a Big Sur, é o seu predileto.

Mas uns covardes destroçaram a sua moto, e ainda não lhe foi possível comprar outra. Quer a máquina certa, coisa que leva tempo para ser encontrada. Além disso, ainda está de luto pela velha e saudosa Triumph. Não lhe vai profanar a memória substituindo-a em tão pouco tempo. Por isso viaja num Toyota alugado. Todas as janelas estão abertas, ele sente o ar no rosto, mas não é a mesma coisa.

A única vantagem de ir de automóvel, e não de motocicleta, é que, nesta, o viajante fica cem por cento comprometido com a viagem; é preciso, do contrário arrisca figurar em estatísticas funestas. De carro, pode deixar o pensamento voar.

É justamente o que Luke faz: rumina a hipótese que o levou a pegar a estrada de Los Angeles essa manhã.

É um cenário perigoso. Aceitá-lo significa acreditar, bem mais do que antes, na afirmação de Joe Allison, segundo a qual ele foi vítima da armação de outra pessoa, do verdadeiro seqüestrador/homicida. E implica fazer algo que Luke sempre detestou: pôr a vítima no banco dos réus. Só um advogado de defesa desesperado pensaria em tal coisa. Mas, no momento, ele não tem outro rumo a tomar.

Sua hipótese são as seguintes:

1. Emma Lancaster conhecia o seqüestrador. *(E não era Joe Allison. Se Luke, o seu advogado, não acreditar nisso, ele está morto.)* Sem opor resistência, ela permitiu que ele a enrolasse num cobertor e levasse. Aliás, não foi um seqüestro. *Para Luke, isso é inquestionável.*

2. Emma Lancaster estava grávida; *isso já se sabe.* Resta saber se quem a engravidou foi o mesmo que a levou consigo.

3. Alguém andava trepando no gazebo. É sensato deduzir que Emma e seu amante tiveram alguns encontros ali.

Aqui vem o grande salto:

4. O amante de Emma *não sabia* que ela estava grávida. Ela o informa naquela noite. Talvez o pressione, ameaçando levar o fato a público. Ele entra em pânico e a mata.

Esse é o cenário número um. Há ainda o número dois.

1. Uma vez mais, Emma conhecia o "seqüestrador", mas ele *não era* seu amante.

2. Quem a tirou do quarto sabia que ela estava grávida.

3. O seqüestrador a levou para fazer aborto, usando o "seqüestro" para explicar a ausência da menina.

4. Algo inesperado sucedeu, com ou sem referência à gravidez. O "seqüestrador" a mata etc.

Os dois cenários têm sentido, o que significa que podem ter ocorrido, embora, para Luke, que neles pensa em meio a uma ensolarada viagem pelo litoral, pareçam pateticamente forçados. A idéia de Emma ter sido levada para fazer aborto é desvairada, já que estava com duas amigas no quarto. Mas talvez o aborto já estivesse marcado e ela só se lembrou das amigas depois; tarde demais para desistir.

Esse, porém, não é o problema mais grave. O verdadeiro problema de ambos os cenários é que todos os critérios se encaixam facilmente em Joe Allison, literalmente o amante da mãe dela.

No primeiro, Joe Allison, por mais que o negue, podia também ser amante de Emma Lancaster. E quem sabe a engravidou: as camisinhas cor-de-rosa estavam em falta na farmácia, e Joe a traçou assim mesmo, com conseqüências desastrosas. Ele não sabia da gravidez; ela lhe contou aquela noite e manifestou a intenção de também contar ao pai, o patrão dele. Joe se cagou todo e fez o resto.

Ou, numa combinação dos dois cenários, ele sabia da gravidez de Emma, levou-a para tirar a criança, o resultado foi ruim e o fim também.

E mesmo que o cenário número dois seja verdadeiro, pode ter sido Joe. Emma tem muito medo e vergonha de contar aos pais que está grávida. Conta a Joe, que concorda em ajudá-la. Algo terrível acontece, ele entra em pânico e assim por diante.

O chaveiro da menina foi encontrado no carro de Joe Allison. Isso é indiscutível. Em sua casa, apreenderam camisinhas da mesma marca das achadas na propriedade dos Lancaster, coisa igualmente incontestável. O fato de ele não usar camisinha com Nicole, sua namorada, não faz senão piorar as coisas.

Allison e Emma se conheciam. Passavam muito tempo juntos. Ele era desejável; ela, uma fruta muito madura e tentadora para não ser colhida. A natureza fez a sua parte. Humbert e Lolita. O casal perfeito para a imprensa sensacionalista.

Alguma vez Emma Lancaster foi à casa de Allison sozinha, sem a mãe? Luke precisa esclarecer isso com o seu cliente. Devia ter feito essa pergunta aos Wilson. Terá de voltar lá.

O cenário número dois também apresenta problemas para Allison. Se não fosse ele, quem era o amante de Emma? Quem era o homem misterioso que ela conhecia e em quem confiava a ponto de se deixar levar do quarto na presença das amigas?

A lista assusta. Os que trabalhavam na casa? Um pastor? Um professor de educação física?

Seu pai?

Acaso Doug Lancaster sabe que a filha está grávida e a leva para fazer aborto? Isso parece totalmente absurdo e desnecessário. Ele não a tiraria sorrateiramente do quarto na presença de outras meninas, arriscando ser visto; podia perfeitamente sair da cidade com a filha, ir a Los Angeles ou a San Francisco, mandar fazer o serviço sem medo de que fossem descobertos e voltar para casa sem que ninguém ficasse sabendo. E, depois, ele esconderia o cadáver da própria filha a quilômetros de distância, deixando-o abandonado, apodrecendo, em vez de sepultá-lo adequadamente? Só um monstro seria capaz disso, e Doug, por mais que Luke tenha restrições contra ele, não é um monstro. É?

Ele precisa saber onde esse homem estava naquela noite.

Palms é um encrave operário, na Zona Oeste de Los Angeles, espremido entre as regiões aristocráticas de Westwood, Cheviot Hills e os estúdios cinematográficos de Culver City. Bairro tão antigo quanto a própria Los Angeles, está estagnado há décadas, sem melhorar nem piorar. Um lugar onde se mora e se trabalha, sem nada especial.

O local, um modesto restaurante mexicano, fica numa rua lateral do trecho mais pobre da região. Tem movimento apenas suficiente para não fechar as portas.

O irmão do proprietário, o homem com quem Luke veio conversar, encontra-se a uma mesa no fundo do pequeno salão. A freguesia da hora do almoço, seja ela quem for — gente que trabalha por ali e quer uma refeição rápida e barata — já veio e já foi embora. Não há ninguém, só mesmo o irmão do proprietário, debruçado sobre uma lata de Tecate. A julgar pela roupa — camisa branca desabotoada, gravata-borboleta torta, calça preta, sapatos pretos —, deve ser o garçom. Sua cabeleira preta e densa começa a alguns centímetros das sobrancelhas e, graças a uma generosa quantidade de gel fixador, conserva-se eternamente penteada.

Luke se apresenta.

— Você é Ramón Huerta? — pergunta, ocupando uma cadeira em frente ao homem.

Um leve movimento da cabeça. Um gole de cerveja.

— Obrigado por me receber.

Um dar de ombros.

— De nada. — Olha para ele com ar interrogador e ergue a lata de cerveja.

— Claro que sim. Obrigado.

Huerta tira uma cerveja da geladeira de porta de vidro, atrás do balcão.

— Você pode beber em serviço? — pergunta. Tem o sotaque típico do leste de Los Angeles. O sotaque mexicano local, não o dos imigrantes.

— Em serviço? Eu não sou da polícia — explica Luke. — Você me acha com cara de tira?

O homem sacode a cabeça.

— Quer dizer, a negócios. Quando está trabalhando.

— Tudo bem — sorri Luke. — Eu sou autônomo, faço o meu próprio regulamento.

— Sorte sua, cara. — Huerta toma um gole da cerveja, quase com volúpia, o dedo mínimo esticado. — Eu não trabalho para mim, agora sou empregado do meu irmão. Tenho de fazer o que ele manda. — Pelo modo como diz isso, o que o irmão o manda fazer não deve ser muito divertido.

— Mas é melhor que trabalhar no Shutters, não? — O Shutters on the Beach é o hotel de luxo da avenida Ocean, em Santa Monica, onde Doug Lancaster estava hospedado quando Emma desapareceu.

— O Shutters dava mais dinheiro — diz o garçom, olhando fixamente para ele. — Sobretudo nas gorjetas. Mas eu não trabalho mais lá. — Enruga a testa ao dizer isso.
— Foi demitido?
Huerta faz que sim. Desvia o olhar, a lata de cerveja nos lábios.
— Por quê? — Se o cara tiver um processo nas costas, pode ter sido uma viagem perdida.
— Disseram que eu dei em cima de um dos hóspedes.
— Você assediou uma mulher? — A coisa não está começando bem.
— Um homem — corrige Huerta sem mudar a inflexão de voz. Olha para Luke. — Eu tenho cara de veado? — pergunta em tom desafiador.
Pode ser, pensa Luke. E daí?
— Não — diz. — Não acho.
— Eu não sou mesmo — diz o outro com hostilidade. — O cara estava bêbado. Ficou bravo, dizendo que eu tinha demorado muito para levar o carro para ele. E me mandaram embora. — Mais um dar de ombros, mais um gole de cerveja. — Lá se foram as boas gorjetas. — Olha à sua volta. — Gorjeta nenhuma agora.
— É uma pena.
— Eu mandei o meu currículo para o Miramar, o Holiday Inn, o Hilton. Um deles vai me contratar. Qualquer um serve, contanto que eu saia daqui — diz o garçom com voz mais calma, olhando para trás, para a cozinha, nos fundos. — Os hotéis sempre precisam de manobristas com experiência. Eu sou bom nisso. Em todo caso, o pessoal do Shutters tem preconceito — acrescenta, terminando a cerveja e amassando a lata na mão, uma demonstração de virilidade para Luke. Levanta-se e se serve de mais uma. Volta a sentar-se.
Preconceito contra os empregados latinos?, pensa Luke. O hotel não agüentaria uma semana com essa atitude.
Ele passa ao que interessa:
— Você estava trabalhando no Shutters na noite em que Emma Lancaster foi seqüestrada? — pergunta.
Huerta o encara. A seguir, estende a mão, a palma voltada para cima.
Luke pega a carteira, tira dela uma nota nova de 100 dólares e a coloca na mão estendida: o preço que o outro cobrou, pelo telefone, para conversar com ele. Sempre mal-humorado, o gar-

çom olha bem para o dinheiro, ergue-o contra a luz, fingindo verificar se não é falso, dobra-o e o guarda no bolso da camisa.

— Hora-extra — confirma. — O meu turno regular era de noite, mas um cara ficou doente, e eu peguei o dele. O da manhã.

— Quer dizer que você passou a noite toda lá? — Luke toma um trago da cerveja. Está gelada, o gosto metálico da lata lhe pica a garganta. É uma sensação agradável.

— Das cinco da tarde até as dez da manhã do dia seguinte. Foi um saco. Acabei dormindo no quarto de um camareiro, porque não dava tempo de ir para casa dormir, trocar de roupa e voltar às cinco horas. Mas fiz turno duplo — gaba-se o homem, recordando.

— Passou a noite toda cuidando do estacionamento. Não saiu de lá?

— Só para mijar. Cinco minutos. Fiquei lá o tempo todo, vi tudo o que aconteceu — declara o garçom.

— Portanto estava lá quando o sr. Lancaster saiu à noite.

— Saiu, voltou, saiu, voltou. E saiu.

— Lembra quando ele saiu e voltou? Os diferentes horários?

— Saiu às sete, voltou às onze. Lá pelas onze e quinze — diz com mais precisão.

— Tem certeza? Isso foi há mais de um ano.

Um decidido gesto afirmativo.

— Certeza. O sr. Lancaster ficava muito lá. Dava boas gorjetas. Você não esquece as pessoas que o tratam bem, todo mundo as quer. Eu fazia questão de ser legal com esse cara, ele até me chamava pelo nome.

Ótimo. Luke anota isso.

— Eu me lembro muito dessa vez porque passou na televisão o dia inteiro — prossegue Huerta. — Não saiu mais da minha cabeça.

Tem sentido.

— E a segunda vez?

— Saiu à uma, mais ou menos à uma e dez. Eu me lembro porque estava assistindo ao "Saturday Night Live", no nosso posto de comando, no saguão da frente, e ele ligou para a recepção, pedindo o carro, bem quando ia terminar o programa. Dali a pouco, desceu.

— Você foi buscar o carro para ele?

Um aceno.

— Quando ele voltou depois disso?
— Às nove e quinze da manhã.
Isso é crítico:
— Tem certeza?
— Positivo — responde o ex-manobrista. — Eu lembro que olhei para o relógio porque não agüentava mais ficar de pé àquela hora. Chegou apressado, pulou do carro, disse que não era para levá-lo para a garagem, porque ele só ia trocar de roupa e sair.

Entre uma da madrugada e nove da manhã, Doug Lancaster não ficou no seu quarto de hotel. O que contradiz seu depoimento à polícia.

— Você se lembra de como ele estava? — pergunta Luke. — Quando voltou às nove horas?

Huerta sorri.
— Acabadão.

Onde Doug Lancaster terá ficado da uma da madrugada até as nove da manhã? Luke faz uma careta ante a idéia de investigar isso, mas é o que terá de fazer, não tem escolha.

— Quando ele voltou pela terceira vez para pegar o carro?
— Uns vinte ou 25 minutos depois.
— E como estava?
— Melhor. Tinha trocado de roupa.
— Roupa de golfe?

Huerta pensa.
— Pode ser. Estava com roupa esporte.

Luke toma o último gole de cerveja e põe a lata na mesa.
— Obrigado pelo tempo que perdeu comigo — diz. — Eu fico agradecido.

O homem bate no bolso da camisa, onde está a nota de cem dólares.
— Sempre às ordens.

Luke se levanta, aperta-lhe a mão. É macia. — O cara deve usar creme hidratante. Vai para a porta. Empurra-a. Huerta grita às suas costas.

— Lembranças ao sr. Lancaster. Diga que eu estou com saudade.

Riva também andou por aí, atrás de informações sobre Emma Lancaster. Grávida aos catorze anos, é duro. Mas todo mundo está cansado de saber que as adolescentes sofisticadas são promíscuas. A prova é que ela deu em cima de Allison.

Não faltam perguntas. Por exemplo, o que é que seus pais sabiam? Riva é da opinião de que não sabiam de nada. A maioria das meninas dessa idade, sobretudo da extração social de Emma, não revela sua vida aos pais, tem medo de sua reação. Mas se abrem com as amigas, e estas contam a outras amigas, e o mundo fica conhecendo os subterrâneos da adolescência. Às vezes uma professora simpática acaba descobrindo, ou a garota a procura em busca de conselho e apoio adultos.

A gravidez de Emma ainda é um segredo e continuará sendo até o julgamento, embora circule todo tipo de boato e história desde que o laudo da autópsia retornou. Quando chegar ao conhecimento público, o fato de que estava grávida causará sensação no tribunal. Não necessariamente positiva para o cliente de Luke.

É delicado tentar revelar esse tipo de coisa. Se ela e Luke conseguirem descobrir com quem Emma transava, pode ser que Allison seja posto em liberdade. Era um só homem (ou rapaz) ou mais de um? Tenha sido quem for, alguém engravidou Emma Lancaster: não foi obra do Espírito Santo. Com toda certeza, quem plantou a semente é o verdadeiro assassino. O que significa que o homem ou rapaz — supondo que não tenha sido Joe Allison — ainda está solto por aí. Provavelmente continua morando na região e decerto acompanha com atenção os desenvolvimentos, na esperança de que resultem na condenação e no encarceramento de Joe Allison pelo crime.

Quem andava dormindo com Emma Lancaster? Todos, na polícia, pensam que era Joe. Suas camisinhas coincidiam com as do gazebo. É uma prova perigosa: já se obtiveram condenações com menos do que isso. É tão comprometedora que parece inútil tentar combatê-la.

Mas é o que lhes resta fazer se quiserem ter uma chance de ganhar esse caso. E Riva precisa conservar a mente aberta e ser otimista, do contrário acabará sabotando o homem a quem ama.

Se estivesse viva, agora Emma Lancaster estaria concluindo a nona série. Se estivesse viva, estaria se preparando para ingressar na Bolt School, o prestigioso colégio preparatório, em

Summerland. Já se inscrevera antes de ser assassinada e, com as boas notas que tirava e a influência de seus pais na comunidade, seria aceita sem a menor dificuldade. Participaria do grupo seleto de alunos externos que recebem todos os benefícios do colégio, mas dormem em sua própria cama, sem ter de compartilhar um dormitório lotado. Nos fins de semana, levaria os colegas para casa, onde sua mãe os papariacaria e alimentaria muito bem.

Se Emma estivesse viva, seus pais lhe dariam um automóvel em seu décimo sexto aniversário. Não um carro de luxo: o estilo da Bolt é discreto. Um Volvo, um Jeep ou um Honda usado, um veículo lento e seguro. Ela daria carona aos colegas, levá-los-ia a Santa Barbara nos fins de semana, tirando-os do *campus* para quebrar a monotonia.

Seria benquista; sempre foi, desde o jardim-de-infância. A maioria dos adolescentes ainda não namoram no nono grau, viajam em grupos, rapazes e moças misturados. Mas ela namoraria alguns garotos, calouros e veteranos. Já tinha perdido a virgindade. Estava mais adiantada que a maior parte dessas meninas inteligentes e protegidas.

O ponto de encontro dos jovens que andavam com Emma, os que atualmente freqüentam a Bolt, é a confeitaria do *Shopping* Carpinteria. Riva se senta a uma mesa do fundo, com uma xícara de café-com-leite, longe do balcão, onde os fregueses fazem fila para comprar as fichas. Entram e saem adolescentes, mais garotas que rapazes, comprando bebida, conversando e rindo alto, comparando histórias, observações, fofocas. É fácil distinguir os alunos da Bolt dos outros.

Essas meninas são mulheres, pensa Riva, olhando para elas. Emma estaria aqui com as colegas. Seria o centro das atenções e gostaria muito disso. Tendo já passado pelo primeiro rubor da sexualidade emergente, acharia a vida mais fácil, sem ter de provar nada, nem mesmo a sua feminilidade.

Ou talvez estivesse totalmente descompensada. Começou muito cedo. Bem, eu também comecei, pensa Riva. Tinha quinze anos quando perdi a virgindade. Como tantas outras garotas.

A essa altura, nada seria mais natural em Emma: se gostasse de um homem ou de um rapaz, dormiria com ele. Bastaria tomar certas precauções.

A mocinha que ela espera entra na confeitaria. Vem com um grupo de colegas. São todas da Bolt — duas delas vestem o agasalho do colégio. Pedem *cappuccino* com creme *chantilly* bem batido.

Ela avista Riva. Pede licença às colegas, aproxima-se e senta-se à sua mesa.

— Olá, Hillary — diz Riva em tom amigável, acolhedor.

— Olá, srta. Montoya — sorri a adolescente. Sente-se à vontade com Riva.

Hillary Lange é a menina que, juntamente com Lisa Jaffe, estava dormindo no quarto de Emma na noite em que esta desapareceu. Era a sua melhor amiga. As duas cresceram juntas, freqüentaram as mesmas escolas desde o jardim-de-infância. Se havia alguém que conhecia a vida secreta de Emma, calcula Riva, só podia ser ela. Há semanas que vem cultivando a garota: freqüentando a confeitaria, aproximando-se pouco a pouco, encontrando-se casualmente com ela no *Shopping* Paseo Nuevo, no centro de Santa Barbara, nos fins de semana. Hillary sabe quem é Riva, sabe que está envolvida com o processo de homicídio. Esta teve o cuidado de não a assustar. Afinal, trabalha na defesa do homem acusado de ter assassinado a sua melhor amiga.

A curiosidade é uma grande sedutora; compartilhar um segredo é outra; a lisonja completa o trio. Combinadas, essas três graças são irresistíveis, sobretudo quando a pessoa tem quinze anos e o mundo adulto a convida a participar de algo muito especial, algo a que só ela tem acesso. Pouco a pouco, Riva atraiu Hillary à sua teia, conversando com ela sobre a escola, sobre o caso, admirando a sua sofisticação e a sua maturidade em comparação com as garotas da mesma idade, conquistando gradualmente a sua confiança. Hillary sabe que não devia falar de Emma com Riva: Riva é a inimiga, trabalha para o advogado que todo mundo detesta e que quer tirar o assassino de Emma da cadeia. Mas a exclusividade e a delícia da situação são demais para que possa resistir; ela sabia da vida ousada e maluca de Emma, de suas incursões ao mundo do sexo com homens adultos.

— E o colégio como vai?

— Vai indo. Tenho prova de física amanhã e vou passar a noite estudando.

— Não é trabalho demais para a nona série? — Riva pergunta, fazendo-se simpática. — No colégio, eu nunca passava a noite estudando.

A menina dá de ombros.

— Todo mundo faz isso. É a Bolt.

Riva examina a confeitaria. Algumas colegas de Hillary olham com curiosidade na sua direção, mas elas não são o foco de atenção. As outras não sabem quem ela é. Hillary quer conservar só para si essa relação, esse segredo, esse seu *status* particular.

— Podemos falar sobre Emma? — pergunta Riva em voz baixa, tratando de ir ao que interessa.

— Claro. — Hillary passa o dedo na borda da xícara. — O que a senhorita quer saber?

— Você sabe quem era o homem com quem Emma estava transando?

Chegaram até aí nas conversas anteriores: que Emma não era virgem, que Hillary sabia disso, que Riva estava informada de tudo. Mas não se mencionou o laudo da autópsia.

A adolescente sacode a cabeça.

— Ela nunca me disse o nome dele.

— Mas contou se era um homem mais velho? Ou um dos colegas de vocês?

— Era um homem. Os garotos que nós conhecemos... conhecíamos... eram muito devagar para Emma.

— Ela lhe contou alguma coisa sobre ele?

— Eu acho... acho que Emma era a *baby-sitter* dos filhos dele. — Enfia o dedo na boca e chupa o creme *chantilly*.

Ótimo! Então não era Joe. Palavra que a informação é importantíssima.

— Você sabe quando eles começaram? Emma e esse homem?

— Acho que mais ou menos no começo da oitava série. Talvez no verão anterior.

Emma acabava de completar catorze anos. Não perdeu tempo.

— E será que era só ele? — Riva pergunta com cautela.

Hillary hesita antes de voltar a falar.

— Eram mais do que um — segreda.

— Mais do que um? — Meu Deus! A garota não brincava em serviço mesmo. — Você sabe quantos?

A adolescente sacode a cabeça.

— Acho que era só mais um.

— Ela não contou nada sobre ele?

Outro gesto negativo.

— Bem, disse que era um cara bonito. Que tinha um carro superlegal.

Joe Allison é de capa de revista. E tem um Porsche: sem dúvida, um carro superlegal.

Mesmo assim, já é um progresso. A menina tinha múltiplos amantes e será fácil achar pelo menos um deles.

— Mas Emma não lhe contou quem era?

— Não, nunca.

Riva afasta o café-com-leite. Já está frio.

— Obrigada por ter conversado comigo — diz com sinceridade.

— Eu não vou criar problemas para Emma, vou? — pergunta Hillary, subitamente inquieta.

Ela morreu, meu bem; está fora do alcance de qualquer problema que você possa criar. Mas Riva sabe o que a menina está querendo dizer. A lembrança, a imagem idealizada de Emma, tal como as pessoas pensavam que era.

— Não — mente. — Ninguém vai ficar sabendo da nossa conversa.

— Obrigada — anima-se Hillary, sentindo-se aliviada. — Emma era muito boa gente — diz com ar sério, querendo convencê-la. — Só que...

— Ela era uma garota e tanto — garante Riva. — E é assim que vai ficar na lembrança de todo mundo.

No caminho de volta, Luke pensa no que fez hoje. Entrevistou testemunhas, colheu informações: ossos do ofício, nada que ele já não tenha feito mil vezes. É claro que agora está muito mais envolvido. Quando ocupava o cargo de promotor distrital ou tinha uma função importante no Ministério Público, era mais administrador que advogado. Mexia com papéis e tomava decisões. Nesse aspecto, o trabalho compensava mais. Ele estava lá, era o homem certo, o show era dele.

Mas não é disso que se trata. Trata-se do direito, da sua atitude para com ele, trata-se do modo como lida com a profissão. Não teve nenhuma revelação divina que o levasse a acreditar que o mundo não passava de um antro de corrupção, que as prisões estavam cheias de inocentes e que ele foi predestinado a conter a maré. Não. Sabe que quase todo mundo que está na cadeia devia estar, sendo as únicas exceções os pequenos larápios, os pés-de-chinelo sem eira nem beira.

A grande questão são os métodos: quais fins justificam quais meios. Sim, o velho Luke Garrison teria pago a um informante o equivalente a uma propina. Às vezes é preciso. Ninguém sai prejudicado — ninguém que não deva —, e a informação pode ser útil a Joe Allison, o seu cliente, que é a sua preocupação principal.

Foi isso que ele fez. Não podia pecar por omissão.

Tinha bons motivos para agir como agiu, motivos plenamente justificáveis. Não quer que a acusação e, com ela, Doug Lancaster saibam que ele está seguindo essa linha de investigação. Não quer dar a Doug a oportunidade de encobrir seus rastros, caso precisem ser encobertos. Tampouco quer que o escritório de Ray Logan venha a saber que ele está trilhando esse caminho particular; prefere ocultar tudo até o último minuto possível.

São razões justas e legítimas para mascarar suas atividades. Mas não lhe agradam os meios pelos quais chegou ao fim. Estão abaixo dele; ou, se não estão, deveriam estar.

A outra razão que o levou a agir assim foi a animosidade que sente por Doug Lancaster. Continua com a tentativa de suborno atravessada na garganta. E, embora tenha dito a Riva que não acreditava que Doug estivesse envolvido na destruição de sua moto, no fundo, acha que sim. Coisa que lhe dá mais ódio ainda.

Porém há um motivo ainda mais profundo para que tenha decidido conservar Doug Lancaster tanto quanto possível no escuro. A regra informal aceita por toda promotoria pública do país é a seguinte: quando uma criança é assassinada e não há prova do contrário, presume-se primeiramente que a culpa é da família. E a maior parte das vezes o assassino é mesmo um parente.

Ele não sabe onde Doug se encontrava nem o que fazia na noite em que sua filha foi tirada do quarto e, subseqüentemente, assassinada. Dado o seu histórico, é bem provável que estivesse na cama de alguma mulher. Mas, até agora — e, à parte o próprio Doug, Luke decerto é o único a saber — não há explicação para isso. E Doug mentiu descaradamente para a polícia quanto a esse detalhe, o que o torna ainda mais suspeito.

Mas, e se ele não estivesse nos braços de uma mulher naquela noite fatídica? Às vezes, para fazer um trabalho bem-feito, a gente é obrigada a pensar o impensável. Emma Lancaster foi tirada do quarto sem opor resistência. Conhecia o seqüestrador, foi com ele voluntariamente. Estava grávida, com toda certeza por obra do homem que a levou.

Doug sabia que a filha estava grávida? Conforme o inquérito policial, ficou tão assombrado quanto Glenna ao tomar conhecimento de que a menina era sexualmente ativa. Mas e se já soubesse? Como teria reagido? É um marido tão distante da mulher que esta anda pensando em divórcio, o que significa que decerto eles não têm relações sexuais. Sua filha é bonita, atraente, está se tornando mulher diante dos seus olhos. Estará se tornando um objeto de desejo também?

A idéia assusta, dá o que pensar. Mas explica por que Doug foi tão agressivo para impedir que os advogados defendessem Allison: por que outro motivo teria tentado subornar Luke com aquela quantia ultrajante?

Pensar o impensável.

De volta ao escritório, no fim do dia, ele e Riva comparam as informações que colheram.

— Joe Allison estava tendo um caso esporádico com Glenna Lancaster — conta Luke.

Ela o encara.

— O que foi que você disse?

— Allison e Glenna Lancaster eram amantes clandestinos.

Riva não se conforma.

— Como você sabe?

— Meu cliente finalmente me contou — a voz lhe sai carregada de raiva e sarcasmo.

— Isso estraga tudo. — Ela se deixa cair num sofá. — Bem agora que eu estava começando a achar que você teria uma chance.

— É, eu sei. — Luke se senta ao lado dela. — Mas isso não significa que ele matou Emma. — Informa-a da discussão que teve com Allison e dos argumentos com que este garantiu que não estava envolvido com a menina.

— Para mim, é tudo mentira. Como ficamos agora?

Ele sacode a cabeça.

— Sei lá.

Riva se aproxima, seus corpos se tocam.

— O que vamos fazer então?

— Não sei. Preciso pensar. O que você tem para melhorar o meu dia, fora o seu corpo nu na cama, bem perto de mim, e uma boa garrafa de champanhe?

Ela o acaricia.

— Isso fica para depois. — Encosta-se no sofá. — Acontece que eu consegui uma informação que me deixou muito animada até você me dar essa notícia.

— Qual?

— Hillary acha que Emma tinha relações sexuais com dois homens adultos. Um era o pai das crianças das quais ela era a *baby-sitter*...

— Não vai ser difícil descobrir quem é — atalha Luke.

— ...e o outro era um bonitão que tinha um carro todo incrementado.

Luke deixa escapar um gemido.

— Pelo jeito, é o nosso amigo Joe Allison. O mentiroso que jura que estava comendo a mãe, mas não a filha.

Riva concorda com um gesto.

— Eu pensei a mesma coisa quando ela me disse isso. Que a descrição coincide com a de Allison.

— Que legal!

— Mas — ela tenta achar um ponto de luz na escuridão —, acontece que Hillary só sabe por ouvir dizer que o segundo homem tem essa descrição. Eu não achei ninguém que haja visto Emma com um homem que podia ser o amante dela.

— É — diz Luke com dúvida. — Mas, se a gente juntar tudo isso, o resultado não é nada bom. Precisamos descobrir para quem ela trabalhava como *baby-sitter*. — Cala-se um instante. — Há outro homem cuja descrição coincide com a do segundo.

— Quem?

— O pai dela.

— Não é possível que lhe ocorra semelhante idéia. Eu sei que isso acontece, mas...

Luke lhe explica como chegou a tal hipótese.

— Você precisa de provas para levantar essa suspeita — diz Riva, repelindo a idéia com um movimento de cabeça. — Se alegar uma coisa dessas sem ter apoio numa base concreta, qualquer júri fará picadinho de você.

— Onde Doug estava? — ele a desafia.

— Como você mesmo disse: na cama com outra mulher.

— Ele vai ter de abrir o jogo, vai ter de se expor. O que, além de ser muito constrangedor, porá a sua credibilidade em dúvida. É uma merda de álibi para apresentar a um júri.

Riva olha para ele com desconforto.

— Você tem esperança de que ele não consiga, não é? De que não tenha álibi nenhum para aquelas oito horas.

Luke faz que sim.

— É verdade. — Dá de ombros. — Em todo caso, mesmo que Doug tenha o álibi de uma amante, minha outra idéia continua valendo, a de que pode ter se envolvido com uma mulher que armou tudo sem que ele soubesse. Não é tão implausível assim. Aliás, se Joe Allison não fosse suspeito, eu diria que é a explicação mais provável.

Riva sacode a cabeça. Sua expressão é, no mínimo, de dúvida.

Ele passa para o outro ponto:

— E quanto a Glenna? Ela admitiu, para o seu advogado, que tinha um *affaire* com outro. Agora nós sabemos que esse outro era Joe Allison. Mas e se ela tivesse um estepe no bolso do colete, alguém que lhe prestasse o serviço quando Joe não estava disponível? Isso mesmo! Se ela dava para Allison, quem garante que não dava para outros também? Por que ficar num só? — Luke se põe a caminhar de um lado para outro. — O pai anda trepando por aí, a mãe anda trepando por aí, a filha de catorze anos anda trepando por aí e está grávida. Esse julgamento vai acabar virando um circo pornográfico de três picadeiros!

— Eu queria que existisse outra maneira de fazer isso — lamenta Riva. — Não queria que você tivesse de jogar lama em tanta gente. Muito menos em Emma. Ela não pode se defender. Vai acabar passando para a história como uma putinha barata, pouco importa o que tenha acontecido de fato. — Faz uma pausa. — Eu quero vê-lo no alto, Luke, não no esgoto.

Ele pousa as mãos em seus ombros.

— Eu também.

Ela o enlaça e deita a cabeça em seu peito.

— Eu sei que isso pode ficar muito feio e muito sujo... já ficou. Só espero que essa lama não respingue muito em você.

Ele devia ter checado isso quando estava em Los Angeles conversando com Ramón Huerta, o manobrista, mas não checou, ficou muito entusiasmado com que acabava de ouvir para pensar cabal e claramente, de modo que terá de viajar outra vez e dar uma chegada ao Shutters, o hotel em que Doug se hospedou naquela noite.

Encontra-se com o detetive do lado de fora, no estacionamento. Nolan Buchanan se encarregava das investigações para a promotoria distrital quando Luke era o chefão. Inseguro, Ray Logan achou (com razão) que ele era leal a Luke e o pressionou para que se aposentasse mais cedo. Os dois não se amam.

Luke lhe pede o que quer.

— Só? Mas isso você pode descobrir sozinho, chefe.

Luke sabe que pode, mas se descobrirem a trama, arrisca ver-se em apuros.

— Eu fico observando-o do outro lado do saguão — diz.

Buchanan entra no hotel e, com passos confiantes, vai até o balcão da recepção.

— Eu queria falar com o gerente ou o subgerente — pede, mostrando as credenciais. Como os tiras de muitas jurisdições, ficou com uma cópia delas ao se aposentar.

A moça as examina. Anota-lhe o nome. Sem fazer nenhuma pergunta, pega o telefone na escrivaninha de mogno e digita um número. Em poucos minutos, uma mulher de *tailleur*, com os cabelos puxados para trás e presos num eficiente coque, sai do elevador e se acerca.

— Eu sou Noreen Strong, a subgerente. O que o senhor deseja?

— Nós estamos investigando uma quadrilha que falsifica cartões de crédito e, ao que tudo indica, usou os telefones daqui no ano passado — mente o investigador sem a menor vacilação: tem décadas de prática. — As ligações devem ter sido feitas entre as dez da noite e as duas da madrugada. — Luke lhe deu esses horários. Não tem sentido fazer o levantamento de 24 horas de chamadas.

A subgerente tarda alguns minutos para trazer do arquivo, no subsolo, a relação dos telefonemas. Buchanan leva a papelada a uma mesa tranquila, num canto, senta-se e começa a estudar as ligações e os números dos quartos.

Do outro lado do saguão, Luke o observa. Seu ex-detetive anota alguns números, devolve a lista à recepcionista e dá o fora. Luke vai se encontrar com ele. Entrega-lhe duas notas de cem dólares.

— Não precisa.

— Você é um profissional. Se trabalhou, tem de ser pago.

— Dinheiro fácil — sorri Buchanan. — Boa sorte, chefe. — Guarda o dinheiro no bolso e se afasta.

Sentado no carro, Luke examina a informação. Doug Lancaster telefonou duas vezes aquela noite. Uma, pouco depois das onze horas, para casa. A outra ficou registrada no começo da madrugada, às 12:45, para a região de prefixo 310. É perto da praia: Palisades ou Malibu.

Agora ele sabe: Doug Lancaster telefonou para alguém pouco antes da uma da madrugada, então saiu do hotel e só voltou depois das nove da manhã.

Riva segue investigando. Emma Lancaster foi *baby-sitter* de cinco famílias. Ocupou-se com isso nos pouco mais de doze meses anteriores à sua morte. Começou aos treze anos, mas tinha tal ar de maturidade e autoridade que os adultos não hesitavam em lhe confiar os filhos de cinco ou seis anos, durante algumas horas, no começo da noite, para ir ao cinema ou jantar fora. Todas as famílias para as quais trabalhou tinham os filhos no mesmo colégio que ela, o Elgin: conheciam-na e aos seus pais. Embora não precisasse do dinheiro, mesmo aos treze anos Emma gostava de ganhar um pouco com o seu próprio trabalho; desde cedo queria ser independente.

Riva checa as famílias. Duas delas são de mães sozinhas. Em ambos os casos, Doug, Glenna ou um dos empregados a levavam e iam buscá-la de carro. Em duas outras eram as mães das crianças que sempre a levavam para casa: achavam mais conveniente. Só numa das famílias para a qual Emma trabalhava, era o pai que a transportava, não só levando-a para casa, como também indo buscá-la na escola.

Riva decide visitar o negócio do homem, o Tudo Natural, um bem-conceituado empório e restaurante de comida natural, na parte norte do centro da cidade. Faz um pouco de hora, reparando na enorme variedade de queijos oferecida, até mesmo de cabra e de ovelha, da França e da Itália; no impressionante setor de vinhos, onde se pode adquirir tanto a produção local quanto a regional; nas frutas e verduras orgânicas (em toda parte as placas proclamam SEM AGROTÓXICOS); e no longo balcão de carnes, no fundo, onde só se vendem as oriundas de animais "caipiras", criados sem pesticidas na ração.

Até que seria bom um jantar de queijo e vinho. Ela compra meia dúzia de pedaços de diferentes queijos, uma garrafa de *syrah* local e um pé de alface.

— O sr. Fourchet está? — pergunta quando a caixa está embalando a sua compra. O sr. Fourchet é o pai em questão.

— Está lá no fundo — responde a mulher. — Quer que eu mande chamá-lo?

— Se você me fizer o favor. — Riva vai para um canto mais vazio, perto da porta da rua, e aguarda.

Um homem vem dos fundos, perto do balcão de carnes, e se aproxima da caixa, que lhe diz alguma coisa e aponta para Riva. Ele vem na sua direção.

— Olá! — diz, endereçando-lhe um sorriso ensaiado. — Posso ajudá-la em alguma coisa?

Tem mesmo cara de dono de loja natureba. Barbudo, cabeludo, atlético, embora bem magro, com camisa de brim de mangas curtas e calça cáqui amarrotada. Deve ter sido agricultor orgânico antes de se tornar comerciante.

— Eu queria conversar um pouco com o senhor sobre Emma Lancaster.

O sorriso desaparece. Ele olha para os lados como receando que a tenham ouvido.

— O que sobre Emma? — pergunta com cautela.

Riva tinha esperança de apanhá-lo com a guarda baixa, e apanhou.

— Podemos conversar em particular?

Sem ocultar o nervosismo, o homem olha uma vez mais à sua volta.

— Venha comigo.

Atravessando a loja, conduz Riva ao escritório. É um espaço acanhado, repleto, utilitário. Há uma escrivaninha com um monitor e um teclado, um telefone com vários ramais, um aparelho de fax. A única cadeira é muito velha, desgastada, e fica atrás da escrivaninha; junto à outra parede há um pequeno sofá coberto com uma manta indiana. Ele contorna a escrivaninha, dilatando o espaço entre os dois.

— Em que posso ajudá-la, senhora...

— Montoya. Eu trabalho para o advogado de Joe Allison.

Fourchet fica olhando fixamente para ela.

— A se-senhora? — balbucia, perplexo.

Ela confirma com um gesto breve.

— Por que não se senta, sr. Fourchet?

Ele obedece; a cadeira oscila e range.

— Sobre o que a senhora quer conversar comigo? — pergunta com impaciência. — Eu falei com a polícia no ano passado, quando Emma desapareceu.

— Eu quero saber de Emma como *baby-sitter*.

O homem faz que sim.

— Bem, a senhora já deve saber que, às vezes, ela cuidava do nosso filho de sete anos, quando minha mulher e eu queríamos sair durante algumas horas. — Cala-se.

— Ela era uma boa *baby-sitter*? — pergunta Riva em seu rodeio de palavras. — Nunca houve problemas?

— Nunca. Ela era ótima. A única babá que Seth tolerava.

— Os senhores gostavam dela.

— Gostávamos. — Ele faz um vigoroso gesto afirmativo. — Todo mundo gostava daquela menina. Ela era excelente.

— Como o senhor se sentiu quando soube do que aconteceu?

Fourchet faz uma careta.

— Ficamos arrasados, todos nós.

Chega a hora de atacar.

— O senhor pode me contar onde estava na noite em que Emma foi seqüestrada?

Já longe de ser o comerciante simpático e afável, ele a encara com desconfiança.

— Por que isso?

— Eu fiz esta pergunta a todas as famílias para as quais Emma trabalhou. — Uma mentirinha que ele não vai averiguar.

Fourchet endireita o corpo na cadeira.

— Eu estava em Paso Robles, com alguns fornecedores.

— Passou a noite lá?

— Passei. Aliás, fiquei lá desde a véspera do desaparecimento de Emma até o dia seguinte.

— A polícia lhe perguntou onde estava, já que às vezes o senhor a levava para casa quando ela ficava com seu filho?

— Acho que sim. — A tentativa de simular tranqüilidade não dá certo. — Interrogaram todo mundo que a conhecia. Centenas de pessoas.

— Havia ocasiões em que o senhor ficava sozinho com ela. Ia buscá-la ou a levava para casa.

Ele se mostra inquieto.

— Sim.

— Às vezes até ia buscá-la no colégio. Durante a tarde, sendo que ela só ia cuidar do seu filho à noite.

Fourchet começa a falar, sua boca é um oco aberto em meio à barba.

— O senhor foi visto — diz Riva. Não é bem o que Hillary lhe contou, mas quase.

Ele balança a cabeça com desânimo.

— Às vezes ficava mais fácil. Seth sempre estava conosco no carro — afirma. — Os dois freqüentavam o mesmo colégio, o Elgin. Fica em Montecito. — Sabe que está falando demais, porém sua boca já não obedece ao cérebro.

Riva sacode a cabeça.

— Nem sempre. — E o encara.

Com um movimento nervoso, Fourchet afasta uma mecha de cabelos para o lado.

— Quando foi que Emma deixou de ser a *baby-sitter* de seu filho?

— Uns quatro meses antes de ser... — Ele não conclui.

— Antes do seqüestro?

Um gesto afirmativo.

— Por que os senhores a dispensaram, se era a única de quem seu filho gostava?

O homem vira a cabeça, fixando o olhar na parede.

— Minha esposa não quis mais.

— Por quê? — Riva sente o peso do ar estagnado na saleta sem janelas. A sensação de claustrofobia lhe dá vontade de abrir a porta, mas ela se controla. Estão juntos num vácuo que precisa durar ainda.

Fourchet sacode os ombros.

— Não sei. Foi só...

Há um silêncio. Riva espera que ele prossiga. Como isso não acontece, golpeia-o com a pergunta incisiva:

— Sua esposa achava que havia alguma coisa entre o senhor e Emma, não é?

O homem se ruboriza.

— Minha mulher era muito desconfiada. Isso vinha do tempo em que nós morávamos numa comuna e todo mundo era livre para fazer o que quisesse.

— Até mesmo adultos com adolescentes?

— Era uma situação diferente. — Ele começa a respirar com dificuldade. Cobre o rosto. Riva se inclina sobre a escrivaninha, apoiando-se nas mãos.

— Quantos anos tinha Emma quando o senhor começou a dormir com ela, sr. Fourchet?

O comerciante começa a soluçar em silêncio por trás das mãos.

— Quantos anos?

Ele descobre o rosto e fita nela os olhos vermelhos. Está todo coberto de manchas vermelhas.

— Não sei, não sei — sussurra. — Catorze. — Faz uma pausa. — Talvez menos.

Riva endireita o corpo.

— O senhor foi o primeiro?

O suspiro dele é um lamento bíblico.

— Acho que sim.

— Não tem certeza?

— Seu hímen já estava roto — diz ele. — Ela disse que tinha sido cavalgando.

— O senhor acreditou?

Fourchet faz que sim.

— Acreditei. — Torna a mergulhar o rosto nas mãos.

Riva olha fixamente para ele. Sabe o que Emma deve ter passado. Já viveu com um traficante, conheceu o lado sombrio por todos os ângulos. Mas isso é ir longe demais. Não consegue deixar de perguntar:

— Por que o senhor fez uma coisa dessas? Como pôde ser covarde a ponto de seduzir uma menina de treze anos?

A primeira vez foi na loja. Ele e a esposa chegaram uma hora mais cedo — não haviam gostado do filme —, de modo que Emma não tinha pressa nenhuma de voltar para casa. A loja não ficava longe, e ele precisava dar uma olhada no frigorífico, verificar a temperatura, estava preocupado com a carne. Haviam instalado serpentinas novas aquela tarde, era preciso ver se estava tudo em ordem.

— Um minutinho só — disse-lhe. — Pode ficar esperando aqui no carro. — A garota trazia os livros da escola, estava fazendo a lição de casa quando eles chegaram.

— Posso ir junto? Queria conhecer a sua loja.

Usaram a entrada de serviço. Ele acendeu algumas luzes. O estabelecimento vazio se iluminou, espaços claros e escuros a projetarem longas sombras listradas nas paredes.

— Fique à vontade. Eu não demoro. — Abriu a pesada porta do frigorífico e entrou.

O motor ronronava suavemente. Ele percorreu com os dedos as fileiras de peças de carne de boi, de cordeiro, de porco, todas penduradas nos ganchos do teto.

— Que frio!

Voltando-se com um sobressalto, deu com ela às suas costas; não a tinha ouvido aproximar-se.

— Não devia ter entrado aqui — disse. — Está sem agasalho.

A menina vestia uma blusa leve, um shorts, e calçava sandálias. Sua respiração se condensava, emoldurando-lhe o rosto quase infantil. Lembrava um Botticelli*. Era uma coisa do outro mundo. A perfeição da juventude.

Pousou a mão em seu antebraço. Ele também estava de mangas curtas, mas já se acostumara a passar breves períodos à baixa temperatura do frigorífico.

— Você também está com frio.

Ele sentiu a ereção: um súbito e violento fluxo de sangue.

— Vamos sair daqui — disse com simulada calma. — Seus pais vão ficar preocupados. — Sentia arrepios, mas não por causa do frio do lugar.

— Meus pais saíram. Vão chegar tarde. Eles nunca estão em casa. Mesmo que eu ficasse uma semana fora, não sentiriam a minha falta. — Estremeceu. — Puxa, mas que frio!

Ele a conduziu para fora e fechou a porta.

— Eu continuo com frio — disse a garota já na escuridão dos fundos da loja. Seus rostos estavam muito próximos. Ele lhe sentiu o hálito. Tinha cheiro de chiclete de hortelã. — A única pessoa que se preocupa comigo é María, a minha empregada — ela acrescentou em voz baixa, melancólica. — Você cuida mais de mim do que os meus pais. Muito mais. — E o beijou: um beijo de mulher, na boca.

Era tão linda, tão irresistível! Ele também a beijou.

— Você é um cara legal. Legal mesmo.

Beijaram-se novamente, ele enfiou a mão por baixo da blusa leve. Sem sutiã, o pequenino seio se intumesceu ao primeiro contato.

---

* Botticelli, pintor italiano (1444-1510). É autor de grande número de Madonas. (N. d. E.)

Transaram no sofá do escritório. Assim que começaram, ela praticamente o atacou, arranhando, mordendo, gritando. Cravou-lhe uma forte dentada no ombro quando ele a penetrou, fincou as unhas em suas costas.

O escritório passou a ser o seu lugar de encontro quando a loja estava fechada, mas também iam a motéis e outros lugares. Nunca o fizeram na casa dele, nem na dela. Ocasionalmente, quando ele a levava para casa e não havia ninguém por perto, transavam no gazebo, no fundo do quintal. Embora houvesse poltronas e almofadas, às vezes era no chão mesmo.

Fizeram amor com a máxima freqüência possível, até que sua esposa acabou com a festa. Depois disso, ele a via ocasionalmente na escola, quando ia buscar o filho, mas não voltaram a ficar juntos.

— Como Emma reagiu quando o senhor contou que já não poderia se encontrar com ela? — Riva está atordoada.

— Foi como se não tivesse acontecido nada — ele responde.

— Não houve nenhum sentimento, nenhuma tristeza.

— E o senhor?

— Senti falta dela — Fourchet reconhece. — Foi uma experiência do outro mundo... que nunca mais vai se repetir — apressa-se a acrescentar.

— Sua esposa sabe?

— Não tem prova nenhuma, mas... — Ele deixa o resto no ar.

— O senhor usava preservativo?

O comerciante baixa a cabeça.

— Na primeira vez, não. Eu não esperava aquilo. Mas depois, sim — diz ele com firmeza. — Santo Deus, eu já tinha muitos problemas, não podia arriscar engravidar aquela menina.

— Está tremendo ante a lembrança reavivada e o medo de ficar exposto.

Riva pega a sacola de compras do chão, onde a colocou. Parece-lhe pesada demais. Não vai comer o queijo esta noite.

— Quantos meses depois que o senhor e Emma encerraram o *affaire* ela foi assassinada? — pergunta, enfatizando a palavra "assassinada". Arrepende-se de haver empregado o termo *affaire* para designar o relacionamento desse homem com Emma. Foi um lapso.

— Quatro. — Ele se levanta. — Preciso ir.

Quatro meses sem trepar com ela e um álibi consistente. Esse homem não é o pai do filho não nascido de Emma. E não a matou. Foi uma etapa do caminho, uma rampa de lançamento. Mas Riva não vai lhe dizer que pensa isso. Ele não sabe que Emma estava grávida, que o assassino deve ser o homem que a engravidou. E é melhor que não saiba.

Ela vai para a porta.

— No seu lugar, sr. Fourchet, eu não contaria a ninguém que nós tivemos esta conversa — diz em tom de advertência.

O comerciante concorda ansiosamente.

— Nós nunca conversamos.

A clínica está lotada: mulheres na maioria, várias em diferentes estágios de gravidez, mas também há homens. Para os olhos inexperientes de Riva, a maior parte deles parece achar-se em diversos graus de contaminação de HIV, com ar de abandono diante da morte. Alguns usam máscaras cirúrgicas a fim de se proteger das infecções oportunistas que podem advir de qualquer contato na rua. Riva leu no jornal que o único hospital de Aids fechou porque diminuíra o número de afetados pela doença: o coquetel de drogas que a medicina atualmente administra aos soropositivos possibilita-lhes vida mais longa e saudável. Evidentemente, não é o caso desses homens.

A Clínica Free fica na Zona Leste da cidade, espremida entre uma lanchonete e uma loja de pneus. Foi uma residência na outra encarnação, um pequeno bangalô de dois andares e sem nenhum charme particular. Agora é uma instituição administrada pelo distrito, o município e o Estado, financiada pelos contribuintes e por doadores voluntários. Alguns ricos filantropos da cidade fazem doações e participam da diretoria. Nos últimos anos, o prédio decaiu, precisa de uma boa demão de tinta, o rangente piso do alpendre apodrece perigosamente. A velha casa está morrendo, tal como certos pacientes que atende: vidas prestes a abandonar este mundo e moças com medo de nele pôr novas, gente interessada em saber se está grávida, mas sem querer que a família saiba, ou que já sabe que engravidou e ainda não decidiu quando abortar. A clínica tem uma política de sigilo, de modo que a maioria das garotas solteiras, sobretudo as menores de idade, vêm aqui fazer exames e pedir orientação.

O resto dos clientes é constituído de pessoas, sobretudo famílias, que não têm plano de saúde e não podem pagar tratamento médico e hospitalar. As crianças, no colo das mães, aguardam que lhes examinem os ouvidos ou a garganta.

Riva se perdeu no caminho e chegou tarde, portanto tem de esperar para falar com a médica. Sentada numa cadeira de cozinha com estofamento de plástico, folheia um exemplar da *National Geographic*. Em frente, um garotinho, no colo da mãe, lhe sorri. Ela retribui o sorriso. Com uma repentina timidez, ele vira o rosto.

Uma auxiliar com sapatos de grosso solado de borracha chama o seu número. Riva a acompanha até um pequeno consultório que, outrora, devia ser a despensa.

— A doutora já vem — diz a mulher. E a deixa sozinha na sala.

A médica, uma latina de trinta e poucos anos, entra e fecha a porta.

— Prazer em conhecê-la — sorri cordial mas cautelosamente. — Meu irmão diz que você é boa gente.

— O prazer é meu.

O irmão da médica teve problemas com a lei onde Riva e Luke moram. Havendo tentado vender droga a um tira disfarçado, foi preso e acusado de tráfico. Luke o defendeu e, graças a uma combinação de bom trabalho advocatício e péssima atuação da polícia — a transação e a prisão resultaram de uma indução contrária às regras —, o cliente foi solto; a sentença, anulada. Agora Riva, tendo sabido que a irmã do rapaz é médica da Clínica Free, veio cobrar a retribuição.

— O que você pede — diz a doutora — é contra o regulamento.

— Eu sei.

A mulher se mostra escandalizada. Depois toma uma torturada decisão.

— O que você quer saber? Talvez eu encontre um meio de ajudá-la sem violar o meu juramento.

— Emma Lancaster veio fazer o teste de gravidez aqui?

A médica desvia o olhar.

— Isso, eu não posso lhe contar.

Vai ser preciso um pouco de sofisticação.

— Tudo bem. Vamos reformular. Se Emma Lancaster achasse que estava grávida e quisesse confirmá-lo sem que seus pais soubessem, é aqui que teria vindo? É aqui que vêm as meninas em tal situação?

A moça balança a cabeça.

— É.
— Se ela estivesse grávida, você lhe diria?
— Sim.
— E a orientaria?
— Sim.
— Dar-lhe-ia opções? Adoção, ficar com o bebê, aborto?
Outro sim.
— No caso de uma garota como Emma, nova ainda, de uma família que ficaria horrorizada se descobrisse etc., é habitual optar pelo aborto?
A médica hesita.
— É a moça que escolhe. Nós nunca escolhemos por ela. Esclarecemos todas as opções, com os prós e os contras de cada uma.
— Se ela optar pelo aborto, é feito aqui na clínica?
— Depende do estágio da gravidez. Nós só a interrompemos até o terceiro mês. Depois disso, indicamos um médico de fora que providencia para que seja feito num hospital.
— Quer dizer que, se Emma Lancaster estivesse grávida, se quisesse fazer o aborto e preferisse fazê-lo aqui, porque temia que, se fosse a um médico, seus pais ficariam sabendo, ela teria de tomar a decisão nos primeiros três meses de gravidez?
— Exatamente.
Riva pensa em como sofisticar a última parte.
— Você não pode me dizer, especificamente, se Emma Lancaster esteve aqui para fazer o teste de gravidez.
A médica concorda com um gesto.
— Não, não posso.
— Mas me diria se ela *não* a tivesse consultado?
— Nesse caso, eu lhe diria, com certeza.
— E você vai me dizer que ela não era sua paciente?
A doutora pensa um pouco.
— Não. Isso eu não vou lhe dizer.
— Nem vai me dizer que não a orientou a fazer aborto ou não.
— Não, não vou lhe dizer isso.
— Portanto, se ela fosse sua paciente, se o teste de gravidez desse positivo, se ela quisesse fazer aborto e quisesse que fosse aqui, você diria que isso só seria possível nas primeiras treze semanas.
— Sim. É o que eu lhe diria.
Conforme o laudo da autópsia, Emma Lancaster estava grávida de mais ou menos três meses quando morreu. Se pretendes-

se fazer aborto aqui, com essa médica que ela confiava que não contaria nada a ninguém, teria de fazê-lo quase imediatamente.

— Última pergunta: você *não* disse que Emma *não* era sua paciente e que *não* esteve aqui por causa de um aborto.

A médica acena solenemente.

— Não. Isso eu *não* disse.

O dia chegou ao fim. Luke e Riva se encontram no escritório para trocar informações. Lá fora, nos corredores, os estudantes preparam-se para o começo das aulas noturnas. Nas últimas semanas, à medida que se habituavam à sua presença, alguns mais ousados tentaram entabular conversa. Ele os repeliu educadamente, mas com firmeza: não podem ajudá-lo; podem, na melhor das hipóteses, distraí-lo. E a paranóia lhe diz que não é difícil que um ou dois deles estejam a serviço de Doug Lancaster ou de Ray Logan para descobrir o que ele sabe ou que rumo pretende tomar. Procura ser gentil, mas se mantém a distância. Riva adota o mesmo comportamento, embora seja gregária por natureza e preferisse fazer amigos aqui.

Ela o informa de sua visita à clínica.

Luke sorri.

— Você é uma ótima detetive, Riva, é incrível como consegue fazer as pessoas abrirem o jogo. Eu estaria perdido sem você.

— Ainda bem que você percebeu — diz ela, sentindo-se quase constrangida com o elogio.

Todas as informações novas o energizaram.

— É uma família desequilibrada — declara. — Eu já vi coisas do arco da velha, mas os Lancaster levam a taça.

— Mas, por acaso, o comportamento deles tem alguma importância para o seu caso? Uma importância direta? — ela pergunta, bancando a advogada do diabo.

— De quantas provas mais você precisa para começar a desconfiar de que há algo podre no meio disso tudo?

— Sei lá. A decisão não é minha, o advogado aqui é você. O que me preocupa é que toda essa imundície acabe subindo à superfície e não tenha a menor relevância para o caso, e que toda essa gente, até mesmo a menina morta, seja crucificada por conta disso. — Está muito mais calma do que ele. — E não concordo que eles sejam desequilibrados. É apenas sexo. Na nossa sociedade, não é uma aberração, é normal.

— Com uma garota de treze anos?
— Também não é tão incomum assim.
— É uma combinação letal — teima Luke.
— Mas será que essa é a melhor maneira de defender Allison? Ele tira uma cerveja do frigobar, torce-lhe a tampa e bebe.
— É a melhor que eu tenho até que apareça outra melhor. Nenhum dos dois comeu hoje, ambos estão famintos.
— Eu estou farta de comida entregue em domicílio — diz Riva. — Quero jantar num bom restaurante, com uma boa garrafa de vinho e um ótimo serviço. — Percorre o escritório desligando os computadores e apagando as luzes. — Leve-me ao melhor da cidade. — Abraça-o. — Você não pode se isolar do mundo eternamente.

É verdade, Luke tem evitado o contato público. A cidade é pequena, a qualquer parte que vá pode topar com um conhecido. Não tem vontade de lidar com vibrações negativas, olhares enviesados e cochichos.

— Tudo bem — cede. Ela tem razão: está na hora de começar a enfrentar o mundo. Só os covardes se escondem de seus próprios demônios.

É tarde, mas eles têm sorte e aproveitam um cancelamento de última hora no Downey's, um dos melhores restaurantes da cidade. Uma rápida viagem para casa, um chuveiro mais rápido ainda, vestir-se e tornar a descer o morro na velha caminhonete.

— Os freios estão falhando — comenta ele ao fazer uma curva fechada. — Precisamos levá-la ao Midas.

Encontram uma vaga de estacionamento na rua, a um quarteirão de distância. Indo de braços dados com Riva pela rua State, misturando-se facilmente com o fluxo de transeuntes do começo da noite, Luke pensa em tudo quanto lhe agrada nessa cidadezinha. A antiga e bela arquitetura espanhola, a facilidade de locomover-se, as amizades que possuía antigamente, a qualidade de vida: sofisticada o bastante para o seu gosto, mas muito sossegada. Sente mais falta disso do que imaginava.

O restaurante é um salão caiado, separado em compartimentos por divisórias que chegam à altura da cintura. Todas as mesas têm velas e flores naturais, paisagens da Califórnia pintadas por artistas locais adornam as paredes. Só três quartos do lugar acham-se ocupados, mas todas as mesas ainda vazias estão reservadas: o proprietário e *chef* tem fama nacional.

O *maître* os conduz a uma mesa do fundo. Luke só percebe que está apreensivo ao percorrer o espaço entre a porta e seu lugar e sentar-se de costas para o salão. Riva ficou com o lugar privilegiado; olhando por cima do ombro dele, vê todo o restaurante. É melhor assim.

— Champanhe — pede ela antes que Luke manifeste o seu desejo. — Duas taças.

A garçonete lhes entrega os cardápios.

— Fiquem à vontade — diz. — Se precisarem de alguma explicação, eu estou às ordens. — E vai buscar a bebida.

Pondo o cardápio de lado, Luke sorri para Riva. Sente na coxa a carícia que ela faz com o tornozelo por baixo da mesa.

— Enquanto estiver dirigindo o show, você pode escolher para mim.

— Sem problema, garotão. — Ela estuda o cardápio. — Tudo parece delicioso. Está com muita fome?

— Eu sou capaz de comer... — Luke lhe sorri com lascívia.

— Não diga isso — responde ela, sorrindo também, avançando um pouco mais o pé em sua perna.

— Boa noite, dra. Tenley. — A voz do *maître* chega até eles em meio ao murmúrio das conversas.

— Olá, Wilber — cumprimenta uma voz de mulher.

— Sua mesa está reservada — torna a dizer o *maître*.

— Obrigada — responde ela.

A garçonete põe diante deles duas tulipas de claro champanhe, as bolhas aglomeradas sobem no centro das finas taças. Riva ergue a dela num brinde.

— À nossa noitada — sorri. — E que dure a noite inteira mesmo.

Luke está paralisado, o copo continua intacto à sua frente.

Perplexa, ela olha para ele.

— Luke?

— Luke? — pergunta uma voz de mulher atrás deles. A mesma que cumprimentou o *maître*.

Ele se volta lentamente. A mulher, com a barriga tão dilatada que se nota a protuberância do umbigo sob o tecido do vestido de grávida, está parada a poucos passos da mesa.

— Olá, Polly — diz ele, sentindo a boca seca. Levanta-se desajeitadamente.

— Olá, Luke. — Seus cabelos louros estão mais curtos do que antigamente, mal lhe chegam aos ombros: cabelos soltos, cabelos de mãe. Olhos verdes. Pele de porcelana irlandesa, agora um tanto corada pelo nervosismo do encontro inesperado. Um pouco atrás dela, o marido, o homem que Luke viu em sua companhia na avenida à beira-mar, esboça um sorriso amarelo, sem saber como reagir, que lugar ocupar na história.

— Você está... muito bem — diz Luke. — Diferente.

— Você também. Mudou muito. Quer dizer, está bem.

Ele se sente ridículo. Força um sorriso, olhando para aquele ventre arredondado.

Polly devolve o sorriso.

— Está chegando o Dia D.

— Você já tem um filho, não?

Riva acaba de se levantar e está ao seu lado. Segura-lhe a mão e a aperta. Ele retribui o carinho do mesmo modo.

Sua ex-esposa faz que sim.

— Está com dezoito meses. — Passa a mão na barriga. — Eles terão uma diferença de um ano e meio.

— Você não perdeu tempo — comenta Luke, mas, arrependido do que acaba de dizer, tem vontade de morder a língua.

Ela o fita nos olhos.

— Mais jovem eu não ia ficar.

O marido se coloca a seu lado. Polly se volta e sorri. Tornando a olhar para Luke, diz:

— Este é Grant, meu marido. Grant Tenley. — Vira-se para o marido. — Este é Luke Garrison... — hesita.

— Prazer — diz Luke estendendo a mão. O homem a aperta com firmeza.

— Grant é cirurgião. No Cottage — ela acrescenta como se mencionar o melhor hospital da cidade lhe conferisse prestígio. — Somos uma família de médicos — sorri.

— Eu sei — responde Luke. Sabe mais do que gostaria de saber sobre o novo marido dela.

Há um momento de constrangimento, então ele apresenta Riva.

— Polly, eu quero lhe apresentar minha...

Na fração de segundo que decorre, seu cérebro trabalha à velocidade da luz: *amante-parceira-namorada-amiga-sócia-colega-amásia-companheira...*

Uma freada brusca.

— ...minha mulher. Riva Montoya.

Riva aperta a mão dele com mais força. Então a solta. Aperta a de Polly, que está úmida.

— Muito prazer. E parabéns.

— Obrigada — diz a outra com modéstia, um leve rubor lhe tinge o pescoço.

— Para quando é? — pergunta Riva de mulher para mulher.

— Agora é para qualquer momento, espero. — Ri um riso nervoso-amigável. — Eu estou me sentindo um monstro, não vejo a hora de ter o neném.

— Eu imagino. Menino ou menina? Vocês já sabem?

Polly faz que sim.

— Mais um menino. Na minha idade, a gente precisa fazer amniocentese*.

Acompanhando o diálogo das duas, Luke se surpreende com sua própria calma.

— E vocês? Têm filhos?

— Ainda não — responde Riva com inocência.

— Um dia — Luke ouve sua própria voz dizer. Isso o surpreende, mas ele não se sente mal.

Riva o fita, esforçando-se para dissimular o assombro. Dessa vez é ele que lhe segura a mão.

— É uma... Espero que não demore — Polly lhe diz.

Luke sorri. Puxa, ela está enorme! Será que todas ficam desse tamanho? Mas continua bonita. A Polly de sempre.

Já não a ama. É por isso que está tão calmo, porque as palavras sobre o futuro com outra lhe saem facilmente, sem esforço. Que revelação maravilhosa! Ele sente que lhe removeram o peso do mundo dos ombros. E também se dá conta de quanto se martirizou, subconscientemente, com a lembrança da antiga relação e com suas fantasias sobre ela. Quais eram, não sabe. Fantasias. Desejos. A história reescrita. Mas não a realidade. Estando aqui, diante das duas, compreende que já não a ama, compreende que está realmente feliz com Riva a seu lado. Caramba, que sorte que ela ficou a seu lado em toda essa merda.

— Bem... — diz Polly. O constrangimento voltou. Tanto nela quanto nele.

Luke se curva e lhe beija o rosto. Depois toca em sua barriga.

— Boa sorte — diz.

Terminou. Os casais voltam a suas respectivas mesas.

---

* Amniocentese: retirada de líquido amniótico do abdome materno para fins de análise. (N. do E.)

— Quer trocar de lugar comigo? — pergunta Riva, olhando para Polly e o marido por cima do ombro dele. Não sabe bem o que é, mas sabe que algo aconteceu, algo bom para ela. Para eles.

Luke sacode a cabeça.

— Eu estou bem aqui. — Estende a mão por cima da mesa e segura a dela. — Muito bem. — Ergue a taça de champanhe ainda borbulhante. — À nossa grande noitada — brinda, repetindo as palavras dela. — A uma vida maravilhosa.

Riva está com lágrimas nos olhos.

— Eu detesto quando fico sentimental assim.

Luke se inclina sobre a mesa e lhe enxuga os olhos com o guardanapo.

— Não se preocupe. Você fica *sexy*.

— Cada coisa que você acha *sexy!* — Ela força um sorriso entre as lágrimas.

— Você. O que eu mais acho *sexy* é você.

Estão na cama, nus sob o lençol fino. Subindo o morro, a brisa do mar entra pelas janelas abertas e agita as cortinas, encrespa o lençol. Beijos lânguidos e prolongados, afagos. Há uma incandescência em ambos os corpos, um calor que vai e vem. Com a língua, Luke lhe acaricia os escuros mamilos; Riva geme baixinho, vogando no ritmo de seu carinho.

— Já volto — cochicha, roçando os lábios em sua orelha. Descobre-se para se levantar e ir ao banheiro colocar o diafragma.

— Não. — Luke a puxa de volta. O colchão está úmido, seus corpos estão úmidos e salgados.

Ela fita nele os olhos grandes, pretos.

— Tem certeza?

— Eu tenho. E você?

— Não é uma reação ao que aconteceu no restaurante?

— É uma reação ao que aconteceu no restaurante. Por isso que eu quero. Quero você.

Riva lhe atrai o rosto e o beija com ardor, beija-o com uma liberdade que provém do amor e da segurança, enfim, de ser amada e de saber que estão a caminho de um lugar novo, que ela não sabe nem quer saber onde fica, mas quer ir para lá, quer porque ele quer, porque ele é capaz.

* * *

O detetive particular, que é de Houston e goza de merecida reputação nacional — seus honorários rivalizam com os dos melhores advogados, e seus clientes fazem fila durante meses — esteve em Santa Barbara há três semanas. Doug Lancaster o contratou porque ele é o melhor e tem a vantagem de não ser de Santa Barbara nem das redondezas. Esse homem chamado Paul Bowie tem fama de obter resultados sem deixar impressões digitais. Terminado o serviço, dá o fora, e ninguém fica sabendo de nada.

Doug se encontra com ele numa cabana particular do Cassino Coral, um opulento e exclusivíssimo clube de natação à beira-mar, na avenida Channel, em frente ao Biltmore Hotel. O magnata da mídia acaba de nadar 1.500 metros na piscina; faz parte de seu programa de condicionamento físico nadar trinta ou quarenta minutos diários, na piscina ou no mar. Bowie tem uma informação para ele. Está num enorme envelope de papel-manilha. Os dois aguardam que o garçom de paletó branco termine de servir o almoço para começarem a tratar de negócios. Bowie lhe entrega o envelope. Doug o abre e tira um relatório escrito, acompanhado de várias fotografias coloridas 20x25, papel brilhante. Foram tiradas com teleobjetiva. Mostram Luke Garrison com Huerta, o manobrista do hotel de Santa Monica; Riva com Hillary, a amiga de Emma; Luke e Nicole Rogers à entrada do escritório de advocacia onde ela trabalha; Luke conversando com o velho casal que alugava a edícula para Joe Allison; sua motocicleta destruída.

Luke Garrison investigou muito, isso Doug constata logo à primeira vista.

Bowie pega o relatório. Tem umas vinte páginas.

— Garrison conversou com a polícia, que calou o bico, pois estava na nossa mira. Isso não vai dar em nada, mas pode ser que ele tenha apurado alguma coisa. E está com o número do telefone da... hã, da moça que o senhor visita lá em Malibu. Ainda não entrou em contato, porque o telefone está no nome do marido dela... um conhecido seu, se não estou enganado.

— Não, não está — resmunga Doug.

— Pois é. Bem, como eu já disse, ele ainda não fisgou aquele ângulo, mas, se fisgar, o senhor vai ficar em maus lençóis.

— Deixe por minha conta. O que eu quero saber é o que Garrison sabe que pode pôr em dúvida a culpa de Allison.

— Da gravidez de sua filha. — O detetive pega o relatório pelo canto e o agita. — Está no inquérito, no laudo da autópsia.

Doug fica abalado.

— Mas era confidencial. — Cada vez mais contrariado, coloca as fotografias na mesa. — Ray Logan devia ter cuidado disso.

Bowie, por sua vez, irrita-se com a ingenuidade do cliente: um homem desse calibre devia ter mais malícia.

— Logan não podia fazer nada. Faz parte do inquérito. A defesa tem o direito de ver tudo, confidencial ou não. Em todo caso — prossegue —, isso vai ser usado pela acusação no julgamento, o senhor sabe perfeitamente. É a parte mais importante do processo.

— O que eles vão fazer é crucificar minha filha. Profanar a sua memória. — Doug pega o chá gelado com tanta força que Bowie chega a temer que quebre o copo. Respirando fundo, recompõe-se. — Mas por que a gravidez de Emma pode ajudar Allison? Isso devia piorar a situação dele, não?

O detetive se inclina para a frente e bate os dedos compridos no joelho de Doug.

— Eu lamento ter de lhe contar, sr. Lancaster, mas não estou sendo pago para esconder a verdade. — Engole o que resta de sua batata frita. — Sua filha não era a menininha inocente que o senhor guarda na memória. Segundo os boatos que circulam na cidade, ela não estava envolvida só com o cara que a engravidou.

— Como assim? — pergunta Doug com ferocidade na voz.

— Sua filha Emma já andava transando bem antes de conhecer o garanhão que a engravidou — diz o homem sem rodeios.

— Como é possível? — grita Doug. Lembrando-se de onde está, das paredes de lona da cabana, baixa a voz. — Nós ficaríamos sabendo!

Bowie encara filosoficamente o comportamento de Doug. Já viu coisa pior. Também está habituado aos acessos de raiva que acompanham as informações que fornece; ele é o mensageiro, a bomba sempre estoura em suas mãos. — Isso acontece, sr. Lancaster — diz com toda calma. — O senhor precisa se conformar, a história dela vai aparecer no processo.

Doug se controla. Guarda no envelope as fotografias e o relatório.

— Obrigado pelo empenho. Mande a conta para mim. — Abre a portinhola de lona da cabana e leva o detetive para fora. Há muita gente espalhada à beira da piscina, lendo em espreguiçadeiras ou deitadas em *chaises longues*, na maioria mulheres de meia-idade, mas também algumas beldades, Bowie repara, jovens esposas e adolescentes.

— Desculpe-me ter sido o portador de más notícias sobre a sua filha, sr. Lancaster. Mas o senhor precisava saber.

Doug lhe endereça um olhar de pai ofendido:

— Eu não queria saber de nada. Nem queria que ninguém soubesse.

O telefone do escritório toca tarde, quando Luke está encerrando uma longa jornada de trabalho. As aulas já terminaram, o prédio se acha às escuras; pela porta aberta, ouve-se o barulho dos aspiradores da equipe de limpeza. Ele ainda tem material para ler, mas pretende levá-lo para casa, mesmo numa noite de sexta-feira.

Atende ao telefone.

— O dr. Luke Garrison, por favor. — É voz de mulher, de uma secretária eficiente. A dele, que trabalha só de meio período, encerra o expediente às cinco; essa, ao contrário, é uma poderosa secretária executiva que ganha muito bem para trabalhar dia e noite.

Defensivo, ele pergunta:

— Quem deseja?

Tarde demais para fugir: ela transferiu a ligação assim que lhe ouviu a voz.

Surge a de Doug Lancaster.

— Luke? Luke Garrison?

Essa não! Numa hora dessas ou a qualquer hora do dia ou da noite, não!

— Sim? — ele murmura.

— Podemos conversar?

Luke suspira.

— Fale, Doug. Mas seja breve. Eu tive um longo dia e ainda preciso trabalhar.

— Por telefone, não. Quero conversar pessoalmente com você.

Luke afasta o fone do ouvido um momento e reflete. Então volta a falar:

— Nós estamos em lados contrários, você sabe disso. — Entra-lhe uma súbita paranóia. — Por acaso está gravando este telefonema?

— Não, claro que não — é a resposta imediata e irada. Quase imediata demais, pensa Luke.

— E a sua secretária? Está escutando? Anotando?

— Ninguém está escutando nem anotando nem nada.

E o clique que Luke ouviu: alguém colocando o fone de uma extensão no gancho?

— Tudo bem. Mas você me entendeu bem, certo? Se quiser conversar comigo, mande o escritório do seu advogado ou Ray Logan entrar em contato pelos canais oficiais. Tenha uma boa noite, Doug. E um bom fim de semana.

— Espere! — O apelo é tão instantâneo que ele não tem tempo de tirar o fone do ouvido.

Um longo suspiro.

— O quê? Nós não podemos conversar, não queira me obrigar. — Ocorre-lhe uma idéia: passar a gravar todos os telefonemas para a sua própria proteção.

— O laudo da autópsia — apressa-se a dizer Doug. Não consegue parar de falar. — Minha filha não era uma puta. — Está falando alto, perdeu definitivamente o controle.

Luke se conserva calado, mas também não consegue desligar. A mórbida curiosidade pelo que está acontecendo turva-lhe a sensatez.

— Ela era uma menina maravilhosa, um amor. — Doug já não está gritando, fala quase em tom de súplica. — E você não pode arrastá-la na lama. Não pode emporcalhar a reputação dessa menina com a imundície de cada pessoa com que você conversa.

A voz falha; Luke percebe que ele está quase chorando.

— Não me importa o que o Ministério Público diz ou tem de fazer. Você não pode, Luke. Não pode destruir o pouco que restou dela. Ela morreu. Será que isso não basta? Que mais você e o seu cliente pedófilo querem?

Ouve-se um clique na linha. O dia de Luke terminou.

Ele viaja tranqüilamente para o leste da cidade, rumo à Rodovia 101, na velha caminhonete. Controlá-la está mais difícil que de costume: precisa mandar consertar os freios e a suspensão. Vai devagar, procurando manter uma boa distância dos outros veículos na estrada.

É a madrugada de domingo, começa a amanhecer. Luke se levantou às quatro e meia e pegou a estrada às cinco. Nos fins de semana, quase não há trânsito a essas horas. Passa pela refinaria de Gaviota, que funciona 24 horas por dia e, com todo o metal polido, as luzes e as tubulações, mais parece uma estação espacial, entra na 101 na altura da praia estadual e vai para o sul, em busca do mar. O entusiasmo aumenta à medida que ele se aproxima do seu destino: faz mais de três anos que não surfa em Hollister Ranch.

Está sozinho. Ontem Riva foi para o norte cuidar de seus negócios e dar uma olhada na casa, só estará de volta segunda-feira à noite. O julgamento vai começar em menos de um mês, e, sabendo perfeitamente que vai trabalhar dezoito horas por dia, sete dias por semana, Luke resolveu tirar folga hoje.

Hollister Ranch é uma das praias de surfe mais lendárias da Califórnia. Originalmente uma grande fazenda à beira-mar, há gerações que foi divida em lotes de 50 hectares; até doze pessoas podem ser proprietárias de cada lote. A maior parte delas não mora aqui — conserva a propriedade para poder usar a praia. Quem não for proprietário nem convidado de um deles não tem acesso a ela: é particular, protegida por seguranças. O intruso que é apanhado é expulso ou preso sem a menor cerimônia.

A beleza de surfar em Hollister, além das ondas, está na exclusividade: a gente não é obrigada a trombar com outros surfistas na água. E tudo é perfeito, um pedacinho do mundo que continua sendo como era antigamente.

Há anos que Luke é dono de um lote. É a única coisa que conservou no distrito Santa Barbara. Praticamente a única coisa inteligente que fez nessa etapa da vida.

Sai do asfalto e percorre o curto caminho de acesso. À entrada vigiada, identifica-se com o porteiro. É autorizado a entrar. Volta para a caminhonete, passa, e o portão se fecha automaticamente atrás dele. Após atravessar os trilhos do trem, segue pela sinuosa estrada paralela ao mar e estaciona perto de alguns sedãs de marca indefinida, de uma perua Ford 49 com as laterais de madeira e de uma caminhonete quase tão velha e judiada quanto a sua. Também há outros veículos, quase todos SUV, Explorer, Range Rover e Toyota Land Cruiser. Luke despe a camiseta e o shorts e veste o neoprene, tira a prancha da carroceria e pega, no banco, o isopor e a sacola com a toalha e outros objetos. Vai para o mar.

Detendo-se à beira da água, olha para o horizonte. As ondas são boas: linhas de dois a três metros, longas, regulares. Avista meia dúzia de surfistas — a distância, parecem quatro homens e duas mulheres — espalhados a algumas centenas de metros. Surfistas da pesada: mesmo tendo se levantado antes do sol, ele já os encontra na água. Lembra-se de quando era mais jovem e estava começando a surfar aqui, dormia na praia para pegar o equipamento e entrar na água antes do amanhecer.

Uma onda enorme surge a trinta metros de onde os surfistas estão alinhados. Dois deles, a uns vinte metros um do outro, começam a remar furiosamente para tomar posição. A vaga ganha impulso, encrespa-se, e os surfistas, esforçando-se para pegá-la, ficam de pé. Conseguem com perfeição; deslizando em ziguezague na crista da onda que quebra, ambos vêm se aproximando da praia.

É o que basta para Luke: precisa entrar logo no mar. Joga a prancha na água e começa a remar, abrindo caminho na marola. Não surfa há alguns meses, desde aquela vez em Rincon, e sente o esforço dos músculos do peito e dos braços. Amanhã vai ter dores, dores fortes.

Chegando a águas mais profundas, continua remando tranqüilamente até um lugar onde lhe parece que pode pegar boas ondas sem se aproximar muito de ninguém, a uns 25 metros do surfista mais próximo. Alguns o observam quando ele se afasta, deixando para julgá-lo depois: querem ver como se sai, mas, enquanto ele não fizer nenhuma besteira, dar-lhe-ão o benefício da dúvida. Aqui não é perigoso como no sul e em certos lugares dos distritos de Los Angeles e Orange, onde as gangues de surfistas demarcam territórios e quebram a prancha na cabeça dos estranhos, de qualquer um que queira surfar e não seja da turma.

Vai devagar no começo; manobras conservadoras, nada audaciosas. Os freqüentadores ficam olhando durante alguns minutos, até se convencerem de que ele sabe o que está fazendo, então o esquecem, coisa que lhe convém. Quer surfar, estar na água, ficar a sós.

Antigamente, encontrava muita gente da sua idade ou até mais velha, mas hoje é ele o veterano, com bem uma década a mais que os outros.

É o "coroa". Nunca pensou que esse dia fosse chegar.

Luke surfa até que o sol esteja a pino, ao meio-dia. Com fome, retorna ao sabor das ondas, leva a prancha para a praia, finca-a na areia para que faça um pouco de sombra, tira o neoprene até a cintura e come o lanche, um par de sanduíches de atum que comprou no Von's, um saco de *jalapeno chips* e um Snapple de limão. Até que está em boa forma para um velhote que não se exercita como deve: tronco magro, nenhuma barriga, músculos de nadador nas costas e nos tríceps. Mas já está com dor nos músculos, vai ter de poupar energia se quiser chegar ao fim do dia.

Tendo descansado cerca de sessenta minutos, volta para o mar. Não é a melhor hora do dia para surfar, as ondas se achatam na maré do começo da tarde, e o sol é muito forte na água. Ele não liga. É a última vez, em meses, que pode ficar no mar, quer aproveitar cada minuto, até que a escuridão o impeça de enxergar.

Lentamente, depois cada vez mais depressa, o dia se esvai. Uns poucos teimosos ficam quase até o fim, mas, quando o sol mergulha no oceano, projetando no céu uma gigantesca fusão de púrpuras, ele é o único ainda aqui.

Então, como uma veneziana que se fecha bruscamente, a noite cai. Além do pálido luar, resta apenas luz suficiente para que ele surfe uma última vez, mesmo porque seu corpo não toleraria mais do que isso. Está exausto, mas o dia foi maravilhoso; esgotado porém feliz. Um banho bem quente, as agulhadas do chuveiro a lhe massagearem os músculos, depois o jantar, uma boa garrafa de vinho, e ele estará dormindo antes mesmo de encostar a cabeça no travesseiro, sonhando com o mar e com o calor de Riva.

Uma onda enorme se eleva atrás dele. É boa para surfar. Luke vê a espuma na crista, fosforescente ao luar. Rema cadenciadamente, sentindo a velocidade da onda, e logo se põe de pé na prancha para deslizar pela última vez.

A onda é grande, longa, será uma delícia, uma das melhores do dia; ele sobe, quase entra no tubo, suas pernas continuam firmes e fortes. Avança, agachando-se na ponta da prancha, estimulado pela força e a velocidade.

Recua um passo ao se aproximar da crista, e, nesse momento, a prancha se parte sob ele, bem onde seu pé pisava um momento antes, e explode em mil fragmentos, como se tivesse batido numa mina terrestre: num minuto, ele está equilibrado numa prancha de quase três metros, no outro, começa a afundar, e então ouve o estampido, o estampido retardado pela distância: o disparo de um rifle na praia. Ecoando. A água explode a cinco centímetros do seu corpo; pouco depois ele ouve mais um tiro.

Alguém, na escuridão, está tentando matá-lo.

Bracejando, Luke olha para a praia a uns cem metros de distância. Nada vê, está tudo negro. Mais além, consegue distinguir o contorno dos morros, uma mancha escura no céu noturno. É lá que está o rifle. Deve ser equipado com mira telescópica infravermelha, pois o tiro chegou muito perto: com uma mira comum, tal precisão não seria possível no escuro, o que significa que, mesmo com a fraca luz do luar, ele pode ser visto claramente, não tem como se esconder na escuridão da água.

Outra explosão a centímetros dele. O atirador é bom, está cada vez mais perto do alvo. Respirando fundo, Luke mergulha e procura nadar numa trajetória lateral, não na direção da praia.

Nada tanto quanto pode debaixo da água; emerge para respirar e, menos de um segundo depois, ouve outro disparo na sua direção: está sendo seguido, a mira telescópica noturna consegue detectar-lhe a trajetória, mesmo que não enxerguem o seu corpo. Depois de boiar um momento, sentindo os pulmões arderem, torna a mergulhar em diagonal; um novo tiro explode na água, bem no lugar onde ele estava. Um segundo a mais de vacilação, e o projétil o teria atingido. Mesmo um ferimento leve seria mortal, ele não conseguiria chegar à praia se estivesse ferido.

Não pode continuar aqui, está muito cansado, com os músculos exaustos. A produção de ácido láctico vai aumentar e ele morrerá de frio, incapaz de mover os membros para nadar. E a água já parece gelada devido à sua fadiga, mesmo com o neoprene, Luke sente frio. Não consegue ficar muito tempo submerso, pois precisa de ar, tem de emergir, seus pulmões já dão a impressão de estarem pegando fogo. E, se subir à tona, o rifle vai atingi-lo, o atirador sabe o que ele está fazendo, é só uma questão de tempo: o tempo que o sujeito ficar lá, alvejando-o, até que a possibilidade de que ouçam os disparos o obrigue a desistir e ir embora.

Luke precisa chegar à praia antes que o cansaço e o frio o impeçam de nadar depressa o suficiente e de correr em busca de proteção. Precisa arriscar nadar sem ser atingido, pelo menos não fatalmente e, ao chegar à praia, buscar abrigo atrás de uma rocha. Seu telefone celular está na sacola. Se conseguir apanhá-lo em segurança, poderá chamar a polícia. Sabe que as possibilidades não são muitas, são quase nulas, mas se continuar aqui, no mar, será um patinho num estande de tiro ao alvo.

Ele nada debaixo da água em direção à praia, fazendo o mínimo de movimento possível. Com as mãos em concha junto ao corpo, tenta fingir que é um golfinho, uma máquina de nadar natural.

Seus músculos, sobretudo os do peito, os tríceps e os da barriga, doem como se tivessem sido tratados a marteladas. A água verde-escura está ficando cada vez mais fria — ele sente as forças se esvaírem rapidamente. Seus pulmões querem explodir. Ele precisa chegar à praia.

Sobe à superfície, respira o mais depressa possível e torna a afundar; diretamente acima de sua cabeça, a água recebe uma bala; Luke dá umas rápidas braçadas laterais e, então, emerge uma vez mais para respirar de verdade, encher os pulmões; aproveitando os dois segundos ou três de vantagem — o atirador não previu aquele movimento —, inspira, expira, inspira fundo de novo e mergulha. Um novo tiro atinge exatamente o lugar em que ele estava.

Avançando em ziguezague na água, forçando-se a vencer a dor, vai se aproximando da praia; de vez em quando, emerge para respirar; sabe que, quanto mais ele se acerca, mais fácil é o trabalho do homem que quer matá-lo. Talvez ele fique sem munição: esta é praticamente a única chance realista que lhe resta.

Agora está quase na praia e, por algum motivo, o pistoleiro não conseguiu atingi-lo. Um milagre.

Mas percebe, cheio de pavor, que não se trata de milagre nenhum. É proposital. Todas as balas disparadas chegaram a dez centímetros ou menos do alvo: ele. Ninguém erra por tão pouco, a menos que queira. Esse não é um atirador que não consegue acertar o alvo — ao contrário. É um profissional e sabe exatamente o que está fazendo.

O problema, percebe Luke, é o seguinte: e se esse cara errar por pouco e me acertar? Eu morro, este é o problema!

Continua avançando enquanto seu cérebro trabalha a todo vapor. Com água até os joelhos, começa a correr, joga-se no chão e rola; dessa vez o tiro atinge a água a menos de dez centímetros de seu corpo, o filho da puta está brincando com ele! Luke torna a se levantar e, correndo na marola, sente-se em câmera lenta. Chega finalmente à praia, torna a jogar-se na areia, dessa vez de lado, e a bala explode literalmente a dois centímetros de sua cabeça, espirrando areia em seu rosto; Luke sente o poder da explosão, levanta-se e corre para a segurança do rochedo, onde o caçador não pode pegá-lo acidental nem deliberadamente, não do lugar onde se encontra, e avança em ziguezague, ouve outro estampido, acha-se agora tão perto do atirador que o disparo e o impacto são simultâneos, e ele sente o ardor no lado esquerdo, pouco acima do quadril, a dor é imediata e fortíssima: a carne dilacerada.

Luke cai.

Não fique no chão, não fique no chão, agora que o atingiu, o pistoleiro tem de acabar com você. Ele começa a engatinhar com a lentidão de uma tartaruga, mas, obedecendo a um súbito impulso, ao instinto, rola novamente e, por milagre, um grande milagre — uma verdadeira obra de Deus —, o tiro seguinte, que ele sabe que devia atingi-lo, erra o alvo.

Consegue chegar ao abrigo do rochedo, tão protegido que o atirador já não dispara.

Está a salvo. Até que o pistoleiro desça à praia para dar o tiro de misericórdia.

Luke põe a mão no flanco. Retira-a vermelha, viscosa. Mas os deuses estão do seu lado hoje, o tiro não atingiu o osso nem um órgão vital. Dois centímetros mais abaixo, e lhe haveria afetado o quadril, tê-lo-ia esmigalhado, ele não conseguiria andar. Ficaria estendido ali, retorcendo-se de dor e de medo quando aquele que o persegue chegasse e o mandasse desta para melhor.

Luke consegue abrir a sacola e pegar o telefone celular — meu Deus e todos os deuses de todas as religiões, eu sei que já pequei o bastante para cem vidas, mas, por favor, não permitam que esse telefone esteja fora da área nem bloqueado pelo rochedo — e entra em contato com a operadora da polícia: sem dúvida, os deuses estão com ele hoje, e grita com a mulher, e, contando onde está, o que aconteceu, ouve sua própria voz sendo levada pelo vento e, lá no alto do morro, o bater da porta de um carro, um motor sendo ligado, o ruído dos pneus na terra, um veículo que se afasta.

Caindo de quatro, ele vomita todo o almoço e começa a tremer incontrolavelmente.

* * *

A radiopatrulha, os paramédicos e a polícia rodoviária chegam quase simultaneamente. O chefe da segurança, um velho surfista pouco habituado a esse tipo de violência, se desfaz em desculpas ao descobrir quem é a vítima.

— Nós estávamos na outra extremidade da fazenda, a equipe de domingo é reduzida.

Luke o cala com um gesto.

— Eu não estou culpando ninguém — grunhe, sentindo o latejar da ferida, na qual o paramédico faz um curativo. — Mas quero que você espalhe o seu pessoal por aí e descubra quem atirou em mim. — Volta-se para o policial que primeiro tomou o seu depoimento. — Você também. Ou então ligue para o gabinete do xerife, a jurisdição aqui é dele. — Sabe disso e quer que o meganha saiba que ele sabe.

— Nós estamos providenciando — diz o policial em tom uniforme. Também sabe quem é Luke Garrison, não poderia dar outra resposta.

— Já podemos levá-lo ao hospital — avisa o paramédico, terminando os primeiros socorros. — Alguma preferência?

— O Cottage. Mande levarem a minha caminhonete para lá — ordena ao chefe da segurança, entregando-lhe a chave do veículo. — E o resto das minhas coisas. — Leva consigo a roupa e a sacola.

— Nós cuidamos disso — promete o homem.

Um dos membros da polícia estadual esteve se comunicando pelo rádio.

— O Departamento do Xerife já mandou um investigador ir conversar com o senhor no hospital. Eu vou dar uma olhada por aqui, ver quantos cartuchos consigo encontrar — diz para mostrar serviço.

— Se você passar um detector de metal na areia — diz Luke apontando para o lugar onde foi atingido —, também vai encontrar alguns projéteis.

— Eu aviso o Departamento do Xerife.

Olhando pela última vez para a mancha de sangue que deixou na areia, ele entra na ambulância e se deita na maca.

* * *

— Que puta sorte a sua — comenta o médico do setor de emergência enquanto trata da ferida. — Dois centímetros mais abaixo, e lá se ia o seu quadril. Dois mais à esquerda, e adeus rim.

— É, que puta sorte... — concorda Luke sem ironia. Está vivo, logo, tem sorte.

O tratamento é relativamente simples. O dano muscular é mínimo, a região vai ficar inchada alguns dias, um pouco roxa talvez. O médico introduz um dreno e lhe dá uma injeção contra tétano e alguns antibióticos.

— Você tem médico particular? — pergunta.

— Aqui não tenho mais. — Faz uma careta quando lhe apertam o local.

— Volte amanhã para que eu dê uma olhada nisso — diz o médico, referindo-se ao dreno. — Quero ver se está tudo em ordem. — Começa a enfaixar a ferida.

Luke já conversou com Riva; telefonou para ela assim que o médico que examinou a ferida manifestou satisfação porque ele não corria perigo. Como era de esperar, Riva se assustou.

— Você vai largar esse caso! — gritou.

— Calma — disse ele, surpreso com sua própria tranqüilidade ao telefone. Na ambulância, a caminho do hospital, passara muito tempo tremendo.

Por dentro, continuava tremendo.

— É muito tarde para ir para aí de avião. Eu chego amanhã o mais cedo possível.

— Fique aí e faça o que tem de fazer — disse ele. — Já passou.

Ela foi inflexível no telefone. Luke não iria arriscar a vida por causa de um cliente.

E tinha toda razão. Ele não devia mesmo. Mas há o outro lado da moeda, um lado monumental. Não foi Joe Allison que atirou nele, Joe Allison está na cadeia. Outra pessoa tem um investimento gigantesco nisso, tanto que está disposto a perpetrar homicídio. E isso o enfurece. Luke não quer, absolutamente, abandonar o caso.

Logo depois de sua chegada ao hospital, a imprensa deu as caras. Um jornalista e dois *cameramen* da estação de televisão de Doug Lancaster (por falar em ironia), assim como jornalistas e *cameramen* de outras emissoras. Estão esperando lá fora, contando com uma declaração.

O médico termina o seu trabalho.

— Acha que dá para dirigir? — pergunta.

A caminhonete de Luke está estacionada lá fora; trouxe-a um motorista da segurança da praia particular. Também trouxe um recado da empresa em que trabalha: querem que Luke saiba que vão cobrir todas as despesas médicas, já telefonaram para o hospital a fim de tomar as providências necessárias e, caso ele precise de mais alguma coisa, é só telefonar. Deve ser para evitar um processo, ele pensa. A tal mentalidade empresarial.

Luke está com o corpo rígido, mas consegue andar. Amanhã é que vai ser ruim. E depois, e depois.

— Dá. Até em casa eu chego — garante ele ao médico. Para tomar um drinque. Vários, aliás. — Posso tomar banho? — E se pergunta se deve passar a noite em casa ou ir para um hotel.

— Pode. O curativo agüenta. Mas procure não molhá-lo. — Entrega-lhe uma caixa de comprimidos. — Tome dois antibióticos e um destes quando for para a cama. Vai deixá-lo tão grogue que você dormirá como um anjo.

Luke veste a camiseta com muito esforço. Sente o corpo pegajoso de água do mar, areia e sangue.

— Obrigado pela atenção — diz apertando a mão do médico.

— Foi um prazer. Você teve muita sorte mesmo. Agradeça a Deus.

Luke assina os formulários e, com o corpo hirto, sai ao saguão. Os repórteres o assediam. Ele ergue a mão para detê-los.

— Eu vou dar uma breve declaração e nada mais. Não façam perguntas, por favor. — Mantendo o corpo o mais ereto possível, olha para a frente. — O que aconteceu foi o seguinte: atiraram em mim quando eu nadava e surfava na praia de Hollister Ranch. Como estava escuro, não sei quem foi. — Faz uma pausa. — Fui atingido uma vez; por sorte, um ferimento leve. Já falei com a polícia e espero que ela descubra alguma coisa.

Começa a abrir caminho na multidão. Um jornalista lhe grita:

— Na sua opinião, esse ataque foi motivado pelo fato de o senhor estar defendendo Joe Allison? O seu trabalho ficará prejudicado com o que aconteceu?

Ele se volta para o que fez a pergunta.

— Como assim?

— O senhor não vai abandonar o caso porque tentaram matá-lo? Os tiros, seu cliente e sua defesa não estão relacionados?

— Não sei por que me balearam — responde ele, tentando manter a calma —, portanto não pensei nisso. — Mentira deslavada. É claro que foi esse o motivo pelo qual o atirador tentou liquidá-lo, e, desde então, ele mal conseguiu pensar em outra coisa. — Agora, por favor... eu preciso falar com a polícia e ir para casa.

Ele e o investigador do xerife encerram-se numa sala vazia para ter um pouco de privacidade. Luke presta depoimento, basicamente o mesmo que prestou no local do incidente: não sabe quem o alvejou, não tem a menor idéia de quem está especificamente ligado ao fato, sabe que muita gente, na comunidade, até mesmo os pais da menina morta, não o querem no caso, coisa que ficou clara quando destruíram a sua motocicleta e pela hospitalidade com que foi recebido etc. Fora isso, prefere não especular.

O policial se despede. Ele finalmente está sozinho. Vai para a saída.

Ray Logan entra apressado, bufando feito uma locomotiva, e quase colide com Luke. Está com uma camisa de golfe do Big Dog e bermuda: é a primeira vez que Luke o vê sem calça comprida. Basta-lhe uma olhadela nas pernas finas e brancas como leite de seu ex-assistente para entender por quê.

— Eu acabo de saber — diz Logan sem fôlego. — Você está bem? Acho que sim — acrescenta —, já que está andando sozinho.

— Foi superficial — Luke ouve a si mesmo responder, quase rindo do absurdo da situação. Sente-se como John Wayne ou Clint Eastwood.

— Já falou com a polícia?

— Duas vezes, uma lá e outra aqui. Acabo de depor.

— Que coisa horrível. O xerife Williams está indignado. Nós todos estamos.

— Então façam alguma coisa. — Luke está irritado, cansado, assustado. Sente-se tomado de um terrível desânimo. Quer sair daqui.

— Nós vamos fazer, acredite. Mas antes que você vá embora, podemos conversar um minuto? — Logan está corado, ansioso.

— Eu estou acabado, Ray. Um tiro acaba com a gente, sabe?

— Só um minutinho? — O homem está quase suplicando.

Os dois vão para um pequeno hall à margem do saguão principal. Devagar, com o corpo duro, Luke se senta num banco de plástico alaranjado. Por que os hospitais adoram as piores cores?, pergunta-se enquanto Logan se senta em posição diagonal com relação a ele. Para que a gente se lembre de que está no lar da dor?

— O que você quer, Ray? — Não se dá ao trabalho de dissimular a impaciência. Acaba de ser baleado, quase o mataram. Devia ter direito a um pouco de privacidade. Para poder tremer a sós.

— Primeiro, quero que você saiba quanto eu fiquei abalado com isso. Não sei quem faria uma coisa dessas.

Luke começa a rir, mas a dor é muito forte, de modo que ele refreia o riso na medida do possível. Santo Deus, como dói, como lateja. Ele quer dar o fora dali, ir para casa e tomar os analgésicos.

— Eu sou capaz de imaginar bem mais de uma pessoa que gostaria de me ver longe daqui para sempre. A começar por Doug Lancaster.

— Você só pode estar brincando. — Logan fica vermelho como um tomate só de ouvir o que ouviu.

Luke lhe conta sobre o frenético telefonema que recebeu de Doug Lancaster sexta-feira à noite.

— Havia uma ameaça velada no telefonema. Quase um aviso.

Logan assobia.

— Droga. Ele não devia telefonar para você. Não devia ter nenhum contato com você.

— Foi o que eu lhe disse. Mas ele não calou a boca, continua falando, insistindo que iriam manchar a reputação da sua filha. Como se isso não fosse acontecer de qualquer jeito.

Com ar sombrio, o outro faz um gesto afirmativo.

— Preciso pedir a Doug que fique longe disso.

Luke se sente tentado a contar a esse homenzinho inquieto e rosado, sentado à sua frente, a esse sujeitinho que ainda se mostra intimidado diante do ex-chefe, sobre o suborno que Doug Lancaster lhe ofereceu. Logan teria um ataque do coração e, o que é pior, ele nunca mais conseguiria voltar para casa. Não, vamos guardar isso para quando for realmente útil, por exemplo, quando Lancaster estiver sendo interrogado no tribunal.

— Vou lhe contar uma coisa que talvez você não saiba — diz.
— Doug Lancaster não explica o seu paradeiro entre uma da madrugada e nove da manhã da noite em que Emma foi tirada do quarto.

O rosto de Logan se ensombrece ainda mais.

— É — diz ele com cautela. — Eu sei disso... ouvi o boato. Não sei se é relevante. Ou se é verdade.

Acaso ele sabe alguma coisa que eu não sei?, pergunta-se Luke. Será que Doug tem um álibi para aquele período? Precisa verificar bem antes de se meter num beco sem saída e bater com a cara na parede.

— Por quê? Você sabe onde ele estava?

Logan se recompõe.

— Conte você — desafia.

— Então é por isso que está tão preocupado comigo hoje? Foi por isso que veio até aqui? Para aproveitar a merda em que estou e arrancar umas informações de mim? Eu devia pedir ao juiz que o puna.

Começa a se levantar. Uma forte pontada lhe maltrata todo o lado esquerdo. Ele se firma no chão, a mão ainda apoiada na cadeira.

Logan se ergue de um salto e trata de ajudá-lo.

— Não. Não foi por isso que eu vim aqui. Desculpe. Estava mesmo preocupado com você.

— Tudo bem. — Luke respira fundo, sentindo a dor diminuir. — Eu acredito. Mas continuo achando que há muita sujeira na família Lancaster. Sei que Doug não estava no quarto dele, e, caso você não saiba disso, vai acabar descobrindo. Também sei que Doug tem uma propriedade em Hollister, coisa que lhe daria acesso. Talvez você queira verificar se ele não foi visto por lá hoje. E dar uma olhada no registro estadual de armas para averiguar se Doug não tem nenhuma, sobretudo se for um rifle.

— E hoje? — quer saber Logan. — Onde você vai ficar?

— Em casa. Nós alugamos um bangalô na Mountain Drive.

— Não quer proteção? Eu posso pôr uma radiopatrulha na frente da sua casa.

Luke pensa nisso um instante. Quem o baleou não há de procurá-lo num lugar público, cheio de gente. Se voltar a tentar matá-lo, será à traição, quando ele estiver sozinho.

— Não dá. Eu não posso ficar o resto do julgamento com um meganha no meu pé o tempo todo.

— Você é quem sabe. Mas eu acho que devia, pelo menos durante alguns dias, enquanto o Departamento do Xerife investiga.

Logan tem razão.

— Tudo bem, a casa é meio isolada... Na casa, sim. Mas não em público, não quero chamar tanto a atenção.
— Como quiser. Vou mandar um policial o seguir. — Estende a mão. — Nós agora estamos em lados contrários, Luke, mas isso não significa que eu não o respeite.
Está sendo sincero. É o que diz o seu olhar.
— Eu também o respeito, Ray. — A estatura do homem cresceu aos seus olhos. — Eu também.
Vão para a saída.
— Queria lhe perguntar uma coisa, Luke — diz Logan quase se desculpando. — O julgamento. Você pensou em desistir?
— Pensei, sim. Quando estava caído, com uma bala no corpo, eu pensei muito nisso, quando percebi que não era hoje que ia morrer.
— E que acha que vai fazer? Se você desistir, é incontestável que eu o apoiarei, e não porque esteja com medo do nosso confronto. Você é um ótimo advogado, mas isso não me preocupa. O caso é bom para mim, e eu vou até o fim.
— Eu não esperava outra coisa, Ray.
— Mas, se você está pensando nisso, peço-lhe que decida o mais depressa possível, de um jeito ou de outro. Isso vai atrapalhar muito o processo. Vai nos atrasar em pelo menos seis meses.
— É, eu sei. — E que advogado com um cérebro na cabeça assumiria a defesa de Joe Allison a essa altura? Quem há de querer arriscar a vida num caso que, visto com objetividade, é completamente perdido?
— Eu dou a resposta dentro de um ou dois dias, Ray. O mais tardar. E você saberá se eu fico ou se vou embora. Mas prometo não deixar nem você nem ninguém solto no ar.

Ao chegar, vê um carro desconhecido estacionado diante da casa, um Cadillac Seville ainda novo, bordô. Um homem está ao volante.
Luke pára a caminhonete atrás dele e apaga os faróis. Desce com cuidado, olhando para a radiopatrulha que vem subindo a ladeira. Voltando-se para os policiais, aponta disfarçadamente para o Cadillac, movimentando os lábios para mimicar as palavras: "Há um cara aqui". E, posicionando-se atrás do veículo quadrado, espera até que a radiopatrulha se aproxime e pare a

seu lado. Os policiais projetam uma luz na janela, fazendo com que o motorista, surpreso, erga os braços para proteger a vista.

Vendo quem é, Luke relaxa.

— Tudo bem — grita para os policiais. — É um amigo. — Aproxima-se do automóvel e abre a porta. — O que está fazendo aqui no escuro feito um ladrão? — pergunta ao juiz De La Guerra.

Este o encara.

— Estava à sua espera. Soube do que aconteceu. Vim ver como você está passando.

— Desta eu escapo. Entre. — Luke atravessa a rua e se acerca da radiopatrulha estacionada. — Tudo em ordem, é um amigo.

— Está bem — responde um dos policiais. — Nós vamos ficar aqui, caso apareça alguém que não seja.

— Isso é bom. Obrigado. Querem alguma coisa?

O guarda sentado no banco do carona lhe mostra uma garrafa térmica.

— Nós estamos abastecidos. Mais tarde, outra unidade vem nos substituir, mas o senhor vai ficar protegido o tempo todo.

Lá dentro, mantendo a sala pouco iluminada, ele serve três dedos de tequila Conmemorativa em dois copos e, sem perguntar nada, entrega um ao ex-magistrado. Sentar-se dói; tudo dói. Precisa de mais alguns tragos, de um chuveiro quente e de uma boa quantidade de analgésicos.

— Como ficou sabendo tão depressa? — pergunta.

— Pelo rádio.

Luke deixa escapar um grunhido.

— Vai dar na televisão também. Você vai ver a minha cara de bunda. — Ergue o copo para brindar. — A um grande idiota e ao amigo trapalhão que o deixou neste estado. Isto deve incluir nós dois. — Bebe a tequila de um gole e se serve de outra.

De La Guerra conserva o copo na mão.

— Eu sinto muito, Luke.

— Bobagem. Ninguém me obrigou a nada.

— Você estava levando uma vida nova. Eu devia tê-lo deixado em paz.

Luke sacode a cabeça.

— Eu estava me escondendo da minha vida antiga. Agora não estou mais, portanto valeu a pena, mesmo que queiram me matar.

— Mas agora eu estou preocupado com você, muito preocupado. Sua vida está em perigo. Eu não esperava isso. — O juiz se cala um momento. — Quem você acha que foi?

Luke bebe a segunda dose.

— Doug Lancaster — diz lentamente, mastigando as sílabas.

O rosto avermelhado do juiz começa a perder a cor.

— É uma acusação muito séria, rapaz.

— Eu sei. E levo isso muito a sério.

Luke explica ao velho por que suspeita de Doug, a começar pela tentativa de suborno, passando pela lista de novas transgressões, uma a uma. Menciona o fato de ele ter passado oito horas sumido na noite em que sua filha foi assassinada; suas notórias infidelidades, das quais a esposa tinha conhecimento; a advertência para que Luke não utilizasse a gravidez de Emma na estratégia de defesa; a coincidência de ele ter uma propriedade em Hollister Ranch.

Copo na mão, os dois ficam em silêncio.

— Mais uma coisa — acrescenta Luke. Está no terceiro drinque, todos eles caprichados. A dor piorou agora; tem de agüentá-la até que o juiz se vá, então tomará um remédio forte.

— Mais uma? — Pergunta De La Guerra. — Que mais poderia haver, a menos que seja uma confissão?

— É melhor você se segurar na cadeira. — Ele riria se não fosse doer tanto: de si mesmo e do visitante, dois panacas. — Joe Allison tinha um caso com Glenna Lancaster.

O juiz aposentado solta um gemido. Bebe a tequila. Gostaria de tomar outra, mas ainda precisa dirigir, e a estrada é estreita, tortuosa, um perigo mesmo para quem está sóbrio.

— Praticamente desde o dia em que começou a trabalhar na emissora, há mais de dois anos — complementa Luke, expondo toda a miséria.

— Mesmo depois do assassinato de Emma?

— Antes, durante e depois. Até recentemente, a julgar pelo modo como ele evita entrar em detalhes. Eu já não sei se devo acreditar no que diz — acrescenta com raiva —, tudo o que me contou foi arrancado com um saca-rolhas. Esse escroto.

O velho afunda na poltrona. O que acaba de ouvir é intolerável.

— Acho melhor você renunciar ao caso — diz com voz trêmula.

— É o que Riva quer que eu faça.

— E com razão. Largue isso.

— Por que motivo? Porque meu cliente mente para mim? Por que quiseram me matar?

— Por tudo. Puxa vida, Luke — a dor sufoca a voz do juiz —, se você soubesse como eu estou arrependido. De tudo.

— Todos os clientes mentem para o advogado. Faz parte do jogo. Eu também mentiria se estivesse no lugar de Allison. Isso não significa que ele matou Emma. Talvez signifique justamente o contrário. — Está reproduzindo a idéia de Allison, mas ela não chega a ser forçada. — Agora ser baleado e perder a única prancha que eu tinha, isso é bem diferente.

De La Guerra sacode a cabeça.

— Não. Você está insistindo demais em lhe dar o benefício da dúvida. — Vacila antes de prosseguir. — E, em todo caso, isso já não tem importância nenhuma. — Inclina-se para a frente: agora vem o pior. — Lembra-se da nossa conversa quando eu o recrutei? Não quanto a Joe Allison ser culpado ou não. Isso eu desconhecia e, francamente, não me importa. Continua não me importando. Eu nem conheço o rapaz, não tenho nenhum interesse nele. A minha única preocupação é que ele tenha uma defesa capaz. Só isso.

Luke procura uma posição mais confortável na poltrona.

— Sim, eu me lembro — diz com voz cansada. — Você não queria que a sua adorada cidade se sujasse atropelando um pobre coitado e mandando-o para o corredor da morte feito uma terra de gângsteres como o Arkansas ou a Louisiana. — Faz uma pausa. — Aliás, até preferia que eu não tivesse ido tão fundo quanto fui. Que não tivesse bagunçado o coreto, que não tivesse tirado os esqueletos do armário. Um trabalho competente que, quando muito, levasse a um apelo de alguma bem-intencionada organização de direitos civis depois da condenação. Era isso que você queria, nada mais. Não é mesmo?

De La Guerra o encara na penumbra da sala.

— É. Era só isso que eu queria.

— É o que todo mundo queria. Até eu. — Foda-se, ele vai tomar mais um trago. Quantos quiser. Não pretende sair de casa mesmo, e um cara que foi ferido em combate merece uma quantidade ilimitada de bebida no dia em que sobreviveu. E se serve.

— O problema é que nunca é assim, Freddie. Não se pode defender um homem acusado de um crime, sobretudo de homicídio, do mesmo jeito que se monta um quebra-cabeça. Esta peça aqui, aquela, ali, tudo se encaixa e pronto. Nem todas as peças se encaixam, isso nunca acontece. Mesmo quando o júri chega a um veredicto, mesmo quando o condenado cumpre a pena, não acabou. Nunca acaba. Não num caso assim. — Cala-se um instante. — Você sabe que não. É por isso que estamos aqui.

Os fantasmas do passado não dão trégua. De La Guerra fica olhando fixamente para a sua tequila.

— Quer dizer que você vai continuar? — pergunta em sua infinita tristeza.

Luke sacode a cabeça.

— Não sei, a verdade é que eu não sei. Com toda certeza, não vou deixar que me matem por causa disso. Mas também não vou deixar que um covarde qualquer, escondido lá fora, no escuro, me expulse da cidade. Eu mesmo já fiz isso comigo. Desta vez, se eu for embora e quando eu for embora, será à minha maneira: com a cabeça erguida.

— O que vai fazer? Se continuar no caso? — Está na hora de ir para casa, o juiz precisa voltar para casa.

— Se possível, vou tentar descobrir onde Doug Lancaster estava naquela noite. Se ele não tiver álibi, eu começo a acender uma fogueira debaixo dele. — Pensar no que quase lhe aconteceu hoje reaviva a sua raiva. — Se o filho da puta que tentou me matar for Doug, e eu não consigo imaginar mais ninguém que esteja contra mim a ponto de tentar uma coisa tão maluca, tão sacana, ele só pode ser um psicótico perigoso a ponto de, até mesmo, ter matado a própria filha. E, se isso for verdade, eu vou descobrir. — Acaba de tomar a tequila: palavra, a última hoje. A dor, o ferimento e a tensão têm nele o efeito de uma machadada nas costas. Está na hora de ir dormir. — Alguém aí fora — aponta genericamente para o mundo exterior — está querendo me matar. Com ou sem Joe Allison, eu não vou fugir. E, se eu ficar, como advogado de defesa dele ou não, juro que vou descobrir quem é e por quê.

Contrariando o conselho de ficar no norte até resolver as questões pendentes, Riva chega de manhã bem cedo a Santa Barbara, tendo viajado a noite inteira num carro alugado.

— Por que você ainda não fez as malas? — pergunta ao entrar.

— Calma — resmunga Luke com voz sonolenta, toldando o rosto contra a súbita invasão de luz solar, através das cortinas, quando ela escancara as janelas do quarto.

— É serio. Nós vamos sair daqui hoje mesmo, portanto comece a arrumar as malas. — Com um humor de arrasar, abre as gavetas e começa a amontoar as roupas na cama, no chão, nas cadeiras.

Ainda atordoado pela tequila, os comprimidos e a dor, Luke escorrega da cama e vai tropegamente ao banheiro. Depois de urinar copiosamente, lava o rosto. A água fria ajuda, mas não muito, sobretudo quando ele examina a sua aparência. Está com o tronco todo roxo, coberto de feias manchas amareladas. Desvia o olhar do espelho. Precisa de sossego, e Riva não lhe vai dar nenhum enquanto não estiverem longe dali. Com a mão em concha sob a torneira, ele aplaca a sede que o atormenta, bebendo até se sentir encharcado.

Sai do banheiro. Riva continua espalhando calças e camisas no quarto. Solta um grito ao ver o *technicolor* de seu corpo:

— Oh, meu Deus! Minha Nossa Senhora!

— Pare. Não é tão grave assim. Parece pior do que realmente é.

— Você enlouqueceu! Olhe isso!

Como ela não pára de gritar, Luke lhe agarra os braços com força e trata de contê-la.

— Acalme-se — diz pela segunda vez. — Sossegue um minuto, vamos. — Enlaçando o braço em seus ombros, quase a empurra até a sala de estar, onde ela se deixa cair no sofá, os olhos pregados nele. Luke se senta ao seu lado. Sente a dor no corpo todo, subindo e descendo, de um lado para outro. Uma dor forte, rombuda, feito uma monstruosa dor de dente. — Eu não posso ir embora.

— Por que não?

Por que não? Boa pergunta.

— Porque... — É obrigado a se inclinar para a frente, do contrário a dor o sujeitará por inteiro, não lhe deixando forças senão para nela soçobrar, mas isso não pode acontecer, não agora, ele tem muito que fazer. Tem de negociar com Riva, recompor-se e ir para a cidade cuidar da vida, seja como for. — Porque eu sou o advogado de Allison — explica. — Não se pode abandonar uma defesa sem autorização da Justiça, pouco importa em que circunstâncias. Eu tenho de solicitar o meu afastamento, e o juiz Ewins precisa autorizá-lo.

Riva ergue a voz:

— E se você tivesse morrido? Teria de solicitar afastamento?

— Acontece que eu não morri.

— Tudo bem então. Vista-se. Vamos até o tribunal, você apresenta a sua solicitação idiota e nós damos o fora daqui. Ande. — Agarra-lhe o braço e puxa-o para que se levante.

— Aaaai! — Seu lado esquerdo parece em chamas.

Riva o solta, recuando assustada com o grito.

— Desculpe. Eu não sabia...

— Que eu levei um tiro? Pois eu pensei que era isso que nós estávamos discutindo. — A dor o torna irritável. Luke não quer se comportar assim, não com Riva. Agora ela é o foco da sua existência. Os dois estão bem e ele quer que continuem assim, mas... puta que pariu, como isso dói!

— Tudo bem, eu sei que você está tentando ajudar — Fita-a.

— Não posso ir embora. Por enquanto.

— Por que não? — Ela é valente, mas está quase chorando.

— Tentaram me matar. Eu preciso descobrir quem foi. — Puxa-a para junto de si; dói como o diabo, mas não importa, ele quer tê-la nos braços. — Ir embora não vai resolver o nosso problema. Eu posso fugir, mas não me esconder. Portanto é melhor continuar aqui, onde pelo menos conto com proteção. — Olha-a nos olhos. — Eu voltei por um motivo, Riva. Nem sabia qual. Pensei que sabia, mas era apenas a superfície: Polly. Era importante, mas não como eu julgava. No fundo, não.

Ela mergulha a cabeça em seu peito.

— Eu tenho medo. Estava tudo indo tão bem, e agora isso.

Luke a estreita nos braços.

— Eu também tenho medo, meu amor. Eu também.

Riva o leva de carro ao hospital. O médico o examina: está tudo bem. Então ela o deixa no presídio.

Luke se senta uma vez mais diante de Joe Allison, na sala de entrevistas, para lhe contar as novidades. Este fica visivelmente abalado, sem saber o que dizer. Depois lhe ocorre:

— Então você não vai mais me defender?

Se não estivesse com o corpo tão dolorido, Luke daria um pontapé na bunda desse narcisista imbecil.

— Quantas vezes você vai me perguntar isso? Por acaso eu devo deixar que me matem por sua causa? — dispara. — Essa é a única coisa em que você consegue pensar? Em você?

Allison se encolhe.

— Não. Desculpe. Não foi o que eu quis dizer. Você não devia ter passado por isso. Tem todo o direito de largar o caso se quiser.

Luke o encara.

— Eu não vou largar caso nenhum.

Surpreso, o acusado ergue o olhar.

— Vai continuar me defendendo?

— Não tenho outra escolha.

Allison não sabe como reagir. Limita-se a agradecer.

Luke sacode a cabeça.

— Não é por sua causa que eu vou continuar, portanto não me agradeça. — Prossegue ante o olhar perplexo do cliente. — Não vou entrar em detalhes, não é da sua conta, mas já me expulsaram desta cidade uma vez. Eu mesmo me expulsei e, desde então, tenho sofrido muito. — Debruça-se na mesa. — Não vou deixar que me mandem embora outra vez. Ninguém. — Torna a mudar de posição, seu corpo lateja. — Vou lhe dizer uma coisa importante. Escute bem. Está escutando?

O outro faz que sim.

— Nunca mais minta para mim, por ato, por omissão ou como for. Se há mais alguma coisa que eu deva saber, quero que você me conte já.

Allison repete o gesto afirmativo.

Luke se levanta.

— Muito bem então. Vamos tocar o barco.

No fundo da sala, abre-se a porta que dá para as celas. Um carcereiro fica aguardando o presidiário.

— Obrigado — diz este em voz baixa.

Luke dispensa o agradecimento com um gesto de desdém.

— É por mim que estou fazendo isso, Joe. Agora você faz parte da história por mera casualidade. Mas continuo presente: esta é a única coisa que lhe diz respeito.

O xerife Williams deixou quatro recados na secretária eletrônica de Luke, pedindo-lhe que retorne a chamada. Ele vai retornar. Mas primeiro quer falar com a mídia.

Posta-se diante da fachada do tribunal, em frente ao presídio recentemente reformado e ampliado, onde Joe Allison, agora a pessoa mais famosa que já encarceraram, está numa cela isolada. Luke se posicionou de tal modo que as objetivas das câmeras da televisão captem tanto o tribunal quanto a cadeia: o prédio todo ornamentado, quase rococó, em que se faz justiça, pouco importa como a interpretem, e o edifício funcional onde a polícia executa o seu trabalho e as pessoas consideradas criminosas ficam trancafiadas até que se faça a tal justiça e, como quase sempre acontece, elas sejam enviadas a um lugar pior.

Com a ajuda de Riva, Luke se vestiu especialmente para a ocasião: camisa branca, gravata-borboleta, paletó esporte. Comenta a agressão que sofreu.

— Foi um atentado frio e premeditado contra a minha vida, contra a pessoa específica de Luke Garrison. Quem atirou em mim não o fez porque não gosta do modo como eu ponho *ketchup* na batata frita. Atirou em mim porque eu sou o advogado de defesa de Joe Allison, um homem acusado dos crimes de seqüestro e homicídio, um homem que esta cidade quer ver de pés juntos. Nós todos sabemos que é disso que se trata, não vou me alongar mais.

Olha para o lado. Riva o observa com atenção, seu rosto é uma torturada mistura de perplexidade, preocupação e amor. Ele a fita um instante e torna a se voltar para as câmeras.

— Há um bom motivo para quererem me eliminar: o fato de o sr. Allison não ser o criminoso. Quem seqüestrou e matou Emma Lancaster ainda anda solto, na comunidade, e sabe que eu posso revelar um material capaz não só de impedir um veredicto contrário ao sr. Allison, como também de comprometer a ele, o verdadeiro assassino. — Faz uma pausa. — Eu tenho um trabalho a fazer. Impedir que um inocente seja condenado. Não vou renunciar a este caso apesar da preocupação dos meus amigos e até de alguns dos meus inimigos. Agora, mais do que nunca, estou decidido a ir até o fim.

Dá meia-volta e se afasta sem esboçar um sorriso.

O encontro com o xerife Williams e Ray Logan é tenso, como ele sabia que seria. Na verdade, ficaria decepcionado se não fosse. Reúnem-se no gabinete de Williams, um escritório convencional, com as paredes cobertas de placas e fotografias, prêmios e elogios. O xerife se encontra à escrivaninha; Luke, à sua frente; Logan, a um lado. É uma parte interessada no show, não um participante. A porta está fechada. Williams instruiu a secretária a não transferir nenhum telefonema, sem exceção.

Luke sente a tensão no ar: tanto melhor, é o que ele quer.

— Sua entrevista foi um belo espetáculo — observa o xerife secamente. Conhece Luke há muito tempo. Passaram mais de uma década trabalhando em estreita colaboração, quando este era assistente da promotoria, a estrela em ascensão do Ministério Público, e, depois disso, quando foi eleito chefe da Promotoria Distrital. Os dois se davam bem. Agora são adversários, o que não chega a ser agradável.

— Meteram uma bala no meu corpo, Bob, caso você tenha esquecido — retruca Luke. É engraçado, mas, pelo menos por ora, encontra-se em posição vantajosa. Eles têm de levá-lo a sério e tratá-lo bem. — Suponho que você já está tentando descobrir quem foi.

A resposta de Williams é deveras séria:

— Não precisa supor, Luke. Nós estamos com uma dúzia de investigadores na rua, seguindo algumas pistas.

— Isso me impressiona. — Então vem a pergunta mais dura. — Alguma dica de quem você imagina que foi?

O xerife se mexe na cadeira.

— Quem você acha que foi? — redargüi.

— Doug Lancaster, quem mais?

O nome fica no ar como fumaça de cigarro numa sala fechada. Williams olha para Logan.

— Está na lista.

— Vocês sabem onde ele estava?

— Ele diz que se encontrava em casa. Nós estamos checando.

— Como checaram onde estava na noite em que a filha dele foi seqüestrada?

O xerife se mostra incomodado.

Luke olha de relance para Logan, que está sentado desconfortavelmente em seu canto, depois encara Williams.

— Você não fez um bom trabalho, Bob. Num crime como esse, os familiares imediatos são os primeiros suspeitos, e a gente checa todos os seus álibis até a raiz. Isso não se discute, você e eu trabalhamos uma centena de casos parecidos. Mas, nesse, você não quis, não se empenhou com vigor. Deixou-se acovardar pelo *status* e o poder dos Lancaster na comunidade. Deu um jeito de livrar a cara deles no ato.

— Você está me ofendendo — diz o xerife com raiva.

Luke não tem sossego. Ficar na mesma posição dói.

— Eu não disse que vocês o inocentaram, Bob. Disse que *parece* que o inocentaram. O fato é que Doug Lancaster não explica onde estava, entre uma e nove da manhã, na noite em que a filha dele foi seqüestrada. Eu sei disso e imagino que você também sabia.

Williams olha para Logan: até que ponto deve mostrar as cartas que eles têm na mão?

Logan se encarrega de responder.

— Nós sabemos que não estava no hotel, como Lancaster disse que estava... o que é um ponto contra ele, eu reconheço.

— Você sabe onde ele estava? Tem uma prova material?

O outro respira fundo.

— Não.

Luke reflete um momento.

— Ele telefonou, tarde da noite, para um número da região de Malibu. Vocês estão sabendo disso?

Logan faz que sim.

— Sabemos.

— Interrogaram a pessoa a quem ele telefonou?

Outro gesto afirmativo.

— Ela não estava em casa.

— Quer dizer que a ligação não se completou? — pergunta Luke, surpreso. Esquisito. Se a ligação não se completou, porque o hotel a tem registrada? Claro, o telefone podia estar ligado a uma secretária eletrônica. Talvez Doug tenha deixado uma mensagem.

Logan dá de ombros.

— O homem, que se chama Buchinsky, prestou depoimento. Eu o mando para você por fax. Ele não estava na sua casa de praia na noite em questão. Nem estava no país, estava na França.

— Então não serve de álibi para Lancaster. Já que não estava lá.

— Não. Mas isso, em si, não o torna um suspeito — diz Logan evasivamente.

— Não — concorda Luke. Não o torna. Você me deixaria conversar com Buchinsky? — pergunta então.

— Claro que sim. Vou telefonar para ele e avisá-lo que você vai entrar em contato.

— Fico agradecido, Ray. — Ser vítima de um crime, sobretudo de tentativa de homicídio, abre muitas portas que normalmente estariam bem trancadas.

— Você sabe que nós lamentamos o que lhe aconteceu — diz Logan sem nenhum entusiasmo.

Luke sacode a cabeça.

— Queriam me matar — lembra ao seu sucessor. — Alguém está desesperado para se livrar de mim. Doug Lancaster tentou me tirar do caso desde o primeiro dia, coisa que vai muito além da tristeza de um pai ou do desejo de vingar a morte da filha. Tentou me advertir, me assustar, ameaçou-me. — Não menciona a tentativa de suborno: é um cartucho muito precioso para queimar agora.

Williams e Logan ficam taciturnos.

— Eu estou ouvindo — diz finalmente o xerife.

Logan se volta para ele.

— E quanto à proteção? — É o dr. Eficiência em pessoa.

— Dia e noite — diz Williams sem hesitação. E, antes que Luke possa protestar, ergue a mão enorme feito um guarda de trânsito. — Tentaram matá-lo. Eu não vou deixar que disparem mais um tiro. Eu tenho o meu trabalho a fazer, como você, e é o de proteger os cidadãos.

Não deixa de ser um alívio, embora Luke não lhe dê a satisfação de confessá-lo. Riva vai gostar de saber. Conformou-se com a sua decisão, mas está contrariada e assustada. Isso a tranquilizará um pouco.

— Tudo bem — responde ele. — Mas só na minha casa e onde a minha mulher estiver. Eu não posso trabalhar direito com os seus homens me vigiando. Preciso interrogar testemunhas, algumas das quais não quero que vocês saibam que eu procurei. Mas não pretendo voltar a andar sozinho por aí.

Apesar do azedume, Williams concorda com um gesto.

— Eu queria que você estivesse do lado certo desta vez — diz.

— Eu estou. — Bate no ombro do xerife. — Nós todos estamos do lado da Justiça, Bob.

Que pode haver de bom no fato de quererem matá-lo? Resposta simples: agora todo mundo é obrigado a levá-lo a sério. Joe

Allison pode ser culpado do que o acusam e, com toda certeza, será condenado, independentemente do que você faça. Mas há quem queira de tal modo vê-lo fora do caso que é capaz de liquidá-lo: coisa que legitima o que você está fazendo e deixa seus adversários nervosos.

Haverá muita publicidade. Já está começando. Você joga água no moinho, atiça o fogo. Dá entrevistas, coletivas de imprensa, exige saber por que as autoridades não capturaram quem tentou matá-lo. Elas são coniventes com uma conspiração para esconder a sujeira debaixo do tapete, para abafar tudo? Mas o que estão abafando afinal? Acaso surgiu alguma dúvida sobre a culpabilidade de Joe Allison? É possível que já não estejam cem por cento seguros, mas não podem admiti-lo, porque investiram demais no caso para recuar agora?

Joe Allison não é tão culpado quanto era anteontem. Agora, como alguém estava desesperado e louco a ponto de tentar matar-lhe o advogado, ele tem uma chance. Pode acabar sendo condenado, mas, por enquanto, é quase aquilo que devia ser, um inocente até que se prove o contrário. Sem margem a dúvidas.

Tentaram matar Luke Garrison, o advogado de Joe Allison. E isso muda tudo.

Mas o diabo é que ninguém tentou me matar.

Ele tem dado tratos à bola por causa disso desde que voltou do hospital e desde a sua posterior discussão com Ray Logan. O que o intriga é a certeza de que o atingiram acidentalmente. E, por sorte, o ferimento não foi mortal. Mas quem atirou não tinha a menor intenção de atingi-lo. Aquilo foi um recado. Eram tiros de advertência, para intimidá-lo, um último e derradeiro aviso: *Eu posso acabar com você, cara, quando bem entender. Portanto dê o fora. Já.*

Mas ele não vai dar o fora. Portanto tem de partir do princípio de que algo mais vai acontecer. Precisa estar preparado, precisa ser vigilante.

Se sobreviver a tudo isso, pensa Luke enquanto toma mais um analgésico, terá valido a pena ser baleado. Mas só essa primeira vez. Está disposto a arriscar a carreira — afinal, não arrisca tanto assim, já que é pouco o que dela resta —, mas não está disposto a tornar a arriscar a vida. Mesmo que tenha sido apenas uma advertência, basta. Pois, da próxima vez, o atirador não vai apontar para errar.

* * *

Ao chegar ao escritório, Luke encontra na escrivaninha o depoimento de Ted Buchinsky a um dos promotores assistentes de Logan. Ele o lê. Foi uma declaração breve, duas páginas apenas. No dia anterior, Buchinsky recebeu Doug Lancaster em casa, em Beverly Hills, trataram de negócios e combinaram de continuar a discussão quando ele retornasse da Europa. Viajou na tarde anterior à noite do seqüestro, de modo que obviamente não estava em casa quando Doug lhe telefonou. Fim do depoimento, fim da história.

Luke joga os papéis na escrivaninha. Doug não esteve com esse cara.

Começa a examinar outro material, então lhe sobrevém um estalo. Pega novamente as duas folhas, examina-as. O número do telefone, no texto do depoimento, o da casa de Buchinsky: é da região de prefixo 310, sem dúvida, mas o número corresponde a Brentwood, não a Malibu. Doug não telefonou para Brentwood, telefonou para Malibu.

Tirando da pasta de arquivo a lista do hotel, Luke confere o número que Doug discou aquela noite. É diferente do que consta no depoimento.

Digita o número de Malibu. O telefone toca. Uma, duas, três vezes. Ele não quer deixar recado. Prepara-se para desligar.

— Alô? — Uma voz de mulher.
— É da casa de praia dos Buchinsky?
— Sim.

Isso o deixa perturbado. Como pode ter se distraído de uma coisa tão óbvia.

— É a sra. Buchinsky?

A mulher abre a porta.

— Obrigado por me receber — diz Luke no tom mais simpático de que é capaz. Ela veste uma camisa de algodão sobre o biquíni de laicra. — Luke Garrison. — Estende a mão.

Seu nome parece nada significar para ela.

— Helena Buchinsky. — Aperta-lhe a mão, examina-o detidamente. — Você não tem cara de promotor distrital.

Ele sorri.

— Não? Como é um promotor distrital? — Que sotaque!, pensa. Dá-lhe um charme exótico; não que sua voluptuosidade tão espontânea, tão natural, não seja exótica numa terra de loiras anoréxicas com seios de silicone.

— Todo abotoadinho. Convencional. — Torna a encará-lo, sorrindo.

A indumentária de Luke é bastante convencional. Mas a barbicha e o rabo-de-cavalo contradizem a aparência de um membro do Ministério Público. Em todo caso, ela parece gostar do que está vendo, pensa, sentindo o flerte no ar, que emana dela com a naturalidade de sua respiração. É o tipo da mulher que vai atrás do que lhe agrada.

— Os tempos mudam — diz.

Helena atravessa a casa para conduzi-lo ao deque coberto, no quintal.

— Quer um refrigerante?

— Se não for um incômodo. — Luke a acompanha com passos rígidos, o corpo ainda bastante dolorido.

— Nenhum incômodo. — Ela desvia até a cozinha e volta, pouco depois, com duas latas de Coca-Cola. Entrega-lhe uma e vai para o deque.

Sentam-se frente a frente em cadeiras brancas. Tudo na casa é branco ou ligeiramente amarelado: os sofás forrados com lona, as cadeiras de vime, o piso de madeira descolorida. Uma extensão do mundo exterior, da praia e do sol. Ela passa a mão nos longos cabelos negros e recentemente pintados: mechas douradas no negrume. Cruza as pernas bronzeadas e untadas de óleo, mas não com excesso de pudor: o generoso panorama das coxas sobe até o limite do biquíni.

Tirando os olhos de suas pernas, Luke lhe examina o rosto. Não chega a ser sofisticado, mas é franco.

— À saúde — diz, erguendo a lata de refrigerante.

— À sua — responde Helena. Fita nele um olhar interrogador, interessado talvez?

Luke não mentiu para ela. Tampouco lhe disse toda a verdade. Não contou que não é promotor distrital; não a corrigiu agora, quando a questão veio à baila. Helena não lhe perguntou diretamente, portanto não houve necessidade de mentir nem de dar uma resposta ambígua. Ligou para o seu número, contou que o tinha recebido de Ray Logan, o promotor distrital encarregado do caso de seqüestro seguido de homicídio de Emma Lancaster, disse que também estava trabalhando no caso (dando a entender que colaborava com Ray, mas sem afirmá-lo com todas as letras) e que, para preparar o iminente julgamento, precisava entrevistar todos os que soubessem alguma coisa: como ela e seu marido, que conheciam Doug Lancaster.

— E Glenna Lancaster — Helena fez questão de acrescentar no telefone. — Eu estive com ela algumas vezes, quando os dois ainda eram casados.

Luke prosseguiu, dizendo que precisava de mais informações e pedindo para conversar com ela pessoalmente. Helena concordou, e cá está ele.

— Há quanto tempo você conhece Doug Lancaster?
— Há anos. Ele e meu marido são do mesmo ramo.

O ramo da televisão e do cinema. Para ela, não existe outro. Torna a cruzar languidamente as pernas. São bonitas, e ela sabe disso, provoca-o com facilidade.

E há quanto tempo você dá para o amigo do seu marido?, ele pensa. Doug é um amante de luxo e, para quem não está atrás de um brotinho ardente de tesão, é o que há de melhor.

Doug Lancaster passou aquela noite com ela, Luke é capaz de apostar. Sabia que o marido estava viajando. Telefonou — talvez até para retornar um telefonema —, ela lhe pediu que viesse e ele veio, a galope. Coisa que, naturalmente, não podia contar à polícia. A filha morre e está grávida; na mesma noite, o pai vai trepar com a mulher de um amigo; quanto à mãe, sabe-se lá o que anda fazendo, talvez esteja dando uma bimbada com o suspeito do homicídio. Belo quadro para apresentar ao júri.

Luke abre o caderno de anotações.

— Doug Lancaster telefonou para esta residência na noite do seqüestro de sua filha, aproximadamente à uma da madrugada.
— Ergue os olhos para ela.

Helena não se perturba.
— É, eu me lembro.
— Falou com ele?

É uma surpresa que ela o admita tão prontamente.
— Falei.
— Pode me informar do teor da conversa, do tempo que durou etc.? Uma hora da madrugada não é meio tarde para receber telefonemas?

Helena o encara como se ele estivesse chegando de Marte, depois desata numa gargalhada.

— Neste ramo, a gente recebe telefonemas 24 horas por dia. Se Roseanne ou Dustin ou Jeffrey ou Steven querem falar com você, pouco importa que horas são. Uma da madrugada até que é razoável.

— Quer dizer que você estava acordada?

Helena faz que sim.

— Eu sou uma coruja. Não durmo muito, gosto de ficar aqui, no deque, contemplando as ondas no escuro. É lindo. — Sorri. — Mais lindo ainda com uma taça de Dom Pérignon por perto.

— Deve ser mesmo. — Ele retoma o fio da meada. — Sobre o que você e Doug Lancaster conversaram?

— Ele queria falar com Ted.

— Seu marido.

— É.

— E o que você lhe disse?

— Que Ted não estava.

— Só isso?

— Praticamente. — Mais um gole da lata de refrigerante. Mais um cruzar das pernas.

Será que ela está esperando que eu tome a iniciativa?

— Quer dizer que vocês dois não conversaram?

Helena sorri.

— Oh, claro que sim. Batemos um papo de alguns minutos. Ele ficou irritado por ter esquecido que Ted estava viajando... os dois tinham um negócio a resolver. Eu lhe disse que só lhe restava esperar que Ted retornasse.

— Só isso?

Ela o encara.

— Só isso — diz como desafiando-o a contestá-la.

— Bem, só para ter certeza de que eu entendi bem — diz ele. — Nem você nem seu marido estiveram com Doug Lancaster na noite em que a filha dele foi seqüestrada. Ele telefonou rapidamente para a sua casa, vocês conversaram um pouco e pronto.

Helena confirma com um gesto.

— Você entendeu muito bem.

— Não o convidou a vir tomar um aperitivo antes de voltar para casa? Já que você é uma coruja e ia ficar acordada mesmo.

— Ele lhe sorri, lambe-lhe as pernas com os olhos: intencionalmente, ostensivamente.

Não menos ostensivamente, ela torna a cruzá-las, esfregando uma na outra. Retribui o sorriso.

— Não. Eu não o convidei. Meu marido não gostaria disso, mesmo se tratando de um velho amigo como Doug.

Luke se sente um irresponsável: foi baleado, ferido. E agora está arrastando a asa para essa mulher.

— E se seu marido não ficasse sabendo? — pergunta abertamente. — Só um drinque entre amigos, uma taça de Dom Pérignon a dois na madrugada.

Helena sacode a cabeça, um movimento lento, o sorriso fixado nos lábios, toda languidez.

— Doug Lancaster não esteve aqui aquela noite — diz calmamente. — Por quê? Disseram que esteve? Ele disse?

Luke fecha o caderno.

— Não. Eu só queria ter certeza. — Levanta-se tentando dissimular a dor no corpo. — Obrigado pela atenção.

Helena o acompanha até a porta da rua. Quando ele faz menção de sair, ela pousa a mão em seu braço.

— Eu o vi na televisão ontem à noite. Pessoalmente, você é mais bonito. Mas é claro, ninguém pode estar com boa aparência uma hora depois de ter levado um tiro que quase o matou.

Luke tem vontade de rir: ela sabia de tudo.

— Bem, obrigado por ter conversado comigo — diz. Que diabo de mulher! Doug devia ficar agradecido. Mas duvido que fique.

— Eu não tenho nada a esconder. Doug Lancaster não esteve aqui... aquela noite. E é isso que importa, não? — Helena continua com a mão no braço dele.

— É — concorda Luke. — No que me diz respeito, é isso que importa.

No caminho de volta, Luke fica de olho no espelho retrovisor. Leva o telefone celular no banco, ao seu lado, disposto a chamar a polícia à menor provocação. Reconhece que anda nervoso: não sabe se o vigiam. Se Doug Lancaster estiver de fato por trás de tudo o que aconteceu, coisa que lhe parece cada vez mais plausível, é bem possível que o estejam seguindo agora, esperando um trecho vazio da estrada para tentar alguma coisa.

Seria arriscado atacá-lo em plena luz do dia. Logan e Williams estão de orelhas em pé; se algo lhe acontecer, ficarão em maus lençóis. Tomara que já tenham conversado com Doug, que o tenham mandado fazer-se de morto, seja ele o agressor da praia ou não.

Visitar Helena Buchinsky foi um risco calculado. Ela vai telefonar para Doug, este ficará com a pulga atrás da orelha. Mas isso faz parte do plano: aumentar a pressão sobre ele, levá-lo a denunciar-se.

Caso seja mesmo o assassino.

A situação está ficando complicada. Inicialmente, investigar o paradeiro de Doug Lancaster na noite do seqüestro da filha foi um mero palpite, uma jogada aleatória. Agora que Helena Buchinsky negou inequivocamente haver passado a noite com ele, a questão de seu paradeiro tornou-se importantíssima, uma poderosa arma da defesa. Ela pode ter mentido para se proteger e preservar o casamento. Mas se Doug se tornar suspeito e os dois tiverem passado aquela noite juntos, será que Helena continuará negando? O contrário, se for verdadeiro, é muito mais grave. E se Doug não tiver passado a noite com ela? Onde diabo estava então?

Atualmente, Doug Lancaster mora em Hope Ranch, outro encrave exclusivíssimo de Santa Barbara. Fica mais perto da emissora; nos dias bonitos, quando ele se sente vigoroso, vai de bicicleta para lá. Desde que se divorciou de Glenna, mergulhou de corpo e alma no trabalho, muitas vezes chega antes das sete da manhã e fica até o noticiário das onze da noite. Hoje, porém, ficou em casa, aguardando.

Com seu Buick Park Avenue oficial, Ray Logan percorre as ruas arborizadas que levam à residência do magnata da mídia. Ao seu lado, vai o investigador veterano Arthur Lovett, que já comandou a investigação de mais de uma dezena de casos de homicídio. Era o braço direito de Luke Garrison no tempo em que este chefiava a promotoria. Ainda gosta do antigo chefe, respeita-o, e sabe que o sentimento é recíproco. Os dois tomaram um trago juntos logo que Luke retornou à cidade, umas horas agradáveis a relembrar velhas histórias. Lovett ficou chateado com o fato de Luke ter virado a casaca, mas preferiu não dizer nada na ocasião.

Agora são oponentes, é claro. Mas, entre eles, não há a hostilidade pessoal que envenena a relação de Luke com Ray Logan: o velho (ainda que jovem) rei deposto *versus* o sucessor que tenta calçar sapatos um tanto grandes para ele, abrir espaço próprio e apagar a antiga imagem, tudo ao mesmo tempo.

— O que você acha? — pergunta Lovett. O chefe está tenso. É o que denuncia a sua linguagem corporal. Segura o volante com tanta força que os nós de seus dedos ficam brancos.

— Sei lá — é a resposta sincera de Logan. — Você me conhece... não gosto de surpresas e estou começando a desconfiar de que vou ter uma. Não quero descobrir que Doug Lancaster não foi cem por cento correto conosco. — Envereda pela rua estreita que dá no portão da entrada de automóveis.

— Você falou com a mulher? Depois que ela conversou com Luke?

— Ronnie esteve com ela. — Ronnie White é o vice-promotor encarregado de boa parte da assessoria pessoal de Logan. — Continua dizendo o que disse há um ano. Que não viu Doug aquela noite.

O investigador fica pensativo.

— Então ele está fodido. Luke Garrison o colocará na berlinda. Esta merda vai acabar virando o julgamento de Doug Lancaster, não o de Joe Allison. — Passa a mão na cabeça calva e sardenta. — Eu sei muito bem o que Luke pensa.

— Doug Lancaster não tem obrigação de provar onde estava naquela noite — diz Logan com pessimismo.

Lovett lhe endereça um olhar devastador.

— Que é isso, Ray? Escute o que você acaba de dizer. O regulamento não diz que ele é obrigado a ter um álibi, mas ninguém há de querer encarar o júri, no arrazoado final, sem que essa pergunta tenha sido feita e respondida, certo?

Logan sacode a cabeça.

— Não. — Segura o volante com mais força.

Anunciam-se pelo interfone. O portão se abre, eles passam e seguem o sinuoso caminho orlado de eucaliptos até a casa de Doug. Tal como a outra, esta oferece uma vista sem-fim.

— Antigamente, tudo que Doug Lancaster tocava se transformava em ouro — comenta Logan ao estacionar na entrada de automóveis circular, em frente ao palacete.

— Agora nem tanto, coitado — retruca Lovett ao sair do carro. Olha para o mar lá embaixo, a cem metros do muito bem cuidado jardim onde se encontram. — Ele daria tudo para ter a filha de volta.

Logan o encara.

— É o que eu espero — diz num quase sussurro, como receando que o dono da casa o esteja ouvindo escondido entre as plantas.

— Você está preocupado mesmo.

Muito sério, Logan faz que sim.

— Qual é o pior pesadelo de um promotor? — pergunta. E se incumbe de responder. — Acusar o homem errado.

Lovett faz uma careta.

— Esse é o segundo pior pesadelo.

— E o primeiro?

— É acusar o homem errado e a bomba estourar na sua mão.

O novo escritório de Lancaster é diferente do velho. Leve, arejado, livre de fantasmas.

— Como vão? O julgamento começa dentro de poucas semanas — ele diz, assumindo imediatamente o controle da reunião. — Estão prontos?

— Nós vamos bem, sr. Lancaster — responde Logan com firmeza. — E estamos prontos para ir como podemos. A esta altura.

— Ótimo. — Doug consulta rapidamente o relógio, sugerindo que tem um compromisso bem mais importante que esse e não quer se atrasar. — Sobre o que vocês querem conversar comigo?

— Sobre o seu paradeiro na noite em que tiraram a sua filha do quarto — responde Lovett com intencional franqueza. — Para começar — acrescenta provocadoramente.

Doug o encara como a um débil mental que ainda não entendeu o que ele contou há um ano.

— No meu hotel, em Los Angeles — responde. — Vocês sabem disso — prossegue quase com desdém. Olha para os dois funcionários públicos. Então registra a última parte da fala de Lovett. — Para começar o quê?

Logan toma coragem. Sabe que vai ser difícil.

— O senhor não estava no hotel aquela noite, sr. Lancaster. — Não se sente à vontade para chamá-lo de Doug, pelo menos nessas circunstâncias. — Entre uma da madrugada e nove da manhã, não estava lá. — Afunda na cadeira para aumentar a distância entre ele e o poderoso rei da televisão.

Este o encara.

— Do que você está falando, Ray? É claro que eu estava.

O outro torna a sacudir a cabeça, dessa vez com mais ênfase.

— Não. Não estava. Nós temos testemunhas que viram quando o senhor saiu e quando voltou. — Faz uma pausa. — Luke Garrison também tem. Passou à nossa frente em certas coisas, o que é um ultraje, visto que nós estamos do mesmo lado, ele não.

Doug tenta responder, contém-se, faz menção de se levantar, hesita, torna a acomodar-se na cadeira. Olha para Logan, depois para Lovett. Os dois o fitam intensamente.

— Eu... eu... não é verdade.

Logan se levanta e se aproxima. A coisa está indo mal. É intolerável que um de seus principais aliados, por poderoso que seja, minta para ele. O caso inteiro pode ficar comprometido.

— Nós sabemos que o senhor não estava no hotel, embora tenha dito o contrário ao xerife no ano passado — diz, tentando controlar a raiva. — Portanto vamos esclarecer: onde estava? O senhor precisa nos dar uma resposta aceitável, do contrário vamos ter problemas. Nós todos.

Lancaster parece perdido, sacode a cabeça como se quisesse se livrar de um pesadelo.

— O senhor telefonou para Ted e Helena Buchinsky pouco antes da uma da madrugada — diz Lovett, apoiando Logan. — Conversou com Helena Buchinsky.

Doug esboça um protesto:

— Não, eu...

— Ela falou com o senhor — atalha Lovett. — Já declarou que falou, que lhe disse que seu marido estava no exterior, coisa que o senhor sabia, mas parece que havia esquecido. — Olha de relance para o chefe e, vendo que os dois estão na mesma sintonia, prossegue. — O que nós queremos saber, sr. Lancaster, é se o telefonema se dirigia a ela, não ao marido. Será que o senhor queria verificar se ele *tinha viajado* mesmo para poder ir visitá-la?

Lancaster se surpreende com a pergunta agressiva, implacável.

— Não, eu queria falar com ele. Tinha me esquecido mesmo.

— Quer dizer que não esteve com a sra. Buchinsky aquela noite? — insiste o investigador. — É o que ela diz: jura que o senhor não esteve lá.

— Pois é, então...

Ray Logan está pegando fogo por dentro. Mentiram para eles, levaram-nos a montar um caso baseado, em grande medida, no que agora se comprova não passar de uma informação falsa.

— Helena Buchinsky é sua amante? — pergunta de supetão.

Lancaster salta da cadeira.

— Mas o que significa isso, porra?

Logan o contém com um gesto.

— Você teve vários casos nos últimos anos, Doug. — Passa a chamá-lo de você, abandona o tratamento diferente. — Portanto nós só podemos supor... e *Luke Garrison fará a mesma coisa* — enfatiza — que você e essa tal Buchinsky eram... ou são amantes e que era para lá que você pretendia ir quando lhe telefonou de madrugada.

Doug desvia o olhar.

— Não posso dizer que ela e eu somos... ou éramos... amantes. — Sua voz começa a adquirir o tom do desespero. — O marido dela é muito amigo meu, além de parceiro nos negócios. Uma acusação dessas seria um desastre.

— Você é que sabe — responde Logan. — Mas, se houvesse estado com ela, teria um álibi. Como as coisas estão agora, não tem. Portanto eu pergunto novamente: onde você estava?

Doug olha para os dois.

— Eu... eu não posso contar.

Logan não consegue acreditar no que acaba de ouvir.

— Sr. Lancaster. — Volta a ser formal. — A coisa é séria. O senhor tem de nos contar.

— Eu sei que é séria. Mas não posso. E tenho motivos para isso. — Endereça-lhes um olhar quase de súplica. — Não sou eu quem vai ser julgado. Eu sou a vítima, o pai que perdeu a filha.

Logan se sente impotente, manipulado.

— A decisão é sua. Mas isso vai nos prejudicar muito.

Lovett interfere.

— E domingo à noite?

— Domingo à noite? — repete Doug sem entender. Ou melhor, fingindo não entender, pensa Logan. Esse homem está cavando a própria sepultura com esse comportamento absurdo.

— Sim, quando Luke Garrison foi baleado.

Lancaster olha para ele com ódio e incredulidade.

— Só falta vocês pensarem que eu tenho alguma coisa a ver com isso! Como é possível?

Ray Logan se inclina na cadeira a fim de chegar mais perto do homem que pode comprometer o caso da sua vida.

— Nós temos de levar essa possibilidade em conta. Luke está levando, e vai fazer muito barulho por causa disso — diz com toda a calma de que é capaz, assinalando nos dedos os pontos importantes. — Primeiro, você é proprietário de um terreno em Hollister Ranch, portanto tem acesso à praia, o que é muito importante: a polícia parte do princípio de que o atirador entrou e saiu de lá sem dificuldade. Do contrário, seria muito arriscado. Em segundo lugar, você tem rifles, não tem?

Lancaster olha fixamente para ele.

— Sim — responde de mau humor —, eu tenho, tenho armas de fogo, tenho pistolas. Como milhões de outras pessoas.

— Mas nem todas têm propriedade em Hollister — contrapõe Logan. — Isso é que o atrapalha, sr. Lancaster. Em terceiro lugar — mais um dedo erguido —, e o que é pior, o senhor entrou em contato com Luke, ameaçando-o sei lá do quê? — Está soltando tudo, sabe que está, mas não tem outra saída. — Por que diabo fez isso? — diz inflamado, incapaz de se controlar. — Eu não o *proibi* de entrar em contato com ele? Não compreende que isso nos compromete, que compromete tudo que estamos tentando fazer? Por *você!*

Doug se joga no respaldo da cadeira.

Logan precisa sair daqui, a tensão é insuportável.

— Domingo à noite — diz. A pausa é mais longa do que ele gostaria: dada a atitude de Doug, tem medo de fazer a pergunta seguinte. — Você tem um álibi?

— Eu estava aqui.

— Mas não sozinho, espero.

— A maior parte do tempo.

Logan olha para Lovett. O investigador sacode a cabeça com incredulidade.

— Tem alguém, seja quem for, que jure que você estava aqui entre oito e dez da noite?

— Não, não tenho. Eu estava sozinho, estava trabalhando.

Logan começa a ter comichões de ansiedade. Sente a camisa grudada nas costas.

— Onde estão os seus rifles?

Doug vacila.

— No sítio.

— Eu vou mandar o pessoal do Departamento do Xerife apreendê-los temporariamente. Espero que você compreenda.

— Eu sou obrigado a agüentar isso? Não sou acusado de nada... sou?

Logan e Lovett se entreolham.

— Não. Mas nós podemos obter um mandado de busca se você não colaborar. Olhe, nós vamos apreender essas armas. Com ou sem a sua autorização.

Doug faz cara triste. E, num show de resignação, diz:

— Tudo bem. Se é o que vocês querem. Eu já começo a me sentir como se estivesse sendo julgado.

— Há furos na sua história, sr. Lancaster — explica Lovett, socorrendo o chefe. — Nós precisamos tapá-los. Telefone quando localizar as armas, nós viremos buscá-las. E as devolveremos assim que as tivermos testado.

Já não há o que fazer aqui por ora.

— Até logo — diz Logan. — Pode ser que o seu misterioso paradeiro ainda venha a nos criar problemas — avisa.

Com o corpo flácido na cadeira, Doug dá impressão de ter perdido todos os ossos e músculos, restando-lhe apenas a concha exterior.

— Eu não matei Emma — diz em tom choroso. — Nunca, nunca. E também não tentei matar Luke Garrison. — Olha para os dois. — Reconheço que posso ter forçado a barra com ele. Achei que devia fazer isso. Mas matá-lo? Isso não!

Decepcionado, Luke lê pela enésima vez algumas transcrições. O paradeiro de Doug Lancaster, na noite em que o balearam, continua sem explicação: o xerife Williams lhe telefonou pessoalmente, transmitindo a informação, assim que Ray Logan relatou sua frustrante conversa com Doug. A raiva, a contrariedade e o medo eram claros e inequívocos na voz do xerife pelo telefone. Embora convencido de que Allison matou Emma, ele não tem por que se orgulhar do modo como cuidou do caso e muito menos da excessiva indulgência que dispensou aos Lancaster.

Luke se sente cada vez mais atraído por duas anomalias que se destacam na montanha de informações. A primeira tem a ver com o chaveiro de Emma Lancaster, a mais devastadora prova contra Allison. Se a menina foi mesmo seqüestrada, para que o levaria consigo? Ninguém faria isso sendo tirada de casa a contragosto. Só tomaria o cuidado de levar a chave se fosse uma participante voluntária e pretendesse voltar e entrar em casa depois. Mesmo isso é duvidoso, pois ela podia retornar exatamente como partiu, pela porta externa do quarto. A chave não era dessa porta, portanto não lhe interessava. É muito mais lógico que Emma haja perdido ou esquecido o chaveiro em outro lugar. É perfeitamente possível que o tenha largado no carro de Allison: este o achou, guardou-o no porta-luvas e se esqueceu dele. Mesmo porque o mais provável é que nem soubesse que pertencia a Emma.

A segunda coisa que sempre o incomodou é a malha de circunstâncias em que a polícia detém Joe Allison e lhe revistou o carro. Agora é óbvio que pará-lo, na rua, sob a suspeita de dirigir alcoolizado, foi coisa planejada, tanto quanto a (tão conveniente) garrafa de uísque dentro do automóvel, que desencadeou a busca. E eis que o chaveiro aparece no porta-luvas, debaixo de um monte de coisas inúteis. Sem falar nas camisinhas apreendidas depois, as quais sua namorada afirma que ele não usa.

O depoimento do policial que o prendeu tem muitas falhas. Luke precisa examiná-lo mais detidamente. Sem a prisão duvidosa, sem a busca e a apreensão, o caso não teria existido. Joe Allison agora se encontraria em Los Angeles, em plena carreira de âncora da televisão; Luke e Riva ainda estariam no Norte, marcando passo na vida; e o mistério do assassinato de Emma Lancaster continuaria sem solução.

Estranha, inexplicável mas fundamentalmente, Luke se alegra com tudo que aconteceu, até o tiro que podia ter sido fatal, fosse qual fosse a sua percepção do incidente. Era preciso que acontecesse alguma coisa capaz de sacudir o marasmo em que ele mergulhara. Seus demônios comandavam a sua existência.

Agora Luke os está exorcizando um a um.

* * *

Doug Lancaster possui um rifle, um Remington 700, cujo calibre coincide com o da arma utilizada no ataque contra Luke Garrison. O xerife Williams o levou pessoalmente ao Departamento Estadual de Criminalística, em Soledad, a 320 quilômetros de distância.

— Não é a mesma arma — informa-o o chefe do laboratório de balística depois de dispararem o rifle e compararem as balas com as encontradas em Hollister Ranch.

— Tem certeza?

— Positivo.

— Obrigado. — Uma tremenda sensação de alívio. Se os projéteis tivessem coincidido, ele voltaria a Santa Barbara com cara de tacho.

Williams telefona para Ray Logan, que aguarda o resultado em seu gabinete. Embora também aliviado, continua com dúvidas:

— Lancaster pode estar nos enganando. Vai ver que escondeu o rifle verdadeiro.

— Isso ele não fez, Ray — diz o xerife. Continua com sua fraqueza por Lancaster. Ou talvez pelo que ele representa. Já não tem certeza.

— Você tem um claro interesse nisso — lembra-o Logan. — Nós todos temos. Mas não podemos continuar com antolhos. Essa história de Lancaster não ter álibi para nenhuma das duas noites me dá urticária. Confesso que estou nervoso como o diabo.

— Eu também. Mas pense bem, Ray. — Logan não passa de um novato. Ele, ao contrário, tem séculos de janela. — Você conhece Doug Lancaster. É boa pessoa. Você acredita sinceramente que ele mataria a própria filha e depois esconderia o cadáver do modo como foi encontrado? Eu não posso acreditar, por mais que esse homem esteja fazendo besteiras. A gente não sabe como reagiria a uma situação dessas. Isso enlouquece qualquer um.

— É — concede Logan. Está aliviado com o resultado do exame do rifle.

— Você sabe como é a segurança lá na praia — o xerife recorda o parceiro da Promotoria Distrital. — Qualquer um consegue entrar e sair. Não se pode afirmar que quem atirou em Luke é proprietário de um lote. Pode ser qualquer filho da puta ressentido. Alguém que tem rancor por ele. Luke Garrison mandou muita gente para a cadeia. Há legiões de pessoas que gostariam de vê-lo morto.

— Pode ser. — Logan não é tão otimista. — Mas nenhuma delas tentou matá-lo até agora.

— Luke passou três anos sumido. Acaba de voltar. E é muito conhecido.

— Eu vejo um problema no momento em que aconteceu. É muita coincidência.

— Você pode telefonar para ele dando a notícia? — pede Williams.

— Prefiro que você faça isso. Não se esqueça de que ele e eu somos adversários.

O xerife ri para si mesmo.

— Não, Ray. Eu não esqueço.

Desliga. Bundão filho da puta, pensa. Nós lhe entregamos um caso perfeito, e você fica procurando buracos nele. Luke Garrison nunca faria uma tolice dessas. Iria até o fim.

Sente falta de Luke. Mas Luke tem de se ferrar.

* * *

Luke recebe com serenidade o resultado do teste de balística. Se Doug fosse o atirador, não entregaria à polícia uma arma que servisse de prova contra ele.

— Você tirou o molde dos pneus lá em cima do morro? — pergunta ao xerife.

— Tirei. É de praxe. Pneus comuns de caminhonete ou perua, provavelmente Goodyear, os usados em utilitários. Há muitos por aqui. Mas nós continuamos trabalhando nisso. Não vamos brincar em serviço, Luke, palavra que não.

— Ótimo. Eu estou ficando cansado de topar com os seus rapazes toda vez que saio de casa.

— É para a sua proteção.

— Que bom. Mas eles me lembram que há alguém, circulando por aí, que quer me matar. Preferia que não estivesse circulando.

— Nós estamos fazendo o possível. É questão de tempo. — Uma pausa. — Enquanto isso, não faça nenhuma bobagem. Nós o queremos vivo. Para mim, você continua sendo um amigo, Luke, mesmo que agora estejamos em lados opostos. — E desliga.

Um amigo. Que hipócrita. O cara está morrendo de medo de que eu vá em frente, pensa Luke, de que estrague a sua festa. Para Luke, o que está em jogo é a vida de Joe Allison e a sua própria, visto que foi baleado, mas Williams arrisca a carreira. Ganhando ou perdendo, a vida de Luke Garrison continuará sendo mais ou menos o que tem sido nos últimos três anos. Talvez um pouco melhor até. Ele voltou para o mundo, dedica-se ao trabalho, está mais em paz consigo mesmo do que esteve em muito tempo. E tem uma excelente mulher ao seu lado, com a qual finalmente se deu conta que pode viver maravilhosamente bem.

Pode parecer tolo e até cruel, mas o pior que pode lhe acontecer é perder a causa. Se isso acontecer, será porque Joe Allison é culpado. Está convencido disso. Se o seu cliente for inocente — se não acontecer nada excepcionalmente dramático e inesperado, que prove a sua culpa —, ele, Luke Garrison, o tirará da cadeia. Tem toda confiança em sua capacidade.

Williams e Logan, ao contrário, perderão a credibilidade. É quase certo que arruinarão suas carreiras, as quais são decisivas para ambos. Ficarão de cara no chão, perderão definitivamente o rumo.

Ele já passou por isso e foi parar no outro lado. De modo que, fundamentalmente, nada tem a perder. Saindo-se bem ou mal nesse caso, sua vida não pode senão melhorar.

QUATRO

QUATRO

Ferdinand De La Guerra e Luke Garrison. Dois homens. Um já é idoso, o outro às vezes queixa-se de estar envelhecendo muito depressa. Encontram-se na sala da residência do velho. É um imóvel de várias décadas, em estilo colonial espanhol, situado numa rua estreita e tranqüila de Mission Canyon, nos platôs. A casa magnífica, repleta de história, é muito bem mobiliada em estilo Mission, tem as paredes cobertas de paisagens da Costa Central, todas do começo do século, e de retratos de antepassados vetustos e em poses rígidas, de tapeçaria sul-americana, espadas antigas, armas, capacetes de conquistadores espanhóis. Algumas mesas de madeira escura e envernizada ostentam peças de autêntica arte pré-colombiana: asteca, maia. O quadro mais recente, que ocupa o centro da sala, acima da enorme lareira de pedra, é nada menos que um Diego Rivera*, presente pessoal do artista ao pai do atual proprietário.

A casa e o dono combinam como um par de luvas, pensa Luke. Ambos idosos, mas ainda elegantes.

— O julgamento começa dentro de poucas semanas. Como você se sente? — O juiz olha para Luke ao fazer a pergunta. Serve duas doses de conhaque espanhol de quarenta anos. Dos copos emana um aroma de flores esmagadas, de frutas silvestres, de velhas e suculentas uvas. E de belas mulheres em noites à luz de vela, quando a casa transbordava de desejo.

— Melhor — confidencia Luke. — Nossas chances estão aumentando. — Encosta-se na poltrona, leva o líquido à boca e deixa o buquê incendiar-lhe a cabeça com suas chamas divinas.

---

* Diego Rivera, pintor mexicano (1886-1957), autor de composições murais ao mesmo tempo modernas e de inspiração pré-colombiana. (N. do E.)

— E você? — O tom é ansioso, procurando não sê-lo. — À parte o caso.

— Tenho babás vigiando os cantos escuros, de modo que me sinto em segurança... razoavelmente em segurança. Quem atirou em mim não repetirá a dose. A menos que esteja desesperado ou louco, neste caso... — Luke ergue as mãos num gesto de impotência. — É horrível estar com um policial atrás da gente toda vez que sai de casa. — Aponta para a porta. — Sobretudo para Riva: isso a obriga a lembrar-se do que aconteceu.

De La Guerra sorri.

— Ela é como eu. Preferia que você tivesse abandonado o caso.

Luke faz que sim.

— Como eu disse: se deixarmos que o cara que fez isso controle a situação, ele sai ganhando; e eu, perdendo. E o mesmo vale para o direito, que me preocupa. Continua sendo a minha vida.

— E a sua vida? O que acha de perdê-la?

— Eu não gostaria — reconhece Luke. — E não está nos meus planos perdê-la. Nem nos do nosso ilustre xerife. Ele anda farto de situações embaraçosas.

O magistrado passa para temas mais práticos:

— Houve algum progresso? Alguma pista nova?

— Nenhuma.

— E você continua achando que foi mesmo Doug Lancaster.

Lá fora, uma coruja pia na escuridão. Luke se aproxima de uma janela que vai do piso ao teto. Escruta a noite à procura da ave pousada no alto do pinheiro que se ergue no limite da propriedade.

— Essa coruja vive aqui perto? Você sabe de que tipo é?

— Aparece de vez em quando — responde De La Guerra sem sair da confortável poltrona de couro. — É um mocho-orelhudo — acrescenta. — São comuns por aqui. — Toma um trago da bebida. — Você não respondeu à minha pergunta.

— As corujas são boas caçadoras. Passam horas pousadas no mesmo lugar, sem se mexer; de repente, descem em silêncio, planando com as asas enormes, e apanham a presa antes que o pobre coelhinho ou o rato entendam o que aconteceu. Isso me lembra certas situações que eu vivi ultimamente. — Volta-se para a sala. — Sim, eu continuo. Você tem um candidato melhor? — Pega a garrafa de conhaque. — Com licença?

— Sirva-se. — O velho aquece o copo nas mãos. — Não, nenhum, mas isso não significa que foi ele. Não acredito que Doug, em pessoa, o tenha atacado.

— Acha que ele contrataria um pistoleiro? — Serve-se de uma pequena dose da forte bebida. Não quer abusar. Tem bebido pouco ultimamente. Prefere conservar a mente lúcida, não embotada e retardada pelo álcool.

— Parece mais provável, não?

— Creio que sim. Claro. — Luke reflete um pouco mais. — Doug não sujaria as próprias mãos. — Cheira o conhaque. — E isso piora as coisas. Pode ser qualquer um aí na rua, e eu não tenho a menor idéia de quem é. Talvez o cara esteja me observando neste exato momento, e eu não sei de nada.

Seu velho orientador balança gravemente a cabeça.

— Sim. É o que eu penso.

Luke volta a se sentar.

— Que merda.

— Você precisa pensar bem, rapaz. É o que eu tenho tentado lhe dizer.

Luke torna a olhar para fora, para a escuridão.

— Eu preciso tomar muito cuidado — concorda. Volta-se para De La Guerra. — Não fale nisso perto de Riva, certo? Não quero assustá-la ainda mais.

— Aposto que ela não pensa em outra coisa. Com certeza, evita tocar no assunto para protegê-lo.

— Riva é muito boa para mim. — Nunca fez semelhante comentário a respeito dela com ninguém.

— Ela o ama.

Luke concorda com um gesto.

— Eu tenho sorte.

— Não faz idéia da sorte que tem.

— Estou começando a fazer. — Consulta o relógio. — Preciso ir. Obrigado pela ótima bebida. — Toma o que resta no copo.

— Obrigado pela companhia. Esta casa velha está precisando mesmo. Eu já não sirvo para lhe fazer companhia.

Luke sente uma pontada no coração.

— Eu virei visitá-lo com mais freqüência.

— E traga a sua senhora. Prometo não falar na nossa conversa de hoje.

— Vou trazê-la. Não precisa se levantar, eu conheço o caminho. — Vai até a porta da rua. — Obrigado pelo conselho.
De La Guerra sorri e sacode a cabeça.
— Eu já não posso lhe dar conselhos. Não consegui equacionar nem a minha própria vida, que dizer da dos outros? — Cala-se um instante. — Tome cuidado. É a única coisa que lhe peço.

O ataque a Luke ganhou certa notoriedade. Os programas de televisão sensacionalistas — "Hard Copy", "Inside Edition", "Geraldo" — fizeram reportagens a respeito, na semana em que ocorreu, e outros os imitaram.
Na cama com Riva, Luke assiste à entrevista que ele deu a uma repórter de cabeça oca. Foi há uma semana, um programa para vários canais de televisão. Os dois aparecem diante do tribunal, onde ele foi solicitar a apresentação de alguns documentos.
— Como o senhor se sente sabendo que tentaram matá-lo? — pergunta a entrevistadora, os dentes à mostra num sorriso congelado.
— Como qualquer um se sentiria — responde ele, olhando vagamente na direção da câmera atrás dela. — Zangado, preocupado.
— Que gênio! — comenta Riva.
— O senhor está satisfeito com o trabalho da polícia para solucionar o caso? — pergunta a mulher. Durante toda a entrevista, ficou óbvio que a jornalista estava tentando entrar em contato visual com ele. Luke se esquivou. E tratou de escolher com cuidado as palavras seguintes. O xerife estava psicologicamente encurralado, não valia a pena romper o equilíbrio.
— Eles estão se empenhando — diz para a câmera. — Um atentado assim, traiçoeiro, é um crime difícil de solucionar.
— Coisa que o senhor deve saber muito bem, já que foi promotor distrital — provoca ela.
— É verdade.
A única reportagem que o atacou foi a da emissora de Lancaster. Há algumas semanas, o novo diretor, Tim Talbot, leu um editorial no noticiário das seis horas. Referindo-se ao atentado, descreveu Luke como "um advogado de fora, especializado em defender traficantes de droga", e como "um homem com manifesta aversão e hostilidade pela autoridade". Não fez praticamente nenhuma referência ao fato de ele ter sido promotor

público. Perguntou alto e bom som o que Luke teria ido fazer numa propriedade particular, como se o mero fato de estar lá fosse um crime.

Na tela, a entrevistadora o surpreende com uma pergunta inteligente:

— Que acontecerá se, antes ou durante o julgamento de Joe Allison, a polícia capturar a pessoa que tentou matá-lo? Isso não terá um forte impacto sobre o processo?

Ele vem se fazendo essa mesmíssima pergunta desde que começou a pensar claramente no atentado. Mas preferiu evitar a resposta. Agora é obrigado a dá-la.

— Depende de quem for capturado.

Riva se senta na cama e o encara.

— Se for alguém ligado ao caso de Joe Allison, não uma pessoa... — A jornalista tropeça no texto.

— Alheia? — ele conclui por ela.

— Sim, é o que eu queria saber — responde a mulher, tratando de se recompor. Abre um sorriso maroto, mas é evidente que sabe que Luke não vai convidá-la a tomar um drinque depois da entrevista.

Ele sacode os ombros na tela do televisor.

— Veremos quando isso acontecer. — Devolve o sorriso, animando-a.

É o fim da entrevista. Luke desliga o aparelho com o controle remoto.

— Que você estava querendo dizer afinal? — pergunta-lhe Riva, referindo-se às últimas perguntas.

— A minha tática evasiva foi tão óbvia assim?

— Para mim, foi. Eu o conheço.

— E também conhece a resposta. — Volta-se para ela, apoiando-se no cotovelo. O luar lhe permite ver o contorno de seus seios através do fino tecido da camisola. São lindos; a essa luz, parecem maiores, mais cheios. Dá vontade de tocá-los. — Se for uma pessoa ligada ao caso, como Doug, o diabo vai ficar à solta. Será um antijulgamento. Do contrário, não terá grande importância.

Riva se achega mais.

— Quando *vão* prendê-lo?

Ele a encara.

— Talvez nunca.

— Você acredita mesmo? — A expressão dela é de medo.

Luke faz que sim.

— Se a pessoa não voltar a agir, pode ser que nunca a encontrem. Não há pistas sólidas, nenhuma testemunha, ninguém que tenha dado informações à polícia. É assim que geralmente se solucionam os enigmas, com uma denúncia. Isso ainda não aconteceu. — Acaricia-lhe as costas. — Se acontecer, tanto melhor. Significa que o perigo acabou. É o que eu espero. Não quero vingança. Ficaria satisfeito se o problema simplesmente deixasse de existir.

— Mas você não quer saber quem foi? *Eu* quero saber quem tentou tirá-lo de mim.

Ele a toma nos braços.

— Ninguém vai me tirar de você.

Riva se aninha em seu peito.

— Promete?

Lá fora, um subordinado do xerife os vigia. Aqui dentro, é ele que tem de protegê-la do medo de que algum maluco o tire dela.

— Prometo — diz, sentindo a noite fechar-se sobre eles. — Palavra de honra.

Faltam dez dias. Luke simula o julgamento com um grupo de defensores públicos, cuja ajuda solicitou. É um ensaio desajeitado; essa gente estava acostumada a vê-lo no lado contrário, no tempo em que ele não só saía ganhando, como se divertia com isso. E estão todos ressentidos porque o escolhido foi Luke, já que Allison e certos figurões da comunidade preferiram contratar um advogado famoso. De modo que participam de má vontade.

Mesmo assim, o ensaio transcorre bem: não chega a ser uma maravilha, mas tampouco é uma catástrofe. Ele trabalha com o que acredita que serão os pontos mais importantes, tanto para a defesa quanto para a acusação. Decidiu conduzir o caso de modo altamente reativo: como as testemunhas da acusação elaboram seus depoimentos, que informação nova ou inesperada surge, como aproveitar-se dela. O juiz De La Guerra observa tudo em silêncio, de vez em quando anota alguma coisa.

A sessão dura quase o dia todo. No final, é visível que se estabeleceu um vínculo entre ele e os outros advogados. Agora

Luke está do lado deles, e é um ótimo profissional. E se mostra sinceramente agradecido pela ajuda. Tanto que os convida a tomar uns tragos ali perto, no Paradise Bar & Grill. Por fim os outros se vão, ele fica a sós com De La Guerra.

— O que você achou? — pergunta. Sente que valeu a pena. Não surgiu nenhum imprevisto.

— Vai ser uma situação horrível — observa o juiz aposentado —, toda a roupa suja da família lavada em público. A gente nunca sabe se isso ajuda, projetando uma imagem negativa deles, ou prejudica, fazendo com que os jurados sintam que você está se aproveitando do sofrimento da família. Depende do júri. O júri certo não significa necessariamente que a gente vai ganhar, mas o errado é a derrota certa.

— Eu sei — diz Luke, contrariado. — Dada a notoriedade do caso e a paixão que despertou, sinto que vou começar em desvantagem. Uma grande desvantagem.

— Você tem o perfil do seu jurado ideal? — quer saber De La Guerra. — Vai usar um consultor de júri?

— Não, não vou recorrer a ninguém. Já sei o que quero. — Quando ele estava na Promotoria Distrital, era comum solicitarem a assessoria de um consultor, muito embora nem sempre fosse de grande utilidade. Ele trabalha assim há muito tempo; tem sensibilidade para a reação do júri. — O decisivo é escolher gente que fique chocada com o estilo de vida dos Lancaster. Imagine: o pai, a mãe e a filha adolescente, todos tendo *affaires* ilícitos. O meu palpite é que Glenna vai se dar muito mal. Uma mulher que, estando ainda de luto, dorme justamente com o cara que, depois, acaba sendo o réu: *isso* deixa um gosto péssimo na boca.

O ex-magistrado bate no braço de Luke.

— Diante disso, eu acho que o fato de Emma estar grávida mais dificulta do que facilita o seu trabalho. Se não estivesse, esse lado da história não chegaria a existir. Ninguém ficaria sabendo que ela era sexualmente ativa, esse elemento negativo nem seria mencionado.

Luke concorda com um gesto.

— Ele a engravidou, ela ameaçou pôr a boca no mundo, ele teve de matá-la. Eu sei que Logan vai bater nessa tecla. — Fica mais sério. — Tem de bater. Eu bateria.

* * *

Falta uma semana. Luke conferencia com Allison na prisão. Faz duas semanas que o visita diariamente, mais para ficar em contato com o cliente e elevar-lhe o espírito do que para colher novas informações: não há nada novo, disso ele sabe. Discute sua estratégia com Allison, não tanto para aperfeiçoá-la, e sim para que o cliente saiba o que ele pretende e se sinta participando da sua própria defesa.

É noite, cerca de nove horas. Luke prefere conversar com Allison tarde, depois de terminado o trabalho do dia, quando o presídio está em silêncio. Em casa, Riva o espera pacientemente para o jantar. Eles têm passado pouco tempo juntos nas últimas semanas. Ele acorda cedo e se põe a examinar o material, conferindo os fatos, repassando incessantemente o júri e o rol de testemunhas. Conversam um pouco de manhã, antes de ir para o trabalho (o policial segue dedicadamente a caminhonete ladeira abaixo), mal se cruzam no escritório, jantam tarde, sempre em casa. Há semanas que não saem.

Luke começa a compor as alegações iniciais; pretende concluí-las um dia depois de terminada a seleção do júri. Quer ser flexível, não tanto no conteúdo da argumentação, mas na forma de apresentá-la. Depende, em parte, do que a acusação disser, já que falará primeiro e, o que é mais importante, depende da composição do júri, de seu sucesso em escolher pessoas que ele possa atingir. Não tem ilusões quanto à perspectiva de obter uma absolvição imediata, vista a hostilidade contra Allison. Mas um júri indeciso, um ou dois espíritos obstinados e com *cojones* para resistir à pressão da maioria, não é uma expectativa totalmente insensata.

Ele e Allison estão frente a frente à mesa do encardido locutório.

— Como você está? — pergunta ao cliente, que não parece mal, apenas atordoado, institucionalmente anestesiado.

Um dar de ombros:

— Vou indo... um dia após o outro. Mas detesto isto aqui — diz num acesso de raiva. E torna a se encolher, vencido pela exaustão emocional. — Não vejo a hora do início do julgamento. Pelo menos, vou ter um lugar aonde ir, em vez de ficar dia e noite naquela cela de merda. — Estala os dedos num gesto nervoso que desenvolveu desde a sua prisão. — Como nós estamos?

— Bem — responde Luke. Manifesta uma idéia que o vem perseguindo nas últimas semanas. — Quando você e Emma estavam juntos, ela por acaso falava em *um* homem em particular? Ou num garoto? Alguém com quem talvez estivesse sentimentalmente envolvida?

Allison sacode a cabeça.

— Não. Nunca falou nisso. — Sorri. — Mas vivia querendo saber da minha vida amorosa.

— Emma não desconfiava de alguma coisa entre você e a mãe dela?

O suspeito faz menção de responder, mas pára para pensar.

— Acho que não, mas não sei ao certo. Duvido que ela imaginasse Glenna com outro homem que não Doug. Para Emma, Glenna era uma mãe como outra qualquer, uma chata que interferia muito em sua vida, embora Glenna lhe desse muita liberdade, considerando a sua idade. Sua mãe seduzindo outros homens? Emma não imaginaria isso.

— Por que não? — contesta Luke. — As crianças preferem falar nos seus problemas com gente de fora a falar com os pais. Sobretudo quando estes fazem parte do problema.

Há muito tempo, quando era um jovem assistente da promotoria, Luke passou alguns anos trabalhando com casos juvenis. Foi uma experiência instrutiva. Garotos que ele não conhecia, que passavam cinco minutos na sua presença, contavam-lhe coisas que nunca contariam aos pais. Ele se lembra de uma situação que lhe coube acompanhar quando era auxiliar da Promotoria Distrital. Uma mocinha de dezessete anos confessou à mãe que fazia quatro anos que o namorado desta abusava sexualmente dela. A mãe não sabia, não tinha a menor suspeita. Tentou matar o namorado. Luke foi incumbido de acusá-la. Perdeu a causa, uma das poucas que perdeu. Coisa que o deixou satisfeitíssimo.

Allison fica pensativo.

— Acho que *não* posso responder com certeza — admite. — Sei que ela desconfiava muito do pai. De que ele enganava Glenna. — Estas palavras ficam pairando no silêncio que se segue. — Disso eu sei — acrescenta com tristeza.

— Ela falava nisso? De Doug pulando a cerca?

O suspeito confirma com um gesto.

— Não diretamente, mas dava a entender. Dizia coisas como "Ele foi para Los Angeles outra vez, e mamãe ficou sozinha". Coisas assim. E com a voz alterada.

— Você sabe se ela chegou a jogar isso na cara dele?

Allison acha graça.

— Está brincando? Uma garota jogar uma coisa dessas na cara de um pai formidável como Doug Lancaster? Não me entenda mal, trabalhar com ele era ótimo, mas que ninguém se atrevesse a desafiar o todo-poderoso. Não consigo imaginar quem quer que seja jogando uma coisa dessas na cara dele, muito menos sua filha, que o idolatrava mesmo quando estava zangada com ele. — Faz uma pausa. — O meu caso com Glenna vai vir a público?

Luke ergue a sobrancelha: como foi que acabamos falando nisso? O tema é óbvio na mente de Allison.

— Ainda não sei. Isso a prejudica, mas também a você. Preciso ver como as coisas se desdobram.

— Eu tenho pena dela — diz Allison. — Já sofreu muito. Não gostaria de fazê-la sofrer mais ainda se não for necessário.

— Não é com isso que deve se preocupar, Joe. Preocupe-se com você. Eu me preocupo com você. Glenna Lancaster que se preocupe com ela.

— Tomara que isso não venha à baila. Não tem nada a ver com o assassinato de Emma.

— Isso você não sabe — Luke o adverte com severidade. — O profissional aqui sou eu, portanto deixe-me fazer o meu trabalho, certo? — Leigo de merda. — Tudo que envolver essa família é jogo limpo, e eu vou usar o que for para ajudá-lo. Por isso, repito: não se preocupe com ela. A sua única preocupação é você. Tatue isso na testa para ver toda manhã quando olhar no espelho. — Levanta-se. — Eu volto amanhã. Fique frio. Ainda existe uma saída. O caso não está perdido.

— Senhoras e senhores jurados. Boa tarde. — Uma pausa. — Meu nome é Luke Garrison. Sou o advogado de defesa de Joe Allison. — Ele vacila. — Bom dia, senhoras e senhores. Meu nome é Luke Garrison, sou o advogado de Joe Allison, o réu neste caso. — Outra hesitação. — Merda!

Observando-o da cozinha, enquanto prepara uma salada de frutos do mar, Riva desata numa gargalhada.

— O que você está fazendo?

— Ferrando de cabo a rabo com a minha alegação inicial. — Parado no centro da sala de estar, Luke tem um punhado de fichas na mão.

— Está ensaiando? — pergunta ela com espanto. — Já fez isso centenas de vezes. Devia saber como é.

— Eu *sei* como é — defende-se ele. — Mas agora é diferente. É para já, é um caso importantíssimo, e eu vou ficar no outro lado da sala de audiência, não no que estou acostumado. Em público. É como se eu estivesse completamente nu no tribunal, ao meio-dia.

— Nesse caso, encolha a barriga. Está muito relaxado, meu amor.

Luke apalpa a cintura.

— Do que você está falando? Eu estou em ótima forma. Para um velho de setenta anos.

Ela torna a rir.

— Você está em ótima forma, ponto final. Ótima para mim.

Ele joga as fichas com as anotações na mesa de centro.

— Eu sei falar em público. Quanto mais ensaiar, pior ficará. Um discurso chato e previsível. Já sei o que vou dizer. — Entra na cozinha. — Você está cozinhando! — Anda de tal modo concentrado no trabalho que não se dá conta do que ocorre à sua volta.

— Preparar uma salada não chega a ser cozinhar. É só um quebra-galho. — Volta-se pra ele. — Antigamente a gente vivia. Drinque na varanda, jantar à luz de vela, massagem nas costas. E sexo. Ultimamente, até isso acabou.

— Eu ando muito ocupado para pensar em sexo — Luke resmunga. É verdade; faz mais de uma semana. — Além disso, minha ferida doía muito.

Ela guarda os utensílios da salada e enxuga a mão num pano de prato.

— A ferida já sarou. E ninguém consegue passar 24 horas por dia ocupado. Você largou essa vida maluca. Esqueceu?

Luke lhe toma o rosto nas mãos e a fita. Caramba, como ele gosta desse rosto.

— Não. Não esqueci.

O amor que fazem é um verdadeiro sonho de serenidade e paz. Riva toma a iniciativa, tendo o cuidado de não esbarrar no lugar em que ele foi baleado. Há uma pequena cicatriz em seu flanco, um ferimento de guerra que ficará como lembrança pelo resto da vida.

Deitada ao seu lado, passa levemente o dedo ao redor da cicatriz mais avermelhada e protuberante que o resto do corpo, uma linha saliente.

— O que você sente aqui agora?

— Nada. Não sinto nada aí. — Todos os nervos perderam a sensibilidade. — Parece uma borracha, acho que essa é descrição mais fiel. — Luke imagina o que seria ficar paralisado e perder a sensibilidade em todo o corpo. A perda da conexão consigo mesmo. Quase aconteceu.

Jantam na varanda. Lá embaixo, na distância, vêem-se as luzes da cidade, o porto, os petroleiros em alto-mar: um firmamento terrestre.

— Você está nervoso? — Riva nunca o viu nervoso, não com o trabalho. Mas, até agora, ele tampouco se preocupou tanto com a profissão.

Luke faz que sim.

— Eu preciso ser ótimo.

— Vai ser.

— Nós dois vamos ser julgados. Allison e eu.

— Você vai ser ótimo — ela reitera.

Luke pára de comer.

— Não posso perder. — Começa a sentir um nó na garganta, como se estivesse prestes a sofrer um ataque de pânico. Exatamente o que sentiu, meses antes, ao ver Polly perto do porto, com a barriga de grávida, o marido e o filho.

Riva o encara.

— Não fale assim.

— Eu não posso perder este caso. Ele me afetou. *Não posso perder.* Merda!

— Luke. — Ela perdeu o apetite. Pode jogar a comida para os coiotes. — Não é disso que se trata. De ganhar ou perder.

Ele sacode a cabeça.

— É, sim.

— Não é, mas que droga! — Riva está praticamente gritando. — Antes de começar, você já sabia que as suas possibilidades eram mínimas. Inexistentes. Aceitou para fazer um favor, aceitou pelo dinheiro, aceitou para mostrar que não tinha medo de vir para cá, aceitou para enfrentar a sua ex-esposa, aceitou por milhões de motivos, *mas não porque achava que ia ganhar!* Portanto pare de mentir para si mesmo! O que importa é você ter voltado para o seu mundo, não é o caso. Ninguém espera que você vença.

Luke a encara.

— É por isso mesmo que eu preciso vencer.

Os nervos de Riva também estão à flor da pele. Há semanas que se sente esquisita, seu apetite anda irregular, às vezes tem muita fome, às vezes a comida lhe dá asco. E não dorme bem. Desde que Luke foi baleado, ela sabe disso.

— Escute, você não precisa ganhar — diz, tentando manter a calma. Obrigando-se a manter a calma. — Você já ganhou.

— Eu não devia ter aceitado. Sabia que não devia. Deixei o maldito Freddie me meter nisso. — A ansiedade brota dele como água da fonte.

— Pois devia ter desistido quando tentaram matá-lo. Era o momento certo. O mundo inteiro esperava isso de você. Agora é tarde — ela diz com resignação. — Que pena.

— Não é isso. — Luke não quer sossegar. — É o caso em si. Eu devia tê-lo recusado, como queria fazer.

— Ah-ah. — Riva sacode a cabeça. — Só que você não quis.

— Eu não queria voltar como um fracassado.

Ela se acerca, toma-lhe a mão e o leva até o parapeito da varanda.

— Olhe lá embaixo. O que está vendo?

— Um punhado de luzes. O que eu vejo toda noite.

— Mas que sujeito teimoso! Vem gente do mundo inteiro para ver isso e, para você, não passa de um punhado de luzes?

Luke sorri.

— Tudo bem. O que é que eu estou vendo?

— A *sua* terra. A cidade que foi sua. E que voltará a ser sua. Não tem nada a ver com ganhar ou perder. Isso você já fez simplesmente vindo para cá. — Enlaça-lhe a cintura, reclina a cabeça em seu ombro.

Ele a abraça. Caramba, como essa mulher lhe dá coragem. Seu corpo físico, toda a sua essência sentem-se repentinamente fortalecidos. Zonzo de alívio, ele canta:

— "Já te contei que te amo?". — Sempre quis saber cantar como Joe Cocker, mas não chega sequer a imitá-lo.
— Não, não contou.
— Pois eu te amo.
— Eu também te amo.
Lá embaixo, as luzes da cidade. No alto, as estrelas.
— Parou de sentir pena de si mesmo? Será que podemos ir para a cama?
Luke a fita com ternura.
— Podemos. Acabou. Vamos para a cama.
Segurando-lhe a mão, Riva o conduz para dentro, de volta ao quarto.

Joe Allison devia começar a trabalhar em Los Angeles quinze dias depois de sair da KNSB. Aproveitaria o intervalo entre os dois empregos para fazer a mudança e instalar-se no novo apartamento de Santa Monica. Tais planos foram por água abaixo quando o detiveram, indiciaram e trancafiaram no setor de segurança máxima do presídio de Santa Barbara. De modo que a edícula que ele alugava na casa dos Wilson continua vaga, exatamente como se encontrava na data de sua prisão.

Agora, dois dias antes do início do julgamento, Luke está aqui. Não vem para cá desde a sua conversa com os proprietários. Estes iam colocar os pertences de Allison num depósito e procurar um novo inquilino — as edículas são muito cobiçadas na cidade, a deles encontraria um interessado em um dia —, mas uma das primeiras coisas que Luke fez ao assumir o caso foi impedir isso. Não quer que mexam no lugar, pode ser que venha a precisar de alguma coisa mais tarde: uma informação ou um material qualquer. Continua pagando o aluguel de 1.500 dólares, coisa que lhe garante o acesso ilimitado.

Quem tinha motivo para matar Emma? O sujeito que a engravidou, sem dúvida, tinha um bom motivo. Mas este não deve ser o foco da sua atenção. Luke foi contratado para defender um homem acusado de homicídio, não para bancar o detetive e procurar todo mundo que transou com uma ninfeta de catorze anos. Ela pode ter dado para todo o time de futebol do colégio ou simplesmente haver tido um episódio fugaz com um adolescente ou um adulto. E a alegação da acusação é contraditória nesse ponto: diz que as camisinhas apreendidas na edícula de Allison são da mesma marca e do mesmo tipo das encontradas no gazebo, logo, o culpado é ele, mas, se Allison usava camisinha, como foi que a engravidou? Voltamos à teoria de que pode ter se descuidado etc. Um cachorro tentando morder o próprio rabo sem nunca conseguir.

Em todo caso, a hipótese de que o assassino é o mesmo que a engravidou continua sendo melhor do que qualquer outra, à parte a que ele vem desenvolvendo — mediante investigação incessante — sobre a discutível cronologia do pai. Se Doug Lancaster descobriu que sua filha, sua única filha, ainda na puberdade, estava grávida e brigou com ela por causa disso, pode ser que se tenha deixado levar pela raiva. Era um cenário bastante comum no tempo em que Luke trabalhava na Promotoria Distrital, e ele sabe que continua sendo.

Mas essa hipótese apresenta um grave problema, o qual a acusação decerto levantará se ele adotar essa linha de ataque: por que o pai haveria de tirá-la da cama às três ou quatro horas da madrugada, justamente na noite em que duas colegas da menina estavam dormindo no mesmo quarto? Ele podia estar a sós com ela a qualquer hora que quisesse.

Uma vez mais, estamos às voltas com o ódio e a irracionalidade. Doug Lancaster vai se irritando, o ódio toma conta dele. Talvez, ao contrário do que declarou ao xerife, já soubesse que Emma estava grávida. Talvez o tenha descoberto poucos dias antes do seqüestro, ou no mesmo dia. E perde a cabeça. Precisa descobrir se é verdade e quem foi que a engravidou. Quer matar o filho da puta. Mesmo que ela o "ame" — signifique isso o que significar para uma garota de catorze anos —, mesmo que ele seja o rapazinho mais maravilhoso do mundo, Doug Lancaster quer matá-lo. Mais importante: quer saber quem foi que a violentou.

Não consegue se controlar. Viaja 150 quilômetros no meio da noite, entra sorrateiramente em sua própria casa, vai até o quarto dela para obrigá-la a falar. E dá com outras duas meninas dormindo. Tem de tirá-la de lá. E então ocorre uma coisa trágica. Uma coisa que Luke conhece bem, que ficou conhecendo logo no primeiro dia de trabalho como auxiliar da promotoria, há quase duas décadas. O ódio, com a sua natureza incontrolável, é o principal motivo (à parte o álcool, sendo que os dois costumam andar juntos) pelo qual as pessoas matam, estupram, ferem. E não falta ódio por aqui. Ele mesmo foi objeto desse sentimento, e quase o mataram por isso. E alguém teve ódio de Emma Lancaster e a matou. Se não foi Joe Allison, o assassino continua à solta, aguardando.

Há um limite que Luke ainda não se permitiu transpor. Agora, no entanto, às vésperas do julgamento, precisa ultrapassá-lo. É o seguinte:

Doug Lancaster seqüestrou a própria filha. Depois a matou. Porque tinha com ela uma relação incestuosa; e, ao descobrir que estava grávida, a menina não suportou. Resolveu denunciá-lo.

Por repugnante e brutal que a idéia seja, agora ele precisa levá-la em consideração. É algo que pode ter acontecido.

Pensar o impensável.

Com as janelas, as persianas e as cortinas fechadas, a edícula está úmida, abafada, escura. Ele escancara as da frente e recebe a brisa no rosto.

O lugarzinho é bonito, bem mobiliado. Glenna Lancaster deu um toque pessoal que combina bem com Joe Allison. Tudo é simples; o estilo Mission modificado empresta singeleza à casa, nada é demais, nada sobra.

Uma equipe de limpeza veio arrumá-la há algum tempo. Só isso. Luke passa o dedo na fina camada de pó que se depositou numa estante. Não é muito, bastam algumas horas de faxina para que qualquer um possa se mudar para cá.

Ele trouxe uma cópia do primeiro mandado de busca e apreensão, assim como uma descrição do que foi apreendido pela equipe do xerife, comandada pelo investigador Sterling, informando onde cada item foi encontrado. As camisinhas e os tênis. Posteriormente, a polícia voltou com um novo mandado, mas não encontrou nenhuma outra peça incriminadora.

As camisinhas cor-de-rosa estavam no banheiro, na prateleira inferior do armário da pia. Luke vai para lá e o abre. Gel de barbear, barbeador descartável, barra antitranspirante, polvilho Dr. Scholl para os pés, loção após barba da Caswell Massey, de Nova York, tesoura, pinça, cortador de unha, fio dental. A tesoura, a pinça, o cortador de unha e o fio dental estão na prateleira inferior, onde encontraram as camisinhas. Embora ordenada, é uma prateleira repleta, mesmo sem a caixa de camisinhas. Luke consulta a lista de provas. Havia dois pacotes de três camisinhas, ou seja, meia caixa. Se Allison usava essa marca com Glenna, os dois deviam andar muito fogosos, mais do que era de imaginar — o que não deixa de ser uma boa suposição. Ninguém compra camisinhas às dúzias se só vai usar algumas.

Uma coisa se pode dizer vendo o armário do banheiro de Allison: o cara é compulsivamente ordeiro. Tudo está perfeitamente alinhado, nada fora do lugar. Não há sinal de abarrotamento. Com uma caixa de preservativos, a estante inferior ficaria cheia demais. Um sujeito tão excessivamente organizado não a guardaria aí.

Pense, cara, pense. Allison não guardaria as camisinhas num lugar desses, de jeito nenhum. Sua namorada não saía daqui, às vezes ficava para dormir. De certo teve muitas ocasiões de usar o armário do banheiro, bem acima da pia.

Luke imagina a cena:

— Querido, você pode vir aqui um instante? — Era Nicole acabando de sair do chuveiro. Abriu o armário para pegar o polvilho ou o desodorante e deu com as camisinhas. — O que significa isto?

Allison respondia:

— Ora, são as camisinhas que eu uso para comer a mulher do meu patrão. Sei lá por quê, o cor-de-rosa lhe dá tesão.

A explosão que Luke ouve em seu cérebro é o desmoronamento da relação de Allison com Nicole. De jeito nenhum! Se Allison teve a cautela de evitar que a namorada aparecesse quando ele estava com Glenna, acaso seria descuidado a ponto de deixar à mostra uma prova tão comprometedora num lugar em que Nicole a encontraria facilmente?

Não tem lógica. Não tem a mínima lógica.

Allison guarda os tênis no armário embutido, com as roupas. Tem vários calçados, todos dispostos conforme o estilo e a cor. Sapatos esporte, sapatos com cadarço, tênis de corrida, de basquete, mocassins, sapatos de praia. Cada categoria separada das demais por uma divisória de madeira. Nos cabides acima, ternos, paletós, calças, jeans, camisas. Tudo em categorias, os trajes sociais que ele usa diante das câmeras num espaço, a roupa esporte em outro. Vários itens ainda estão na embalagem plástica da tinturaria.

Allison deve ter mandado arrumarem o seu armário, um desses profissionais que maximizam o espaço. E se empenhava muito em manter a ordem.

Luke torna a examinar o inquérito policial. Onde encontraram os tênis? Num saco de lavanderia escondido debaixo da cama. Nenhuma referência à roupa que se achava no saco.

Ele se agacha e olha debaixo da cama. Nada, só uma fina camada de pó. Pensa em chamar as faxineiras novamente para evitar que a edícula se transforme num incubador de alergia.

De volta ao armário embutido. Num canto, um cesto. Luke ergue a tampa: algumas peças de roupa suja, todas escuras.

Há um pequeno alpendre nos fundos, do lado de fora da cozinha. Encostados na parede, a máquina de lavar e a secadora de roupa. Luke abre a tampa da de lavar. Está vazia. Abre a porta da secadora. Uma carga de roupa branca. Há seis meses que está lá.

Eis uma questão intrigante, uma série delas, aliás: se Allison deixou os tênis incriminadores debaixo da cama, num saco de lavanderia, não teria deixado outros também? Acaso foi correr um pouco, naquela manhã, e os deixou ali para guardá-los mais tarde no devido lugar no armário?

Mas por que um saco de lavanderia? E debaixo da cama? Ao que tudo indica, o homem não guardava a roupa suja num saco, guardava-a num cesto. Não precisava de lavanderia. Tinha máquinas de lavar e de secar.

Allison continua afirmando que perdeu os tênis antes do seqüestro, um ano antes. Aqui, em seu quarto, Luke é obrigado a acreditar nele.

O julgamento começa amanhã. Haverá um punhado de trâmites preliminares, moções etc., depois eles passarão a selecionar os jurados, coisa que leva tempo, muito tempo.

Isso tudo fica para amanhã. Hoje trata-se de viver, de estar vivo. Luke dá graças a Deus por estar vivo, chegou muito perto de passar desta para melhor. Valoriza o que tem, mais do que nunca. É uma revelação, e das boas.

Leva Riva ao Bistrô, um restaurante novo e pequeno escondido numa ruazinha tranqüila de Montecito. Está calmo — ela é que mal controla o nervosismo.

— Como você está se sentindo — Riva lhe pergunta entre um e outro gole de champanhe. Ele se permitirá só mais um drinque, um copo de vinho com o jantar. Quer estar muito lúcido amanhã cedo.

— Muito bem. *Que será será*, não é mesmo?

— Como consegue ficar tão calmo? Não sei se vou conseguir dormir hoje.

Luke sorri.

— Eu passei a vida fazendo isso. O que me deixa nervoso é outra coisa.

— Esperar o julgamento?

— Isso mesmo. E outra coisa. Olhe, os tiros são coisa do passado. Eu estou aqui. Sobrevivi. Sinto-me mais forte que nunca. E, graças a tudo o que me aconteceu, conheci você, e essa foi a melhor coisa na minha vida em muitos anos. Portanto, hoje nós vamos comemorar.

Ela sorri.

— Um brinde a isso. E ao seu caso. — Seu sorriso tem qualquer coisa do de *Mona Lisa*, uma alegria oculta. Como se ela conhecesse segredos que ele ignora. — Você vai ganhar. Quando tudo acabar, será o único homem de cabeça erguida, Luke.

* * *

Estão na cama. Faz tempo que o relógio deu meia-noite.

— Você está dormindo? — Riva sussurra, mesmo sabendo que não.

— Não. E você?

Ela ri em silêncio. Toca-lhe a coxa.

Luke gosta da carícia. Nunca dorme bem na véspera do show. Não está preocupado, mas ansioso. Isso é o que ele faz, é assim que ganha a vida.

— Em que está pensando? — pergunta.

Não está completamente aqui, com ela; encontra-se na sala de audiência, apresentando suas alegações iniciais. Os sons ecoam em sua mente. É como tocar violão diante do espelho do quarto e, no segundo seguinte, ver-se no palco de um grande teatro, com centenas de fãs enlouquecidos por sua causa.

— Depois eu conto — diz Riva. — Agora não.

Ele se põe de lado e a fita.

— Por que não agora?

— Porque o julgamento começa amanhã e você não precisa de mais nada que o distraia. Basta o que já tem.

Luke roça a mão em seu rosto.

— Agora eu fiquei curioso. Vamos, diga. Seja o que for, não vai me distrair. Aliás, até que estou precisando de um pouco de distração.

— Eu queria esperar o momento certo — diz ela, tentando adiar a resposta —, mas acho que esse momento não existe.

Ele lhe segura a mão.

— O que é? — pergunta um tanto ausente, ainda às voltas com a ansiedade da véspera do julgamento. Abre um sorriso brincalhão. — Por acaso você vai me contar que está grávida? É isso? *Senhoras e senhores jurados...*

— É.

Luke já não está no tribunal. Está aqui, na cama, com ela. Muito depois de meia-noite, quando o mundo inteiro dorme, a não ser para eles. E a não ser, talvez, para Joe Allison, Ray Logan e alguns outros.

— É verdade? — Sua voz é um misto de incredulidade, medo, surpresa, choque. — Você está grávida? Grávida mesmo?

— Desde aquela noite em que não usei o diafragma. — Riva hesita. — A noite em que você não me deixou usá-lo.

— Mas é... mas é... *oba!*

Ela solta a respiração, como se a tivesse contido durante semanas.

— Santo Deus, eu estava tão preocupada com isso... com a hora de lhe contar... O julgamento vai começar, você precisa investir nele toda a sua energia, todo o seu pensamento... — Quase gagueja, as palavras lhe saem atropeladamente. — Quando a gente tem um filho, tudo muda...

— Riva. — Luke lhe aperta a mão com mais força. — Calma.

Ela se senta na cama. Ao luar, seu vulto parece saído de uma pintura de Botticelli.

— Você quer ter esse filho?

Ele sente um choque percorrer-lhe o corpo.

— Quero.

— *Quer* mesmo? Ou simplesmente tolera a idéia, dá um jeito de conviver com ela?

— Eu quero. É claro que quero! — Luke a atrai para si, abraçando-a, beijando-a, ninando-a. — Nós temos uma vida, Riva. A prova está aí.

— A acusação está pronta?
Ray Logan se levanta.
— Sim, Meritíssimo, está.
— A defesa está pronta?
Luke se ergue, abotoando o paletó, e toca de leve no ombro de Allison a fim de encorajá-lo. Este se vestiu com esmero para se apresentar no tribunal: terno recém-passado, camisa engomada, gravata. Seu próprio barbeiro cortou-lhe os cabelos, foi à prisão prestar o serviço. Conseguiu até uma manicure que lhe alisasse as cutículas roídas.
— Meritíssimo, a defesa está pronta.
O juiz Ewing endereça a ambos um gesto afirmativo.
— Tem início o caso o Povo *versus* Joseph B. Allison. Antes de passarmos à apresentação do primeiro grupo de candidatos a jurados, há alguma petição? — Olha para a mesa da acusação, onde se encontra Ray Logan. Acompanham-no dois assistentes da Promotoria Distrital, um consultor de júri e um assistente executivo. Na fileira atrás deles, há outros membros de sua equipe, estagiários, detetives do gabinete (Lovett destacando-se entre eles), o xerife Williams e outros figurões do *establishment*.
Ewing torna o olhar para Luke.
— Dr. Garrison?
Luke se levanta.
— Sim, Meritíssimo. Nós temos.
Logan não dissimula sua surpresa com esse desenvolvimento inesperado.
Luke pega uma pasta de papel-manilha na mesa à sua frente.
— Nós descobrimos recentemente uma prova que a acusação ocultou da defesa, Meritíssimo — diz em tom muito sério. — Prova que põe em dúvida a validade da busca e apreensão iniciais no automóvel do sr. Allison, na noite em que ele foi detido, e, assim, todo o embasamento legal em que se apóia a acusação. Solicitamos que o tribunal examine isto e declare ilegal a busca realizada no carro do sr. Allison, conforme o Código Penal da Califórnia, artigo 1538.5; solicitamos outrossim que toda prova

colhida em conseqüência dessa busca e todos os fatos subseqüentes sejam inadmissíveis neste processo.
— Meritíssimo... — interfere Logan.
Ewing o cala com um gesto.
— O senhor já apresentou uma solicitação sobre essa matéria, dr. Garrison. — diz gravemente. — Foi rejeitada. Por que vem reapresentá-la agora?
— Porque, como eu acabo de dizer, Meritíssimo, surgiram novas provas cuja existência nós desconhecíamos e que nos deviam ter sido entregues como parte do material apreendido. Não foram. — Ele agita a pasta no ar, depois deixa-a cair ruidosamente na mesa. — Ademais, Meritíssimo, Vossa Excelência deve estar informado de que eu sofri um atentado recentemente.
— Claro que estou.
— Segue-se, logicamente, que quem tentou me matar tinha um motivo, sendo este que a pessoa em questão não me queria neste caso. O autor do atentado deve recear que, no curso da minha defesa do sr. Allison, eu venha a descobrir, simultaneamente, provas que não só inocentem o meu cliente, como também apontem para o verdadeiro assassino de Emma Lancaster.
Ouve-se um rumor na sala de audiência. Ewing comprime os lábios, transformando-os numa dura linha reta.
— Ao meu gabinete, cavalheiros. — Levanta-se e sai da sala.
Seguindo-o, Logan se aproxima de Luke.
— Que história é essa? — cochicha. — Você está querendo aparecer?
Luke sacode a pasta que tem na mão.
— Vamos ver. Quem decide é o juiz. Não esqueça que você não é juiz, Ray. — Uma pausa de efeito. — E muito menos o júri.

Ewing ergue os olhos das páginas que acaba de ler.
— Quando isto chegou a suas mãos? — pergunta a Luke.
— Há três dias, Meritíssimo.
— Quando o senhor descobriu a existência disto?
— No mesmo dia, um pouco mais cedo.
O magistrado se volta para Logan.
— Por que isto não foi entregue à defesa em tempo hábil? — pergunta. — Por que estamos tendo este truquezinho de última hora? Santo Deus, não é a última hora — fulmina —, o julgamento já começou.

— Eu não estava informado, Meritíssimo — diz Logan, corando. — Acabo de tomar conhecimento da existência desse documento. — Luke lhe deu uma cópia, que ele leu enquanto o juiz lia a sua.

Ewing lhe endereça um olhar sinistro.

— Parece-me difícil de acreditar.

— É verdade, juro. Eu também não gosto de ser surpreendido — defende-se Logan.

O magistrado tamborila os dedos na escrivaninha.

— Eu preciso refletir — diz depois de pensar um pouco no assunto, enquanto os dois advogados aguardam. — E, quanto ao vínculo entre a agressão que o senhor sofreu e este processo, dr. Garrison, eu comunicarei a minha decisão amanhã.

Até lá, tudo fica no limbo.

De volta à sala de audiência: ainda não são dez e meia da manhã. O julgamento foi adiado. Os confusos membros do *pool* de jurados, que esperavam lá ficar retidos o dia todo, são dispensados até amanhã cedo.

Luke senta-se à mesa da defesa com o cliente. O auxiliar do xerife que escoltará Allison de volta ao presídio aguarda impaciente ali perto.

— Foi o nosso primeiro chute a gol — diz Luke —, e o primeiro jurado ainda nem foi escolhido.

— E isso é bom? — pergunta Allison com otimismo. Para ele, como para qualquer um que caia nas garras do sistema, sobretudo sendo "de fora" e não enxergando diante de si senão um emaranhado de medo, confusão e esperanças vãs, uma pequena "vitória" tem muitíssima importância.

— É ótimo. Agora nós estamos no ataque, e eles, na defensiva. Tomara que seja assim o julgamento inteiro. — Luke guarda os papéis na pasta de documentos. — *Hasta mañana*. E não perca a fé.

O xerife Williams se apresenta no gabinete de Ray Logan, que, além de contrariado, está preocupadíssimo, pois vêm acontecendo coisas que ele deveria saber e não sabe. Ainda que, por antiguidade, Williams seja um membro sênior da equipe de segurança pública, Logan é o promotor encarregado do processo e precisa provar a culpa do réu no julgamento mais importante da década no distrito. E, logo no primeiro dia, descobre que pode existir uma obstrução da Justiça oriunda do gabinete do xerife.

— Eu estou me sentindo um palhaço — reclama. — Como é possível que Luke Garrison saiba desse telefonema para a polícia e eu não?

— Não pareceu importante — responde o xerife. Foi um erro do seu departamento, um erro grave. Estavam tão eufóricos por finalmente haver capturado um suspeito do seqüestro e do assassinato de Emma Lancaster que se descuidaram desses detalhes específicos. — E continua não parecendo.

— Pois Ewing achou tão importante que mandou todo mundo para casa e foi pensar — retruca Logan com irritação. — E não é só isso, xerife. — Às vezes ele trata Williams pelo prenome, Bob, mas só quando as coisas vão às mil maravilhas, o que obviamente não é o caso agora. — Eu preciso saber de tudo e preciso saber antecipadamente. É mais ou menos como o tratamento que você resolveu dar aos pais. Praticamente lhes garantiu imunidade antes que a promotoria tivesse falado com eles. Agora temos de correr atrás do prejuízo e de toda a merda que cerca Doug Lancaster. Por exemplo: *onde é que esse filho da puta estava na noite do crime?*

Williams faz que sim. Detesta conflitos, sobretudo os internos. Logan e ele são parceiros, irmãos siameses; o êxito ou o fracasso de um tem conseqüências para o outro, boas ou más. Mas também sabe que, a longo prazo, as miudezas são relegadas ao esquecimento. O que interessa aos jurados é o quadro geral, é a prova decisiva. O resto não passa de perfumaria.

— Nenhum desembargador deste distrito decidiria contra a polícia ou coisa que o valha — diz em tom professoral. — O louco que fizer isso é escorraçado da cidade.

Logan respira fundo, procura acalmar-se.

— Não é questão de este ou daquele detalhe. O que eu não posso é trabalhar no escuro. O problema que Luke criou não vai nos desmontar... espero. Mas, se continuarmos assim, ele vai acabar achando alguma coisa importante que nos escapou. — Ergue o dedo no ar. — Vou mandar um dos meus assistentes repassar todos os procedimentos de vocês, tintim por tintim, absolutamente tudo. Vamos ver se não deixamos escapar nada.

— Por mim, tudo bem — concorda Williams. — Eu é que não quero que estraguem a festa por causa de uma tecnicidade.

— Ótimo. — Logan reflete um instante antes de prosseguir. — Como anda a história do atentado contra Garrison? Alguma novidade? Alguma pista?

— Até agora nada. É frustrante.

O promotor aperta os lábios.

— Dá a impressão de que nós o estamos sabotando. Punindo-o.

— Não. — Williams permanece impassível. — Eu, mais do que ninguém, quero saber quem foi. Olhe, Luke pode estar do outro lado agora, mas nós dois já enfrentamos muitos casos juntos. Ele é um cara firme. Não quero saber de nenhum maluco tentando liquidá-lo.

— Nada de surpresas, certo? — Logan se levanta, encerrando a reunião.

— Vamos fazer o possível e o impossível — despede-se o xerife.

O telefone toca às 10:30 da noite.

— Desculpe se o acordei, Luke — diz o juiz Ewing —, mas achei que você queria ficar sabendo da minha decisão assim que eu a tomasse.

— Eu não durmo cedo desde que entrei na escola. E é claro que quero saber qual foi a sua decisão.

— A sua solicitação será indeferida.

Luke sente o fone queimar-lhe a mão. Sabia que não podia ter a esperança descabida de que Ewing impronunciasse a acusação. Mesmo assim, ele sente um frio no estômago. É com esforço que recupera a voz:

— Bem, obrigado pelo telefonema, Meritíssimo.

— Não foi fácil — explica o juiz, tanto defendendo a sua decisão quanto procurando apaziguá-lo. — Mas não é conclusivo. Numa situação como esta, não pode haver a menor dúvida. Você entende?

— Sim, entendo.

— Vou anunciar a minha decisão amanhã cedo, antes de procedermos à seleção dos jurados. É claro que você pode apelar.

— Eu vou pensar.

O cara praticamente o está mandando recorrer. A instância superior que se encarregue de reverter a decisão se achar conveniente. Ele deve ter dado muitos tratos à bola para imaginar essa saída. Luke não esperava vencer. À parte isso, é o máximo que pode obter. Senão uma vitória, pelo menos um rombo na muralha.

— Até amanhã então — despede-se o magistrado. Há um breve silêncio. — Boa sorte. — E desliga.

— Era o juiz Ewing — Luke conta a Riva, que aguardava o fim do telefonema. — Foi indeferido.

De camisola, os cabelos presos, sem nenhuma maquiagem, parece jovem e inocente, pensa ele, fitando-a no sofá. É linda. Ainda não dá a impressão de estar grávida, mas isso não demora. Luke está ansioso.

— Você devia ir dormir. Precisa de descanso.

— Eu estou bem. — Riva sorri. — Vai começar a cuidar de mim agora?

— Claro. Eu sou o pai do nosso filho. — *O nosso filho*. Estas palavras são mágicas para ele. — Você não acha que nós devíamos... — A magnitude do que vai dizer o interrompe.

— Devíamos o quê?

— Você sabe. — Não consegue dizê-lo. Não imaginava que tornaria a falar ou mesmo pensar nisso.

— O quê? — Ela continua sorrindo, seu olhar é um ponto de interrogação.

Luke se sente um perfeito idiota.

— Nos ca-casar — gagueja.

Riva fica boquiaberta.

— Nos casar? Você está falando sério? — Ergue o corpo no sofá.

Ele se acerca, senta-se ao seu lado.

— Bem, não sei. Não é isso que as pessoas fazem quando estão esperando um filho?

Ela o encara fixamente.

— Para quê?

— Para que o neném não seja um bastardo. Portanto... — Luke está confuso.

— Ninguém liga para isso. Está com medo de que meu pai encoste o revólver na sua cabeça?

— Eu não conheço seu pai. Nós nem chegamos a falar nele.

O sorriso dela desaparece.
— Nem vamos falar.
— Você nunca fala nos seus pais. Nem sei se eles estão vivos.
— Minha mãe morreu quando eu era menina. Meu pai já deve ter morrido. Há anos que não o vejo, desde que tive idade para sair de casa.
Luke a fita.
— Você também nunca me contou se tem irmãos.
— Não tenho. Minha vida começou quando eu fiz dezessete anos — diz Riva em tom definitivo, encerrando a conversa. — Antes disso, era outra coisa.
— Tudo bem. — Fica para outra vez. Não vale a pena insistir agora. Luke estende o braço. Ela se aninha em seu corpo. — Eu sou a sua família. Eu e este gorducho aqui. — Acaricia-lhe o ventre. Está apenas começando a se dilatar: agora que ele sabe, percebe a diferença.
Riva se mostra subitamente acanhada.
— Se é o que você quer...
— É o que eu quero, meu bem. — Ele a estreita nos braços. — Vai ser muito melhor assim.

Oito da manhã. Na sala de audiência quase vazia, só se vêem os funcionários. O oficial entrega à acusação e à defesa cópias da decisão do juiz Ewing. Às seis horas, Luke esteve na prisão a fim de dar a notícia ao cliente.
— Não desanime por causa disso. O juiz não tinha escolha. Nós conseguimos o que queríamos.
— O quê?
— Chamar a atenção.
— Na petição com base no artigo 1538.5, o tribunal indefere a solicitação do réu — diz Ewing com voz uniforme. — No entanto — dirige à mesa de Luke um olhar contrariado —, eu quero advertir expressamente a promotoria quanto à retenção de indícios. Mais um incidente desta natureza, e o tribunal a punirá por desobediência. Fui claro?
Ray Logan se levanta, está corado.
— Sim, Meritíssimo. Não foi intencional, eu asseguro. Não tínhamos intenção de...
O magistrado agita o martelo, calando-o.

— Pouco importa que tenha sido intencional ou não — diz com severidade. Está dando a Luke tudo quanto pode, à parte a vitória. — Não faça mais isso.
— Sim, Meritíssimo. — Logan fica imóvel como um garoto de castigo na escola.
Ewing se dirige ao oficial.
— Traga o primeiro grupo.

O processo de seleção do júri é penosamente vagaroso. As geleiras se deslocam mais depressa. Devido a mil filigranas e às objeções de ambas as partes, mais da metade dos candidatos tem de ser examinada em particular, no gabinete do juiz Ewing, coisa que tudo retarda. O principal problema, entretanto, o que torna a escolha ainda mais lenta, é o fato de se tratar de um crime capital, o que significa que a pena de morte é uma opção. E isso, por sua vez, significa que o júri tem de ser qualificado para tanto. Todo jurado potencial precisa ser específica e detalhadamente argüido sobre a sua atitude em face da pena capital: a favor ou contra. Qualquer candidato que declare que, independentemente das circunstâncias do crime, não votará pela aplicação da morte a uma pessoa é automaticamente excluído do *pool* de jurados.

Quando estava do outro lado, Luke gostava de escolher justamente esses candidatos, pois qualquer um que apóia a pena de morte tende mais a condenar; é a natureza humana, e a estatística o confirma. Já o advogado de defesa precisa tratar de impedir que esse tipo de gente participe do júri de um caso de pena de morte.

Agora ele é o advogado de defesa. Logo, tem de lutar furiosamente para encontrar jurados capazes de condenar, mas que não tenham uma inclinação tão óbvia pela pena de morte. Um trabalho difícil. No fim da primeira semana, foram aceitos apenas cinco jurados, ao passo que 109 foram rejeitados. Luke foi obrigado a usar só quatro das vinte impugnações a que tem direito; a acusação usou seis. O juiz Ewing desqualificou tanta gente que o processo já começa a virar piada nos corredores do tribunal: o julgamento que não ocorrerá nunca porque nenhum júri será selecionado.

A sexta-feira é o dia sombrio do tribunal. Na tarde de quinta-feira, durante o recesso para o lanche, Ewing, evidentemente frustrado com a falta de progresso, reúne-se com os advogados em seu gabinete.

— Estamos indo muito devagar — diz sem ocultar a irritação.
— Em parte, é por minha culpa, mas vocês estão demorando muito com alguns jurados. A partir de segunda-feira, eu vou acelerar o processo, de modo que, se na lista atual ainda houver alguém que vocês acham que realmente não querem, poupem suas objeções contra eles. Não quero trazer para cá mais duzentos jurados potenciais: mesmo porque não há tantos assim. O júri vai sair deste grupo, e eu não vou mais tentar conseguir jurados que as duas partes considerem ideais.

Fiel à sua palavra, o magistrado é rigorosamente expedito na manhã de segunda-feira. Cinco novos jurados são selecionados nesse dia, sendo que, com mais dois na terça-feira, dá um total de doze. Por cautela, Ewing quer pelo menos quatro suplentes, embora o máximo de jurados que perdeu num júri tenha sido três. Este não será como o julgamento de O. J. Simpson, no qual os jurados sumiam feito moscas pelos motivos mais triviais. Esse trem há de chegar no horário.

Três suplentes são escolhidos na quarta-feira e, quando o juiz decreta o recesso do fim do dia, na quinta, selecionam-se mais dois. Doze jurados e cinco suplentes. É mais do que suficiente.

É um júri de diversas etnias, seis homens, seis mulheres. Sete anglo-saxões, três latinos, um negro, um sino-americano. Luke não morre de entusiasmo por esses jurados. Se estivesse na acusação, não na defesa, ficaria satisfeito com eles — todavia há alguns membros com que acha que dá para trabalhar. Será interessante ver como reagirão ao tomar conhecimento da miríade de transgressões sexuais em que estavam envolvidos os membros da família Lancaster. Se tiverem estômago para isso e, mesmo assim, virem a floresta, não as árvores, ou seja, que a menina foi seqüestrada e assassinada, independentemente do seu histórico sexual, ele e seu cliente estarão em apuros.

O show começa na segunda-feira. Pela manhã, Ray Logan apresentará as alegações iniciais. Então, e desde que não surjam complicações imprevistas, será a vez de ele subir ao palco pela primeira vez, no distrito, em mais de três anos. E vestindo uma casaca diferente.

* * *

Luke sempre é o primeiro a chegar ao tribunal. Orgulha-se disso. É um ritual que observa desde que começou a advogar como assistente da promotoria. Hoje, porém, ao percorrer o longo corredor que leva à sala de audiência, vê, de longe, que outros chegaram primeiro.

O prédio está às escuras: ainda não acenderam as luzes, apenas os pálidos raios do sol do amanhecer se filtram pelas altas janelas. Há três pessoas aglomeradas num canto, os rostos furtivamente voltados para a parede, como se não quisessem ser reconhecidas: Ray Logan, Doug e Glenna Lancaster. Não se dão conta de que outra pessoa se intrometeu em seu encontro particular. Luke pára e fica olhando um momento; a seguir, em silêncio e com muito cuidado, encosta-se na parede, fundindo-se, na medida do possível, com a sombra fria, esforçando-se para escutá-los. Mesmo à distância de pelo menos quarenta metros — o corredor tem o comprimento de um campo de futebol —, fica claro que estão em meio a uma discussão acalorada. As vozes lhe chegam ecoando nas paredes do cavernoso corredor, uma câmara de eco natural: os Lancaster não querem que Logan mencione o histórico sexual de Emma. Este sacode insistentemente a cabeça, inclinando-se na direção deles, tentando convencê-los; Glenna, um pouco afastada dos dois, está com o corpo tenso.

Isso deve ser de suma importância, pensa Luke, já que Doug e Glenna estão próximos um do doutro. Os dois fazem o possível para se evitar.

Ela sabe. Luke devia ter calculado — foi ingenuidade pensar o contrário. Afinal, ela era a mãe de Emma.

Agora lhe ocorre: devem ter sido eles que solicitaram o sigilo do laudo da autópsia. E agora, duas horas antes que o médico-legista seja ouvido, continuam tentando proteger a imagem da filha. E deles próprios. Uma atitude cínica, sem dúvida, mas verossímil.

A uma última argumentação de Doug, Logan se vira para ele, diz alguma coisa que Luke não consegue distinguir e se afasta. Doug faz menção de ir atrás dele, quase de agarrá-lo, porém Glenna lhe segura o braço e o detém.

Luke vê o casal divorciado entreolhar-se. Não se diz uma só palavra. Então Doug gira sobre os calcanhares e se afasta no sentido contrário ao de Ray Logan.

Glenna Lancaster fica a sós. Um vulto solitário num espaço enorme e estéril. Começa a chorar, os soluços lhe sacodem os ombros. Luke a observa: uma mosca na parede, mortalmente constrangido por ser um intruso nessa tristeza profunda, mas preso no lugar, sem meio de fugir. Os soluços chegam aos seus ouvidos, o lamento da mãe eternamente de luto pela morte da filha.

— Senhoras e senhores membros do júri...
Diante dos jurados, Ray Logan inicia suas alegações preliminares. Todos os olhares estão fitos nele, que sabe disso. Sobretudo o de Luke Garrison, o homem que antigamente lhe dava ordens. Está nervoso por se opor ao antigo chefe. Ficaria nervoso de qualquer modo, é próprio da situação.

— Meu nome é Ray Logan. Eu sou o promotor distrital do Distrito de Santa Barbara.

Ditas as primeiras frases, a calma começa a retornar. Já se sente melhor: pronunciar as palavras "promotor distrital" lhe faz bem, dá-lhe uma sensação de realização.

A Sala de Audiência Número 1 é lendária, aqui a história da Califórnia, desde os conquistadores espanhóis até os migrantes da Depressão, está gravada nas paredes e no teto, feito uma Capela Sistina antinativista. Na atualidade, raramente é usada, fica reservada para os casos especiais. E hoje está lotada, com todos os lugares ocupados. É preciso possuir senha para entrar. Grande parte do espaço foi tomada por repórteres dos jornais e das emissoras de televisão. O resto destinou-se aos membros da família, aos amigos, às personalidades públicas como os políticos e outros figurões.

Doug e Glenna Lancaster estão presentes, ambos na ala da acusação, mas separados entre si. Doug se encontra na segunda fila, bem atrás da cadeira de Ray Logan, ao passo que Glenna preferiu ficar no fundo, parecendo um fantasma. Toda de preto, até o lenço na cabeça, qual uma carpideira, coisa que ela não deixa de ser, sobretudo agora que o julgamento vai começar e sua vida e a de sua filha ficarão expostas. Está sem maquiagem e sem jóias.

Lancaster veste um terno escuro e conservador. Durante um brevíssimo instante, quando chegou à sala de audiência e foi para o seu lugar, fitou Luke nos olhos. Havia puro ódio em seu olhar. O homem, pensou Luke, que quer me ver morto.

Em circunstâncias normais, nem Doug nem Glenna teriam acesso à sala de audiência: são testemunhas potenciais. Logan colocou ambos em sua lista de testemunhas, sendo que Doug também figura na de Luke. Explorar a falta de álibi de Lancaster será a pedra angular de sua defesa. Logan, porém, solicitou ao tribunal que, em nome da compaixão, se abrisse uma exceção à regra.

— A filha deles foi assassinada, os dois já sofreram terrivelmente — argumentou com veemência no gabinete do magistrado. — Seria cruel e desumano impedi-los de acompanhar o julgamento.

Chegou a vez de Luke opinar; e para a surpresa de Ewing e de Logan, ele concordou. A presença de Doug Lancaster na sala significa que este ficará sabendo, pelas alegações iniciais de Luke, o que ele pretende fazer; mas Lancaster o descobrirá de qualquer modo: Logan o informará diariamente. Excluir os pais enlutados seria publicidade negativa, coisa que sobra para ele e seu cliente.

Luke também tem um motivo mais prático. Espera que, à medida que o julgamento progrida, Doug Lancaster fique cada vez mais agitado e acabe fazendo uma besteira, o que seria um prato-cheio para a defesa. Conhecendo-o como Luke o conhece, não é uma esperança absurda.

Falta uma pessoa: Nicole Rogers. Pode ser que venha a depor mais adiante — tanto ele quanto Logan a incluíram em suas respectivas listas de testemunhas —, mas não é esse o motivo de sua ausência. Dias antes, Luke lhe pediu que viesse dar apoio moral, e ela simplesmente se recusou. Havia terminado com Joe na época, de modo que não tem nada a ver com a história.

— Eu achava que o conhecia — disse no telefone. — É terrível pensar que a gente conhece intimamente uma pessoa e, de repente, descobrir que não sabe absolutamente nada sobre ela.

Luke compreendeu então que, apesar de sua afirmação anterior, ela considerava o réu culpado.

A voz de Logan vibra na sala de teto abobadado.

— Os senhores foram escolhidos para tomar uma decisão momentosa. Para decidir se foi ou não foi Joe Allison, o réu, quem seqüestrou e matou Emma Lancaster, uma menina de catorze anos. — Vira-se e aponta. — O homem moreno sentado à mesa da defesa, ao lado de seu advogado, é Joe Allison.

Luke já previa isso e tratou de preparar seu cliente no presídio. Que devolvesse os olhares, que não tivesse modos vagos nem ambíguos, que procurasse olhar para a frente. E que ficasse calmo.

É o que está fazendo agora. E muito bem. Mantém o contato visual com os jurados, que olham para ele. Nem agressivo, nem evasivo. Um olhar claro e firme. Um homem que nada tem a esconder.

Sentada na fila atrás de Luke e Allison, Riva também olha fixamente para o júri e para Logan. Vai passar muito tempo ali e pretende fuzilar raios nas costas do promotor.

De modo calculadamente desleixado, Logan deixa cair a mão e encara o júri.

— Os senhores receberão muitas informações indiretamente relacionadas com este caso. São informações periféricas: informações sobre a personalidade das pessoas, suas fraquezas, suas imperfeições. Meus auxiliares e eu lhes participaremos algumas delas, não para confundi-los, mas para lhes mostrar o pano de fundo, para lhes mostrar a diferença entre *a verdade*, tal como se aplica a *este caso e somente a este caso*, e as tergiversações a que a defesa recorrerá com o fito de confundi-los e desviá-los da matéria em questão, a única que deve ser levada em consideração aqui: Joe Allison seqüestrou e matou Emma Lancaster? — Faz uma pausa para enfatizar suas palavras. — Vamos apresentar provas de que o sr. Allison seqüestrou e matou Emma Lancaster, *sim*. Provas reais e concretas. Não teorias. Não conjecturas. Nenhum "talvez". Não pretendemos tentar turvar a sua visão com cortinas de fumaça e miragens. Vamos lhes mostrar *o motivo*, vamos lhes mostrar *a oportunidade*, vamos lhes mostrar *a prova material* que vincula Joe Allison a Emma Lancaster na noite de seu seqüestro e antes disso.

Ele está indo bem, pensa Luke: breve, suave, conciso e incisivo. Aprendeu muito comigo.

— Descobriu-se que Joe Allison estava de posse de certas peças incriminadoras que só o assassino de Emma Lancaster podia ter. Coisas pertencentes a Emma Lancaster, certas provas materiais que o colocam no lugar do crime na noite em questão, indícios que mostrarão o vínculo extraordinariamente forte que havia entre Joe Allison, um homem adulto, empregado do pai de Emma Lancaster, e a vítima, Emma, uma menina de catorze anos, aluna da oitava série. — Outra pausa. — Uma menina de catorze anos, senhoras e senhores. Uma adolescente. Ainda com aparelho nos dentes.

Cala-se um instante e vai até sua mesa. Um auxiliar lhe entrega um envelope grande de papel-manilha. Logan retorna à barra dos jurados, abre-o, tira dele uma fotografia 40x50 e a ergue para que os jurados a vejam bem.

— Esta é Emma Lancaster, senhoras e senhores membros do júri. Alguma semanas antes de ser seqüestrada em seu quarto, na calada da noite, e posteriormente assassinada. E, a seguir, escondida num lugar horrível, deserto, retirado, enquanto seus pais, aflitos, assim como milhares de cidadãos voluntários, a procuravam em vão, até que, mais de uma semana depois, seu corpo fosse encontrado acidentalmente.

Montaram um cavalete na proximidades do lugar do júri. Logan coloca nele a fotografia colorida típica de anuário escolar. Emma parece ainda mais jovem do que era, mais ou menos na idade da Primeira Comunhão.

Todos os jurados se voltam para mirá-la. Alguns olham para Joe Allison. Doug Lancaster também. Com ódio.

Vale a pena registrar o momento, pensa Luke. Girando a cadeira, olha de relance para Glenna Lancaster, numa das filas do fundo, do outro lado da sala. Está de olhos enxutos, mas tem a pele rubra, e, mesmo a distância, ele consegue perceber-lhe a respiração entrecortada. Evita escrupulosamente olhar na direção de Joe Allison.

— Esta era Emma Lancaster antes de morrer — prossegue Logan. O auxiliar lhe entrega outro envelope. Ele retira uma ampliação em preto-e-branco, olha para ela e faz uma careta. Do lugar onde se encontra Luke, parece uma careta genuína. — E esta era Emma Lancaster uma semana *depois* de morta. — Vira a foto para o júri.

Ouve-se um suspiro coletivo. Uma jurada deixa escapar um grito, leva a mão à boca. Logan segura a fotografia um momento mais. É uma das primeiras que a polícia tirou ao encontrar o cadáver de Emma enterrado no caminho. É horrível. O corpo está inchado; a roupa, toda rasgada.

Luke olha rapidamente para o pai da menina. Está de cabeça baixa, com os olhos pregados no chão, não quer ver a foto da filha que estão mostrando agora. Treme. *Se estiver envolvido, pensa Luke, agora está pagando um preço alto.*

Logan tem a gentileza de tornar a guardar a fotografia no envelope.

— Desculpem por tê-los sujeitado a isto, senhoras e senhores — diz aos doze jurados, a maioria dos quais parece a ponto de vomitar —, mas era necessário. Os senhores precisavam saber. Como esta menina linda — aponta para a fotografia angelical no cavalete — foi vítima de um crime hediondo. Nós não sabemos ao certo por que Joe Allison tirou Emma Lancaster da cama, onde ela estava quase dormindo, levou-a para fora e a matou a sangue-frio. Mas temos uma idéia. Eu vou explicá-la daqui a pouco. Antes, porém, permitam-me avisá-los: os senhores não vão gostar de tudo que ouvirem: nesta época tempestuosa, ninguém vive num vácuo, tampouco a família Lancaster, mas os senhores compreenderão que isto tem relação com a sua própria vida e com a de seus filhos e netos. — Cala-se para que os jurados o acompanhem bem; devem estar perguntando: *do que esse cara está falando?* — O motivo pode ter sido ódio misturado com medo. Ou talvez tenha sido paixão desenfreada. Sim, porque havia paixão. A paixão de uma adolescente por uma bela e aplaudida celebridade do sexo masculino, celebridade que se aproveitou dessa paixão para os seus desígnios narcisistas. E isso também explicará o ódio e o medo. Sobretudo o medo.

Agora os jurados estão realmente atentos. Logan vai provocá-los um pouco mais antes de apresentar os indícios mais fortes: a gravidez de Emma, as camisinhas encontradas no gazebo, as mesmas que foram apreendidas na casa de Allison. Luke se prepara para o que vem agora.

— Também pode ter sido um acidente — prossegue o promotor. — Não o homicídio: este foi premeditado, não há lugar a dúvida. É por isso que vamos pedir a pena de morte neste caso, porque o assassinato de Emma Lancaster foi claramente premeditado. Mas, antes de mais nada, quem sabe disso? — Faz mais uma pausa, segura a travessa da barra do júri com ambas as mãos e se inclina para a frente. — Não é Emma Lancaster, que já não está aqui para nos contar. Mas, senhoras e senhores, de certo modo ela nos conta. Pela prova que deixou e pelo modo como a deixou. E, senhoras e senhores, eu estou aqui para lhes mostrar isso.

Quando este julgamento terminar, Emma Lancaster tudo terá dito alto e bom som. Terá falado com os senhores do seu túmulo. E ter-lhes-á contado, e não haverá dúvida quanto a isso, que Joe Allison a matou. — Torna a se calar; mesmo para ele é difícil apresentar o fato. — Ela estava grávida.

Os jurados compõem um quadro clássico da reação humana à surpresa e à incredulidade: choque, medo, horror. Um homem se põe a balançar a cabeça para a frente e para trás, a mão na boca a fim de encobrir o sorriso sarcástico que vem a certas pessoas em face de uma tragédia terrível, como o descarrilamento de um trem lotado.

Luke se conserva tranqüilo à mesa da defesa, enquanto o furacão redemoinha ao seu redor, e pensa: tudo mudou. Com o passar dos meses, as pessoas formaram opiniões a respeito dessa menina, da sua morte, da sua família e da sua comunidade, que durante algum tempo foi toda a comunidade, todo mundo ligado a todo mundo por intermédio de Emma Lancaster, uma garota que quase ninguém conhecia. E a busca coletiva por ela, o pesar quando a encontraram morta, a dor que sentiram nos dias subseqüentes, e o sentimento de frustração e impotência quando o criminoso desapareceu, fugiu; e o alívio — não a alegria, a coisa foi muito tétrica e demorou demais para ser solucionada, mais de um ano, para que houvesse qualquer coisa parecida com um final feliz —, mas alívio houve. Acabou. O assassino estava preso. A vida podia continuar com um padrão e um ritmo que todos conheciam, em que todos podiam confiar.

E agora, com uma frase, esses padrões e ritmos tornaram a se romper.

Logan prossegue:

— Segue-se, e eu creio que qualquer pessoa responsável chegará a esta conclusão, que o homem que a engravidou tinha um bom motivo para matá-la. Porque, se o fato fosse descoberto, ele estaria arruinado. Passaria um longa temporada na cadeia. — Pega a fotografia de Emma no cavalete. Segurando-a com as duas mãos, caminha ao longo da barra do júri, fazendo com que cada jurado a veja bem, a veja de perto. — Escutem a voz desta pobre vítima, desta menina indefesa, desta filha maravilhosa que nunca mais voltará a alegrar a vida dos pais. Que não dançará no baile de formatura, não se casará, não terá filhos. Escutem Emma Lancaster falando da sepultura, senhoras e senhores, e a ouvirão dizer "Joe Allison me matou". Será uma voz juvenil, doce, uma voz cristalina. E lhes dirá o único veredicto a que poderão chegar neste caso. O veredicto de homicídio de primeiro grau. — Afasta-se para que os jurados o vejam claramente. — Aqui não se pode fazer uma justiça real — diz em voz baixa. — Nada que os senhores fizerem há de trazer Emma Lancaster de volta. O máximo que podem é impedir que o assassino continue levando a sua vidinha tranqüila. O *melhor* que os senhores podem e *devem* fazer, é declarar Joseph Allison culpado de homicídio com circunstâncias agravantes. Só então o espírito de Emma Lancaster terá repouso. Só então encontrará paz.

Luke se posta na frente da mesa da defesa, voltado para o júri do outro lado da sala. No intervalo para o almoço, trocou de camisa. Está exatamente com a mesma roupa que estava no começo do dia, mas engomadíssima. Muitos dos presentes se lembram dele, não convém decepcioná-los. Nem mesmo na aparência.

— Boa tarde — diz. Está sereno: não sente o formigar no estômago que sabe que Ray Logan sentiu. Isso foi na fase preliminar, antes que ele fosse baleado, antes de saber da gravidez de Riva. Depois disso, esta é só mais uma jornada de trabalho. Importante, sem dúvida, mas não a ponto de lhe afetar a vida.

— Meu nome é Luke Garrison. Eu represento o réu neste caso, o homem aqui sentado. — Vira-se e faz um gesto amplo na direção de Allison. — Ele se chama Joseph Allison. Joe. Um nome fácil de recordar. Muitos de vocês se lembram dele, é claro: até há pouco tempo, era o âncora da televisão mais conhecido da cidade. Quando lia os noticiários, os senhores acreditavam nele. Sentiam que podiam confiar nele. — Faz uma pausa e olha nos olhos de cada jurado. — Senhoras e senhores membros do júri, quando este julgamento terminar, os senhores saberão que podem continuar confiando nele.

Aproxima-se da barra. Pára a meio caminho. Fica no centro da parte dianteira da sala de audiência, a arena, o palco em que os atores ficam separados dos espectadores: entre o magistrado, a mesa da acusação e a da defesa. O sol do meio-dia, penetrando as altas janelas manchadas de cocô de passarinhos, de sujeira de insetos e de poeira, irradia um isolamento emocional e psicológico.

Volta-se e olha diretamente para Ray Logan, encarando-o com intensidade. Sobressaltado, este desvia o olhar. Mas logo torna a enfrentá-lo, como a lhe dizer: você não me intimida, Luke, pegou-me de surpresa, só isso.

Sempre olhando para o promotor, ele diz:

— Eu costumava ficar no lugar dele. — Aponta para Logan, que se esforça para não se encolher. Torna a se virar para o júri. — Durante dez anos, fui chefe da promotoria deste distrito. Alguns dos presentes devem se lembrar. Na época, Ray Logan trabalhava sob a minha direção. Foi um dos meus principais assistentes. Permitam-me dizer. Ele era realmente bom. Ganhou muitos casos difíceis para o povo deste distrito. — Cala-se para que os jurados pensem em suas palavras. — E os outros promotores que acompanham o dr. Logan também trabalharam para mim, também trabalharam comigo. Nós éramos uma ótima equipe. E eu não tenho dúvidas de que eles ainda são. Comigo ou sem mim.

Sua voz vai adquirindo cadência, como a de um bom pregador. No início da carreira, Luke estudava os grandes pregadores, gente como Martin Luther King e Billy Graham. Não chega a "pregar" no tribunal, não é pregador e este não é lugar de pregações, mas gosta da subcorrente do ritmo, da musicalidade da voz, da repetição de palavras e frases importantes, da técnica de se apoiar em certos vocábulos a fim de lhes dar uma relevância maior que a de seu real significado.

— São boas pessoas — diz. — Acreditam na lei, no direito e na Justiça. Procuram ser leais, tão leais quanto possível. E não gostam de cometer erros, porque procuram ser leais e porque sabem que seus erros podem voltar e assombrá-los. Como aconteceu comigo.

Os jurados estão absorvidos em seu discurso: não é uma alegação preliminar comum.

— Os promotores e a polícia não cometem tantos erros assim, senhoras e senhores. Não os cometem sobretudo em Santa Barbara. Trabalham bem, são competentes. Quando acusam um suspeito, geralmente estão com a razão. E, naturalmente, sempre pensam que estão. Pelo menos no começo. No entanto, senhoras e senhores — a emoção o leva a erguer a voz, não chega a gritar, mas fala alto, com todo o corpo, com todo o seu ser —, às vezes eles erram. Nós todos erramos: somos humanos. E, quando isso acontece, amigos, pode ser trágico. É o caso que temos agora, no qual Joe Allison, um homem verdadeiramente inocente, está sendo julgado por um crime que não cometeu. Um crime que ele não pode ter cometido.

Espalha-se um rumor na sala enorme. Ewing chega a empunhar o martelo para impor silêncio, mas desiste. Não conseguiria senão chamar a atenção para uma coisa orgânica e imperceptível conscientemente, a não ser pelo fato de que vem de todos e de toda parte. Larga o martelo. O murmúrio desaparece quando Luke, na frente da sala, mostra que está aguardando para prosseguir.

— Há um ou outro indício material contra o meu cliente. Isso eu garanto. Mas são fracos, amigos. Coisa montada. Encontrada de maneira muito conveniente. Excessivamente conveniente. E até mesmo o procedimento da polícia, que "descobriu" esses indícios, se é que se pode usar esta palavra, talvez fosse melhor dizer que ela "tropeçou" neles, mesmo esse procedimento é suspeito.

Logan faz menção de se levantar para objetar, porém Ewing o detém com um gesto.

— A alegação de abertura, senhor promotor — diz antes que o outro consiga abrir a boca —, costuma ser subjetiva como foi a sua.

Logan se deixa cair na cadeira. Sem perder o ritmo, Luke continua.

— Permitam-me dar um exemplo de quanto o indício do Estado é forçado. A polícia encontrou uma peça incriminadora importantíssima no carro do sr. Allison: um chaveiro que pertencia a Emma Lancaster e do qual sua mãe deu pela falta no dia seguinte, ao perceber que ela havia desaparecido. É uma das provas materiais mais importantes que a acusação tem contra o sr. Allison — diz, enfatizando a sua importância. — E vão afirmar que o sr. Allison, que segundo ela é o seqüestrador, levou-o consigo quando seqüestrou Emma. Agora eu pergunto uma coisa, senhoras e senhores: por que o seqüestrador havia de querer o chaveiro? Quem vai seqüestrar uma pessoa não pára a fim de procurar coisas como um chaveiro. Há duas outras meninas no quarto. O seqüestrador quer sair de lá o mais depressa possível. — Luke sacode a cabeça ante o ridículo da idéia. — E Emma decerto não o levou consigo. Se está sendo seqüestrada, como há de conseguir pegar o chaveiro? E, se estava saindo de casa voluntariamente, coisa que os indícios mostram com clareza, tampouco precisava levar a chave, pois podia voltar para o seu quarto pela porta por onde saiu, a que dava para o quintal. — Percorre os jurados com o olhar. — Os senhores são inteligentes. Por acaso isso tem sentido? Para mim, não tem. Mas não é tudo, meus amigos. Há muitas outras coisas. Nós vamos lhes mostrar, vamos provar, que muitas pessoas próximas de Emma Lancaster deviam ser consideradas suspeitas, mas não foram. — Uma pausa estratégica. — Ora, a acusação sabe disso. Há meses que sabe, mas nunca se interessou por nenhuma pista nessa direção. Joe Allison já estava na cadeia, isso é que interessava. A promotoria queria uma condenação, com ou sem justiça. Porque é dificílimo resistir à pressão para obter uma sentença. — Agora ele se põe a caminhar, um deliberado ir e vir de tigre enjaulado diante da barra do júri. — Eis algumas coisas que a acusação não quer que os senhores saibam, porque fica ruim para ela, ruim para o seu interesse neste caso. Os promotores não querem que os senhores saibam que o pai de Emma estava ausente na noite em que sua filha foi seqüestrada. Mas acaso procuraram se informar do seu paradeiro? — Vira-se para Doug Lancaster que, sentado na segunda fila, bem atrás de Ray Logan, estão olhando furiosamente para ele. Luke também o encara antes de continuar. — Não, não procuraram, mesmo sabendo, senhoras e senhores, que os parentes imediatos sempre são, sempre, os suspeitos iniciais, a menos que exista uma prova concreta e irrefutável do contrário, como, por exemplo, testemunhas oculares. Porque se sabe que, na maioria dos homicídios como este, o autor é um parente próximo. Mas as autoridades não investigaram Doug Lancaster cabalmente. Limitaram-se a lhe perguntar se era inocente e, quando ele disse que sim, mandaram-no para casa.

Ergue-se um novo burburinho. A sala de audiência está eletrizada. Luke se detém e encara o xerife Williams, que fica olhando para a frente, impassível, sem mover um só músculo do rosto.

Volta a caminhar.

— Os senhores ouvirão coisas a respeito dos principais envolvidos neste caso que lhes provocarão arrepios, senhoras e senhores. Eu não tenho o menor desejo de jogar lama na reputação de Emma Lancaster nem na de seus pais. Eles já sofreram muito. Mas isso não significa, eu lhes peço que ouçam bem e não se esqueçam, isso não significa que Joe Allison deva ser considerado culpado do crime de homicídio simplesmente porque nós todos nos sentimos solidários com os Lancaster, mesmo que eles já não sejam uma família. São pais, sempre serão pais. E nunca terão a filha de volta, mesmo que nós executemos Joe Allison ou uma dúzia de Joe Allison. — Pára novamente. Recompõe-se diante do júri, embora, por dentro, esteja se sentindo fantástico. Aproxima-se da barra e apóia as mãos na travessa. Alguns evitam o seu olhar, outros sorriem com nervosismo. — Este não é um julgamento ordinário para mim. É um caso pessoal, muito pessoal. Há alguns meses, tentaram me matar. Talvez os senhores saibam disso, saiu na televisão e nos jornais. Atualmente, um policial do Departamento do Xerife me protege dia e noite. A polícia está trabalhando muito para descobrir quem tentou me matar, mas até agora não conseguiu.

Estão todos com ele agora, respiram exatamente no ritmo da sua respiração.

— Talvez o atentado contra a minha vida nada tenha a ver com o fato de eu haver assumido a defesa do sr. Allison. De certo modo, seria preferível acreditar que tem. Mas pensem nisso, senhoras e senhores: não é uma coincidência incrível que uma pessoa tente matar, por mera casualidade, o advogado do mais desprezado criminoso da história recente do distrito, pouco antes do início do julgamento, justamente quando esse advogado, eu, começa a descobrir falhas nos argumentos da acusação? Não é levar longe demais a velha desculpa da "coincidência"? — Volta o rosto um instante e olha para Riva. Os olhos dela brilham, ela faz um enfático gesto afirmativo. — Quando tiverem tomado conhecimento dos fatos que constituem este caso, os senhores se verão num emaranhado muito mais complexo do que podiam imaginar. Alice no País das Maravilhas não conseguiria sair do labirinto em que estarão metidos. Mas uma coisa os senhores vão saber: o Estado não conseguirá provar as suas alegações sem deixar margem a dúvidas. — Sacode a cabeça com veemência. — Não provará absolutamente nada. Se tivermos sorte, talvez disso tudo surja alguma coisa que aponte para o verdadeiro assassino, a pessoa que realmente matou Emma Lancaster. Seria maravilhoso. Mas não é esse o objetivo do presente julgamento, senhores membros do júri. O objetivo deste julgamento, seu único objetivo, é decidir se o Estado provou, sem a menor sombra de dúvida, que Joe Allison é culpado. Quer dizer, muito, muito claramente. — Sua voz se torna teatralmente grave. — Eu sei, meus

amigos. Porque era isso que eu fazia. E também sei que, neste caso, os meus antigos assistentes... e colegas... do Ministério Público Distrital de Santa Barbara não conseguirão provar nada. Porque eles não têm nenhum indício incontestável. A única coisa que têm é o desejo de declarar alguém culpado, seja quem for.
— Faz a pausa final. Sente a transpiração formar-se sob a camisa engomada. Ainda bem que trocou de roupa na hora do almoço.
— O desejo não basta. Querer fazer a coisa certa não basta. Exorcizar o demônio da comunidade não basta. É preciso ter fatos e é preciso ter a verdade. E a promotoria não tem nem uma coisa nem outra. — Anda de um lado para outro diante dos doze jurados. — Não apareceu ninguém dizendo que viu Joe Allison na casa dos Lancaster na noite em que Emma foi tirada do quarto. Ninguém poderia dizer: ele não esteve lá. E tampouco encontraram a arma do crime. Estes são elementos-chave num julgamento. Nenhuma testemunha ocular. Nada da arma do crime. — Volta para a mesa da defesa, coloca-se atrás dela, pousa a mão protetora no ombro de Joe Allison. — Este homem não matou Emma Lancaster, senhoras e senhores. O verdadeiro assassino, possivelmente a pessoa que tentou me matar, ainda está solto lá fora — aponta para a janela, para as montanhas distantes, e todos os olhares acompanham involuntariamente o seu braço: até mesmo o de Ray Logan, o de Doug, o de Glenna e até o do juiz Ewing —, escondido, aguardando. Mas está lá. Porque Joe Allison não matou Emma Lancaster, e os senhores saberão disso, nas entranhas, no coração e na alma. E quando tudo terminar, quando todas as testemunhas tiverem sido ouvidas e todas as alegações forem apresentadas, os senhores chegarão à única conclusão possível: a de que Joe Allison é inocente do crime de que o acusam.

Postado numa aresta do monte, do outro lado do desfiladeiro, um vulto observa a casa pela mira telescópica de um rifle igual ao que alvejou Luke em Hollister. É noite, mas, graças às poderosas lentes infravermelhas, pode-se enxergar com nitidez, como se houvesse luz. Pelas janelas da sala de estar, os movimentos de Luke Garrison e da mulher são claramente visíveis.

O vulto desvia a mira da casa para a rua. Lá está estacionada a radiopatrulha do Departamento do Xerife, com um policial dentro.

Não dá para matar Garrison. É perigoso demais. Às vezes, quando sai ao deque, ele é um alvo fácil. Mas o risco de ir parar na cadeia é muito grande.

Tem de ser em outro lugar. Quando a polícia não estiver por perto. Da última vez era possível. Se quisesse matar Garrison, teria matado.

Por que esse maluco não abandonou o caso? Qualquer um o teria abandonado. Era o que devia ter acontecido. Agora não há outra saída. Ele já começou a criar problemas, a enfiar dúvidas na cabeça dos jurados mais idiotas.

O vulto torna a pôr o rifle no estojo e a guardá-lo no porta-malas do carro. Depois de mais uma olhada na casa, dá a partida. Não faltará ocasião em que Luke esteja sozinho. Então, sim, ele vai ver.

CINCO

Que entre Lisa Jaffe. Vindo da sala particular onde estava aguardando com a mãe, ela entra por uma porta lateral. Sabe aonde ir. Atravessa o espaço que a separa do banco das testemunhas; erguendo a mão direita e pousando a esquerda na *Bíblia*, jura dizer a verdade.

Lisa já não é a garota que aquela noite despertou atordoada e confusa. Isso foi há um ano e meio. Está bem diferente de quando Luke a interrogou há alguns meses. Tinha catorze anos na noite em que Emma foi tirada de casa. Agora falta um mês para que complete dezesseis e, aparentemente de uma hora para outra, transformou-se em mulher. Numa moça já não tão tímida. Tem o corpo desenvolvido, um belo corpo feminino: seios fartos, bumbum arrebitado, cintura fina.

Os promotores fizeram o que puderam para retroceder no tempo e remoçá-la. Vestiram-na mais como uma pré-adolescente que como uma jovem da sua idade; nada de maquiagem, nem mesmo batom: uma tentativa de fazer com que tenha a aparência mais próxima possível de quando nem havia começado a menstruar.

Ray Logan repassa com ela os acontecimentos daquela noite e da manhã seguinte. Seu relato é claro e objetivo: viu um vulto tirando Emma do quarto. Teve a impressão de que se tratava de um homem. Não foi sonho, alucinação nem fantasia. Aconteceu. Lisa viu com seus próprios olhos. Confirmou-o o fato de Emma não estar em casa na manhã seguinte, quando ela acordou.

É uma boa testemunha. Não procura impressionar, embelezar. Tampouco chora, mas, olhando para ela, vê-se que está se controlando bravamente, que as lágrimas, mesmo depois de um ano e meio, estão a ponto de aflorar.

Logan conclui o seu exame. É a vez de Luke.

— Olá, Lisa — Ele lhe sorri. Não quer assustá-la: não quer que o júri nem os demais presentes o tomem por truculento.

A moça hesita.

— Olá — devolve em voz baixa mas audível. Como todas as testemunhas, foi treinada para apresentar certa imagem, uma *persona* que surta efeito. Até o momento conseguiu. Mas foi com o pessoal do outro lado. Lisa está com medo de Luke, sente-se intimidada. Ele sabe disso. Os auxiliares de Logan lhe recomendaram muita cautela ao responder às perguntas dele. Não diga nada além do necessário, repetiram com insistência. Só responda o que lhe perguntarem. Mesmo assim, receia falar demais. Tem de recear. Tudo isso é novo para ela.

— Não vai demorar, Lisa. Eu tenho poucas perguntas.

A garota faz que sim, mas seu corpo permanece tenso.

— Na noite do suposto seqüestro de Emma Lancaster, quando você acordou...

Logan se levanta.

— Objeção, Meritíssimo!

Ewing olha para ele.

— Sim, doutor?

Logan já está vermelho feito um pimentão, e este é apenas o primeiro depoimento. Sofre até quando tudo corre bem, pensa Luke.

— O emprego da palavra "suposto" é prejudicial, Meritíssimo — diz o promotor. — Que Emma Lancaster...

— Seqüestrar significa forçar, significa levar ou reter uma pessoa contra a sua vontade — contrapõe Luke. — Não se apresentaram provas de que Emma Lancaster foi levada à força. O próprio depoimento da testemunha indica o contrário.

Ewing reflete um momento.

— Rejeitada.

Uma testemunha, uma vitória. Agora está registrado que Emma Lancaster pode não ter sido seqüestrada. Se ele conseguir levar isso adiante, a parte da pena de morte na denúncia contra Joe Allison ficará substancialmente enfraquecida.

Luke prossegue em voz baixa, uniforme, com o máximo de serenidade possível.

— O quarto estava escuro, não? Quase não se enxergava nada?
— Havia um pouco de luar — diz Lisa.
— Mas não havia luz acesa nem dentro nem fora da casa.
— Não.
— Você viu um homem.
— Sim.
— Carregando uma coisa?
— Sim.
— Mas não parecia um corpo humano. Você não pensou imediatamente "aqui há um homem carregando um corpo", pensou?

Ela vacila, olha para a mãe, que está bem atrás de Ray Logan. Luke também olha para lá: Susan Jaffe se inquieta na cadeira, tentando ajudar a filha sem dar na vista.

— Não — responde Lisa. — Eu não pensei isso.

A estenógrafa faz um sinal para o juiz.

— Você precisa falar um pouco mais alto — diz este a Lisa, inclinando-se para o lado. — Para que a estenógrafa ouça as suas respostas.

Ela concorda com um gesto, lambendo nervosamente os lábios secos.

— Não — repete.
— E você também não o viu entrar, viu?
— Não.
— Vocês estiveram lá fora aquela noite? — ele lhe pergunta.
— Quando chegaram à casa de Emma. Você, Emma e Hillary?
— Estivemos.
— Fazendo o quê?

Lisa olha para a mãe com ar assustado. Alguns instantes depois, como ela continua calada, o magistrado torna a se inclinar em sua direção e ordena:

— Responda a pergunta, por favor.
— Nós fomos fumar.
— Fumar cigarros? — pergunta Luke a fim de esclarecer a situação.
— É. — Ela olha de relance para a mãe, que está com os lábios apertados.
— Vocês fumaram alguma outra coisa? — continua Luke. Lisa o encara. — Fumaram maconha?

Tomada de vergonha, ela cora.

— Eu não — sussurra.

Ewing volta a se inclinar para o lado dela:

— Você precisa falar mais alto. A estenógrafa e os membros do júri não conseguem ouvi-la. Eu mesmo, que estou aqui perto, não consigo.

— Eu não fumei maconha — diz a mocinha em voz mais alta. — Não consumo nenhuma droga. Jurei isso na escola.

— Isso é muito bom — elogia Luke. — E Emma? Fumou maconha aquela noite?

A pobre moça olha para o chão, coisa que não faz há dois anos. Preferia que o promotor distrital a tivesse deixado vestir-se como ela queria, como adulta, não como uma estudante da sétima série. Sempre se desenvolveu mais devagar que as outras garotas; agora que finalmente começou a virar mulher, fingir-se menina outra vez a inibe. Mas eles disseram que era preciso para melhor ajudar Emma.

— Fumou.

— Emma Lancaster fumou maconha aquela noite — ele repete. — Houve outras ocasiões em que você viu ou soube que ela usou drogas?

— Protesto, Meritíssimo! — Logan está de pé novamente. — Pergunta irrelevante no contexto, e a defesa pede que a testemunha informe com base no que ouviu dizer.

A resposta do juiz é imediata.

— A testemunha pode responder se tem conhecimento direto do consumo de drogas por parte de Emma Lancaster — determina —, mas não de segunda mão.

— Obrigado, Meritíssimo — diz Luke. Volta a se dirigir a Lisa. — Você viu, pessoalmente, Emma Lancaster consumindo drogas? Maconha ou qualquer outra?

A garota faz que sim.

— Você precisa falar — ele lhe pede com delicadeza.

— Sim — responde Lisa com clareza.

— Ela lhe contou como obtinha as drogas?

Antes que Logan tenha tempo de objetar, Lisa responde:

— Com a mãe dela.

O promotor empalidece. Mais porque é tarde para coibir a resposta do que pela pergunta em si. Mesmo assim, grita:

— Objeção!

— Mantida. — Ewing bate o martelo. Vira-se para o júri. — Os senhores não levarão em consideração a última pergunta e a última resposta.

Fantástico, pensa Luke. Mais uma pequena vitória. Volta-se e olha para o fundo da sala de audiência, para o centro de uma das últimas filas, onde se encontra Glenna Lancaster. Toda de preto, como de costume, ela olha para a frente, sem nenhuma expressão no rosto.

O interrogatório prossegue.

— Muito bem. A que horas vocês chegaram à casa de Emma?

— Não sei exatamente. — Lisa começa a perder o verniz de compostura que tanto se esforçou para aprender. — Por volta das onze.

— Bem antes de meia-noite?

A moça pensa.

— Sim.

Luke balança a cabeça como se os dois estivessem trabalhando em parceria.

— Vocês chegaram à casa de Emma aproximadamente às onze horas, as três ficaram algum tempo conversando e assistindo à televisão, depois foram para fora fumar. Certo?

Lisa faz que sim.

— Certo — lembra-se de dizer.

— Quando saíram para fumar, aonde foram?

— Para o quintal.

— Para o gazebo?

Outro gesto afirmativo.

— Sim.

— Vocês foram para o gazebo? Subiram a escada e entraram?

— Sim.

— Emma contou por que queria atravessar todo o quintal e ir para o gazebo?

Ela balança a cabeça.

— Disse que era o seu esconderijo. Um lugar aonde ia quando não queria que ninguém visse ou soubesse o que ela estava fazendo.

— E depois vocês voltaram para a casa, para o quarto dela, e foram dormir.

— Sim.

— Lembra-se da hora?

A garota sacode a cabeça.
— Não.
— Mas já era mais de meia-noite.
— Sim, era muito tarde. Eu estava morrendo de sono.
— E então as três foram para a cama. Foram dormir.
Lisa responde:
— Fomos.
— E você só acordou quando viu a outra presença no quarto.
— Sim. — Está menos nervosa agora. Ele não procurou assustá-la como o promotor disse que procuraria. E é bem bonitão, pensa Lisa, com esse rabo-de-cavalo e essa barba. Pena que não é namorado de sua mãe. Deve ser legal conviver com ele.
— Faça de conta que agora nós estamos no quarto de Emma, você acaba de acordar e vê o que parece ser um homem parado com um volume nas mãos. Combinado?
— Combinado. — Agora Lisa está quase ávida por responder.
— Ele estava de costas para você?
— Estava.
— Então você só viu a sua nuca, não o seu rosto.
— Não. Quer dizer, sim, fo-foi isso que eu vi — ela gagueja.
— Tudo bem. Nós entendemos o que você está dizendo. Está indo bem — sorri ele. — Já vai acabar.
— Obrigada. — Ela só espera não estar corando muito, mas sente o pescoço e as bochechas arderem.
— Certo. Você não o viu entrar e não lhe viu o rosto. A porta que dava para fora não estava trancada? Lembra-se de ter visto Emma trancá-la quando as três voltaram para dentro?
Lisa pensa um pouco, enrugando a testa. Imagina o que ele gostaria de ouvir.
— Acho que trancou — responde enfim.
— Mas não tem certeza.
— Não. — Queria ter certeza. Acha que era isso que ele gostaria de ouvir.
— Bem — diz Luke —, nós sabemos que a porta não foi arrombada. Portanto, ou não estava trancada ou alguém o deixou entrar. Emma talvez.
Logan torna a se levantar e a objetar.
— Absolutamente sem fundamento — grita.

O magistrado concorda.

— Limite-se a fatos verificáveis, doutor — ordena a Luke. — Objeção mantida.

Ele continua.

— A pessoa no quarto, cujo rosto você não viu. Eu quero deixar isto muito claro — diz, voltando-se para os jurados. — Você não viu o rosto dessa pessoa. Definitivamente, não viu o rosto do réu.

— Não — confirma a moça. — Não vi o rosto dele.

— E nenhum outro. Você não viu rosto nenhum.

— Sim, senhor. — Lisa começa a ficar com medo dele novamente. — É isso mesmo.

— Muito bem. Ótimo. — Luke faz uma pausa para tomar um gole de água. No banco da testemunha, ela o imita. — Você não chegou a ver o que estava embrulhado no cobertor, chegou?

— Não.

— Pode ser que não fosse Emma?

À mesa da acusação, Logan faz menção de se levantar para objetar, mas muda de idéia e volta a sentar-se.

Lisa dá de ombros.

— Acho que sim.

— Você viu essa pessoa sair com um volume, um cobertor, nos braços, podia ser uma pessoa, podia ser Emma, mas também podia ser outra coisa, certo, Lisa?

Agora as perguntas são mais rápidas. Ela sente como um vento forte pressionando-a na cadeira.

— Sim.

— Emma podia ainda estar na cama, não podia?

Mais um dar de ombros.

— Acho que sim.

— Quer dizer que, na hora, você não achou que aquela pessoa, aquele homem que viu durante alguns segundos, saindo do quarto completamente escuro com um coisa que parecia uma trouxa nos braços, estava carregando Emma. Só pensou nisso no dia seguinte, quase na hora do almoço. Mesmo quando você e Hillary acordaram, viram que Emma não estava no quarto e foram para a cozinha, mesmo então você não achou que haviam tirado Emma do quarto. Eu estou certo?

Ela sente a ventania como um açoite.

— Está — diz. Embora haja tomado água, sente a garganta seca como se tivesse comido um punhado de areia.

— Só quando todo mundo deu pela falta de Emma foi que lhe ocorreu que o que você tinha visto durante a noite e que, na hora, lhe pareceu um sonho, podia ter sido alguém no quarto, levando Emma para fora. Sem luta — Luke acrescenta. — Aquilo que estava envolto no cobertor, fosse Emma, outra pessoa ou alguma coisa, não estava opondo resistência, não estava tentando escapar.

— Sim — é a resposta geral para tudo.

— Sem mais perguntas, Meritíssimo. — Ele sorri para Lisa.

— Obrigado — diz, permanecendo no lugar.

Ewing olha para a mesa da acusação.

— Mais perguntas?

Logan se levanta.

— Não, Meritíssimo. O Povo concluiu com essa testemunha.

O juiz se volta para Lisa e sorri.

— Você está dispensada — diz. Ocupar o banco das testemunhas é duro para qualquer um; para uma criança, é particularmente traumático. — Terminou — acrescenta para que ela saiba que, depois de um ano e meio, sua provação está finalmente encerrada.

Acabou enfim! Lisa pensa. Sente-se aliviada. Levanta-se apressada e, acompanhada da mãe, sai precipitadamente da sala de audiência.

Ewing olha para o promotor.

— Convoque a sua próxima testemunha, doutor.

Quando Logan começa a instruir o oficial, Luke se levanta, interrompendo os procedimentos:

— Eu tenho uma petição, Meritíssimo.

Surpreso, o magistrado se vira para ele. Recobrando a compostura, resmunga:

— Ao meu gabinete.

Levanta-se e sai com passos decididos pela porta atrás dele. Luke o segue com um exemplar do Código Penal da Califórnia. Colhido de surpresa, Ray Logan se apressa para alcançá-los.

Ewing fecha a porta do pequeno escritório.

— O que é? — pergunta a Luke sem dissimular a irritação.

— Eu solicito a anulação da parte referente ao seqüestro na denúncia contra o meu cliente, conforme os artigos 207, 277 e 278 do Código Penal da Califórnia, Meritíssimo — diz ele com determinação. — O depoimento da própria testemunha de acusação mostra claramente que Emma Lancaster *não* foi levada à força do quarto. Se é que o homem que estava no quarto a levou, tal como descreveu a srta. Jaffe, e eu quero destacar que isso não está provado, não foi de modo algum à força. Se Emma Lancaster de fato tiver saído do quarto com alguém, e eu reitero que a suposição não está de modo algum provada, ela saiu espontaneamente. Não houve luta. A testemunha do Estado foi muito clara quanto a isso. — Entrega o livro ao juiz, que o pega com relutância.

Ray Logan interfere, sua voz denuncia a raiva e a irritação que o dominam.

— Um depoimento isolado não prova nem deixa de provar nada. Nós temos outra testemunha que acrescentará novas informações e, à parte isso, cabe ao júri decidir a prova ou a ausência dela.

O magistrado faz que sim.

— Eu tenho de concordar com o senhor — diz. Sabe, porém, que no fim terá de reestudar isso: Luke Garrison o obrigará a fazê-lo, sem dúvida, por mais que a idéia o contrarie. Volta-se para Luke. — Moção indeferida. A denúncia continuará como foi apresentada.

Luke não esperava ganhar na primeira investida, porém marcou o seu tento. Mais adiante, repetirá a dose. Várias vezes.

— Objeção, Meritíssimo — diz. O julgamento mal começou e ele já contestou o juiz duas vezes.

Esse processo promete durar mais que o esperado, percebe Ewing. Luke Garrison não vai fazer uma defesa chocha, de modo algum. Vai dar tudo o que tem e mostrar cores e táticas que nunca mostrou quando comandava o espetáculo. Guerrilha jurídica se necessário.

Ele admira Luke Garrison, sempre admirou. Mas o cara mudou e mudou muito. Todo tribunal é um teatro real ou potencial. Ewing é um homem decente, sensato, cauteloso. Acredita no modo conhecido e verdadeiro de fazer as coisas, tanto na vida quanto no tribunal. Se este julgamento se converter num teatro do absurdo, será que ainda haverá um lugar para a justiça tal como ele a conhece e sempre a definiu? Ou tudo se resumirá em deixar que o melhor vença?

* * *

O investigador chefe que colheu os três grupos de impressões digitais deixadas por Emma, Lisa e Hillary e encontrou no gazebo a maconha, as camisinhas usadas e outros indícios vai para o banco das testemunhas e começa a depor.

Luke o interroga. O homem é firme. Luke o conhece dos velhos tempos: essa testemunha não vai entregar nada.

— O senhor só chegou no fim da tarde à casa de Emma Lancaster, correto? — ele inicia. — Várias horas depois que ela foi dada por desaparecida, não?

— É — responde laconicamente o policial.

— Havia várias pessoas lá naquele momento. Os investigadores, outros policiais, os membros da família etc.? Sobretudo na hora em que o senhor e o seu parceiro detectaram as pegadas a que o senhor se referiu, que iam do quarto até o gazebo e voltavam para o quarto.

— Correto — admite o investigador.

— O senhor não pode dizer com certeza quando elas foram feitas ou quem as fez, pode, investigador?

— Com certeza absoluta, não. E, quanto ao tempo, deve ter sido nas 24 horas anteriores. Com mais precisão, não podemos dizer.

— Então elas podiam ser de muito mais cedo — prossegue Luke. — Podiam ter sido deixadas na tarde anterior ou pouco antes do anoitecer, digamos, lá pelas quatro ou cinco horas.

— É possível, mas improvável. Já estariam começando a desaparecer.

Luke não leva em conta a última parte da resposta.

— Quer dizer que, em vez de terem sido deixadas por volta da meia-noite, como sugeriu o depoimento da testemunha anterior, elas podiam ser de seis ou sete horas antes?

— É possível — repete o policial. — Mas, pela profundidade das pegadas, é muito mais provável que tenha sido mais tarde.

— Até — diz Luke —, podiam ter sido feitas algumas horas antes da sua chegada ao local, não é verdade?

O homem enruga a testa.

— Creio que sim. Isso não me passou pela cabeça.

— Não, investigador? Quando encontrou as pegadas, o senhor já sabia da conversa que Lisa Jaffe havia tido com o investigador Garcia, certo? Sabia o que ela lhe havia contado.

O policial se mexe na cadeira. É alto, anguloso, bem magro, seu enorme pomo-de-adão sobe e desce no pescoço toda vez que ele fala.

— Eu sabia o que a menina havia contado ao investigador Garcia — reconhece.

— Portanto teve uma atitude preconcebida no tocante ao horário, não é mesmo? No tocante a quem deixou essas pegadas e quando.

O homem concorda de má vontade com a avaliação de Luke.

— É possível que sim.

— Então o senhor não pode dizer com certeza quando as pegadas foram deixadas, só pode afirmar que foram deixadas nas 24 horas anteriores à sua descoberta — sintetiza Luke. — E havia tanta gente lá, andando na grama molhada, que qualquer um podia tê-las deixado, não necessariamente as três meninas. Por exemplo, a mãe de Emma e algumas de suas amigas podem ter ido fumar um baseado lá fora.

— Objeção! — grita Logan.

Ewing já bateu o martelo.

— Mantida! Abstenha-se de fazer afirmações ultrajantes e insubstanciais — ordena a Luke.

— Sim, Meritíssimo. Desculpe. — Ele não se dá ao trabalho de fingir-se arrependido. — Apenas reiterei a afirmação da testemunha anterior sobre a conduta da sra. Lancaster, a qual não foi contestada.

— É absurdo — diz o magistrado com severidade. — Pare com esse tipo de provocação no meu tribunal: tanto agora quanto no futuro. Eu o proíbo.

Luke concorda com um gesto.

— Sim, senhor. — Vira-se para a testemunha. — Qualquer grupo de três pessoas podia ter deixado aquelas pegadas, não é verdade? Em qualquer momento nesse período de 24 horas.

Muito tenso, o policial balança a cabeça.

— Sim. O que o senhor disse é possível. Não é necessariamente verdade, mas possível é. — E, cedendo à sua natureza taciturna, acrescenta uma observação. — Mas só teoricamente.

Foi esse o desfile de testemunhas no primeiro dia. Com Riva ao seu lado, Luke passa pela massa de jornalistas aglomerados do lado de fora do tribunal, no relvado em frente ao imponente prédio. Em resposta às perguntas que lhe fazem, cercando-lhe o rosto de microfones, os repórteres da imprensa escrita a lhe bloquearem a passagem, ele dá uma entrevista improvisada ao mesmo tempo em que continua andando.

— Se eu não me surpreendi com algum depoimento de hoje? As duas testemunhas de acusação se contradisseram, acho que todo mundo viu... Eu podia continuar duvidando de que tenha havido seqüestro afinal, mas já estou com uma petição pendente que diz respeito a isso... — E assim por diante. Pouco depois, os dois chegam à velha caminhonete estacionada num lugar proibido. Luke pega a multa presa no limpador de pára-brisa e a guarda no bolso: um preço aceitável a pagar para entrar e sair do torvelinho o mais depressa possível. Mais tarde, depois do jantar, quando tudo se acalmar, irá visitar Allison na prisão, contar-lhe como acha que estão indo e tratar de manter alto o moral do homem.

Hoje foi fácil, não aconteceu nada de mais. Amanhã a história é outra.

O xerife Williams é uma testemunha forte e respeitável. Os júris gostam de acreditar em gente como ele. Mantém o corpo ereto, muito alto, no banco das testemunhas, e suas respostas às perguntas da promotoria são firmes e autorizadas, não dão margem a dúvida.

— O senhor interrogou o réu no início da investigação? — pergunta Logan.

— Nós interrogamos a todos os que conheciam a vítima — responde Williams com firmeza. — Centenas de pessoas, milhares. Interrogatórios intensos. Até mesmo o acusado, que nós interrogamos dois dias depois de termos localizado o corpo da vítima. Na época, não tínhamos motivo para suspeitar dele, embora houvesse fatores como o fato de ele conhecer bem a falecida, de ter acesso à propriedade e de conhecer a planta da casa, coisa que constou no nosso relatório. Mas a verdade é que o acusado não era suspeito na ocasião, e eu estaria mentindo se dissesse o contrário.

Logan fica calado. Reunindo ânimo, Williams prossegue:

— Só o nosso departamento investiu 25 mil horas/homem na investigação desse crime, mais de três vezes o que se empregou em qualquer outra investigação da história do distrito de Santa Barbara. Para lhe dar um exemplo de como o nosso esforço foi exaustivo, alguém do nosso departamento ou da polícia municipal interrogou pessoalmente todos os alunos do colégio da vítima e os pais de cada um deles. Foi a investigação mais completa em que já trabalhei ou da qual já ouvi falar.

Pura publicidade, pensa Luke. Para salvar a cara do departamento, já que foi por mera sorte que tropeçaram em Joe como suspeito. Acha interessante a insistência dos dois em se referirem a este como "o acusado". Não "Allison" nem "o réu", mas — duas vezes em quinze segundos — "o acusado", palavra que implica "culpado". J'*accuse*.

— Continue — pede Logan, dando prosseguimento ao seu minueto com o xerife.

— Nós solicitamos a ajuda da polícia rodoviária, do banco de dados de maníacos sexuais, de diversos departamentos de xerife e de polícias vizinhas. Chegamos até a consultar o FBI, embora o crime não tenha sido interestadual. Mas esgotamos a amplitude normal de possibilidades — admite. — O caso ainda estava vivo, mantivemos um investigador trabalhando nele em tempo integral até a noite em que o acusado foi preso, mas demos como uma muralha de pedra. O assassino havia conseguido apagar os seus rastros até então. Nós não desistimos. — Volta-se para o júri. — Cedo ou tarde, teríamos capturado Joe Allison. Aconteceu de ser naquela noite particular, mas nós não desistiríamos enquanto o assassino de Emma Lancaster não estivesse na cadeia.

Em face das circunstâncias, Williams é obrigado a exagerar. A importância do caso, não só legal, mas também política e socialmente, prejudicou todos os envolvidos, embotou-lhes a cautela e o profissionalismo normais. O caso estava mofando. Aconselharam Doug e Glenna Lancaster — na verdade, avisaram-nos — a não alimentar mais esperanças. Luke também sabe que, desde a prisão de Allison, Williams anda desconfiado. O fato de Doug Lancaster haver mentido sobre onde se encontrava na noite do desaparecimento e a sua intransigente recusa a apresentar um álibi aceitável erodiram a confiança do xerife no pai de Emma. Sua arrogante resistência em colaborar atraiu suspeitas sobre ele. Luke sabe, ademais, que a desconfiança também está muito entranhada em Ray Logan, embora ele não o admita publicamente. Mas deve estar engolindo muitos sapos.

A verdadeira raiz do ceticismo de Williams, mais do que a falta de álibi e a mentira de Doug, foi o atentado contra a vida de Luke em Hollister Ranch.

Logan repassa com o xerife a noite da prisão de Allison, desde o momento em que ele chegou à delegacia. Williams explica o seu papel na coleta de indícios contra — sim, uma vez mais — "o acusado". Luke tem vontade de saltar e gritar: "Ele tem nome! É inocente até que se prove a sua culpa sem a menor sombra de dúvida!". Mas permanece calado.

Ray Logan fica três quartos do dia interrogando o xerife Williams. Já passa das três da tarde quando Luke se levanta para iniciar o interrogatório cruzado. Olha para os jurados. Todos acreditam em Williams, diga ele o que disser. E passaram horas escutando-o em nome da lei, da ordem e da justiça. Querem ser dispensados por hoje.

Mesmo assim, Luke faz a sua parte. Que se danem o júri e a sua impaciência. A experiência lhe diz que os jurados começam a ficar nervosos logo no segundo dia. E pensar que ainda podem passar meses presos aqui, ouvindo os mais tediosos depoimentos!

— Boa tarde, xerife. — Ele pára diante da testemunha. Relaxa, abre um sorriso. Um velho amigo interrogando o outro. Em lados contrários agora, é verdade, mas sempre bons amigos, sendo profundo demais o acúmulo de experiências, investigações feitas em parceria e convicções para não ser levado em conta, ainda que tacitamente.

— Boa tarde, doutor.

— Joe Allison não era suspeito, era? — pergunta Luke, pondo o dedo diretamente na ferida. — Não combinava com nenhum perfil. O senhor não chegou a pensar nele durante as tais 25 mil horas que passou, com os seus homens, à procura do assassino de Emma Lancaster. Aquele homem ali sentado, Joe, estava totalmente limpo, não é verdade, xerife?

— Nós não suspeitamos dele — reconhece Williams.

— Não o tiveram sob nenhum tipo de vigilância?

— Não.

— Se, naquela noite, há seis meses, o carro dele não tivesse sido parado por acaso, e o senhor tem de reconhecer que foi mesmo uma casualidade, uma coincidência feliz, mas, se isso não tivesse acontecido, o senhor não estaria pensando nele como suspeito, estaria? Mesmo que tenha dito ao júri — volta-se e olha para os jurados, depois torna a se dirigir à testemunha — que cedo ou tarde o senhor tinha certeza de que iria encontrar o assassino de Emma. Iria encontrá-lo e prendê-lo mesmo que ele já não morasse aqui e mesmo não existisse nenhuma prova que lhe permitisse pôr as mãos nele. Eu estou certo, xerife?

— Nós o teríamos encontrado — responde Williams em tom uniforme. — Mesmo que ele tivesse se mudado para a lua, nós o encontraríamos.

— Para a lua — diz Luke sem evitar uma dose de sarcasmo.
— Tudo bem. Que seja. A polícia leu os direitos do meu cliente quando ele passou a ser considerado suspeito? Na rua ou na delegacia?

— A polícia leu os direitos dele na rua.

— Como suspeito de homicídio ou de dirigir alcoolizado, que é apenas uma contravenção, não um crime?

— Seus direitos foram lidos — teima Williams. — Ele não era suspeito quando o levaram à delegacia.

— Nesse caso, por que o senhor não o interrogou sobre o homicídio? O senhor já estava com o chaveiro de Emma Lancaster. Devia ter pelo menos uma desconfiança.

— Isso é relativo — evade-se o xerife. Sabe exatamente até onde pode ir sem levantar a suspeita de que violou a lei que obriga as autoridades a informarem os direitos de um cidadão preso.
— A polícia tem certa margem de manobra. O senhor sabe disso melhor do que eu, já que exerceu a sua profissão de outro modo, dr. Garrison.

É verdade, pensa Luke, admirando o autocontrole do homem. Você sabe até que ponto pode dobrar a lei sem quebrá-la.

— Mas, cedo ou tarde, durante o interrogatório do sr. Allison, o qual foi feito sem que ele contasse com a assistência de um advogado e sem que tivesse sido informado da extrema gravidade das acusações contra ele, o senhor passou a suspeitar de seu envolvimento com a morte de Emma Lancaster, tanto que convenceu um juiz a expedir um mandado de busca e apreensão na sua residência. Já que foi tão longe, o senhor não era obrigado a ler os seus direitos para ele?

— Sim, claro — responde Williams. Continua incrivelmente calmo e pouco colaborador.

— Quando o senhor o informou dos seus direitos? Não há nenhuma referência, no boletim de ocorrência nem no inquérito policial, à leitura dos direitos do sr. Allison.

— Eu o informei no momento em que os meus investigadores retornaram da casa dele.

— Não foi tarde demais? *Depois* de haverem encontrados indícios duvidosos que sugeriam o seu envolvimento com o desaparecimento e o subseqüente assassinato de Emma Lancaster?

— Foi bem assim — diz Williams sem o menor sinal de arrependimento ou culpa na voz. — Essas coisas acontecem depressa em qualquer lugar, são espontâneas. Nós fazemos o possível. E fizemos, aquela noite, em cada elemento deste caso. Quanto aos indícios — acrescenta —, eles não são duvidosos.

Luke quer apresentar uma petição quanto a isso, mas estas são a hora e a testemunha erradas. Por ora, com o xerife que é o político mais popular do distrito, mais vale tratar de desenterrar o máximo possível de inconsistências e violações da lei.

— Retornando ao dia em que Emma Lancaster foi dada como desaparecida: o senhor e o seu pessoal estiveram na casa para iniciar a investigação, e havia dezenas e dezenas de pegadas em todo o pátio, não é mesmo? Tantos policiais procurando pistas em toda parte. E também os empregados dos Lancaster tentando ajudar. Devia haver dúzias de pegadas no quintal, não?

— Sim, havia algumas — concorda o xerife.

— Algumas iam das proximidades do quarto até o gazebo em questão, imagino.

— Com certeza. Meus homens estavam fazendo diversas coisas diferentes. Eu fiquei a maior parte do tempo com os pais aflitos, tentando tirar deles o máximo de informações.

— Mas as pegadas particulares — prossegue Luke —, o senhor as detectou. De todas as diferentes pegadas encontradas no quintal aquela noite, foram as únicas das quais mandou tirar o molde. — Cala-se um momento para que o júri se dê conta de que sua pergunta tem um significado importante. — Não é verdade, xerife?

Williams concorda prontamente com um gesto.

— É a pura verdade — diz, projetando a resposta na direção dos jurados.

— Por que escolheu justamente essas pegadas? Que havia de tão especial nesses tênis, a não ser o fato de que, um ano depois, eles apareceram na casa do sr. Allison, uma coincidência bastante fortuita, não acha?

O xerife se inclina para a frente, quase na ponta dos pés, embora esteja sentado, feito um pugilista pronto para desferir o soco do nocaute.

— Nós tivemos sorte de encontrá-los, é claro — concorda alegremente. — Mas a sorte não tem nada a ver com o motivo pelo qual nós tiramos os moldes desses tênis e não das outras pegadas.

— Que motivo foi esse?

Williams se vira para o júri.

— Porque um daqueles tênis deixou uma marca significativamente mais profunda na grama e na terra do que qualquer outro calçado. Tinha sido usado ou por um homem extremamente pesado, que podia pesar 150 quilos ou mais — aqui ele se interrompe um momento, toma um gole de água, enxuga os lábios —, ou por alguém que estivesse carregando uma coisa pesada ou uma pessoa. E depois, é claro, quando nós achamos uma pegada idêntica no lugar em que se encontraram os restos da vítima, soubemos que a nossa suposição era correta: a de que a pessoa que calçava aqueles tênis havia seqüestrado e subseqüentemente assassinado Emma Lancaster.

O céu despencou. Williams armou a arapuca, e Luke, a presa idiota, caiu como um patinho. Erro grave. Patético. Ele devia ter percebido que iria acontecer. Agora precisa sumir do palco o mais depressa possível.

— Sem mais perguntas, meritíssimo — diz com a voz grave, mortificada.

O jantar será o de costume: uma pizza encomendada enquanto ele se prepara, repassando tudo o que sabe sobre as testemunhas do dia seguinte a partir de suas entrevistas, dos perfis e de seu conhecimento pessoal. Será uma longa noite. Todas são.

— Nós ainda temos refrigerante? — pergunta Riva, vasculhando a despensa.

— Não sei — Luke responde, distraído. Está na sala de estar, a papelada espalhada na mesa de centro, no chão, no sofá. Pouco importa o que há para comer ou beber.

— Não há nenhuma bebida em casa, só vinho e cerveja — diz ela, exasperada, entrando na sala. Consulta o relógio. — O entregador da pizzaria só deve chegar daqui a uns vinte minutos, eles sempre demoram no mínimo 45. Eu vou dar um pulo ao Von's para comprar bebida. — Como está grávida, não toma vinho. — Você quer alguma coisa? — Pega a chave na mesinha do hall da frente.

— Nós temos suco para amanhã cedo? E talvez um pouco de iogurte? Você ainda vai estar dormindo quando eu sair. — O tribunal de Ewing abre às oito da manhã, mesmo assim, Luke chega às seis. — E não me deixe esquecer de pôr o *timer* da cafeteira para as cinco e meia.

Ela lhe belisca rapidamente a bochecha.

— Já volto. — A porta se fecha com uma pancada forte.

Na radiopatrulha, o policial de plantão fica alerta ao ver um vulto sair da casa e dirigir-se à caminhonete. Prepara-se para ligar o motor, mas se dá conta de que é a mulher, não o homem. Ele está aqui para vigiar o homem. Torna a se encostar no banco e relaxa.

Atenta ao trânsito na rua, Riva sai lentamente de marcha a ré. Pisa na embreagem e engata a primeira, acenando para a indefectível sentinela. Luke está protegido: ela se sente mais segura sabendo disso.

A rua, uma ladeira que vai até a cidade, é sinuosa e estreita, mal dá espaço para dois veículos. A noite está escura, com muita neblina, e não há iluminação pública na Mountain Drive. A única luz é a dos seus próprios faróis. Segurando o volante com uma mão, Riva acaricia a própria barriga. Está começando a crescer — não dá para ver quando ela está vestida, só um pouquinho quando fica nua —, mas já consegue sentir a vida dentro de si.

Ninguém sabe. Só os dois.

O rádio está sintonizado na emissora pública, um programa de *jazz*. Riva tamborila os dedos na alavanca do câmbio, acompanhando Miles Davis nos velhos alto-falantes. Dois carros passam por ela na descida da ladeira. Riva diminui a velocidade a fim de ter espaço para passar, colocando-se um pouco à direita, mas só um pouco, pois a ladeira fica mais íngreme aí, e não há *guardrails*. Essa velha e esburacada pista, que fica a menos de cinco minutos do centro de Montecito, é charmosa, mas perigosíssima.

Outro carro vem em sua direção. Ela ainda não consegue vê-lo, a rua é muito tortuosa nesse trecho, deve estar perto da próxima curva, pois já se enxerga a luz dos faróis na neblina. Parece vir muito depressa, considerando a péssima visibilidade. Riva diminui a velocidade, colocando-se mais à direita da pista para que o outro veículo tenha espaço suficiente.

Então o carro sai da curva e vem na sua direção, cerca de cem metros mais abaixo. Também tem faróis de milha altos, deve ser um utilitário. Aqui quase todos os veículos têm tração nas quatro rodas, tornaram-se o pau para toda obra das donas de casa. Vem vindo em alta velocidade, bem mais alta do que devia, ela torna a pensar. As pessoas pegam esses carros resistentes e pensam que a sua capacidade de viajar em estradas ruins os torna invencíveis.

O outro veículo diminui um pouco a velocidade ao ver os faróis de Riva, mas continua muito rápido para o seu gosto. Agora está quase em cima dela, e não lhe dá muito espaço, roda sobre a faixa central, vai ser impossível passar e, de repente, sem pensar nas conseqüências, o motorista liga os faróis de milha diretamente sobre os olhos dela, ofuscando-a; Riva, que não esperava isso, sente-se com dois holofotes subitamente acesos sobre ela.

Diminui ainda mais a velocidade, conservando-se à direita. O veículo está quase ao seu lado e, quando seus faróis passam, ela tenta voltar ao centro da pista.

Então percebe o que está acontecendo e grita consigo mesma: *Você não está me dando espaço suficiente!*

Aparentemente alheio ao perigo, o Range Rover quase roça a lateral da caminhonete. Riva pisa no freio até o fundo e se esforça para não perder a direção.

Consegue controlar a caminhonete. O outro veículo passa acelerando, perdido numa nuvem de cerração e poeira.

Ela pára no primeiro trecho mais largo. Está tremendo muito. Aquilo foi proposital?, pensa. Alguém pensando que era Luke que estava ao volante?

Riva demora uns cinco minutos para se acalmar e poder seguir viagem até o centro. Mesmo na segurança do supermercado, com as compras já no carrinho, continua trêmula.

Decide voltar para casa por um caminho diferente e mais longo. Nenhum carro à vista.

Foi um acidente. Um maluco irresponsável, incapaz de enxergar qualquer outra coisa na rua. Aproximando-se do último bairro antes de chegar, Riva olha para a garganta, lá no alto, onde fica a casa. É fácil localizá-la: a única com a luz acesa, destacando-se na escuridão. Parece que, nas redondezas, praticamente todo mundo já foi para a cama.

Por um momento, do outro lado da depressão profunda que separa os dois lados do desfiladeiro, a duzentos ou trezentos metros da casa em linha reta, uma lanterna se acende e oscila: um vizinho distante procurando o gato que fugiu. A região é infestada de coiotes. Eles não temem os seres humanos, invadem os quintais e atacam os gatos ou os pequenos cães de estimação ou até mesmo — é raro, mas aconteceu há alguns anos — uma criança de colo. A mãe a ouviu gritar e conseguiu salvá-la, mas foi um lembrete de que aqui se vive muito perto da natureza e é preciso ter cuidado.

Riva continua a viagem para casa, onde contam com a proteção da polícia, levando no banco da caminhonete o iogurte que o pai de seu filho não nascido tomará no dia seguinte cedo.

Doug Lancaster está no tribunal, mas não no lugar costumeiro, bem atrás da mesa da promotoria. Hoje resolveu ficar na última fila, no assento mais próximo da porta: é mais prático, caso se sinta compelido a fugir. Glenna não veio. Luke, que observa o público enquanto espera a chegada do juiz Ewing, já sabia que ela não acompanharia o próximo depoimento, não depois do que ele presenciou no corredor.

— Todos de pé, o meritíssimo desembargador Prescott Ewing preside — o oficial entoa a antiga saudação de tribunal.

Todos se levantam quando o magistrado entra pela porta privativa de seu gabinete, diretamente atrás da barra. Senta-se e não perde tempo:

— Convoque a sua próxima testemunha — ordena a Ray Logan.

— Que entre o dr. Peter Manachi.

O médico-legista vai para o banco das testemunhas e presta juramento.

— Bom dia, dr. Manachi — diz o promotor.

— Bom dia. — Senhor de si, o legista mantém o corpo ereto na cadeira. Já depôs em milhares de julgamentos; para ele, são todos iguais. Diz as conclusões a que chegou, refuta as perguntas da defesa, que em geral questionam o que ele e sua equipe apuraram, e volta para o laboratório que chefia, no departamento de patologia do Hospital Cottage. Dificilmente o contestam nos pontos substantivos e, nas raras ocasiões em que se questiona a veracidade de suas conclusões, ele sempre tem uma resposta definitiva, preto no branco, que dirime toda e qualquer dúvida.

O interrogatório se inicia.

— O senhor pode descrever para o júri o estado da vítima de homicídio, Emma Lancaster, quando a examinou?

— Pois não — diz o dr. Manachi. Está com o laudo em mãos e lê. — A vítima era branca, do sexo feminino e tinha aproximadamente catorze anos de idade. Vestia uma camisola de flanela. Estava morta havia algum tempo: pelo menos cinco dias, provavelmente uma semana. Apresentava inchaço e descoloração na região abdominal e inchaço também nas extremidades. A putrefação da derme já se havia iniciado em várias partes do corpo. — Vira a primeira página e prossegue. — Havia uma significativa depressão na têmpora direita, na região macia diretamente acima da orelha direita, que estava roxa de sangue pisado. E detectaram-se as condições atróficas típicas dos cadáveres abandonados durante certo período. Quer que eu entre em detalhes?

— Não, não é necessário — Logan se apressa a dizer. Sangue e vísceras dispersam a atenção dos júris, mesmo quando a vítima é uma boa prova para a acusação. Ele prefere pular essa parte. Não quer sobrecarregar os jurados com nada além do estritamente necessário.

Luke observa detidamente o júri. Os doze membros estão atentos. Hoje vai ser um dia duro: primeiramente para a promotoria, depois para ele e Joe Allison. Muitas das atitudes coletivas do júri formar-se-ão hoje. Elas podem mudar, variar, fluir e refluir à medida que vão surgindo depoimentos e indícios contraditórios. Mas as opiniões hoje formadas perdurarão até o fim do julgamento e terão um efeito poderoso sobre o resultado.

Logan continua.

— O senhor conseguiu determinar a *causa mortis*?

— Consegui — responde o dr. Manachi com autoridade. — A vítima morreu em conseqüência de uma pancada na têmpora direita. O impacto provocou a ruptura dos vasos sanguíneos do lado direito do cérebro, criando um grande trauma.

— Pode calcular quanto tempo demorou para que ela morresse depois da pancada — pergunta o promotor.

O legista faz que sim.

— Instantaneamente. Uma pancada tão violenta causa quase tanto dano quanto um projétil. O cérebro entra em espasmo e pára de funcionar.

Luke ouve, impassível. Já ouviu dezenas de depoimentos como esse, boa parte deles do próprio Manachi. Os jurados, não. O choque e a angústia que os acometem estampam-se claramente em seus rostos. Olhando furtivamente por cima do ombro, ele espia Doug Lancaster na última fila. Está vermelho; dá impressão de que se esforça muito para não vomitar nem ter um colapso.

Onde você estava aquela noite?, pensa Luke pela enésima vez. Está sentindo dor, culpa, as duas coisas?

Logan faz a pergunta seguinte:

— O senhor pode especular sobre o tipo de arma ou objeto usado?

— Não foi um objeto cortante como uma faca ou uma ferramenta — diz o médico. — É mais provável que tenha sido um martelo, um tijolo, um porrete. Uma coisa pesada e maciça. O golpe deve ter sido muito forte para provocar o estrago que provocou.

O promotor balança a cabeça.

— Muito bem. Creio que é suficiente. — Retorna à mesa da acusação, pega um envelope de papel-manilha, vai até o banco das testemunhas, tira do envelope algumas folhas de papel e as entrega ao depoente. — Tenha a bondade de examinar isto, dr. Manachi.

O legista folheia as seis páginas do documento.

— Queira dizer o que é isso, doutor.

— Um laudo de necropsia. O formulário-padrão utilizado em todo o Estado da Califórnia.

— O senhor preparou esse laudo?

— Sim, com a ajuda da minha equipe.

— Eu solicito a inclusão desse laudo nas provas, Meritíssimo — diz Logan com voz impostada. — O advogado de defesa e o tribunal já receberam cópias.

Ewing faz que sim. Consulta o rol das provas.

— Ficará registrado como material do Povo número quinze — determina.

Logan entrega o documento ao oficial, que o numera e o coloca na mesa das provas.

Luke sabe o que isso significa. É a granada da qual Logan tirou o pino durante suas alegações preliminares.

Retornando ao banco das testemunhas, este pergunta:

— Há alguma coisa, no laudo, que vai além do que o senhor nos contou? Algum ferimento especial, circunstâncias anormais a respeito da morte, alguma coisa extraordinária?

Manachi olha para Logan, depois para o júri.

— Sim, há — diz com muita seriedade.

Lá vamos nós, pensa Luke.

— O quê, dr. Manachi? — insiste o promotor distrital. — O que o senhor descobriu, ao examinar a vítima, que era inusual, considerando a morte e a sua causa?

— Ela havia sido sexualmente penetrada.

Embora Logan tenha mencionado esse fato em suas observações iniciais, todos os presentes deixam escapar um intenso suspiro.

— Ela foi estuprada? — É a pergunta mais lógica a fazer: uma menina de catorze anos seqüestrada, estuprada e assassinada. Pode ser pior do que as pessoas imaginavam, mas é compreensível.

O dr. Manachi sacode a cabeça.

— Não, ela não foi estuprada.

Logan tem de representar o seu papel. Ele é a ligação entre os fatos e o júri que julgará a culpa ou a inocência com base nesses fatos e nas emoções que eles suscitam.

— Eu não compreendo — diz.

— Penetração e estupro são dois atos separados e distintos — explica o médico com cautela. — O estupro não é consensual.

Agora ouve-se um suave rumor de pessoas cochichando.

— O senhor está querendo dizer que Emma Lancaster teve relações sexuais consensuais com o assassino? — pergunta o promotor com incredulidade na voz.

— Exatamente.

Novos sussurros, um zumbido. Ewing pensa em impor silêncio, mas sabe que é inútil, o murmúrio tem vida própria. O único modo de impedi-lo seria evacuar a sala de audiência, coisa que provocaria problemas mais sérios.

— O que o leva a acreditar nisso, doutor? Ela já estava morta havia uma semana ou mais. Com o corpo em adiantado estado de putrefação, como o senhor pôde saber se a penetração sexual foi consensual ou forçada?

— Pela extensão do dano no tecido e assim por diante — explica o legista. — Mas havia outro motivo, o estado físico que a necropsia permitiu constatar, indicando a não ocorrência de penetração forçada. Ela estava grávida, como o senhor já informou a este tribunal. Isso indica um histórico de atividade sexual continuada, o que leva uma pessoa sensata a acreditar que a conjunção carnal, assim como outras conjunções carnais, foi consensual. — Faz uma pausa. — Mas, como eu já disse, os indícios também apontam para essa direção.

Muito embora Logan já tenha jogado essa granada na arena, falar nisso agora, e de forma tão desapaixonada, provoca uma coletiva perplexidade. Tanto quanto qualquer outra pessoa, Luke sente a importância do que isso significa.

O promotor distrital espera que o murmúrio diminua antes de continuar a interrogar o legista.

— Havia esperma na cavidade vaginal da vítima?

— Não foi detectado.

— Mas o senhor está convencido de que ela teve relações sexuais pouco antes de morrer. *Acaso* teria usado preservativo?

— É possível.

As camisinhas no gazebo, as camisinhas na edícula de Allison. Não é preciso ser um gênio para fazer a associação, pensa Luke.

— Retornando ao método do assassinato, para ter certeza de que o compreendemos corretamente, dr. Manachi. Foi uma pancada forte com um objeto como um martelo ou um tijolo?

— Exatamente.

E, com isso, termina a argüição direta da talvez mais importante testemunha de acusação, decerto a que mais chamou a atenção.

* * *

Ao iniciar o interrogatório cruzado, Luke repara que Doug Lancaster não se encontra mais na sala de audiência. Coisa que não o surpreende.

— Boa tarde, doutor.
— Boa tarde, Luke... — Corrige-se. — Boa tarde, dr. Garrison. Desculpe.
— Ora, nós dois já passamos por muita coisa juntos. Eu peço desculpas por não chamá-lo de Peter.

O médico sorri.

Luke consulta suas anotações.
— O senhor constatou a existência de atividade sexual antes ou depois de ter feito a necropsia, dr. Manachi?

O homem pensa um momento.
— Depois.
— Tem certeza de que não foi antes? Ninguém lhe telefonou dizendo que a vítima estava grávida? Ou que podia estar?

O legista precisa refletir um pouco.
— Que eu saiba, não.
— Em hipótese nenhuma?
— Bem, eu diria que é possível — contemporiza Manachi —, mas não me lembro de nenhum telefonema nesses termos.

Luke muda de rumo:
— O senhor especulou sobre o tipo de arma utilizada. Martelo, tijolo, porrete, estes foram os exemplos que deu.
— Sim.
— Ela não foi baleada, esfaqueada ou algo assim?
— Não — responde o médico. — De modo algum.
— Neste caso, doutor, com base na sua longa experiência de especialista no ramo, o senhor concluiria que este homicídio foi acidental ou, pelo menos, provocado por uma emoção momentânea? Considerando o tipo de objeto que o senhor afirma que foi usado?

Logan se levanta de pronto:
— Objeção! A defesa está induzindo a testemunha, Meritíssimo.
— É um interrogatório cruzado, Meritíssimo — retruca Luke. — É justamente disso que se trata.

Ewing concorda com um gesto.
— Indeferida.

Contrariado, sacudindo a cabeça, o promotor volta a se sentar.
Luke repete a pergunta:
— Na sua opinião, o assassinato de Emma Lancaster foi acidental ou premeditado?
Manachi olha para o teto, suspira lentamente, endireita os ombros.
— Dada a natureza do ferimento fatal, é provável que tenha sido assim. Não se pode afirmar categoricamente, é perfeitamente possível que uma pessoa planeje matar outra utilizando um objeto desse tipo, mas, no caso de um homicídio com essas características, é mais lógico que tenha sido uma coisa momentânea e que o assassino haja utilizado o que estava à mão.
Luke fica algum tempo calado, aguardando que o júri assimile a opinião do médico. Mais um dado importante a ser registrado. A jovem Lisa Jaffe afastou a hipótese de seqüestro. Agora o legista, a testemunha mais autorizada com que a acusação conta nessa matéria, acaba de proclamar que o crime *não* foi premeditado: *não* se pode falar em homicídio de primeiro grau.
Ray Logan olha furtivamente para os jurados. Todos escutam com interesse, mas a importância do detalhe parece escapar-lhes. É claro que Luke tratará de lembrá-los nas alegações finais, mas, por ora, o impacto do relato do legista da gravidez de Emma Lancaster continua surtindo mais efeito do que qualquer outra coisa.
— Mais algumas perguntas, dr. Manachi — diz Luke, juntando suas anotações. — O objeto que causou a morte de Emma Lancaster: o senhor disse que era um objeto contundente, como um martelo.
— Sim.
— Pode ter sido outra coisa? Digamos, um taco de golfe. Um taco de golfe é um objeto contundente.
Manachi reflete.
— É um ângulo interessante. Eu tenho de dizer que sim. A arma do crime pode ter sido um taco de golfe. A pancada seria fortíssima.
Luke sorri. O dr. Peter Manachi, a mais respeitada autoridade em *causa mortis* do distrito, declarou que a arma que matou Emma Lancaster pode ter sido um taco de golfe. Antes do fim do julgamento, ele vai retornar a esse ponto. Todos saberão quem é o jogador de golfe no círculo dos que tinham acesso fácil à pro-

priedade dos Lancaster e podiam ter tirado Emma do quarto, sem que ela opusesse resistência, e depois, à mercê da paixão, do ódio momentâneo ou do medo, matou-a.

— Obrigado, doutor. — Luke se afasta do banco das testemunhas. — Eu não tenho mais nenhuma pergunta a fazer a esta testemunha, Meritíssimo.

O que verdadeiramente incomoda Logan é a referência ao taco de golfe como a possível arma do crime. Coloca Doug Lancaster ainda mais no centro da história. Cedo ou tarde, ele terá de enfrentar e dar um jeito de diluir isso se puder. Do contrário, será como estar com um elefante na sala: mesmo que não se fale nele, todo mundo o vê.

Logan sabe que Luke espera que ele siga certa ordem cronológica, indo do laudo da necropsia a um ano depois, quando Joe Allison foi preso, mas prefere desviar-se um pouco: outra jovem, uma amiga de Emma, que não estava presente aquela noite, mas a quem ela muitas vezes fazia confidências.

— Deanna, obrigado por ter vindo nos ajudar.

— De nada, dr. Logan. Emma era uma das minhas melhores amigas. Quero fazer o que puder para ajudar.

Seu nome: Deanna Dalton. Uma moça bonita, de aparência bem mais sofisticada que Lisa Jaffe. O tipo da garota que fazia parte da vida agitada de Emma, tanto quanto uma menina de catorze anos, de família rica, podia ter uma "vida agitada". Empina as costas no banco das testemunhas. Desdenhando o protocolo normal dos tribunais para uma pessoa da sua idade, não faz a menor concessão à inocência juvenil: traja um vestido adulto, está maquiada, de saltos altos e meia-calça brilhante. As garotas da sua idade não se vestem assim, pensa Luke, observando-a no banco das testemunhas, a não ser que queiram ser vistas e conhecidas como quem se veste assim. Uma menina que quer que o mundo a tome por adulta. Tem uma pequena tatuagem no tornozelo esquerdo. Do lugar onde Luke se encontra, parece ser um besouro. E quatro ou cinco brincos em cada orelha.

Logan se apressa a esclarecer o relacionamento de Deanna com Emma: os mesmos colégios desde a terceira série, os mesmos interesses: ambas praticavam equitação, jogavam tênis, cantavam no coro da escola. Eram amigas íntimas. Emma contava a

Deanna coisas que não contava às outras meninas. E, sem dúvida, contava-lhe coisas que não contava à mãe.

Apontando para Allison, que está ao lado de Luke à mesa da defesa, pergunta:

— Você reconhece aquele homem, o de cabelos castanhos?

Ela faz que sim.

— Reconheço.

— De onde você o conhece, Deanna?

— Ele costumava ir buscar Emma no colégio.

— Em que série vocês estavam?

— Na oitava — responde a moça. — Foi no ano em que Emma... — hesita. Logan espera com paciência, sem apressá-la. — No ano em que ela foi assassinada — conclui desajeitadamente.

Muito sério, o promotor balança a cabeça como se a afirmação requeresse um minuto de silêncio por respeito à memória de Emma Lancaster.

— Com que freqüência Joe Allison ia buscá-la no colégio? — pergunta então.

— Eu não me lembro. Não era uma coisa regular. Às vezes ele aparecia, ficava esperando na rua.

— Na rua? Não ficava esperando Emma no estacionamento do colégio?

A moça sacode a cabeça.

— Seria esquisito. Quer dizer, ele não era o pai dela nem nada.

— Como Emma costumava voltar para casa? — indaga Logan.

— Como todo mundo. Às vezes a mãe ia buscá-la, às vezes algum empregado da casa. Quando não queria que fossem buscá-la, Emma dizia à mãe que iriam lhe dar carona. Ou que iria voltar para casa comigo ou com alguma colega. A mãe dela parecia não se importar com quem lhe dava carona. Segundo Emma, não ligava para isso porque queria que ela fosse independente. A mãe dela era uma das mais avançadas do colégio.

Virando-se para trás, Luke olha para Glenna, que retornou à sala de audiência agora que o dr. Manachi terminou de depor. Está olhando para a frente, o rosto impassível. Uma máscara de ferro, pensa Luke. Tinha de ser para enfrentar essa provação.

— Era fácil para você reconhecer o acusado, Joe Allison, quando o via esperando Emma?

— Claro.

— Por quê?

— Porque ele tinha um carro lindo — diz a garota com entusiasmo.

Muita gente sorri na sala de audiência, até alguns jurados.

— Lembra-se de que carro era?

Um vigoroso gesto afirmativo.

— Era um Beemer conversível. Um Z-3. Azul metálico, com estofamento de couro.

— Um belo carro mesmo — concorda o promotor. Encosta-se com naturalidade na barra, como se se tratasse de um bate-papo num lugar qualquer, não de um depoimento num caso de homicídio. — Por acaso Emma lhe contou alguma coisa sobre Joe Allison ou outra pessoa qualquer? Ela falava nele? Quando a estava esperando, lá fora, ou mesmo na ausência dele?

— Sim. — O sapato de salto escorregou no calcanhar, Deanna o balança na ponta dos dedos. Faz apenas alguns minutos que está no banco das testemunhas, mas já se mostra inquieta, desatenta. Para Logan, isso é bom: já vai terminar o interrogatório. Quando chegar a vez de Luke, ela estará desconcentrada.

— O que ela dizia? — pergunta Logan.

— Fazia piadas. Dizia: "É o meu namorado, veio me buscar".

— Dizia que ele era o seu namorado?

— É. Quer dizer, era, sabe... uma brincadeira.

— Mas você achava que ela gostava dele?

— Claro que sim! Claro que Emma gostava dele. É um cara bonitão, mais velho, trabalha na televisão, tem um carro lindo — diz ela em tom sonhador.

Luke observa rapidamente o cliente. Allison está olhando para baixo, para a mesa, e, num reflexo involuntário, sacode a cabeça quase imperceptivelmente.

O promotor distrital prossegue:

— Pois bem, mesmo que Emma dissesse, por brincadeira, que Joe Allison era o seu namorado, você achava que ela talvez acreditasse nisso?

— Objeção, Meritíssimo — interfere Luke, levantando-se. — A promotoria está orientando a resposta. É especulação.

— Mantida — concorda Ewing. — Reformule a pergunta, dr. Logan.

Fechando a pasta com suas anotações, este pergunta a Deanna:

— Alguma vez Emma lhe disse que Joe Allison era seu namorado ou que mantinha com o réu um envolvimento que ia além do gostar dele e além do fato de ele trabalhar para o seu pai?

Unindo as sobrancelhas como a perguntar "Você está brincando comigo?", a garota balança a cabeça.

— Sim, sim.

— O que ela disse?

— Que ele era o seu homem principal. Era assim que o chamava: "o meu homem principal". E que não era babaca como os garotos do colégio.

— Como ela dizia que ele era? — pergunta Logan, voltando-se para os jurados a fim de se certificar de que estão prestando atenção. Vê, com satisfação, que alguns chegam até a tomar nota por escrito.

— Que ele era um homem de verdade. Não um moleque, um homem mesmo. Ela... enfatizava isso. Joe era um "homem de verdade".

— Eram exatamente essas as palavras dela?

Um último gesto afirmativo.

— "Um homem de verdade".

Luke quer ver Deanna bem longe do banco das testemunhas e da mente do júri, de modo que se restringe a umas poucas perguntas específicas.

— Alguma vez Emma deu a impressão de não querer que ninguém soubesse que o sr. Allison ia buscá-la na escola? — Parece não dar muita importância ao depoimento da moça, tanto que nem se aproxima do banco das testemunhas, faz a pergunta sentado à mesa.

Ela semicerra os olhos, abre-os.

— Não.

— Emma nunca lhe disse "Não quero que meus pais fiquem sabendo disso"?

— Não.

— Quer dizer que ficava ostensivamente na companhia do sr. Allison?

— Sim. Todo mundo via. Via-os irem embora juntos.

— Então não se pode dizer que ela andava escondida com ele?

— Não. — A mocinha sacode a cabeça. — Ela gostava dele. Sabe, tinha só catorze anos.

— Você também gostava dele, Deanna? — pergunta Luke com um sorriso.

Ela cora. Olha de relance para Allison, estoicamente sentado à mesa da defesa, ao lado de Luke, depois baixa os olhos.

— Sim — murmura.

— E as outras garotas? Também gostavam dele?

Outro "sim" quase inaudível. A estenógrafa endereça um olhar para o juiz. Este se inclina para Deanna.

— Por favor, fale mais alto, srta. Dalton. Não estamos conseguindo ouvi-la.

— Sim — diz ela claramente.

— Então esse namoro não era mais uma fantasia, um sonho, de Emma do que uma coisa que realmente acontecia entre eles?

— Eu não sei — responde Deanna. — Quer dizer, depois que saíam do colégio, eu não sei o que eles faziam. Emma dava a entender que havia alguma coisa, mas era assim, talvez tentando ser adulta, sabe como é?

Mostrando-se abalada, a dra. Janet López, a médica da Clínica Free que Emma consultou para confirmar que estava grávida, presta juramento e ocupa o banco das testemunhas. Embora relutante, não é uma testemunha de acusação hostil.

Riva recebeu o telefonema ontem à noite. Ray Logan tinha jogado duro com a médica, ameaçando apreender os prontuários e pressionar a clínica. A Free é uma instituição sem fins lucrativos e depende do apoio da comunidade, sobretudo dos ricaços com consciência social. Mas, por mais progressistas que sejam os doadores habituais, esse caso os deixou revoltados; alterou-lhes a atitude geralmente aberta e flexível. Em outras palavras, a médica contou a Riva que, se não prestasse depoimento, boa parte dos contribuintes mais importantes, muitos deles amigos de Glenna Lancaster, cancelaria as doações. O golpe de misericórdia foi quando Glenna, que agora toma as decisões, já que a filha morreu, lhe pediu pessoalmente que desse todas as informações que tivesse.

Riva tratou de consolá-la. Ela estava agindo corretamente. Uma menina foi assassinada. Se o depoimento da médica podia ajudar a descobrir quem a matou, era tolice achar que estava traindo a confiança da paciente morta.

A testemunha foi coagida a depor, portanto Logan vai logo ao que interessa:

— Emma Lancaster esteve na sua clínica para fazer o teste de gravidez?

— Sim, esteve.

— E a senhora a submeteu ao teste?

— Sim, nós a submetemos.

— Qual foi o resultado?

— Positivo. Ela estava grávida.

Logan balança a cabeça. O júri se mostra interessadíssimo no depoimento.

— Foi possível determinar em que estágio ela se encontrava? Fazia quanto tempo que estava grávida, doutora?

— Cerca de onze semanas — é a resposta.

— Grávida de três meses — o promotor afirma, situando o fato no período que lhe interessa que os jurados levem em conta.

— *Quase* três meses — corrige a médica. — Faltavam aproximadamente duas semanas para completar o terceiro mês.

— Ela parecia grávida? Era visível?

A dra. López faz que sim.

— Estava começando a ficar visível. Os seios bastante dilatados e certa dilatação do ventre. Mas, para quem não sabia de nada, sua aparência não chamava a atenção.

— Se Emma Lancaster não tivesse sido assassinada — diz ele —, quanto tempo demoraria para que um observador qualquer passasse a notar que estava grávida?

— Um mês.

O promotor balança a cabeça.

— Muito bem, vamos prosseguir. Como ela reagiu quando a senhora lhe contou que estava grávida?

— Ficou preocupada, mas... — a médica se interrompe.

— Mas o quê?

— Mas não tanto quanto eu esperava.

— Como assim? — quer saber Logan.

A dra. López reflete um instante.

Mostrou-se muito equilibrada, sobretudo para uma garota da sua idade. Não ficou abalada com a situação.

— Ela lhe pediu para fazer aborto? — O promotor olha para os jurados ao fazer a pergunta. Todos escutam com atenção.

— Perguntou-me quais eram as opções — responde a médica.

— As opções. Como, por exemplo, ter o bebê e entregá-lo à adoção?

— Esta foi uma das opções que eu lhe apresentei.

— Quais foram as outras?

— Ela também foi informada de que era possível interromper a gravidez.

— Fazer aborto — traduz Logan.

— Sim.

— Vocês fazem aborto na sua clínica, dra. López?

— Sim, fazemos — responde ela com evidente constrangimento.

— Que condições a clínica impõe para fazer aborto, doutora?

A mulher muda de posição na cadeira.

— A paciente deve se encontrar em bom estado geral de saúde. Tem de estar plenamente informada e consciente das conseqüências da sua decisão. — Faz uma pausa. — E não pode ter ultrapassado o primeiro trimestre de gravidez.

— E a idade? — indaga o promotor. — Não há nenhuma restrição quanto a fazer aborto numa paciente menor de idade?

A médica vacila.

— Não. Não há nenhuma restrição quanto à idade da paciente. Contanto que esteja bem de saúde e saiba o que quer, não importa a idade que tenha. — Cala-se.

— Mesmo que seja muito jovem?

— Não há nenhuma restrição quanto à idade — repete a médica.

— Quer dizer que a senhora... a sua clínica... faria aborto numa menina de catorze anos que estivesse bem de saúde e quisesse abortar? — Logan se saiu mais agressivo do que queria, apesar do esforço para simular indiferença. Respira fundo, procura relaxar e mostrar-se mais simpático com a doutora. É uma testemunha, não vale a pena levá-la a voltar-se contra ele.

— Sim, nós faríamos. Já fizemos.

Uma vez mais, ele balança a cabeça.

— E, quando fazem essas intervenções, vocês notificam os pais da menina?

López sacode a cabeça com veemência.

— Só se a paciente quiser. Tudo o que fazemos é rigorosamente confidencial.

— Uma menina de catorze anos pode ir fazer aborto na sua clínica sem que os pais sejam informados? — pergunta Logan com aparente incredulidade.

Luke já está de pé.

— Objeção, Meritíssimo — grita. — O promotor conhece perfeitamente a legislação. Está manipulando o júri, inflamando a questão.

— Meritíssimo!

Com um gesto, Ewing faz com que Logan se cale.

— Mantida — diz com severidade. Vira-se para o júri. — No Estado da Califórnia, não há necessidade de autorização dos pais ou dos responsáveis para a interrupção da gravidez — explica. — A promotoria sabe disso — acrescenta, fuzilando Logan com o olhar. Depois de uma breve pausa, esclarece o espírito dessa lei, coisa que raramente faz. — Muitas meninas ficam grávidas em conseqüência de situações abusivas. Se, além de desesperadas, elas fossem obrigadas por lei a informar os pais de sua gravidez, essa situação infeliz poderia piorar ainda mais. O problema já foi exaustivamente discutido nos tribunais, e a Suprema Corte Estadual assim decidiu, portanto é o que determina a lei. — Inclina-se na direção do boxe do júri. — Esqueçam que ouviram essa pergunta. Apaguem-na da memória. Nada tem a ver com este julgamento nem com suas deliberações. — Volta-se para Logan. — Pode continuar — diz com frieza, está irritadíssimo e quer que ele saiba. — Mas se fizer mais uma pergunta incitante como essa, eu o chamarei à ordem. Estamos entendidos?

— Estamos, Meritíssimo — responde rapidamente o promotor. — Esteja certo de que eu não tinha a intenção de incitar o júri.

— Então não o incite — é a ríspida resposta.

Ainda que sutilmente, pensa Luke, o juiz quer que eu me saia bem. Não chega a ser parcial, mas tampouco deixa que me atropelem. Todo o bem que ele fez no passado, quando dirigia a Promotoria Pública Distrital, o está favorecendo nesse julgamento, de um modo desconhecido e impalpável.

Logan se volta de novo para o banco das testemunhas.

— Três meses é o fim do terceiro trimestre, não é, dra. López?

— Sim, senhor. É.

— Portanto, se Emma Lancaster quisesse fazer aborto na sua clínica, teria de fazê-lo imediatamente, a julgar pelo estágio em que se encontrava.

A médica faz que sim.

— Num prazo de duas semanas.

— Isso significa que tinha muita urgência em tomar a decisão — diz ele.

— Emma já a havia tomado. Iria fazer o aborto.

Luke examina os jurados. Continuam escutando com atenção. Alguns parecem nem respirar.

Logan balança lentamente a cabeça, para cima e para baixo.

— Ela iria fazer aborto — repete. — E iria contar aos pais? Chegou a discutir isso com a senhora?

— Nós discutimos isso — admite a doutora. Encara-o diretamente. — Emma não iria contar aos pais.

Todos os olhares parecem convergir para o mesmo lugar: Doug Lancaster, agora outra vez instalado numa das primeiras filas, do lado da promotoria, e para Glenna Lancaster, no fundo da sala de audiência. Ele está com a cabeça apoiada nas mãos, os ombros caídos, visivelmente trêmulos. Hampshire, seu advogado, protege-os com um braço consolador. Com o punho cerrado e a manga do paletó, Doug abafa o som que lhe sai da garganta. Glenna está completamente imóvel. Embora com os olhos parados, fitos na testemunha, parece não vê-la. Parece não ver absolutamente nada. Apenas está aqui. Presente de corpo, mas quem há de saber onde anda sua mente?

Esses dois não deviam estar aqui, pensa Luke. Sobretudo Glenna, a mãe. Mas não pode ser de outro modo. Ela vem porque agora isso é tudo o que resta de sua vida, e mesmo a dor, por mais atormentadora que seja, é melhor do que o nada.

Logan continua a argüição:

— Quando Emma planejava fazer o aborto?

— Na sexta-feira seguinte. Iria para a clínica depois das aulas e o faria durante a tarde. Assim, teria o fim de semana para se recuperar.

— Ela contou como iria para lá? Ou, o que é mais importante, como voltaria para casa depois? A senhora não a liberaria sem um acompanhante idôneo, não é mesmo?

López concorda com um movimento da cabeça.

— Não, não a liberaria. — Faz uma pausa. — Eu mesma me propus a levá-la para casa se ela não contasse com uma pessoa de confiança.

— Não seria seu pai nem sua mãe. Quero que isso fique muito claro.

A médica concorda:

— Não, não seria nenhum dos dois. Emma não queria que eles soubessem.

O promotor fica um instante calado.

— Ela não lhe contou quem era o pai, dra. López? O pai da criança?

A mulher sacode vigorosamente a cabeça, fazendo oscilarem os cabelos escuros e ondulados.

— Não, não me deu o nome de ninguém.

— Não fez nenhuma referência a ele? A quem podia ser?

Se havia silêncio no tribunal, agora é um silêncio sepulcral. A dra. López responde com cautela:

— Ela não me disse nada... com precisão. O máximo que deu a entender foi que era... hã... que ele podia ser um adulto. Um homem mais velho. Mas disso eu fiquei sabendo indiretamente, de modo que não tenho certeza.

— Ela iria lhe contar? Ao pai da criança? Chegou a falar nisso?

Um vagaroso gesto afirmativo.

— Sim, Emma pretendia lhe contar.

— Mas ainda não tinha contado?

— Ela acabava de saber — recorda a médica.

— Sim, é verdade. Quer dizer que Emma Lancaster acabava de saber que estava grávida e pretendia contar ao pai da criança que estava grávida e que iria fazer aborto. Correto?

Outro gesto afirmativo.

— Sim, senhor.

— Antes ou depois? — pergunta o promotor. — A senhora sabe se ela iria falar de sua gravidez antes ou depois de realizado o aborto na sua clínica?

É golpe baixo, pensa Luke. Mas tudo indica que ele é o único, no tribunal, que tem essa opinião.

— Iria lhe contar antes da interrupção da gravidez.

— Entendo. — Logan vira a cabeça para o outro lado, o da mesa da defesa. O júri, que até então olhava ora para ele, ora para a testemunha, feito o público de uma partida de tênis, acompanha o seu olhar até Joe Allison. O promotor torna a se voltar para a médica. — Quanto tempo antes de Emma Lancaster ser tirada de casa a senhora lhe contou que ela estava grávida? — indaga.

— Um dia antes. Ela teve a confirmação da gravidez no dia anterior ao do seqüestro.

Com ar sombrio, Logan se afasta do banco das testemunhas.

— Sem mais perguntas a esta testemunha por ora, Meritíssimo — diz com voz grave e cansada.

— A senhora afirmou que Emma Lancaster descobriu que estava grávida um dia antes de desaparecer de seu quarto, está certo? — pergunta Luke.

— Sim — responde a médica. — Está certo.

— Mas, antes disso, ela achou que talvez estivesse grávida? *A senhora* achou que ela podia estar grávida?

— Quando Emma entrou no meu consultório, eu achei que estava grávida — responde a dra. López.

— Por quê?

— Pela aparência. Eu já vi milhares de mulheres grávidas, é a minha profissão. — Uma breve pausa. — Creio que Emma já sabia que estava grávida. Do contrário, não teria me procurado. Se achasse que estava doente, teria consultado seu próprio médico. O médico da família.

— Certo — concorda ele. — A senhora disse que Emma se referiu a um homem mais velho. Chegou a dizer que estava grávida de um homem mais velho?

— Não diretamente.

— Disse que tinha um caso com um homem mais velho?

— Diretamente, não — repete a mulher.

— Então o que a levou a concluir que o pai da criança era um homem mais velho? — pergunta Luke, intrigado.

— Eu não posso pôr a mão no fogo — ela admite. — Não foi uma coisa explícita. Foi o modo como ela se referiu a ele.

— Quer dizer que ela não disse, direta ou indiretamente, que estava tendo um caso com um homem mais velho ou que o pai da criança era um homem mais velho.
— Não.

Embora domine bem o inglês, a faxineira tem um forte sotaque salvadorenho e está assustada. É evidente que pôs o seu melhor vestido, o complicadíssimo modelo de cetim lilás, com mangas bufantes, que estreou no casamento da prima. Calça sapatos de verniz, com uma tira nos tornozelos, e comprou um par de meias novas para a ocasião. Sabe que sua roupa não é a mais adequada, mas não tem dinheiro para comprar outra. Baixa, com a cara achatada dos descendentes dos índios centro-americanos, mostra-se acanhada no banco das testemunhas, as pernas curtas demais para alcançar o chão.

O intérprete do tribunal está a postos, caso ela tropece no idioma.

— Bom dia, sra. Rodríguez — diz Logan com solicitude. Ela se chama Lupe Rodríguez.

— Olá, doutor — responde ela, nervosa. Com vinte e poucos anos, mora há muito tempo nos Estados Unidos, o suficiente para ter conseguido o visto de permanência, um marido e para ter tido dois filhos. Porém mesmo estando em situação plenamente regular no país, pela-se de medo da autoridade gringa.

— Podemos falar inglês ou a senhora prefere o castelhano? — ele pergunta. Quando a interrogou, contou com a ajuda de uma intérprete, mas, por sorte, só precisou dela algumas vezes. Espera que a testemunha consiga se virar em inglês. Se for preciso traduzir cada pergunta para o espanhol e, depois, cada resposta para o inglês, a coisa não correrá bem. Os jurados se entediam facilmente, sendo que alguns podem desconfiar ou não gostar da "estrangeira", muito embora mulheres como ela façam parte do tecido social da Califórnia há muitas gerações. Em todo caso, existe um verdadeiro sistema de castas na comunidade, e ela pertence ao estamento inferior.

— Inglês — responde a salvadorenha com firmeza. Parece um passarinho num fio, um pardal empoleirado num cabo telefônico à beira da estrada. — Eu falo inglês bem, doutor.

Menos mal...

— Até o ano passado, a senhora trabalhou na casa dos Lancaster, até mesmo na época em que tiraram Emma Lancaster do seu quarto?

— Objeção, Meritíssimo — grita Luke. — Nós não sabemos se a tiraram do quarto ou se saiu voluntariamente.

— Mantida.

Logan recomeça.

— A senhora trabalhava na casa dos Lancaster quando Emma desapareceu do quarto?

— Sim, senhor.

— O que a senhora fazia?

— Eu limpava a casa. Lavava a roupa. Lavava a louça. Fazia tudo o que a governanta mandava. — Sua atitude para com o trabalho é positiva, é o que expressa o seu tom de voz. Para ela, não era um serviço pesado, era uma oportunidade de ganhar dinheiro para sustentar a família e morar numa casa bonita. Uma oportunidade de tentar a sorte nos Estados Unidos.

— Quer fazer o favor de descrever ao tribunal o que aconteceu no dia e na noite anteriores à madrugada em que Emma Lancaster... desapareceu... do seu quarto? Qualquer coisa que possa ter importância para o caso e que a senhora saiba de primeira mão?

Luke procura as anotações do depoimento que essa testemunha prestou à promotoria. Não há anotações formais: apenas a indicação de que a interrogaram. Foi um dos últimos interrogatórios, repara, data apenas de algumas semanas. Ele estava muito ocupado com outros elementos para procurá-la e interrogá-la também. Só espera que não tenha sido um erro.

— O sr. Allison telefonou para lá.

— Com "sr. Allison", a senhora se refere àquele homem à mesa da defesa? — Logan aponta para o réu.

— Sim, senhor.

— Como sabe que foi o sr. Allison que telefonou?

— Porque ele disse. E eu conheço a sua voz. E também porque ele aparecia todo dia na televisão. Nós o víamos no noticiário.

— Quer dizer que a senhora não tem dúvida de que foi Joe Allison, o réu neste caso, que telefonou para lá?

— Sim, senhor. Foi ele mesmo.

Que porra é essa? pensa Luke. Volta-se e olha para Allison. Este percebe e vira a cara.

— Do que eles estão falando? — Luke cochicha.

O outro dá de ombros.

— Você telefonou para ela?

Allison faz que sim.

Irritado, Luke desvia o olhar e fica olhando para o banco das testemunhas.

— A que horas foi esse telefonema? — pergunta Logan.

— Às quatro da tarde.

— A senhora normalmente atendia ao telefone?

— Quando não havia mais ninguém em casa. Ou quando eu estava perto dele. A sra. Lancaster não queria saber quem atendia ao telefone, queria que atendessem.

— Então a senhora atendeu ao telefone e o sr. Allison se identificou.

— Sim. — A mulher balança muitas vezes a cabeça. — Disse quem era e pediu para falar com Emma.

— O que a senhora lhe disse?

— Que ela não estava.

— E ele?

— Ficou zangado. Eu percebi, pela voz, que ele ficou zangado.

— Objeção — diz Luke. — Conjetura da parte da testemunha.

Ewing sacode a cabeça.

— Eu acho que a média das pessoas sabe, pela voz, quando alguém se zanga. Indeferida.

— Obrigado, Meritíssimo. — O promotor sorri. — O que disse o sr. Allison, sra. Rodríguez?

— Que precisava falar com ela.

— E o que a senhora disse?

— Que ela não estava.

— E o que ele disse?

— Perguntou quando ela voltaria.

— E a senhora respondeu?

— Que não sabia. Perguntei se era para dizer que ele tinha telefonado quando ela chegasse.

— E ele?

— Não. Disse que não, que não era para eu contar nada. A ninguém.

— O sr. Allison lhe pediu que não contasse a ninguém que ele tinha telefonado?
— Sim, senhor. Para não contar a ninguém.
— Certo. — Logan faz uma breve pausa, pega outra folha de papel e a examina rapidamente. — Ele tornou a telefonar para lá naquele dia?
— Sim, senhor.
Luke torna a olhar para Allison. Seu filho da puta, pensa, o que você fez consigo mesmo? O que está fazendo *comigo*?
— A que horas?
— Lá pelas nove da noite.
— Às nove horas da noite em que ela foi... em que ela desapareceu do quarto?
— É.
— Como estava o seu tom de voz dessa vez?
Luke refreia o impulso de protestar. O juiz já estabeleceu um padrão com essa testemunha. Não lhe resta senão continuar prestando atenção na situação já muito ruim. Às vezes o melhor é não fazer nada.
— Ele parecia preocupado. Muito preocupado. Nervoso.
— O que perguntou dessa vez?
— Onde Emma estava.
— O que foi que a senhora respondeu na segunda vez em que ele telefonou para aquela casa num intervalo de cinco horas?
— Que ela não estava, doutor. Que tinha saído com as amigas. Que só chegaria mais tarde.
— Ele disse alguma coisa então?
— Parece que soltou um palavrão... mas eu não tenho certeza.
Logan balança a cabeça.
— Só isso? Não perguntou nada?
— A que horas ela iria chegar.
— A senhora lhe disse? A senhora sabia?
— Eu disse que Emma estaria em casa à meia-noite, porque esse era o horário dela, tinha de estar em casa a essa hora, do contrário sua mãe ficava chateada. E ela sempre chegava no horário — acrescenta.
— E ele, o que disse?
— Não disse nada. Simplesmente desligou.
Logan lhe endereça um bonito sorriso.

— Obrigado, sra. Rodríguez, por ter vindo nos ajudar hoje. — Com um gesto largo na direção da mulher e um sorriso feliz nos lábios, volta-se para Luke. — A testemunha é sua.

Luke e Allison discutem no parlatório adjacente à sala de audiência. Antes de fazer o interrogatório cruzado da faxineira, Luke solicitou um recesso de quinze minutos.
Mal consegue conter a raiva.
— Qual é a desculpa desta vez, seu palhaço?
Allison está tremendo de medo.
— Nenhuma. Eu não achei que fosse importante.
— Errado, puta que pariu! Tudo é importante. Absolutamente tudo. Eu o avisei um milhão de vezes. Quem decide o que é importante sou *eu*. — Deixa-se cair na outra cadeira de metal. — Por que você telefonou para lá, Joe? — Parte da raiva que Luke está sentindo é dele mesmo: devia ter interrogado a mulher. Era uma das dezenas de empregados da família que figuravam na lista de testemunhas de acusação potenciais. Ele não teve tempo de falar com todos e não imaginou que um deles aparecesse com uma bomba desse tamanho.
Allison gagueja para responder.
— Ela... havia deixado vários recados na minha secretária eletrônica aquele dia. Que precisava conversar com alguém e que eu era o único em quem podia confiar. Por isso telefonei.
Desconfiado:
— Ela contou por quê?
— Não. Só que... precisava conversar com alguém, com um adulto. A mensagem... as mensagens, na secretária eletrônica, davam a impressão de que estava com medo e precisava de ajuda.
— Quer dizer que o bom e meigo Joe iria ajudar a linda Emma. A quem ele costumava ir buscar no colégio para dar umas voltas de carro. Que belo quadro, meu amigo.
Allison sacode a cabeça.
— Não é isso, Luke. Os pais dela sabiam que eu ia buscá-la na escola. Algumas vezes chegavam a me pedir que fosse. Eu a deixava em casa ou a levava à emissora. Nada mais do que isso. Você sabe.
— Eu não sei se sei alguma coisa, você ainda não me contou tudo, e isso só pode dar em merda. Eu preciso saber de *tudo*, mesmo que você ache que não tem importância. — Respira fun-

do para se acalmar. — Muito bem... continue com a história do telefonema.

— Eu não deixei recado porque tive medo de que Glenna ficasse sabendo que ela tinha me telefonado e não gostasse disso. Emma não conversava sobre certas coisas com a mãe, e isso a irritava.

— É — diz Luke com sarcasmo —, sobretudo quando a filha resolvia fazer confidências para o cara que estava comendo a mãe.

— Não é nada disso — protesta Allison. — São duas coisas completamente diferentes. Emma estava crescendo muito e seus pais tinham sérios problemas para lidar com isso, principalmente Glenna. Nada a ver com o que existia entre mim e Glenna.

— Tudo bem — diz Luke. — E o segundo telefonema, à noite? Você sabia que a mãe dela podia estar em casa. Por que arriscou ligar para lá?

— Porque, entre a hora em que eu telefonei, durante a tarde, e esse último telefonema, Emma tornou a ligar para mim e deixou mais um recado. Parecia desesperada. Praticamente suplicava que eu entrasse em contato com ela. — Joe exala pesadamente o ar, um homem cansado de carregar o fardo do mundo. — Eu só estava querendo ajudar, mais nada.

— Vocês dois chegaram a entrar em contato?

— Não. Eu não consegui falar com ela. Juro por Deus que é verdade.

Verdade ou não, pensa Luke com pessimismo, que pessoa sensata acreditaria nisso? E, mesmo que os dois não tenham conversado, por que ela estava telefonando tanto para ele? Porque acabava de descobrir que estava grávida, e Joe era o pai da criança e precisava saber? Isso é o que Logan vai levar os jurados a pensar. A essa altura do julgamento, só se estivessem loucos pensariam coisa diferente.

O funcionário encarregado de escoltá-los enfia a cabeça pela fresta da porta.

— Está na hora.

Luke volta com Allison para a sala de audiência. Logan já está lá, dançando na ponta dos pés de tão animado. Tem razão de estar, pensa Luke, trabalhou muito bem. A cliente dele não pode mentir nem omitir informações. A cliente dele, debaixo de sete palmos, conta uma história convincente. Bem mais convincente que a de Allison.

* * *

Mais um interrogatório cruzado breve. Luke não tem como impugnar o depoimento da mulher no que se refere a quem telefonou. O máximo que pode fazer é abrandar o impacto.

— A senhora sabe se o sr. Allison telefonava regularmente para a casa dos Lancaster? — pergunta.

A salvadorenha faz um vigoroso gesto afirmativo, balançando nos ombros os cabelos leves e ondulados.

— Sim, senhor doutor. Ele vivia telefonando.
— Para quem? Para o sr. Lancaster?
— Sim, senhor.
— E para a sra. Lancaster?
— Sim, senhor.
— E para Emma Lancaster?
— Sim, senhor. Ele telefonava para os três.
— Quer dizer que era um fato corriqueiro o sr. Allison telefonar para a casa e falar com o sr. Lancaster, com a sra. Lancaster e com Emma Lancaster?
— Um fato... — ela tropeça na palavra seguinte — corriqueiro.
— E telefonava com muita freqüência — Luke simplifica. — Para todos eles.
— Com muita freqüência. — A mulher sorri com alívio por finalmente entender. — Para o sr. Lancaster, para a sra. Lancaster e para Emma. E os três também telefonavam para ele. O tempo todo.

Anoitece. No deque da casa alugada, *margaritas* em punho, eles contemplam o desabrochar do pôr-do-sol, cujo resplendor de hibisco se espalha no oceano até o horizonte longínquo: a luz se desfazendo em líquidos tentáculos.

— Olhe para o céu e agradeça.

Luke obedece. Sem dúvida, ela, o filho que está gerando, esta noite com sua beleza merecem a sua gratidão. Mas, apesar do que o rodeia, não consegue se livrar da inquietação. Não tem por que agradecer este julgamento. A jornada de hoje não foi nada boa. A faxineira os prejudicou muito. No dia do desaparecimento de Emma, Allison tentou desesperadamente entrar em contato com ela.

— Você não pode sair ganhando com todas as testemunhas — Riva sussurra, colando o rosto no dele. — É impossível.

Ele endireita o corpo na cadeira.

— Bem, com essa eu saí perdendo, sem dúvida. Devia tê-la interrogado antes. Fiz uma grande besteira.

— Você está sendo muito severo consigo mesmo.

— Eu estou é tentando avaliar as conseqüências. Allison jura que não sabia por que Emma lhe telefonou tantas vezes, mas, e se for mentira? E se ele soubesse e estivesse apavorado com a notícia? Engravidar a filha de catorze anos do patrão: só podia dar em catástrofe. Ele a engravida, ela descobre, alguma coisa tem de acontecer. Ou a garota põe a boca no mundo, contando quem foi, ou seja, Allison, ou exige que ele a ajude no aborto ou em qualquer outra coisa igualmente perigosa. Perigosa não só para a vida dela como também para a carreira dele. Naquele momento, Joe Allison estava cagando e andando para o estado de Emma Lancaster ou para o perigo que ela viesse a correr. Estava preocupado era com a própria pele. O que fazer então? Livrar-se da prova que o incriminava. Matá-la.

— Você tem muito material — lembra-o Riva. — Sobretudo a respeito de Doug Lancaster. Fora as outras coisas. O dia de apresentar os seus argumentos está chegando. É só insistir no quadro geral e no seu tema. Não é o que você vive me dizendo?

— Eu sei de tudo isso — reconhece Luke de má vontade. Está de baixo astral e não quer pensar no lado bom, prefere o sombrio, está mergulhado nele, quase como se merecesse o castigo.

— Mas acontece que o meu próprio cliente me boicota. Isso me dá medo.

E agora o sol morre no céu, deixando apenas uma estreita e pálida faixa amarelada para lembrar a sua partida. No alto, em rápida passagem, as nuvens densas e fortemente iluminadas pelo luar parecem ainda mais volumosas, um vasto e negro manto celestial.

Riva o fita nos olhos.

— Quer saber o que eu acho?

Com os cotovelos apoiados no parapeito de pau-rosa, ele diz:

— Claro que quero. — Hesita um segundo. — Será que eu vou gostar de saber? Não quero levar mais pancada hoje.

— Talvez seja melhor não.

— Diga. Você sempre acaba dizendo. Você é a minha estrela, tem de dizer.

— Foi ele.

Luke sente uma violenta contração no estômago. Dói mais que o tiro que levou.

— Não digo que a tenha matado — esclarece Riva, lendo-lhe o pensamento, sabendo que não queria ouvir isso, que tem evitado enfrentar essa possibilidade. Mas precisa ouvir, ele não é o juiz nem o júri, é o advogado de defesa. Não lhe cabe decidir a culpa ou a inocência, e sim defender o cliente da melhor maneira possível. Se for verdade, precisa saber, aceitar e lidar com isso.

— Foi ele que a engravidou.

O mal-estar no estômago melhora, mas seu coração dispara.

— Você acha?

— Acho. — Riva se cala um momento. — Você não? — Segura-lhe a mão.

— Não sei. Pode ser. — Luke confirma com um aceno. — Sim, pode ter sido ele. Pelo menos, pode ter dormido com Emma. É possível que houvesse outro na jogada, fora o cara da loja natureba. Alguém que nós não sabemos quem é.

— Sim — ela concorda —, mas será que isso importa? Toda a argumentação da promotoria baseia-se nessa sinergia: quem a engravidou a matou. Mas a sua linha de raciocínio é outra. Concentre-se nela, meu amor.

— Na minha opinião, foi Doug Lancaster. Não sei mais de quem desconfiar. E o tiro pode me sair pela culatra: o pai martirizado. O júri é capaz de ficar com ódio de mim e de Allison antes que eu chegue a apresentar a minha alegação. Talvez eu fique falando para o ar.

— Eles vão escutá-lo. Você os obrigará. É uma boa argumentação, sobretudo porque suscita uma dúvida razoável. Ou não-razoável. — Achega-se mais, roçando os lábios em seu rosto. — Ainda temos muito chão pela frente.

Luke a abraça, sente-lhe o contato do corpo: o da barriga que já começa a crescer.

— O que mais me irrita são as mentiras. Toda vez que eu olho para o lado, descubro uma coisa nova sobre Allison, e nunca uma coisa boa, é sempre ruim. Ou ele não tem consciência nenhuma, o que é difícil de acreditar, ou está escondendo dados importantíssimos de mim, o que é fácil de acreditar. É isso que

me incomoda. O meu cliente não é correto comigo. E, pelo que sei com base numa centena de casos, quando o cliente faz isso, é porque é culpado. De alguma coisa.
— Então você precisa apertá-lo de novo.
Luke sacode a cabeça.
— Agora é tarde. O que aconteceu aconteceu. É a minha vez, e eu não posso me desfazer das cartas que tenho na mão. Sou obrigado a jogar, seja lá como for.

Com a farda passadíssima, engomadíssima, os cabelos recém-cortados no estilo fuzileiro naval, o policial Caramba parece um soldadinho de chumbo no banco das testemunhas. Encara Ray Logan com firmeza. Não olha para o júri nem para Joe Allison e seu advogado, o ex-promotor distrital que mudou de time. É tenso, conciso, comprimido feito uma mola de aço. Ontem à noite passou várias horas ensaiando o depoimento com Ray Logan e a equipe da promotoria. O xerife Williams também estava presente, embora não seja o seu chefe, já que ele é guarda municipal. Em todo caso, Williams é a autoridade mais graduada no caso. Uma vez detido o suspeito, foi o seu departamento que se incumbiu da investigação e descobriu os indícios na casa de Allison. Mas foi Caramba, policial municipal, quem o deteve. Deu o chute inicial. Sem ele, não haveria caso nenhum. A polícia municipal quer ficar com parte da glória. Caramba é o seu garoto-propaganda. E precisa atuar bem hoje. É o que vai fazer. E não vai deixar aquela bicha de rabo-de-cavalo lhe passar uma rasteira.

Servindo-se de mapas, fotografias e outros recursos visuais, Logan repassa com ele a prisão a detenção de Joe Allison. Tendo seguido Allison na avenida Coast Village tarde da noite, observando que dirigia erraticamente, encontrou-o muito vermelho e não totalmente coerente, depois achou no carro a garrafa aberta e, a seguir, deu com o chaveiro pertencente a Emma Lancaster no porta-luvas que — Caramba se apressa a esclarecer — o próprio suspeito tinha aberto.

É uma boa apresentação. O tipo do meganha que dá as cartas num julgamento. Chega a vez de Luke argüi-lo. Abre, na tribuna, a pasta referente ao policial. Tem apenas algumas folhas de papel, sobretudo anotações sobre o seu primeiro depoimento, que ele rabiscou posteriormente para refrescar a memória.

— Bom dia, policial Caramba.

Caramba move a cabeça, mas nada diz.

— O senhor mandou o sr. Allison parar porque ele não estava dirigindo bem, correto?

— Correto.

— Durante quanto tempo o observou antes de mandá-lo parar?

— Trinta ou quarenta segundos.

Luke enruga a testa. Consulta as anotações.

— Quando eu o interroguei, o senhor disse que foram quinze segundos. Dez ou quinze segundos.

— Mais ou menos — diz o guarda municipal. — Mais perto de quarenta.

— Tem certeza?

— Tenho.

O cara está mentindo. Será que o júri percebeu? Luke olha para os doze, mas não consegue decifrá-los.

— Seja como for — prossegue —, dez segundos ou trinta, foi muito pouco tempo.

— Quarenta — corrige-o o guarda. — Nem dez, nem trinta. O suficiente para que eu tomasse a minha decisão — diz com firmeza. — Eu fui treinado para isso. Se a gente ficasse muito tempo seguindo cada motorista suspeito de estar alcoolizado, haveria desastres, o que é muito pior do que não segui-lo por tempo suficiente. Se eu estiver errado — continua, repetindo o que disse no primeiro interrogatório —, peço desculpas e o libero. A maioria dos cidadãos que respeitam a lei ficam agradecidos.

— Nem todo cidadão que respeita a lei gosta de ser detido por mero palpite, policial — argumenta Luke. Encara Caramba. Este também o encara, mas não responde. — Depois de ter detido o meu cliente e começado a interrogá-lo, o senhor o mandou sair do carro?

— Não nesse momento.

— Certo, ele está no carro, conversando com o senhor, o senhor examina a carteira de motorista e o documento do veículo, imagino...

— Ele não conseguia achar o documento do carro — atalha o guarda. — Foi também por isso que eu comecei a suspeitar. Ele ficou todo atrapalhado quando eu lhe pedi o documento.

— Entendo. — Luke espera um momento. — E ele achou o documento, policial Caramba?

— Achou.
— Onde?
— No porta-luvas.
— Que é onde as pessoas normalmente o guardam. O senhor os examinou? A carteira de motorista e o documento do veículo?
— Não cheguei a examiná-los.
— Por que não?
— Porque, a essa altura, eu já tinha visto a garrafa aberta no carro, portanto tomei outro rumo.
— Como foi que o senhor viu a garrafa aberta? Numa noite escura, com o motorista ainda dentro do carro, as portas fechadas.
— Eu a vi quando ele abriu a porta do carro. Estava no chão, atrás do banco do motorista.

Luke pensa um momento.

— Por que ele abriu a porta? O senhor o mandou abri-la?
— Mandei — responde Caramba com indiferença na voz.
— Por que motivo?
— Para fazer o teste de embriaguez.

Luke recua um passo. Era aí que queria chegar.

— Quer dizer que, nesse momento, o senhor submeteu o meu cliente a um teste de embriaguez? — Faz um verdadeiro show remexendo nos papéis da pasta do depoimento do guarda municipal.
— Não.

Luke ergue os olhos.

— Como não? — pergunta, simulando surpresa.
— Por causa da garrafa — responde pacientemente o policial. Não quer entrar em confronto com esse advogado que conhece todos os truques desde o tempo em que era promotor distrital.
— O senhor encontrou uma garrafa aberta no carro e não o submeteu ao teste de embriaguez? — Luke se mostra extremamente intrigado. — Por que não? A garrafa aberta não era mais um indício de que ele podia estar dirigindo sob influência de bebida alcoólica?
— Sim, era — admite Caramba. — E eu ia fazer o teste.
— Por que não fez?
— Porque nesse momento eu comecei a ficar desconfiado.
— Desconfiado? De quê?

— De que talvez houvesse mais alguma coisa ilegal no veículo.

Luke se detém para refletir sobre isso. Olha para os jurados; tampouco eles entendem por que o guarda municipal agiu assim.

— Isso não tem sentido.

Caramba fica mais tenso, mas se controla.

— Tudo que eu fiz foi perfeitamente legal — defende-se.

— Eu não disse que foi ilegal. Disse que não tem sentido. Se o senhor acha que uma pessoa está dirigindo alcoolizada, não é lógico que a submeta a um teste para verificar se está mesmo? Se não estiver, é só pedir desculpas e liberá-la, não foi o que nos disse há pouco?

O policial sacode a cabeça.

— Nesse caso não. Quando eu encontrei uma garrafa aberta, tudo ficou diferente.

— O senhor está procurando pêlo em ovo — diz Luke com irritação. Quer que as pessoas, sobretudo os jurados, saibam que está irritado com esse policial que jurou dizer a verdade e, agora, vem com filigranas para não responder à pergunta. — O senhor pára uma pessoa que, na sua opinião, pode estar dirigindo alcoolizada, acha uma garrafa de uísque aberta em seu carro e não a submete ao teste de embriaguez? Em vez disso, resolve revistar seu porta-luvas? O que estava procurando? Outra garrafa aberta? O senhor já tinha uma, era suficiente; mais do que isso, era irrelevante.

— Eu estava procurando o que houvesse para encontrar.

— É mesmo? O quê, por exemplo? Drogas? Armas? Ou uma prova plantada para comprometer o meu cliente com um homicídio não solucionado?

— Objeção! — Logan já está na ponta dos pés, espumando, agitando a mão no ar feito um aluno que quer desesperadamente chamar a atenção do professor. — É uma provocação flagrante e irrelevante!

Ewing bate o martelo.

— Mantida. — Dirige-se a Luke com rispidez na voz. — O senhor está a *isto aqui* de uma punição, dr. Garrison. — Aproxima o indicador do polegar, deixando dois centímetros entre eles. — Nenhuma pergunta dessas, compreende?

Luke está com os dentes cerrados.

— Conferência, Meritíssimo.

Juntamente com Logan, aproxima-se da bancada do magistrado, fora do alcance dos ouvidos do júri. Esforça-se para não perder o controle.

— Eu o compreendo, Meritíssimo, mas isto é essencial à minha argumentação a respeito desse indício — diz com paixão, apontando ostensivamente para Caramba. — Esse policial deteve o réu por suspeitar de uma possível embriaguez. Era obrigado a fazer o teste para verificar se ele estava acima do limite. A lei é explícita quanto a isso. Se Allison não estava alcoolizado, não havia motivo para lhe revistar o carro, com ou sem garrafa aberta lá dentro. As duas coisas são contravenções. Nada mais do que isso. Ele assina um documento, comprometendo-se a se apresentar no tribunal, e o policial o manda para casa, presumindo que está sóbrio. Mas esse policial resolveu fazer uma revista em vez de adotar o procedimento-padrão, o estabelecido. Aliás — prossegue com mais entusiasmo —, o réu *não* foi submetido a nenhum teste de embriaguez, na rua, e *não* foi informado de que era suspeito de homicídio. O que lhe disseram, e ele acreditou, foi que estava detido por suspeita de embriaguez ao volante, mas em nenhum momento o submeteram a um exame. É uma violação fundamental de direitos conforme a Quarta Emenda. Todos os indícios colhidos contra o meu cliente são ilegais, e eu solicito que não sejam aceitos pelo tribunal.

— Meritíssimo... — começa a dizer Logan.

Ewing já está se levantando.

— O tribunal entrará em recesso de uma hora — declara. — Os advogados oponentes se reunirão no meu gabinete.

Com os códigos penais federal e estadual sobre a mesa, Ewing examina os artigos sobre busca e apreensão. Olha para Logan.

— O que o senhor acha? — pergunta. — A testemunha é sua.

— O policial agiu dentro da lei, Meritíssimo — insiste o promotor. — Manda parar um homem que estava dirigindo em ziguezague, vê uma garrafa aberta no automóvel, isso não só lhe dá o direito de vistoriar tudo o que não esteja trancado no veículo, como pode ser perigoso não fazê-lo. E se *houver* uma arma escondida debaixo do banco e o motorista resolver usá-la? Sobretudo tratando-se de um homem que sabe que pode ser acusado de um crime grave e não quer ir para a delegacia. Resultado? Um policial morto.

O magistrado escuta com interesse.

— Uma vez que o policial encontrou o chaveiro no carro de Allison — prossegue Logan —, já não se trata de mera embriaguez ao volante. Ninguém perde tempo fazendo teste de embriaguez num suspeito de homicídio. É submetê-lo a interrogatório o mais depressa possível.

Ewing concorda com um gesto.

— Parece-me sensato — diz a Luke.

Este sacode a cabeça.

— Eu discordo. O homem mostrou a carteira de motorista e o documento. Está fora do veículo. Como vai pegar uma arma *dentro* do porta-luvas se está *fora* do carro? O procedimento correto consiste em examinar os documentos, verificar se não há nenhuma ordem de captura contra ele e fazer o teste de embriaguez. Se estiver alcoolizado, intimá-lo a comparecer em juízo por embriaguez ao volante e por carregar uma garrafa aberta no automóvel: duas contravenções. Se ele estiver sóbrio, cabe à polícia apreender a garrafa, multá-lo e soltá-lo, *porque não está bêbado*. Acontece — acrescenta — que a coisa fica bem mais complicada do que mera embriaguez ao volante e uma garrafa aberta no carro porque houve uma investigação subseqüente na delegacia. — Tira as folhas de papel da pasta que levou consigo e as entrega ao juiz. — E por causa disto.

Ewing as examina. Tanto ele quanto Logan já as conhecem.

— Sim — diz com severidade. — Isso tem influência sobre os fatos e sobre como eles transpiraram. — Reflete um pouco mais sobre a solicitação de Luke. — No momento, eu não vou decidir quanto a isso. O que significa que a estou indeferindo extra-oficialmente, mas, se eu verificar que outro depoimento ou outra prova como esta — agita os papéis que Luke lhe entregou — tem relevância, modificarei a minha decisão.

— Policial Caramba. — Luke está novamente com os papéis que acaba de mostrar ao magistrado espalhados na tribuna à sua frente. — O senhor estava estacionado na avenida Coast Village, o réu passou, o senhor começou a segui-lo, suspeitando de que dirigia alcoolizado, e o mandou parar. Foi essencialmente isso que aconteceu?

O guarda municipal faz que sim.

— Foi o que aconteceu.
— Ele ia em alta velocidade?
— Eu não o segui tanto tempo assim, não pude constatar. Não foi por isso que o segui.
— Foi pela modo errático como dirigia.
— Sim. Eu já disse.
— Ele estava indo em ziguezague na pista?
— Não ia em linha reta.
— Mas, quando o senhor o seguiu, ele estava sem o controle do veículo ou apenas desviou momentaneamente?
— Atravessou a faixa dupla — diz Caramba sem alterar sua história. — Há muitos acidentes naquele trecho da avenida. O nosso lema é tomar o máximo cuidado. Salvar uma vida é mais importante do que exagerar no cuidado.
— De acordo — convém Luke. — Mas ultrapassar uma vez a faixa amarela, sem estar em alta velocidade? Ele pode ter olhado para o rádio um segundo ou ter se distraído por qualquer outro motivo. Não era melhor o senhor segui-lo mais tempo para ter certeza?
— É uma questão de critério pessoal. No meu, o modo como ele dirigia merecia que eu o mandasse parar.
— Para submetê-lo ao teste de embriaguez a que o senhor não o submeteu — diz Luke com muito sarcasmo. Antes que Logan objete, ele ergue a mão. — Eu estou brincando, policial Caramba. O senhor seguiu o regulamento à risca.
— Segui mesmo. — O guarda municipal comprime os lábios numa fina linha reta.
Luke se volta para o juiz Ewing.
— Meritíssimo, neste ponto, eu gostaria de incluir três documentos nas provas. — Ergue os papéis que mostrou no gabinete do juiz.
Este faz que sim.
— Que sejam incluídos.
Luke entrega uma cópia dos documentos ao oficial, que os registra. Com outra cópia, aproxima-se do banco das testemunhas. Entrega três páginas ao policial Caramba e pede-lhe que as leia.
— O senhor as reconhece? — pergunta. — Todas elas?
O guarda municipal as examina com cautela.
— Sim.

— A primeira é o boletim de ocorrência de seu próprio punho sobre a detenção do sr. Allison na avenida Coast Village, correto?
— Sim.
— E as outras duas folhas são o registro policial de conversas telefônicas, não? Esta aqui — bate no papel que o policial segura na mão direita — é a comunicação entre a central e os policiais na rua, e a outra é entre a operadora da polícia e as pessoas de fora que telefonam para lá. Está certo?
Caramba finge estudar os documentos.
— Parece que sim.
— Já viu esses papéis? Fora o que o senhor mesmo escreveu.
— Já.
— Quando foi a primeira vez que os viu?
O policial fica olhando fixamente para eles.
— Há um mês ou há um mês e meio. Não lembro bem.
— Isso não tem importância — diz Luke com desdém. — Quem os mostrou para o senhor? Alguém da promotoria distrital? Um assistente, um auxiliar?
— Foi.
— Muito bem. — Ele se aproxima do policial, que está usando Canoe em grande quantidade. Desde a faculdade Luke não sentia esse perfume num homem. Com um gesto lento, aponta para um lugar específico de uma das páginas, depois na outra.
— Eu quero lhe pedir que veja estes dois registros, policial Caramba. Mas antes — recua alguns passos — gostaria de saber se o senhor verificou as datas marcadas no alto de cada página.
O guarda lê as datas.
— Sim, eu estou vendo.
— A mesma data nas duas páginas, certo?
Um aceno.
— Certo.
— Uma delas traz a relação dos telefonemas de fora, a outra as comunicações da central com os policiais na rua. Está correto?
— Está.
— A data dos dois documentos: é a da noite em que o senhor Allison foi preso, não? Da noite em que o senhor o deteve sob a suspeita de estar dirigindo alcoolizado.
Mais um aceno tenso.
— É.

— Com sua autorização, Meritíssimo, eu gostaria de dar uma cópia destas páginas a cada membro do júri para que todos possam acompanhar.

Ewing concorda.

— Autorizado.

Luke entrega ao oficial dois maços de papel; este se acerca do boxe do júri e entrega uma folha de cada aos doze homens e mulheres, depois retorna ao seu lugar. Antes de prosseguir, Luke aguarda um minuto para que os jurados as leiam.

— Na relação dos telefonemas, temos uma chamada anônima, correto?

Caramba move ligeiramente a cabeça.

— Correto — responde com voz sufocada.

— Esse cidadão extraordinário (a relação não diz se era homem ou mulher e a operadora não o identificou) telefona para a polícia, pouco depois de meia-noite, dizendo que acaba de ver um carro passar nas proximidades da avenida Coast Village. E, mantendo-se anônimo, diz ao operador que o motorista parece alcoolizado, está correto?

Após consultar o documento, o guarda municipal confirma:

— Correto.

— Essa pessoa maravilhosa tomou o cuidado de fornecer o ano de fabricação, o modelo, a cor e a placa do veículo em questão, também está certo? Tudo isso numa noite escura e nublada.

— Sim.

Luke pega o outro documento.

— Agora tomemos o registro das comunicações da central de polícia com os policiais na rua. É do mesmo horário, ou seja, pouco depois da meia-noite, na madrugada em que o sr. Allison foi detido. E inclui o senhor, policial Caramba. Está correto também?

O guarda faz que sim quase imperceptivelmente.

— Por favor, responda.

— Está.

— Conforme os horários registrados nesses papéis, a comunicação foi feita menos de um minuto depois que a denúncia anônima chegou à operadora, não é mesmo?

— É.

— O senhor foi o policial que a recebeu. Por uma feliz coincidência, encontrava-se precisamente no caminho que o motorista estava seguindo.

— Certo.

Luke se volta para o júri.

— Portanto, quando o meu cliente passou pela avenida Coast Village, a uma velocidade aceitável, devo acrescentar, já que o senhor mesmo declarou que ele não ia em alta velocidade, o senhor estava à sua espera. Tinha instruções de persegui-lo, pouco importa como lhe parecesse que estava dirigindo. Iria pará-lo e depois arranjar um porquê.

Caramba sacode a cabeça, negando:

— Ele estava indo em ziguezague. Eu o teria parado mesmo que não tivesse recebido a comunicação da central.

— Eu tenho certeza disso, sendo o senhor o policial maravilhoso que é...

— Objeção!

— ...o guardião da sociedade...

— Objeção, eu disse! — Já de pé, Logan esmurra a mesa.

— Mantida! — ruge o juiz. — Pare de agredir a testemunha, dr. Garrison!

Luke retrocede.

— Eu peço desculpas, Meritíssimo. Mas há um ponto em que a verdade é de tal modo distorcida que um homem sensato e um advogado consciente seria um renegado se não chamasse a atenção sobre ele.

— Objeção!

— Mantida!

Luke ergue as duas mãos num gesto de súplica. Quase andando de costas, declara:

— Desculpe. Não vou voltar a fazer isso... com esta testemunha, cujo interrogatório eu terminei. — Olha para Caramba. — Terminei *por enquanto*. — E dando as costas para o homem, dirige-se ao juiz Ewing. — Agora eu volto...

O magistrado o interrompe e, do alto de sua bancada, diz ao policial:

— O depoente está dispensado.

Muito tenso, o guarda municipal se levanta, afasta-se do banco das testemunhas e sai da sala. Ewing se vira para Luke:

— Pode prosseguir.

— Obrigado. Eu volto a pedir ao tribunal, em face da evidência clara de que o policial Caramba não deteve o réu porque teve a impressão de que ele estava dirigindo alcoolizado, e sim porque um telefonema anônimo, que me parece uma armação bastante suspeita...

— Objeção! — grita Logan.

— Mantida. Por favor, poupe a sua eloqüência para as alegações finais, dr. Garrison.

— Em face das circunstâncias da prisão do sr. Allison e da apreensão de seu veículo, eu solicito que todo material e toda informação colhidos em conseqüência da busca que se seguiu sejam declarados inaceitáveis por este tribunal.

Ewing fica olhando fixamente para ele, por mais que Logan proteste. Depois sacode a cabeça.

— Não. Eu não vou fazer isso.

Luke se conforma. É a única decisão que o juiz pode tomar. Agir de outro modo pode significar julgamento incorreto. Nenhum magistrado de instância superior teria peito para fazer tal coisa. Os juízes vivem no mundo real. Mesmo assim, Luke fica decepcionado.

— O fato de a polícia ter recebido uma denúncia não é motivo para anular um mandado de busca e apreensão legal em tudo o mais — Ewing explica a Luke, quase pedindo desculpas.

— Objeção. — Ele sabe que o magistrado está em conflito. E este sabe que Luke está fazendo uma boa defesa.

— Registrada. — O juiz se vira e consulta o bonito relógio na parede atrás dele. — Recesso para o almoço até uma e meia. — Dirige-se a Ray Logan. — Esteja com a próxima testemunha pronta para depor.

O interrogatório direto a que Logan submete o investigador Terry Johnson é interessantíssimo. Johnson conquista a simpatia dos jurados, coisa que o torna uma ótima testemunha. Observando a argüição, Luke se dá conta de que o júri gosta do homem e acredita nele. Logan não se prolonga em nenhum aspecto, de modo que em pouco mais de uma hora, não muito mais do que durou o interrogatório preliminar, passa a testemunha para a defesa.

Luke vai até a tribuna. Traz consigo a transcrição do interrogatório do investigador.

— Boa tarde, investigador Jackson — diz com toda afabilidade. — Como vai o senhor? Está com boa aparência. Em forma.

O policial sorri.

— Obrigado. O senhor também está com ótima aparência.

— Eu vou indo. — Luke abre a pasta com a transcrição. — Quando foi que o senhor leu os direitos para o meu cliente?

— Eu não os li — responde Jackson sem vacilar. — O policial que o prendeu os leu ainda na rua.

Luke sacode a cabeça.

— Não, não foi assim. O guarda municipal leu os direitos dele com relação à contravenção por dirigir alcoolizado, não com relação a uma acusação de homicídio passível de pena de morte.

— Esse não é o meu departamento — replica tranqüilamente o investigador. — O homem tinha sido preso na rua, estava numa cela, eu fui conversar com ele. Perguntei se queria um advogado, a resposta foi não. Está tudo aí na transcrição que o senhor tem na mão.

Luke lhe endereça um olhar cético.

— Terry. Não foi assim que aconteceu.

— Foi, sim, eu tenho certeza — insiste o investigador. — Leia-a, rapaz, está na transcrição. E eu atendo por Jackson. Sr. Jackson.

Luke folheia algumas páginas da transcrição até encontrar a que procura. Por motivos óbvios, o promotor distrital não a incluiu nas provas, por isso ele tratou de fazê-lo antes de iniciar o interrogatório cruzado. Quer que os jurados a tenham em mãos quando estiverem reunidos para deliberar.

— O senhor chegou a lhe dizer que ele não deveria estar lá.

O investigador concorda com um aceno.

— Ele era suspeito de homicídio — prossegue Luke. — Por que o senhor diz a um suspeito que arrisca ser sentenciado à morte que ele não deveria estar preso? Não me parece um bom procedimento policial, e todo mundo sabe que o senhor é um bom investigador.

Jackson sorri e sacode a cabeça.

— Quase ninguém sabe quem eu sou, muito menos se trabalho bem ou não. Mas obrigado pela informação — diz, quase rindo. — Vou pedir para ser promovido.

— O chaveiro de Emma Lancaster foi encontrado no porta-luvas dele. Isso não o torna automaticamente suspeito?

— Claro que não — responde o tira. — Ela podia tê-lo esquecido lá.

A mesma história, a mesma história.

— Quer dizer que o meu cliente estava detido por dirigir alcoolizado e o senhor ficou batendo papo com ele até que a bebedeira passasse e ele pudesse ir embora?

Jackson dá de ombros, mas não responde diretamente, pois sabe o que vem depois.

— Mas disse que ele só seria solto de manhã.

— Já eram três ou quatro horas da madrugada. Faltava pouco para amanhecer.

— Certo. — Você está mentindo descaradamente. — Quer dizer que ele só passou a ser suspeito quando seus tênis apareceram, os tênis cujas pegadas foram detectadas na casa dos Lancaster, na tarde que se seguiu ao desaparecimento de Emma, e, posteriormente, no lugar em que se encontrou o corpo. Só depois de achar esse par de tênis na casa dele foi que vocês decidiram que o sr. Allison era suspeito. Está correto?

— Correto — diz cinicamente o policial. — Uma coisa levou à outra.

— Foi então que o senhor lhe contou que era suspeito do caso de seqüestro seguido de morte de Emma Lancaster.

— Foi quando nós o informamos.

— E leram os seus direitos com relação a essa acusação?

— Isso... — Jackson se recompõe. — Já tinham lido os seus direitos.

Luke sacode a cabeça.

— O senhor acaba de dizer que ele só passou a ser suspeito depois que os tênis vieram reforçar o chaveiro. Logo, é impossível que tivessem lido os seus direitos, pois não havia motivo, uma vez que ele não era suspeito.

Jackson dá de ombros.

— Foi assim que aconteceu, Luke. Desculpe... dr. Garrison. Nós prendemos o assassino que estávamos procurando e o prendemos conforme o regulamento.

Luke se vira para Ewing: está furioso.

— Esse homem não é o júri. Não tem direito de opinar sobre a culpa ou a inocência do meu cliente. Este depoimento é ultrajante e deve ser anulado.

Ewing faz que sim.

— A testemunha se restringirá a declarar fatos conhecidos e observáveis. — Olha para o júri, por cima da cabeça de Jackson.

— Os senhores não devem levar em conta o último comentário.

Ele não constará nos autos, e os senhores devem apagá-lo da lembrança — diz com autoridade.

Bem mais animado agora, Luke continua:

— Estando o sr. Allison detido, investigador Jackson, quando foi que o submeteram ao exame de embriaguez?

O policial dá de ombros.

— Eu não sei.

— Mas o exame foi feito, não?

Outro dar de ombros.

— Eu disse que não sei. Eu não fiz exame nenhum nele.

Luke se põe a caminhar de um lado para outro, aproximando-se cada vez mais do boxe do júri.

— Nós temos um nó górdio, não lhe parece, investigador?

— Nós temos *o quê?* — Ele sorri para os jurados. Nenhum lhe devolve o sorriso.

— Um problema aparentemente sem solução.

Jackson não responde. Vê que Ray Logan está lhe fazendo o sinal da palma das mãos para baixo: calar o bico.

— Porque o senhor não sabe se o sr. Allison estava bêbado ou sóbrio.

— Ele estava sóbrio.

— Como sabe? — pergunta Luke. O cara está começando a falar demais. É um mal comum entre as testemunhas, sobretudo entre as que já contornaram mais de um obstáculo.

— Bastava olhar para ele para saber. E não me teriam mandado conversar com o suspeito se ele não estivesse sóbrio, é contra o regulamento.

— Ah! — Luke sorri. — É justamente isso. Não se pode interrogar uma pessoa embriagada. Mas ele não foi submetido a nenhum teste, portanto vocês não sabiam. Ninguém sabia. — Volta-se uma vez mais para o juiz Ewing. — Ficou claro agora, Meritíssimo? Se ele estava alcoolizado, a polícia não tinha autorização para interrogá-lo. E, se estava sóbrio, não havia motivo para mantê-lo preso, a menos que o informassem de que era suspeito de um crime, lessem os seus direitos relativos a esse crime, deixassem-no chamar um advogado etc. Ou o meu cliente nem deveria estar lá, ou não deveria ter sido interrogado. Das duas uma. — Encara duramente o magistrado, desafiando-o a discutir com ele dessa vez. — Eu volto a solicitar a exclusão de todos os indícios apreendidos no carro e na casa do sr. Allison, assim como em qualquer outro lugar, conforme a lei que regula a busca e a apreensão.

Há semanas que Ewing vem se preparando para isso: perdeu o sono tentando imaginar o que fazer. Não pode anular o julgamento por conta de uma tecnicalidade, por mais evidente e fundamentalmente correta que seja. Já está com a decisão na mesa. Um belo exemplo de sutileza jurídica, uma bola de efeito que entra diretamente no canto. Começa a ler:

— "Independentemente do seu estado de embriaguez no momento da prisão, o fato é que, na ocasião em que o réu foi interrogado pelo investigador Jackson, o efeito do álcool, tal como o entendemos após um período de quatro horas de desintoxicação, teria passado e ele estava em condições de ser interrogado e compreender o que se passava". — Ergue o olhar. — Solicitação indeferida.

Luke sabia que Ewing não anularia o julgamento devido a uma interpretação da lei: o coitado seria expulso da cidade a pontapés. Mas endossar o descumprimento da lei que obriga a polícia a informar todo preso dos seus direitos é quase escarnecer da Justiça.

A decisão torna cristalina uma coisa que ele no fundo já sabia, algo mergulhado nos recessos de sua consciência, mas que não deixava vir à tona porque era terrível de encarar: não vai ganhar essa luta por pontos. Tem de ser por nocaute. Ele precisa encontrar alguém, à parte Joe Allison, com tanta culpa nos ombros que nenhum júri se atreva a condenar o seu cliente. Já tem esse homem: Doug Lancaster. Precisa jogar todas as cartadas de que dispõe para que Doug pareça culpado: talvez não desse crime, é impossível provar que ele o cometeu, mas de tudo o mais. Suborno. Ameaças. Mentiras para a polícia. Trata-se de desviar as atenções de seu cliente para Doug, como se fez em Los Angeles, quando a equipe de defesa de O. J. Simpson conseguiu transformar o julgamento num referendo sobre a corrupção policial, deixando de lado a perseguição do uxoricida.

Não é o seu método predileto, mas Luke tem um trabalho a realizar: tirar Joe Allison da cadeia. Seja pelo meio legal que for.

María González vai para o banco das testemunhas. Está cheia de si. Está preparada. Empina o corpo para fazer o juramento.

Vai depor num tribunal dos Estados Unidos, o país em que escolheu viver. Leva isso muito a sério.

Logan esclarece quem ela é e que trabalhava para os Lancaster, fala de sua relação com Emma etc. A seguir, faz uma pergunta que toca a essência de sua argumentação e causa admiração:

— O que a senhora viu naquela noite? Bem tarde já, na noite em que Emma Lancaster foi levada de seu quarto. Descreva para o tribunal o que viu, sra. González.

Ela muda a posição da cadeira ficando com o corpo perfeitamente ereto. Olhando para a frente, com voz clara e nítida, conta a sua história:

Eu tinha trabalhado até tarde, pondo a casa em ordem depois da reunião da sra. Lancaster; ia passar a noite lá e voltaria para casa na manhã seguinte, bem cedo. Era domingo, dia de folga, e ela chegaria antes que os filhos acordassem, prepará-los-ia para ir à igreja, e a família passaria o dia juntos.

O telefone do seu quarto tocou durante a noite. Tinha telefone próprio, de modo que seus parentes podiam entrar em contato com ela sem incomodar os Lancaster: um dos privilégios que lhe haviam concedido por ser uma ótima empregada.

Seu filho menor estava doente. Uma otite terrível. Sempre tinha esse problema. Seu marido estava fazendo o possível, mas não conseguia resolvê-lo. O bebê não parava de chorar. Ela precisava voltar para casa, era seu dever cuidar dos próprios filhos. Por isso vestiu-se e saiu do quarto, que ficava na área de serviço, um quarto bonito, muito bem mobiliado. Tal como o de Emma, tinha uma porta que dava para o quintal. Havia um pequeno pátio do lado de fora, que lhe dava acesso à lateral da casa, onde ela costumava deixar o carro.

Quando estava indo para lá, preocupada com o menino doente, reparou num vulto atravessando o gramado, saindo do quintal e rumando para a frente da propriedade, bem perto de onde seu carro estava estacionado. Era um vulto alto, com um boné de beisebol e um blusão não muito comprido.

Fosse quem fosse — Maria tinha certeza de que se tratava de um homem —, não devia estar lá. E, encostando-se na parede, oculta pela escuridão, ficou observando-o.

O sujeito passou por ela a uma distância de no mínimo dez metros. A lua estava baixa, mas cheia o suficiente para que se pudesse enxergar. Chegando ao portão que separava o jardim do quintal, o homem se vi-

rou e olhou para a propriedade, mais ou menos na direção do gazebo, nos fundos. Nesse momento, ela lhe viu o rosto.

Foi de relance: se nunca tivesse visto aquele homem, não saberia quem era, não guardaria as suas feições na memória, não teria conseguido reunir coragem, poucos dias atrás, para ir à polícia e contar o que presenciara naquela noite. Se já não o tivesse visto centenas de vezes, não seria capaz de contar que identificou Joe Allison no quintal aquela noite. Mas o tinha visto centenas de vezes e por isso o reconheceu. Era ele, Joe Allison. Saindo do quintal da casa dos Lancaster às três horas da madrugada.

Instaura-se um assombrado silêncio. Ray Logan fica paralisado junto à tribuna. Os auxiliares do xerife, sempre durões, estão boquiabertos de incredulidade. Ninguém se mexe, até os mais calejados repórteres, que deviam sair precipitadamente e passar a notícia adiante, parecem grudados nas cadeiras.

Luke é o mais perplexo de todos. De onde diabo saiu isso? *E por que eu não sabia de nada?* Volta-se para Allison, a trinta centímetros de distância, o ombro quase roçando no dele. Este continua olhando fixamente para a frente, sem piscar, o corpo rígido.

Foi ele. Só pode ter sido esse filho da puta. Eu devia saber desde o começo, pelas tantas coisas que encobriu. Esse homicida asqueroso e obsceno jogou Luke Garrison na lona: o seu advogado, o homem que retornou só para defendê-lo, expondo-se a toda sorte de ataque imaginável e sofrendo os piores; sim, o bandido o deixou liquidado nesse julgamento, um gambá atropelado no meio da estrada, fedendo a carniça.

— Ah, seu desgraçado! — sussurra sem fôlego. — Grandessíssimo filho da puta!

— Eu não a matei.

— Ora, vá se foder! — Luke afunda na cadeira. Sente que vai morrer.

— Eu não a matei.

Muito ao longe, como em meio a uma névoa gelada, ouve-se a voz sepulcral, hedionda, de Ray Logan.

— A testemunha é sua.

Antes do início do interrogatório cruzado, os advogados reúnem-se com Ewing no gabinete. María González também participa, por ordem deste. Antecipando a objeção de Luke, Logan contemporiza, dando explicações antes mesmo que a porta se feche atrás deles:

— Ela apareceu de repente com essa história. Há dois dias.

Luke preferiu deixar Allison na sala de audiência: não quer que o sórdido criminoso venha empestar a pequena sala, só quer distância dele, ainda que por alguns minutos. Assim evita acabar saltando sobre o filho da puta, estrangulando-o com as próprias mãos. Está revoltadíssimo:

— É uma infâmia. Nada neste mundo justifica eu não ter sido informado.

Ewing balança a cabeça.

— Por que a senhora escondeu isso? — pergunta à ex-doméstica.

Sempre com a cabeça baixa, ela permanece calada.

— Ela não o escondeu deliberadamente, Meritíssimo. Nem nós. — Logan foi beneficiado e trata de protegê-la. — Nós não sabíamos. — Olha para a mulher. — Ninguém lhe perguntou se tinha visto uma coisa dessas, e ela ficou com medo de tomar a iniciativa de contar.

— Eu não consigo acreditar no que estou ouvindo — diz Luke, enojado. — Meritíssimo, nós não podemos aceitar isso.

O juiz o contradiz uma vez mais:

— Há testemunhas que aparecem na última hora. Acontece. Aconteceu quando você era promotor distrital, não se esqueça. Você a interrogou há meses, não interrogou? Por que não lhe ocorreu perguntar se tinha visto alguma coisa naquela noite? Se lhe tivesse ocorrido, nós não estaríamos aqui hoje.

— O que eu faço agora? — pergunta Luke em tom suplicante.

— Defenda o seu cliente — recomenda o magistrado. — Como fez até o momento.

— Sra. González.

Ela ocupa uma vez mais o banco das testemunhas. Antes de iniciar o interrogatório cruzado, Luke passou trinta minutos rancorosos e hostis a sós com Joe Allison, o seu cliente.

— Diga que não foi você — pediu. — Jure que não foi você que ela viu. Pelo amor de Deus, não me diga que esteve mesmo lá aquela noite. Por favor, não faça isso.

Allison já não podia mentir.

— Eu estive lá — confessou a Luke, que ia de um lado para outro no parlatório, as entranhas a ponto de explodir. — E também fui eu que a tirei do quarto. — Sacode a cabeça. — Devia ter lhe contado. Mas, se contasse, você não aceitaria o caso. Por isso me calei. — E concluiu com a mesma convicção que mostrou no seu primeiro encontro. — Eu não a matei.

Deixei Nicole em casa, voltei para a minha, li um pouco e fui me deitar. Já estava dormindo quando o telefone tocou. Tonto de sono, eu atendi. Mal conseguia ficar de pé.

— Alô — disse. A voz me saiu mais rouca que a de uma rã com bronquite. Pigarreei e repeti — Alô.

— Joe. — Era uma voz mansa, um sussurro.

— Emma? — Eu a conhecia muito bem.

— Eu passei o dia tentando encontrar você. — Estava chorosa, como acontecia com freqüência, mas dessa vez falou num tom apavorado, novo para mim. Ela era uma garota sempre tão valente e controlada, causava admiração, sobretudo pela sua idade.

— Eu também telefonei para você. Mas a gente se desencontrou. Onde você está?

— Em casa. No meu quarto. Preciso falar com você pessoalmente.

Eu estava meio dormindo e não gostei daquele tom, ela nunca me havia telefonado tão tarde, em geral Nicole dormia lá em casa, e eu não queria que outra mulher ou, no caso de Emma, uma menina telefonasse para lá, Nicole ficaria desconfiada imediatamente.

— A sua namorada está aí?

Eu devia ter mentido. Se tivesse dito que sim, tudo seria diferente. Mas estava com muito sono para pensar nisso, para mentir, coisa que ela esperava, não a mentira, mas que Nicole estivesse comigo, na cama, ao meu lado, ou dormindo, ou acordada, escutando, querendo saber quem diabo resolvera me telefonar às duas e meia da madrugada.

— Não — respondi com franqueza. — Estou sozinho.

— Preciso falar com você.

Eu já estava de pé, perto da cama, bebendo a água do copo que costumava deixar no criado-mudo, a língua seca por ter dormido de boca aberta e também por causa do vinho que tomara no jantar.

— Tudo bem. A gente se encontra no Starbuck, no Von's. Estarei lá amanhã de manhã. Lá pelas dez. — Eu queria voltar para a cama, con-

tinuar dormindo. — Quer que eu mande alguém buscá-la sem chamar a atenção?

— Não. Eu preciso falar com você agora. Neste instante.

— Agora? — Consultei o relógio despertador. Quase quinze para as três. Não, era impossível. — Volte para a cama, Emma. A gente conversa amanhã às dez horas.

— Não, Joe, tem de ser agora.

Acho que eu perguntei:

— Algum problema?

— Eu conto quando você chegar — cochichou ela, como receando que a ouvissem.

Instruiu-me para contornar a casa e entrar no seu quarto pelos fundos. Ficou de deixar a porta destrancada e o alarme desligado. Mas eu tinha de ir imediatamente, o mais depressa possível.

E fui. Quem ia saber o que ela era capaz de fazer se eu não fosse? Vesti depressa um jeans, uma camiseta, o blusão de náilon e puxei o boné de beisebol quase sobre os olhos. Era difícil que me vissem, mas achei melhor não arriscar.

Estacionei a uma certa distância da propriedade, onde o pessoal da segurança local não veria meu carro, caso estivesse patrulhando o bairro, entrei pelo portão lateral e dei a volta até o fundo da casa. Conhecia a porta do quarto de Emma. Já tinha entrado e saído por ali em outras ocasiões.

Girei a maçaneta. Estava destrancada, como ela prometera. Abri e entrei no quarto.

Emma estava acordada. Sentada na cama, as pernas cruzadas, um cobertor jogado nos ombros magros. Apesar da escuridão lá fora, o luar me permitiu vê-la, de camisola sob a coberta, olhando para mim.

Então levei um susto. Havia mais gente no quarto! Eram duas meninas, uma na cama de hóspedes, a outra no chão. Ambas dormiam, mas será que sabiam? Acaso estavam acordadas quando ela havia me telefonado? Ou aquilo não passava de uma brincadeira perversa de adolescentes?

Emma me chamou com o dedo. Quando me aproximei o suficiente para tocá-la, encostou os lábios em meu ouvido e disse:

— Elas já estavam dormindo.

E, erguendo os braços, pediu-me que a carregasse, que a levasse para fora.

Foi o que fiz. Peguei-a no colo, saí do quarto e fechei a porta.

Atravessei o relvado até o gazebo. Já tínhamos nos encontrado lá outras vezes. Era um ótimo lugar para quem não queria ser visto. A grama estava molhada, lembro-me de que escorreguei mais de uma vez.

— Eu estou grávida.

Estávamos sentados no chão, sobre o cobertor dela. Emma tinha uma ponta de cigarro na mão, que havia achado entre as coisas espalhadas no assoalho, e dava uma tragada atrás da outra.

Eu fiquei chocado. Santo Deus. Não era possível.

— Descobri hoje. Três meses, quase.

— Emma... — Eu não sabia o que dizer. Estava apavorado.

— Lembra quando eu contei que a minha menstruação estava atrasada? Isso não me preocupou muito porque já tinha acontecido outras vezes, é comum em muitas meninas nas primeiras vezes.

— Emma... — Eu estava que parecia um disco arranhado.

— Pois é — disse ela. — Eu me enganei. — Riu alto, com toda a força do peito. — Me enganei redondamente.

— Você tem... — Eu ia dizer "certeza", mas percebi que não valia a pena, era a coisa mais errada que podia dizer.

— Vou fazer aborto.

— Emma, espere um pouco...

— Tenho de fazer já. Não posso esperar. Se demorar, a clínica não me atende mais, será muito tarde, e eu vou ter de ir a um médico particular. — Fitou-me através da fumaça do cigarro. — Se eu não fizer o aborto imediatamente, minha mãe acaba descobrindo. Ou meu pai. — Sacudiu a cabeça. — Eles me matam. — Olhou fixamente para mim, como se estivesse me vendo por dentro. — E matam você também. Meu pai, com toda certeza.

Eu sabia que era verdade.

— Emma, você vai... — Não sabia por onde começar. O que dizer? O que fazer?

— O filho é seu — disse ela. Como se eu tivesse alguma dúvida sobre isso. — Não estou transando com mais ninguém.

Eu me levantei. Tinha vontade de pular lá de cima, cinco metros até o chão. Vontade de me esconder. De sumir da face da Terra, para sempre.

— Quando é que você vai... fazer isso?

— Sexta-feira que vem. Assim, tenho o fim de semana para me recuperar. A médica disse que segunda-feira eu já posso ir ao colégio.

— Quer que eu vá junto? Que a traga para casa? — Eu não queria, é claro, mas tinha de me oferecer.

— Não, seu maluco! É a mesma coisa que contar a todo mundo que o pai é você. — Ela sacudiu a cabeça. — Pode deixar. Eles vão me ajudar. — Então olhou para mim. — Ninguém vai ficar sabendo. Nunca. Que eu fiquei grávida e que o pai é você. Nem do que nós andamos fazendo.

Agachei-me ao seu lado. Emma estava grávida. Eu era o pai. Nós sempre usávamos camisinha, com exceção da primeira vez, quando ela me pegou de surpresa. Fazia três meses. Um mero erro, e a gente passa o resto da vida pagando.

Era esse o problema. Eu não podia dizer não. Ela havia me seduzido, acredite, com a habilidade de uma mulher de qualquer idade.

Como estava seduzindo agora.

— Já que eu vou fazer aborto mesmo, a gente bem que podia...

E tirou a camisola, ficou nua, e eu não pude me negar, já tinha acontecido tudo que podia acontecer, e eu sabia que seria a última vez, e nós fizemos amor lá no gazebo, no fundo do quintal da casa de seus pais.

— É melhor você voltar para o quarto — sugeri quando estávamos nos vestindo. — Pode ser que...

— Elas que se danem — disse Emma. Estava se referindo às amigas. — Não vão acordar e, se acordarem, qual é o problema? — Começou a procurar no chão, debaixo das latas de refrigerante e de cerveja, dos papéis de bala, e achou outro Marlboro pela metade. — Pode ir — disse. — Quero ficar um pouco sozinha aqui.

Eu hesitei, mas ela me enxotou.

— Eu precisava lhe contar imediatamente. Agora que contei, estou bem. Pode ir. Volte para casa.

Emma não precisou insistir mais. Desci a escada e retornei de cabeça baixa pelo gramado, só olhei mais uma vez para o gazebo ao sair da propriedade.

Encostado na parede do parlatório, Luke ouviu tudo tomado de cólera e incredulidade. O cara esteve lá, deixou-se seduzir logo depois de saber que era o pai do filho que a menina estava esperando, e não a matou? Ninguém neste mundo acreditaria nisso.

— Você não acha que foi uma estupidez trepar com ela aquela noite, naquelas circunstâncias? — perguntou, na falta de coisa mais inteligente para dizer.

Allison fechou os olhos.

— Claro que foi uma estupidez, uma loucura. Mas foi o que eu fiz. — Estava de ombros caídos. — Eu reconheço que mereço ser punido. Mas não por matá-la, porque eu não a matei.

Que rumo seguir agora?

— Uma coisa é certa: eu não vou tomar o seu depoimento. Esse é um problema que você resolveu para mim. — Refletiu um momento. Havia um detalhe no relato da empregada que não se encaixava. Ele o atacaria, talvez conseguisse cravar uma pequena cunha no monólito. Mesmo assim, Allison tinha estado lá. Tirara Emma do quarto exatamente como Lisa Jaffe contou. O júri não iria querer ouvir mais nada.

— Uma pergunta.

O réu ergueu o olhar para ele.

— O quê? — perguntou com desânimo. Sua voz tinha sumido, não passava de uma trêmula e fria gelatina. Uma voz de velho. A que o acompanharia o resto da vida, o que não chegava a ser um grande problema: nunca mais iria precisar de uma boa voz.

— Que sapatos você estava usando? Eram os tênis? E não minta para mim — disse Luke —, você já fodeu com tudo, portanto veja se diz a verdade pelo menos uma vez. Eu mereço isso.

Allison sacudiu a cabeça.

— Eu já disse que os tinha perdido. Estava de mocassins Timberland. Por isso escorreguei tanto quando a levei no colo para lá. Os sapatos não tinham tração nenhuma.

— Você perdeu os tênis, mas um ano depois eles foram encontrados no seu armário. — Seu cliente fez menção de protestar, mas ele o calou com um gesto. — Eu sei, eu sei. Foi uma armação. Não precisa contar de novo. Já sei de cor.

— Foi uma armação mesmo — teimou Allison. — Quer você acredite, quer não.

— Isso já não tem a menor importância. É o resto do mundo que precisa acreditar em você. — Luke ergueu os olhos quando o policial que os escoltava enfiou a cabeça curiosa pela porta. — Ou não.

— Sra. González. — Ele está à tribuna, sentindo-se idiota feito um homem nu que acaba de ser descoberto. — A senhora viu o sr. Allison, o réu, no quintal da casa dos Lancaster aquela noite. Está correto?

— Sim, senhor.
— Tem certeza de que era ele?
— Tenho. — Nenhum equívoco em sua voz. — Certeza absoluta.
— Ele estava sozinho?
— Estava.
— Emma Lancaster não estava com ele? Não ia ao seu lado ou no seu colo?
A mulher sacode a cabeça.
— Ele estava sozinho.
— *Saindo* da propriedade. A senhora o viu sair, não?
— Vi.
Uma pequena cunha. A única que ele tem. Procura reforçá-la:
— Ele saiu da propriedade sozinho. A senhora viu claramente que não estava carregando nada?
— Vi. Ele saiu sozinho.
— Sem mais perguntas, Meritíssimo.
Ray Logan se levanta.
— Com a licença do tribunal, Meritíssimo.
Ewing concorda com um gesto.
— A acusação encerra os trabalhos.

Espalhada na escadaria do tribunal, a imprensa está ávida. Todos se acotovelam e se empurram, os microfones, na ponta de longas hastes, espetam o ar como lanças tribais, os repórteres "ao vivo" abrem caminho à força até seus lugares preferidos.
Ray Logan se detém diante de uma bateria de microfones. Mostra-se confiante. Não chega a se gabar, o julgamento ainda não terminou, mas o depoimento demolidor da empregada lhe permite relaxar pela primeira vez em vários meses.
Depois das perguntas de praxe — "Como o senhor se sente com o trabalho da acusação" etc. —, responde àquela que ele sabia que viria:
— Como o senhor concilia a declaração da empregada, segundo a qual ela viu Allison sair sozinho, com seu argumento de que ele seqüestrou e matou Emma Lancaster?
— Foi bom você ter perguntado isso. — Se não tivessem feito a pergunta, ele mesmo trataria de introduzi-la a fim de remover as persistentes dúvidas. — A minha hipótese é de que ele não

quis atravessar o relvado até o carro, levando-a nos braços, sem algo com que envolvê-la, algo melhor que o fino cobertor que tirou do quarto. Não queria que o vissem transportando o corpo de Emma, embora isso fosse difícil de acontecer àquela hora da madrugada. Ou talvez, para evitar o contato direto com o cadáver, tenha preferido cobri-lo com alguma coisa, uma lona ou impermeável que tinha no carro. Não importa. O fato é que Allison a levou embora. E nós sabemos disso porque havia pegadas dos seus tênis no lugar onde encontramos o corpo. Exatamente as mesmas detectadas na casa dos Lancaster. As mesmíssimas marcas dos tênis que estavam na sua casa e que eram dele — diz enfaticamente. — Indício mais claro que esse, eu nunca vi.

Responde a mais algumas perguntas e se vai. Uma máxima a ser observada: dê o fora enquanto tudo estiver correndo bem. E hoje tudo correu maravilhosamente bem para a acusação.

Saindo separadamente, tanto Doug quanto Glenna Lancaster são assediados pela mídia. Protegidos da horda impaciente pelos advogados e outros guardiões, ambos se recusam a fazer comentários. Entram nos automóveis com motoristas e zarpam rapidamente.

Luke não foge da imprensa. Bem que quer, mas não convém. Seria admitir a derrota, coisa que não pode fazer em público. Mostra-se tão cortês e colaborador quanto permitem as circunstâncias. Nada de deixá-los pensar que você está desarvorado ou vencido. Faça como se tivesse uma argumentação sólida e capaz de derrubar o outro lado quando a apresentar.

Olha para as câmeras de televisão.

— Eu sei o que vocês vão perguntar. A sra. González declarou ter visto Joe Allison na casa aquela noite. Mas será que viu mesmo? Era uma noite escura, ela estava transtornada com a doença do filho. E teve dezoito meses para pensar nisso e para ser bombardeada com novas reportagens sobre Joe Allison, cujo rosto apareceu em todos os jornais e na telinha. No fim, as feições dele passaram a coincidir com as do homem que ela havia visto naquela madrugada. — Sacode a cabeça. — Não é esquisito? — Cala-se um momento antes de prosseguir. — Não precipitem o julgamento. É o que lhes digo, a vocês da imprensa e ao público em geral, esperem que eu apresente as minhas alegações... Então nós vamos ver quem é mais convincente. E vamos ver se a acusação consegue provar a culpa de Joe Allison sem dar margem à menor dúvida. — Recorre a uma pausa dramática: afinal, é uma representação. — Se é que ela vai provar alguma coisa.

Essa resposta evasiva, para o consumo do público, lhe dará pouquíssimo tempo para impedir a execução. Na privacidade e no conforto do chalé alugado, consome-o o desespero, a sensação de estar cercado por todos os lados.

— Pelo visto, eu tinha razão — lamenta Riva. — E não queria ter.

Luke faz uma careta.

— Você tinha razão, e eu não.

Não consegue pensar noutra coisa: voltou para isso, para acabar completamente envolvido. Começou pensando que Joe Allison era culpado; depois, pouco a pouco, concluiu que boa parte da história era real o bastante para criar uma dúvida razoável em sua própria mente; e, ainda por cima, foi baleado. Incidência e evidência mais que suficientes para levá-lo a quase acreditar em seu cliente.

O juiz De La Guerra veio jantar com eles.

— Quer um conselho? — oferece. Sente-se responsável: foi ele que tudo desencadeou.

— Do homem que foi atrás de mim e manipulou o meu sentimento de culpa para me convencer a pegar esse caso já em adiantado estado de putrefação? — pergunta Luke, cheio de amargura. — Claro. Como não?

— Prepare a sua argumentação como se Allison estivesse dizendo a verdade.

— Eu concordo — diz Riva.

Luke resmunga:

— Obrigado pela dica brilhante e pelo apoio.

— Por que não? — indaga ela, colocando-se na frente dele, fitando-o nos olhos. — Eu disse que achava que ele dormiu com ela mas não a matou. Por que não pode ser verdade? E Doug Lancaster, Luke? Nós continuamos sem saber onde ele estava aquela noite, e o fato é que ainda não deu nenhuma informação sobre isso. E se tiver descoberto que a filha estava grávida e que Joe era o pai? Descobre isso naquele dia e não consegue esperar até o dia seguinte, precisa voltar para casa imediatamente e pedir satisfações a Joe, naquele instante, no meio da noite. E o encontra com Emma, talvez o estivesse seguindo ou sei lá...

— Ou sei lá — Luke murmura consigo.

— Deixe-me terminar. Doug os surpreende juntos, começa a brigar com a filha por causa disso e, cego de raiva, acaba matando-a. Acidentalmente, é claro, ele a ama, mas isso acontece muito, você sabe melhor do que eu, já viu, já mandou muita gente para a cadeia por causa disso. Então ele entra em pânico, como qualquer um entraria, quem há de acreditar que foi um acidente? E, ainda por cima, vai ser preso, por homicídio doloso ou culposo ou pelo que for. Então resolve escondê-la, e as coisas se precipitam, ele se vê cercado, e é nisso que nós estamos hoje.

Luke sacode a cabeça enquanto ela fala.

— Terminou? — pergunta.

— Terminei. — Riva está exausta do discurso, a gravidez a cansa depressa.

— Como foi que o chaveiro apareceu no carro dele? E os tênis. E as camisinhas?

— Doug pode ter plantado tudo. Eles estiveram juntos aquela noite.

Outro "não" com a cabeça.

— Nada disso. E eu vou lhe dizer por quê. Doug não esperaria um ano para fazer uma coisa dessas. É muito tempo. Quanta coisa pode dar errado. E por acaso ele conservaria Allison na emissora? De jeito nenhum. O cara é um lembrete diário de Emma, do que fez com ela, a sua única filha. — Põe o copo na mesa. — Essa, eu não engulo. Bem que queria, mas não consigo.

Ferdinand De La Guerra levanta-se com dificuldade, acerca-se e, num gesto paternal, pousa a mão no ombro dele.

— Você tem um caso a resolver. Uma defesa. O que vai fazer?

— Fora admitir a culpa do réu e entregá-lo à misericórdia do tribunal?

— Isso não é opção.

Luke se serve de uma bebida. Com os olhos pregados no copo, reflete um instante. Sente-se paralisado.

— O que vai fazer? — insiste Riva. — Amanhã você precisa ir ao tribunal e fazer alguma coisa.

— Vou defender o meu cliente. Da melhor maneira possível. Agora já não sei se a melhor maneira possível será boa o suficiente.

— Claro que será — ela o anima. — É você. Será, sim. Será boa o suficiente.

Fica trabalhando até tarde, preparando-se. Quando vai para a cama, deita-se em silêncio ao lado de Riva, que sonha de costas para ele, o peito a altear e baixar ritmadamente. Não consegue dormir, mexe-se, vira-se, levanta-se por volta das três horas e vai se deitar no sofá da sala de estar, tentando cochilar um pouco, mas não consegue: está muito excitado, vibrando de antecipação. E de apreensão, de ansiedade, uma sensação que há anos não experimenta num caso, há décadas. Desistindo enfim, faz a barba, toma banho, veste-se, junta o material e vai para a cidade. Leva na pasta duas camisas de reserva.

Ainda não são seis horas, faltam alguns minutos. As ruas estão desertas, silenciosas, imóveis, sem nenhuma brisa, as folhas das palmeiras do jardim do tribunal pendem flácidas, sem vida. Começa a amanhecer, o céu cinzento vai ganhando cor a leste. Na rua Anapamu, vindo em direção à State, um caminhão de limpeza pública avança lentamente junto ao meio-fio, suas escovas secas arrastam para a sarjeta o lixo de um dia e uma noite — pedaços de jornal, copos descartáveis, bitucas, toda a porcaria acumulada na rua — onde o aspirador a suga.

Ele estaciona no pátio municipal quase em frente ao tribunal e, encostando-se no carro, lê as manchetes do *News-Press*. Falam nele, o julgamento é a matéria principal. Há duas fotografias, ambas coloridas. Uma é do promotor distrital Ray Logan dando a sua improvisada entrevista coletiva, a outra, de María González no saguão, bem na entrada do tribunal, com ar confuso.

Acendem a luz no café da esquina da Anacapa com a Anapamu. Luke é o primeiro freguês, tem de esperar alguns minutos para que a cafeteira se aqueça. Depois, com o café-com-leite duplo e o pão com requeijão na mão, atravessa a rua, entra no tribunal e ingressa na arena. O seu escritório. Era assim que costumava designar o tribunal e todas as salas de audiência. Eram o seu escritório, onde ele fazia o seu trabalho. Senta-se na última fila, comendo o sanduíche e tomando o café-com-leite, olhando à sua volta. Uma bela sala. Poltronas de couro, teto alto e arqueado. O distrito não economizou ao construí-la depois do terremoto de 1925.

Pensa em Joe Allison, o seu cliente, e em todas as baboseiras que lhe contou. A droga é que precisa continuar defendendo esse cara, não tem escolha, o advogado não faz juízos morais, está preso às normas e aos códigos da profissão, independentemente de quem é ou do que fez o cliente.

Todas as avenidas que ele, miraculosamente, por conta de alguma loucura divina, conseguiu evitar atravessar, reuniram-se agora num emaranhado maciço: Emma Lancaster e sua secreta vida sexual pubescente; Doug Lancaster e a amante que não pode (ou não quer) servir de álibi para ele, sua tentativa de suborno e sabe Deus de que mais, até mesmo o atentado contra a vida de Luke, ainda um dos mistérios incompreensíveis, insolúveis; Glenna Lancaster e seu *affaire* com Allison, quase sem reciprocidade da parte dele, é o que se lê nas entrelinhas.

Nenhum vencedor, nenhuma vitória em nada disso. Só perdedores. Sobretudo ele.

Agora o xerife Williams é testemunha dele. Um modo incomum de iniciar a defesa, com um depoente do lado contrário, porém Williams há de servir a mesa para o tema: que outra pessoa, que não Joe Allison, tinha mais razão, mais motivo e mais oportunidade para matar Emma Lancaster?

— Meritíssimo, eu gostaria de examinar este depoente como uma testemunha adversária — Luke solicita ao tribunal antes de iniciar o interrogatório direto. — Uma vez que já atuou como testemunha de acusação.

— Objeção, Meritíssimo. — Logan se ergue de pronto. Esse vai ser o padrão, Luke sabe; guerra de trincheiras até o fim, depoente por depoente, pergunta por pergunta. — O xerife Williams se colocou voluntariamente à disposição da defesa.

O juiz Ewing concorda com a observação, mas diz:

— Como o xerife foi membro da equipe de acusação que prendeu o réu e está apresentando acusações neste caso, é presumível que se inclina a seu favor. Objeção rejeitada.

Tudo bem, pensa Luke. Pelo menos vou conseguir chegar ao cerne da questão, se é que sobrou algum cerne.

— Bom dia, xerife. — Sem esperar a resposta perfunctória, prossegue. — Há quanto tempo o senhor é xerife no distrito de Santa Barbara?

— Há dezoito anos. Estou no meu quinto mandato.
— O senhor é popular entre os eleitores.
— Acho que sou.
— Eles sabem que é um policial decidido, leal, honesto, decente. — Dispara as observações iniciais como balas de metralhadora.
— Espero que sim. Acho que sou.
— E sabem que, quando o senhor investiga um crime, sobretudo um crime grave como um homicídio, trabalha cabal, determinada e objetivamente. Não puxa o tapete de ninguém, não favorece ninguém.
— Esses são os meus objetivos — responde Williams com voz branda, uniforme, mas sincera. — Esses e solucionar o caso.
— Foi assim que o senhor investigou o seqüestro e o assassinato de Emma Lancaster, xerife?
Sem um segundo de vacilação, Williams responde:
— Eu dei o máximo da minha capacidade.
— O que é muita... a sua capacidade. Coisa que eu posso atestar pessoalmente — diz Luke, tratando de lembrar ao júri que ele já foi promotor distrital, que tem uma antiga relação profissional com o xerife.
— Obrigado — responde este secamente.
Luke hesita um momento, dando meia-volta para examinar o público atrás dele. Doug Lancaster se encontra em seu lugar habitual, uma fila atrás da mesa da promotoria. Voltando a olhar para Williams, dispara o primeiro petardo.
— Mas por que o senhor não investigou cabalmente Doug Lancaster, o pai de Emma?
— Objeção! — grita Logan, levantando-se de um salto. — Nós já tratamos disso *ad infinitum*.
— Ao contrário, Meritíssimo... — Luke tenta refutar o promotor. Mas antes que continue explicando por que a pergunta é válida, Ewing aproxima o microfone da boca e encerra a polêmica.
— Objeção rejeitada — diz com determinação. — É um tema relevante a ser discutido, e eu vou dar amplo espaço ao advogado de defesa para explorá-lo.
Logan se senta com uma careta. Atrás dele, Doug Lancaster, o rosto parecendo esculpido em pedra, olha duramente para Luke, que lhe devolve o olhar antes de se virar para o xerife. Ewing está buscando o equilíbrio, Luke sabe, na medida do possível. Procura compensar o fato de não ter atendido à sua

solicitação de excluir os indícios colhidos por ocasião da detenção de Allison, por embriaguez ao volante, e na busca e apreensão que se seguiram.

O juiz se inclina na direção de Williams.

— Quer que repitam a pergunta, xerife?

— Não, obrigado, não é necessário. — Williams se volta para Luke a fim de responder. — Eu o investiguei suficientemente. Pelo que sabia na época e na medida em que me pareceu adequada e necessária.

Luke pressiona:

— Investigou-o como suspeito? Como uma pessoa que podia ou devia ser considerada suspeita? Na época do desaparecimento e, depois, quando o corpo de Emma Lancaster foi encontrado, o senhor apontou Doug Lancaster como suspeito do assassinato da filha?

Williams respira fundo, exala o ar com ruído, endireita o corpo na cadeira.

— Eu não considerei Doug Lancaster suspeito de haver matado a filha.

Surge um rumor na sala de audiência. Os jurados, Luke repara com satisfação, estão prestando muita atenção; alguns tomam nota.

— Por que não o considerou suspeito? — argúi.

— As circunstâncias não indicavam isso. Nada indicava isso.

— Nada parecia indicar que o pai da vítima fosse suspeito. Mesmo diante do dado conhecidíssimo da polícia de que, com muita freqüência, esse tipo de crime é perpetrado por um parente próximo. Não é verdade, xerife?

O homem faz uma concessão nesse ponto.

— Sim, é verdade.

— O motivo pelo qual o senhor não investigou mais profundamente Doug Lancaster como suspeito foi a perda terrível que ele sofreu? Que ele e sua esposa sofreram?

Williams faz que sim.

— Esse foi um fator, eu reconheço. Sou humano como qualquer outra pessoa. Ele estava sofrendo. Eu não iria aumentar ainda mais esse sofrimento.

— Do ponto de vista humano, é admirável — diz Luke. — Digo-o com sinceridade — acrescenta —, não quero que ninguém pense que estou sendo sarcástico. Perder uma filha: a dor é incal-

culável. — Vacila. — No início da investigação, o sr. Lancaster apresentou um álibi para a noite do desaparecimento de Emma?
— Apresentou.
— O senhor o averiguou?
— Sim.

Luke se põe a caminhar de um lado para outro durante algum tempo. Depois volta à tribuna, toma um gole de água e prossegue.

— Por acaso o senhor depois passou a ter dúvidas sobre a veracidade da história do sr. Lancaster a respeito do seu paradeiro naquela noite?

O xerife tosse, pigarreia.
— Sim.

Luke sente a comoção às suas costas. Vira-se para ver Doug Lancaster, o rosto desfigurado pela raiva impotente, levantar-se do lugar atrás da mesa da promotoria, que também fica atrás da tribuna onde ele se encontra, passar rudemente pela fila lotada — sua poltrona é a do meio — percorrer o corredor entre os assentos e sair, batendo ruidosamente a enorme porta revestida com couro.

Todos acompanharam a cena. O juiz, o júri, a imprensa, o resto dos espectadores. Não foi a melhor maneira de convencer o júri da sua inocência, da sua falta de envolvimento, pensa Luke. Observando a saída de Doug, ele também vê Glenna Lancaster, sempre vestida de preto e sem maquiagem, em seu costumeiro lugar na última fila, na poltrona mais próxima da porta. Um bom lugar, pensa, para quem optar por uma retirada rápida. Também nota que ela não olha para o ex-marido quando ele sai. Seus olhares não se encontram.

Luke segue adiante. Tomou impulso para seguir, quer aproveitar.

— Xerife Williams, queira explicar ao júri quando foi que começou a desconfiar de que o sr. Lancaster não tinha dito a verdade sobre o seu paradeiro na noite em que sua filha desapareceu do quarto e sobre o que ele estava fazendo nessa hora?

— Alguns meses depois, eu descobri que, na noite em que Emma Lancaster foi raptada, o sr. Lancaster...

— O pai dela — atalha Luke.

Williams não faz caso da observação.

— Eu descobri que ele havia saído do seu hotel, em Santa Monica, lá pela uma da madrugada e, aparentemente, só retornou por volta das nove da manhã. Daquela manhã.
Luke balança a cabeça. Isso!, pensa, olhando para os jurados. Eles estão acompanhando.
— Foi isso que ele lhe contou quando o senhor o interrogou inicialmente, no dia do desaparecimento de Emma?
— Não.
— O que foi que ele contou?
— Que havia passado toda a noite no hotel.
— Quer dizer que ele mentiu para o senhor.
Um lento, pesado e triste aceno da cabeça.
— Sim.
— O senhor... o senhor tentou descobrir onde ele estava? — pergunta Luke.
— Tentei.
— E conseguiu descobrir?
— Não, não consegui — responde o xerife.
— As suas averiguações lhe deram uma idéia de onde ele deve ter estado? Alguma hipótese baseada em material ou informação que o senhor descobriu ou obteve posteriormente?
— Sim, eu cheguei a uma hipótese. — Olha para Logan. Este vira a cara ostensivamente.
— Qual?
— Objeção, Meritíssimo — interfere o promotor. É preciso deter essa hemorragia.
— Mantida.
— O senhor interrogou uma mulher que o sr. Lancaster pode ter ido visitar quando se ausentou do hotel? — pergunta Luke.
— Sim. — É a resposta mais breve e tensa que Williams consegue dar.
À mesa da promotoria, Ray Logan pensa: é agora que vão começar a apedrejar Doug. Bastou uma testemunha, na apresentação da defesa, para que o seu tendão-de-aquiles ficasse exposto ao mundo.
— Eu não vou perguntar o nome dela — Luke diz ao xerife.
— É irrelevante na discussão. O que vou lhe perguntar é se ela ofereceu um álibi para as horas em que o sr. Lancaster esteve ausente.
Williams sacode a cabeça.

— Não, não ofereceu nenhum álibi.

Luke balança a cabeça. Matou dois coelhos com uma só cajadada. A principal autoridade policial do distrito acaba de declarar, para os autos, que Doug Lancaster não estava onde disse que estava quando um homem, que afirmam ser Joe Allison (e que ele sabe, mas os outros não têm tanta certeza assim, que foi mesmo Joe), tirava sua filha do quarto. Ficou estabelecido que Lancaster mentiu à polícia quanto a isso. E a forte implicação é que ele ou estava cometendo adultério na noite em que sua filha foi raptada, ou se encontrava lá, no local do crime e, por inferência, foi quem a raptou.

E conclui com um floreio:

— Quer dizer que, ainda hoje, o senhor continua sem saber onde Doug Lancaster, o pai de Emma Lancaster, estava na noite em que sua filha foi retirada do quarto para, dias depois, ser encontrada assassinada.

O xerife responde com voz cansada:

— Continuo. Eu não sei onde ele se encontrava.

Ray Logan passa o resto do dia batendo bola com o xerife, na tentativa de retificar as coisas na medida do possível. Deixando Doug Lancaster de lado, retorna à investigação do crime e à subseqüente prisão de Joe Allison. Por fim, da maneira mais direta de que é capaz, faz a pergunta crítica:

— O senhor acha que este tribunal está julgando o homem certo? Acha que Joe Allison tirou Emma Lancaster do quarto e a matou?

— Sim — responde Williams. — Eu acho.

Hoje Riva não esteve no tribunal. Saiu sozinha.

À noite conversa com Luke, no escritório, sobre o dia decorrido. Ele já está aqui há algum tempo, preparando-se para os depoimentos de amanhã. Primeiro ela o escuta. Embora já esteja informada do que se passou, quer saber a opinião dele. Mesmo de má vontade, Luke admite que marcou alguns tentos.

— Está vendo? — comemora Riva, triunfante. — Não acabou. Ainda falta muito.

— Amanhã é outro dia — resmunga ele, recusando-se a aceitar a glória do presente. Sabe o que os adversários ignoram sobre

Joe Allison e Emma Lancaster e tem certeza de que, mais adiante, tudo virá à tona para pegá-los e jogá-los no fundo do poço.

— E só vai acabar quando a barriguda aqui começar a cantar, meu velho — sorri ela, batendo na barriga. — E eu ainda não estou cantando. Pelo menos, não para o consumo do público.

— E você? — pergunta Luke. Riva está impaciente para lhe contar. — O que fez hoje? Fiquei com saudade no tribunal. Gosto quando você está lá. Preciso de todo apoio moral que puder receber.

— Um dia só não faz mal. Sobretudo quando você souber o que eu tenho para lhe contar.

Seu modo de falar, a inflexão e o ritmo deixam-no de sobreaviso.

— Tudo bem. — Ele se senta. — Diga.

— A título de argumentação — diz ela, sentando-se também —, digamos que Joe Allison contou a verdade sobre o que acontece naquela noite. Que esteve com Emma e a deixou vivinha da silva quando foi embora. Certo?

— Tudo bem. — É um longo caminho a percorrer, mas ela está no comando.

— Quem, além de Doug, tem motivo para matar Emma?

Luke sacode a cabeça.

— Eu não sei. Ninguém tem um motivo. Nem mesmo Doug; mas isso não significa que ele não a tenha matado num momento de descontrole.

— Mas, e se não tiver havido esse momento de descontrole? — Riva está empolgada, inquieta na poltrona. — E se tiver sido um crime premeditado?

— Mas quem haveria de...

— Muito simples: quem tem uma vida com ele e depois descobre que ele anda lhe enfeitando a testa. Com nada menos que uma garota de catorze anos. — Demora um pouco, mas a ficha começa a cair. E então cai, e o nome já lhe aflora à boca, mas Riva está impaciente demais para esperar. — Nicole Rogers desconfiava que Joe a traía, não?

Ele responde lentamente:

— Sim.

— E Allison admitiu que dormiu algumas vezes com Glenna Lancaster. Para mim, uma trepada de esmola da parte dele, com o perdão da palavra — ela acrescenta com um toque de malícia de mulher para mulher. — Está equacionado: Nicole tem ciúme de Glenna, que ajuda Joe a decorar sua casa, joga tênis com ele ou sei lá que diabo eles fazem juntos, visita-o quando está deprimida com o rumo que seu casamento está tomando.

— Só que não era com Glenna — diz Luke finalmente sincronizado com ela. — Era com Emma que Nicole estava puta da vida.

— Aleluia! — Riva bate palmas de entusiasmo. — Você vai ganhar uma medalha!

Agora ele a está acompanhando:

— Naquela noite, em vez de levar Nicole para a sua casa, Joe a deixou na dela. Ele me disse que Nicole tinha o que fazer, ia preparar um trabalho, sei lá, mas talvez fosse o contrário. Talvez Joe a tenha dispensado porque queria ir dar uma bimbada com Emma no gazebo.

Riva compreende o raciocínio.

— Nicole anda desconfiada. Já faz tempo que está com a pulga atrás da orelha. Talvez os tenha visto juntos em algum lugar. Segue-o até a casa dos Lancaster, vê os dois juntos, vê quando ele vai embora sozinho...

— ...fica esperando escondida, quando Emma resolve voltar para o quarto, mata-a e leva o corpo! — Luke conclui. — E Joe e Nicole podem viver felizes para sempre.

— Só que surge um problema: um ano depois, Joe comunica a Nicole que ela já não faz parte dos seus planos, ele resolveu partir para outra, numa grande cidade, e vai largá-la na pequenina e poeirenta Santa Barbara. Nicole entra em parafuso. — Riva vai ganhando entusiasmo à medida que o cenário se desdobra. — É tão lógico. Ela planta as provas, telefona para a polícia e pronto, está feito.

Luke fica incomodado com isso. Depois de refletir um pouco, diz:

— Calma. Vamos pensar bem. — Começa a examinar todas as peças do quebra-cabeça. — Há muitos furos nessa história, Riva. Como Nicole teria se apoderado do chaveiro? E dos tênis? Como as pegadas foram parar lá? E não esqueça que a minha Triumph foi destruída justamente quando eu estava no escritório dela, portanto não pode ter sido Nicole que a destruiu.

Riva concorda com um gesto.

— Eu sei que há furos, grandes furos, claro que há. Mas talvez haja explicações para eles, explicações aceitáveis. Por exemplo, vai ver que Nicole achou o chaveiro na casa de Joe e o utilizou para inculpá-lo.

— Hum... — grunhe ele. — É meio forçado, meu bem. Isso pressupõe que ela sabia que iria sacaneá-lo antes mesmo de tê-lo visto junto com Emma.

— Também pode ser que os tenha visto juntos antes, o que é bem provável, e imaginou que era para lá que ele ia depois de deixá-la em casa. — Embora Luke sacuda a cabeça, ela prossegue. — E se Emma estivesse com o chaveiro? Talvez tivesse medo de ficar acidentalmente trancada do lado de fora, de não poder entrar na casa de novo. Levou a chave ao gazebo, e Nicole a pegou quando a matou.

— Isso também é muito hipotético.

— Mas não impossível — insiste Riva.

— Sim, possível é.

— Quanto à moto, pode ter sido outra pessoa, alguém que tem ódio de você. Muita gente o detesta e continua detestando. Talvez nem todos os incidentes tenham a mesma origem.

— É verdade — concorda Luke. Está pensando, pensando: há outra coisa. — E quando me balearam? Você acha que isso também teve outra origem?

Ela sorri. Levantando-se da poltrona, vai se sentar em seu colo.

— Sabe que você fica muito bonito quando está empolgado? — provoca-o.

— Então eu devo estar lindo, porque você me deixou empolgadíssimo — retruca ele. — Conte o que ia me contar.

Riva sorri.

— Vou lhe dar uma pista, a primeira coisa que me levou a esta hipótese: Nicole Rogers nasceu em Idaho.

Luke a fita nos olhos, ao mesmo tempo em que passa a mão em sua barriga avolumada, sentindo-a. Em breve o bebê começará a se mover, a chutar.

— E daí que ela nasceu em Idaho? Todo mundo nasce em algum lugar.

— Nasceu numa fazenda. Seu pai é um fazendeiro rico e também explora petróleo.

— Tudo bem, ela nasceu numa família rica. O que isso tem a ver com a morte do bezerro?

— Pratica tiro ao alvo com rifles, pistolas e outras armas de fogo desde os seis anos de idade.
— É mesmo? — De súbito, ele sente dificuldade de falar, sua voz fica presa na garganta.
Ela faz um veemente gesto afirmativo.
— Sim, senhor! E atira muito bem, quando estava no colégio, foi campeã nacional de tiro. Quase se qualificou para a Olimpíada de 1988.
O coração de Luke dispara.
— É inacreditável.
Riva o abraça.
— Eu sei — diz com ternura. Fita-o. — O que você vai fazer?
Ele reflete um momento.
— Não sei. Eu estou numa situação de merda. E eles já pegaram o cara, entende? Não vão querer um suspeito novo. Preferem seguir adiante e obter a condenação. Se em seguida houver uma mudança, fica para depois.
— Quer dizer que você não vai fazer nada? — pergunta ela com insegurança na voz.
— Não posso. Estou no meio do julgamento. Não tenho tempo para mais nada.
— Mas precisa fazer alguma coisa.
— Escute. Eu não posso.
— Então eu faço.
— Faz o quê? — Luke aproxima o rosto do dela. — O que você pretende fazer, Riva?
— Não sei, mas...
— Pois não vai fazer nada. Entendeu bem? Você está grávida. Tem um bebê na barriga. Vai tratar de descansar e de me estimular no tribunal. É isso. Não vai fazer nada que possa metê-la numa encrenca. Já tivemos muita encrenca. Demais até.
Riva lhe segura a mão entre as suas. Acha bom: a mão dele é quente e macia.
— Eu vou cuidar de você, certo? Aliás, foi para isso que vim para cá, Luke. Para cuidar de você. Deixe, eu não me meto em encrenca. Não se preocupe.

Ramón Huerta, o ex-manobrista que contou a Luke (e depois à horrorizada promotoria) que Doug Lancaster se ausentou do hotel na noite em que Emma desapareceu, está languidamente escarranchado no banco das testemunhas. Veste-se meio à antiga, meio na moda: cabelos penteados para trás e untados de brilhantina, camiseta branca, terno preto, a calça muito larga e de bainhas estreitas, o cinto preso bem acima do umbigo, o paletó comprido e justo, com enchimento nos ombros.

O filho da puta está bêbado, pensa Luke com um misto de raiva e assombro ante a audácia do cretino. Olha para a testemunha com preocupação. Ao se levantar para começar a argüi-la, nota que Doug Lancaster não compareceu hoje. O seu palpite é que, de agora em diante, Doug estará ausente a maior parte do tempo.

Repassa a história com Huerta. Doug Lancaster saiu do hotel à uma hora da madrugada e parecia aborrecido. Voltou às nove da manhã e continuava com ar contrariado.

— Eu desejo incluir esta prova, Meritíssimo — solicita Luke, mostrando um saco plástico com um recibo de estacionamento.

— Que seja incluída.

Luke se aproxima do banco das testemunhas, tira o recibo do saco plástico e o mostra ao ex-manobrista.

— Este é um recibo do estacionamento do Shutters on the Beach, o hotel de Santa Monica onde o senhor trabalhava, correto?

Huerta dá uma olhada rápida.

— É.

— O que significam estes números? — Aponta para os algarismos impressos, no verso, por uma máquina registradora.

— A hora em que a pessoa tirou o carro de lá e a hora em que o trouxe de volta.

— O que lhe dizem estes números?

Huerta os examina.

— O carro saiu à uma e dezesseis da madrugada, voltou às nove horas em ponto.

— E isto aqui?

— É a data.

— Exatamente a data em que tiraram Emma Lancaster de casa — diz Luke. — Permite-me, Meritíssimo? — pergunta, fazendo um gesto na direção do júri.

Ewing consente com um aceno.

Luke se acerca dos jurados e entrega o recibo ao primeiro deles.

— Este é o recibo de estacionamento de Doug Lancaster, no Hotel Shutters, na noite em questão — informa. — O hotel atestou que é autêntico, e a promotoria assim estipulou. — Volta-se para o emburrado Logan, que balança a cabeça. — Significa que ela aceita a sua autenticidade. Por favor, examinem-no com cuidado.

O papel passa de mão em mão. Alguns jurados anotam os detalhes, os mesmos que fizeram outras anotações. Por fim devolvem o recibo a Luke, que o recoloca no saco plástico e o entrega ao oficial.

Quando o documento é registrado, numerado e colocado na mesa das provas, ele vai para a tribuna.

— O senhor estava presente quando Doug Lancaster tirou o carro do estacionamento à uma hora da madrugada, correto? — pergunta ao depoente. — Também é verdade que ele foi buscá-lo pessoalmente e saiu sozinho, sem mais ninguém?

— Eu mesmo lhe entreguei o carro. E ele saiu dirigindo.

— E o senhor também estava presente quando ele voltou às nove horas da manhã?

— Estava. — As pálpebras de Huerta estão caídas; ele se mostra tão à vontade que é capaz de pegar no sono ali mesmo, em plena sala de audiência. Não seria nada bom para Luke. É melhor acabar logo com isso.

— Ele mesmo estava dirigindo, não havia mais ninguém?

— Não. Era ele mesmo. Saiu e voltou sozinho — confirma o manobrista. — Não havia ninguém com ele, nem na ida nem na volta.

— Sem mais perguntas, Meritíssimo.

O método de Ray Logan de lidar com essa novidade ruim consiste em desmerecer o depoente. Obriga-o a admitir que foi demitido por ter assediado um hóspede, acusação que Huerta repele com veemência — não a acusação propriamente, que é irrefutável, mas o seu motivo. É uma vítima dos patrões. Sempre perseguem gente como ele. Dá a impressão de ser um pequeno oportunista, um choramingas e um revoltado, Luke sabe. Mas seu relato se sustenta graças ao reforço do recibo do estacionamento. Ainda bem que o encontraram, ainda bem que o hotel os arquiva. Fica provado que naquela data, Doug Lancaster, ao contrário do que declarou à polícia sob juramento — que teria passado a noite inteira no quarto do hotel —, esteve oito horas desaparecido: as oito horas mais críticas deste caso.

Doug Lancaster foi apanhado mentindo descaradamente. A questão em que os jurados devem estar pensando é: por que mentiu?

Luke e, sobretudo, o seu cliente ainda estão em desvantagem no caso, mas ele se sente um pouco melhor do que no dia em que a promotoria triunfou.

Como Doug Lancaster, Riva não esteve no tribunal. Tem uma incumbência: descobrir, se possível, se Nicole Rogers é ou pode ser a assassina.

Luke é advogado. Não pode transgredir a lei. Mas ela pode. Entra em contato com um conhecido do submundo, no norte, e lhe apresenta o problema. Ele diz que pode ajudá-la facilmente. A tecnologia moderna, mesmo um setor dela que, no mundo dos supercomputadores de hoje, é considerado obsoleto e sem graça, pode operar grandes e pequenos milagres. Assim, promete instalar até o fim do dia um rastreador no Nissan Pathfinder de Nicole. Aonde quer que ela vá, Riva ficará sabendo e terá condições de localizá-la.

Isso pode incluir o platô em frente à sua casa, do outro lado do pequeno desfiladeiro, de onde ela está a caminho agora. A luz de lanterna que avistou aquela noite, quando voltava do supermercado com o iogurte de Luke, decerto não era nada. Porém, nas atuais circunstâncias, por que não dar uma olhada a fim de eliminar pelo menos uma variante entre tantas? Sobretudo após a colisão fatal que quase sofreu com o utilitário que podia ser o de Nicole.

A incursão não a tranquiliza. Ao contrário: não há nada aqui, nenhuma habitação humana. Apenas um matagal, um aglomerado de arbustos e plantas que deviam ser podados antes que se inicie a estação dos incêndios. A casa mais próxima fica a uns duzentos metros. Longe demais.

Desajeitadamente agachada no terreno irregular — a gravidez torna cada movimento um suplício —, encontra algumas marcas de pneus. Pode ser importante. Ela precisa dar uma olhada no molde que a polícia tirou dos rastos de pneus encontrados em Hollister Ranch quando tentaram matar Luke. Se, por um incrível golpe de sorte, coincidirem com esses, tudo ficará muito diferente.

Por enquanto, Riva não quer que a polícia saiba de nada. Nem Luke. Ficaria preocupado com ela e consigo mesmo. Já está muito estressado. Não precisa de mais problemas.

Foi por pouco. O alvo era Luke. O outro motorista pensou que era ele que estava na caminhonete. Era para assustá-lo, como os tiros no mar, ou para matá-lo. Seja como for, alguém o quer bem longe daqui e vai fazer o que for necessário para livrar-se dele.

Ela prometeu cuidar de Luke. Para ele, isso significa estar na sala de audiência, estimulando-o em silêncio, ou fazer-lhe companhia em casa, no jantar. Para ela, significa muito mais. Pode ser ajudá-lo a solucionar o caso. Ou — o que é muito mais importante — salvar-lhe a vida.

Hillary Lange, a outra menina que estava no quarto aquela noite — a que continuou dormindo quando tudo aconteceu e que, há alguns meses, contou a Riva que Emma tinha um *affaire* com um homem para quem trabalhava de *baby-sitter* —, instala-se no banco das testemunhas. É definitivamente uma ninfeta aos olhos de Luke. Ele se lembra de ter lido uma matéria, no New York Times, dizendo que, nos países industrializados, as meninas chegam mais cedo à puberdade devido à dieta mais rica, à falta de trabalho manual pesado ou a outros motivos. A garota de quinze anos à sua frente é um bom exemplo. Quem não souber a sua idade não lhe dará menos de dezoito ou dezenove. E pode se meter numa bela encrenca por conta disso.

Tal como Huerta, o depoente anterior, Luke sabe que ela está contrariada por ter vindo. Faz tempo que Riva prometeu não envolvê-la e que a informação por ela transmitida — sobre o envolvimento sexual de Emma com um adulto — seria um segredo entre as duas. Agora está aqui para que o mundo inteiro veja.

Hillary tentou escapar à intimação. Seus pais se opuseram não só a que fosse ouvida — coisa de que não gostaram nada — como a que traísse Emma, lavando roupa suja em público, fazendo com que não só Doug e Glenna Lancaster passem por pais relaxados e irresponsáveis, como também todos os seus amigos com filhas adolescentes em situação parecida.

— Emma lhe contou que tinha um caso com um homem adulto? — ele lhe pergunta. — Que mantinha relações sexuais com ele? — Está com as anotações de Riva na tribuna; a promotoria também tem a sua devida cópia. Hillary não pode guardar segredo, mesmo que queira.

— Contou — reponde com um sorriso amarelo.

— E lhe contou quem era ele?

— Era o cara para quem ela trabalhava de *baby-sitter*. — Ela puxa um pouco os esses como Barbara Walters.

Luke já imagina as manchetes de amanhã. Tudo tão patético, tão sórdido.

— Nenhum nome? — indaga.

A moça sacode a cabeça.

— Não. Ela não me disse o nome.

— Mas é certo que ela era a *baby-sitter* do homem. Dos filhos dele — Luke insiste.

— Sim. Ela não ia com a cara do filho dele. Só continuava trabalhando lá porque...

Luke não a pressiona. Aguarda tranqüilamente que conclua. Passados vários minutos em silêncio, o juiz Ewing se inclina para o lado de Hillary.

— Por quê? — pergunta gentilmente.

Ela retorce o rosto numa careta.

— Porque eles estavam... tendo relações. — Pelo menos se lembrou de dizer isso em vez de "trepando" ou "fodendo".

— Não era o sr. Allison. — Ele aponta para Joe. — Ela não disse que era o sr. Allison.

A garota sacode a cabeça.

— Era um homem para quem ela trabalhava de *baby-sitter*. — Olha para Allison. — Ele não tem filhos. Emma se referiu a outra pessoa.

Luke quer trazer mais uma testemunha antes do fim do dia, que acrescentará um novo elemento de dúvida sobre quem mais queria Emma Lancaster morta e, além de um motivo, dispunha de meios e teve oportunidade de matá-la.

David Essham é o dono da Casa de Armas Tri-County, em Paso Robles.

— Sim, eu vendi um rifle a Nicole Rogers — diz em resposta à pergunta de Luke. — Um Browning 270. — Está com a fatura na mão.

Luke, o comerciante de armas, Ray Logan e o juiz Ewing se reúnem no gabinete deste para decidir se Essham será autorizado a depor. Logan se opõe veementemente, coisa que tornou necessária esta reunião.

— É um rifle poderoso e preciso, não? — pergunta Luke. — Pode abater um homem a duzentos ou trezentos metros de distância?

— Facilmente. Para um bom atirador, é sopa.

— O senhor sabe se ela é boa atiradora?

Essham sorri.

— Uma verdadeira Calamity Jane. Eu a acompanhei ao estande de tiro. Ela queria testar a arma, ter certeza de que era a que queria. A mulher era capaz de acertar uma pétala de rosa a cem metros de distância.

Logan sacode a cabeça, porém Ewing presta atenção.

— Quando o senhor vendeu o Browning a Nicole Rogers? — pergunta.

Essham lê a data em seu livro de vendas.

— Interessante — diz Luke, observando o furioso promotor com o canto dos olhos. — Uma semana depois, tentaram me matar com um rifle do mesmo calibre. E a arma não foi encontrada até hoje.

Logan está farto.

— Meritíssimo — protesta com ardor —, isso é claramente inadmissível. O advogado de defesa está tentando levantar não sei quantas cortinas de fumaça para encobrir os fatos deste caso. Nicole Rogers não é ré nem co-ré. É preciso pôr fim a essas incursões sem rumo.

O magistrado não responde imediatamente.

— Tenha a bondade de se retirar — pede a Essham. Quando este sai, vira-se para Luke. — O promotor tem razão. Nós estamos aqui para julgar a culpa ou a inocência do seu cliente, Joe Allison, não para investigar se algum habitante do distrito pode ter cometido o crime no lugar dele. Eu lhe dei muita margem de manobra para explorar o possível envolvimento de Doug Lancaster e continuarei dando — olha para Logan para ter certeza de que ele o ouviu bem —, mas não para envolver outras pessoas. O lugar apropriado para essa informação é o gabinete do xerife, que pode e deve investigar essa pista referente ao atentado que você sofreu.

Essham não será autorizado a depor. Era querer muito, mas a tentativa valeu. Pelo menos agora tanto o juiz quanto o promotor distrital sabem disso, e a informação há de criar uma dúvida nos dois, além das que já têm. Mas ele queria que o júri também a tivesse.

O xerife terá de trabalhar com essa informação; não tem como evitá-lo. O que preocupa Luke, sobretudo a curto prazo, é que Nicole Rogers pode perfeitamente ter atirado nele, portanto, como fica a sua segurança futura? Ela não tentaria matá-lo apenas por estar zangada com Joe; seria absurdo. Ou Nicole pensa (ou sabe) que Joe é culpado e não quer vê-lo solto, ou ela mesma está profundamente envolvida, como Luke postulou. Talvez até a medula.

Mesmo sem o depoimento do comerciante de armas, foi mais um dia bom para a defesa. Os jornais e a televisão garantem que foi. Durante a tarde, ao argüir a depoente Hillary Lange, Logan nem chegou a tentar desacreditá-la ou levá-la a contradizer-se; era tolice. O fato de Emma ter dormido com outro homem não significa que não dormiu também com Joe Allison. De certo modo, isso até reforça a sua argumentação, pelo menos é o que ele afirma ao falar com a imprensa no fim do dia, coisa que já se transformou num ritual. Ela era sexualmente precoce, e Joe Allison se aproveitou disso.

Esta é a interpretação que Logan tenta dar. Funciona, mas não tanto, pois prejudica a imagem juvenil e virginal de Emma seduzida por um adulto perverso. Juvenil, sim, mas nada virginal nem seduzida.

A falta de inocência é importante, e é por isso que Luke, depois de muito sofrimento, decide convocar Fourchet, o comerciante de produtos naturais, a testemunhar. O depoimento do homem será triste e doloroso. O caráter e o comportamento de Emma será esmiuçado, não só mais do que já foi, como de maneira mais desagradável. É a pior parte de um trabalho como este: dissecar o caráter da morta diante de todos, sem que ela possa se defender. Mas Luke tem de fazer isso. Tem de mostrar que Emma não era a vítima em suas experiências sexuais, e sim uma participante voluntária.

Naturalmente, Fourchet não iria comparecer de livre e espontânea vontade. Luke precisou intimá-lo oficialmente, como a maioria de suas testemunhas. O homem telefonou para o seu escritório, estava em prantos, histérico.

— Por favor, não faça isso comigo — implorou. — Não me obrigue a depor. A minha vida já está em cacos. O senhor vai me destruir.

Luke foi implacável:

— Ninguém o obrigou a dormir com aquela menina. O senhor podia ter se recusado. É o que qualquer homem de caráter teria feito. Eu lamento fazer com que o senhor e a sua família passem por isso, mas foi essa a sua escolha. Agora vai ter de enfrentar as conseqüências.

— Que entre Adrian Fourchet.

Junto à tribuna, Luke aguarda a presença da relutante testemunha. São oito horas da manhã; o juiz Ewing acaba de abrir a sessão. Todos se encontram nos lugares habituais. Doug Lancaster não compareceu, mas Glenna Lancaster está na última fila, perto da porta, toda de preto como sempre. Riva também não veio. Pediu para não vir: foi ela que entrevistou Fourchet, seria mais que desconfortável vê-lo no banco das testemunhas. Além disso, tem muito que fazer. Passará pelo tribunal na hora do almoço.

A porta do corredor, pela qual Fourchet devia entrar, não se move. Lá no alto da bancada, Ewing olha para Luke.

— Onde está a sua testemunha, doutor?

Luke fica desconcertado.

— Não sei, Meritíssimo. Ele sabia que devia vir. — Consulta o relógio. — Talvez tenha se enganado de sala de audiência.

Há seis salas de audiência no tribunal, todas em sessão. O prédio é grande, as pessoas muitas vezes se perdem lá dentro. Mas ele está com raiva de si mesmo por não ter assegurado que o homem chegasse a tempo, mesmo que fosse preciso ir buscá-lo em casa e acompanhá-lo pessoalmente até aqui.

O magistrado se volta para o delegado encarregado da segurança da sala de audiência.

— Vá procurá-lo. Nós precisamos trabalhar.

O policial faz que sim e sai para o longo corredor. Luke aproveita a oportunidade para retornar à mesa da defesa e consultar algumas anotações que não levou à tribuna. Olha de relance para o relógio na parede: 8:15. Fourchet já devia ter chegado.

Decorrem mais alguns minutos. Por fim, Ray Logan se levanta.

— Meritíssimo, nós não podemos ficar esperando o dia inteiro. Solicito que a testemunha seja excluída do rol.

— Objeção, Meritíssimo — diz Luke com energia. — Isso acontece. Não é... — Volta-se para a porta lateral por onde o delegado acaba de entrar precipitadamente.

Ele se aproxima da bancada. Ewing se inclina para ouvi-lo em particular. O choque e a surpresa se estampam em seu rosto.

— Os advogados que se apresentem no meu gabinete. Imediatamente. — Bate o martelo com mais força dessa vez. — Estamos em recesso até segunda ordem.

A mulher, Luella Fourchet, uma consumada bicho-grilo da cabeça aos pés, até nas sandálias de couro cru, entra no pequeno escritório de Ewing. Sem dizer palavra, entrega-lhe um envelope. Ele o abre, retira uma folha de papel e lê a carta; empalidece ao assimilar seu conteúdo. Ergue o olhar.

— Você não tem testemunha — diz a Luke com voz embargada. — Ele se recusa a acatar a intimação deste tribunal. — Volta-se para a esposa de Fourchet. — A senhora sabe onde seu marido está?

Ela sacode a cabeça.

— Não. Eu achei essa carta na mesa da cozinha hoje de manhã. Ele não me disse nada. — Ergue a cabeça. — E, mesmo que soubesse, não contaria. Não vou participar da sua ruína, por mais que o que ele fez tenha sido errado. Eu sei o que ele fez...

Prorrompe a chorar. Com o rosto nas mãos, soluça em silêncio, o pranto lhe sacode os ombros.

Todos a observam. Ninguém faz menção de tocá-la.

Os soluços diminuem, cessam. Erguendo os olhos vermelhos e úmidos, ela diz:

— Nós estávamos tentando superar o problema, ele e eu. E agora isso... ele não agüentou. Eu não agüento. — Encara todos os presentes, um por um, os olhos repletos de acusação, e se detém em Luke. — Ele não teve nada a ver com a morte daquela piranhazinha, dr. Garrison, mesmo assim, o senhor quer arruiná-lo. Quer nos destruir, destruir a nossa família. — Enxuga as bochechas e o nariz com um lenço. — Ele não vai comparecer, aconteça o que acontecer. Vocês podem encontrá-lo porque, cedo ou tarde, terá de voltar, mas depor ele não vai. Podem prendê-lo, podem fazer o que for. Meu marido não vai falar nisso. Nem aqui, nem em lugar nenhum. Nunca.

Dá meia-volta, quer sair o mais depressa possível, mas Luke a retém.

— Eu lamento que a senhora esteja sofrendo tanto — diz, contendo a raiva —, mas a culpa não é minha, e eu não vou deixá-la me fazer de otário. — Está diante dela, a centímetros de distância.

— Luke — alarmado com o comportamento dele, Ray Logan se aproxima.

Luke o dispensa com um gesto.

— Deixe-me terminar. — Fita a mulher nos olhos. — Seu marido fez uma coisa sórdida. Teve relações sexuais com uma menor. Não interessa que idade ela parecia ter ou que mentiras ele lhe contou sobre como ela o seduziu. Não interessa nada. Foi um crime, e ele deveria estar na cadeia... se Emma Lancaster ainda estivesse viva para denunciá-lo.

Agora é Ewing que se mostra preocupado.

— Pare com isso, Luke! — Levanta-se e se aproxima dos dois.

Luke não pára.

— Seu marido pode não ter matado Emma Lancaster fisicamente, mas lhe matou a alma. Ele e todos os que se aproveitaram dela. Emma era muito menina para entender isso, a senhora entende? Ela não era capaz!

Os advogados e Ewing permanecem no gabinete. Passaram-se alguns minutos. Embora mais calmo, Luke continua agitado. Mais importante: precisa colocar alguém no banco das testemunhas agora que o depoente se escafedeu.

— Qual é a sua decisão sobre o meu pedido de tornar a convocar o xerife Williams para averiguar a sinergia entre este caso e o atentado que eu sofri? — pergunta ao magistrado. Vira-se para Logan. — Você vai se opor? Você mesmo admitiu que há boas possibilidades de as duas coisas estarem ligadas.

— Não creio que estejam ligadas no que diz respeito a este caso — retruca o promotor. — Eu me oponho vigorosamente. Vossa Excelência não pode vincular os dois crimes, Meritíssimo — argumenta com Ewing —, por mais subjetivos e pessoais que sejam.

O juiz pondera:

— Eu estou inclinado a concordar com o promotor distrital — diz a Luke. — Você conhece algum precedente que fundamente essa conexão?

— Eu já estou pesquisando — Luke se apressa a responder. — Vossa Excelência me dá até depois do almoço?

Ewing torna a olhar para o promotor.

— Não sei, Meritíssimo — diz este. — *Data venia*, Luke, se você sabia que ia levantar isso, já devia estar com o material em ordem.

É verdade. Ele não tem nenhum argumento lógico.

— Eu não conto com a equipe com que contava antigamente — diz sem pestanejar. — Não disponho de vinte estagiários escarafunchando cada caso no computador. Dê-me um prazo, Meritíssimo — suplica a Ewing. — Só até o começo da tarde. Se não tiver nada a apresentar até lá, eu jogo a toalha.

— Isso me parece aceitável — decide o juiz. — Vamos para lá. Entraremos em recesso até o começo da tarde. Mas depois seguiremos adiante — avisa, olhando para Luke —, de um jeito ou de outro.

De volta ao escritório na faculdade de direito. Três dos melhores alunos o ajudam a pesquisar esse ponto. Duas horas depois de começar, ainda não encontraram nada sólido o bastante para que Luke convença o magistrado a autorizar o xerife a depor sobre o vínculo entre o atentado e o assassinato de Emma.

Ele não quer concluir a defesa assim, com uma testemunha fujona. É um tremendo vexame. A gente quer terminar com ênfase, com alguma coisa de que o júri se lembre vivamente quando estiver encerrado na saleta abafada para iniciar suas deliberações.

Consulta o relógio: 11:45. O tribunal reiniciará os trabalhos à uma e meia. Luke tem menos de duas horas. É pouco.

O telefone celular toca.
— Alô?
É Riva; ele imaginava; pouca gente tem o seu número em Santa Barbara. Ouvindo-a, logo seu rosto se ilumina com um sorriso largo.
— Sério mesmo? Onde você a encontrou? — Escuta. — Sim, claro! Traga-a para cá imediatamente!

A mulher jura dizer a verdade, toda a verdade, nada mais que a verdade. Uma mulher de meia-idade. Olhar franco. O tipo da trabalhadora cujo corpo diz que passou muito tempo de pé, de modo que o inchaço das pernas não a abandona. É garçonete numa filial da rede de restaurantes Carrow's, em Camarillo, à beira da Rodovia 101, a meio caminho entre Santa Barbara e Los Angeles.
Tal como no caso de Essham, o comerciante de armas, Ray Logan fez o possível para impedir o depoimento da testemunha. Dessa vez, o juiz Ewing se pôs do lado da defesa. Já abriu a porta para que os atos e o paradeiro de Doug Lancaster sejam abertamente examinados no tribunal; o depoimento dessa testemunha se encaixa com nitidez nesse conjunto de circunstâncias. Doug Lancaster não está presente. Luke o dispensou de comparecer hoje.
Ele define a data em que Emma foi dada como desaparecida.
— A senhora estava trabalhando no turno da manhã naquele dia, sra. De Wilde? — pergunta.
— Estava.
— Em que horário?
— Eu começo às seis da manhã, quando abrimos, e termino às duas da tarde. O outro turno vai até as dez da noite, quando fechamos. — Fala com voz cansada.
Acercando-se do banco das testemunhas, Luke retira de uma pasta uma fotografia 20x25, papel brilhante, e lhe entrega.
— A senhora viu este homem no restaurante aquela manhã?
A mulher examina a foto.
— Sim, vi.
— Tem certeza? Não há a menor dúvida?
— Certeza absoluta. Ele esteve lá.

Luke se aproxima do júri e ergue a fotografia para que todos a vejam: um retrato de Doug Lancaster.

— Este é o homem — diz para a depoente, mas sem tirar os olhos dos jurados.

— É.

— Quando ele esteve lá? A senhora se lembra da hora?

— Entre as sete e quinze e as oito, com uma margem de dez minutos para mais ou para menos.

— Como pode ter tanta certeza do horário?

— De duas em duas horas, nós temos um intervalo de quinze minutos — a garçonete explica. — Como eu já disse, chego às seis horas, portanto o meu descanso é às oito. Ele foi embora poucos minutos antes.

Luke fica pensativo.

— E como a senhora tem certeza de que não está enganada com a identidade? — indaga, voltando-se para ela. — Foi há mais de um ano.

— Eu sei. Mas ele estava muito irritado. Sentou-se a uma mesa do meu setor e parecia que acabava de passar por alguma coisa terrível. Eu não sabia o que era, mas perguntei se ele estava passando bem. Perguntei duas vezes.

— Qual foi a resposta?

— Ele me mandou deixá-lo em paz.

— Comeu alguma coisa?

— Tomou café preto. Eu o servi duas vezes.

— A senhora não é uma especialista, é claro — diz Luke —, mas ele dava a impressão de ter passado a noite em claro?

— Protesto! — grita Logan. — Pergunta especulativa, pede uma opinião.

— Rejeitada — determina Ewing de pronto, surpreendendo os dois advogados. E manda a depoente responder.

— A toda hora vem gente que passou a noite em claro — diz ela. — É fácil perceber: a roupa amassada, os cabelos despenteados, os bocejos. — Sorri. — Não é preciso ser um gênio para saber se uma pessoa está sem dormir ou não.

— Intuição de garçonete — define Luke com entusiasmo. A testemunha é boa; puxa vida, uma testemunha e tanto! — Portanto a sua resposta é...

— O homem da fotografia dava a impressão de ter passado a noite em claro.

— Muito bem. — Luke fica um momento calado antes de prosseguir. — Retornando à identificação. A senhora disse que sabe que era o homem da fotografia que eu acabo de lhe mostrar porque ele estava visivelmente irritado, coisa que chamava a atenção.

— Sim, senhor.

— Mesmo assim, isso foi há mais de um ano. Não é possível que, depois de tanto tempo, a senhora esteja enganada? Que o homem que acha que viu não seja realmente ele, talvez apenas uma pessoa parecida? Não é possível?

A mulher sacode a cabeça.

— Mas não é por isso que eu sei.

Luke sorri para ela.

— Por que é, então?

— Porque, dois dias depois, eu o vi na televisão, contando que a filha dele tinha sido seqüestrada. Foi um choque para mim. Estava assistindo ao noticiário com uma colega de trabalho, outra garçonete, era o noticiário das seis, e eu lhe disse: "Esse homem esteve no restaurante anteontem de manhã. E estava muito bravo". Foi o que eu disse. E, assistindo o programa, imaginei que estivesse tão bravo porque ela havia desaparecido.

— E não foi só mais tarde que a senhora se deu conta de que ele estivera no restaurante antes que se descobrisse que ela havia desaparecido? — pergunta Luke, orientando-a.

O "sim" tranqüilo da mulher e a estridente objeção de Logan são simultâneos.

— Rejeitada! — devolve o magistrado com igual energia.

Santo Deus, pensa Luke, isso pode acabar dando certo!

— Por favor, senhora, responda à pergunta uma vez mais para que o júri a ouça — pede.

— Sim — diz ela. — Ele esteve no restaurante naquela manhã.

Avizinha-se o fim da jornada. Ray Logan interrogou a sra. De Wilde, seduzindo-a, intimidando-a, ameaçando-a, mas ela manteve a história: havia servido pessoalmente Doug Lancaster, no restaurante em que trabalha, na manhã em que a filha dele sumiu do quarto. E garantiu que não tinha nenhuma dúvida sobre isso.

O juiz Ewing a dispensa. Examina o rol de depoentes, a seguir consulta o relógio na parede.

— O senhor vai convocar mais alguma testemunha? — pergunta a Luke.

Este sacode a cabeça. Fez o que podia fazer com o que tem. Pensou demorada e intensamente em convocar Doug Lancaster. Seu paradeiro ignorado, agora reforçado pelo depoimento dessa testemunha, podia suscitar uma dúvida razoável na mente dos jurados. E ele estava louco para desmascarar Lancaster, por motivos tanto profissionais quanto pessoais. Discutira muito a situação com o juiz De La Guerra.

— Não faça isso — aconselhou este depois de passarem a metade da noite avaliando os prós e os contras.

— Ele é um patinho de parque de diversões — protestou Luke. — Eu posso acertá-lo com os olhos fechados se quiser.

— Você acha que pode — retrucou o ex-magistrado. — Mas tem cem por cento de certeza?

— Como assim?

— O que diz o antigo adágio, Luke? Não faça nenhuma pergunta sem saber qual vai ser a resposta. Sim, ele vem tergiversando e mentindo desde o primeiro dia, e você pode pegá-lo e pegá-lo de jeito. Mas é possível que seja uma armadilha, vai ver que esse homem está esperando que você venha com essa, para jogar alguma coisa inesperada na sua cara.

Foi um argumento muito forte para desdenhar. No fim, Luke decidiu ir pelo lado da cautela. Contava com essa testemunha que colocara Doug a sessenta quilômetros de casa algumas horas depois do seqüestro de Emma. Valia mais a pena deixar isso para as alegações finais e bater muito nessa tecla. O pai mentiu, o pai estava perto. E não haveria nenhuma surpresa. A única outra coisa que podia fazer e não fez era convocar Joe Allison a prestar depoimento, mas isso ele não faria nem se o mar virasse sertão.

— Não, não vou. — Após um breve silêncio, Luke diz as palavras mágicas. — Meritíssimo, a não ser que haja depoimentos de contestação, a defesa encerra os trabalhos.

Um coletivo suspiro de alívio se espalha no ambiente. Ewing faz algumas anotações.

— Amanhã é sexta-feira, o tribunal entrará em recesso até segunda-feira às oito horas da manhã, quando eu instruirei o júri. Os advogados de ambas as partes devem estar prontos para as alegações finais imediatamente a seguir. — Uma última martelada, e se retira.

Luke permanece à mesa da defesa, procurando entrar em contato visual com os jurados, que começam a sair. A partir de hoje à noite, eles ficarão isolados até chegarem ao veredicto.

Sentado ao seu lado, Joe Allison aproxima o rosto do dele.

— Você foi ótimo, dr. Garrison. Muito obrigado.

Luke não dissimula a enorme antipatia que passou a ter pelo cliente.

— Não me agradeça — diz com azedume. — Ainda não terminou, falta muito.

A polícia leva o réu embora. Luke continua em seu lugar, esperando que a sala se esvazie. Está esgotado; não quer falar com mais ninguém hoje, muito menos com a imprensa. Por fim, a sala de audiência fica deserta, ele guarda os papéis na pasta de documentos, levanta-se cansado e se vira para sair.

Há uma pessoa no auditório. Glenna Lancaster, com sua eterna roupa preta, está parada junto à porta do fundo, observando-o. Com expressão indefinida, olha fixamente para ele.

Um abutre, pensa Luke, a guardiã do portal de seu próprio inferno particular, custodiando o triste destino da filha. Tentando ordenar que ele e Joe Allison partam para sempre. Sobretudo Joe. O homem com que fez amizade, que ela levou para a cama e que lhe deu as costas, preferindo ficar com a sua filha (que Allison nunca a levou a sério está fora do alcance da sua percepção), o homem que — e Luke sabe que Glenna está convencida disso — raptou e matou Emma.

Tem de passar por ela para sair. Ora, é inútil adiar o inevitável. Indo em sua direção, ele a fita sem agressividade, apenas com preocupação, como quem olha para um cão perigoso plantado na calçada, bem no meio do caminho. Mexa-se, por favor, pensa, dê meia-volta e saia.

Glenna fica onde está. Luke passa por ela, menos de um metro os separa quando ele chega à alta e pesada porta.

Tem de dizer alguma coisa; não pode passar por ela fingindo não vê-la. Seria sumamente rude, cruel até.

— Glenna...

Ela não diz nada.

— Eu lamento muito. — É o máximo que consegue dizer. *Eu lamento muito. Tudo, tudo, tudo que aconteceu.*

SEIS

Os preparativos de Luke para as alegações finais lhe tomarão todo o fim de semana. Encerrado no escritório, ele relê as transcrições, toma notas, reflete sobre os diversos ângulos. O fato de María González ter visto Joe Allison na propriedade é letal, uma verdadeira bala no coração, sobretudo combinado com a outra prova, que, embora já fosse perigosíssima, não chegava a ser uma arma fumegante. Ele precisa dar um jeito de plantar algumas pequenas dúvidas na mente dos jurados quanto à credibilidade da mulher. Ninguém viu Allison com o corpo da vítima, vivo ou morto, e até hoje não encontraram a arma do crime.

Mas a pior coisa que se pode fazer é mentir para si mesmo. A argumentação da promotoria, vista com olhos frios e objetivos, isentos de emoção e paixão, é quase à prova de bala. Há um motivo: Emma estava grávida, iria denunciá-lo. Oportunidade: ele esteve lá, conforme a testemunha ocular. E a forte prova circunstancial: o chaveiro, os tênis e as camisinhas. Tudo quanto Luke sabe, tudo quanto aprendeu, aponta para o mesmo lugar: o veredicto de culpado.

Mas ele não pode capitular. As regras não mudam quando a gente está perdendo.

Impaciente, Riva continua investigando. Já é tarde, mas ainda tem muito que fazer e não consegue se arredar da sua convicção: Allison dormiu com Emma, engravidou-a, mas não a matou.

É óbvio que tem Nicole Rogers em mente. E, com essa suspeita, passou a perseguir outro elemento. O que está fazendo é uma investigação ao acaso. Não é uma detetive de verdade, com as ferramentas adequadas de um detetive particular à sua disposição: uma rede, programas de computador, contatos dentro e fora da polícia. Embora lhe sobrem inteligência e curiosidade, faltam-lhe recursos — e, além disso, ela está grávida e, para a sua irritação, fatigada, o que lhe reduz a capacidade; Riva é uma mulher ativa, detesta estar cansada, sem energia — e nada tem de tangível com que prosseguir. É tudo intuição. A verdade está aí, como proclama o seu programa de televisão predileto. Mas onde?

O que diz a antiga regra? Siga o dinheiro. Joe Allison é o dinheiro nesse caso. Portanto recrie um par de dias típicos em sua vida e siga-os.

Um problema: o seu local de trabalho, a emissora de televisão, ocupava-lhe grande parte do tempo, e ela não pode navegar nessas águas, então só lhe resta comer pelas bordas: onde eram as suas atividades externas, onde ele ficava, onde comia, bebia, tinha vida social. As instituições a que pertencia, seu trabalho comunitário.

O Kris & Jerry's é um bar grã-fino e conhecido, no qual se reúnem muitos jovens profissionais bem pagos. Os *habitués* conheciam Joe Allison como freguês assíduo. O *barman*, um estudante do *campus* de Santa Barbara da Universidade da Califórnia, recorda uma mulher que bebeu com Allison em duas ocasiões e tomou *bourbon*. *Bourbon* de grife: pediu especificamente o Marker's Mark. Lembra-se disso porque é raro as mulheres pedirem *bourbon* na Califórnia. Não recorda o nome dela; nem sabe se chegou a ouvi-lo. Ela só esteve lá essas poucas vezes na companhia de Allison.

— Eu imaginei que fossem colegas de trabalho. Era a *happy hour* deles, ou seja, nada mais comum e corrente.

Bourbon Marker's Mark. Exatamente o que encontraram aberto no carro de Joe Allison. Interessante coincidência.

A mulher é amiga de Glenna. Recebe Riva em sua casa de Montecito, a algumas quadras de onde os Lancaster moravam.

— Glenna estava muito agitada. Andava bebendo. Bem mais do que devia.

— A senhora estava presente? — pergunta Riva. — Viu pessoalmente?

— Sim. Nós estávamos lá naquela noite, um pequeno grupo. Já era tarde.
— Ela contou por que estava tão chateada?
A mulher enruga a testa.
— Não. Tinha acontecido alguma coisa, alguma coisa que a havia perturbado muito. — A interlocutora de Riva, que fala sob a rigorosa condição de que a conversa seja totalmente em *off*, acende um Virginia Slim e traga nervosamente. — Eu devia parar. — Outra vigorosa baforada. — Não devia falar nessas coisas.
— Era por causa de um homem?
— Acho que não... dessa vez, não. Dessa vez, não, mas é claro que houve outras. — A mulher ri com desdém. — O que a gente não faz em nome do amor. Eu estive nessa situação, sei como é.
— Esse estado de agitação aconteceu na noite em que raptaram Emma Lancaster?
— Exatamente nessa noite.

Droga, pensa Riva, por que eu não fiquei sabendo disso um ou dois meses atrás? Não sabe se Luke vai ficar contente com o que ela descobriu ou aborrecido porque o descobriu tão tarde. Tarde demais para ajudar realmente. Ele já encerrou os trabalhos. O motivo pelo qual não obtiveram essa informação foi não terem tempo nem força de trabalho para fazer tudo que queriam: vivem num mundo finito. E Luke tem um cliente que nunca foi sincero, que só esclarecia a verdade quando se via obrigado.
Se perderem esse caso e se concluírem que essa informação talvez fosse decisiva, Joe Allison não poderá culpar ninguém, a não ser a si mesmo. Devia saber se tomou *bourbon* com a sua amiga e se ela estava arrasada porque ele iria se mudar para outra cidade.

— Olá, Janet. — Já são amigas, portanto ela a trata pelo prenome.
— Olá, Riva.
— Está nervosa, Janet? Seus joelhos estão dando os dois passos do mambo.
Os joelhos da dra. López oscilam num ritmo espasmódico.
— Eu não devia ter conversado com você. Não devia ter conversado com ninguém. Nunca. Devia ter preservado o sigilo médico-paciente.

É a tarde de domingo. A clínica está fechada. A dra. López só veio devido ao pedido urgente de Riva.
— Você não tinha escolha. Os pais dela dispensaram o sigilo.
— Eu devia ter resistido.
Riva sente pena da mulher. São irmãs de etnia, um vínculo forte nesse lugar e nessa época. E gosta dela, sempre gosta de quem procura agir corretamente.
— No fim, acabariam arrancando tudo de você, portanto não se atormente com isso, *hermana*.
A médica dá de ombros como quem diz "Quem sabe?".
— Então, o que você quer saber? — pergunta com cautela. — Eu já prestei depoimento, não tenho mais nada a dizer.
— Eu quero saber para mim — diz Riva. — Fora dos tribunais, longe dos júris, longe da lei. Em nome da verdade. Se é que há alguma verdade nisso tudo.
— Qual é a pergunta?
— Quem, fora você, sabia que Emma estava grávida? Quem *pode* ter sabido?
A dra. López reflete um pouco.
— É difícil de responder.
— Outras pessoas que trabalham aqui?
— Talvez.
— Você contou a alguém?
A médica faz que sim.
— Contei ao meu colega. O outro médico, Sam Hablitt.
— A quem mais?
— A mais ninguém. Emma esteve aqui um dia e, no outro, foi seqüestrada.
— Certo. Quer dizer que você só contou a essa outra pessoa.
A dra. López a encara.
— Sim.
— Anotou alguma coisa? Escreveu num papel?
A médica confirma com um gesto.
— Escrevi.
— Então podem ter encontrado esse papel e contado a outra pessoa ou tomado alguma iniciativa?
— Não. — A dra. López sacode a cabeça com muita veemência.
— Como não?
— Estava tudo em código. Nós nunca identificamos uma paciente pelo nome. Para impedir o governo ou qualquer um que

queira espionar a nossa privacidade. A privacidade é importantíssima, principalmente devido às pacientes com Aids e aos seus empregadores e companhias de seguros, e nós lutamos para conservar a autonomia e a independência a qualquer preço. — Irrita-se. — Os tais conservadores de Washington vivem falando em enxugar o Estado, mas quando se trata de programas sociais para ajudar os pobres e os desamparados, suas impressões digitais estão em toda parte. Qualquer coisa serve para tentar fechar a nossa clínica, aqueles bastardos!

— Eu entendo — diz Riva. — E a minha pergunta é esta: quem conhece esse código? Ou poderia ter acesso a ele?

Mergulhado no trabalho, com o nível de tensão cada vez mais alto, Luke olha irritado para Riva.

— Não me faltava mais nada: um monte de coisas para me distraírem.

Noite de domingo na Mountain Drive. O verdadeiro início do fim começa amanhã. Ele está às voltas com o esboço das alegações finais, os olhos pregados na tela do *laptop*. Como se a resposta que procura dela pudesse saltar por vontade própria.

— Descuuuulpe — devolve ela de mau humor. — Pensei que ia lhe interessar. Pelo menos uma parte da informação. — Afasta-se. — E pensar que eu trabalhei como louca para obtê-la. Querendo ajudar e ver se ouvia um "obrigado".

— Eu estou preparando as minhas observações finais, Riva. São as alegações mais importantes que já fiz na vida. — Ele acredita em sua própria hipérbole. — O que você quer que eu faça com isso?

— Reabrir o processo? — pede ela cheia de esperança.

— Reabrir um processo é coisa séria. A gente não pode chegar lá e dizer: "Escute aqui, seu juiz, eu descobri uma coisa nova que pode lhe interessar. Vamos parar tudo e virar noventa graus à esquerda". Nenhum juiz do mundo aceita isso.

— Mas é importante — argumenta Riva com veemência. — Pode ser vital.

— Eu concordo. E, se tivéssemos sabido mais cedo, coisa que eu acho que devíamos, poderíamos ter encontrado um modo de usar isso... embora seja altamente circunstancial. Voltar atrás agora e tentar reabrir o processo seria admitir a própria incompetência.

— Você não teve tempo de checar tudo que existe debaixo do sol, Luke. Não volte a se desvalorizar. É um luxo que você não pode se dar. Sabe que ninguém esperava que você ganhasse, Luke. Só esperavam que se esforçasse, que trabalhasse bem e depois saísse de fininho.

Ele se sente como se tivesse sido baleado novamente.

— Eu sei. — Olha para fora, para a escuridão da noite no desfiladeiro e, mais abaixo, para as luzes da cidade, a plataforma de petróleo, no canal, definindo o horizonte.

— Você pretende fazer alguma coisa com a minha informação?

— Não sei. Ela reforça a minha hipótese de que havia pelo menos mais uma pessoa envolvida. — Reclina-se no sofá da sala de estar. — Em outras circunstâncias, eu deixaria isso vazar para a imprensa. Mas acontece que Doug Lancaster é a imprensa local.

— E você? — pergunta Riva, deitando-se ao lado dele no sofá, oferecendo os pés descalços para que Luke os massageie.

— E eu o quê? — Luke lhe segura o pé. Começa a pressionar-lhe a sola.

Ela se delicia com a rude carícia.

— Quem tentou matá-lo ainda está à solta por aí — diz, movendo-se num ritmo lento e libidinoso ao sabor da massagem.

— Eu sei — responde ele com azedume. Aponta para a rua com a cabeça. — A polícia, aí fora, não me deixa esquecer esse detalhe.

— Você não devia pelo menos contar ao xerife?

— Boa idéia. — Luke lhe solta repentinamente o pé, levanta-se e vai para a mesa da sala de jantar, que lhe serve de escrivaninha. — Quando eu o encontrar amanhã. — Senta-se e começa a reunir os papéis, voltando a atenção para o discurso que está redigindo.

— Eu vou tomar banho. — Ela se levanta e vai para o banheiro.

Luke se põe a trabalhar nas alegações finais, mas não consegue se concentrar, não tanto quanto precisa. Pensa em Riva, na sua dedicação, que chega a ser comovente. Queria poder perseguir mais esse ângulo, mas é impossível fazer tudo ao mesmo tempo. A sua obrigação é defender o cliente, não procurar e identificar todos os suspeitos possíveis. Isso é trabalho da polícia, e ela não se empenhou muito.

Amanhã transmitirá a informação ao xerife Williams. Talvez surta algum resultado. Não é com isso que deve se preocupar agora. Sua única missão é obter a absolvição de Joe Allison. Então, se por milagre conseguir chegar a tanto, cuidará de tudo o mais.

— Senhoras e senhores membros do júri...
Ray Logan é o homem do momento. E sabe disso. É a sua chance de brilhar como nunca brilhou. De deixar uma marca na promotoria, de torná-la sua de uma vez por todas. Luke Garrison será seu cúmplice nessa missão: não um cúmplice voluntário, porém, mesmo assim, um coadjuvante. O rei morreu, viva o rei. Comprou um terno novo para a ocasião, um Hugo Boss azul-marinho, com riscas-de-giz, que cai tão bem nele quanto um milhão de dólares.

Todos os que precisam estar presentes estão. Doug Lancaster retornou ao seu lugar habitual na primeira fila, bem atrás da mesa da acusação. Parece calmo, bem mais do que depois do início do julgamento, bem mais do que nos últimos meses. Olhando para ele enquanto espera a chegada do juiz Ewing, Luke fica admirado com o seu recém-adquirido autocontrole. Talvez tenha aceitado o que pode acontecer, pensa. Ou está convencido de que, terminados os discursos finais, o veredicto lhe será favorável.

Também Glenna se encontra em seu lugar habitual. Última fila, perto da porta.

Ele tinha planos de transmitir ao xerife Williams as informações obtidas por Riva e passar alguns minutos, antes que o dia começasse oficialmente, explicando-as e discutindo-as, porém Williams, que normalmente chega cedo, só apareceu um minuto antes que o oficial anunciasse o início dos trabalhos.

— Todos de pé!

Com um formidável porte magistral, o juiz Ewing entra arrastando no chão a barra da toga. Cortou os cabelos no fim de semana e, sob a roupagem judicial, ostenta uma gravata nova, Luke repara, de seda prateada e azul-marinho. Parece mesmo um magistrado; lembra muito o último presidente do tribunal, o desembargador Warner Burger. Digno, sereno, controladíssimo.

— Pode iniciar — ordena sem rodeios a Ray Logan.
— Senhoras e senhores membros do júri...

Ray Logan é organizado. Está por cima. Mostra-se suave, confiante, simpático, firme. Não fala com superioridade, não é arrogante com os jurados, não exala prepotência, não os intimida de modo algum.

Os fatos são indiscutíveis. Basta olhar para eles. Havia uma menina impressionável que tinha amizade com um homem mais velho. Esse homem trabalhava para o pai dela, de modo que fazia tempo que ela o considerava um amigo, ficava à vontade na sua companhia, confiava nele. E evoluiu de uma estudante de doze anos, com aparelho nos dentes, para uma quase mulher em flor, de catorze anos, e sua beleza e sua sexualidade tornaram-se uma coisa tangível, viva, ela sentia a sua própria excitação interior e a despertou nesse homem, que não tinha consciência. Teve conjunção carnal com ele voluntariamente? Sim, é bem provável que sim. Gostava muito daquele astro da mídia local. Muitas meninas da mesma idade tinham uma paixão semelhante. Assim, quando surgiu a oportunidade, trágica e previsivelmente, eles se tornaram amantes.

Coisa que os senhores não fariam, caros jurados. Coisa que nenhum adulto com senso de moralidade, capaz de discernir o certo do errado, faria.

Ela engravidou. Trazia no ventre o fruto do seu amor. Mas este não era o fruto do amor, era, isto sim, um feto do inferno, um sério problema que crescia em seu útero. Seria uma desgraça social para ela e para a sua família se isso viesse ao conhecimento público, ainda que eles pudessem enfrentar a situação, sendo uma família. Talvez ela recorresse ao aborto — chegou a pensar nisso. Talvez não, talvez os pais a mandassem para longe com um pretexto qualquer, tinham muito dinheiro, passar alguns meses estudando na França ou na Itália é uma experiência fantástica para uma adolescente. E o bebê seria entregue à adoção. Ninguém ficaria sabendo. Emma sobreviveria a esse percalço e sua vida prosseguiria. Lembrem-se bem disso, senhoras e senhores membros do júri, sua vida prosseguiria.

Para Joe Allison, no entanto, o cenário era bem diferente. Aquela gravidez era a sua ruína. Era preciso interrompê-la imediatamente, "por todos os meios necessários". Esta é uma expressão militar que significa fazer o que é preciso para cumprir a missão e proteger-se.

E foi o que ele fez. Assassinou-a.

Vamos acompanhar os fatos juntos. A menstruação de Emma Lancaster atrasou duas vezes. Ela foi a uma clínica que não infor-

maria seus pais do seu possível estado. A clínica confirmou que estava grávida de três meses. Isso foi na tarde de sábado. Ela tentou imediatamente entrar em contato com Joe Allison, o pai da criança. Os dois se desencontraram. Por fim, passadas já as duas da madrugada, conseguiram conversar.
 Ele foi imediatamente para a casa dela. Tirou-a do quarto. Uma testemunha o viu fazendo isso. Não se sabe aonde foram discutir o problema, provavelmente no gazebo da casa dos pais da menina, onde eles já tinham feito amor em outras ocasiões. Sabemos disso por causa dos preservativos que ele usou e que coincidiam com os que posteriormente foram encontrados em sua casa. Mas estamos nos adiantando muito.
 Algo aconteceu entre eles. Talvez ela não quisesse fazer aborto. Queria ter o bebê. E quem era o pai?, as pessoas iriam perguntar. Cedo ou tarde, todos ficariam sabendo. Ou talvez ela pretendesse contar ao pai o problema que estava vivendo. Os senhores têm alguma dúvida quanto ao que aconteceria se fizesse isso? Joe Allison, lá no gazebo, com sua amante de catorze anos, às três horas da madrugada, não teve dúvida alguma.
 Só havia uma saída para ele.
 Nós sabemos que Joe Allison esteve lá nessa noite, senhoras e senhores membros do júri. Porque uma mulher corajosa que, tendo entrado ilegalmente neste país, sempre teve medo do que lhe aconteceria se "se envolvesse", superou os seus temores e se apresentou. Mas também isso aconteceria mais tarde.
 Passou-se um ano. Para Doug e Glenna Lancaster, um ano de dor e pesar contínuos, ininterruptos. Um ano durante o qual suas vidas se separaram. E, no decorrer desse ano, o amigo Joe Allison esteve ao lado deles, oferecendo-lhes consolo e apoio.
 Então ocorreu um milagre. Nós reconhecemos, senhores jurados: não foi o obstinado trabalho da polícia que solucionou o caso, esse crime horrível, inconcebível. É provável que o solucionássemos cedo ou tarde, mas nada o garante. Fomos abençoados. O que prova, afinal, que Deus existe, eu acredito firmemente nisso.
 O milagre é que Joe Allison foi detido dirigindo alcoolizado. Coisa que levou a uma revista: uma revista legal, senhoras e senhores, não há a mais remota sombra de ilegalidade no trabalho realizado pela polícia em conexão com este caso, portanto tirem isso da cabeça, é uma astuciosa cortina de fumaça para impedi-los de enxergar a verdade nua e crua. Mas os senhores são mais

inteligentes que esse desesperado artifício técnico, os senhores conseguem ver através dele.

Allison foi detido legalmente. E, em seu automóvel, encontrava-se o chaveiro que havia desaparecido do quarto de Emma um ano antes, na noite do homicídio. E, quando a polícia o viu e, a seguir, revistou a casa dele, tudo dentro da legalidade, senhoras e senhores, o que foi que encontrou? Os tênis que deixaram as pegadas detectadas na propriedade e, ulteriormente, no local onde acharam o corpo. Os tênis que deixaram uma marca profunda no solo, porque o homem que os calçava estava carregando uma menina, uma menina morta, que pesava mais de 50 kg, de modo que é claro que deixassem uma pegada significativa, estavam suportando quase 150 kg. E é por isso que os calçados são tão importantes.

Mas não foi só isso. Os preservativos encontrados no domicílio de Joe Allison são exatamente do mesmo tipo dos colhidos no gazebo. Ele os usava no seu *affaire* ilícito com uma menina de catorze anos! Com exceção de uma vez, quando, no calor da paixão, esqueceu-se de usá-los — ou talvez um deles tenha arrebentado, quem sabe, que importa?

Logan está chegando ao fim.

À mesa da defesa, sentado ao lado de Joe Allison, Luke escuta e observa com atenção. Bom trabalho, pensa. Direto, sólido, extremamente persuasivo. Seu adversário até acertou na mosca na informação, que não tem de primeira mão, sobre como Allison engravidou a menina. Ele conta com um júri disposto a condenar desde que lhe dêem um motivo e lhe expliquem como. E Ray Logan fez isso. E muito bem.

— A defesa levantou uma questão que eu quero remover de uma vez por todas. Trata-se da idéia de que outra pessoa teria cometido esse crime brutal. A defesa foi implacável a ponto de sugerir que pode ter sido o pai de Emma, que a amava com o amor que só um pai tem por uma filha. — O promotor se volta e olha para Luke à mesa da defesa. — Isso não aconteceu, senhoras e senhores membros do júri. — Sua voz está carregada de desprezo. — É uma coisa sórdida, e os senhores sabem disso. — Uma pausa. — Os senhores sabem. — Falando com tristeza, baixando a voz num quase sussurro para pronunciar essas três palavras, Logan olha para o público, encontra Doug Lancaster, entra em contato visual com ele.

Está concluindo, o tiro de misericórdia é:

— Os senhores têm tudo de que precisam para condenar, caros jurados, só falta um videoteipe do assassinato. Eu o digo literalmente. O acusado esteve lá: duas testemunhas o viram. Só isso já é suficiente para condená-lo, mais do que suficiente. Mas vejam que mais os senhores devem levar consigo à sala do júri para iniciar suas deliberações. O chaveiro de Emma, desaparecido desde aquele dia. Os tênis de Joe Allison, que deixaram pegadas características tanto no local do crime quanto onde o corpo foi encontrado. E os preservativos apreendidos na casa dele, exatamente os mesmos que estavam no gazebo. Nós temos o motivo, senhoras e senhores. Temos a oportunidade. E temos a prova. Nós temos tudo que um júri sempre quis ter para fazer a coisa certa. Joe Allison, um homem absolutamente desprovido de moral, que tinha relações sexuais com a filha de catorze anos do seu amigo e empregador. E depois, para enterrar ainda mais o punhal, fingiu ser um amigo enlutado, uma fonte de consolo e apoio. Como os senhores imaginam que os pais de Emma se sentiram ao descobrir que esse homem, que eles julgavam um amigo — Doug Lancaster convidou Joe Allison a jantar na própria noite em que este foi preso e acusado do assassinato da sua filha —, como os senhores acham que eles se sentiram ao descobrir que foi ele que a seduziu, engravidou, matou e abandonou insepulta? Ponham-se no lugar deles, senhores. É muito mais devastador do que eu poderia descrever, palavra que é.

Logan faz uma pausa e respira fundo. Está quase terminando.

— Sua missão é clara. Consiste em declarar Joe Allison culpado de homicídio de primeiro grau e de seqüestro, consiste em sentenciá-lo à morte por injeção letal nas mãos do Estado. Qualquer veredicto diferente será uma grosseira violação da justiça, uma traição à vida de Emma Lancaster e uma negação da sua morte. Não façam isso. Não a neguem. Eu imploro. É o que imploram seus pais e todos os habitantes do Estado da Califórnia. Não neguem a sua morte. Se o fizerem, negarão também a sua vida, negarão que ela existiu. Mas ela viveu, senhoras e senhores. Não muito tempo, mas viveu. Ainda podia estar viva. Seu assassino está. E se os senhores o deixarem continuar vivendo enquanto ela jaz na sepultura, estarão cometendo uma terrível injustiça consigo mesmos e com todos nós.

Logan se volta e aponta o dedo da própria fúria divina para a mesa da defesa, para Joe Allison.

— Ele a matou. — Fala com voz incendiária. — A lei deste Estado determina que quando um ser humano mata outro ser humano com dolo e maldade, deve pagar pelo crime... *com a vida*. Que este homem pague o preço supremo, senhoras e senhores. Porque fez com que Emma Lancaster o pagasse.

Parabéns, pensa Luke, foi muito bom. Numa escala de um a dez, ele lhe daria oito, oito e meio talvez. Foi a melhor coisa que viu Logan fazer na vida. Precisava estar à altura da ocasião e provar que agora ele é "o homem". E conseguiu, sem dúvida.

Quase chegou lá. Mas hoje à tarde, quando o júri voltar do almoço, de barriga cheia e descansado, vai conhecer a verdade.

A sala de audiência está vazia. Só Luke permanece em seu enorme e sofisticado "escritório", sentado à sua escrivaninha, a mesa da defesa, revendo uma vez mais o discurso que vai fazer. Nada do que Ray Logan disse o modificará, a não ser para enfatizar a questão que o próprio Ray trouxe à baila: não só outra pessoa *pode* ter matado Emma, como existe uma grande abundância de indícios capazes de desmentir ou pelo menos de lançar dúvidas terríveis sobre a culpa de Joe Allison.

Este esteve lá? Sim. Mas ninguém sabe disso. Ninguém a não ser Luke, Riva e a doméstica María González: María, que deve sua própria existência aos Lancaster; María, que viu Joe Allison na casa aquela noite, mas só se dispôs a declará-lo mais de um ano depois? Que brincadeira é essa, minha gente?

Ele está pronto. Queria que o almoço já tivesse terminado para poder saltar na sela.

— Luke. Venha! Venha já! — Riva entra correndo pela porta mais distante e grita de longe.

Saltando da cadeira sem saber por quê, mas estimulado pela voz dela, Luke sai apressadamente e a segue até o jardim ensolarado do tribunal, onde Doug Lancaster, de pé no relvado e cercado de vários grupos de jornalistas, se prepara para dar uma entrevista coletiva. O pessoal da imagem posiciona as câmeras — a emissora de Doug ficou com o melhor lugar, é claro — enquanto as equipes de som testam os aparelhos, prendendo nas hastes os mais diferentes tipos de microfones, neles falando para os gravadores dos caminhões estacionados nas ruas Anacapa e Anapamu.

O que está acontecendo?, pensa Luke. Olhando à sua volta, fareja uma armação.

Avista Ray Logan a um lado, fora do alcance do aglomerado de câmeras, e, perto dele, o xerife. Os dois adotam uma estóica postura militar, coisa que há de torná-los mais fotogênicos se por acaso aparecerem na telinha; do lugar onde se encontra, à sombra da entrada arqueada, a uns quarenta metros de distância, Luke consegue ver que, mais além da fachada impassível e artificial que procuram mostrar ao mundo, suas emoções íntimas são bem diferentes. Mas o que aquilo significa exatamente, não sabe. Só sabe que não é nada bom para ele.

Logan sente a presença de Luke e olha na direção da escadaria onde ele está, atrás do lugar em que instalaram os microfones, assistindo ao evento, olhando para as costas de Doug Lancaster. Entra em contato visual com Luke, depois cutuca o xerife, que também olha na sua direção. O rosto de Williams é uma máscara tensa, os olhos semicerrados por causa do sol.

Está tudo pronto. Doug Lancaster se aproxima da bateria de microfones.

Sim, eu tinha razão, pensa Luke. É uma armação.

— Eu quero anunciar uma coisa — Doug começa a falar. Ampliada por dezenas de microfones, sua voz troveja no anfiteatro relvado formado pelos três lados do edifício do tribunal.

Luke se acerca da periferia da pequena multidão a fim de vê-lo melhor. O sol está a pino; sem nenhuma nuvem, o céu claro e brilhante chega a ferir a vista.

Ele sente a bile subir-lhe ao peito e à garganta. Todas essas equipes de jornalistas foram alertadas por algum motivo: decerto não para ouvir Doug contar que, na verdade, foi ele que matou a própria filha.

E então a avista. Helena Buchinsky, a mulher que ele interrogou em Malibu. A amante de Lancaster. Um pouco afastada, do lado oposto ao do xerife e do promotor distrital com relação a Doug. Um chapéu de palha de aba larga e flexível protege-lhe o rosto contra o sol. Traja um vestido simples, sapatos de saltos médios. Nada de jóias. Não exala erotismo.

Riva se aproxima de Luke. Segura-lhe a mão com firmeza.

— Levantaram uma questão neste julgamento — Doug diz. — Sobre onde eu me encontrava na noite em que a minha filha, Emma, foi levada de casa e, posteriormente, assassinada.

O aglomerado de jornalistas e curiosos ouve atentamente. A coisa vai esquentar.

— A defesa levantou essa questão a fim de encobrir a verdadeira natureza deste caso. Pelo fato de eu não me encontrar em casa naquela noite e ter prestado um depoimento ambíguo à polícia sobre o meu paradeiro, houve uma forte implicação de que eu estava envolvido com a morte da minha filha. — Faz uma pausa, tempera a garganta, olha para Helena Buchinsky, que permanece rígida feito um manequim. Ela o fita rapidamente, depois desvia o olhar. — Trata-se de uma alegação horrenda, obscena, maldosa. Porém, como eu de fato menti à polícia no dia em que ela foi raptada, passei a ser suspeito. — Uma breve pausa. — Eu menti. E menti por um motivo. Menti para proteger algumas pessoas inocentes. Mas decidi finalmente esclarecer isso, pois não tenho nenhum envolvimento com a morte da minha filha e não quero que o homem que realmente a matou se beneficie da minha mentira, mesmo que, como eu disse, tenha sido por um bom motivo.

Está quente aqui fora. Vestindo um terno escuro, camisa engomada, gravata, ele enxuga a testa com o lenço.

— Na noite em questão, eu estive não com a minha filha, mas com o meu filho. Meu filho que se chama Mark e tem onze anos.

A instituição sabia perfeitamente onde encontrá-lo. Ele mesmo providenciou para que fosse assim. Tarde da noite, recebeu o telefonema no hotel. Seu filho tinha contraído um vírus de uma hora para outra. Estava passando muito mal, podia haver complicações — mais de quarenta graus de febre —, podia morrer, dada a sua fraqueza. Iriam levá-lo à sala de emergência do hospital de Camarillo, o mais próximo de onde morava o menino.

Ele telefonou para a mãe do garoto e lhe contou. A seguir, ligou para a portaria do hotel e pediu o carro. Vestiu-se de qualquer modo e desceu correndo. O automóvel já o aguardava. Ele entrou às pressas e saiu do estacionamento rumo à estrada de Camarillo. Era tarde, mais de uma da madrugada.

Chegou a Camarillo pouco antes das duas. Ela já tinha chegado, morava mais perto do hospital, em Malibu.

Os médicos estavam tratando do seu filho. Havia sofrido uma parada cardíaca, mas conseguiram reanimá-lo. Sua respiração difícil dependia da ajuda de um aparelho. Foi por pouco.
Já tinha acontecido outras vezes. Um dia, seu coração pararia de vez e não haveria como salvá-lo. Um coração defeituoso como tantas outras coisas nele. Seu cérebro era defeituoso — mal chegava a ser um cérebro, era impossível medir-lhe o Q.I., decerto inferior a vinte. Quando saiu do útero, seu corpinho atormentado estava todo retorcido e fraturado. Eram tantas as suas anormalidades: espinha bífida, hidrocefalia, ossos de tal modo carentes de cálcio que uma pancada não muito forte podia quebrá-los. Ao longo dos anos, fraturou dezenas de ossos, às vezes simplesmente por ter rolado na cama enquanto dormia.
Foram quatro horas de trabalho intensivo, mas a equipe médica conseguiu, miraculosamente, estabilizá-lo. Seu coração voltou a funcionar, combateu-se o vírus que quase lhe torrou o cérebro.
Não se podia fazer mais nada. Nunca se pôde fazer nada por ele, desde o instante em que nasceu.
A mãe do garoto voltou para a sua casa de praia em Malibu. Ele tomou um café no Carrow's, perto do hospital, e retornou a Santa Monica. Estava acabado, física e emocionalmente, mas tinha de manter a aparência. Foi obrigado a jogar uma partida de golfe, com alguns parceiros de negócios, poucas horas depois de deixar o filho no hospital, o filho que nunca disse uma palavra, que nunca, na vida, deu sinal de reconhecer o pai ou quem quer que fosse.
Então, naquela tarde, outro telefonema lhe comunicou que sua filha tinha sido seqüestrada; sua filha sadia e bonita, sua filha legítima.

Doug Lancaster olha para os microfones.
— Há doze anos, eu tive um *affaire*. Era casado. Tinha uma filha pequena, bebê ainda. Emma. — A voz lhe falha um momento. Ele prossegue. — A mulher engravidou. Era solteira. Atualmente é casada com um grande amigo meu. — Faz uma pausa. — O casamento agora está abalado por causa do que acabo de contar.
Luke o escuta, os joelhos trêmulos.
— Ela não podia ficar com Mark. Não pelo fato de ser solteira, teria ficado em outras circunstâncias, queria ficar, por isso não interrompeu a gravidez. É católica, não admite o aborto. Mas, em face do estado terrível do meu filho, da quantidade de problemas físicos agudos, incuráveis, do seu retardamento mental,

nós tivemos de interná-lo numa boa instituição, onde cuidassem dele da melhor maneira possível. — Engole em seco antes de continuar. — Mark passou a vida toda internado. E assim continuará até a morte, que, se Deus quiser, não tardará, pois ele sofreu todos os dias da sua existência. Quando Mark nasceu, o médico nos perguntou se queríamos que o deixassem morrer. Seria fácil. Pensando bem, seria a atitude mais humana a tomar. Sem dúvida, a mais sensata também. Nós, a mãe dele e eu, escolhemos não deixá-lo morrer. E, desde então, temos feito o possível para que continue vivendo. — Começa a se abater, controla-se, prossegue. — Ninguém nunca soube da existência do meu filho. Glenna, minha ex-esposa, não sabia. Minha filha Emma não imaginava que tinha um irmão. Absolutamente ninguém sabia, a não ser alguns funcionários da instituição, que tinham de saber, além da sra. Buchinsky e de mim. — Uma última pausa. Então sua voz adquire um matiz desafiante. — Ninguém ficaria sabendo. Jamais. Não havia motivo para que soubessem: era um assunto particular entre duas pessoas. E devia ser mantido em segredo até o fim. — Passa a falar com raiva. — Mas, como o advogado de defesa, neste caso, resolveu me transformar no vilão do julgamento do assassinato da minha própria filha, eu sou obrigado a vir a público contar o meu terrível segredo. — Brande um documento. — Esta é uma declaração juramentada do diretor da instituição que cuida do meu filho Mark. Vou distribuí-la à imprensa, assim que terminar, para que todos saibam que estou dizendo a verdade, a dolorosa verdade. Obrigado.

Ferdinand De La Guerra, que tem sido discreto a ponto de fazer-se invisível durante todo o julgamento, encontra-se com Luke no gabinete do juiz Ewing: lembrete nada sutil de que há figurões do *establishment* nos bastidores, particularmente o ex-cacique do sistema judicial do distrito.

Quando se dirigiam ao pequeno escritório de Ewing, De La Guerra comentou a devastadora entrevista de Doug Lancaster.

— Agora você não acha que fez bem em não convocá-lo a depor?

— Que diferença faz? — resmungou Luke. — Fui atropelado por um caminhão em vez de levar um tiro na cabeça. Seja como for, eu continuo morto e enterrado.

— O júri não o ouviu — lembra o ex-magistrado. — Nada do que ele disse está nos autos do processo. É uma grande diferença. É verdade; mas não consola.

Encontram-se com Ray Logan e seus dois principais colaboradores, o vice-promotor distrital e o consultor jurídico.

Ewing está morrendo de calor: literalmente. Tirou a toga e a jogou com descuido numa cadeira. Afrouxou a bela gravata nova. Sua camisa, com o colarinho desabotoado, está toda manchada de suor.

— Desde que eu sou juiz, até nos doze anos em que fui presidente do tribunal — declara De La Guerra ao ex-colega —, nunca vi uma violação tão flagrante da ética profissional. — Volta-se para Ray Logan. — O que você pensa afinal? A sua conduta jurídica não se pauta por nenhum escrúpulo? A entrevista do sr. Lancaster pode fundamentar a anulação do julgamento.

— Com todo respeito, juiz De La Guerra — retruca o promotor distrital —, eu não concordo. — Está desconcertado com a crítica de um homem considerado irrepreensível. — Não foi combinado, juro. Eu não sabia de nada até que Doug Lancaster me cercasse na saída, logo depois das minhas alegações finais, para avisar que iria dar uma entrevista coletiva dentro de cinco minutos e pedir que o xerife e eu estivéssemos presentes.

— Quer dizer que a coisa o surpreendeu tanto quanto a mim? — pergunta Luke com sarcasmo. Volta-se para Ewing. — Eu sou obrigado a pedir a anulação do julgamento e nós vamos ter de começar toda essa mixórdia de novo, e, dessa vez, Vossa Excelência vai ter de arranjar outro advogado de defesa, pois esta foi a minha despedida.

— Que motivo você tem para pedir a anulação? — pergunta Logan, olhando de relance para o consultor jurídico, que balança a cabeça, concordando: o escritório acaba de fazer uma pesquisa rápida e acha que está tudo em ordem, pelo menos por enquanto. — Lancaster é um cidadão particular. Nós não podemos controlar os seus atos. Mostre-me um precedente em que o ato de um cidadão particular, falando em defesa própria, levou à anulação de um julgamento. Eu quero muito ver. Podemos inaugurar um novo terreno jurídico aqui. — Sacode a cabeça com desdém. — Não há motivo. Você levou a pior, é uma pena. Mas nada do que Doug Lancaster fez, nada do que a promotoria fez, justifica a paralisação do julgamento.

Sente-se altamente satisfeito consigo. É um momento decisivo em sua carreira. Que tenha acontecido justamente quando o adversário é nada menos que Luke Garrison torna a coisa ainda mais saborosa.

O juiz Ewing olha para Luke.

— Você vai requerer a anulação?

Ele mesmo assistiu a tudo pela janela do gabinete. Tal como a promotoria, apressou-se a verificar as conseqüências jurídicas que a entrevista de Lancaster poderia ter, tanto do ponto de vista da defesa quanto do da acusação. Nada encontrou.

— Eu gostaria de entrar com uma petição, Meritíssimo, mas primeiro preciso pesquisar um pouco, descobrir em que pé estou. Se tenho fundamento, coisa que, no momento, não sei — Luke admite francamente. — Em todo caso, não quero apresentar as minhas alegações finais hoje. Porque, sinceramente, agora eu não tenho mais o que dizer.

— Meritíssimo, eu devo objetar... — diz Logan.

— Cale a boca, Ray — atalha o juiz com impaciência. — Soubesse você ou não do que iria acontecer, esse incidente me cheira a comportamento antiético e rasteiro. — Vira-se para Luke e De La Guerra. — Eu vou dispensar o júri até amanhã cedo. Quero que você volte ao tribunal hoje à tarde, às quinze para as cinco, para me contar, se puder, o que pretende fazer. Nós estamos em julgamento: eu não vou paralisá-lo. Se você não conseguir me convencer, com um claro precedente legal, de que a atitude de Doug Lancaster fundamenta uma petição de anulação do julgamento, nós vamos continuar. Mostre-me, do contrário o caso será entregue à deliberação do júri amanhã no fim do dia.

Descalços, Luke e Riva — ele com a calça do terno enrolada até os joelhos — caminham na Praia de Butterfly. A maré recuou muito, quase cem metros. De mãos dadas, passam pelo Channel Drive e o Hotel Baltimore; o sol se inclina no ocidente. A areia úmida crepita sob seus passos. As pegadas dela, normalmente bem arqueadas, agora estão chatas devido à gravidez, sem definição, a não ser as marcas dos dedos.

— Luke...

— Tudo bem. Ainda não acabou.

Riva admira o estoicismo desse homem que ela ama tanto. Acabam de lhe puxar o tapete, esfrangalharam toda a sua defesa.

E, antes dessa última e quase inevitável catástrofe, Luke foi baleado, descobriu que seu cliente é mentiroso e pedófilo, reviu a ex-esposa, com toda a carga psicológica e emocional que acompanhou esse encontro, teve de enfrentar a inimizade dos membros de sua antiga equipe e de digerir uma hostilidade geral na cidade, e, como se não bastasse, viu-se arrastado a uma situação que parecia pura e cristalina por fora, mas, na verdade, não passava de uma sórdida imundície.

— O que você vai fazer? — Tem de perguntar, mesmo sabendo que Luke não quer conversa. O passeio na praia foi idéia dele: precisava acalmar-se e desanuviar a mente antes de dar o próximo passo.

Ele se detém e olha para o sol.

— Eu preciso dar uma resposta ao juiz Ewing dentro de duas horas — diz elipticamente, fugindo à pergunta. Pega uma pedra arredondada pelas incontáveis carícias do mar e a joga numa trajetória quase paralela à da superfície das ondas miúdas que lambem a areia. — E, enquanto imagino a resposta, eu quero que você verifique mais uma coisa para mim. Pode ser que a tenhamos deixado passar e, se assim for, ainda há um pouco de esperança. — Aproxima o polegar a um centímetro do indicador. — Só um pouquinho, menos que isto. Mas é o que temos agora.

Ele está datilografando sua carta quando Riva abre a porta do quarto do hotel, que fica a oito quarteirões do tribunal. Alugou-o há alguns dias, dando um nome falso, para lá trabalharem; Luke não quer a imprensa a assediá-lo no escritório, averiguando o que ele está fazendo e com quem tem entrado em contato. Até agora, conseguiu enganar os jornalistas.

— Ela veio? — pergunta, os dedos paralisados no teclado.

Riva abre um sorriso largo e cheio de alívio.

— Veio. — Volta-se para a mulher que está atrás dela. — Entre, sra. González.

María González, olhando para tudo, menos para o rosto dele, entra no pequeno cômodo. Assim que atravessa o batente, Riva fecha a porta às suas costas. As cortinas cerradas bloqueiam os raios de sol e os olhares curiosos.

Luke se levanta, contorna a escrivaninha improvisada.

— Obrigado por ter vindo — diz. — Nem sei como dizer quanto é bom para a senhora fazer isso.

A mulher está tremendo.
— Eu estou morrendo de medo — confessa.
— Não precisa. A senhora não fez nada errado, não tem de que se envergonhar.
— Eu menti. — Ela choraminga, sentando-se na cadeira que ele lhe oferece. — No tribunal.
— Nada disso. — Luke sacode a cabeça. — A senhora não mentiu. — Senta-se na borda da mesa, olha para ela com simpatia. Faz um leve sinal para Riva, que, atrás de María, aproxima-se de uma cômoda baixa, onde há um gravador. Liga-o em silêncio. — A senhora respondeu a todas as perguntas que lhe fizeram. O problema é que não fizeram a pergunta certa, só isso. Não é culpa sua, é minha. — Inclina-se para a frente, tocando-lhe a manga da blusa. — Agora eu vou lhe fazer o que espero que sejam as perguntas certas, para que tudo fique esclarecido de uma vez por todas.

Fora do tribunal, os profissionais da mídia se espalham em pequenos grupos, conversando e gracejando despreocupadamente. Não faltam especulações. Um dos boatos que circulam diz que Joe Allison vai alterar a defesa, declarando-se culpado em troca da promessa de prisão perpétua, sem liberdade condicional, em vez da pena de morte. Outro garante que o julgamento será anulado. Há até quem ache que Luke Garrison, desancado com um pé na bunda federal, está mexendo os pauzinhos para largar o caso.
Ninguém arreda o pé. Alguma coisa está por ser decidida até o fim da jornada, e todos querem saber o quê. Já têm a matéria principal: a declaração de Doug Lancaster, explicando o seu paradeiro, e suas conseqüências tanto pessoais quanto no desfecho do julgamento. Mas os urubus da mídia querem mais, outra revelação sensacional que eleve a história ao *status* barato e mítico bem ao gosto da voracidade do público da imprensa marrom, sempre ávido por fofocas.
Consultam-se os relógios. Quatro e meia. O expediente do tribunal termina às cinco. O que tiver de acontecer acontecerá daqui a pouco. Onde estará Garrison? Ninguém sabe.
Ray Logan anda de um lado para outro no seu gabinete. Em alguma coisa isso vai dar. Só espera que Luke não apareça com

uma desgastada idéia de anulação. Não há possibilidade, sua equipe não achou nada. E não só o seu pessoal: o promotor geral estadual mandou sua própria assessoria pesquisar freneticamente, mobilizou dezenas de advogados de Sacramento para esquadrinhar todos os livros de direito, toda a jurisprudência, em busca da agulha no palheiro. Até agora, a menos de meia hora do fim do prazo para que Luke entre com o recurso, não encontraram nada.

O tempo corre contra a defesa. Logan quer que corra mais depressa ainda.

Tendo se certificado de que não há ninguém nas imediações, Riva empurra María González para fora, para o carro. Vai levá-la para casa.

Luke terminou. Imprime as poucas páginas da petição. Já preparou as intimações. Uma foi entregue à própria María González. A outra chegará ao destinatário assim que o juiz Ewing deferir sua petição.

Se a deferir. Disso depende tudo. Um jogador inveterado não aceitaria semelhante aposta: Ewing nunca aprovou uma petição como esta, ele verificou. Mas não tinha outra saída. Não tem opções. Endireitando os ombros, veste o paletó do terno e sai da reclusão do quarto de hotel, a pasta de documentos e o computador em mãos.

Contornando o outro lado do tribunal, vindo da direção oposta à de onde fica o seu escritório, na faculdade de direito (que ele imagina — corretamente — que é onde todos os repórteres estão de olho), entra na garagem subterrânea do tribunal, geralmente reservada para os veículos do presídio, mas que ele tem autorização especial para usar a fim de se livrar da imprensa. Ordem do juiz Ewing.

No pequeno gabinete particular deste, o condicionador de ar trabalha a todo vapor. A sala dá para o oeste, recebe o sol da tarde. O magistrado não a usa muito; apenas para almoçar às vezes nela ou para trabalhar um pouco no fim do expediente. Agora está esperando.

O telefone toca. Instintivamente, ele olha para o velho relógio Ingersoll, na parede, herança de seu pai, o que ficava pendurado atrás do balcão da loja de ração de seus velhos, no Vale de Santa Ynez. Dez para as cinco. Ele atende e escuta.

— Então notifique o promotor distrital e avise-o que nós estamos prontos.

Sem dizer palavra, Luke entrega uma cópia da petição ao juiz Ewing e outra a Ray Logan. Ambos abrem os envelopes simultaneamente. Ao ler o cabeçalho, o magistrado ergue os olhos com incredulidade.

— Petição de reabertura? O que é isso, Luke? Eu não...
Indignado, Ray Logan joga a sua cópia no chão.
— Isto aqui virou uma palhaçada, Meritíssimo — grita. — Tudo tem um limite. É totalmente absurdo!

Luke atravessa a sala e pega, no chão, a cópia de Logan da declaração juramentada.

— Acho que você deveria ler isto aqui — diz com voz mansa. — Custou-me muito trabalho. Faça-me a gentileza, certo? Leia. Depois pode jogar fora. — Sorri ao mesmo tempo em que segura o documento diante do adversário.

O juiz acaba de ler. Olha para ele.
— A empregada vai jurar isto? — pergunta com voz trêmula.
— Vai, Meritíssimo. Ela disse que vai.

Ewing continua lendo. Olhando de relance para o promotor, diz:

— Acho bom você ler, Ray.

Alarmado com o tom de voz do magistrado, o promotor arrebata o papel da mão de Luke e o examina. Lê algumas linhas, depois olha assustado para o oponente.

— De quem é isto?
— Continue lendo.

O juiz termina. Põe os papéis na escrivaninha.
— É pura dinamite.
— Eu sei, Meritíssimo.
— A esta hora do dia, Luke!
— A vida de um homem está em jogo, Meritíssimo. Isso é mais importante do que qualquer agenda.

Tendo terminado de ler, Logan guarda a sua cópia. Está lívido.
— É horrível se for verdade — lamenta.

Ewing o fita.
— Você vai se opor a esta petição? — pergunta com gravidade.

O promotor abre a boca feito um peixe fisgado.

— Eu... — Senta-se e mergulha a cabeça nas mãos. Depois, erguendo o olhar, cede. — Não, Meritíssimo. No interesse da justiça, eu não posso.

O magistrado concorda com um gesto. Levanta-se e toca a campainha, chamando o oficial e o escrevente que estão do lado de fora, esperando pacientemente.

— A defesa entrou com uma petição de reabertura, a qual eu deferi — conta-lhes. — Digitem-na e a distribuam. Que os jurados sejam contatados o mais depressa possível. — Volta-se para Luke. — Você vai emitir intimações?

— Sem dúvida, Meritíssimo. A nossa testemunha-chave naturalmente será hostil. Nós já intimamos a empregada doméstica María González. E eu tenho uma pessoa a postos com a outra.

O funcionário do tribunal assobia.

— É a primeira vez que eu vejo isso acontecer, sr. juiz.

Ewing faz que sim.

— Para mim também é a primeira vez. — Tira o paletó do cabide. — Nós nos veremos na sala de audiência amanhã cedo, cavalheiros. — Ao sair, pára e se vira para Luke e Logan. — Fica instituída a lei da mordaça até amanhã de manhã. Não falem com a imprensa sobre a reabertura do caso. Não vai ser nada fácil quando descobrirem. Quanto a mim, quero uma noite de relativa paz antes que comecem a nos estraçalhar.

Ao ver Luke sair, o xerife Williams o chama de lado.

— O que está acontecendo? — pergunta com ansiedade.

— Eu não posso contar. Ordem expressa do juiz.

— Eu sei. Também Ray Logan não quis me dizer nada. — Está bastante esgotado com tudo que aconteceu, coisa que não consegue dissimular.

— Ele também recebeu ordem do juiz, como todo mundo. Não se preocupe. — Dá um tapa amigável nas costas do xerife. — Logo você vai ficar sabendo.

Williams balança a cabeça, contrariado. Detesta ficar por fora, como se não fosse tão importante quanto os demais atores.

— A propósito. Nós vamos retirar a sua segurança.

— Oh!

— Já não há ameaça. Doug era o nosso principal suspeito.

— Claro, eu entendo. Agradeço muito o que vocês fizeram.

O xerife o encara.

— Fique descansado daqui por diante. Ninguém está atrás de você. — Estende a mão. — Boa sorte, amanhã, no que você for fazer.

— Obrigado. Igualmente.

— Ele mandou retirar a segurança? — Riva está assombrada.

— Agora?

— A polícia acha que já não há perigo. Quer economizar um pouco.

— Isso é loucura.

— Talvez o xerife tenha razão. — Luke faz uma pausa. — Talvez não — acrescenta com certa preocupação.

— Não vá a lugar nenhum sozinho, sobretudo à noite — avisa ela.

Estão em casa. Riva começou a se preparar para partir: há caixas espalhadas em toda parte, faz compras só para cada dia.

— Eu não pretendo sair daqui hoje. Não vou a lugar nenhum.

Com a chave da caminhonete na mão, a bolsa a tiracolo, ela se dirige à porta.

— Aonde você vai? — pergunta Luke, erguendo os olhos do trabalho.

— Ao Haagen-Dazs. Estou com desejo de sorvete de morango. Acho que também vou comprar um pouco de picles no supermercado.

— Eu pensei que isso fosse lenda.

— Até os clichês já foram novidade um dia.

— Não demore. Eu fico preocupado com você. — Acaricia-lhe a barriga arredondada. — E com o Júnior.

— Pode deixar. Preocupe-se com você.

— Pode deixar.

Sem segurança. Isso não é nada bom. Ela precisa saber por onde anda Nicole Rogers.

Vai para o quarto pegar um pulôver. Depois de se certificar de que Luke não está ouvindo, entra em contato com seu amigo técnico. O Pathfinder de Nicole está em movimento enquanto eles conversam. Ele lhe dá algumas ruas pelas quais se coordenar e lhe deseja boa sorte.

Entra apressadamente na caminhonete e começa a descer a rua estreita e escura. Pelo amor de Deus, tomara que não seja verdade, roga.

A mulher entra no estacionamento do *shopping center* Von's, da avenida Coast Village. A farmácia fica logo ali. Desde o início do julgamento, está tomando remédio, Prozac, uma forte dose diária. Sua reserva acabou, precisa renová-la imediatamente.

O farmacêutico lhe entrega a caixa. Ela a abre, pega dois comprimidos e os engole a seco. Sentindo-se melhor antes mesmo que o antidepressivo comece a fazer efeito, volta para o carro.

Vai abrir a porta quando um homem se aproxima. Traz um envelope timbrado na mão.

— Olá! — diz cordialmente. Mas não sorri.

A mulher tenta recuar, mas ele a encurrala junto à porta do veículo.

— O que você... — ela começa a perguntar.

O homem lhe entrega o documento, obriga-a literalmente a pegá-lo.

— A senhora está oficialmente notificada — diz. Dá meia-volta e se vai.

Ela abre o envelope. Sabe o que é antes de ler a primeira linha, mesmo assim o susto e o pavor a dominam. *"Pela presente, V. Sa. está..."*

Com o coração disparado, a mulher amassa a intimação. Não vai depor, de jeito nenhum, não é louca de se expor, de ser objeto do ridículo e do ódio. Joe Allison deixou bem claro que suas vidas iriam tomar rumos diferentes. Agora estende a mão para ela, lá do fundo de sua cela. Pedindo ajuda, pedindo solidariedade. Que bastardo.

Trêmula, consegue voltar para casa, preparar um drinque, ligar a televisão. A entrevista coletiva de Doug Lancaster é transmitida por todos os canais, não só pelo dele. É com fascínio, horror e asco que ela o vê revelar sua vida secreta. Como um homem é capaz de fazer isso com a família, guardar um segredo tão importante? Tem pena de Doug por ter perdido a filha; no mais, não dá a mínima para ele nem para os seus problemas, até mesmo o bastardo débil mental. Doug é um homem com um ego enorme, cheio de si. E a mulher ao seu lado, a "antiga" amante? Terão interrompido o *affaire* quando ela pariu o retardado ou quando se casou. Todos os que conhecem Doug sabem da sua promiscuidade. Ele só largaria essa mulher se *ela o* largasse, e é óbvio, pelo fato de ter aparecido ao seu lado, que não o largou. Uma mulher só arrisca o casamento ou um relacionamento profundo se estiver apaixonada. Coisa que ela sabe muito bem.

Isso já foi longe demais. Isso precisa acabar.

O sol já começa a se pôr quando Riva se dirige ao lugar onde o rastreador indica que deve estar o Pathfinder de Nicole Rogers. E está mesmo, parado no estacionamento do Village. Ela põe a mão no capô: ainda está quente. Não faz muito tempo que chegou.

É fácil localizar Nicole. Encontra-se no terraço do Pane e Vino, um caro e conhecido restaurante italiano. Sentado à sua frente, está Stan Tallow, um dos sócios do escritório de advocacia em que ela trabalha.

Riva se aproxima com cautela. Não quer ser vista.

Nicole e Tallow parecem satisfeitos. Mãos dadas, olhos nos olhos, ela escuta atentamente o que ele diz. Riva capta fragmentos da conversa: alguma coisa sobre a lei de zoneamento do município.

Agora um garçom se acerca da mesa, servindo bebida, anotando o seu pedido para o jantar.

Nicole não vai a lugar nenhum, pensa Riva com alívio, quando muito, para a cama com o chefão do escritório. Pelo menos por hoje, ela pode dormir tranqüila.

Agora é noite fechada. A mulher está na aresta de monte do outro lado do desfiladeiro, em frente à casa de Luke Garrison, espiando pela poderosa mira telescópica do rifle, com a qual ela aterrorizou o advogado de defesa na praia, lá no norte. Só vem para cá de noite, quando pode se esconder na escuridão. Pelas lentes infravermelhas, ela o vê perfeitamente à mesa da sala de jantar. Está sozinho na casa. A mulher que mora com ele deve ter saído.

O policial que o protegia também não está. Saiu no jornal *en passant*: o xerife cancelou a vigilância em sua casa. O distrito não podia continuar fazendo a segurança dele, custava muito dinheiro ao contribuinte. E, além disso, o incidente é coisa do passado. Luke Garrison já não precisa de proteção.

Ótimo. Que acreditem nisso. Ele está sozinho. Ela está sozinha, só o rifle lhe faz companhia.

Chegou a hora.

Tinha ido à clínica discutir uma ação beneficente que iria coordenar. A reunião foi produtiva, mas alguma coisa havia, algo esquisito. Não dava para saber por que, mas os médicos pareciam sem jeito com ela, estavam constrangidos: os dois, o homem e a mulher, mas sobretudo a mulher, a dra. López, que normalmente a tratava muito bem. Pois a tal dra. López chegou a estremecer ao topar com ela no corredor, antes da reunião. E os dois a trataram com distância e frieza, tanto a médica quanto o médico.

Terminada a reunião, ela foi correndo para o carro: tinha milhares de compromissos, muitíssimo que fazer, sempre tinha muito que fazer. Ao procurar a chave, deu-se conta de que havia esquecido a bolsa debaixo da cadeira, na sala de reuniões. Retornou pela entrada do fundo, não gostava de usar a da frente, sempre havia tanta gente pobre e doente na sala de espera, coisa que a deprimia.

Os dois médicos continuavam na sala de reuniões. Ao se aproximar, ela os ouviu conversar. Não sabe por que — até agora não sabe — resolveu não entrar. Deteve-se e ficou escutando a conversa deles.

Falavam numa menina que fora buscar o resultado do teste de gravidez. Muito novinha ainda, não passava dos catorze. Foram muitas as meninas assim naquele dia, mas essa era diferente. Nem pobre, nem operária, nem latina, nem negra. Uma garota branca, rica, privilegiada. Só tinha duas coisas em comum com as outras. Estava grávida e não queria que os pais soubessem.

Iria fazer aborto. Estava em cima da hora, já quase no começo do segundo trimestre. Se fosse para interromper a gravidez, tinha de ser logo. Ela — a dra. López — marcara a intervenção para a sexta-feira seguinte.

A mulher sentiu um nó no estômago ao ouvir isso. Olhou à sua volta furtivamente. Não havia ninguém no corredor.

— Graças a Deus que ela não estava aqui quando a mãe apareceu — disse o médico. — Já imaginou?

— É verdade — respondeu a dra. López. — Mas as duas não se encontraram. A mãe não a viu.

Ela se encostou na parede, sentindo que ia desmaiar. Então esgueirou-se até o estacionamento, atrás do prédio, aproximou-se do carro e fumou um cigarro.

Cinco minutos depois, retornou. Dessa vez, entrou pela porta da frente, ostensivamente. Avistou a dra. López atrás do balcão, conversando com uma voluntária.

— Esqueci a bolsa — disse com um sorriso.

A médica fez que sim e virou a cara. Ela foi buscar a bolsa na sala de reuniões, onde a havia deixado, e partiu.

Foi para casa e tomou uma bebida forte, um bourbon on the rocks. Depois vomitou.

Sua filha estava grávida. Quem seria o pai?

De madrugada, muito depois da meia-noite, sozinha na cama, não conseguia dormir. Seu coração batia com força, disparado. O marido se encontrava a 160 km de distância, trepando sabe-se lá com quem; a filha, grávida, trepando sabe-se lá com quem. Tinha catorze anos, ainda usava aparelho nos dentes e iria fazer aborto.

Que dormir o quê! Ela precisava era de um drinque.

Muito tarde para um bourbon. Tarde para qualquer bebida, não faltava muito para o amanhecer, mas, e daí? No escritório escuro e vazio, que dava para o quintal, descalça, vestindo apenas uma camisola fina, ela se serviu de um bom conhaque e o tomou de um trago. Aquilo desceu queimando. Estonteou-a imediatamente. Valia a pena tomar mais um e tentar dormir.

O movimento, lá fora, chamou-lhe a atenção. Um homem carregando uma coisa enrolada num cobertor, atravessando o relvado. Ia para o fundo do quintal, para o gazebo. Ela o seguiu. Estava apenas com a camisola leve, os pés descalços, mas não chegou a sentir frio. O cobertor escorregou um pouco, e lá estava a sua filha. Carregando a menina, o homem subiu a escada do gazebo. Ela os seguiu pelos trechos mais escuros. E, acocorando-se junto à base da estrutura, ficou escutando enquanto eles se instalavam lá em cima.

Assim que começaram a conversar, percebeu que o homem era Joe Allison. E sentiu uma punhalada no coração, no centro do coração. Ficou ali, agachada, tremendo, escutando-os lá em cima.

Começaram a conversar. Emma estava grávida, iria abortar sexta-feira, o pai era ele. E a menina mostrou muita determinação: não queria que ele a acompanhasse, sabia cuidar de si, muito obrigada. Mas queria que soubesse, por isso o obrigou a vir àquela hora.

Acocorada junto à base do gazebo, ela conseguia distinguir partes de seus corpos lá em cima, pelas frestas das tábuas do piso. E tremia, silenciosamente histérica. Silenciosamente arrasada.

Ouviu a filha dizer: "Já que eu vou fazer aborto mesmo". A seguir: "A gente bem que podia...". E ouviu o ruído dos dois fazendo amor.

Chorou baixinho, com raiva de si mesma por estar chorando, querendo parar, mas sem conseguir. Ouviu quando terminaram, ouviu quando tornaram a se vestir.

Joe desceu a escada sozinho, olhando para trás, olhando para a menina, como se quisesse dizer alguma coisa, mas sem dizer nada. Ela se encolheu atrás da estrutura de vigas cruzadas que sustentava o gazebo. Ele não a viu. Não via nada.

Sua filha estava fumando. Cantarolava uma canção, a velha canção da peça que o colégio havia apresentado naquele outono. Tinha uma doce voz juvenil. Adorava cantar.

Volte para dentro, ela disse para si mesma. Volte para dentro e finja que nada aconteceu. Volte já para dentro.

Só percebeu que havia subido a escada quando já estava lá em cima. Viu a filha de costas, dando a última tragada na bituca que encontrara.

— Por que você voltou? — disse a menina sem se virar. — Eu não quero transar mais hoje. Nós dois nunca mais vamos transar. Foi a última vez.

Ela continuou ali plantada, trêmula, e sua filha, Emma, percebeu que não era Joe Allison que havia subido a escada. Virou-se lentamente e deu com ela: com a mãe, que tremia de frio, de medo, de assombro, de ódio.

— Meu Deus!

— Como você foi capaz disso? — foi tudo que lhe ocorreu dizer. — Como foi capaz?

— Como fui capaz de trepar? Ou como fui capaz de trepar com o seu amante? Ou como fui capaz de fumar um cigarro às três horas da madrugada?

— Você está grávida. — Ela se sentia como se fosse ter uma experiência extracorpórea.

Emma a fitou com hostilidade. Não, com hostilidade não. Com ódio.

— Você estava nos escutando escondida? Estava nos espionando? Ficou ouvindo a gente trepar, sua piranha doente! Como uma pessoa

pode ser tão mórbida? — Estava de pé. — Ficou com tesão? Se masturbou? Conseguiu gozar?
  Ela chorava, murmurava.
  — Você só tem catorze anos, minha filha, pelo amor de Deus.
  — Eu não sou a única, mamãe — disse a menina com toda a naturalidade. — Aquilo está cheio de meninas da minha idade. Você faz parte da diretoria da clínica, sabe muito bem disso.
  — Elas não são como você. — As palavras lhe escapavam da boca, ela não sabia o que significavam, não sabia por quê.
  — Está querendo dizer "uma menina bem-comportada"? — Emma começou a rir. — Vai ver que eu não sou tão bem-comportada assim. Você não vive me mandando ser eu mesma?
  — Não foi isso que eu quis dizer.
  — Sinto muito, mamãe. É assim que eu sou eu mesma.
  Havia descuidado da filha. Nunca estava presente, não viu o que ia acontecer, e devia ter visto, não era difícil. Se estivesse presente. Em vez de se deixar consumir pelo seu próprio mundo, pela sua própria vidinha egocêntrica.
  — É por causa de Joe, não é?
  — O quê? — As palavras da filha a arrancaram do devaneio.
  — Joe. É o fato de Joe ser meu amante que a deixa tão transtornada, não? Não importa que eu transe, o que importa é com quem eu transo. — Aproximou-se muito da mãe, quase colando o rosto no dela. — Você está com ciúme, não é mesmo? Porque eu tenho um caso com o seu amante. — E foi mais fundo. — Achava que ia ficar com ele só para você?
  — Emma...
  — Ele nem gosta de você. O que ele tem é pena.
  O ódio se apossou dela. Um ódio que tudo abrangia, que tudo dominava. Recuando um passo, desferiu um murro na filha, com toda a força de que era capaz, e a atingiu em pleno rosto, e Emma caiu com a força do golpe, caiu da plataforma onde estavam, perto da escada, e foi parar lá embaixo, de uma altura de quatro metros e meio, sua cabeça fez como um baque surdo no chão, como um saco de batatas. Ela se contorceu um momento, depois ficou imóvel.
  — Emma...
  Nada.
  Ela surpreendeu a filha com o seu amante e a matou.

Matou a própria filha, o fruto do seu ventre.

Não podia deixá-la ali. Não podia largá-la no frio e na escuridão. Tentou carregá-la. Era muito pesada, o chão estava escorregadio sob seus pés.

Mas não podia deixá-la ali.

Precisava de tração. Correu para calçar sapatos. O carro era a coisa mais próxima. Seus tênis estavam lá. Ela os pegou no banco traseiro, calçou-os e voltou correndo ao gazebo.

Agora podia carregá-la. Ergueu-a nos ombros e foi na direção da casa.

Tinha assassinado a filha. Matara o sangue do seu sangue.

Mas (sua mente voava sem controle) agora sua filha estava morta. Não voltaria à vida, acontecesse o que acontecesse. Portanto, tratava-se de saber se ela também devia morrer ou não.

Emma não haveria de querer a sua morte. Sabia que havia sido um acidente. Sabia que ela a amava. Que a mãe a amava mais do que à própria vida.

Jogou o corpo no carro e saiu sem rumo. Então se lembrou de um lugar onde as duas costumavam passear quando fazia bom tempo, o alto do desfiladeiro de Hot Spring. Emma adorava ir para lá. Seria um ótimo lugar para ela ficar dormindo.

Foi até a base do desfiladeiro, tirou-a do carro, carregou-a/arrastando-a trilha acima. Um trabalho extenuante, mas era lá que Emma gostaria de ficar. Ela precisava fazer isso pela filha.

Com um pouco de sorte, só a encontrariam no verão, quando o córrego secasse. Mas, então, não restariam senão os ossos. Sua alma, seu belo espírito, já estaria longe, num lugar muito melhor.

Só quando voltou para o automóvel e olhou para o chão foi que se deu conta de que estava com os tênis de Joe. Ele os havia esquecido no carro dela uma semana antes, depois de terem ido correr na praia. No escuro, calçara-os por engano, não os seus, que continuavam no chão, atrás do banco. Joe achava graça no tamanho de seus pés, que eram grandes, quase do mesmo número que os dele.

Alguém tinha engravidado a sua filha. Esse alguém não queria que ninguém neste mundo soubesse. Esse alguém a matou. Alguém que estava com esse par de tênis.

Na manhã seguinte, ela pegou o chaveiro. Pretendia levá-lo para a casa dele, com os malditos tênis, e fazer com que a polícia reparasse nisso mais tarde, quando fosse investigar. Alguns dias depois, quando o tumulto diminuísse. Então iria para lá e forjaria a prova. Tinha a chave da edícula. Estivera lá tantas vezes.

Joe veio consolá-la. Não sabia de nada, mas devia estar se sentindo culpado, terrivelmente culpado. Foi tão amável, tão gentil.

Ela não podia armar essa para Joe. Ainda o amava.

Eram amantes agora, mais do que nunca. Sobretudo depois do divórcio, passaram a se encontrar com muita freqüência. Joe continuava "saindo" com Nicole Rogers, para manter as aparências, mas ela estava apaixonada por ele e sabia que ele estava apaixonado por ela. Tinha de estar. Também continuava pensando em Emma, na sua filha maravilhosa, adorável, mas iria chegar o tempo em que deixaria de pensar.

Joe arranjou um novo emprego em Los Angeles. Os dois iriam se mudar para lá, começar vida nova juntos. Publicamente enfim.

Só que não mudaram. Ele não quis, pisou no freio. O que tinham vivido juntos foi lindo, disse, mas acabou. Era melhor recomeçar, cada qual do seu lado. Ela entendia, não? Era melhor assim, para os dois. Também iria abandonar Nicole, caso isso lhe servisse de consolo.

Joe tinha um jantar marcado com o seu ex-marido e com aquela mulher, a tal Nicole. Ela tomou um pouco de bourbon para criar coragem. Um Marker's Mark, a sua marca preferida. Depois foi para o restaurante. Levou o uísque consigo, podia precisar de mais um trago no caminho.

Os três estavam lá dentro, jantando. Divertindo-se muito, às gargalhadas. Dava para vê-los pela janela do restaurante. Provavelmente estavam rindo dela.

O homem que engravidou a sua filha a matou. O homem que calçava aqueles tênis a matou. O homem que ficou com o chaveiro especial da sua filha a matou.

Ela foi para o estacionamento. Avistou o Porsche dele. Estava aberto. O manobrista não o havia trancado. Depois de tomar um último gole do bourbon, para criar coragem, tampou a garrafa ainda pela metade e a colocou no carro, atrás do banco do motorista, num ângulo bastante visível. A seguir pôs o chaveiro no porta-luvas. Ficou o tempo todo de olho no manobrista, que se encontrava do outro lado do estacionamento, escutando um jogo de futebol, distraído.

Estava com a chave da casa de Joe. Foi para lá e deixou os tênis. Ato seguido, foi para o caminho por onde ele teria de vir.

Estacionou e ficou esperando no carro. Joe passou por lá como ela sabia que passaria. Vinha sozinho. Tanto melhor. Daria certo mesmo que Nicole estivesse junto, mas assim era mais fácil ainda.

Ela viu o carro dele tomar o rumo da avenida Coast Village. Então pegou o telefone celular e digitou o número da polícia. *Um motorista embriagado acaba de passar por mim*, disse à operadora, contando onde tinha acontecido. *É possível que também esteja drogado, é melhor vocês verificarem.*

Então voltou para casa, a casa onde morava sozinha, e dormiu um sono exausto e profundo.

Está lá no alto, olhando para a casa do outro lado do desfiladeiro. Empunha o rifle. Comprou-o faz um ano. É excelente atiradora, pratica muito. Doug ficou com a fazenda, na partilha do divórcio, mas ela conservou uma cópia da chave da porteira, entrava e saía quando lhe aprazia.

Não é preciso ser um ás do gatilho a essa distância, a arma é tão precisa, tão fácil de manejar. Doug tinha uma do mesmo tipo, vivia falando em quanto era gostoso disparar com ela, na facilidade. Até um iniciante podia ser eficiente com esse rifle em pouco tempo, coisa que ela própria constatou: tornou-se muito eficaz. E com a mira noturna, é como atirar em patinhos num barril. Por isso foi tão certeira lá na praia, quando atirou para avisá-lo.

Mas o cretino não entendeu o recado.

Ele interrompe o que está fazendo. Aproxima-se da janela, olha para fora. Então abre a porta de vidro e sai para a varanda, os braços erguidos. Espreguiçando-se? Ou será que está rezando?, ela pensa.

Firma a coronha do rifle no ombro e faz cuidadosa pontaria.

O estampido do disparo ecoa feito um trovão no desfiladeiro. A bala acerta em cheio, um belo tiro na cabeça, jogando o alvo para trás, já sem vida antes mesmo de chegar ao chão.

Ouvindo o disparo do outro lado da garganta, Luke procura proteção.

Riva avança no terreno agreste. Tem na mão o Smith & Wesson .40, cano curto, que o namorado traficante lhe deu de presente e que estava escondido sob as tábuas do assoalho. Olha para Glenna Lancaster imóvel no chão, um pequeno orifício na têmpora, o sangue já a lhe escorrer pela face e pelo pescoço.

* * *

    Tinha comprado o sorvete, demorara para escolher o sabor, e estava voltando tranqüilamente para casa quando viu: uma lanterna do outro lado do desfiladeiro, justamente no lugar em que ela encontrou as marcas de pneus.
    Fez o balão e foi para lá na máxima velocidade de que a velha caminhonete era capaz, rezando para não chegar tarde demais. Parou no sopé do morro para que não a ouvissem, subiu a estrada de terra, escorregando, tropeçando, sentindo muito a barriga, a vida dentro dela. Ao chegar lá em cima, deu com Glenna levando o rifle ao ombro. Fez pontaria e puxou o gatilho.

* * *

    Ajoelha-se.
    — Você conseguiu matar a sua própria filha — diz para o corpo ainda quente e subitamente inerte. — Mas eu não a deixaria matar o pai do meu filho.

SETE

Riva conversa calmamente com a polícia no Departamento do Xerife. Estava voltando para casa, notou uma luz suspeita do outro lado do desfiladeiro, bem em frente à sua casa, e foi até lá investigar. Estava armada por segurança, não esperava ter maiores problemas.

Glenna soube da sua chegada, diz. Riva chegou a gritar, mandando-a baixar o rifle, mas a mulher o apontou para ela: não iria baixar a arma. Estava lá para matar Luke Garrison, afirmou, e, se fosse preciso matar mais alguém, não hesitaria. Um, dois ou três, já não fazia a mínima diferença.

Riva disparou instintivamente. Graças a Deus, teve sorte. Se tivesse errado, ela é que agora estaria estendida no chão.

Ray Logan a interroga exatamente como manda o figurino, mas procura ser o mais breve possível, Luke está ao seu lado, protegendo-a.

— Legítima defesa — limita-se a dizer ao terminar. Olha para o xerife Williams, que confirma com um gesto. — Não vamos processá-la. — Segura-lhe a mão. — Desculpe-me ter tido de fazê-la passar por isso. Pode ir para casa agora.

Luke dirige. Vão muito juntos, calados. Só em casa, sentindo-se em segurança, é que ela se atira em seus braços e começa a chorar.

— Aquela maluca ia matá-lo — soluça. Seu corpo se agita, é incontrolável. Ele a abraça com força, com toda a força. — Cinco segundos a mais, e o teria matado.

— Mas você chegou, e ninguém me matou — diz ele. Segurando-lhe a cabeça junto ao seu ombro, fala com a voz mais doce de que é capaz. — Ela tentou mesmo matar você?

Riva o fita nos olhos.

— Ia matar *você*. Que diferença faz?
Luke suspira.
— Nenhuma, acho.
Ela o encara.
— Eu vi como a Justiça funciona... e como não funciona. Não iria correr o risco de enfrentar essa loucura novamente. Não mesmo.

A polícia encontra o diário de Glenna guardado na gaveta da escrivaninha de sua solitária residência. Está tudo lá, a história inteira, em detalhes, desde o dia em que matou a filha acidentalmente. A história mais antiga do mundo e, mesmo assim, a mais triste: duas mulheres lutando por um homem. Não deu certo para Sara* e Agar** e não deu certo para ninguém. Muito menos entre mãe e filha.

No dia seguinte, diante de um tribunal lotado e em silêncio, María González explica ao juiz que não mentiu. Nem a promotoria nem a defesa a orientaram. A promotoria não estava interessada, e o dr. Luke Garrison, que foi pego de surpresa pelo seu inesperado depoimento, não tinha investigado cabalmente como costumava investigar.

De fato, ela viu Joe Allison sair, como declarou em juízo. Mas, logo depois, ouviu uma discussão no fundo do quintal, onde ficava o gazebo. Vozes de duas mulheres. E as reconheceu de pronto: Glenna, a mãe, e Emma, a filha. Estavam brigando novamente, como tantas vezes no passado. A filha devolvia no mesmo tom em que recebia. Era uma menina terrível, Emma. Embora só tivesse catorze anos, não obedecia a ninguém.

María não conseguiu entender o que diziam, mas percebeu o ódio que impregnava as duas vozes.

Então a gritaria cessou.

Seu filho estava doente, esperava-a. Ela precisava ir para casa.

Se, quando a interrogaram pela primeira vez, uma das partes lhe tivesse perguntado se havia acontecido alguma coisa depois

---

* Sara, na *Bíblia*, esposa de Abraão e mãe de Isaac. (N. do E.)
** Agar, personagem bíblica; escrava egípcia, concubina de Abraão e mãe de Ismael, foi, juntamente com o filho, repudiada e expulsa por Sara, após o nascimento de Isaac. (N. do E.)

de ela ter visto Joe Allison naquela noite, o resultado seria muito diferente. Mas ninguém perguntou. E, embora estivesse razoavelmente convencida de que a sra. Lancaster havia matado Emma ou pelo menos a machucara, não teve coragem de falar voluntariamente sobre isso. Ela e sua família deviam a própria existência à sra. Lancaster.

Ninguém perguntou. María não iria tomar a iniciativa de dizer nada: não nos Estados Unidos. Coisa que aprendeu no dia em que chegou: nunca tome a iniciativa de dizer nada.

O chefe da carceragem entrega a Joe Allison os seus pertences, ele assina o recibo. Foi vítima de uma armação, como vinha afirmando desde o dia em que o prenderam.

Não lhe pedem desculpas, nem o xerife nem ninguém reconhece que cometeu um erro, que quase condenaram à morte um inocente. Tudo que lhe dirigem é o silêncio. A única coisa que o xerife Williams lhe diz é:

— Você estava indo embora da cidade quando nós o prendemos. Se eu estivesse no seu lugar, faria de conta que nada aconteceu e seguiria viagem.

Luke se encontra com Joe pela última vez. Estão no parlatório da prisão, onde sempre conversam. Dessa vez é diferente. Allison veste a sua própria roupa e é um homem livre. Pode sair pela porta quando quiser: a mesma porta pela qual Luke entrou e saiu durante tantos meses.

— Não sei como lhe agradecer — diz, sem jeito, a um homem que, provavelmente, não voltará a ver até o fim da vida. — Eu lhe devo muito.

— É — diz Luke com tédio. — Deve mesmo. Mas o que me pagou... não chegou nem perto.

Allison fica preocupado.

— Era tudo o que eu tinha. Você sabe que é verdade. Eu não tenho emprego e não sei como nem quando vou arranjar um. — Força um sorriso. — Aquele trabalho de que você me falou uma vez, lembra? Quando disse que Doug Lancaster arruinaria a minha carreira... ler os noticiários em Nome, no Alasca. Pois agora eu o aceitaria sem pestanejar.

— Eu não estou falando de dinheiro.

O outro fica confuso.

— Está falando de quê, então? — Faz uma pausa. — Você não parece muito contente, Luke. Acaba de ganhar um caso importantíssimo, no qual tudo estava contra você. Ninguém acreditava que tivesse a mínima chance de ganhar. Devia estar em êxtase. Passou a ser reconhecido como o melhor advogado que existe. Por que não comemora? — Abre um sorriso. — Eu quero convidá-lo e à sua senhora para jantar, certo? Onde vocês quiserem, o que quiserem. É o mínimo que posso fazer pelo homem que me salvou a vida.

Luke o encara. Sente o estômago agitado como depois de ter sido baleado.

— Eu não quero jantar com você, Allison. Não quero beber com você. Não quero nada com você, certo? Se nunca mais voltar a vê-lo, vai ser ótimo para mim — diz com rudeza.

Allison demora a compreender.

— Por que está zangado comigo? O que foi que eu fiz?

A raiva está fermentando há meses dentro de Luke, desde que descobriu que seu cliente mentia regularmente para ele num caso que havia aceitado mesmo sabendo que não tinha a menor chance de vencer.

— Por que eu estou puto com você? O que você fez? — Perde o controle. Inesperadamente, mesmo para ele, agarra o pescoço de Allison e começa a socá-lo na parede, prendendo-o como com as garras de uma ave de rapina. — O que você fez? — grita. — Você a matou!

Allison luta para se livrar das mãos que o estrangulam.

— Me largue... — Tenta berrar para que venham salvá-lo, mas Luke o domina, é muito mais forte, e sua voz não passa de um sussurro afogado, rouco.

— Você não cometeu o assassinato! — Luke grita. Pouco importa que entrem agora. Nada importa neste momento, ele só quer pôr tudo para fora, tudo. — Mas ela morreu por sua causa. Porque o que você perpetrou foi estupro presumido. Porque dormia com a mãe dela, uma mulher casada, uma mulher infeliz, desequilibrada, solitária, que se apaixonou por você! Não foi Glenna Lancaster quem matou a filha com um murro, foi você! Isso nunca teria acontecido se você não tivesse dormindo com uma menina de catorze anos! Você e os outros homens que se aproveitaram dela!

— Ela quis — Allison consegue murmurar, os lábios saltados devido à pressão na garganta. Está com as unhas cravadas nas mãos de Luke, mas este não o solta, é muito forte.

— *Ela* quis? Ela era uma *criança*... não tinha condições de tomar essas decisões. Se ela quisesse jogar roleta-russa, você a deixaria? A pobre menina não teve chance, não da maneira como você armou tudo!

Então, com a mesma rapidez com que veio, a raiva se vai, e ele o solta. Joe Allison cai flacidamente, tentando respirar.

Luke já praticou toda a violência física que pretendia praticar.

— Duas pessoas estão mortas e muitas outras ficaram com a vida arruinada por causa do seu egoísmo infantil, por causa do seu narcisismo. — Olha para Allison, que treme no chão. — Eu salvei a sua vida, é verdade. Mas sabe de uma coisa? Estou puto com isso. Puto comigo. Por ter participado dessa merda. — Vira as costas. — Nós ganhamos. Tecnicamente, ganhamos. Mas a grande verdade é que todo mundo saiu perdendo. E eu vou passar o resto da vida ruminando isso. O resto da vida.

Luke comemora, sim. Um jantar modesto e tranqüilo — com Riva e Ferdinand De La Guerra — no Casa Donna, um restaurante mais tradicional, já que não tem vontade de entrar em nenhum dos que conhece.

— Quais são os seus planos? — pergunta o velho magistrado. Sabe que Luke está sofrendo. Ganhou e perdeu muito ao mesmo tempo.

— Nenhum. Profissionalmente, não. Ser pai, isso me basta por ora.

Desopilou o pior dos ressentimentos que trazia. Foi essa a profissão que escolheu, e, às vezes, é assim que a coisa funciona. Fez o seu trabalho: defendeu o cliente da melhor maneira possível. Tudo o mais escapava-lhe ao controle. É preciso compreender que é assim.

— Você pode ficar aqui — propõe De La Guerra. — Montar um escritório.

— Claro. Os advogados do *establishment* me adoram.

— Você fez o seu trabalho. Todo mundo respeita isso. Qualquer um teria feito a mesma coisa.

— Só que não tão bem — observa Riva.

— Só que não tão bem — concorda o juiz.
Luke sacode a cabeça:
— Eu não quero. Não sei o que quero agora. Mas sei que não quero isso, tão cedo, não. E também não preciso.
Devolveu o cheque de Doug Lancaster. No dia seguinte, recebeu outro. Acompanhava-o um bilhete: "Eu ofereci uma recompensa a quem descobrisse quem matou minha filha. Você descobriu. Estou cumprindo a minha palavra. Você merece este dinheiro. Espero que desconte o cheque. Doug Lancaster". Era no valor de meio milhão de dólares.
Luke não sabe se vai descontá-lo; mas é provável que sim. O homem quer sinceramente que o faça. E, para ser bem franco, o dinheiro não vai fazer nenhuma falta a Doug Lancaster. Não deixa de ser um dinheiro ensangüentado, pelo sofrimento que causou a Luke e a tanta gente.
Já na rua, eles se despedem com um aperto de mão.
— Não sei se agi bem ou mal — diz De La Guerra. — Mas foi bom vê-lo atuando outra vez, Luke. Continua sendo o melhor.
— Obrigado, velho.
O juiz se volta para Riva.
— Cuide dele. Precisa de alguém que cuide bem dele.
— Vou tentar — ela promete. — É o que eu posso fazer.
— Desconfio que o faz muito bem — sorri o magistrado. — Aliás, tenho certeza disso.
O manobrista traz o Cadillac. Os amigos trocam um último e desajeitado abraço.
— *Vayan con Diós* — diz De La Guerra. — Cuidem-se.
— Você também.

Estacionada em frente à casa, a caminhonete já está carregada. Amanhã de manhã, o pessoal da Bekins vem buscar os móveis alugados, e eles partirão.
Na varanda, os dois contemplam as luzes da cidade lá embaixo.
— Está contente por ter voltado para cá? — Riva pergunta. — Depois de tudo que você disse e fez, está contente por ter vindo?
— Contente? Não sei se a palavra certa é essa. — Está tomando champanhe. Não porque ganhou a causa, isso é tolice. Porque acabou. Porque ele e Riva continuam vivos. — Mas acho que sim

— reflete. — Acho que foi bom ter voltado. Talvez "bom" também não seja a palavra. Foi *necessário*.
— Você dominou todos os seus demônios.
— Alguns. Os que eu precisava dominar.
— Foi o que eu quis dizer. — Ela sorri. — Eu gosto deste lugar. Podia ficar morando aqui.
Luke lhe endereça um olhar desconfiado.
— É mesmo?
— É. — Ela o fita nos olhos. — É a sua cidade, Luke. Se você quiser que seja.
— Eu acho... — diz ele com relutância, quase concordando. Estreita-a nos braços. — Eu acho que sim.
Riva lhe dá um beijo no rosto.
— Estou com sono. Vou para a cama.
— Eu não demoro.
Ela entra e apaga as luzes, deixando acesa apenas a da cozinha, para orientá-lo. Luke se debruça no parapeito, olhando para a miríade de pontos luminosos na cidade, uma verdadeira constelação, um lençol de estrelas terrestres.
Voltou para cá acreditando-se fracassado, e agora sente-se bem outro. E, afinal de contas, talvez isso baste.
Esta é a sua cidade novamente, e ele quer que seja. Olha para as luzes tremulando a seus pés e sente muita paz interior.
Quanto tempo demorou.